HEYNE
BÜCHER

Von Joan Collins sind als Heyne-Taschenbuch erschienen:

Das schöne Biest · Band 01/8083

JOAN COLLINS

LIEBE, LUST UND HASS

Roman

Aus dem Englischen
von Dr. Ingrid Rothmann

Deutsche Erstausgabe

WILHELM HEYNE VERLAG
MÜNCHEN

HEYNE ALLGEMEINE REIHE
Nr. 01/8909

Titel der Originalausgabe
LOVE & DESIRE & HATE

Redaktion: Werner Heilmann

Printed in Germany 1994
Umschlagillustration: Intec-Topics/Shooting Star, Hamburg
Umschlaggestaltung: Atelier Ingrid Schütz, München
Druck und Bindung: Elsnerdruck

ISBN 3-453-07212-X

Für Robin
— seine Geduld, Liebe und Unterstützung

Weinen und Lachen, nicht lange sie währen,
Nicht lange auch Liebe, Haß und Begehren,
Ihr Anteil an uns ist dahin,
Wenn durch das große Tor wir ziehn.

Ernest Dowson, Vitae Summa Brevis

Prolog

Acapulco 1955

Der Chefinspektor der örtlichen Polizei konnte Filmleute nicht ausstehen. Stellten sie mit ihren Dreharbeiten seine Stadt auf den Kopf, war es schon schrecklich genug, kam aber einer von ihnen ums Leben, stieg seine Abneigung ins Grenzenlose.

Nur etwas gab es, das schlimmer war als ein Todesfall im Verlauf von Dreharbeiten — das waren zwei Todesfälle; und jetzt hatte er es gar mit einem dritten Toten zu tun.

Diese letzte Tragödie aber schien allem Anschein nach ein Unfall zu sein. Der Unglückliche war mit der alten hölzernen Kabine eines Schrägaufzuges an den Klippen der Küste zerschellt und hatte auf der Stelle den Tod gefunden. Zum dritten Mal in drei Monaten war Chefinspektor Gomez mitten aus dem tiefsten Schlaf gerissen worden, um sich der Nöte dieser bunt zusammengewürfelten Gruppe von Schauspielern, Produzenten und Technikern anzunehmen.

Nun standen alle mit aschgrauen Gesichtern im Licht eines fahlen Mondes am Strand. Die sanfte Brise, die vom Pazifik her wehte, fing sich im Chiffon und in der Seide der Kleider.

Gomez machte den Anfang, indem er ihnen ein paar gezielte Fragen stellte.

Der als Wunderkind geltende junge Regisseur, der als erster bei dem Toten angelangt war, eröffnete Gomez, daß ausnahmslos alle, Akteure sowie technisches Team, den Verunglückten verabscheut hätten.

Die legendäre ältere Schauspielerin legte Protest ein. Hinter dem rücksichtslosen Auftreten des Toten hätte sich eine sanfte Natur verborgen.

Der distinguierte englische Charakterdarsteller mit der wohltönenden Stimme tat kund, seiner Meinung nach sei das klapprige alte Ding immer schon eine richtige Todesfalle gewesen.

Die jugendliche Naive, minderjährig und sexgeladen, wiederholte mit ihrem kaum wahrnehmbaren französischen Akzent andauernd: »Der Tod kommt dreifach.«

Ihre altjüngferliche Anstandsdame rang aufgeregt und unter Tränen die Hände.

Die preisgekrönte Drehbuchautorin putzte sich die Nase und suchte am tröstenden Arm eines jungen Polizisten Halt, dem sie genauestens auseinandersetzte, was sich ihrer Meinung nach zugetragen hatte.

Der hinreißend aussehende männliche Star sagte nichts, wunderte sich aber, wohin seine geheimnisvolle Verlobte verschwunden war.

Just als Gomez sich entschlossen hatte, alle zurück aufs Set zu schicken, kam ein junger Polizist im Laufschritt daher und flüsterte ihm eindringlich etwas ins Ohr.

»Einen Moment!« rief der Chefinspektor. »Einen Moment, bitte!« Was er im Anschluß daran zu sagen hatte, brachte er hastig und leise vor.

Er teilte seinen geschockten und aufmerksam lauschenden Zuhörern mit, eine vorläufige Untersuchung des Aufzugwracks deute darauf hin, daß es sich um keinen Unfall handle.

»Wir haben es mit einem Mord zu tun«, schloß er.

Natürlich war dies einem von ihnen bereits bekannt, demjenigen nämlich, der einen zwingenden Grund zum Töten gehabt hatte.

Während sie einander in wortlosem Entsetzen anstarrten, fiel niemandem auf, daß eine der Bernsteinperlen, die die Hand des Toten umklammert hielt, langsam ins laue Meer rollte.

Teil I

1

Paris 1943

Inès erwachte, von Wogen des Schmerzes gepeinigt, im Hotel Ritz neben einem schnarchenden italienischen Offizier. Vor den Fenstern des üppig im Stil Louis XIV. ausgestatteten Zimmers konnte sie die kurz vor dem Aufblühen stehenden Kastanienbäume sehen; sie spürte die kühle Frühlingsbrise auf ihrem schmerzenden Körper. Inès liebte Paris mit einer Inbrunst, der auch die Nazi-Uniformen, die in immer größerer Zahl auf den Straßen paradierten, nichts anhaben konnte, auch nicht das von Unterernährung herrührende ständige Bauchgrimmen oder die brutalen Männer, die sie bedienen mußte.

Sie drehte sich zu dem Schlafenden um und betrachtete ihn. Nach seiner Haut zu schließen, war er noch jung, doch sein Gesicht war sogar im Schlaf grausam und gefühllos, und sein kurzer, gedrungener Körperbau grenzte ans Groteske. *Merde* — was dieses Monstrum ihr vergangene Nacht angetan hatte . . . Die Erinnerung an seine sogenannten Liebesbezeugungen ließ sie vor Ekel schaudern.

Sie war General Scrofo zwei Tage zuvor im Café Flore am linken Seineufer begegnet, als sie dort gesessen und *la vie de bohème* beobachtet hatte, an dem sich oberflächlich gesehen nicht viel geändert zu haben schien. Maler, Schriftsteller und Studenten saßen noch immer auf zerbrechlichen Eisenstühlen vor den Cafés, in denen Hochbetrieb herrschte, und nippten an ihren Drinks. Anregende Gespräche, Gelächter, sanfte Schwaden von Zigarettenrauch . . . dies alles schien wie immer.

Nur die Männer in den grauen und grünen Uniformen, die dasaßen und die müßige, angenehme Atmosphäre genossen, waren Anzeichen dafür, daß Paris eine besetzte Stadt war.

Während Inès ihren Kaffee trank, ließ die diesige Nachmittagssonne ihr Haar golden schimmern, zauberte ein Schattenspiel auf ihre Wangen und brachte ihre blühende Jugend zur Geltung. An einem Tisch in ihrer unmittelbaren Nähe saß Pablo Picasso im Kreis seiner üblichen Bewunderer und Modelle.

Die hypnotisch wirkenden schwarzen Augen des Malers starrten Inès interessiert an, während er an seiner gelben Gauloise zog und sich in der Anbetung seiner Verehrerinnen sonnte. Inès konnte die Faszination nachempfinden, die dieser kleine, nicht mehr junge Kahlkopf auf junge Frauen ausübte — hätte der Italiener am Nebentisch ihr nicht heftige Avancen gemacht, sie wäre der stummen Aufforderung seiner schwarzen Augen gefolgt und hätte sich an Picassos Tisch gesetzt. Aber General Scrofo näherte sich ihr auf eindeutig kontaktsuchende Weise, eine Verabredung wurde getroffen, die Würfel waren gefallen.

Am Abend darauf machte sie sich zu ihrem Rendezvous mit dem General auf den Weg, vom Boulevard Malesherbes aus, am Place de Wagram vorbei über die Seine. Der Boulevard Malesherbes, eine der längsten Straßen von Paris, schlängelte sich am *marchè* an der Pforte de Champerette vorbei, auf dem die kärglichen noch vorhandenen Reste an Lebensmitteln und Bekleidung verkauft wurden.

Inès blieb stehen, um einen Schluck Wasser aus einem der bronzenen Trinkbrunnen zu nehmen, einem Vermächtnis des Engländers Sir Richard Wallace. Viele Straßen in Paris konnten sich dieser liebenswerten und noch funktionstüchtigen Brunnen rühmen. Anfang der siebziger Jahre des vorigen Jahrhunderts, nach Beendigung des deutsch-französischen Kriegs, hatte Wallace sie der geliebten Stadt als Zeichen seiner Bewunderung für die Tapferkeit der Pariser Bürger geschenkt, die der Belagerung durch die preußische Armee getrotzt hatten. Inès hoffte inständig, die Bürger von Paris würden die gegenwärtige deutsche und italienische Besatzung mit ähnlicher Bravour überstehen.

Inès war dankbar für den Schluck Wasser. Die Luft empfand sie schwül und staubgeschwängert, und das, was ihr bevorstand, war für sie kein Grund zur Vorfreude. Aber es war ihr Job — nur ein Job, sie mußte es als solchen ansehen —, das sagte Yves ihr immer wieder. Auf dem Boulevard ließen sich nur vereinzelte Fußgänger blicken, hin und wieder fuhr ein Radfahrer vorüber. Privatfahrzeuge durften in Paris nicht mehr auf die Straße. Nur die unheimlichen schwarzen Mercedes-Limousinen von Gestapo und SS rasten vorbei, hinter deren verdunkelten Scheiben die Verkörperung des Bösen lauerte.

Bei dem Gedanken an die Besatzungsoffiziere, die sie und ihre Freundinnen im Ritz und in anderen Pariser Hotels hatten unterhalten müssen, verlangsamte Inès unwillkürlich den Schritt. Inès und Jeanette hatten oft über die Kunstkniffe gesprochen, die sie anwendeten, und Witze über ihren Beruf gerissen, den sie aus reinem Selbsterhaltungstrieb ausübten, da ihnen nichts übrigblieb, als sich selbst zu verkaufen. Andere Fertigkeiten, die ihnen ein Überleben gesichert hätten, besaßen sie nicht. Yves wurde nicht müde, Inès zu versichern, daß er sie jetzt nicht mehr versorgen könne. So zu leben war schrecklich; in der Hoffnung, es würde ja nicht ewig dauern, versuchte sie jedoch, das Beste daraus zu machen.

Eines Tages eröffnete Yves ihr, daß man Jeanettes Leichnam grausig zugerichtet aus der Seine gezogen habe. Inès wußte nur zu gut, daß sie selbst diesem Schicksal nur durch einen glücklichen Zufall entgangen war. Ihr war klar, daß auch ihr dies jederzeit zustoßen konnte. Die Nazis und ihre Alliierten, die Italiener, waren grausam und böse. Für sie waren Huren Spielzeuge, für jede erdenkliche Perversion benutzbar.

Trotz Yves Verbot war Inès ins Leichenschauhaus gegangen und hatte sich Jeanettes Leichnam zeigen lassen. Von Entsetzen geschüttelt hatte sie das einst so hübsche junge Mädchen angestarrt, die Verletzungen, die den aufgedunsenen, vom Wasser entstellten Körper bedeckten, die Verfärbungen und die tiefen Schnitte auf Brüsten und Leib. Inès Herz raste vor Angst.

Am Abend ihres Todes hatte Jeanette den Nachtclub L'Éléphant Rose mit einer Gruppe betrunkener Italiener verlassen. Sie hatte Inès zum Mitkommen aufgefordert, aber Yves hatte an jenem Abend für sie eine bessere Nummer auf Lager gehabt, und Inès war ihm wie immer gehorsam gewesen. Er war, obwohl von Beruf Zuhälter, ein netter Mann, fürsorglich, intelligent, mit einem boshaften Sinn für Humor ausgestattet, und sie zollte ihm den Respekt, der ihm zukam ... Zum Glück für sie, andernfalls hätte es ihr geschundener Körper sein können, der nun im Leichenschauhaus lag. Bei diesen Bestien war es wie beim russischen Roulette. Die Mädchen mußten zuvorkommend sein, tun, was die Männer wollten — und blieben dabei ständig im Ungewissen, wann diese sich in sadistische Ungeheuer verwandeln würden.

Aber Inès war entschlossen, diesen Krieg zu überleben, die Deutschen zu überleben, die Italiener, die Rationierung, sämtliche Einschränkungen und vor allem die Erniedrigungen, die sie erdulden mußte. Eines Tages würde sie etwas aus sich machen; was, das wußte sie noch nicht.

Auf dem schönsten aller Pariser Plätze angelangt, hielt sie inne, um die Vollkommenheit des achteckigen Place Vendome zu bewundern, dessen honigfarbene Steinfassaden von den kunstvollen schwarz-goldenen Balustraden und dem Graugrün der steilen Dächer vollendet ergänzt wurden. Die steinernen Fratzen über dem Portal eines der Gebäude schienen sie mit ihren heraushängenden Zungen zu verhöhnen, deshalb machte sie, daß sie weiterkam. Nachdem sie leichtfüßig die mit einem roten Teppich belegten Stufen des Ritz hinaufgelaufen war, nannte ihr der Portier, ein Mann in mittleren Jahren, herablassend die Nummer von General Scrofos Suite.

Trotz der lächelnden Servilität, mit der er Nazigenerälen, SS- und Gestapoleuten und sämtlichen Offizierschargen der Armeen von Hitler und Mussolini begegnen mußte, verachtete der Portier sie allesamt. Die Mißbilligung, die der mit dem Feind fraternisierenden Französin galt, prägte sein zerfurchtes Gesicht in nicht zu übersehender Weise, als er der jungen Prostituierten nachblickte, die den Lift betrat, der sie in den zweiten Stock bringen würde — und nur Gott konnte wissen, welche Erniedrigung ihr durch General Scrofo bevorstand. Sie war doch noch ein halbes Kind. Der Portier zog die Schultern hoch. Es ging ihn nichts an — und er wußte nur zu gut, was Überleben hieß. Heutzutage mußte jeder, ob Mann, Frau oder Kind, selbst sehen, wie er zurechtkam.

Sie war zudem nicht das erste Mädchen, das er in den vergangenen zwei Jahren zu Scrofo hinaufgeschickt hatte. Der dreißigjährige General liebte blutjunge Blondinen nordischen Typs, und dieses Mädchen sah wie die ideale Partnerin für die Ausschweifungen der kommenden Nacht aus.

»Tritt ein, *cara*«, empfing der General sie. Er musterte sie mit kaltem Lächeln. »Und schließe die Tür.« Hinter einem Tisch mit Marmorplatte stehend, schenkte er eine helle bernsteinfarbene Flüssigkeit in ein fein kanneliertes Glas mit Goldrand ein. Es stammte aus einem Gläserset aus dem Besitz Talleyrands, wie ihm der angesehenste *antiquaire* an der Faubourg St.-Honoré versichert hatte. Inès fiel auf, daß viele der Karaffen auf dem Tisch im weichen pfirsichfarbenen Licht jenen funkelnden Glanz entfalteten, der nur sehr kostbaren Objekten eigen ist, und als sie sich in dem aufwendig und üppig eingerichteten Raum genauer umsah, wurden ihre Augen groß vor Staunen.

»Hier, trink ein wenig Champagner«, sagte er im Befehlston, während er ihre schlanke Figur, die blauen Augen und goldenen Haare aufmerksam musterte. Ja, sie war so frisch, so schön und jung, wie er sie von der kurzen Begegnung im

Café her in Erinnerung hatte. Ihr ungeschminktes Gesicht ließ sie jungfräulich und unschuldig aussehen. Er fuhr sich mit der dicken Zunge über die schwitzende Oberlippe. Als er lässig eine Hand in die Hosentasche steckte, spürte er, wie erregt er wurde.

Sie entsprach ihm. Sie entsprach ihm sogar sehr gut. Er hatte eine gute Wahl getroffen. Und jetzt wollte er sein Spiel mit ihr treiben, wollte sie erniedrigen, auf die pikante Weise, die er bevorzugte.

»Wie heißt du, *cara*?« fragte er in beruhigendem Ton. Als sie einen Schluck von dem erlesenen Champagner kostete, entging ihm ihr anerkennender Blick nicht.

»Inès Dessault«, sagte sie. Ihr Blick war voller Bewunderung an der aus dem achtzehnten Jahrhundert stammenden vergoldeten Bronzeuhr auf dem kunstvollen marmornen Kaminsims hängengeblieben, als diese neunmal schlug.

»Inès ... ein hübscher Name für ein hübsches Mädchen. Komm her, Inès, zieh deinen Mantel aus, ich beiße nicht.« Er lachte verhalten. Wie gern er sie in Sicherheit wiegte, indem er ihnen weismachte, er würde ihnen nichts tun. Ihre törichten Gesichter nahmen daraufhin unweigerlich einen Ausdruck des Vertrauens an, ihre Körper entspannten sich sichtlich ... und das, obwohl sie wußten, daß er und seine Verbündeten — Hitlers Herrenrasse — ihr Land in der Gewalt hatten und es ausplünderten, bis aufs letzte Kunstwerk, und obwohl sie alle irgend jemand kannten, der mitten in der Nacht abgeholt und an irgendeinen unaussprechlichen Ort gebracht worden war. Eine kleine Freundlichkeit des Feindes, winzig wie ein Krümelchen, ein Schimmer gespielter Großzügigkeit, und diese Idioten grinsten wie einfältige Marionetten. Dumm. Alle waren sie dumm, diese Franzosen. Männer wie Frauen. Sie hielten ihre Kultur für einzigartig, ihre Gemälde, ihre Skulpturen, ihre Boulevards, ihre Architektur für unübertrefflich. Arroganz war ihre zweite Natur. Herr Blondell, der tagtäglich das Zusammentragen und den Transport der für Deutschland bestimmten

Kunstschätze überwachte, behauptete, daß die Boulevards, die Parks und Kastanienbäume bald alles wären, was diesen gallischen Dummköpfen von ihrer geliebten Kultur noch bleiben würde. Alle ihre unschätzbaren Kunstwerke — die Möbel, Glanzstücke der Handwerkskunst dreier Jahrhunderte — die Gemälde, Skulpturen und anderen Kunstgegenstände aus Versailles, aus dem Louvre und dem Jeu de Paume, die Anhäufung kollektiver künstlerischer Schöpferkraft vieler Generationen, das alles würde dann dahin sein. Diese Schätze würde man im Land der Sieger als Besitz der Herrenrasse horten — mit Ausnahme eines erlesenen kleinen Schatzes, den Umberto Scrofo sich für seine eigene Zukunft gesichert hatte und den er in einem Keller in der Rue Flambeau versteckt hielt.

Inès ließ ihren dünnen Mantel von den schmalen Schultern gleiten. Ihr rotes Seidenkleid war ganz neu; Yves hatte es ihr erst eine Woche zuvor geschenkt. Woher es stammte, war nicht zur Sprache gekommen, doch stand außer Zweifel, daß es gestohlen worden war. Die Qualität war erstklassig, und Inès hatte das Etikett des Couturiers erkannt — Worth.

»Setz dich, Inès Dessault«, wies Scrofo sie an. Er deutete auf eine Kristallschüssel mit einer krümelig aussehenden schwarzen Substanz, die ihr unbekannt war. »Nimm dir vom Kaviar.«

Kaviar! Inès kannte diese Köstlichkeit nur vom Hörensagen. Es war das erste Mal, daß sie Kaviar zu Gesicht bekam. Der Geschmack war merkwürdig salzig, aber nicht unangenehm, und in letzter Zeit hatte sie ohnehin ständig Hunger gelitten. Sie befürchtete schon, zu gierig zu wirken, doch den General schien es nicht zu kümmern. Am Rand eines mit blauem Moiré bezogenen Polstersessels sitzend, aß sie mit großem Appetit. Ein höchst sonderbar aussehender Mensch, dieser Offizier. Nicht einmal einssechzig groß, war er von untersetztem, gedrungenem Körperbau. Sein großer, fast völlig kahler Schädel ließ ihn vollends unproportioniert erscheinen. Die Uniform starrte vor Orden und Abzeichen, an den dicken Fingern trug er etliche Ringe; nach Inès Meinung höchst unpassend für einen hohen Militär. Als sie bemerkte, daß die Hand des Generals in seiner Tasche kreisende Bewegungen vollführte, lächelte sie insgeheim. Sie wußte nun, daß er wie so viele Besatzungsoffiziere an einem sexuellen Problem litt. Die Männer, die an der Front Grausamkeiten mitangesehen hatten, die sie nicht aus dem Gedächtnis zu streichen vermochten, mußten oft mit ausgefallenen Tricks in sexuelle Erregung versetzt werden. Ein kurzer Blick auf Schenkel oder Brüste reichte da nicht. Sie brauchten stärkere Reize, brauchten Stimulierung, etwas, das ihre Begierde anstachelte. Yves hatte sie darin unterwiesen und mit ihr oft in seinem großen weichen Bett geübt. Yves ... der Gedanke an ihn erfüllte sie auch jetzt mit Liebe.

Alle ihre Freundinnen sagten immer wieder zu ihr, sie könne von Glück reden, einen Beschützer wie Yves Moray zu haben — einen Mann, der sie liebte, auch wenn er von ihr Geld nahm. Einen Mann, der sie nie schlug oder mißhandelte, wie es so viele der anderen *maquereaux* mit ihren *poules de luxes* machten. Einen Mann, dessen liebevolle Küsse und Zärtlichkeiten das herz- und gefühllose Vorgehen wettmachten, das sie von ihren Kunden erdulden mußte. Einen Mann, der sie mit seinen Zaubertricks im Bett und außerhalb zum Lachen brachte.

Mit beabsichtigter und einstudierter Lässigkeit balancierte Inès am äußersten Rand des Sessels, die schlanken Beine nur so weit geteilt, daß der General sehen konnte, wo ihre Seidenstrümpfe an den weißen Oberschenkeln endeten. Sie trug kein Höschen; ihre Strümpfe waren an den roten Strapsen eines Strumpfgürtels befestigt, einem ihrer Flohmarktschnäppchen der vergangenen Woche.

Sie sah, wie die Augen des Generals nach einem noch erotischeren Anblick suchten. Da griff sie nach dem Kaviar, tauchte den Finger ein und lutschte genüßlich daran, ohne seinen Blick loszulassen. Langsam ließ sie ihren roten Seidenrock über ihre Schenkel hochrutschen, so daß Scrofo ihren goldenen Venushügel zu sehen bekam. Nonchalant ließ Inès die andere Hand auf das blonde Gekräusel sinken und berührte sich sanft. Sie sah, daß die kleine Auswölbung in seiner Hose deutlicher wurde. Die Sache war so gut wie gelaufen. Mit etwas Glück würde sie diesen Tölpel sehr bald befriedigt und selig schnarchend zurücklassen und wieder draußen sein, auf dem Weg ins L'Éléphant Rose. Dort würde sie Yves treffen, und sie konnten beisammensitzen und sich über die arme alte Gabrielle lustig machen, die diesen idiotischen Deutschen, die sich allabendlich bei ihr vollaufen ließen, bis ihnen übel wurde, ihre neuesten Songs vorsingen mußte.

Rhythmisch bewegte sie ihren Zeigefinger und versetzte sich trotz ihres Desinteresses an dem Offizier in Erregung. Gut. Dann würde es heute mit Yves noch viel besser sein. Sie würde ihm alles erzählen. Ihm die Reaktionen des Generals schildern, der fasziniert ihr Schamdreieck unter dem roten Kleid anstarrte. Über die kleine Auswölbung lachen, die wie ein Mäuschen in seiner Hose bebte. Sie würde ihm sagen, was es für ein Gefühl gewesen war, als der General sie nahm, und wie sie sich gefühlt hatte, als sie ihn in sich spürte. Yves würde daraufhin heftig in Erregung geraten und sie gewaltsam und doch so leidenschaftlich in Besitz nehmen, daß sie beide in einen Taumel der Verzückung gerieten. Ein Schauer der Vorfreude überlief sie, sie spürte, wie sie feucht wurde. Auch gut, dann konnte dieses große Untier leichter eindringen. Warum beeilte der Kerl sich nicht?

Sie sah lächelnd zu ihm auf, wie Yves es ihr beigebracht hatte, um dann ein mit Kaviar bestrichenes Toastdreieck an den Mund zu führen und daran zu lutschen, während die andere Hand aktiv blieb.

Jetzt war er soweit. Sie konnte es ihm ansehen. Sein Atem kam in flachen Stößen, mit einer Hand machte er sich an seinen Hosenknöpfen zu schaffen, mit der anderen führte er das Glas an die Lippen und trank die letzten Tropfen.

»Geh dort hinein«, befahl er heiser mit einer Handbewegung zum Schlafzimmer hin. »Zieh dich aus, aber laß Strümpfe und Schuhe an. Hast du verstanden?«

Froh und erleichtert gehorchte Inès. Es würde bald vorüber sein. Jetzt hatte sie ihn im Griff.

Auf den kühlen Laken des Himmelbettes liegend, blickte sie voller Bewunderung zu der in Blau und Gold gehaltenen Zimmerdecke auf, in deren Mitte ein prächtiger Lüster hing. Der Luftzug, der durch die offenen Fenster drang, ließ die geschliffenen Kristalle leise klirren. Inès umfaßte in einer sinnlichen Geste ihre Brüste, noch immer darum bemüht, sich selbst zu stimulieren. Mit dem Feind Liebe zu machen, war manchmal irgendwie erregend, wie sie sich selbst eingestehen mußte. Yves gegenüber hätte sie dies nie zugegeben, doch wenn sie es mit einem einigermaßen gutaussehenden Kunden zu tun hatte, der noch dazu behutsam mit ihr umging, konnte es vorkommen, daß sie auf sein wollüstiges Stöhnen mit Leidenschaft reagierte. Einige Male waren ihre Orgasmen sogar ganz echt gewesen. Aber nicht heute. Heute sparte sie sich ihre Leidenschaft für Yves auf. Dieser Italiener glich wirklich einer grotesken Kreatur mit einem richtigen Schweinsgesicht. Sie würde ihre ganze erotische Erfahrung aufbieten müssen, um ihn rasch zu erledigen. Aber nicht zu rasch, damit er sich nicht betrogen fühlte und sie womöglich eine oder zwei Stunden warten ließ, bis er für eine Wiederholung bereit war.

Umberto trat ein, noch immer in Uniform. Die Hände hielt er hinter dem Rücken, aus dem Hosenschlitz ragte sein steifer Penis. Er sah unbeschreiblich lächerlich aus, so daß Inès sich ein Kichern verkneifen mußte. Die meisten Männer sahen lächerlich aus, wenn sie ihre Schwänze auf so alberne Weise hervorstehen ließen. Aber er wirkte noch lächerlicher, weil sein Glied sehr klein war, so groß wie bei einem Zehnjährigen etwa. Aber das schien ihn nicht zu kümmern, als er ins Schlafzimmer hereinstolzierte, eine Zigarre im Mund, die fast doppelt so lang war wie das Ding, das aus seiner

Hose ragte. Hose und Hemd waren rasch ausgezogen. An die Louis-XIV.-Kommode neben dem Bett gelehnt, bedeutete er Inès, sie solle anfangen. Sie konzentrierte sich auf Scrofos kleinen, steifen Penis und stellte sich vor, er gehöre Yves, während ihre sanften Finger verführerisch die gespannte Haut streichelten. Dann fing sie an, seine dicken weißen Schenkel zu liebkosen.

Als Umberto plötzlich mit ganzer Kraft eine Peitsche auf ihren nackten Rücken niedersausen ließ, traf der schneidende Schmerz sie völlig unerwartet.

»Hure! Französische Hure!« Mit wüstem Auflachen schlug er wieder auf ihre Schultern ein. Inès schrie auf vor Schmerz.

»Du kannst schreien, so viel du willst, Mademoiselle. Die Wände sind absolut schalldicht. Aber auch wenn man dich hören sollte, würde dir niemand zu Hilfe kommen. Und jetzt mach's mir mit dem Mund, du Luder!« befahl er mit einem neuerlichen Peitschenhieb. Sein Gesicht war zu einer Maske sadistischer Lüsternheit erstarrt. Inès versuchte zu gehorchen, versuchte, seinen von gebrüllten Obszönitäten begleiteten Schlägen auszuweichen, die er auf sie niederprasseln ließ.

»Bitte nicht«, flehte sie, bemüht, ihm zu entkommen. »Sie tun mir weh.«

»Das will ich auch«, höhnte er. »Ich liebe es, Huren leiden zu lassen, besonders französische Huren.«

Er packte eine dicke Strähne von Inès langem blondem Haar und riß sie daran hoch, so daß er ihr Gesicht dicht vor sich hatte. »Was bist du?« fragte er heiser. Seine Augen glichen jetzt Schlitzen aus bräunlich-schwarzem Eis.

»Ich bin Inès Dessault«, wimmerte sie kläglich.

»Was du bist, will ich wissen!« brüllte er. »Du weißt, was du bist, so ist es doch, Inès?«

»Ja.«

»Dann sag es mir, du Nutte. Los, sag schon, was für eine Hure du bist.«

»Ich bin eine Hure«, flüsterte sie unter Tränen. »Ich bin ... eine Hure ...» Sie haßte sich, haßte ihn, war aber dankbar, daß die Peitschenhiebe aufgehört hatten.

»Natürlich bist du das, Inès. Du bist eine widerwärtige kleine Schlampe — ein durch und durch verkommenes Weibsstück. Einer Hure wie dir gebührt dies — so.« Er packte sie, drehte sie grob auf den Bauch und drang mit wollüstigem Stöhnen von hinten in sie ein, während seine Hände ihr Haar so brutal zurückrissen, daß sie glaubte, ihr Genick würde brechen.

Inès stieß einen Schrei aus, als neuer Schmerz sie durchzuckte.

»Sag es noch einmal, Schlampe.« Sein Atem ging schneller, während er mit ihrem Haar ihren Kopf zurückbog. »Sag mir, was du bist.«

»Ich bin eine Hure«, flüsterte sie kläglich. Ihre Tränen tropften auf das Kissen.

»Noch einmal«, forderte er. Seine Bartstoppeln schürften über ihren Rücken. »Sag es noch einmal, Inès. Sag mir, was du bist, ich höre es gern, wenn du es sagst.«

»Ich bin eine Hure. Ich bin eine Hure«, heulte sie.

»Und eine dumme obendrein«, höhnte er. Plötzlich hielt er inne. Sie sank mit erleichtertem Schluchzen auf der weichen Matratze zusammen, als sie hörte, wie er ein Schubfach aufzog. Mühsam hob sie den Kopf vom Kissen und sah, daß er einen furchterregenden Gegenstand hervorgeholt hatte.

»Dreh dich um«, befahl er barsch. »Auf den Rücken, Hure, und Beine auseinander.«

Inès gehorchte mit schreckgeweiteten Augen. Entsetzt mußte sie zusehen, wie er sich die Gummiattrappe eines Riesenpenis umschnallte.

»Nein!« schrie sie auf. »Nein, nicht ... bitte nicht ... Sie können nicht ...!« Sie versuchte sich wegzurollen, doch er bekam ihr Haar zu fassen und fing an, das gräßliche Ding in sie hineinzuzwängen.

Erneut schrie sie laut auf, aber er hielt ihr den Mund zu

und zischte: »Wenn du nicht die Klappe hältst, dann ramme ich dir das Ding in den Schlund. Dann bist du nicht nur eine dumme, sondern eine tote Hure.«

Der Schmerz kam und ging in großen Wellen, während sie die Augen geschlossen hielt und betete, diese gräßliche Qual möge ein Ende finden. Noch nie hatte sie solche Schmerzen, so tiefe Erniedrigung empfunden.

Als schließlich sein Keuchen heftiger wurde, wußte Inès, daß es dem Ende zuging. Sein heißer Atem versengte ihre Schultern, sein Speichel tropfte auf ihr Gesicht.

»Ja, ja, du Hure! Du dreckige französische Nutte — du widerliches Luder. Da — da hast du's!« röhrte er befriedigt auf. Dann stieß er noch einmal mit grausamer Heftigkeit zu und schlug ihr gleichzeitig ins Gesicht, bis sie das Bewußtsein verlor.

Er war ein Jahr vor Ausbruch des Ersten Weltkrieges in Kalabrien, der Zehe am Stiefel Italiens, geboren worden. Seine Mutter war eine Trinkerin, die ihn vernachlässigte, sein Vater ein unwissender Schwächling gewesen. In einer bitterkalten Winternacht zog man Umberto Scrofo ans Licht der Welt. Über achtundvierzig Stunden lang hatte seine Mutter in den Wehen gelegen und große Qualen gelitten, ehe sie schließlich — wegen der ausgestandenen Schmerzen und des Blutverlustes mehr tot als lebendig — von einem Kind entbunden wurde, dessen Kopf viel zu groß für den kleinen, zappelnden Körper schien.

Carlotta war knapp dreiundzwanzig, das jüngste von sechs Kindern, von denen alle verheiratet waren und selbst schon zwei oder drei Kinder hatten. Die ohnehin große Familie wuchs rasch, so daß das karge Einkommen kaum ausreichte, um die zahlreichen Münder zu sättigen. Das armselige kleine Stückchen Land, auf dem ihr Vater Gemüse anbaute, mußte nicht nur die eigene Brut ernähren, der Ertrag sollte auch noch genug für den Markt abwerfen, damit andere notwendige Dinge gekauft werden konnten.

Carlotta hatte für ihr einziges Kind nie viel übrig, obwohl der Kleine für die Verletzungen bei der Geburt, die den ehelichen Verkehr für sie zu einer äußerst schmerzhaften Sache machten, nichts dafür konnte. Umbertos Vater liebte seinen Sohn, doch als der Junge alt genug war, um zu wissen, welcher von den Männern auf dem bäuerlichen Anwesen sein Vater war, wurde Alberto zur Armee eingezogen, und die Familie sollte ihn drei Jahre lang nicht mehr zu Gesicht bekommen.

Carlotta, die Umberto ihr kleines Schweinchen, ihren Zwerg nannte, verspottete ihn ständig. Insgeheim grollte sie ihm und verzieh ihm weder die Schmerzen, die er ihr zugefügt hatte, noch den Verlust ihres Liebeslebens. Sie begann zu trinken, schüttete den lieben langen Tag große Mengen sauren Rotweins in sich hinein und fing häufig Streit mit den anderen aus der Familie an, da sie eine aggressive und eigenwillige junge Frau war.

Auch Sofia, Umbertos Großmutter, brachte für den häßlichen, kurzgeratenen Jungen mit dem Riesenschädel nur wenig Zeit auf, und seine Vettern folgten bald dem Beispiel der Älteren. Im zarten Alter von sechs Jahren wurde Umberto von der Familie bereits wie ein Ausgestoßener behandelt und mit Spott und Hohn überschüttet.

Mit sieben, als das neugeborene Töchterchen seiner Tante einige Male Umbertos Obhut überlassen wurde, beschloß er eines Tages, sich einen Spaß zu machen. Er stach mit Nadeln in die nackte Kehrseite des Babys, nicht so tief, daß es geblutet hätte, aber doch so, daß das Kleine anhaltend und befriedigend brüllte. Umberto empfand dabei großes Vergnügen, wie er überhaupt feststellte, daß das Quälen von Lebewesen, die kleiner und schwächer als er waren, ihm echten Genuß bereitete. Einmal steckte er eine streunende Katze, die er gefangen hatte, in einen mit Wasser gefüllten Topf auf dem Herd und weidete sich an ihren Schreien. Man ertappte ihn dabei, und Alberto zog ihm die Hose herunter und verabreichte ihm vor der ganzen Familie eine so ausgiebige Tracht Prügel, daß Umberto künftig vorsichtiger wurde. Dieser Zwischenfall stellte für Umberto eine so gewaltige Demütigung dar, daß er seine sadistischen Neigungen einige Jahre im Zaum hielt. In der Zwischenzeit machte er sich daran, jemanden zu suchen, der ihn lieben konnte.

Als er im Alter von zwölf Jahren mit dreien seiner Vettern auf einem Feld pinkelte, deutete Pino, ein strammer Siebzehnjähriger, auf Umbertes Penis und brüllte unter lautem Gelächter: »*Guarda*, das kleine Schwänzchen! Vetter, dein kleiner *cazzo* ist keinen Millimeter gewachsen, seitdem du sieben warst. He, sieh dir mal Benno an.« Er deutete auf den siebenjährigen Benno, der mit seinem kleinen Penis wacker in den Graben zielte und den Strahl fließen ließ.

»*Guarda, guarda!*« Pino brüllte vor Lachen. »Umberto hat das kleinwinzige Ding eines Siebenjährigen!«

Die anderen Jungen umdrängten ihn neugierig, um einen Blick darauf zu werfen, wobei alle stolz ihre Penisse befingerten, die in Umbertos Augen außerordentlich lang und dick aussahen. Er zuckte unwillkürlich zusammen, und sein Schwanz mit ihm. Er war wirklich klein, ganz klein, aber eigentlich war ihm das bisher nicht richtig aufgefallen. Plötzlich aber war er damit ein Gegenstand der Verachtung geworden, eine groteske Zielscheibe des Spottes für die anderen.

Die Jungen berichteten sämtlichen männlichen Angehörigen von ihrer Entdeckung (die Frauen hätten sich solch vulgäre Redereien verbeten), worauf die Neuigkeit sich mit Windeseile unter den Männern des Dorfes verbreitete. Umberto Scrofo hatte einen Penis, der so winzig war wie der eines kleinen Kindes, und das ließen sie ihn nie vergessen. Diese Schmach und Schande sollte für immer an ihm haften bleiben.

Die Größe blieb unverändert. Er versuchte es mit häufiger Masturbation, da einer seiner verständnisvolleren Vettern angedeutet hatte, Praktiken dieser Art könnten das Wachstum eventuell fördern, aber dadurch wurde nur Umbertos

Interesse an Mädchen und Sex geweckt, und seine Verbitterung wuchs.

Mit sechzehn versuchte er sich einer unscheinbaren jungen Bauerntochter aus der Nachbarschaft zu nähern. Sie galt als zugänglich und ›leicht zu haben‹, doch als sie seine kindliche Ausstattung sah, wollte sie sich schier ausschütten vor Lachen. »Das ist der lächerlichste Vorwand für einen Schwanz, der mir je vor Augen gekommen ist«, äußerte sie sich. »Nicht größer als ein Fingerhut. Den würde ich gar nicht in mir spüren — tu dieses klägliche Ding weg, es wird bei keiner Frau etwas taugen.«

Armer Umberto. Erst als er im Frühjahr des nächsten Jahres zur Armee einberufen wurde, ging es mit ihm bergauf. Von da an — als eine Beförderung die andere jagte — tat er keinen Blick mehr zurück, von der Gewißheit erfüllt, daß er mit der Zeit eine Lösung für seine demütigende Unzulänglichkeit finden würde.

2

Yves Moray hatte Inès als zehnjähriges heulendes Häufchen Elend gefunden. Den Daumen im Mund, praktisch in Fetzen gekleidet, so stand sie vor dem heruntergekommenen Mietshaus, in dem ihre Mutter, eine Prostituierte, sich den Hals gebrochen hatte, als sie im Suff die Treppe heruntergestürzt war.

Yves, der Zauberer, wie er genannt wurde, hatte Marie, ihre Mutter, gekannt, freilich nur oberflächlich, da sie viel zu alt gewesen war, um eine seiner *poules de luxe* zu werden. Zum Zeitpunkt ihres Todes war die füllige Blondine zwar erst dreißig gewesen, hatte aber ihre beste Zeit längst hinter sich. Das verängstigte kleine Mädchen, einziger Trauergast bei der Beerdigung ihrer Mutter, war etwas anderes. Aus ihr würde einmal eine exquisite Schönheit werden. Yves erkannte das Potential in ihrem verfilzten honigblonden Haar und in ihren unschuldigen und dennoch sinnlichen schräggeschnittenen blauen Augen. Ihr Wesen aber war kalt, verschreckt und in sich gekehrt. Kein Wunder. Um Maries mütterliche Instinkte war es schlecht bestellt gewesen, so daß Inès sich von frühester Kindheit an sehr allein gefühlt hatte. Yves nahm das verschreckte kleine Ding unter seine schützenden Fittiche, da sonst niemand da war, der es gekonnt oder gewollt hätte. Er sah in ihr eine verwandte Seele, da auch er als Kind früh zur Waise geworden war.

In den ersten Wochen, die sie unter seinem Dach verbrachte, lächelte sie kein einziges Mal. Yves öffnete für Inès seinen Zauberkorb und versuchte sie mit seiner Fingerfertigkeit zu faszinieren, indem er Zaubertricks mit Karten und bunten Schals vorführte und mit Orangen jonglierte. Doch das kleine Mädchen saß nur daumenlutschend da und sah ihm wie gebannt zu, mit großen Augen, deren Ausdruck traurig und ernst blieb.

Eines Tages rauchte Yves, wie immer von dem Kind fasziniert beobachtet, eine Zigarette. »Wie findest du das, Inès?« fragte er und ließ die brennende Zigarette auf seiner Zunge balancieren, während er das kleine Mädchen glotzäugig anstarrte, bis zwei lange Rauchfahnen aus beiden Ohren aufstiegen.

Daraufhin lachte Inès laut auf und hörte nicht auf zu lachen, bis ihr Tränen übers Gesicht liefen. Yves hob sie hoch, drückte sie fest an sich, und von da an war das Eis gebrochen. Inès hatte gelächelt, und wenn ihr geliebter Yves in der Nähe war, gab es fortan für sie viel Grund zu lächeln.

Yves war gütig und lieb zu Inès, schickte sie zur Schule, versorgte sie mit warmer Kleidung und ausreichendem Essen. Und er zauberte zu gern mit seinen Kunststücken ein wenig Glück in ihr trauriges Gesichtchen. Binnen eines Jahres war sie ihm völlig verfallen und folgte ihm im Haus wie ein Hündchen überallhin, dennoch spürte er, daß Inès vor Männern Angst hatte. Die einzigen Männer, die sie je kennengelernt hatte, waren die ungehobelten Galane, die sich linkisch um ihre Mutter bemüht hatten, Tagediebe aus finsteren Gäßchen, die für wenige Francs Maries Körper kauften und sie nicht selten mißhandelten. Wie oft war Inès am Morgen vom Wehklagen ihrer Mutter aufgeweckt worden, die ein blaues Auge oder geschwollene Lippen begutachtete, Blessuren, die sie einem dieser ›Herren‹ verdankte. Die schüchternen Hilfsangebote ihrer Tochter verschmähend, lohnte Marie ihr die Fürsorge oft mit einer handgreiflichen Grobheit und schickte sie sodann zur Schule.

Manchmal hatte Marie Glück und zog einen ›Mic‹ an Land, meist aber war es irgendein herzloser Zuhälter aus dem Gassengewirr von Monmartre, der Marie im Gegenzug für das Bißchen lieblose Liebe, das er für sie übrighatte, um ihren Verdienst erleichterte und das Geld für Whisky, andere Frauen und starkduftende Haarpomade ausgab.

Als Marie in die Jahre kam, wurden ihre Zuhälter zunehmend habgieriger, hassenswerter und liebloser. Marie schien Männer förmlich anzuziehen, die sie schlecht behandelten und schlugen, und wenn sie genügend Absinth getrunken hatten, dann schlugen sie auch Inès. Mit der Zeit erwachte in dem Kind Haß auf die Mutter und die bösen Männer, die sie beide schlugen, doch das nützte ihr nichts.

Bis zum Tod ihrer Mutter hatte Inès von einem Mann noch nie ein freundliches Wort zu hören bekommen. Sie wußte nur zu gut, was Zuhälter waren und was sie machten, und sie sah auch, wie grob sie mit ihren Frauen umsprangen. In ihrem kindlichen Herzen wußte sie genau, daß keiner von ihnen auch nur einen Sou wert war. Aber Yves Moray entpuppte sich als völlig anderer Typ. Jünger als die üblichen *marcous,* denen Marie bisher begegnet war, hatte er ein von einem verschmitzten Lächeln beherrschtes Gesicht, das durch eine Nase mit gewölbten, beim Lachen wie bei einem Pferd geblähten Nüstern noch anziehender gemacht wurde. Sein hellbraunes, weiches, lockiges Haar klebte ihm in nassem Zustand in dichten griechischen Löckchen am Kopf.

Um seine fröhlichen braunen Augen, aus denen Leben und Heiterkeit blitzten, legten sich bezaubernde Fältchen, wenn er lachte, was oft der Fall war. Inès pflegte ihn abends am Küchentisch sitzend und mit Aufgaben beschäftigt, verstohlen zu beobachten. Einige aus seinem erlesenen Stall von Mädchen saßen ihm meist bewundernd zu Füßen, während er sie mit Zaubertricks amüsierte, sie liebevoll streichelte, als wären sie Kätzchen, und ihnen das Gefühl verlieh, etwas Besonderes, etwas Hochgeschätztes zu sein. Alle Mädchen beteten Yves an, nicht nur seiner Güte, seines liebenswerten gewinnenden Wesens und schalkhaften Lächelns wegen, sondern weil seine Zaubertricks sie faszinierten. Er konnte mit sechs Orangen gleichzeitig jonglieren, ohne eine einzige fallen zu lassen, ein Kunststück, für das die Mädchen ihm mit freudigem Gekreisch Beifall spendeten. Er beherrschte zauberhafte Kartentricks, brachte es zustande, daß Pik-As und Herzkönig sich in Luft auflösten, um sie dann unter dem Rock eines der Mädchen zu ›entdecken‹, was unweigerlich so lautes Gelächter hervorrief, daß Inès mißbilligend von ihren Hausaufgaben aufblickte und sich wünschte, Teil des verzauberten Kreises zu Yves' Füßen zu sein. Ja, er verfügte über alle möglichen hinreißenden Kunststückchen, um seine Mädchen in seinen Bann zu schlagen. Denn Yves legte Wert darauf, die Menschen in seinen Bann zu schlagen. Seit seinem zehnten Lebensjahr hatte er Kindheit und Jugend damit verbracht, auf den Straßen des Montmartre die Zaubertricks und Fingerfertigkeiten vorzuführen, die er auf den Knien seines Vaters gelernt hatte. Schon mit siebzehn war er von Mädchen umschwärmt, die seinem frechen Charme erlagen. Es dauerte auch nicht lange, und er konnte sein Leben als Straßenkünstler aufgeben und sich von den Mädchen aushalten lassen. Bei Yves, dem Zauberkünstler, kam nie Langeweile auf.

Bald hatte er auch Inès völlig verzaubert, und sie versuchte nun, ihn auf frühreife Art für sich zu gewinnen. Inès wollte, daß er sie liebte. Sie lechzte nach seiner Zuneigung. Er war der Vater, den sie nie gekannt hatte, der freundlich lachende Onkel, den sie sich immer gewünscht hatte, der Geliebte, den sie erobern und zu ihrem Eigentum machen wollte. Yves fand sie zwar reizvoll, doch war sie zu jung, Grund für ihn, sie über fünf Jahre lang warten zu lassen. Sie warten zu lassen, bis sie glaubte, vor Verlangen sterben zu müssen. Sie enttäuscht im vorderen Salon seines Hauses im noblen Pariser Vorort Neuilly ausharren zu lassen, sie lauschen zu lassen, während er sich mit Francine oder Olivia oder Anna oder einer der anderen der Liebe hingab. Manchmal belauschte sie ihn, indem sie ihr Ohr an ein gegen die Wand zwischen ihren zwei Schlafzimmern gehaltenes Wasserglas preßte. Bitterlich weinend hörte sie das Stöhnen des Mannes, den sie anbetete, während er andere Frauen liebte, und manchmal berührte sie sich unbeholfen und fand dabei Erleichterung.

An Gesicht und Körper früh erblüht, stand Inès an ihrem sechzehnten Geburtstag rosig und golden vor ihm und küßte ihn auf die Lippen, um ihm für die vielen kleinen Geschenke zu danken, die er für sie gekauft hatte.

Ein schmales Armband aus Bernstein- und Silberperlen, in einem Trödelladen hinter der Rue Jacob entdeckt, hatte es ihr ganz besonders angetan. Als er den filigranzarten Verschluß an ihrem schmalen Handgelenk zumachte, vermeinte er den Moschusduft zu riechen, der von ihrer Haut ausging. »Ach, vielen Dank, Yves.« Ihr Lächeln, das dem einer unschuldigen Venus glich, ließ sie noch verführerischer erscheinen. »Es ist das schönste Armband, das ich je gesehen habe ... Ich werde es nie ablegen. *Niemals.*«

Sie trug ihre schlichte Schuluniform, eine weiße Bluse mit breitem Kragen, dazu einen dunkelblauen Trägerrock, wadenlang und gefältelt, derbe Schuhe und wollene Kniestrümpfe. Das Haar fiel ihr bis auf den halben Rücken und ringelte sich in zarten Strähnen um ihr ovales Gesicht. Mit ihren klaren blauen Augen und der goldgetönten Haut glich sie einem Botticelli-Engel. Yves war ein Mann, der Frauen aufrichtig zu schätzen wußte, obwohl er sie ausnützte. Er musterte sie: der verführerische, wissende Gesichtsausdruck, der ihn bevorstehende Wonnen ahnen ließ; die knospenden Brüste, deren rosiggetönte Spitzen unter der Bluse hart wurden. Ihre halboffenen hellen Lippen schienen sich nach einem Kuß zu verzehren. Seine Augen wurden schmal, als sie dem kühnen Blick des jungen Mädchens begegneten, der ihm sagte, was sie ersehnte. Sie war reif, sie war bereit, es war Zeit. Endlich ließ Yves der Zauberer sich von der jungen Verführerin erobern.

Stundenlang liebten sie sich in der warmen, weichen Dunkelheit seines Bettes. Sie wußte, wie es gemacht wurde — oft genug war sie zugegen gewesen, wenn ihre Mutter arbeitete.

Seitdem Inès ihre Umgebung bewußt wahrnahm — seit ihrem fünften oder sechsten Jahr etwa — hatte sie beobachtet, was Marie mit ihren Männern machte. Einige hatten so großen Gefallen an den Künsten ihrer Mutter gefunden, daß sie wochenlang wiederkamen, monatelang, sogar jahrelang. So war es gekommen, daß Inès, obwohl körperlich Jungfrau, bei ihrer Mutter eine Lehre der Liebeskunst absolviert hatte. Mit natürlichem Instinkt und den in stundenlanger Beobachtung gelernten Lektionen ließ sie Yves den leidenschaftlichsten Liebesakt seines bisherigen Lebens erleben. Von nun an teilte Inès Yves' Bett allnächtlich. Bald war er völlig in den Bann dieses Kindes mit dem herrlichen Gesicht, dem zauberhaften Körper und den erotischen Tricks einer erfahrenen Kurtisane geraten — und er schaffte es sogar, ihr noch mehr beizubringen.

Ein halbes Jahr später, zu Ausbruch des Krieges, als in Frankreich die Hölle los war, flohen einige von Yves' ständigen Mädchen aus Paris. So blieb ihm nichts übrig, als Inès zur Arbeit zu schicken, anfangs im L'Éléphant Rose, dem Nachtclub, der Gabrielle Printemps gehörte.

Als Tochter einer Hure warf das Inès durchaus nicht aus der Bahn. Yves liebte sie, sie betete ihn an, und alles andere kümmerte sie nur wenig. Eine professionelle Prostituierte zu sein, war nur ein Job. Es gefiel ihr nicht, und es mißfiel ihr nicht. Dies schien ihr vorgezeichneter und unvermeidlicher Lebenslauf zu sein.

Die Männer, mit denen sie schlief, bedeuteten ihr nichts, in Gedanken war sie weit weg, während sie ihren Körper in Besitz nahmen. Sie wußte, daß sie ihr Herz nie besitzen konnten, da es ganz und gar Yves gehörte, ihrem wundervollen, zauberischen Yves. Sie war ganz sein, und was andere Männer mit ihr trieben, konnte an ihrer Hingabe zu Yves nichts ändern.

Symbol der starken und reinen Leidenschaft, die sie verband, war für Inès das schimmernde Armband aus Bernstein und Silber, das ihr Handgelenk als Sinnbild ewiger Liebe umschloß.

3

Als es allmählich hell wurde, kam Inès zu sich und blickte um sich. Ihr Kopf dröhnte und schmerzte. Die Blutspuren im Bett stammten von ihr, die Schmerzen, die sie am ganzen Leibe spürte, waren so stark, daß sie den Tränen nahe war. Sie mußte diesem abstoßenden Scheusal, das neben ihr schnarchte, entkommen, sie mußte fort, auf der Stelle — doch er hatte sie noch nicht bezahlt. Einerlei, sie würde sich das Geld selbst nehmen. Verdient hatte sie es sich weiß Gott.

Bitte, laß ihn weiterschlafen, betete sie, als sie lautlos aufstand und sofort vor Schmerz zusammenzuckte. Seine Hose lag auf dem Boden, wo er sie hingeworfen hatte, neben der weggeworfenen Peitsche und der scheußlichen Penisattrappe. Noch immer spürte sie den betäubenden Schmerz, den er ihr zugefügt hatte. Rasch machte sie sich daran, seine Taschen zu durchsuchen, doch es befand sich kein Geld darin, nur ein schmutziges Taschentuch. Nach einem Blick auf den Schlafenden schlich sie auf Zehenspitzen ins marmorne Bad, wo sie im mannshohen Spiegel ihr verquollenes und tränenüberströmtes Gesicht sah, ihre mit Striemen und Verfärbungen bedeckten Schultern und Brüste, das getrocknete Blut an den Schenkeln. Sie hockte sich übers Bidet und wusch sich mit parfümierter Seife. In dem Moment, als sie vor Schmerzen zusammenzuckte, fiel ihr Blick auf das dicke Banknotenbündel, das seitlich vom Waschbecken lag, neben Rasierzeug und Zahnbürste. Es waren sehr viele Banknoten, mehr als sie gewöhnlich in einer ganzen Woche verdiente. Sollte sie nur das nehmen, was ihr zustand, oder das ganze Geld, quasi als Schmerzensgeld für die Scheußlichkeiten, die Scrofo ihr angetan hatte? »Nimm alles«, flüsterte sie dem bleichen, gedemütigten Mädchen zu, das ihr verhärmt aus dem Spiegel entgegenblickte. »Du hast es dir verdient, Inès.«

Hastig wollte sie nach den Geldscheinen greifen, als der Italiener ins Bad stürzte. Kaum hatte er erfaßt, was sie tat, packte er sie an den Haaren und stieß ihren Kopf mit voller Wucht gegen die Marmorwand.

»Eine Hure und eine Diebin dazu?« höhnte er. »Es gibt nur eine Art, mit Abschaum wie dir umzuspringen — dir noch mehr von dem zu verpassen, was du gestern bekommen hast.« Sie sah erschrocken, daß er das widerwärtige Gummiding in der Hand hielt und wieder erregt war. Er drängte sie zum Waschbecken, ohne auch nur einen Moment in seiner Litanei der Unflätigkeiten innezuhalten. O Gott, er wollte es wieder tun! Das konnte er nicht, er konnte es einfach nicht. Es war ihr unerträglich, ihr Körper konnte es nicht mehr aushalten.

»Bitte nicht«, schluchzte sie. »Bitte, bitte aufhören ... das können Sie nicht wieder tun. Bitte, Sie können nicht ... Ich verspreche, daß ich wiederkomme, wenn es mir besser geht. Ich habe solche Schmerzen ... solche Schmerzen. Sehen Sie doch, ich blute noch immer.«

»Gut.« Sein Grinsen ließ spitze gelbe Zähne sehen, sie

roch Knoblauch und schalen Champagner, sah, daß seine Augen blutunterlaufen und zornig waren. »So wie *du* es möchtest, mache ich es nur mit *anständigen* Frauen«, stieß er hämisch hervor. »Mit Italienerinnen, mit *braven* Mädchen, mit Damen, aber nicht mit französischen Nutten wie dir ... *So* mache ich es mit *Abschaum.*« Er beugte sie übers Becken. »Wir werden es *so* machen — und dann werden wir es wieder *damit* machen.« Er schwang das Gummispielzeug vor ihr. »Mein kleiner Gummifreund. Er gefällt dir doch, Inès, oder? Ich weiß, daß er dir letzte Nacht gefallen hat.«

»Nein!« schrie Inès auf. »Nicht! Bitte!«

Wie in Trance fiel ihr Blick plötzlich auf das altmodische, zum Halsabschneiden förmlich herausfordernde Rasiermesser, das offen auf dem Marmortisch lag. Ohne zu überlegen, von Angst und unerträglichem Schmerz getrieben, faßte sie nach dem Rasiermesser und holte damit blindlings nach hinten aus. Sie hörte Scrofo schrill schreien — dann folgte ein dumpfer Aufprall. Inès stockte der Atem, als sie sich umdrehte und sah, was sie angerichtet hatte. Die Klinge hatte seine Kehle so feinsäuberlich durchschnitten, als hätte eine Schneiderin Stoff abgetrennt. Blut sprudelte aus der Wunde, er verdrehte die Augen. Kein Zweifel, er lag im Sterben. Gräßlich keuchende Geräusche entrangen sich seiner Kehle, und während sie schreckensstarr dastand, sank sein riesiger Kahlkopf, überströmt von dem Blut, das aus dem Hals quoll, seitlich zu Boden. Von Panik erfaßt schaute Inès den Toten an. Sie hatte einen italienischen Besatzungsoffizier getötet. Was um alles in der Welt sollte sie jetzt tun?

Vor Angst wie gelähmt wußte Inès nicht, wie lange sie so verharrte und Scrofo anstarrte, aus dessen Hals und Mund Blut auf die schimmernden schwarzen und weißen Marmorkacheln floß. Sie warf einen Blick auf ihr Spiegelbild und sah ein zu Tode erschrockenes Mädchen, dem das Haar in wirren Strähnen ins Gesicht fiel, dessen Augen wild blickten und das Blut an den Händen hatte. Sie mußte hier schleunigst fort!

Es war sieben Uhr. Wann würde einer der Adjutanten des Generals ihn sprechen wollen? Scrofo mußte doch mit Armeeangelegenheiten, mit Manövern, mit irgend etwas befaßt sein, er war ein wichtiger Teil der Kriegsmaschinerie. Das hatte er im Café zu ihr gesagt. Ihr Verstand zog rasend schnell sämtliche Möglichkeiten in Betracht. Nun, sie konnte einfach gehen, nachdem sie ihr rotes Kleid und den schäbigen Mantel angezogen hatte, mit dem sie am Abend gekommen war. Der Portier hatte sie kaum eines Blickes gewürdigt. Er würde sich an sie nicht erinnern — oder doch?

Ihre Finger massierten die aufgeschürften Gelenke, die von Scrofos Brutalitäten wund waren. Als sie warmes Wasser darüberlaufen ließ, bemerkte sie zu ihrem Entsetzen, daß sie ihr Glücksarmband verloren hatte. Vor Angst am ganzen Leib zitternd lief sie ins Schlafzimmer, schlug die blutigen Laken zurück und suchte verzweifelt nach ihrem kostbarsten Besitz. Das Armband — ihr Talisman — jeder der sie kannte, würde auf den ersten Blick das feine Band aus Bernstein- und Silberperlen, das sie immer trug, erkennen. Fand man das Armband, dann war es nur eine Frage der Zeit, bis man auch sie fand. Von panischer Angst erfüllt, ließ sie sich auf den Boden nieder, um auf Händen und Knien kriechend das Armband zu suchen, das jedoch unauffindbar blieb. Tränen rollten ihr übers Gesicht, brannten auf ihren aufgesprungenen Lippen, ihren aufgeschürften Wangen. Dann fiel es ihr ein — sie hatte es gestern gar nicht getragen? Der Verschluß war locker geworden, und Yves hatte versprochen, das Armband zur Reparatur zu bringen. Gott sei Dank, ach, Gott sei Dank!

Wieder im Bad, griff sie nach dem Banknotenbündel — die Italiener wurden offenbar gut bezahlt —, rannte zurück ins Schlafzimmer und zog sich in aller Eile an. Mit Ausnahme eines roten Strapses fand sie alles. Na, wenn schon . . . Jede Hure in Paris trug rote Strapse. Damit konnte man ihr wohl nicht auf die Spur kommen, oder?

Sie steckte den anderen Straps und ihre Strümpfe in eine

Manteltasche und öffnete vorsichtig die Tür der Suite, um den langen, verlassenen Korridor entlangzuspähen. Mit rasendem Herzklopfen schlich sie auf Zehenspitzen zur Hintertreppe, in der Hoffnung, den Personaleingang zu finden. Während sie sich hinunterstahl, hörte sie Gelächter und das Öffnen einer Tür. Rasch versteckte sie sich hinter einer Biegung der Treppe, als einige Mädchen schwatzend den Korridor entlanggingen, um ihre Schicht anzutreten. Schäbig gekleidet verschwanden sie in einem Umkleideraum, kamen in gestärkter blauweißer Stubenmädchentracht wieder heraus und machten sich eilig an ihre Arbeit.

Inès Herz schlug so stark, daß sie schon befürchtete, die schwatzenden Mädchen könnten es hören. Ihre größte Sorge aber galt den Sicherheitsvorkehrungen des Hotels am Hintereingang. Würden wie bei so vielen Hotels Posten das Personal nach jeder Schicht nach eventuellem Diebsgut durchsuchen? Mußten die Angestellten Identitätsausweise bei sich haben, die bescheinigten, daß sie hier beschäftigt waren? Es war fast so riskant, als wenn sie den Haupteingang benutzt hätte — und sie mußte ihre Entscheidung rasch treffen.

Sie warf einen Blick auf die Armbanduhr, auch ein Geschenk von Yves — fast halb acht. Seit sie dem General mit dem Rasiermesser die Kehle durchgeschnitten hatte, war über eine halbe Stunde vergangen. Sie schauderte, als sie daran dachte, was man mit ihr anstellen würde, falls man sie erwischte. Die Hinrichtung war noch der leichteste Tod, den jemand ihres Alters und Berufs erwarten konnte. Zweifellos würde man sie nach den unvermeidlichen vielfachen Vergewaltigungen den raffiniertesten Foltern unterwerfen, so daß der Tod Erlösung bedeutete. Nein ... sie war entschlossen, diesem Schicksal zu entgehen. So hatte sie sich ihr Leben nicht vorgestellt.

Trotz ihrer Vergangenheit, trotz ihres schändlichen Berufs verfügte Inès über angeborenen Stolz und einen starken Glauben an sich selbst. Sie war zur Flucht fest entschlossen.

Der Strom eintreffender Mädchen war zu einem Tröpfeln versiegt. Noch zwei abgehetzte, knabenhaft aussehende junge Frauen, halbe Kinder, huschten vorbei, dann herrschte Stille; jetzt oder nie, hieß die Losung.

Inès nahm ihren ganzen Mut zusammen, lief die Treppe wieder hoch und betrat den kleinen Raum, in dem die Zimmermädchen sich umzogen. Keines der Mädchen würdigte sie auch nur eines Blickes, so sehr waren sie damit beschäftigt, sich anzuziehen und zu tratschen. Mit gesenktem Kopf ging Inès auf den letzten der schäbigen Mäntel zu, die an einer Reihe von Haken hingen. Unter jedem Haken befand sich ein versperrbarer Behälter aus Holz und Draht, in dem die Mädchen ihre Handtaschen und Straßenschuhe aufbewahrten. Die Identitätsausweise mußten in den Handtaschen stecken.

Inès zog den abgetragenen und für sie viel zu langen Mantel an. In der Tasche entdeckte sie ein dünnes Tuch, das sie sich um ihr verfilztes Haar band. Jetzt brauchte sie nur noch Papiere. Verstohlen zog sie an den Schnappverschlüssen einiger Drahtbehälter. Alle waren fest verschlossen. Einerlei, sie hatte ihren Mantel und das Tuch, und, was am wichtigsten war, sie hatte viel Mut. Den Gürtel des Mantels festziehend, folgte sie zwei schnatternden Zimmermädchen, die ihre Schicht hinter sich hatten und nun über Granitstufen hinunter in ein kleines Foyer klapperten, von dem aus man auf die Rue Cambon gelangte. Ein Sicherheitsmann des Ritz, dem eine Zigarette schlaff aus dem müden Mund hing, saß an seinem Schreibtisch. Hinter ihm stand ein deutscher Unteroffizier, der die Wand gegenüber mit dem Ausdruck tiefster Melancholie anstarrte.

Hans Meyer gehörte üblicherweise zu den eifrigsten und gründlichsten Posten, ausgerechnet an diesem Morgen aber war er in Gedanken anderswo. Am Abend zuvor hatte er einen Brief aus der Heimat bekommen, von seiner Verlobten. Sie hatte sich in seinen eigenen, seit Jahren verwitweten Vater verliebt. Wenn Hans den Brief in den Händen hielt, würden sie bereits verheiratet sein. Natürlich täte es ihr unendlich leid — die Härten des Krieges und alles ... aber so war das Leben, und sie hoffte sehr, Hans würde es verstehen. Er hatte vor Wut getobt, hatte sich bis zur Besinnungslosigkeit vollaufen lassen und litt jetzt unter dem ärgsten Kater seines Lebens. Heute nahm er keine Notiz von den schwatzenden Mädchen, die den Inhalt ihrer Handtaschen vor dem Posten auf den Tisch leerten. Sein Vater! Seine schöne zweiundzwanzigjährige flachshaarige Braut würde seinen kahlköpfigen sechzigjährigen Vater heiraten! Zwischen Anfällen von Übelkeit schmiedete er Rachepläne und schenkte der flüchtigen Untersuchung, die der Wachposten den Sachen der Mädchen angedeihen ließ, keinerlei Beachtung.

Auch Inès leerte ihre Handtasche auf den Tisch aus, und der Posten kontrollierte halbherzig den spärlichen Inhalt. Lippenstift, Spiegel, Kamm, einen Schlüssel, ein paar Francs. Die gebündelten zweitausend Francs waren in ihrem Schuh versteckt.

»In Ordnung, Sie können gehen«, sagte der Posten. »Die Nächste.«

Inès, die darum betete, der Uniformierte würde ihr Gehumpel nicht zum Anlaß für Fragen nehmen, stopfte die Sachen zurück in die Tasche und trat hinaus in die golden strahlende Sonne von Paris.

Frei! Sie war frei. Aber für wie lange?

4

Im Frühjahr 1943 schien die Gestapo in Paris allgegenwärtig — ein unheimlicher Anblick, in schwarzen Mercedes-Limousinen lauernd, in schwarzen Ledermänteln, das gefürchtete Hakenkreuz auf dem Ärmel. Die Gestapo-Leute rauchten übelriechende Zigaretten und blickten alle Vorübergehenden mit kalten, toten Augen an.

Meist schlug die Gestapo in der Nacht zu. In kleinen Gruppen, mit harten Gesichtern, die für menschliches Leid unempfindlich geworden waren, manchmal von scharfen, an ihren Leinen zerrenden deutschen Schäferhunden begleitet, drangen sie ohne Vorwarnung in die Wohnungen ihrer Opfer ein. Die Hunde konnten ›Feinde des Reiches‹ aufspüren, wo immer sich diese versteckt hielten — in Kellern, Schränken, sogar hinter Mauern.

Nacht für Nacht stöberte die Gestapo Gruppen versteckter Juden auf, trieb sie zusammen und verfrachtete sie auf Lastwagen Gott weiß wohin. Alle französischen Juden mußten Abzeichen mit den großen gelben Lettern JUIF tragen, und niemand konnte wissen, wann er das gefürchtete Gekläff der Schäferhunde und das stakkatoartige Klopfen der Häscher an der Tür hören würde. Es war für die Juden ein Leben in ständiger Angst, aber alle taten ihr Bestes, um die Furcht zu verbergen.

Mit blankpolierten Lederstiefeln, mit grauen, abzeichenbehängten Uniformen fiel in jenem Frühling der lange, dunkle Schatten des Dritten Reiches auf die gesamte jüdische Bevölkerung Frankreichs. Erregte allein der Anblick der deutschen Besatzer den Abscheu jedes aufrechten Patrioten, so war man mit echt französischem Geist dennoch bemüht, ein möglichst normales Leben zu führen. Die Besatzungssoldaten, deren grobgeschnittene Gesichter von häßlichen Helmen mit straffen Kinnriemen umrahmt wurden, waren unbarmherzig, gnadenlos. Man hatte sie in Deutschland lange auf dieses Ziel hin ausgebildet, und nun traten sie den Franzosen mit unverhüllter Verachtung entgegen.

Agathe Guinzberg hatte ihre letzten Mädchenjahre in einem Kellerversteck am Montparnasse verbracht. Das Haus gehörte Gabrielle Printemps vom L'Éléphant Rose, dem Nachtclub von nebenan, dem bevorzugten Lokal der Besatzungsoffiziere und ihrer Flittchen.

Gabrielle lebte mit ihrem Großvater, ihrer Mutter und ihrem behinderten achtzehnjährigen Bruder Gilbert zusammen. An dem Abend, als die Gestapo kam, um die jüdische Familie abzuholen, hatte Agathe sich zufällig im Haus der Printemps befunden, um Gilbert vorzulesen. Als man bei den Printemps sah, was sich im Haus gegenüber abspielte, überredete man Agathe, sich im Keller zu verstecken. Durch die Spitzengardinen spähend, beobachtete Gabrielle, wie Agathes Familie ohne viel Umstände auf die Ladefläche eines Lasters gestoßen wurde. Drei kleine Mädchen unter zwölf, zwei Jungen, etwa fünfzehn und sechzehn, und ihre Eltern. Dem Kommandanten der Abteilung war offenbar entgangen, daß er eine achtköpfige jüdische Familie zum Abtransport ins Lager hätte abholen sollen. Außerdem war er müde. Es war die vierzehnte Familie, die sie in jener Nacht ›eingesammelt‹ hatten, und er wußte nur, daß die Familie mehrere Kinder hatte. Nun, dies waren ja mehrere, und damit hatte sich's. Die Quote für den Abend war erfüllt, jetzt konnte er Schluß machen und sich amüsieren.

Der Laster brachte die Guinzbergs wie alle anderen jüdischen Familien dieser Straße in ein provisorisches Lager außerhalb von Paris, von wo aus sie bald mit einigen Hundert anderer Familien nach Buchenwald deportiert wurden. Nie wieder hörte man etwas von ihnen.

In ihrem Versteck im Keller der Printemps lernte die achtzehnjährige Agathe allmählich, sich an ein Leben mit Spinnen und Kakerlaken zu gewöhnen; mit Moder und mit Kanalgeruch; mit Ratten, mit Mäusen und mit den unsäglichen Schreckgespenstern ihrer fruchtbaren Phantasie. Man hatte ihr einen Vorrat an Kerzen mitgegeben, ihr aber eingeschärft, sie nur sparsam zu benutzen. Ihre einzige ausgiebigere Mahlzeit bekam sie von Gabrielle am Morgen, wenn die letzten Schritte der betrunkenen Besatzer auf dem Straßenpflaster verhallt waren. Erst dann gestattete Agathe sich, eine Kerze anzuzünden, ihr Essen zu sich zu nehmen und die nächsten spärlichen kostbaren Stunden in den Winkeln ihrer Gruft mit Lesen zu verbringen. Gelegentlich kam mit dem Essen eine kurze Nachricht von Gabrielle – die letzten

Kriegsmeldungen, gute oder schlechte, oder vielleicht eine besorgte Frage nach ihrem Befinden. Gabrielles Angst, mit Agathe zu sprechen, grenzte an Verfolgungswahn. Sie glaubte, daß die Wände, ja sogar die Böden Ohren hätten, und beschränkte daher jedes Gespräch auf das Notwendigste. Agathe konnte sich nur einmal wöchentlich waschen, wenn Gabrielle ihr eine Schüssel mit lauwarmem Wasser hinunterbringen ließ. Bald hingen ihr die Kleider in Fetzen um den dünnen Körper. Wenn ihr Kopf so juckte, daß sie es kaum mehr aushalten konnte, suchte sie sich die Läuse aus den Haaren und knackte sie zwischen den Daumennägeln.

Während so jeder Tag zur endlosen Nacht wurde, begann Agathes Verstand, sich eine eigene Welt zu schaffen. Bis auf die kostbaren Kerzenpausen herrschte ständige Dunkelheit, dazu war es bitter kalt und feucht. Agathe aber hatte den größten Trost zur Verfügung, den es geben konnte — Bücher.

Litt ihr Körper auch unter Nahrungsmangel, so traf dies auf ihren Geist nicht zu. Gabrielles Vater war Buchhändler, der sich auf seltene Ausgaben spezialisiert hatte, so kam es, daß der Keller mit ledergebundenen Ausgaben von Balzac, Moliere, Racine und dem großen Victor Hugo vollgestopft war; mit Lyrik von Byron, Shelley, Voltaire, Baudelaire und Robert Browning; dazu kamen Abenteuerromane von Dumas und Rider Haggard — dies alles stapelte sich in dem feuchten Verlies. Es wäre besser, die kostbaren Bände fielen dem Schimmel zum Opfer, hatte Großvater gesagt, als daß sie in die Hände der Deutschen gerieten. Im Laufe der vielen einsamen Monate las Agathe Hunderte von Büchern, während sie darum betete, die Besatzung möge ein Ende finden.

Von Kind an hatte Agathe Ballettunterricht genommen — ihr Ehrgeiz war es, Primaballerina zu werden. Um nicht den Verstand zu verlieren, übte sie oft in der Dunkelheit, wirbelte, drehte und beugte sich wie wahnsinnig, die Melodien von *Schwanensee* und *Giselle* summend und vom Ruhm träumend, der ihr gewiß war, sobald ihre Gefangenschaft ein Ende hätte. Die Tage bis zu ihrer Freilassung konnte sie nicht zählen, da sie ja nicht wußte, wann es soweit sein würde. Sie war eine Gefangene ohne Aussicht auf Freiheit, ein Häftling, der das Ende der Haft nicht abzusehen vermochte.

Bei ihrer Verbannung in den Keller hatte Gabrielle ihren Rosenkranz Agathe mitgegeben. Agathe fand, obwohl jüdischen Glaubens, Trost in den Bernsteinperlen mit dem Kreuz, ließ sie ständig durch die Finger gleiten und betete um Befreiung.

Zuweilen kritzelte sie ein paar verzagte, an Gabrielle gerichtete Zeilen. »Wie lange kann der Krieg noch dauern?« Die Antwort lautete stets: »Nicht mehr lange, Kind, das hoffe ich sehr. Bewahre deinen Glauben, wir alle beten um ein baldiges Ende.«

Nacht für Nacht hörte Agathe das rauhe Gelächter der deutschen und italienischen Offiziere, die den Nachtclub nebenan besuchten, das schrille, hohe Gekreisch der jungen Huren und Gabrielles heisere Stimme, die für sie sang. Von Ratten und Kakerlaken umgeben, vor Kälte zitternd, ging ihr allmählich die Bedeutung des Wortes Haß auf.

Eines Abends, noch ehe der Club geöffnet hatte, kam die Gestapo und durchsuchte routinemäßig das Haus. Während Gabrielle und ihre Familie verhört wurden, schnüffelten zwei Schäferhunde in den Schlafzimmern, im Wohnzimmer und in der Küche herum. Agathe hörte das Stiefelgepolter über sich und erstarrte. Die Kelleröffnung war von einer Metallplatte im Fußboden der Spülküche verdeckt und durch rissiges Lineoleum getarnt. Agathe zitterte auf ihrem schmutzstarrenden Lager in der Finsternis, blieb jedoch unentdeckt, da die Hunde durch den verlockenden Fischgeruch aus der Speisekammer abgelenkt wurden und mit freudigem Kläffen darauf reagierten.

Immer wenn Gabrielle auf der Straße einer Abteilung Soldaten begegnete, überlief sie ein Schaudern, und sie mußte den Blick abwenden. Und immer wenn sie einen Teller mit

Essen zu Agathe hinunterbrachte, fragte sie sich voller Angst, wie lange es dauern würde, bis man das Mädchen entdeckte und Gabrielles Familie dafür bestrafte, daß sie eine Jüdin versteckt hatte. Doch mit dem Vergehen der Monate und Jahre wurde ihr klar, daß Agathe von den Nazis vergessen worden war und für sie nicht mehr existierte.

Während man die jüdische Bevölkerung systematisch auslöschte und der Hunger in Frankreich immer spürbarer wurde, setzte die Resistance ihre Arbeit fort.

Maurice Grimaud galt als bester Fälscher von ganz Frankreich und war ein unübertroffener Experte im Fabrizieren von Identitätspapieren und Pässen. Als hochgeschätztes Mitglied der Resistance fraternisierte er wöchentlich einige Male im L'Éléphant Rose mit den Deutschen und spielte den jovialen Trunkenbold und Spaßvogel, der den verhaßten Feind zum Lachen brachte. Die Deutschen fanden seine idiotischen Späße ungeheuer komisch und luden ihn immer wieder ein, sich zu ihnen zu setzen und Witze zu reißen. Da Alkohol die Zungen lockert, schnappte er auf diese Weise viele Informationen auf, die für die Resistance von größtem Wert waren.

Maurice war ein Mann mit so vielen Gesichtern und so vielen Verstecken, daß die Gestapo ihn niemals zu fassen bekam, da über seine wahre Identität nichts bekannt wurde. Er war ein Meister der Verkleidung, ein Experte für Kalligraphie und für Fälschungen aller Art, dessen Arbeit für die französische Untergrundbewegung schon legendär geworden war. Von den neun Leben, über die er verfügte, hatte er noch kein einziges eingebüßt.

Er war auch ein großzügiger alter Freund Gabrielles, die sich Agathes wegen zunehmend Sorgen machte und schließlich den Entschluß faßte, mit Maurice über das Mädchen zu sprechen. Beim letzten Mal, als Gabrielle das Gesicht Agathes im Schein einer Taschenlampe gesehen hatte, war sie erschrocken. Agathe war so abgezehrt, daß von ihr kaum noch etwas da war, ihr Haar war weiß geworden, ihr Gesicht so schmal, daß die Backenknochen wie spitze Scherben hervortraten, und ihre Augen lagen so tief in den Höhlen wie bei einer um Jahrzehnte älteren Frau. Ihr Aussehen hatte sich so stark verändert, daß Gabrielle sich entschloß, sie ausgestattet mit neuen Papieren aus ihrem Kellerverlies zu befreien. Kein Mensch würde sie wiedererkennen. Gabrielle befürchtete zudem, daß im Falle von Agathes Tod — der angesichts des schwächlichen und kranken Aussehens des Mädchens durchaus im Bereich des Möglichen lag — das Beiseiteschaffen des Leichnams als zusätzliches Problem drohte. Außerdem brauchte Gabrielle jemanden für die Kasse ihres Nachtclubs. Agathe konnte sich ihr Essen erarbeiten und auf einer Liege im Wohnzimmer schlafen.

Dank Maurice besaß Agathe bald eine echt wirkende komplette Kollektion von Papieren — Paß, Geburtsurkunde und sämtliche Zeugnisse vom Kindergarten an. Es waren wahre Meisterwerke seiner Kunst, auf die Maurice sehr stolz war.

Als man Agathe endlich aus dem Keller half und sie auf dem Hinterhof ein paar unsichere Schritte machte, stellte die schwache Herbstsonne für ihren Kreislauf einen so großen Schock dar, daß sie das Bewußtsein verlor. Sie wog nur mehr knappe sechzig Pfund, ihre Haut war bleich wie der Schnee auf den Bergen, ihr schwarzes Haar silberweiß. Mit dem pummeligen, lachenden jungen Mädchen, das vor nahezu zwei Jahren verschwunden war, hatte sie nicht die geringste Ähnlichkeit mehr, und die Nachbarn, die sie zuvor gekannt hatten, schenkten ihr keinen einzigen Blick des Wiedererkennens.

In den folgenden Monaten saß Agathe schweigsam hinter der Kasse im L'Éléphant Rose, beobachtete, wie die Deutschen und Italiener fraternisierten und sah mit an, wie sie die jungen französischen Huren benutzten und mißbrauchten. Ihr Haß auf jede einzelne wuchs wie ein Krebsgeschwür in ihrem geschwächten Körper.

Verräterinnen. Diese Mädchen, so jung und hübsch sie

waren, waren verabscheuungswürdige Verräterinnen, die ihr Land und ihr Volk ans Messer lieferten, indem sie sich mit dem Feind einließen. Sie haßte alle diese Französinnen, die sich verführerisch über die Soldaten und Offiziere beugten, die mit ihnen lachten, ihre Körper liebkosten, ihre grausamen Lippen küßten. Keiner schenkte *ihr* jemals einen zweiten Blick, und Agathe mußte voller Bitterkeit hinnehmen, daß ihr hübsches Aussehen für immer dahin war. Eben erst zwanzig geworden, sah sie aus wie fünfzig, und obwohl sie nun tüchtig aß, blieb ihr Körper knochig und dünn. Stumm saß sie jede Nacht in der winzigen Glaskabine im Hintergrund des Lokals, völlig in ihre Rechnungen vertieft, mit ihrem Silberhaar und der bleichen Haut, die im Halbdunkel schimmerten, eine gespenstische Erscheinung, die ohne Unterlaß ihren Rosenkranz befingerte, von stillem, aber verzehrendem Haß und dem verzweifelten Verlangen nach Rache erfüllt.

5

Du hast *was* getan?« Yves, der totenblaß geworden war, sah sie aus zusammengekniffenen Augen an. »Chérie, das ist ganz unmöglich. Warum hast du ihn gleich umgebracht? So schlimm kann er doch gar nicht gewesen sein!«

»Doch, Yves, es war eine Tortur. Du kannst dir nicht vorstellen, was ich erdulden mußte ... was für gräßliche Dinge er getan hat.« Inès versuchte, sich zu beherrschen und trank einen Schluck von dem Whisky, den eine kaninchengesichtige Kellnerin im L'Éléphant Rose vor sie hingestellt hatte. »Ich konnte nicht anders, Yves — ich mußte es tun, sonst hätte er mich getötet. Er hat mich bedroht. Ich weiß, daß er es getan hätte — ich weiß es ganz genau.« Heiße Tränen liefen ihr über die Wangen.

Gabrielle steckte ihr unter mitfühlendem Gemurmel ein

Taschentuch zu. *Merde,* was für Schweine die Männer doch sind, dachte sie eingedenk der Spuren an Inès' Körper. Sie sah das in seiner Verzweiflung noch kindlicher als sonst wirkende junge Mädchen voller Mitleid an.

Sie saßen an einem der rückwärtigen, im Halbdunkel gelegenen Tische. Es war halb neun Uhr morgens, der Club hatte eben erst geschlossen. Yves Verstand lief angesichts der vorliegenden Probleme auf Hochtouren. Was immer Inès getan hatte, auf den Nachtclub durfte auch nicht der Schatten eines Verdachtes fallen. Er war für sie alle als Treffpunkt viel zu wertvoll, zu viele Menschen wären in Lebensgefahr geraten. Obwohl größtenteils von Besatzern frequentiert, stellte das Lokal einen der wichtigsten Stützpunkte der Widerstandsbewegung in Paris dar. Der Feind durfte nie erfahren, daß die Resistance der Mörderin eines italienischen Offiziers geholfen hatte.

»Gottlob hast du ihn im Café und nicht hier aufgegabelt«, sagte Yves. »Hat dich jemand mit ihm gesehen? Irgend jemand?«

»Nein, nein, ich glaube nicht — er hat allein an einem Tisch gesessen. Alles ging ganz rasch. Er wußte genau, was ich bin, als er mich ansprach. Ich hatte das tiefausgeschnittene Grüne an. Wir wechselten nur ein paar Worte, ehe er deutlich wurde und mich für den folgenden Abend ins Ritz einlud.« Als sie erneut in Tränen ausbrach, goß Gabrielle ihr Whisky nach. »Ich hätte mich doch lieber zu Picasso setzen sollen«, schluchzte Inès. »Auch er hat mir zugelächelt.«

»Halt den Mund, Inès«, fuhr Yves sie an. »Der Hotelportier — glaubst du, daß er dich gesehen hat?«

»Ich weiß nicht mehr.« Inès tat ihr Bestes, um sich in Erinnerung zurufen, was sich vor zwölf Stunden zugetragen hatte, eine Zeitspanne, die ihr nun schon wie eine ganze Ewigkeit erschien. »Ich glaube nicht, daß er mich angeschaut hat, als ich nach Scrofos Zimmernummer fragte — aber bei diesen Portiers kann man das nie sicher wissen.« Wieder liefen ihr Tränen übers Gesicht, und ihre Schultern zuckten bei jedem Schluchzer. Gabrielle drückte ihr mitfühlend die Hand.

»Nein, das kann man nie.« Yves sagte das sehr ernst. »Aber da du mit ihm gesprochen hast, müssen wir davon ausgehen, daß die Gestapo ihn verhört. In Paris laufen vermutlich nicht mehr als zwei- oder dreihundert blonde Prostituierte in deinem Alter herum. Es ist nur eine Frage der Zeit, bis man sie alle aufgegabelt hat, eine Gegenüberstellung mit dem Portier arrangiert — und Anklage gegen dich erhebt. Nicht zu vergessen deine Fingerabdrücke, die man finden wird.«

»Ja ... ja, natürlich«, stöhnte Inès. Warum ... warum war sie nicht auf die Idee gekommen, die Marmorflächen des Badezimmers blankzuwischen, den Griff des Rasiermessers, das Champagnerglas? Es war zuviel, sie konnte sich darüber jetzt nicht den Kopf zerbrechen. Sie verspürte Schwindel und Übelkeit und wollte nichts, gar nichts, nur in der Geborgenheit von Yves Armen einschlafen. Sie wollte, daß er ihr übers Haar strich, sie tröstete, ihr sagte, daß alles wieder gut werden würde, ihr verspräche, daß er wie immer alles regeln könne.

»Komm, wir müssen sofort zu Maurice«, drängte Yves. »Wir dürfen keine Zeit verlieren.«

Nach vier Tagen hatten sich Skandal und Aufsehen um den Anschlag auf den italienischen General einigermaßen gelegt. Einen Verdächtigen gab es nicht. Der Hotelportier, der sich hinter einer patriotischen Erinnerungslücke verschanzte, verriet nichts von der Prostituierten, die ihn nach Scrofos Zimmernummer gefragt hatte, und außer ihm hatte niemand Inès das Hotel betreten sehen. Es gab nicht den kleinsten Hinweis darauf, wer dem General die Kehle durchgeschnitten hatte.

Während Yves und Maurice über Inès' weiteres Schicksal berieten, wurde sie in dem Keller versteckt, in dem Agathe so lange gelebt hatte. Als Gabrielle herunterkam, um ihr das lange blonde Haar abzuschneiden und zu färben, berichtete sie Inès, daß man bemüht sei, sie nach England zu schaffen.

»Er war ein Scheusal, dieser italienische General. Ich weiß alles von ihm«, sagte Gabrielle, die Inès' frischgefärbtes, schulterlanges dunkles Haar toupierte. »Unglaublich, was für abscheuliche Sachen er mit den Mädchen trieb.« Sie sagte es voller Verbitterung. »Man behauptet sogar, daß er Jeanette getötet hat. Alle, die ihn kannten, sogar seine sogenannten Freunde in der Armee, scheinen sein Verschwinden nicht zu beklagen. Ich glaube, du hast uns allen einen großen Gefallen getan, *chérie.*«

»Wann wird Yves mich hier herausholen, Gabrielle?« fragte Inès in flehentlichem Ton. »Ich bin so einsam und stehe tausend Ängste aus. Es wimmelt hier von Spinnen, von Ratten und Kakerlaken. Ich werde von gräßlichen Alpträumen verfolgt — ständig sehe ich Scrofos Visage vor mir —, ich kann vor Angst nicht schlafen.« Inès brach in Tränen aus. Gabrielle griff in ihr Haar und zog das Gesicht des Mädchens ganz dicht zu sich heran.

»Hör zu, Kleine«, stieß sie in eindringlichem Flüsterton hervor, »du hast großes Glück gehabt. Was immer dieses Schwein dir angetan hat — du bist eine Hure, und es ist dein Beruf, Männer zu bedienen und zu befriedigen, auch Schweine wie ihn.«

Inès zuckte zusammen, als Gabrielle fortfuhr: »Wir alle setzen für dich täglich das Leben aufs Spiel, du undankbares, selbstsüchtiges Kind. Und was deine Angst betrifft — Agathe mußten wir fast zwei Jahre lang hier unten versteckt halten, und sie hat sich nicht ein einziges Mal beklagt. Du kannst von Glück reden, daß du einen Mann wie Yves hast, der dich liebt — auch wenn er nur ein Zuhälter ist. So gut sind nicht viele kleine Huren dran. Und um das Maß deines Glücks vollzumachen, hat mein Freund Maurice Tag und Nacht an deinen Papieren gearbeitet. Heute abend« — sie beugte sich noch weiter vor — »heute abend steht dir eine hübsche Überraschung bevor, obwohl du sie gar nicht verdienst.«

»Hm, sehr gut. Ausgezeichnet. Sehr überzeugend.«

Yves bewunderte den abgegriffenen französischen Paß, die Sammlung gebundener, zehn Jahre zurückreichender Schulzeugnisse und den zerfetzten Identitätsausweis mit dem Foto von Inès. Die Dokumente, die auf den Namen Inès Juillard ausgestellten Papiere wirkten absolut echt.

»Von nun an wird das dein Name sein«, ermahnte Yves sie. »Du mußt vergessen, daß Inès Dessault jemals existierte. Sie ist für immer verschwunden.«

Sie waren auf baum- und strauchbestandenen Landstraßen durch die Normandie in Richtung Calais geradelt, wo sie ihren Kontaktmann treffen sollten. Jetzt lagen sie unter einem riesigen Kastanienbaum, und die Nachmittagssonne sprenkelte Inès' dunkelbraunes Haar mit dunklem Gold. Während sie ihre frugalen Sandwiches verzehrten und Rotwein aus einer Flasche tranken, wähnten sie sich fast schon in Sicherheit. Auf den Feldern arbeiteten Bauern, das Leben auf dem Land schien seinen gewohnten Gang zu gehen.

Inès beugte sich vor und gab Yves einen Kuß. Seine sexuelle Anziehungskraft war für sie spürbarer denn je, trotz seiner schmuddeligen ländlichen Kleidung, dem kurzen Haarschnitt und seinen drei Tage alten Bartstoppeln.

»Yves«, raunte sie, während ihre Zunge sanft über seine Lippen fuhr. »Ach, Yves, mein Schatz, ich liebe dich so sehr.« Ihre Hände liebkosten ihn unter dem groben Hemdstoff, während seine Lippen hungrig auf ihre zarten Küsse reagierten. Sie rekelte sich wie eine Katze auf dem weichen süßen Gras, seiner Berührung und seinem Mund hingegeben.

Die Gefahr versüßte ihr Liebesspiel. Der Geruch niedergetretenen Grases vermischte sich mit dem Duft von Yves, jenem warmen, vertrauten Geruch, den Inès über alles liebte.

Ihre Körper verschmolzen, die Flamme ihrer Leidenschaft

loderte hoch. Inès liebte diesen Mann aus ganzem Herzen. Er war der einzige Mensch auf der Welt, den sie jemals wirklich geliebt hatte, und sie wußte, daß sie niemals wieder jemanden so lieben konnte.

Viel zu rasch sah er auf die Uhr und sagte energisch: »Schon drei Uhr, *chérie* wir müssen weiter, sonst schaffen wir es bis elf nie nach Calais.«

Der Ton, den er Inès gegenüber anschlug, war fast liebevoll, obschon er in seinem ganzen Leben noch nie wirklich geliebt hatte. Dennoch hatte er sich entschieden, mit ihr nach England zu gehen. Sollten die Italiener jemals herausfinden, wer Umberto Scrofo umgebracht hatte, würde das Leben für alle, die mit Inès zu tun gehabt hatten, sehr ungemütlich werden. Ähnlich der Gestapo nahmen es auch die Italiener nicht sehr genau, wen und wie sie folterten. Der Zuhälter einer Mörderin würde bei Mussolinis Schergen keine Gnade finden.

Ein altes blauweißes Ruderboot erwartete sie wie besprochen in einer kleinen Bucht unweit Calais. Drei Männer saßen darin, auch sie aus verschiedenen Gründen auf der Flucht und auf die Hilfe der Widerstandsbewegung angewiesen.

Inès, die zusammengekauert in dem winzigen Boot hockend die Küste Frankreichs verschwinden sah, sog erleichtert die frische Seeluft ein. Schon lange hatte sie sich nicht mehr so frei gefühlt. Es war eine klar und stille Frühlingsnacht ohne Gegenwind — so daß die vier Männer, die sich mit aller Kraft in die Riemen legten, die Überfahrt problemlos schafften. Vier Stunden später sah Inès vor sich die Kalkklippen von Dover im fahlen Mondschein aufragen.

Kaum hatte das Boot die Küste erreicht, als die Männer es rasch auf den Strandkies zogen und mit Fischernetzen und Seetang abdeckten. Dann warteten sie auf ihren Kontaktmann. Er kam wie vereinbart, ein Mann, der sich ihnen vorsichtig in der Dunkelheit näherte und ihnen mit ein paar gemurmelten Worten der Begrüßung ein braunes Päckchen übergab, das fünf englische Lebensmittelmarkenhefte, lautend auf fiktive Namen, enthielt, dazu Identitätsausweise, ein paar zerknüllte Pfundnoten, einen Fahrplan für Lokalzüge und vier verschiedene englische Adressen.

Inès und Yves lasen neugierig die ihnen zugedachte Adresse:

Madame Josette Pichon
17 Shepherd Market
London W 1

»Shepherd Market.« Inès ließ den englischen Namen genüßlich auf der Zunge zergehen. »Wie hübsch das klingt. Yves, glaubst du, daß es dort Lämmer und Hühner und einen bändergeschmückten Maibaum mitten auf dem Dorfplatz gibt?«

»Wohl kaum, *chérie.*« Yves mußte über ihre Naivität lachen. »England leidet unter dem Krieg annähernd so stark wie Frankreich. London ist Nacht für Nacht das Ziel deutscher Bombengeschwader. Meines Wissens liegt Shepherd Market mitten in der Stadt. In Paris wären wir vermutlich sicherer.«

»Mir ganz egal, wo ich bin, *chéri*«, strahlte Inès, »solange ich bei dir bin.«

6

London 1943

»Ach verdammt, nicht schon wieder«, murmelte Phoebe mißmutig. Eben erst war sie ins Bett gekrochen, fix und fertig nach einem langen, anstrengenden Abend im Windmill Theatre, dessen berühmtes Motto ›Wir schließen nie‹ lautete. »Nicht schon wieder ein verdammter Angriff. Nimmt das denn nie ein Ende?«

Noch im Halbschlaf zog sie ihren warmen Morgenrock

und die Schaffellpantoffeln an. Mit einer Thermosflasche voll heißem Tee und einer Tasche, die ihre wichtigsten irdischen Güter enthielt und sie überallhin begleitete, stolperte sie die sieben Treppen in den kargen Komfort bietenden und überfüllten Luftschutzkeller hinunter.

Mit den anderen Bewohnern ihres Wohnblocks versuchte sie vergeblich, etwas Schlaf zu finden, während das Geräusch der Bombentreffer im dunklen, in den Grundfesten erschütterten Keller widerhallte, während Babys brüllten und größere Kinder angstvoll wimmerten. Kaum wurde Entwarnung gegeben, als die erschöpfte Gruppe ihre wenigen Habseligkeiten an sich raffte und auf wackligen Beinen den Rückweg in die Wohnungen antrat — bis zum nächstenmal.

Mit einem ermatteten Aufatmen sperrte Phoebe die Tür auf und warf sich aufs Bett, um in einen traumlosen Schlaf zu versinken. Wieder einmal hatte sie eine Bombennacht überlebt, eine Nacht voller markerschütternder, ohrenbetäubender Geräusche, in der die Luftabwehrgeschütze dröhnten und die Deutschen alles daransetzten, mit ihren Bomben die Stadt dem Erdboden gleichzumachen.

Am Morgen schaltete sie BBC ein und hörte Alvar Lidells Schadensbericht. Über siebzig Gebäude waren zum Teil oder völlig zerstört worden, es hatte zweiundfünfzig Tote gegeben und mehr als doppelt soviel Verletzte, eine Meldung, die der Sprecher in ernstem Ton durchgab. Phoebe schaltete den Apparat aus. Ihr waren diese Hiobsbotschaften unerträglich.

Nachdem sie sich wie üblich bei der stets gleichen Teestube geduldig nach einer Tasse starken Tees und einem zähen Brötchen mit ein paar schäbigen Rosinen angestellt hatte, bahnte sie sich vorsichtig ihren Weg durch die Great Portland Street Richtung Westend. Die Straßen waren mit Granatsplittern und Schutt übersät, aber keines der Häuser, an denen sie vorüberkam, war zusammengestürzt. Der Angriff hatte sich wohl auf das Gebiet um den Fluß konzentriert.

Über den Kaminen von Oxford Circus erhob sich eine graue Rauchwolke.

Phoebe hatte sich Lebenslust und Überschwang auch im vom Krieg gebeutelten London bewahren können. Mit ihren dreiundzwanzig Jahren besaß sie ausgeprägte Formen, eine sahnig-helle Haut und Haar von eigenwilligem Rot, Erbteile ihrer Vorfahren — einfacher Bauersleute aus Nordengland, die schwerer Arbeit und einem kargen Leben getrotzt hatten. Von kernigem englischem Schlag, waren sie samt und sonders den Kampf ums Überleben gewöhnt, und auch sie würde diesen dreckigen Krieg überleben, ja, sie war sogar entschlossen, das Beste daraus zu machen. Bestimmt würde sie sich nicht unterkriegen lassen. Sie hatte in Windmill Theatre eine Aufgabe zu erfüllen, nämlich die Jungs zu unterhalten — die Jungs in Blau, in Khaki, in Grün, sogar die Jungs in Weiß. Alle waren sie auf Urlaub, alle hatten sie müde, stumpfe Augen, aus denen einen die Schrecken des Krieges ansahen — obwohl ihr wüstes Gelächter diesen Eindruck verwischen sollte. Die Showgirls würden heute wie jeden Tag sieben Vorstellungen durchziehen. Sie würden ihre Kostüme nicht weniger als neunundvierzigmal wechseln — sieben Kostümwechsel pro Show — und einige würden sogar ihre Brüste entblößen und von den Soldaten begaffen lassen.

Phoebes dicke Plateausohlen klapperten die Regent Street entlang und wichen vorsichtig den Straßenfegern aus, die ›Jerrys Schutt‹ wegräumten. Trotz der nächtlichen Luftangriffe herrschte auf dem Piccadilly Circus stets lebhaftes, fast festliches Leben und Treiben. Die Statue des Liebesgottes Eros war von der Mitte des Platzes entfernt und in Sicherheit gebracht worden. Uniformierte der alliierten Armeen verschiedener Nationalität drängten sich in einem Durcheinander von Farbe und Bewegung auf den Gehsteigen, in angeregtes Geplauder mit ihrer meist jungen weiblichen Begleitung vertieft.

Es war, als wollten die Menschen mit dieser Rummelplatzstimmung und der verzweifelten Fröhlichkeit auf ihren Gesichtern beweisen, daß der Krieg ihnen nichts anzuhaben vermochte.

Daß für viele der Urlaub am nächsten Tag schon zu Ende gehen und sie in Nordafrika, Burma oder Salerno wieder an der Front stehen würden, war ohne Bedeutung. In London herrschte ununterbrochen Partystimmung, speziell im Westend und ganz besonders am Windmill Theatre.

Phoebe spazierte am Lyons Corner House mit seinen zwei langen, geduldig der Öffnung der Türen harrenden Warteschlangen vorüber und lief die Shaftesbury Avenue entlang.

Kaum war sie durch die Bühnentür eingetreten, als ihr Schritt stockte, da ihr Blick auf einen der bestaussehenden jungen Männer gefallen war, den sie je zu Gesicht bekommen hatte. Er stand da und redete eindringlich auf den Bühnenportier ein. Dichtes, dunkelbraunes Haar, das sich widerspenstig in Wellen legte, tiefschwarze gewölbte Brauen, ein hübsches, ein wenig schwermütiges Gesicht, dessen Nase und Backenknochen an eine lebendige Nachbildung des von Kaiser Hadrian über alles geliebten Jünglings Antinous denken ließen. Dunkelblaue Augen begegneten kurz ihrem Blick und wandten sich ohne die entfernteste Andeutung von Interesse wieder ab, während er das Gespräch mit dem Alten fortsetzte.

Zu seinem grauen, dreiteiligen Glencheckanzug trug der Unbekannte ein hellblaues Hemd und eine extravagante Krawatte. Sein hellgrauer Homburg, verwegen schräg sitzend, verdeckte fast die Augen, als er, sich im Gespräch mit dem Portier vorbeugend, seinen ganzen Charme versprühte.

»Mein Guter, Sie müssen dem Boß ja nur sagen, daß ich über *jahrelange* Variete-Erfahrung verfüge. Das Manchester Hippodrome, das Gaiety Theatre in Liverpool, die Alhambra in Brighton … Überall war ich die Zugnummer, und« — er senkte vertraulich die Stimme — »ich verfüge über das größte Repertoire an dreckigen Witzen diesseits des Blackpool Piers. Wenn ich loslege, hält sich das Publikum die Seiten vor Lachen. Hier.« Er drückte dem desinteressierten Portier eine maschinengeschriebene Zusammenfassung der Stationen seiner Karriere in die Hand. Auf der Hinterseite klebte ein Foto, Format zwanzig mal fünfundzwanzig, auf dem er lächelnd posierte. »Wie heißen Sie übrigens, mein Lieber?«

»Fred«, gab der Portier ohne die Spur eines Lächelns zurück.

»Julian Brooks mein Name — Komödiant mein Beruf.« Julian gönnte Fred ein strahlendes Lächeln, das ebenmäßige Zähne sehen ließ, die von einem kleinen, exakt gestutzten Ronald-Colman-Bärtchen umrahmt wurden.

»Und warum sind sie nicht in der Armee?« fragte Fred mit einem argwöhnischen Blick auf das Foto, das der junge Mann vor ihm schwenkte.

»Plattfüße, mein Lieber. Nicht sehr ehrenhaft, aber so ist das nun mal.« Phoebe spürte ein erregendes Prickeln, als ihre Blicke wieder für einen Sekundenbruchteil aufeinandertrafen.

»Deshalb kann ich es ja kaum erwarten, etwas für die Jungs zu tun, mein Guter. Als alter Varieté-Routinier bringe ich es fertig, daß sie sich vor Lachen den Bauch halten und mit einem Lächeln wieder an die Front gehen — so voll Pisse und Essig, daß die Hunnen wie die Hasen davonlaufen werden.« Er lächelte aufmunternd, aber erfolglos. Sein Charme fiel bei dem Portier auf unfruchtbaren Boden.

»Nö, tut mir leid, Kumpel.« Fred schob ihm das Foto wieder hin. »Wir engagieren niemanden, Anweisung vom Chef, und auch wenn es anders wäre, ich hab' hier nicht das Sagen, also verpiß dich — und verhöker dich anderswo.« Er griff wieder nach dem *Daily Mirror* und vertiefte sich in eine Cartoon-Serie, ohne den enttäuschenden und frustrierten Julian weiter zu beachten.

Phoebe näherte sich. Den Burschen durfte sie sich nicht entgehen lassen — hübsch, noch jung, offenbar nicht in Gefahr einberufen und irgendwohin abkommandiert zu werden, um als Kanonenfutter zu dienen wie einige ihrer Ex-Liebhaber.

»Hallo, ich bin Phoebe Bryer«, sprudelte sie hervor und streckte ihm eine wohlmanikürte Hand entgegen. »Ich arbeite hier. Kann ich Ihnen behilflich sein?«

»Durchaus möglich.« Julian registrierte ihre tizianrote Haarpracht, den frischen Teint, die blitzenden Augen und üppigen Kurven. Ein niedliches Ding, ging es ihm durch den Kopf, ein richtiger Leckerbissen. Und sendet eindeutige Freizeichen aus. Perfekt.

»Ich glaube, Sie könnten mir sehr wohl behilflich sein, Miß Bryer.« Seine Bühnensprache, an der Königlichen Schauspielschule erlernt, war weich wie Seide und doppelt so verführerisch. »Vielleicht gestatten Sie mir, daß ich Sie in der kleinen Imbißstube an der Shaftesbury Avenue zu einer köstlichen Tasse Tee und einem zähen Rosinenbrötchen einladen dürfte?« Er ließ seinen Blick mit dem erforderlichen Maß an Begehrlichkeit über sie wandern, und Phoebe verspürte wieder dieses Prickeln.

»Das wäre nur nach der nächsten Vorstellung möglich«, antwortete sie aufgeregt. Nicht schon wieder, Phoebe, mahnte eine warnende innere Stimme. Es ist viel zu früh nach Jamie — halt, meine Liebe, nicht so hastig. Sie bedachte Julian mit einem bezaubernden, kecken Lächeln. »Wir machen aber Mittagspause, leider nur eine halbe Stunde, deshalb müßten Sie pünktlich sein.«

»Wunderbar, wir treffen uns hier. Okay?« Wieder ließ er sein Lächeln strahlen.

»Okay«, antwortete Phoebe mit mädchenhaftem Erröten.

Fred legte seine Zeitung beiseite, um mit einem vielsagenden Blick auf die Uhr kundzutun: »In einer Viertelstunde geht der Vorhang hoch, Süße, und so wie du ausschaust, brauchst du mindestens so viel Zeit, um deine Kriegsbemalung richtig hinzukriegen.« Mit einem abschätzigen Blick zu Julian schnaubte er: »Zeit, hier zu verduften, Jüngelchen, die junge Dame muß arbeiten. »Damit steckte er die Nase wieder in sein Klatschblatt.

»Dann also bis Mittag.« Julian zwinkerte Phoebe zu, tippte forsch an seinen Hut und ließ sie mit einem Hauch Haarpomade in der Nase und Romantik im Herzen zurück.

7

Julian Brooks war mit acht Jahren in ein Internat an der Südküste gesteckt worden. Für sein Alter klein geraten, reagierte er als Einzelkind auf die Gesellschaft anderer Kinder mit Schüchternheit und Nervosität.

Inmitten des geschäftigen Treibens von Victoria Station drückte er seinen heißgeliebten Teddy an sich und weinte lautlos vor sich hin, als seine Mutter, unter ihrem Federhut hübsch anzusehen, ihm einen trockenen, knappen Kuß auf die feuchte Wange drückte und ihm für die Dauer des dreimonatigen Herbstsemesters liebevoll Lebwohl sagte.

Inmitten fünf anderer schnüffelnder Achtjähriger, die ihren Kummer zu verbergen suchten, saß ein ebenso bekümmerter Julian und starrte aus dem zunehmend schneller fahrenden Zug hinaus auf das vorübergleitende, verregnete Sussex, ohne etwas wahrzunehmen.

Von seiner eher herben Mutter abgesehen, stellten Frauen für Julian ein Mysterium dar. Sein Vater war 1917, zwei Monate vor Julians Geburt, bei Arles gefallen, seine Mutter und seine Nanny hatten ihn allein aufgezogen. Da er die Gesellschaft eines erwachsenen männlichen Wesens entbehrt hatte, erfüllte ihn die Vorstellung, nun mit über hundert Jungen zusammenleben zu müssen, mit Entsetzen. Wie gern wäre er bei seiner Mutter und seiner geliebten Nanny geblieben . . . Dem Eintritt ins Internat hatte er mit Angst und Schrecken entgegengesehen.

Es zeigte sich aber, daß die Schule viel besser war als erwartet. Er entdeckte nämlich, daß er dem Spott, mit dem die Mitschüler ihn seiner Kleinheit wegen quälten, die Spitze nehmen konnte, indem er selbst Witze über diesen Mangel riß und manchmal sogar die Aufmerksamkeit darauf lenkte, ehe andere es taten. Bald ging er auch dazu über, Filmgrößen zu imitieren — Charlie Chaplin, W.C. Fields, Buster Keaton, Harold Lloyd — und ergötzte allabendlich den Schlafsaal mit der Nachahmung dieser und anderer beliebter Stars, wobei er bei seinen Mitschülern so laute Heiterkeitserfolge erzielte, daß die Internatsbeschließerin unter wüsten Drohungen an die Tür klopfte und Ruhe forderte.

Mit dreizehn kam er aufs Eton College, wo er sehr gegen seinen Willen glühende Leidenschaft für Wilson Minor entwickelte, einen Schüler, der im Zimmer nebenan wohnte. Julians auffallend hübsches Gesicht trug ihm seitens der älteren Mitschüler bald den Spitznamen Looks Brooks ein, ein Name, der ihm für den Rest seines Lebens bleiben sollte. Er wurde ein sehr begehrter ›Fag‹, ein Mädchen für alles, das Aufträge erledigte, aus den Dorfläden Näschereien holte und Botschaften älterer Studenten in anderen Häusern ablieferte. Unter diesen Siebzehn- oder Achtzehnjährigen befand sich manch einer, der kein Hehl daraus machte, daß er Looks Brooks am liebsten für sich allein gehabt hätte, aber Julian verstand es stets, ihre Anträge mit einem Scherz oder einem geistreichen Bonmot abzuwimmeln. Auf den Zimmern der älteren Jungen erfreute er sich an den Abenden größter Beliebtheit, da er ihnen bereitwillig Szenen aus Kino und Music-Hall vorspielte und sie mit seinem umfangreichen Repertoire an schmutzigen Witzen erheiterte.

An einem heißen Junitag schickte ihn Simon Gray, ein hochaufgeschossener Achtzehnjähriger, der in Julians Haus wohnte und ihn schon seit einiger Zeit erfolglos umwarb, mit einem Brief zu seinem momentanen Liebhaber.

Das Haus dieses Jungen war zwei Meilen weit entfernt, an einem sengendheißen Nachmittag eine ermüdende Strecke. Unterwegs machte Julian im Schatten einer hohen Ulme

Rast und fächelte sich Kühlung mit dem Briefumschlag zu, der in der Hitze prompt aufging. Da Neugierde nicht schaden kann, öffnete er den Brief und las zu seinem Entsetzen: »Liebster, ist Looks Brooks nicht göttlich?! Und ich war im letzten halben Jahr regelmäßig mit ihm zusammen! Bei unserem nächsten Treffen am Dienstag könnten wir ihn vielleicht gemeinsam vernaschen ... Ewig nach Dir verrückt, Simon.«

Julians Herz tat einen Riesensprung. Er spürte, wie Gesicht und Hals sich röteten. Daß man über ihn wie über eine billige Nutte oder ein Stück Fleisch sprach, war für ihn ein arger Schock. Er und Wilson Minor hatten Jungen, die es miteinander ›trieben‹, immer geringschätzig als Schwule oder Homos bezeichnet. Daß man ihn für einen ›von dieser Sorte‹ hielt, erbitterte ihn. In Julian begann sich Besorgnis ob der Gefühle zu regen, die er für seinen besten Freund empfand. Von gegenseitiger Anziehung oder Zuneigung war nie offen die Rede gewesen, obwohl ihre Freundschaft keine rein platonische war; es handelte sich eben um eine ›männliche Beziehung‹, um eine freilich, die jetzt ein Ende finden mußte, wollte Julian nicht als Schwuler dastehen. Und das hätte er nicht ertragen, ganz zu schweigen von der Schande, die seine Mutter ins Grab gebracht hätte.

Blond, blauäugig und hellhäutig war Wilson das genaue Gegenteil des dunklen, schwerlidrigen und exotisch wirkenden Julian. Natürlich hatten sie wie die meisten Jungen in englischen Internaten miteinander sexuell herumexperimentiert. Gelegentliches Gefummel oder gegenseitige Masturbation nach allzureichlichem Genuß von Bier oder Pimm's war nichts, worüber man bei Tageslicht ein Wort verloren hätte. Aber ein Schwuler? Julian Looks Brooks — nie im Leben! Lieber würde er tot umfallen, als daß man dies von ihm glaubte.

Als Simons Liebhaber zwanzig Minuten später die Mitteilung las, sah Julian, daß sich ein Ausdruck hinterhältigen Interesses in seine Miene stahl. Lippenleckend begutachtete der Ältere den Jungen mit laszivem Blick von Kopf bis Fuß, worauf Julian einen hochroten Kopf bekam. Simons Liebhaber hingegen ging in aller Gemütsruhe an den Schreibtisch, um eine rasche Antwort hinzuwerfen. Natürlich konnte Julian nicht umhin, die Zeilen auf dem Heimweg zu lesen. »Er ist sicher göttlich, mein Schatz, aber Du bist mir lieber. Nächsten Dienstag *comme toujours* — ewig der Deine.«

Von Stund' an wurde Julian der sportversessenste Junge der Schule und baute seine Rolle als Clown noch weiter aus. Obwohl er seinen besten Freund Wilson nach wie vor anhimmelte, spürte er irgendwie, daß diese Gefühle nicht ganz in Ordnung waren. Er setzte deshalb zu Wilsons großem Kummer der Beziehung ein Ende und richtete es fortan so ein, daß er die Ferien nur mit Jungen verbrachte, von denen er wußte, daß sie Schwestern und Kusinen hatten. Mit vierzehn machte er sich daran, den wundersamen Pfad jener Freuden zu beschreiten, die die Eroberung des schönen Geschlechts mit sich bringt. Da er zwischen vierzehn und fünfzehn plötzlich etliches an Größe zulegte, fiel es ihm nicht schwer, auch die jungfräulichsten und zaghaftesten jungen Damen wenigstens zu einem diskreten Kuß zu verführen. Sein Sexappeal war so enorm, daß er fortan keine Mühe hatte, sie auch zu einem Mehr zu überreden.

Mit zwanzig galt er nicht nur als hübschester Junge an der Königlichen Schauspielakademie, sondern als begabtester Schauspieler sowie als bei weitem beliebtester Kollege und als erfolgreichster Herzensbrecher.

Mit einundzwanzig stieß er zu einem Ensemble, dessen weibliche Mitglieder er gezielt und systematisch verführte, egal ob sie jung, alt, hübsch oder häßlich waren.

Er liebte Sex. Er bewies sich gern selbst, und er genoß es, wenn das schwächere Geschlecht von seiner Männlichkeit überwältigt wurde. Julian mauserte sich zum Experten und Frauenkenner. Das Verführen fiel ihm auch zu leicht. Dank seines blendenden Aussehens genügte ein wenig Süßholzraspeln, und er hatte jede im Bett, ehe sie wußte, wie ihr geschah. Julian entpuppte sich als Supernummer. Seine Eroberungen glaubten stets, auf einem wogenden Meer sexueller Höhepunkte, wie keine sie je zuvor erlebt hatte, zum Mond zu fliegen. Er war ein echter Don Juan, ein unübertrefflich romantischer Romeo, ein Casanova in Cordhosen. Auf Frauen wirkte er einfach unwiderstehlich und tat auch alles, um sie zu entflammen und auf ewig für sich zu gewinnen.

Phoebe schaffte es mit Leichtigkeit, für Julian einen Vorsprechtermin zu arrangieren; schließlich gehörte ihr Onkel zu den Hauptaktionären des Theaters. (Dieser Umstand hatte ihr trotz mangelnder Gesangs- und Tanzpraxis zu ihrem eigenen Engagement verholfen.) Am Windmill Theatre herrschte Mangel an flotten jungen Spaßmachern, die locker zu plaudern verstanden und über ein Repertoire guter Witze verfügten. Die von den langbeinigen und vollbusigen Windmill Girls und deren Tänzen und Songs begeisterten Soldaten wollten zweideutigen, zotigen, ordinären Humor nicht von jemandem serviert bekommen, der dem Alter nach ihr Vater hätte sein können.

Und Julian war urkomisch. Sein Repertoire an Witzen reichte vom schnurrenhaften, trockenen, fast hintergründigen Humor bis zu Zoten, die so unglaublich und so abstoßend schmutzig waren, daß jüngere Soldaten fast einen Schock bekamen.

Julian und Phoebe verloren keine Zeit, miteinander ins Bett zu gehen. Phoebe galt als schnelles Mädchen. Mit dreiundzwanzig hatte sie bereits ein Dutzend Affären hinter sich und gab sich in der Liebe natürlich und ungehemmt. Männer waren dazu da, daß man mit ihnen spielte, daß man sie genoß, und Phoebe genoß sie ungemein, und sie genoß sie häufig.

Was Julian betraf, so merkte er bald, daß er in einem wahren Honigtopf gelandet war. Obwohl Schauspieler von Beruf, war er in keiner Rolle mehr auf den Brettern zu sehen gewesen, seitdem er sich vom Maidstone-Ensemble getrennt hatte. Trotzdem war er wie Phoebe überzeugt davon, daß seine Zeit als Darsteller großer Rollen nicht mehr lange auf sich warten lassen würde. Bis dahin aber war er es zufrieden, tagsüber als Possenreißer am Windmill zu agieren und nachts Phoebes kuscheliges Bett zu teilen. Er gestattete ihr, sich in dem Glauben zu wiegen, er hätte sich in sie verliebt. Wobei ihm klar war, daß alle Mädchen dies glauben wollten, obwohl er selbst es nie geschafft hatte, sich länger als eine Woche für jemanden zu interessieren. Er hatte sich glücklich durch die Akademie und seine Engagements gebumst, und jetzt, obschon scheinbar in festen Händen, schaffte er es trotzdem ganz diskret, fast alle Mädchen am Windmill zu verführen, während er mit Phoebe zusammenlebte — ein weiterer Tribut an seinen unwiderstehlichen Sexappeal, seinen bezaubernden Charme und seine gekonnte Handhabung des weiblichen Geschlechts.

Phoebe galt allen als ideale Ergänzung Julians. Beide verfügten über einen ähnlichen Sinn für Humor und ähnlichen Ehrgeiz. Als sich bei Phoebe Zweifel an Julians Treue regten, ließ sie sich deshalb auch nicht wie alle seine früheren Flammen zu Eifersuchtsszenen hinreißen. Sie verschloß die Augen vor dieser Möglichkeit und tat so, als sähe sie nichts, ein praktischer Rat fürs Leben, den sie ihrer Mutter zu verdanken hatte. Julian und Phoebe, für die ihre Liebesbeziehung ein Quell reiner Wonne war, genossen ihr gemeinsames Leben trotz des Krieges in vollen Zügen.

Ja, ein Paar, wie geschaffen füreinander, war die allgemeine Meinung. Vielleicht wäre Julian gar nicht schlecht beraten, wenn er an Heirat dächte.

8

Hydra, Griechenland 1944

Er war hungrig, schrecklich hungrig, doch konnte Nikolas sich nicht erinnern, jemals satt gewesen zu sein. Seine mitleiderregende Magerkeit bewirkte, daß seine Backenknochen unter der olivgetönten Haut scharf hervortraten, sein Bauch konkav eingefallen war und seine Rippen sich durch sein einziges Hemd abzeichneten.

Auf dem mit verdorrtem Gras bewachsenen Hügel hoch über der Insel Hydra stehend, hörte er den schwarzgekleideten Priester seine Litaneien herunterleiern. Das Meer lag wie ein dunkelblauer Spiegel zu seinen Füßen, in der Ferne verschwamm das Peloponnes-Gebirge des griechischen Festlandes zu einem Dunstgebilde. Die letzte seiner Schwestern sollte in einem armseligen Grab zur ewigen Ruhe gebettet werden. Seine in Schwarz gehüllte schmale Mutter, deren Augen von ständigem Weinen gerötet waren, stützte sich schwer auf ihn.

Aber Nikolas Stanopolis würde nicht weinen. Mit sechzehn war er das Oberhaupt der Familie. Seinen Vater hatte man vor einem knappen Jahr mit acht anderen Fischern getötet. Er hätte mit den Partisanen in den Bergen gemeinsame Sache gemacht, hatte es geheißen. Nikolas würde jenen schrecklichen Tag niemals vergessen.

Unten im Hafen, wo ein paar Fischerboote vor sich hin dümpelten und sanft an ihren Tauen zerrten, hatte er mitangesehen, wie einer Gruppe von Männern mitten auf dem Platz mit Gewehrkolben die Gesichter zerschmettert wurden. Die gesamte Bevölkerung von Hydra war gezwungen worden zu beobachten, wie man die Männer geschlagen und dann erschossen hatte. Daß die italienischen Soldaten, die diese und viele andere Greuel verübten, aus dem Tod der armen Menschen auch noch Befriedigung zu ziehen schienen, machte diese Untat noch um vieles schlimmer.

Die Soldaten rissen Witze, johlten und lachten, wenn ihre Gefangenen in Todespein aufschrien.

Schweigend hatten die Inselbewohner in einem unregelmäßigen Kreis dagestanden und zugesehen. Etwa dreihundert in schwarze Umschlagtücher gehüllte Frauen, die jungen von den alten nicht zu unterscheiden, so zusammengeschrumpft und schwach waren sie durch Unterernährung und grausame Besatzerschikanen geworden. Dazwischen sah man kleine Kinder umherhüpfen, die sich von den Schrecken des Krieges nicht am Spielen und Tollen hindern ließen. Ein Dutzend Halbwüchsiger verharrte starr vor Entsetzen, und eine Handvoll zahnloser Alter schüttelte die runzligen Köpfe. Wieder einmal wurden sie mit einem Gleichmut, der auf unerschütterlichem Überlebenswillen und passivem Widerstand basierte, Zeugen einer Hinrichtung.

Nikolaus hatte in dem Bemühen, seiner schmerzgebeugten Mutter Melina Stütze und Trost zu sein, die Arme um sie gelegt. Obwohl sie erst vierunddreißig war, sah sie eher wie eine Sechzigjährige aus — ihre tägliche Angst und der Schmerz, das Leiden und Sterben ihrer Kinder mitansehen zu müssen, hatten sie ausgelaugt. An ihrer Brust lag das Jüngste, ein kleines Mädchen, kaum ein Jahr alt und nur zwölf Pfund schwer. Was Melinas geschrumpfte Brüste an Nahrung boten, würde die Kleine nicht mehr lange am Leben erhalten.

Im Dorf gab es kaum noch Eßbares. Keine Ziegen, keine Schweine, nicht einmal Esel — die Dorfbewohner waren auf das angewiesen, was ihnen das Meer lieferte.

Innerhalb eines Jahres sollten Nikolas' Geschwister eines langsamen und qualvollen Todes sterben, und mit ihnen fast ein Drittel aller auf der Insel lebenden Kinder.

Die Inselbewohner, einfache, stolze Menschen, waren schwere Arbeit gewöhnt. Jahrhundertelang hatte die Insel ihnen ein gutes Leben gesichert. Entschlossenheit und Widerstandskraft der Bewohner von Hydra waren so ausgeprägt, daß diese Insel als einzige nie einem Feind in die Hände gefallen war. Sogar die Türken hatten vor einem Jahrhundert unverrichteter Dinge wieder abziehen müssen.

Die Deutschen waren gekommen und hatten sämtliche verfügbaren Lebensmittel als Nachschub für ihr Afrikakorps requiriert. Die Ernte wurde beschlagnahmt, Schafe und Ziegen geschlachtet, Olivenhaine und Obstgärten lagen brach. Die Nazis mußten Schlachten gewinnen, hungernde Frauen und Kinder bedeuteten ihnen wenig oder gar nichts.

Nach Abzug der Deutschen besetzten 1941 die Italiener Hydra. Da die kleine und nur dünn besiedelte Insel als öder Außenposten galt, wurde nur der Bodensatz der italienischen Armee dorthin abkommandiert. Dummköpfe aus Kalabrien, Sizilien und Neapel, vor dem Krieg des Lesens und Schreibens kaum kundig, hatten nun Befehlsgewalt, erließen Anordnungen und nutzten ihre tyrannische Macht, um unter den Inselbewohnern mehr Angst und Schrecken zu verbreiten als vor ihnen die Deutschen.

Ihr Führer und Idol war Benito Mussolini. Ungeachtet der Tatsache, daß er sich seiner geringen Körpergröße schämte und für sämtliche offiziellen Fotos von unten aufgenommen werden mußte, war jeder Trottel in der italienischen Armee *Il Duce* in blinder Verehrung ergeben ...

Ein durchdringender Schrei seiner Mutter riß Nikolas aus seinen Erinnerungen an den schrecklichen Tod seines Vaters. Der Anblick des mitleiderregend kleinen Sarges ihrer Jüngstgeborenen, der nun ins Grab gesenkt wurde, ließ sie von Kummer überwältigt zusammenbrechen. Melinas rosenkranzähnliche Perlenkette entglitt ihren kraftlosen Fingern, als der Priester ihr ernst den Spaten reichte, damit sie dem winzigen, aus Treibholz gefertigten Sarg ein wenig trockene Erde nachwerfen konnte.

Drei Frauen, die in ihr Wehklagen eingestimmt hatten, halfen der schluchzenden Melina auf die Beine. Der Priester ließ sich in seiner monotonen Litanei vom Schluchzen der Frauen nicht stören. Kummer und Schmerz waren für ihn so alltäglich, daß er gegen die Leiden seiner verhungernden Gemeinde so gut wie immun geworden war. In den vergangenen zwei Jahren hatte er unzählige Kinder begraben müssen. Der armen Stanopolis, die vier Kinder und ihren Mann verloren hatte, war wenigstens der Junge geblieben. Nikolas war groß, obwohl sehr mager, und besaß die Widerstandskraft der Jugend. Melina hatte also noch einen Menschen, auf den sie sich stützen konnte, und der trotzige Ausdruck des Jungen weckte in dem Priester instinktiv das Gefühl, daß er überleben würde. Er beendete die schlichte Beerdigung und blickte den sich entfernenden Trauergästen nach.

Vor Schmerz tiefgebeugt, machte Melina sich in Begleitung der drei Frauen und von Nikolas langsam auf den Weg zu ihrem am Abhang gelegenen Häuschen, dessen kühle Mauern ihr wie eine sichere Zuflucht erschienen. Die kleine Trauergesellschaft erklomm die steilen, kopfsteingepflasterten Stufen der schmalen, gewundenen Straße und trat hintereinander in das Dunkel des Hauses der Stanopolis ein, dessen Fensterläden geschlossen waren. Die Frauen bemühten sich um Melina, während Nikolas sich in sein Zimmer zurückzog. In seinen Augen brannten die Tränen, die er vor seiner Muter verzweifelt zurückgehalten hatte.

Er öffnete die blauen, rissigen Läden, ohne einen Blick auf die Schönheit der Oliven- und Mandelbäume zu werfen, ausschließlich seinen Rachegedanken hingegeben. Rache an den Deutschen, Rache an den Italienern. Aber vor allem Rache am kommandierenden Offizier der italienischen Garnison, dem fetten Schwein, das von den Einheimischen ›Gourouni‹ genannt wurde und das ohne Gerechtigkeit und Milde über Hydra herrschte.

Nikolas spielte mit den durchscheinenden gelben Kummerperlen seiner Mutter. Er hatte die Kette neben dem Grab vom Boden aufgehoben und ließ sie nun zwischen den Fingern hin und her gleiten. Dabei beugte er sich aus dem Fenster, um zur höchsten Erhebung der Insel zu blicken, zu den feudalen Herrenhäusern aus dem achtzehnten Jahrhundert, die sich reiche Reeder hatten erbauen lassen. Gourouni hatte den schönsten und imposantesten Bau zu seiner offiziellen Residenz auserkoren.

Ohne Zweifel, er war der Grund für die zahlreichen Hinrichtungen der letzten Zeit, er war schuld am Tod von Nikolas' Vater und seinen Geschwistern. Für Nikolas war er ein dreckiger, verkommener, korrupter Halunke, ein absurder Nachäffer Mussolinis. Die Dorfbewohner machten sich heimlich über den kleinen fetten Kerl lustig, der sich in seiner lächerlichen, mit Goldschnüren verzierten und vor gestohlenen Medaillen strotzenden Operettenuniform vor ihnen in Positur warf.

In seiner noblen neoklassizistischen Villa inmitten von Wein, Oliven- und Pinienbäumen hortete er die Beute aus einem Dutzend der reichsten Landhäuser Hydras und aus den berühmten Tempeln der benachbarten Inseln Spetsai und Ägina. Kostbare Bilder, Tapisserien, Skulpturen und aus dem achtzehnten Jahrhundert stammende Möbel, die auch nach Versailles gepaßt hätten, füllten die Villa, die er in seiner Überheblichkeit für die schönste in ganz Griechenland hielt. Ein paar Glückspilze unter den Dorfbewohnern wurden von ihm als Gärtner, Köchinnen und Hausmächen beschäftigt.

Elektra Makopolis war eine von ihnen. Gleichaltrig mit Nikolas hatte sie ihr Leben lang Tür an Tür mit ihm gewohnt. Hin und wieder glückte es ihr, einen Laib Brot, etwas Obst oder gekochtes Fleisch aus der Festung des Inselkommandeurs hinauszuschmuggeln. Alles, was sie zusammenhamsterte, teilte sie mit der Familie Stanopolis, da sie selbst niemanden mehr hatte. Ihr Vater war von den Deutschen in ein Arbeitslager deportiert worden, bald darauf war ihre Mutter verhungert. Ein junger italienischer Leutnant mit einem Funken Mitleid im Herzen hatte von ihrer verzweifelten Situation gehört und ihr Arbeit im ›Palast‹ verschafft, so sie sich abmühte, dem Marmor Glanz zu entlocken, Möbel abzustauben und Böden zu schrubben. Alles was Elektra über den Palast wußte, hatte sie in allen Einzelheiten Nikolas beschrieben. Jede Greueltat, die sie Gourouni begehen sah, berichtete sie ihm ...

Ein leises Klopfen an seiner Tür, und Elektra trat ein.

»Nikolas«, flüsterte sie. »Ich habe dir Kuchen und Kaffee gebracht.«

Kaffee! Wie hatte sie es nur geschafft, Kaffee zu ergattern? Nikolas wollte nicht danach fragen. Sie hatte die Sachen in Gourounis Villa mitgehen lassen, im vollen Bewußtsein der Strafe, die ihr drohte, wenn es herauskäme. Er schluckte die bittere Flüssigkeit und verschlang gierig den köstlichen Honigkuchen.

Beide beugten sich aus dem Fenster, und Elektra fuhr ihm mit den Fingern durch die widerspenstigen Locken. Er versuchte, sich ein Lächeln abzuringen. Er liebte sie, und sie ihn. So einfach war das. Ihre Familien wußten seit langem, daß sie durch die Heirat von Nikolas und Elektra vereint werden würden, und jetzt war es unvermeidlich geworden.

»Gestern hat er einen Film vorgeführt«, flüsterte Elektra. »Einige von uns schlichen in die Projektionsloge und haben mitgeschaut. Ach, Nikolas!« Ihr hübsches junges Gesicht glühte vor Begeisterung. »Es war wundervoll — du kannst dir nicht vorstellen, was für ein herrlicher Film es war. Ein amerikanischer natürlich, mit einem entzückenden Mädchen, einem singenden und tanzenden Lockenköpfchen, ganz klein, sechs oder sieben, aber so klug und hübsch. Ich wünschte, du hättest den Film sehen können, Nikolas, du wärest begeistert gewesen — ich weiß ja, wie gern du Filme siehst.«

Nikolas' große Leidenschaft waren tatsächlich Filme. Vor dem Krieg hatte er im Freilichtkino seine Idole ausgiebig bewundern können. Filme von Regisseuren wie Alfred Hitchcock und John Ford faszinierten ihn so sehr, daß er sie sich immer wieder ansah und sich eingehend mit der Darstellungskunst der Schauspieler und Regisseure auseinandersetzte.

Mit den Filmvorstellungen für die Dorfbewohner war es nun vorbei. Filme gab es jetzt nur noch im Palast zu sehen, da Gourouni es irgendwie schaffte, immer wieder an die letzten Hollywood-Produktionen heranzukommen.

Elektra schaute Nikolas an. Seine Augen waren unverwandt auf die Zitadelle des Kommandeurs gerichtet, deren weiße Marmormauern von der Spätnachmittagssonne in ein feuriges Licht getaucht wurden. Die verhaßte italienische Flagge flatterte leicht in der Brise.

Beide dachten an das krötenähnliche Ungeheuer, das in dem Haus wohnte. Ein Sadist, der Unschuldige in den Tod schickte, der Menschen zum Vergnügen folterte und der ständig neue Kriegsbeute aufhäufte.

»Vermutlich stopft er sich jetzt etwas in sein häßliches Gesicht.« Nikolas' Ton verriet seinen Haß. »Er verschlingt Fleisch und läßt sich mit Wein vollaufen, während er überlegt, welchen Film er sich ansehen wird. Ein mordgieriges Ungeheuer. Das zur Hölle fahren sollte.«

»Nikolas, rate mal, wer den Film gedreht hat?« Elektra versuchte das Thema zu wechseln. Wenn Nikolas einmal mit Gourouni anfing, fand er kein Ende. Er schien besessen von dem Mann. »Mein amerikanischer Onkel, weißt du noch? Derjenige der vor Jahren nach Amerika ging, noch ehe wir auf der Welt waren — der, der es drüben zu etwas gebracht hat.«

Sie strahlte vor Stolz. Früher hatte ihre Mutter oft von ihrem ältesten Bruder gesprochen, einem wagemutigen jungen Mann, der immer schon großen Ehrgeiz gezeigt hatte und fest entschlossen gewesen war, Griechenland zu verlassen und in seiner neuen Heimat Erfolg zu haben. Und der es schließlich geschafft hatte.

»Spyros!« sagte sie stolz. »Spyros Makopolis. Ich habe seinen Namen im Vorspann erkannt. Es waren riesengroße Lettern — ›Produziert von Spyros Makopolis‹. Ist das nicht herrlich?« Sie strahlte ihn an. »Nikolas, er stammt von Hydra, und er produziert Filme in Hollywood.« Sie lehnte sich an ihn und strich ihm zärtlich übers Gesicht. »Wenn er es kann, Nikolas — dann kannst du es auch.«

»Eines Tages — nach dem Krieg — werden wir beide nach Hollywood gehen, und ich werde so herrliche Filme machen, daß die ganze Welt begeistert sein wird«, sagte Nikolas voller Bitterkeit. »Aber nicht, ehe dieses Sadistenschwein tot ist.« Er hob in leidenschaftlichem Zorn die Stimme, während er wieder zu dem Herrenhaus hinübersah und an Gourouni dachte. Nur ein Narr konnte so dumm sein, griechischen Stolz zu unterschätzen.

Hinter ihnen lag ein höchst angenehmer Abend. Der Film, die neueste Produktion des MCCP Studios, war hervorragend, der weibliche Star eine hinreißende Schönheit, blond und vollreif, aber nicht älter als achtzehn. Der Kommandant und sein Adjutant, Major Volpi, fanden sie so reizvoll, daß die Erinnerung an ihre köstlichen Reize äußerst belebend nachwirkte.

Auch der Wein war ausgezeichnet, ein Chateau Lafitte 1929, von dem letzte Woche im Keller eines der Herrensitze der Insel zwei Kisten gefunden worden waren.

Der Kommandant streckte sich gähnend, während er die Goldknöpfe seiner straff sitzenden blauen Uniform öffnete. Er bewunderte seine Erscheinung in einem schmalen goldgerahmten Spiegel aus dem achtzehnten Jahrhundert, der im schmeichelhaftesten Licht an der Wand seines Ankleidezimmers hing. Kein Zweifel, er stellte eine *bella figura* dar. Die Ähnlichkeit mit seinem Idol Mussolini trat immer stärker zutage, zumal er sich jetzt seinen Schädel ganz glatt rasierte und die neuesten Uniformen des Duce bis ins kleinste Detail kopierte. Die feine Gabardine-Uniform, die er jetzt trug, hatte ein guter einheimischer Schneider für ihn angefertigt.

Wen kümmerte es, daß der Kommandant von Hydra sich auf eine schlichte graue Uniform hätte beschränken sollen. Die dummen Dorfbewohner wußten es nicht besser, und was seine Soldaten anging, so waren sie alle ein Haufen

Dummköpfe; mit Ausnahme Volpis, den er aber sehr gut schmierte.

Der Kommandant öffnete die goldene Schnalle seines breiten Ledergürtels, legte Jacke und Hemd ab und warf sie auf eine brokatbezogene Liege aus dem siebzehnten Jahrhundert.

Der pfirsichfarbene Schirm der Kommodenlampe tauchte Gesicht und Torso in mildes, schmeichelndes Licht. Er lächelte seinem Spiegelbild bewundernd zu, wobei seine Äuglein fast in den Fettfalten verschwanden. Der kahle Schrapnellkopf, die sinnlichen Lippen und das markante Kinn fanden sein Gefallen, ebenso wie die stark behaarte Brust und die muskelbepackten Oberarme.

Das einzige, was ihm an seiner körperlichen Erscheinung mißfiel, war die dicke, hervortretende Narbe, die in einer geraden, drei Zoll langen Linie unterhalb seines Adamsapfels verlief. Er gab sich immer große Mühe, sie mit seinen hochgeschlossenen Uniformjacken zu verbergen. Auf Hydra wurde gemunkelt, jemand hätte versucht ihn zu töten, und er hätte wochenlang in einem Pariser Krankenhaus zwischen Tod und Leben geschwebt. Dem erfahrensten Kehlkopfspezialisten Frankreichs sei es schließlich gelungen, sein Leben und seinen Kehlkopf zu retten. Der heisere, krächzende Flüsterton, mit dem er jetzt sprach, machten seine ganze Erscheinung nur noch abstoßender.

Vorsichtig befühlte er die Narbe. Das Mädchen, das ihm die Kehle mit seinem eigenen Rasiermesser durchgeschnitten und ihn auf dem kalten Marmorboden seines Badezimmers liegengelassen hatte, weil sie ihn für tot hielt, war nie gefaßt worden.

Dank seiner ungewöhnlich robusten Natur und seines Lebenswillens hatte er es geschafft, den Anschlag dieses Luders zu überleben. Auch wenn der Kehlkopfspezialist großartige Arbeit geleistet und ihm Leben und Stimme gerettet hatte — Umberto Scrofo würde nicht rasten noch ruhen, bis er das Mädchen gefunden und hatte büßen lassen.

9

Nikolas lehnte den Kopf an die weißgetünchte Steinmauer des kleinen Balkons und ließ seinen Tränen freien Lauf. Seine geliebte Mutter, die einzige Angehörige, die ihm geblieben war, lag im Sterben, vom Hunger ausgezehrt, mit gebrochenem Herzen.

Melina, die auf dem Bett lag, ließ ihren Rosenkranz durch die Finger gleiten und murmelte unablässig die Namen ihrer geliebten Toten, ihres Mannes und der Kinder, vor sich hin. Aller Lebenswille hatte sie verlassen. Das Licht war aus ihren warmen braunen Augen geschwunden, die nun ausdruckslos und tot blickten. Sie war auf weniger als sechzig Pfund abgemagert. Zwei Frauen aus dem Dorf, deren Gesichter stoischen Leidensmasken glichen, kümmerten sich um die Sterbende, die sich sogar weigerte, die kleinen Fische zu essen, die Nikolas nach vierzehn seelenverzehrenden Stunden in seinem Boot gefangen hatte.

Nikolas war völlig verzweifelt, sein Bewußtsein von Elend und Einsamkeit wie betäubt. Er konnte nichts tun, als auf Fischfang zu fahren und zu beten, daß seine Mutter am Leben blieb. Wieder ging er in sein Zimmer und öffnete die Lade neben seinem Bett. Unter einem kümmerlichen Stapel Hemden und Socken zog er ein Messer hervor. Es steckte in einer braunen Lederscheide, schimmernd und neu. Er hatte es am Tag zuvor beim Reinigen seiner Netze am Strand gefunden. Ein Soldat mußte es verloren haben, und Nick hatte es rasch in die Tasche gesteckt und gehofft, daß ihn niemand dabei beobachtet hatte.

Jetzt zog er die schimmernde Klinge langsam aus der Scheide und beobachtete, wie das Licht des untergehenden Mondes sich im glänzenden Stahl spiegelte. Behutsam fuhr er mit dem Daumen die scharfe Schneide entlang. Wie gern hätte er Gourouni die Klinge in den fetten Wanst gejagt und sie umgedreht, bis seine Eingeweide wie die eines ausgenommenen Fisches auf den Boden fielen.

Nikolas wußte, welche Befriedigung es ihm bereiten würde, wenn dieses Sadistenschwein sich in Todesqualen wand. Er malte sich aus, wie der Italiener mit schmerzverzerrter Fratze um Hilfe flehte, doch wurde er aus seinen Phantasien gerissen, als er hörte, wie seine Mutter leise seinen Namen rief. Rasch legte er das Messer wieder in sein Versteck und lief hinunter, um ihr mit einem zärtlichen Kuß Lebwohl zu sagen. Es war Zeit, zum Fischfang hinauszufahren, der einzigen Nahrungsquelle, die ihnen geblieben war.

In Gedanken noch immer bei Gourouni, strebte er zielbewußt dem Hafen zu.

Im kleinen Fischerhafen herrschte trotz der frühen Stunde — es war vor fünf Uhr morgens — emsige Geschäftigkeit. Die Fischer, etwa zehn an der Zahl, alle unter sechzehn oder über sechsundsechzig, ordneten mit größter Sorgfalt ihre gelben Netze im Bug ihrer Boote und bereiteten sie für den heutigen Fang vor. Die kahlen Glühbirnen in Dmitris Hafenbar verbreiteten fahles Licht und verliehen den harten Gesichtern der italienischen Posten, die nur herumlungerten, den Fischern keine Beachtung schenkten und einzig an das Ende ihrer Wache dachten, einen gelbsüchtigen Ausdruck. Einige sahen so betrunken aus, daß sie nicht in der Lage gewesen wären, auch nur einen Finger zur Verteidigung zu rühren, falls die Alliierten sich diesen Moment zur Invasion Hydras ausgesucht hätten, eine Möglichkeit mit nur geringer Wahrscheinlichkeit, da die strategische Bedeutung der einsamen kleinen Insel gering war. Dmitri bedachte Nikolas mit einem freundlichen *Yassou,* als er ihm ein Täßchen starken, süßen Kaffees eingoß und ihm ein winziges Stückchen honigsüßen Baklavas über die Theke zuschob. Der Junge aß und trank voller Dankbarkeit, überglücklich, daß Dmitri es immer wieder schaffte, in seiner Bar Kaffee und Kuchen zu servieren. Als Gegenleistung hoffte er, Dmitri einen *pompano* mitbringen zu können, eine Seebarbe oder Brasse, obwohl es in letzter Zeit mit dem Fischfang nicht weit her war. Auch in den Gewässern um die nahegelegenen Inseln Mykonos,

Spetsai und Poros hatte es den Anschein, als wüßten die Meerestiere, daß ein Krieg tobte und als wollten sie keinen Anteil daran haben.

Ohne den Blick von einem der schnarchenden Italiener zu wenden, beugte Dmitri sich mit Verschwörermiene zu Nikolas. »In der Nacht habe ich Radio gehört«, flüsterte er, während er so tat, als wische er mit einem schmutzigen Lappen ein paar Gläser trocken. »Der Spuk wird bald vorbei sein, Nikolas, sehr bald.«

Einer der schlafenden Soldaten ließ einen lauten Schnarchton hören, Grund genug für Nikolas, nervös zusammenzuzucken.

»Angeblich wird der Krieg in wenigen Wochen aus sein. Es heißt, daß der Sieg der Alliierten so gut wie sicher ist. Sie haben den Deutschen richtig Beine gemacht.«

Der Junge trank einen Rest seines Kaffees. »Unglaublich, Dmitri. Hoffentlich stimmt es.«

»Es stimmt«, raunte Dmitri erregt. »Glaube mir, Nikolas, es stimmt. Die Alliierten hetzen diese Schweine wie Hasen. Jetzt heißt es Daumen drücken, Nikolas — vielleicht sind wir nächste Woche um diese Zeit frei und haben die Insel wieder für uns.«

Nikolas dankbares Nicken war von einem vertraulichen Verschwörerlächeln begleitet. Dann fuhr er hinaus aufs Meer, unbeschwerter diesmal als seit Monaten. Bald würde der Krieg zu Ende sein, und seine Landsleute wären von ihren mordgierigen Unterdrückern befreit. Die Dorfbewohner würden dann alles vergessen können. Aber Nikolas wußte, daß er seinen Haß auf den Kommandanten nie vergessen würde.

Umberto Scrofo las den knappen Befehl auf amtlichem Papier, der von seinem Vorgesetzten kam und nachts durch einen Kurier überbracht worden war.

Er hatte sich in seinem kunstvoll geschnitzten venezianischen Bett aufgesetzt, zwischen dem feinsten Bettzeug, das in ganz Griechenland aufzutreiben war, umgeben von alten Meisterwerken, die erotische Szenen darstellten. Ein vielfarbiger Gobelin lag achtlos hingeworfen über einem zierlichen Henri-Jacob-Sofa an der gegenüberliegenden Wand. Eine Gruppe von vier herrlichen Skulpturen, die den Meisterhänden Michelangelos hätten entstammen können, war auf die vier dunklen Winkel des Raumes verteilt worden.

Doch an diesem speziellen Morgen war es Scrofo versagt, sich wie sonst an seinen Kunstschätzen zu erfreuen.

Kaum hatte er die Nachricht gelesen, als er zornig aus dem Bett auf den hellen Aubusson-Teppich sprang und den unglücklichen Adjutanten, der ihm mit der Nachricht zugleich sein Nachtgeschirr gebracht hatte, mit Schmähungen überhäufte. Er urinierte in das zierlich bemalte, von den zitternden Händen des jungen Leutnants gehaltene Gefäß, während er seine heftige Schimpfkanonade fortsetzte. Die Narbe an seinem Hals pulsierte wie immer, wenn er tobte. In seinem kurzen Seidennachthemd hüpfte er so wütend hin und her, daß der unglückliche junge Mann es kaum schaffte, den Topf unter das Liliputorgan des Generals zu halten.

Mit krächzender Stimme Befehle kläffend, rannte Scrofo in seinem Schlafzimmer umher, warf Gegenstände in große, leere Ledersäcke, die auf geheimnisvolle Weise aufgetaucht waren, und wickelte kostbare Artefakte und Bronzeskulpturen in dicke Samttücher, wobei ihm eine Handvoll Grauuniformierter unbeholfen zur Hand ging. Die an diesem Morgen angekommene Nachricht hatte ihn in einen förmlichen Rachetaumel versetzt. Er sollte die Insel unverzüglich evakuieren? Die kostbaren Schätze zurücklassen, die er so mühevoll gesammelt hatte? Das wäre ja noch schöner! Er würde keine einzige seiner Kostbarkeiten auf diesem jämmerlichen Eiland zurücklassen.

Mühsam zwängte er sich in eine schwarze Uniform, die ihm in den vielen Monaten ausschweifenden Lebens viel zu eng geworden war, und steckte sich so viele Orden an, wie die knappe Zeit zuließ, ehe er die Marmortreppe hinunterpolterte.

»Alle Inselbewohner, alle, bis auf den letzten, sollen sofort hierherkommen«, herrschte er in seinem merkwürdig quakenden Ton Major Volpi an. »Laufen Sie ins Dorf und trommeln Sie alle zusammen. Alle — Männer, Frauen und Kinder.«

»Jawohl, General«, erwiderte Volpi forsch salutierend, während er insgeheim dachte, was dieser General doch für ein Dummkopf wäre. Aber ihm stand es am allerwenigsten zu, einen Stein zu werfen. Vor dem Krieg hatte er wegen Mordes im Gefängnis gesessen, während er sich jetzt zu den Privilegierten zählen durfte.

»Auch die Kranken?« fragte er.

»Alle«, knurrte Scrofo. »Jeden einzelnen.«

Wie vom Fieber geschüttelt durchschritt er die prachtvolle Villa, voller Bewunderung für die Gemälde, Statuen und Möbelstücke, die das Haus füllten und deren Wert er im Kopf zusammenrechnete. Er hatte sogar das Gefühl, seine in weiches Morgenlicht getauchten Kunstschätze würden ihm freundlich zulächeln. Unschätzbare Kunstwerke erster Qualität — alle gehörten sie ihm, und alle waren zusammengestohlen. Immer hatte er davon geträumt, seine Schätze zurück nach Italien zu schaffen und von dort aus als angesehener *antiquaire* zu agieren, schöne Dinge an Sammler zu verkaufen und in Wettstreit mit den angesehensten Kunsthändlern von London, Paris und New York zu treten. Dieser Traum war ausgeträumt, wenn es ihm nicht gelang, sofort alles zu verpacken, in Kisten zu verstauen und über die dreihundert Steinstufen hinunter zum Hafen zu schaffen. Sein Plan sah vor, alles auf eine versteckte Luxusjacht zu verladen, nach Albanien zu segeln und von dort nach Italien. Nur vier vertrauenswürdige Komplizen, deren Taschen bereits prall gefüllt waren, sollten ihn begleiten. Er hatte nichts dem Zufall überlassen. Aus dem Keller kamen nun Holzkisten zum Vorschein, Kartons und Unmengen von Verpakkungsmaterial. Seine Leute machten sich unverzüglich an die Arbeit, hüllten Gemälde und Skulpturen sorgfältig ein und verstauten sie in Kisten.

Bald kamen die Dorfbewohner. Kleine Kinder, Greise und gebrechliche Frauen wurden in provisorische Arbeitsgruppen eingeteilt, die sich ans Verpacken von Gourounis Kriegsbeute machten.

Eine Abteilung Soldaten hatte auch Melina aus dem Bett gezerrt. Fast zu schwach, um gehen zu können, bekam sie nun von Volpi den Befehl, mit Hilfe Elektras eine Sammlung exquisiter emaille- und goldverzierter Fabergé-Eier zu verpacken.

Schwäche und Benommenheit der Frauen konnten nicht verhindern, daß sie die Schönheit der juwelenbesetzten Schnupftabakdosen, die reich vergoldeten und intarsierten Möbelstücke, die herrlichen Farben der Gemälde aus dem achtzehnten Jahrhundert und die goldenen Fleischtöne der Rembrandts voller Staunen und Betroffenheit bewunderten.

Melinas Augen waren so geschwächt, daß sie kaum sehen konnte, und ihre Hände zitterten so stark, daß es ihr fast unmöglich war, etwas anzufassen. Die Soldaten schritten zwischen den Frauen auf und ab und teilten heftige Püffe aus, wenn sie den Eindruck hatten, daß ihre Schnelligkeit zu wünschen übrig ließ. Den eingeschüchterten Kindern war die Aufgabe übertragen worden, Scrofos Sammlung überaus wertvoller Erstausgaben der Werke Dantes, Goethes, Shakespeares, Schillers und Tolstois in Kisten zu verpacken, und die Kleinen liefen nun mit verängstigten Blicken umher, bemüht, die Bände nicht zu beschädigen.

Plötzlich ließ Melina mit erschrockenem Aufschrei ein mit Zuchtperlen und Edelsteinen besetztes Kristallei fallen. Die Kostbarkeit zerschellte mit einem Aufprall, laut wie ein Pistolenschuß, auf dem Marmorboden.

Alles hielt inne und starrte die Unglückliche an. Melina, deren Augen vor Fieber und Verzweiflung glasig glänzten, empfand keine Furcht, als sich ihr der gefürchtete Gourouni näherte.

»Siehst du, was du angerichtet hast, du Trampel!« krächzte er mit zornrotem Gesicht. »Trampel!« wiederholte er mehrmals, ehe er seine Pistole mit voller Wucht auf ihren Schädel schlug. Sie spürte keinen Schmerz, als Blut über ihr wächsernes Gesicht lief. Sie spürte auch nichts, als sie wie ein Häufchen Elend auf dem Boden lag und der rasende Scrofo Schlag um Schlag auf ihr Gesicht und ihren Kopf niedersausen ließ.

»Zurück an die Arbeit«, stieß Scrofo zähneknirschend hervor, während entsetzte Kinder sich heulend unter den Röcken ihrer Mütter versteckten. »Zurück an die Arbeit, oder euch blüht dasselbe Schicksal. Seht zu, daß ihr nichts zerbrecht!«

Einige bekreuzigten sich, andere stöhnten leise oder weinten ungehemmt. Elektra bat leise um die Erlaubnis, Melinas Leichnam fortschaffen zu dürfen, und Volpi gestattete es ihr mit einem knappen Nicken. Sie hüllte die mitleiderregende Gestalt in ihr großes schwarzes Umschlagtuch, und zwei andere Frauen halfen ihr, Melina hinaus in die helle Sonne zu tragen, wo sie die Tote unter Tränen sanft auf den gepflasterten Hof legten.

Als Nikolas bei Sonnenuntergang mit seinem Boot in den Hafen einlief, konnte er zufrieden sein. Es war der beste Fang seit langem – fast ein halbes Kilo Sprotten, etliche Brassen und zwei fette *pompano.* Heute würde es ein Festmahl geben. Dmitri würde ihm für ein paar Fische sicher Olivenöl geben, dazu Kartoffeln und Tomaten, vielleicht sogar ein Fläschchen Wein. Mit Elektra und seiner Mutter wollte er die bevorstehende Befreiung der Insel feiern.

Kaum aber machte er sich daran, sein Boot an den Kiesstrand zu ziehen, als die weinende, schwarzverhüllte Elektra, deren Haar vom Wind zerzaust war, auf ihn zulief und sich ihm in die Arme warf.

»Nikolas, ach Nikolas, es tut mir ja so leid ...«

»Leid — was denn? Was ist, Elektra?« Eine böse Vorahnung überfiel ihn. Elektra war stets ein starkes, widerstandsfähiges Mädchen gewesen. Vom schweren Leben auf der Insel abgehärtet, hatte sie sich jedoch eine innere Sanftheit bewahrt, die bei allen, die sie kannten, Zuneigung weckte.

An Nikolas' Schulter leise schluchzend, berichtete sie ihm, was sich zugetragen hatte.

Nikolas Miene verhärtete sich. Er hatte gewußt, daß die Tage seiner Mutter gezählt waren, aber der Krieg war fast vorbei — sie hätte vielleicht wieder zu Kräften kommen können. Mit aller Gewalt unterdrückte er seine Tränen. Er würde Gourouni nie vergeben — niemals.

»Wo sind die Soldaten jetzt?« fragte er schroff.

»Fort. Bis auf den letzten. Am Nachmittag sind sie ausgelaufen. Als sie fort waren, haben wir ihre Fahne verbrannt«, sagte sie. »Alle Fahnen.«

»Haben diese Bestien vor ihrem Verschwinden noch andere ermordet?« fragte Nikolas, als Dmitri aus der Bar trat und ihm ein Glas Brandy brachte.

Dmitri nahm Nikolas, den er wie einen Sohn liebte, tröstend in die Arme.

»Nein«, sagte Elektra leise. Sie strich Nikolas über die Wange. »Sonst niemanden.«

Nikolas trank den Brandy aus. Das ungewohnte, brennende Gefühl schien in ihm ungeahnte Kräfte freizusetzen. Die verzweifelten Mienen der beiden anderen erfüllten ihn mit einer so großen Wut, daß seine Haut sich glühend rötete. Die Wut, die er empfand, hatte nun beinahe ein Eigenleben gewonnen ... Er mußte töten. Er wollte sein Messer in die italienischen Schweine stoßen, sie töten, aber vor allem wollte er die Hände um den Hals des diabolischen Kommandanten legen und zudrücken ... Er wollte ihn vor seinen Augen sterben sehen. Wollte seinen dicklippigen Mund um Gnade flehen hören. Als er das Messer in seiner Tasche umkrampfte, wußte Nikolas, daß er Todesgewalt in den Fingern hielt — und er wußte auch, daß sein Haß ihm schließlich die Kraft verleihen würde zu tun, was er tun mußte.

»Eines Tages — eines Tages — eines Tages«, murmelte er rauh, während er die Kummerperlen seiner Mutter betastete, als wären sie die Muskeln im Hals des Feindes. »Ich bringe ihn um, und wenn es das Letzte ist, was ich im Leben vollbringe. Ich werde diese mordende Bestie finden und sie leiden lassen. Und wenn ich mit Umberto Scrofo fertig bin, wird er mich anflehen, ihn zu töten, das schwöre ich.«

10

London 1944

Für Inès gestaltete sich das Leben in London sehr angenehm, obwohl ihr geliebtes Paris ihr fehlte. Die winzige Wohnung in Shepherd Market, im obersten Geschoß eines alten georgianischen Hauses gelegen, war behaglich, und die altmodischen Bleiglasfenster fingen jeden Strahl der bleichen Londoner Sonne ein. Oft saß sie auf der Fensterbank, den Blick über die Platanenwipfel des Green Park gerichtet, in Gedanken weit fort, in Paris. Ob die Gestapo nach ihr fahndete? Alpträume, in denen der tote italienische General herumgeisterte, raubten ihr noch immer den Schlaf, aber stets waren Yves' Arme da, um sie zu beruhigen, wenn sie schreiend und in Schweiß gebadet aufschreckte. Und am Morgen brachte er sie dann mit einem seiner Zaubertricks wieder zum Lachen.

Yves hielt sich durch Zeitungslektüre und Radionachrichten über die Ereignisse in Frankreich auf dem laufenden, während Inès Englisch lernte und den Haushalt führte. Vormittags ging sie mit ihren Lebensmittelmarken, für die man nur das Allernotwendigste bekam, einkaufen. Mit dem bißchen Fleisch ließen sich Aufläufe kaum herstellen, und aus einem Ei ein Omelette für zwei zu zaubern, brachte auch eine Französin nicht fertig.

Yves hatte mit einigen der Namen, die man ihm mitgegeben hatte, Kontakt aufgenommen, da er sich unbedingt aus eigener Kraft eine neue Existenz schaffen wollte. Oft war er den ganzen Tag unterwegs, während Inès beim Saubermachen und Staubwischen Radio hörte und sang und ihre neue häusliche Rolle genoß. Zum erstenmal im Leben führte sie ein normales Dasein, und dafür betete sie Yves mehr an als je zuvor.

Sie schloß Freundschaft mit Stella Bates, einem rothaarigen Mädchen aus dem unteren Stockwerk. Die beiden gingen oft gemeinsam einkaufen, mit Netztaschen ausgerüstet, auf der Suche nach Lebensmitteln wie Zucker, Butter oder Marmelade, die nur gegen Marken erhältlich waren. Stella unterhielt Inès oft mit lustigen Anekdoten aus ihrem Leben. Sie arbeitete sehr erfolgreich als Prostituierte und litt ihres Gewerbes wegen nur wenig unter Gewissensbissen. Ein paar Jahre älter als Inès, verfügte sie über einen attraktiven Körper und einen Heiligenschein aus flammendrotem Haar, Gewähr dafür, daß sie nur selten einen Abend allein verbringen mußte. Außerdem war sie so lustig, daß sie sogar Yves mit ihrem Cockney-Akzent und ihrer Schlagfertigkeit amüsierte.

Vor kurzem hatte er wieder davon angefangen, daß Inès ›arbeiten‹ müsse, ein Thema, das ihr zuwider war. Sie wollte keine Prostituierte mehr sein. Ihre übergroße Liebe zu Yves ließ jeden Gedanken an ein Zusammensein mit einem anderen absurd erscheinen, zudem hatte Inès ihr schreckliches Erlebnis in Paris noch zu frisch in Erinnerung. Aber Yves drängte immer energischer. Das Geld war knapp, die Miete mußte bezahlt werden. Was er auf dem Schwarzmarkt verdiente, reichte nicht, um beide zu ernähren, und außer seinen Zaubertricks hatte er nichts gelernt, so daß er sich nur zum Hilfsarbeiter eignete.

»Für die Music-Halls bin ich nicht gut genug, *chérie*«, sagte er lachend. »Jetzt ist die Reihe an dir, für uns Geld zu verdienen.« Aber Inès leistete Widerstand, so lange es ging — in der vergeblichen Hoffnung, Yves würde irgendeine Arbeit bekommen und sie vielleicht sogar heiraten, damit sie das ehrbare Leben fortsetzen konnte, das ihr so zusagte.

Schließlich hatte Yves sie davon überzeugt, daß sie Geld verdienen *mußte.* Sie vertraute ihre Lebensgeschichte Stella an, teilweise zumindest und ohne zu erwähnen, daß sie einen Menschen getötet hatte. Und Stella hatte auch prompt guten Rat parat.

»Schluß mit dem Flanieren, Süße, dafür bist du zu gut. Ich habe mir einen richtig netten, exklusiven Kundenkreis zugelegt, Häschen — nur mit Empfehlung — also, sag mir Bescheid, und ich bringe dich mit einem meiner feinen Aristos zusammen. Nichts Verdrehtes, verlaß dich drauf.«

Inès fand es widerwärtig, aber Yves hungerte und stellte Forderungen. Ihr blieb also nichts anderes übrig. Diesmal aber sollten ›Gentlemen‹ ihre Kunden sein und nicht tölpelhafte Besatzer.

In London wimmelte es von Uniformierten aller Nationalitäten, ständig lag Partystimmung in der Luft. Trotz des fortgesetzten Blitzkrieges und der deutschen Bomben, die ihre Ziele mit monotoner Regelmäßigkeit trafen, ließ die Karnevalslaune in den Londoner Nachtclubs die Menschen den Krieg wenigstens für kurze Zeit vergessen. Beliebtester Treffpunkt der Partygeher war das Café de Paris, das im Vorjahr einen Volltreffer überstanden hatte, bei dem mindestens vierzig Gäste umgekommen waren — was nicht verhindern konnte, daß auch weiterhin fröhlich gefeiert wurde.

Am nächsten Abend lud Stella ihre Freundin Inès zu einem Besuch in einem Nachtclub ein. »Ich hab' 'ne Verabredung mit einem sehr netten Kerl und zwei Freunden von ihm. Die wollen tüchtig auf die Pauke hauen, Liebes — komm mit, es wird riesig, wirst schon sehen.«

Inès berichtete Yves davon, und er drängte sie mitzugehen.

»Du mußt wieder arbeiten, *chérie*«, sagte er wie immer. »Wir brauchen das Geld.«

»Ich weiß«, antwortete Inès bekümmert. »Ach, Yves, wie lange werde ich das noch machen müssen? Ich hasse es.«

»Nicht mehr lange, *chérie*«, erwiderte er lächelnd, strich ihr über das glänzende Haar und drückte sein Gesicht so an ihren Hals, daß ihr Schauer der Erregung über den Rücken liefen. »Nach dem Krieg können wir nach Paris zurück. Dort werde ich mir Arbeit suchen, das verspreche ich dir. Und jetzt sei ein braves Mädchen und angle dir ein paar gute Kunden.«

Nachdem sie sich angezogen hatte — ihr einziges gutes schwarzes Kleid mit einseitiger Schulterraffung und einem breiten, ihre schmale Taille betonenden Gürtel, stellte Inès sich auf den winzigen Küchentisch, damit Stella ihre bloßen Beine mit dunklem Kontaktpuder tönen und mit einem Augenbrauenstift eine Linie in der Wadenmitte ziehen konnte.

»So«, kicherte Stella, erfreut über ihr Werk. »Schätzchen, wenn du erst einen Amerikaner am Haken hast, brauchst du das nicht mehr — denn dann heißt es Nylons, Nylons und nichts als Nylons überall, ganz zu schweigen von Schokolade und Zigaretten und allen möglichen herrlichen Sächelchen. Aber heute konzentrieren wir uns auf die feinen Pinkel.«

»Na schön«, sagte Inès verdrossen. »Du bist der Boß, Stella.«

Im Bagatelle, das zum Brechen voll war, herrschte Bombenstimmung. Die in Stellas Schlepptau eintretende Inès konnte nicht umhin, das im Barockstil gehaltene Interieur des eleganten Nachtclubs ausgiebig zu bewundern.

Über eine breite, mit einem roten Teppich ausgelegte geschwungene Treppe gelangte man in die Bar, deren Wände überdimensionale goldene Spiegel bedeckten. Die roten Plüschsessel wurden von schick gekleideten lebenslustigen jungen Frauen eingenommen, die mit ihren Begleitern, von denen viele in Uniform und einige im Abendanzug erschienen waren, plauderten und flirteten. Paul Adams und seine Band spielten den Schlager *I Left my Heart at the Stage Door Canteen*, und Inès spürte ihre Pulse im Rhythmus der Musik höher schlagen. Plötzlich fand sie es richtig aufregend, wieder mittendrin im Leben zu sein. In den in London verbrachten Monaten hatte sie einigermaßen Englisch gelernt und konnte es kaum erwarten, ihre Kenntnisse anzuwenden. Trotz des Widerstrebens, mit dem sie die Einladung angenommen hatte, machte ihr die angeregte Atmosphäre jetzt Lust auf einen netten Abend.

Stellas Bekannter war ein wohlerzogener, humoriger Landedelmann in den Dreißigern, aus Shropshire stammend und entschlossen, sich richtig zu amüsieren. Der Champagner floß in Strömen, ebenso seine Witze, die für Inès meist unverständlich blieben, Stella aber dazubrachten, sich vor Lachen zu biegen. Es war dunkel, die Luft war verräuchert, das Licht der winzigen Tischlämpchen mit den rosa Schirmen schmeichelte den Gesichtern. Stella lief zur Höchstform auf, ihr Cockney-Humor wurde von der Atmosphäre noch angefeuert, so daß sie mit Lord Worthington ständig Witze riß. Dabei flüsterte sie Inès wiederholt zu, daß er ein richtiger Lord sei. »Er ist ein hohes Tier im Foreign Office, richtig groß«, erklärte sie, als er vom Tisch aufstand, um seine zwei soeben eingetroffenen Freunde zu begrüßen.

»Und riesig spendierfreudig, Liebes — gestern hat er mir einen Extra-Zehner zugesteckt, und heute morgen ein Pfund Schinken und ein Paar Nylons rübergeschickt — sieh mal!«

Stolz streckte sie ihre schlanken Beine aus, damit Inès die neue Errungenschaft bewundern konnte.

»Pst, da kommt er«, warnte Stella sie, als Lord Worthington mit zwei jüngeren Männern an den Tisch kam.

»Meine Liebe, ich habe zwei Freunde mitgebracht. Hoffentlich hast du nichts dagegen, wenn sie uns Gesellschaft leisten — Charlie und Benjie. Sei so gut und mach sie mit deiner Freundin bekannt, ja? Ich muß mal.«

Charlie, klein und untersetzt, entpuppte sich als der Ehrenwerte Charles Brougham, und Benjie, groß und hager, als Viscount Benjamin Spencer-Monckton. Die zwei jungen Männer klemmten sich neben Inès, offensichtlich sehr angetan von ihrem Dekolleté.

»Was für einen köstlichen Akzent sie haben«, murmelte Charles, dessen Hand ihr Knie streifte, während sein Blick auf ihrer Brust verharrte.

»Ja, absolut umwerfend. Französin?« fragte Benjie.

»Ja.« Inès lächelte schüchtern. Die Aufmerksamkeit der beiden jungen Männer kam ihr nicht ganz ungelegen. Inzwischen war Lord Worthington wieder erschienen und quittierte einen von Stellas anzüglichen Witzen mit brüllendem Gelächter. Inès fand, daß ihre zwei aristokratischen Anbeter mit ihrer typisch englischen Art gar nicht so übel waren. Aufmerksam und manierlich, obwohl schon ziemlich angeheitert, waren sie dem ländlich-biederen Lord Worthington jedenfalls bei weitem vorzuziehen.

»Möchten Sie tanzen?« fragte Benjie, als die Band *Moonlight Becomes You* intonierte.

»Sehr gern«, gab Inès lächelnd zurück. »Es ist sehr lange her, daß ich getanzt habe.«

Als sie sich ihren Weg durch die Menge schwankender Körper bahnten, blieb Inès plötzlich wie angewurzelt stehen, von einer allzu vertrauten Angst überwältigt. Sie schüttelte den Kopf, als müßte sie eine Halluzination abschütteln. Das war doch nicht möglich, oder? Es konnte nicht wahr sein! Benjie schob sie sanft, aber nachdrücklich weiter, und sie passierte den Tisch des Mannes mit wachsender Furcht.

Kalte schwarze Augen trafen momentan die ihren, und wieder erstarrte sie. Wie konnte er hier in London im Bagatelle sein, wenn sie ihn doch vor fast einem Jahr in Paris getötet hatte? Was machte Umberto Scrofo in London? Ein italienischer General aus Mussolinis Armee, der dreist an einem Tisch direkt an der Tanzfläche saß, vor sich eine Flasche Champagner, neben sich zwei junge blonde Nutten? Es war ausgeschlossen.

Aber die kleinen bösen Augen, der große Kahlschädel, der grausame Mund waren unverwechselbar. Wie gebannt verharrte sie vor seinem Tisch, unfähig, auch nur einen Muskel zu rühren. Die Augen des Mannes prüften sekundenlang ihren Körper, dann sah er wieder die zwei Blondinen an, und Inès wurde in die Mitte der gedrängt vollen Tanzfläche gerissen. Sie zitterte heftig, als Benjie sie in die Arme nahm.

»Na, alles klar, Mädchen?« fragte er teilnehmend. »Sie zittern ja wie Espenlaub. Haben Sie etwa ein Gespenst gesehen?«

»Ich glaube, ja«, flüsterte Inès, die sich fest an ihn klammerte. Mit Aufbietung aller Willenskraft kämpfte sie gegen ihr Herzklopfen an. Wieder warf sie einen Blick zu dem Tisch, an dem sie Scrofo entdeckt zu haben glaubte. Ein beleibter Glatzkopf saß da, Schulter an Schulter mit zwei kurvigen Blondinen, doch es war mit Sicherheit nicht Umberto Scrofo, davon war sie nun überzeugt. Da lachte sie laut auf. Es war ein Ausbruch eines hysterischen, erleichterten Gelächters. Wie dumm sie doch war, was für eine alberne Gans mit blühender Phantasie! Natürlich konnte es nicht Scrofo sein — er war ja tot. Aber in den schaurigen Träumen, die sie häufig plagten, war er höchst lebendig. Da sie sich genau an jede kleinste Einzelheit des grotesken Italieners erinnern konnte, genügte oft der Anblick eines vom Gesichtsausdruck und Körperbau her ähnlichen Mannes, daß sie in Angst und Schrecken versetzt wurde. Inès wußte, daß ihre lebhafte Phantasie ihr immer schon böse Streiche gespielt hatte. Umso erleichterter atmete sie auf, weil sich nun alles nur als Einbildung herausstellte. Scrofo war tot und dahin — für immer —, und damit hatte sich's.

Als die Wogen ihrer Panik sich legten und das Orchester das romantische *Bewitched, Bothered and Bewildered* anstimmte, entschied sie sich, ihre Aufmerksamkeit mehr auf Benjies erigierten Penis zu konzentrieren, der beharrlich gegen ihren Schenkel stoßend um Beachtung bettelte. Das verschmitzte Lächeln, mit dem sie zu ihm aufblickte, verriet ihm alles, worauf seine hellen, fast durchsichtigen, von sandfarbenen Wimpern gesäumten Augen ihrem Blick auswichen und er errötete.

Der Ärmste, so schüchtern, dachte sie mitleidig. Die Nähe zu einer Frau war ihm offensichtlich ungewohnt. Um ihm seine Befangenheit zu nehmen, lehnte sie ihren Kopf leicht an seine Schulter und legte ihre Hand auf seinen Nacken, während die romantische Musik sie einhüllte. Sie fing zu singen an: »I'm wild again — beguiled again, a simpering, whimpering child again — bewitched, bothered and bewildered by you ...«

Benjies Atemzüge wurden heftiger, und als der Tanz endete, neigte er ihr seinen sandfarbenen Kopf zu und flüsterte verlegen: »Inès, darf ich Sie wiedersehen? Ich weiß ja, es ist eine Zumutung, weil Sie wahrscheinlich einen Freund haben, aber ich finde sie so ungeheuer reizvoll.«

Inès lächelte. Er war adelig, reich, stattlich, wohlerzogen. Yves redete ihr seit Wochen zu, wieder zu arbeiten. Dieser junge Mann machte einen netten, kultivierten Eindruck. Wenn sie schon ihre Karriere als Prostituierte fortsetzen mußte, dann konnte ihr weit Schlimmeres widerfahren, als die Geliebte von Viscount Benjamin Spencer-Monckton zu werden. Außerdem lebte man mitten in einem Krieg.

Obwohl der Krieg seinen Höhepunkt erreicht hatte und noch immer nächtliche Blitzangriffe London verwüsteten, wurde Inès an der Seite Benjies in einen Taumel geselliger Aktivitäten gerissen, wie sie ihn nie zuvor erlebt hatte. Obwohl er wissen mußte, daß sie eine Professionelle war, behandelte er sie wie ein Mädchen, das es zu umwerben galt, und Inès erlebte mit ihm die schönste Zeit ihres Berufslebens.

An dem Abend, der ihrem Kennenlernen folgte, führte er sie ins Kino, ins Odeon am Leicester Square, und dann gleich nach nebenan in seinen bevorzugten Nachtclub, den 400, wo er alle zu kennen schien und von allen gekannt wurde. Es war ein intimer Privatclub, in dem sich junge Aristokraten und Persönlichkeiten der Gesellschaft drängten. Einige Männer trugen Uniform, andere Abendanzug, die konservativeren sogar mit weißem Binder. Es war eine unbeschwerte, gutgelaunte Horde, entschlossen, sich auf Teufel komm raus zu amüsieren. Von Gruppe zu Gruppe wandernd, stellte Benjie Inès seinen Freunden vor. Wie jung diese Männer sind, dachte Inès, manche noch richtige Babys. Ihr Benehmen verriet nichts von der Angst oder Bangigkeit in ihrem Herzen. Dank ihrer ungehemmten Vergnügungssucht und ihrer Ausgelassenheit machten sie jeden Abend zu einer Silvesterparty. Viele der jungen Leute im 400 schienen bis über beide Ohren verliebt zu sein, denn auf der überfüllten Tanzfläche gab es viel Geknutsche und Gefummel.

»Hier kommt es zu mehr Verlobungen als sonstwo in London«, rief ihr Benjie augenzwinkernd zu, als sie zu den Klängen von *Carousel,* einem neuen Broadwaymusical, tanzten.

Benjies empfindsame Härte stieß abermals gegen Inès' Schenkel. Sie sah ihn lächelnd an, während sie mitsang: »If I loved you, words wouldn't come in an easy way.«

»Wundervoll«, hauchte Benjie, der sie so eng an sich drückte, daß sein vorwitziges Glied sie fast zurückzucken ließ. »Inès, Sie haben eine reizende Stimme, aber an Ihnen ist ja alles reizend.«

»Danke, Sie sind sehr lieb, Benjie.« Sie sagte es mit einem Lächeln.

Am nächsten Abend führte er sie zum Dinner ins Gay Hussar an der Greek Street, dann ins Berkeley, wo sie zu den schmissigen Klängen von Ian Stevens die Nacht durchtanzten. Wie immer drängten sich in diesem Lokal Vergnügungssüchtige aller Nationalitäten. Die Band spielte sämtliche Lieblingsschlager von Inès, die sie dem hingerissenen Benjie immer wieder vorsummte und vorsang. Ihre Version von *This is a Lovely Way to Spend an Evening* hatte es ihm besonders angetan, und er brachte die Band dazu, das Stück mehrmals zu spielen.

Anschließend gingen sie über den Berkeley Square nach Hause, als schon die Vögel ihr Morgengezwitscher begannen und die weichen Finger der Dämmerung sich über die Platanen schoben.

»Morgen?« fragte er leise, als sie Shepherd Market erreicht hatten.

»Ja«, flüsterte sie, von der Frage bewegt, wann und ob er sie jemals küssen würde.

»Wir gehen mit Charlie und seiner Freundin Henrietta ins Savoy«, sagte Benjie. »Abendkleidung, ich hole dich um acht ab.« Mit einem vorsichtigen Kuß auf ihre Wangen tippte er an seinen Hut und ging Richtung Curzon Street davon.

»Na«, fragte Yves verschlafen aus dem Bett, als sie in sein Zimmer kam. »Ist es schon soweit?«

»Noch nicht«, seufzte Inès, die sich aufs Bett und ihrem Geliebten in die warmen Arme warf. »Noch nicht, *chéri.* Er ist Engländer, es wird deswegen vielleicht ein wenig länger dauern. Ich glaube, er muß mich erst näher kennenlernen.«

»Ach was«, schnaubte Yves. »Der Kerl soll sich gefälligst beeilen. Ist ja schön und gut, daß du jeden Abend großartig mit ihm tafelst, aber inzwischen verhungert dein armer Franzose. *Mon Dieu,* für eine Tasse dampfenden *café au lait* mit drei Löffeln Zucker darin und für ein heißes, vor Himbeermarmelade triefendes Croissant könnte ich glatt einen Mord begehen.«

»Du mußt eben von der Liebe leben«, neckte Inès ihn und küßte ihn auf den Mund. »Bis ich Benjies englische Reserviertheit überwunden habe, wirst du dich mit Liebe begnügen müssen, mein Schatz.«

Elegante Abendkleider waren Mangelware für Inès, deren Garderobe insgesamt ziemlich dürftig war. In ihrem Kleiderschrank herrschte ähnliche gähnende Leere wie im Küchenschrank. Bei ihren Verabredungen mit Benjie hatte sie immer dasselbe, aus zweiter Hand stammende schwarze Lanvin-

Kleid getragen, und in ihrer Verzweiflung wandte sie sich jetzt an Stella und fragte die Freundin, ob sie ihr nicht etwas borgen könnte.

»Was du willst, Kleines — greif zu.« Sie lächelte großmütig. »Wir haben dieselbe Größe — bloß bin ich eine Idee kleiner und n' bißchen voller als du.«

Eine Untertreibung, dachte Inès. Stellas Garderobe quoll über vor buntgemusterten, mit Glitzerkram, Knöpfen und Schleifen verzierten Kleidern.

»Wie wär's damit?« Inès faßte in die dunkleren Ecken des Schrankes und zog ein hellgraues Crêpe-Kleid hervor, dessen Oberteil mit graublauen Glasperlen besetzt war.

»Ach, das gehörte meiner Mutter!« rief Stella schrill. »Ihr einziges gutes Stück. Sie hat es von einer Lady bekommen, der sie einen Gefallen tat. Für mich zu fad, Schätzchen. Aber dir könnte es passen. Deshalb sollst du es haben — ich schenke es dir.«

»Ach, Stella … vielen, vielen Dank!« rief Inès. »Du bist die beste Freundin, die ich je hatte.«

Inès probierte das Kleid an, ihr erstes bodenlanges Abendkleid, ein Modell, das ihre Größe und ihre schlanken, schön geschwungenen Hüften betonte. Das schräggeschnittene Oberteil hatte kurze Puffärmel, der Rock endete in einer fächerförmig gefältelten kleinen Schleppe, über die sie bei ihren ersten Gehversuchen fast stolperte.

»Du wirst üben müssen, Schätzchen«, meinte Stella lachend. »Wenn du vor diesen hochfeinen Herrschaften auf der Tanzfläche umkippst, kommst du dir ganz schön bescheuert vor. Aber vor allem wirst du auch passende Schuhe brauchen. Los, wir schauen bei Dolcis vorbei. Für siebzehn und einen Sechser kannst du dir etwas farblich Passendes aussuchen — richtig toll wirst du aussehen, und ich bringe dir auch bei, wie man mit der Schleppe zurechtkommt.«

»Aber ich habe das Geld nicht«, jammerte Inès. »Stella, ich besitze nicht mehr als ein paar Shilling.«

»Dann lade ich dich auf ein Paar Schuhe ein.« Ihre Freundin grinste sie an. »Ich hatte einen sehr guten Monat, dank des Ehrenwerten Charlieboy — falls ich je eine Durststrecke durchmache, kannst du dich revanchieren. Oxford Street, Achtung — wir kommen!«

Inès blieben nach dem Schuhkauf, den Stella finanzierte, in ihrem Bezugscheinheft noch genug Marken für mindestens zwei zusätzliche Kleider. Seit ihrer Ankunft in England hatte sie nur wenig gekauft — was nützten ihr auch die kostbaren Marken, wenn sie kein Geld hatte.

Nach ihrem Einkaufsbummel kam Stella mit in Inès' Wohnung, um die Bestände ihres Kleiderschrankes zu sichten.

»Ach du liebes Bißchen, mit diesen paar Sachen wirst du nie richtig mitmischen können, Kleines«, sagte sie geringschätzig, als sie Inès spärliche Ausstattung sah. »Hör mal, sobald der Ehrenwerte Benjie sein edles bestes Stück hochkriegt, gehen wir tüchtig einkaufen, du und ich — Yves kann dir doch auf dem Schwarzmarkt Kleidermarken besorgen, oder?«

Inès nickte.

»Gut«, sagte die Rothaarige. »Inès, meine Liebe, vergiß eines nie: Geld macht den Mann aus — aber Kleider ein Mädchen, soviel steht fest.«

Sie tafelten bei gedämpfter Beleuchtung und zu den angenehm melodischen Klängen von Carrol Gibbons Orchester im Savoy Grill. Wie alle Londoner Lokale war auch dieses bis zum letzten Platz mit Eß- und Tanzlustigen gefüllt. Das Fünf-Gänge-Menü war köstlich, und Inès wünschte sich, sie hätte von den Resten etwas für Yves hinausschmuggeln können.

»Ein verdammt gutes Essen für einen Fünfer, meinst du nicht auch, Charlie?« ließ sich Benjie vernehmen.

»Absolut Klasse, mein Alter. Suppe — Fisch — Fleisch — Nachtisch — wohlschmeckend, ausgezeichnet, so wie es sein soll. Jetzt wäre eine Flasche Rotwein angebracht.«

Inès, die sich neben Henrietta gar nicht wohlfühlte, ließ

den Blick wandern. Die Debütantin aus adeligem Haus hatte nur die Nase gerümpft, als sie Inès vorgestellt wurde, und sie von Kopf bis Fuß taxiert, ehe sie verächtlich den Kopf abwandte. Inès hatte mit tiefem Erröten darauf reagiert. Ob Charlie Henrietta verraten hatte, daß sie eine Nutte war? Sie hoffte sehr, es wäre nicht der Fall, aber Henrietta wich jedem Gespräch mit ihr aus und hing statt dessen aufmerksam an jedem Wort, das die zwei Männer äußerten.

Eben waren sie beim Fisch angelangt, als die Alarmsirene ertönte. Das schrille, allzu vertraute Geräusch ließ alle Anwesenden jäh verstummen. Im nächsten Moment stand der Ober an ihrem Tisch.

»Bitte, mir zu folgen, meine Damen und Herren«, sagte er in gelassenem Ton. »Seien Sie ganz beruhigt, Sie können Ihr Dinner ungestört fortsetzen.«

Verwundert folgte Inès dem Ober über etliche Treppen hinunter. Alle Gäste marschierten hintereinander in den Keller, wo sie eine fast vollkommene Nachbildung des Grill Room vorfanden. Dutzende von Tischen waren mit schimmerndem weißem Leinen und auf Hochglanz poliertem Besteck gedeckt. Sie wurden an ihren Tisch geleitet, und das Tafeln und Tanzen nahm seinen Fortgang, als sei nichts geschehen, bis die Entwarnung ertönte und alles wieder hinaufging.

»Ist das normal?« fragte Inès ihren Begleiter.

»Aber ja, meine Liebe«, entgegnete er herablassend. »Das Savoy ist auf alles eingestellt. Wenn so ein verdammter Blitzangriff das geheiligte Dinner stört, nimmt alles im Keller wie gewohnt seinen Fortgang. Gute Idee, nicht?«

»Absolut Klasse«, lächelte Inès.

Die nächste Woche verging in einem Nebel von Nachtclubs, Bars und Restaurants. Inès wurde von Benjie in den Milry Club in Mayfair ausgeführt, wo sie dem melodiösen Klavierspiel Tim Claytons lauschten, sowie in den Orchid Room an der Brook Street, wo der Maître d'hotel, Jerry Marco, Benjie wie einen verlorenen Bruder begrüßte. Er bestand darauf, daß sie einen neuen, aus New York stammenden und Bronx genannten Drink ausprobierten. Es war eine hochprozentige Mischung aus Gin, Orangensaft und Curacao. Inès trank so viel davon, daß sie sich bei Benjie zu einem fast zu forschen Vorgehen hinreißen ließ, worauf er hastig zurückwich, eine Reaktion, die ihr zeigte, daß sie ihm den ersten Schritt überlassen mußte.

»Ich glaube, ich halte mich lieber an Champagner oder White Ladies«, eröffnete sie am nächsten Morgen stöhnend einem ungeduldigen Yves.

»Mir egal, was du trinkst, *chérie,* wenn du nur rasch Geld machst«, seufzte er. »Dein armer *macrou* fühlt in seinem Bauch einen Schmerz, den nur gutes Essen lindern kann.«

»Ich bemühe mich ja«, sagte Inès. »Ich bemühe mich wirklich, Yves.«

Nach einigen Abenden ging Benjie mit ihr und Charlie und Stella wieder ins Bagatelle. Edmundo Ross spielte feurige lateinamerikanische Musik, deren aufreizende Rhythmen beide Mädchen in Hochstimmung versetzte.

»Los, tanzen wir Conga!« rief Stella aufmunternd, faßte nach Charlies Hand und zog ihn auf die volle Tanzfläche.

»Komm, Benjie, wir wollen auch tanzen«, drängte Inès den jungen Viscount.

Aber Benjie war zu verlegen und gehemmt, um den Conga zu wagen, obschon einige seiner Freunde sich als Teil der langen Kette johlend und kreischend durch den Club schoben. Er trank Pink Gins mit reichlich Angostura und hielt immer wieder ein brennendes Streichholz an die Mischung, um mit kindlicher Freude zu beobachten, wie sich die Flüssigkeit entzündete.

»Hu, das war aber toll!« rief Stella atemlos und lachend, als sie wieder an den Tisch kam. Ihr rotes Haar war völlig durcheinander, der knallige Lippenstift verschmiert. Als sie ihre Lippen mit schwerer Hand nachzog, beugte sie sich mit Verschwörermiene zu Inès.

»Mit dem dort heißt es heute Hoppla, rauf bis zum Luster, Schätzchen!« Sie deutete auf Charles, der sich mit befriedigter Miene seine Hose zurechtzog.

»Was heißt das?« fragte Inès.

»Das heißt, Schätzchen, daß sein intimster Teil heute wie der Eiffelturm steht. Achtung, fertig, los — hü und hott —, heute muß ich mich nicht anstrengen, das steht mal fest — es wird leichtes Spiel. Und wie geht's dir mit deinem? Ist er ebenfalls in Form?«

Inès schüttelte bedauernd den Kopf und sah Benjie an. Würde er denn nie den ersten Schritt tun? Eine Woche war ohne den geringsten Annäherungsversuch vergangen. Höchste Zeit, daß sie ihn verführte, ehe Yves zum Skelett wurde. Und wenn Benjie nicht mitspielte, dann mußte sie sich einen anderen suchen. Es gab jede Menge Männer, die aussahen, als wären sie zu haben, auch Unmengen flotter junger Amerikaner. Bestimmt war es nicht weiter schwierig jemanden zu finden, der sie wollte. Wo immer sie sich zeigte, erntete sie Blicke und anerkennende Pfiffe. Ja, vielleicht sollte sie mit einem dieser gutaussehenden Amerikaner losziehen. Dann würde sie wenigstens zu Geld kommen und womöglich sogar Nylons und Konserven kassieren, wenn sie an einen Spendierfreudigen geriet. Aber sie wollte Benjie noch eine Chance geben.

Nachdem sie das Bagatelle verließen, merkte sie, daß er ziemlich betrunken war. Sie rief ein Taxi und verfrachtete ihn hinein.

»Shepherd Market«, sagte sie zum Fahrer. »Möglichst schnell.«

In ihrer Wohnung, im Zimmer neben jenem, das sie und Yves ansonsten teilten, warf sie sich mit aufgeregten Schreien und dem entsprechenden Gestöhne auf ihn und schaffte es schließlich, ihn auszuziehen und ins Bett zu schaffen. Dort entdeckte sie jedoch sofort, daß es offensichtlich einige sexuelle Probleme gab. Es sah nämlich aus, als sei er der Situation absolut nicht gewachsen.

»Ach du meine Güte, dieser kleine Schlingel — wohin ist er verschwunden?« äußerte Benjie kichernd und rot vor Verlegenheit. »Gestern beim Tanzen war er noch da. Warum ist Willie ein so schlimmer Junge?«

»Keine Angst«, beruhigte Inès ihn und übte erfahren Druck aus auf die hilflos und geschrumpft auf seinem Schenkel liegende Schlaffheit. »Willie kommt wieder, das verspreche ich.«

»Ja, wundervoll«, sagte gleich darauf Benjie, dessen amouröser Appetit sich mit einem Zucken zurückmeldete. »Sehr angenehm.«

»Danke, *Monsieur*«, meinte Inès lächelnd. Sie war noch immer mit Behutsamkeit und Erfahrung am Werk. »Unser Bestreben ist es, zu gefallen.«

»Weiter so«, raunte Benjie heiser, »nicht aufhören, Inès — es tut schrecklich gut.« Aber leider blieb mit Ausnahme der ersten winzigen Regung das edle Glied des Viscounts beklagenswert schlaff.

»Keine Angst, *chéri.*« Inès war ganz Güte und Verständnis. »Ich mache das schon — entspanne dich. Tu gar nichts, Benjie, genieße es nur.« Yves hatte ihr beigebracht, wie ein Kunde in Fahrt zu bringen war, das passierte oft genug.

Es gab einige althergebrachte Methoden, einem schlaffen Glied aufzuhelfen, und Inès entschied sich, alle auszuprobieren. Wenn Viscount Spencer-Monckton zu einem wichtigen Kunden werden sollte, mußte sie ihm zu Diensten sein. So sehr, daß sie gut bezahlt wurde. Nur wenn sie wirklich gut war, würde sie vielleicht einen Zehner bekommen. Als erstes versuchte sie die Eis- und dann die Heißwasser-Methode. Der einzige Erfolg war, daß Benjie sich kichernd drehte und wand wie ein Zehnjähriger und daß seine Männlichkeit noch mehr schrumpfte. Dann ging sie zu der immer beliebten Eiswaffel-Behandlung über. Da echte Eiskrem im London der Kriegszeit eine Rarität war, opferte Inès ein paar Gramm ihrer kostbaren Marmeladeration. Alles umsonst. Benjies Männlichkeit blieb so weich, so angstvoll geschrumpft, daß es aussah, als wolle er sich ganz in sich selbst zurückziehen.

»Ein unartiger kleiner Kerl«, seufzte der entsetzte Benjie. »Vielleicht solltest du ihm den Hintern versohlen ...«

Ach, endlich ein Hinweis, dachte Inès und schritt unverzüglich zur Tat. »Dreh dich um, Benjie.«

Er gehorchte voller Eifer, und seine rosa Haut rötete sich, als Inès auf seine kleinen, festen Gesäßbacken einschlug.

Er murmelte etwas ins Kissen, wobei seine kultivierte Stimme so hoch wurde wie die eines Fünfjährigen. »Ich war so furchtbar schlimm, Nanny, ein so schlimmer Junge.«

»Dann muß der schlimme Junge seine Prügel kriegen«, erklärte Inès streng. Sie mußte sich auf die Lippen beißen, um nicht vor Lachen loszuplatzen.

»O nein, Nanny!« rief Benjie. »Du darfst mich nicht schlagen — das tut weh.«

»Doch, ich darf«, äußerte Inès schroff. »So, du schlimmer Junge ... Du schlimmer, schlimmer kleiner Junge.«

Immer heftiger bearbeitete sie ihn. Sein Wonnestöhnen wurde vom Kissen erstickt und einziger Beweis seiner wachsenden Erregung war sein auf- und nieder hüpfendes Hinterteil.

»Du bist ein böser, ein schrecklicher Kerl«, tadelte sie ihn, noch immer seine Kehrseite bearbeitend. »Schlimme kleine Jungen müssen bestraft werden.« Klatsch-klatsch-klatsch.« Sie müssen Schläge bekommen, bis sie um Vergebung bitten.«

»Bestrafe mich — o bitte, Nanny«, stöhnte Benjie ekstatisch. »O Nanny, sag Benjie, was für ein schlimmer Junge er ist.«

»Schlimmer Junge — schlimmer *méchant, petit garcon.*«

Inès' Handflächen brannten, ihr Atem kam stoßweise. Dabei war sie verzweifelt bemüht, nicht vor Lachen laut herauszuplatzen. Doch dann wurde sie selbst von einer sonderbaren Erregung erfaßt. Zuvor hatte sie kaum einmal einen Kunden auf diese Weise behandelt, aber nun fand sie es irgendwie anregend. Sie griff nach Yves' elfenbeinernem Schuhlöffel und ließ damit eine Reihe scharfer Schläge auf Benjies inzwischen roten Hintern niedersausen.

»Ooo Nanny, du bestrafst mich so gut«, ächzte der schlimme Junge. »Aber jetzt werde ich *dich* mit meinem garstigen vorstehenden Stock bestrafen, Nanny, Liebes — dreh dich um, jetzt ist Benjie dran.« Damit drehte er sich um und präsentierte Inès ein riesiges Lächeln und einen ebensolchen Penis.

»Leg dich hin, Nanny, ganz leise«, flüsterte Benjie im Befehlston. »Mami darf nicht hören, was ich tue — du mußt still sein. Du warst eine so schlimme Nanny, daß Benjie dich damit bestrafen muß.«

Damit drang er in Inès ein und beglückte sie mit freudigen, kehligen Schreien, während sein bleiches Patriziergesicht mit den edlen Zügen sich in wilder Ekstase verzerrte.

»So ist es recht, Nanny, du verdienst es. Benjie hat dich dort, wo er dich haben will, und du … du sagst Mami und Daddy lieber kein Wort, ooh-aah!«

Eine halbe Stunde später, nach einem Glas alten Ports und ein paar Keksen, die Yves aufgetrieben hatte, war der Viscount erneut bereit. Inès verfeinerte ihren Dialog und entdeckte, als sie das Schlimmer-Junge-Nanny-Szenario ausweitete, ungeahnte schauspielerische Fähigkeiten bei sich. Benjie schwebte im Siebenten Himmel, und in Inès regten sich sonderbar mütterliche, ja beschützende Gefühle für ihn. Als er bei Tagesanbruch ging, hinterließ er ein Bündel knisternder Fünf-Pfund-Scheine auf dem Frisiertisch. Inès war entzückt.

Nachdem sie ihre Lebensmittelbestände aufgestockt hatte, um den hungrigen Yves sattzubekommen, eroberten sie mit Stella die Oxford Street im Sturm. Sie besaß zwanzig Pfund und genug Textilmarken für vier neue Kleider.

»Herrje, Schätzchen, für einen Ehrenwerten hat der aber

die Spendierhosen an«, bemerkte Stella neidisch. »Er hat dir fünfundzwanzig Pfund gegeben?«

Inès nickte.

»Dann muß dein Du-weißt-schon-was mit Gold ausgekleidet sein, Kleines«, sagte Stella lachend, während sie die Kleider in den Schaufenstern von Bourne & Hollingsworth bewunderten. »Lord Worthington hat nur einen Zehner springen lassen, und der Ehrenwerte Charlie ebenso. Was hast du für deine Fünfundzwanzig nur angestellt?«

Um auf diese Frage nicht eingehen zu müssen, wechselte Inès das Thema. Außerdem hatte sie ein Kleid entdeckt, das ihr gefiel. »Ach, sieh mal, Stella — ist das nicht wunderschön?« Ihre Bewunderung galt einem dunkelbraunen Taftkleid mit herzförmigem, rosa eingefaßtem Ausschnitt und raffiniert geschnittenem Rock. Eine große rosa Schleife zierte das gewagte Dekolleté, an den Dreiviertelärmeln prangten in Ellbogenhöhe kleinere Schleifen.

»Hmm.« Stella rümpfte geringschätzig die Nase. »Für meinen Geschmack zu dezent, Kleines, aber zu deinem Haar müßte es gut passen.«

»Was kostet es?« Inès versuchte das Preisschild zu entziffern.

»Siebenunddreißig und neun Pence«, sagte Stella. »Der Preis ist in Ordnung — der kann unsere kleine Bank nicht erschüttern. Komm, Kleines, jetzt wollen wir dir tüchtig Glamour verpassen.«

Nachdem sie das braune Kleid und zusätzlich noch ein schwarzes gekauft hatten, des weiteren ein Paar Schuhe und neue Ohrringe, bekam Inès Angst, sich zu sehr verausgabt zu haben, aber Stella ließ nicht locker. Sie hatte Inès gern und war ihr mit Freuden behilflich.

»Wir müssen unbedingt deinen Außenanstrich aufmöbeln«, sagte sie und zog die widerstrebene Inès die Regent Street entlang in Richtung Swan & Edgar am Piccadilly Circus.

»Meine was?« fragte Inès, die fast mit einem gutaussehenden City-Gentleman zusammenstieß, der an seinen Hut tippte und die charmante, mit vielen Päckchen beladene Erscheinung mit einem Lächeln bedachte.

»Deinen Außenanstrich, Kleines — dein Gesicht.«

»Was stimmt mit meinem Gesicht nicht?« Inès ging sofort in die Defensive.

»Weißt du, ich nehme mir nie ein Blatt vor den Mund — na ja, meistens jedenfalls«, erklärte Stella. »Ehrlich gesagt, du wirst für deinen blankgeschrubbten jungfräulichen Stil allmählich zu alt.«

»Ich bin doch erst achtzehn«, äußerte Inès indigniert.

»Ich weiß, ich weiß und ich bin der Kaiser von China«, gab Stella zurück. »Egal, wie alt du bist, der Lack geht langsam ab — kapiert? Seit zwei Jahren bist du dabei, seit du sechzehn warst. Es ist höchste Zeit, daß du dich 'ne Spur aufdonnerst — dir einen tollen neuen Look zulegst. So, und jetzt hol dir eine ganze Ladung — ist das nicht hübsch?«

Sie blieben vor der Kosmetikabteilung bei Swan & Edgar stehen, einem der wenigen Läden in London, wo es noch Schminkutensilien gab.

Eine lange Schlange schönheitsdurstiger junger Frauen verrenkte sich die Hälse nach den begehrenswerten und nur schwer erhältlichen Artikeln. Auch Inès warf einen begeisterten Blick auf den gläsernen Schaukasten voller Lippenstifte und Rouge-Tiegel.

»Glaubst du, daß das zu mir paßt?« fragte sie unsicher, nachdem sie eine kostbare halbe Krone für einen grellroten, nach Kerzenwachs riechenden Lippenstift und ein Döschen mit ziegelrotem Rouge geopfert hatte. Das Make-up war rationiert, jede Kundin konnte nur einen Artikel erwerben, aber einige Mädchen verdrückten sich nach dem ersten Kauf einfach wieder nach hinten ans Ende der Schlange, um noch etwas zu ergattern.

»Wenn ich dir zeige, wie man damit umgeht, wirst du aussehen wie eine Märchenkönigin«, entgegnete Stella lächelnd. »Aber etwas fehlt uns noch.«

»Und das wäre?« fragte Inès, als Stella sie in Richtung St.James Street drängte.

»Da sind wir schon«, sagte Stella stolz, vor dem exklusiven Herrenschuhmacher Lobb stehenbleibend. »Beim Hoflieferanten höchstpersönlich — komm schon, Inès.«

Im Laden deutete sie auf eine diskret auf dem blankpolierten eichenen Ladentisch plazierte Dose mit schwarzer Schuhkrem.

»Davon eine«, sagte sie zu dem Verkäufer, der sie geringschätzig von oben bis unten musterte. Zwei Nutten, nicht zu verkennen, aber die dunkle war auf ausländische Art irgendwie sexy.

Inès bezahlte sieben Pence für die Schuhkrem, und die zwei jungen Frauen liefen wie zwei kichernde Schulmädchen nach Hause. Stella wollte Inès unbedingt sofort die erste Schminklektion erteilen.

»Du bist der dunkle, schwüle Typ«, belehrte sie Inès. »Ich, ich bin der sportliche Frischlufttyp mit Talent für häusliche Spiele!« Sie nahm den Deckel der Schuhkrem ab und machte sich daran, mit Hilfe eines Bürstchens Inès hellblaue Augen mit dem schwarzen Zeug zu umranden. »Augen zu!« Sie bestäubte Inès' Gesicht mit weißem Puder, trug reichlich Lippenstift auf die vollen Lippen auf und betonte die Bakkenknochen leicht mit Rouge. Eine halbe Stunde brauchte sie, um das lange Haar mit der Brennschere zu locken, dann erst durfte Inès einen Blick riskieren.

»*Voilà, chéri,* oder wie ihr Franzosen sagt!« rief Stella triumphierend. »*La grande transformation* — vom Aschenputtel zu Hedy Lamarr.«

Inès staunte nicht schlecht. Die Frau, die ihr aus dem gesprungenen Spiegel des Frisiertisches entgegenblickte, sah aus wie ein Hollywood-Vamp. Dunkelrote Lippen und ein blasser, fast durchsichtiger Teint kontrastierten strahlend mit ihren hellblauen, verführerisch leuchtenden Augen, deren Tiefe und Glanz der schwarze Lidschatten vorteilhaft betonte. Das dunkle Haar — noch immer hatte sie es gefärbt —

war in der Mitte gescheitelt und umgab ihr Gesicht in asymmetrischen Wellen und Locken.

»*Mon Dieu*, das soll ich sein?« stieß Inès atemlos hervor.

»Worauf du dich verlassen kannst«, gluckste Stella. »Und eines laß dir gesagt sein — wenn der Ehrenwerte Viscount Benjie dich heute sieht, Kleines, dann wird sein kleiner Piepmatz hart wie Stein. Jede Wette darauf.«

»Meinst du wirklich?«

»Ganz bestimmt«, kicherte Stella. »Und damit sprühst du dich heute tüchtig ein.« Sie drückte Inès ein Parfümfläschchen in einer nicht zu verkennenden geometrischen Form in die Hand.

»Chanel Nummer fünf«, flüsterte Inès andächtig. »Woher hast du das?«

»Einerlei, Liebes, ganz einerlei«, gab Stella sich geheimnisvoll. »Fest steht jedenfalls: sobald der gute alte Viscount Benjie-Schatz auch nur einen kleinen Hauch davon in die Nase kriegt, geht sein kleiner Ticker-Tick hoch wie ein Ballon.«

»Sein was?« fragte Inès lachend.

»Ticker-tack, Schätzchen«, entgegnete Stella mit gespielter Entrüstung. »Das ist Slang. Weißt du denn nicht, was Tikker-ticker-tack heißt?«

»Doch, es klingelt bei mir«, lächelte Inès. »OK, Stella, ich glaube, ich bin fürs Tingeling-ring bereit.«

»Du kapierst aber rasch, Mädel, sehr rasch.«

Bald hatte Inès ihren Verehrer Benjie und einige seiner Society-Freunde völlig in ihren Bann geschlagen. Ihre Karriere als eine der schönsten und erfolgreichsten Kurtisanen Londons kam nun richtig in Fahrt.

Inès ergötzte ihren Viscount dreimal wöchentlich. Seine bevorzugte Besuchszeit war abends nach dem Dinner in seinem Club.

Yves, der sich über das verdiente Geld freute, bekam Inès nur mehr an den Wochenenden zu Gesicht, wenn ihre Blaublütler sich aus London auf ihre Landsitze zurückzogen. Die eigenen sexuellen Wonnen, zumindest den Großteil, sparte sie sich für die kurzen Wochenenden mit Yves auf. Obwohl es zuweilen vorkommen konnte, daß einer ihrer Kunden sie erregte, blieb dennoch Yves ihr Mann, ihr Geliebter, und ihr Liebesleben war so feurig wie zuvor, außerdem brachte er sie zum Lachen, wie niemand sonst es konnte.

Inès war glücklich. Das Geld strömte herein und ermöglichte es ihnen, sich auf dem Schwarzen Markt Luxusgüter zu verschaffen. Ab und zu bekam sie von ihren Kunden auch kostbare Geschenke, und immer behandelten sie Inès wie eine Dame — wenn sie nicht gerade die Nanny spielen mußte. Sie liebte Yves, und er schien sie zu lieben. Alles war zu schön, um wahr zu sein.

Da man an Textil-Bezugscheine nur schwer herankam und Yves einige Ballen schöner Vorkriegsstoffe in die Finger geraten waren, entschloß sie sich, nähen zu lernen. Yves besorgte ihr eine gebrauchte Nähmaschine, und sie fand rasch Gefallen an der Schneiderei. Modejournale waren kaum erhältlich, dank ihrer häufigen Kinobesuche konnte sie jedoch die exquisiten Roben der Hollywood-Stars kopieren. Besonderen Gefallen fand sie an den Kleidern, die Esther Williams in *A Guy Named Joe* trug und Lana Turner in *Slightly Dangerous*. Das erste Kleid, das ihr glückte — aus einem Stoff mit Blumendruck in Zyklam- und Dunkelblauschattierungen — überließ sie Stella.

»Du bist 'ne richtige Busenfreundin, Kleine«, sagte der Rotschopf mit dankbarem Augenaufschlag. »Mir hat noch niemals jemand was gegeben für nichts — du weißt, was ich meine. Danke, Inès, ich weiß es zu schätzen.«

Inès lächelte. Stella war die erste richtige Freundin, die sie je gehabt hatte, und sie schätzte diese Freundschaft über alles. »Ach, übrigens, Kleines, was ich dich schon längst fragen wollte.« Stella bewunderte sich im Spiegel. »Du gibst doch wohl gehörig acht auf dich, oder?«

»Was meinst du damit?«

»Du hütest dich doch wohl gegen du-weißt-schon. Gegen eventuellen Nachwuchs — du tust doch was dagegen?«

»Na ja, eigentlich nicht.« Inès war rot angelaufen. »Yves sagte immer, ich sei zu jung für eine Schwangerschaft, deshalb drücke ich nur die Daumen . . .«

»Du bist schön dumm.« Stella war richtig böse geworden. »Und Yves ist noch vertrottelter als ich dachte. Mädel, ich lasse dir gleich morgen einen Termin bei Dr. Wright in der Weymouth Street geben. Wir werden dir einen guten alten Pessar anpassen lassen.«

Wenn sie nicht ihre Kunden bedienten, waren Stella und Inès unzertrennlich.

Inès brachte Stella das Nähen auf der alten Singer-Maschine bei, und die Nachmittage wurden von nun an oft mit dem Durchblättern von Modejournalen und der ständigen Suche nach neuen, kopierwürdigen Modellen verbracht.

Unter Stellas Anleitung lernte Inès sämtliche Finessen kosmetischer Zaubertricks. Wie man das Haar mit drei Nadeln und einem Hauch Klebstoff hochsteckte, wo es die kostbare Farbe gab, mit der sie ihr blondes Haar dunkelbrünett, was sie momentan bevorzugte, färben konnte. Sie lernte Witze und Lieder, da Stella ein fröhliches Naturell besaß und gern zu Radiomusik sang. Stella kannte sämtliche gängigen Schlager und brachte Inès die Texte bei. Sie lehrte sie auch Conga, Rumba, Jitterbug und sogar den Lambethwalk; Tänze, die sie unter mädchenhaften Lachausbrüchen zu den Klängen von Stellas altem Grammophon übten.

Zu zweit besuchten sie oft die Kinos am Leicester Square, um sich die Musikfilme anzusehen, die in Hollywood von den großen Studios praktisch am Fließband hergestellt wurden. Das Publikumsbedürfnis nach leichter Unterhaltung schien unstillbar.

Mitunter unternahmen sie auch Schaufensterbummel in der Oxford Street und der Bond Street und bewunderten die teuren Luxuswaren, die ihre Mittel bei weitem überstiegen.

Inès war entzückt, in London eine Freundin gefunden zu haben, da sie seit Jeanettes gewaltsamem Ende niemanden mehr gehabt hatte, mit dem sie ihre geheimsten Gedanken und Träume teilen konnte. Stella, die für sie eine ältere Schwester ersetzte, bedeutete für ihr Leben eine echte Bereicherung.

Nach einiger Zeit aber schien diese enge und schwesterliche Beziehung abzukühlen. Plötzlich hatte Stella keine Zeit mehr für Einkaufsbummel oder für jene vertraulichen Gespräche über Persönliches und das Leben im allgemeinen, die für Inès so wichtig geworden waren.

Stella hatte Inès beiläufig erklärt, sie sei mit ihren Nachmittagskunden sehr beschäftigt, und da Inès' Kundschaft sie meist abends besuchte, drifteten die Mädchen allmählich auseinander.

»Yves, Yves, Liebling«, rief Inès aufgeregt, kaum daß sie die Wohnungstür geöffnet hatte. »Ich bin wieder da!«

Sie war überglücklich. Ein unartiges Wochenende auf dem Landsitz des Viscounts mit viel Gekichere und Hauerei hatte ein abruptes Ende gefunden, als ein Telegramm eintraf, in dem seine Mutter, ein wahrer Drachen, ihre um einen Tag vorverlegte Rückkehr von ihrem schottischen Besitz ankündigte. Benjie war daraufhin total aus dem Häuschen geraten. In panischer Angst hatte er Inès in seinen Bentley gepackt, sie zum Bahnhof nach Godalming gebracht und mit einem flüchtigen Wangenkuß und einem dicken Bündel frischer Fünfer in der Tasche in den Zug nach London verfrachtet.

Vor sich hinsummend betrat sie den Flur. Es war erst zwei Uhr an einem Sonntag, ein ganzer schöner Sommernachmittag lag vor ihr und ihrem Geliebten.

»Chéri!« rief sie, ließ den Koffer fallen und lief durch das kleine Wohnzimmer in sein Schlafzimmer. »Ich bin wieder da. Aufstehen, du Schlafmütze! Seine Lordschaft haben mich begnadigt, ist das nicht eine ...« Der Satz blieb unvoll-

endet, als sie die Tür öffnete und zwei aneinandergekuschelte Gestalten wie zwei schlafende Kätzchen im Körbchen vor sich sah.

Das Gesicht des Mädchens konnte sie nicht sehen, nur die langen, karottenroten Haare, die fächerartig über Inès' Lieblingskissen lagen und den hellhäutigen sommersprossigen Arm, der besitzergreifend um die muskulösen Schultern ihres Mannes lag. Inès' Magen rebellierte, ihre Knie wurden weich.

Ihr entsetztes Keuchen weckte die beiden zu verschlafenem Wachsein.

»O Gottchen«, stieß Stella verdrießlich hervor, wobei sie nach einem durchsichtigen schwarzen Chiffonnegligé angelte. »Herrgott ... tut mir leid, Schätzchen, aber du weißt ja, wie das ist. Tut mir echt leid.« Sie verschwand im Bad, gleich darauf hörte man das Geräusch fließenden Wassers. Inès hatte das Gefühl, ein Faustschlag hätte ihr Herz getroffen und es in Stücke zerschmettert.

Yves zündete sich mit betonter Gleichgültigkeit eine Zigarette an, die ihm von den Lippen hing, während er Inès ausdrucklos anstarrte, beide Arme hinter dem Kopf verschränkt. Die braunen Augen gegen den Rauch zukneifend, sagte er in einem Ton, der keinen Rückschluß auf seine Gefühle zuließ: »Warum hast du mir nicht gesagt, daß du früher kommst?«

»Yves ... ich dachte, du liebst mich«, antwortete sie mit tränenerstickter Stimme. »Wie konntest du nur? Noch dazu mit Stella — meiner besten Freundin — wie konntest du nur?«

»*Chéri*, ich habe dich geliebt — wirklich. Ich liebe dich noch immer.« An seiner Zigarette ziehend, suchte er nach Worten. »Ich liebe dich wie — wie eine Freundin — wie eine Schwester ... wie meine eigene Tochter.«

»Was sagst du da?« Inès war wie vor den Kopf geschlagen. »Was wir zusammen machen, Yves, ist kaum das, was Bruder und Schwester tun.«

»Ich weiß, ich weiß. Ines — ich will aufrichtig sein. Du mußt verstehen ... es passiert nun mal immer wieder. *C'est la vie,* das ist es wohl.« Er sagte es leise und in aufrichtigem Ton, allerdings ohne jedes Anzeichen von Schuldbewußtsein, ohne die Spur von schlechtem Gewissen, ganz kühl und gefaßt.

Inès ließ sich langsam in den Sessel am Fuß des Bettes sinken und starrte dem einzigen Mann, den sie je geliebt hatte, ins Gesicht. Ihr gebrochenes Herz schlug heftig. Sie spürte Übelkeit hochsteigen.

»Inès, ich weiß, daß es für dich schwer ist, aber vier Jahre mit einer einzigen Frau sind für einen Mann wie mich eine lange Zeit. Ich glaube, ich habe dir eine Menge beigebracht, und ich habe dich lieb, aber ich muß gestehen, daß meine Liebe in letzter Zeit eher ... nun, eher väterlich war.«

»Nein!« rief Inès. »Nein, Yves, es ist nicht wahr — was sagst du da?«

»Ich verlasse dich«, äußerte er tonlos. »Es muß sein. Ich wollte es dir nächste Woche sagen — ich gehe zurück nach Paris. Ich möchte zurück.« Er hielt inne und sog heftig an seiner Gauloise. »Und ich werde Stella mitnehmen.«

»Stella? Du gehst mit Stella?« Schock und Schmerz waren so groß, daß Inès die Worte kaum herausbrachte. »Warum? Warum mit ihr? Liebst du sie?«

»Nein«, gestand er stirnrunzelnd. »Gar nicht — jemanden zu lieben, fällt mir sehr schwer. Das weißt du. Aber es ist ... nun, im Moment ist es mehr als brüderliche Liebe. Ich glaube, Stella wird sich in Paris gut machen, die Besetzung ist vorüber, es wird für sie viel Arbeit geben. Und du machst dich hier auch gut, du hast reiche Kunden — viele reiche Kunden — und du wirst noch erfolgreicher werden und noch mehr Geld verdienen. Eigentlich brauchst du mich nicht mehr.«

»Doch«, schluchzte sie. »Ich brauche dich — nie hat es für mich jemanden gegeben wie dich. Nie wird es einen geben.«

»Du wirst jemand finden«, entgegnete er kühl. »Ein Mädchen wie du — du wirst einen Neuen finden.«

»Du Dreckskerl, du falscher *macrou*! Ich habe dich geliebt. Wie konntest du mir das antun ... mit diesem, diesem Luder!« Jetzt wurde sie hysterisch. Der Gedanke, Yves zu verlieren, war unerträglich. Es durfte nicht sein, er war ihr Leben.

Das Geräusch fließenden Wassers verstummte jäh. Inès wußte, daß Stella wahrscheinlich an der Badezimmertür horchte. Stella — ihre beste Freundin. In ihr kämpften Schmerz und Wut und Kummer. Und plötzlich war die Erinnerung an den Italiener da, den sie ermordet hatte. Fast wünschte sie, sie könnte dasselbe Rasiermesser finden, Yves und Stella damit aufschlitzen, sie beide töten, so spürbar war der Schmerz in ihrem Herzen.

»Yves — o Gott, Yves«, weinte sie verzweifelt. »Heute hast du mir das Herz gebrochen ... als hättest du es auf den Boden geworfen. Du hast mich vernichtet, Yves — total vernichtet.« Wieder stiegen ihr Tränen in die Augen, aber er gebot ihr Einhalt.

»Hör zu, Inès ... ich war immer der Meinung, du solltest etwas aus dir machen. Aber ich bin nicht der Mann, der dann an deiner Seite sein sollte. Ohne mich wirst du besser dran sein, das weiß ich. Du bist jung, schön — zu schön, um immer eine *poule de luxe* zu sein. Du wirst dir ein Leben aufbauen. Such dir einen guten Mann — keinen Zuhälter, keinen *macrou*. Jemanden, den du wirklich lieben kannst. Verdammt, ich bin mir sicher, daß ich nicht der Richtige für dich wäre.«

Inès starrte ihn an. »Du bist es aber«, schluchzte sie. »Du bist es, Yves, du bist alles, was ich habe, alles, was ich je hatte. Alles, was ich möchte.«

»Hör auf, Inès — bitte, hör auf, *chéri*. Es ist endgültig Schluß, kapierst du das nicht? Wo bleibt dein Stolz? Mit uns ist es aus und vorbei, das muß dir doch klar sein.«

»Ich gehe spazieren«, sagte Inès in ihrer Verzweiflung und

fuhr sich erregt durchs Haar. »Wenn ich zurückkomme, werde ich hoffentlich dich und diese ... rothaarige Hure« — sie spie das Wort hervor, obwohl ihre Stimme fast an dem Bemühen brach, die Tränen zurückzuhalten — »hier nicht mehr antreffen.«

»*Cheri,* es tut mir leid ...«

»Lebewohl, Yves«, sagte Inès leise und gebrochen. »Viel Glück in Paris — *au revoir.*«

Sie ging hocherhobenen Hauptes hinaus, verzweifelt bemüht, die letzten Reste ihres Stolzes festzuhalten, während ihr die ungeweinten Tränen die Kehle zudrückten. Sie war achtzehn — und wieder ganz allein auf der Welt.

Nachdem Yves mit Stella nach Paris zurückgekehrt war, weinte Inès tagelang bitterlich, schlug in wütendem Schmerz auf ihr Kissen ein und rief Yves' Namen in den langen, schlaflosen Nächten. Aber sie war jung und widerstandsfähig, und nach einer Periode glühenden Hasses und tiefen Kummers fing sie wieder an, Kunden zu empfangen. Schließlich war es ihr einziges Einkommen, und das Leben im London der Kriegszeit war kostspielig. Sie besuchte Nachtclubs, Jazzclubs, Bars und Restaurants in der Hoffnung, einem Mann zu begegnen, für den sie etwas — irgend etwas empfinden konnte. Sie war auf der Suche nach Liebe — und sie wünschte sich verzweifelt, ihr Leben als Hure beenden zu können, ehe es zu spät war.

Seit ihrem sechzehnten Jahr arbeitete sie nun als Prostituierte. Damals hatte es ihr nicht viel ausgemacht, aber in letzter Zeit empfand sie zunehmend Verachtung für die Begierden der Männer; sie fühlte Abscheu, wenn ihr Schweiß auf sie tropfte. Ekel, wenn sie ihre Kunden mechanisch mit dem Mund befriedigte. Alles, was sie tat, machte sie mit soviel erotischer Erfahrung, daß ihre Freier ihr völlig verfallen waren. Doch insgeheim haßte sie ihre Tätigkeit, und allmählich regte sich in ihr auch Haß auf die Kunden.

Sie wünschte sich einen richtigen Freund, jemanden, mit

dem sie ein anständiges Leben aufbauen, den sie heiraten konnte. Sie wünschte sich eine Familie, der sie die Liebe und Fürsorge schenken konnte, die sie von ihrer Mutter nie bekommen hatte. Inès wollte eine normale Frau werden.

Während Wochen und Monate vergingen, in denen sich Inès auf die Suche nach jener flüchtigen Empfindung namens Liebe machte, wurde ihr klar, daß sie, wenn sie den erträumten Mann finden sollte, seiner würdig werden mußte.

So kam es, daß sie sich auf den weiten Weg der Selbstvervollkommnung von Geist und Körper begab. Allmorgendlich machte sie energisch Übungen vor dem Fenster, durch das alle Gerüche von Shepherd Market hereinströmten. Anschließend meditierte sie, wie sie es aus einem uralten, von einem indischen Seher verfaßten Buch gelernt hatte. Sie bemühte sich, ihre Gedanken von ihren Kunden zu säubern, von deren Verderbtheit und Perversität, und ihr Bewußtsein mit Reinheit zu füllen. Sie fing an, in die Kirche zu gehen und für ihre Seele zu beten sowie für die Seelen der Männer, die sie benutzten. Bald fand sie inneren Frieden in den Lehren Christi und war überzeugt davon, daß sie eines Tages die verwesende Haut der Prostituierten abwerfen und wieder ein nützliches Mitglied der menschlichen Gesellschaft werden würde. Sie wußte, daß dies ihr Weg sein mußte.

Nach der Säuberung von Geist und Körper verbrachte sie die Nachmittage meist in Bibliotheken und Museen und ließ die großen Kunstwerke auf sich einwirken. Und sie stürzte sich begierig in Lektüre, las Bücher über Philosophie, Religion und Kunstgeschichte; sie ging ins Theater, in Konzerte und in die Oper. Sie las Zeitungen, informierte sich über das Tagesgeschehen und über Weltpolitik und fing dann darüber Gespräche mit ihren Kunden an, die erstaunt und entzückt feststellten, daß der Verstand dieser schönen Hure fast so faszinierend war wie ihr Gesicht, ihr Körper und ihre unglaublichen sexuellen Fertigkeiten.

Es konnte vorkommen, daß eine Diskussion über Buddhismus oder Lyrik oder das Werk eines jungen Künstlers so interessant wurde, daß ihr Kunde dabei seine ursprüngliche Absicht vergaß und sie bei trockenem Sherry bis tief in die Nacht hinein weiterdiskutierten.

Inès konnte auf ihre Fortschritte stolz sein. Die eingeschüchterte Kind-Hure, die nichts kannte außer den Begierden der Männer, gab es bald nicht mehr. Sie hatte sich zu einer Frau entwickelt, der Intelligenz, Schönheit und Bildung zu eigen waren — als Frau, auf die ein Mann wahrhaft stolz sein konnte.

11

London 1945

Endlich war es vorbei. Sechs lange und blutige Höllenjahre endeten an einem warmen Abend im Mai, und ganz London schien sich auf dem Trafalgar Square einzufinden, um die deutsche Kapitulation zu feiern.

Niemand war in freudigerer Stimmung als Phoebe und Julian, denn für sie war es ein Doppelfeiertag. Sie hatten am Wochenende zuvor auf dem Standesamt in Caxton Hall geheiratet. Julian hatte diesen Schritt zögernd getan, aber Phoebe war schwanger. Ganz Gentleman, wollte Julian ›das Richtige‹ tun.

Und jetzt tanzten, lachten und jubelten sie mit Tausenden anderer um die Brunnen auf dem Platz herum. Der Himmel erstrahlte im Glanz eines blendenden Feuerwerks, und alles sang in trunkener, unmelodischer Begeisterung *Rule Britannia, God Save the King* und andere patriotische Lieder. Gruppen französischer Matrosen mit tief in die Stirn gezogenen quastenbesetzten Mützen stimmten angeheitert die Marseillaise an, vergebens bemüht, sich auf den Beinen zu halten.

In den großen Herrenhäusern Englands wurde der Frieden mit großartigen Partys gefeiert. Man entkorkte kostbare alte Weine und andere Alkoholika; exotische Obstkonserven, Schinken, Käse, Schnepfeneier, Fasane, ganze Rinderhälften und andere Köstlichkeiten, die seit Ausbruch des Krieges nicht mehr serviert worden waren, zierten die Tische, die sich förmlich bogen. Auch der knickrigste Aristokrat hatte für diese Gelegenheit auf den Schwarzmarkt zurückgegriffen und scheute keine Kosten für das glorreiche Fest.

Die einfachen Bürger, das gewöhnliche Volk — das Rückgrat Großbritanniens — hatten sich auf die Straße begeben, um gemeinsam zu feiern. Tausende hatten sich vor dem Buckingham Palace eingefunden und jubelten dem Königspaar zu, das vom Balkon herunterwinkte. Die Menge füllte die gesamte Mall bis hinunter zum Trafalgar Square, wo Soldaten in Uniform sich im seichten kalten Wasser des Brunnens tummelten, neben Jungen und Mädchen, Mamis und Papis in mittleren Jahren, die geblümte Röcke oder Flanellhosen ungeniert über die Knie hochschoben.

Einige ganz Beherzte rissen sich in exhibitionistischem Taumel die Kleider vom Leib und posierten vor der johlenden Menge. Andere, vor allem Jugendliche, wurden von ihrer Begeisterung so mitgerissen, daß sie sich auf den Rücken der kolossalen, von Landseer geschaffenen Löwen, den Hütern der Nelsonsäule, ungeniert der Liebe hingaben. Kirchenglocken läuteten, während die Menge im Kreis zu tanzen anfing, Conga, Rumba, ja sogar den Schottischen.

Flaschen mit Champagner und Bier wurden an lachende Lippen geführt, während Gruppen kichernder junger Mädchen umherliefen und jeden umarmten und küßten, der ihnen gefiel, manchmal auch jene, die ihnen nicht gefielen. Sämtliche Autos hatten die Scheinwerfer eingeschaltet und hupten, alle öffentlichen Gebäude waren hell erleuchtet. Es war ein Bacchanal, das alles andere übertreffen sollte, die Party des Jahrhunderts. Doch trotz der Ausgelassenheit der

Menge war auch tiefe Verzweiflung spürbar, denn viele hatten Angehörige, Besitz oder ihr Zuhause im Krieg verloren.

»Ich liebe Sie, Mr. Brooks«, übertönte Phoebe den Lärm.

»Ich liebe Sie auch, Mrs. Brooks.« Julian küßte lachend die vollen Lippen seiner Frau, ehe er ohne weitere Umstände durch einen blutjungen Soldaten von ihr getrennt wurde.

»Komm schon, gib uns ein Küßchen, Schöne«, sagte der Junge mit keckem Lächeln, und Phoebe erfüllte seinen Wunsch mit einem lauten Schmatz.

»Schlampe.« Julian sagte es mit einem Blick auf ihren verschmierten roten Lippenstift, dessen Spuren sich überall auf Phoebes lachendem Gesicht fanden.

»Schuft!« Sie kicherte. »A propos — sieh dir das an!« Einer nackten jungen Frau wurde es von einem französischen Soldaten ordentlich besorgt. Seine Hose lag um seine Knöchel, während ein anderer junger Soldat an seinem Arm hing und in den Brunnen kotzte.

»Zauberhaft! Was für ein köstlicher Anblick. Ich glaube, mir reicht es, mein Mädchen. Laß uns nach Hause gehen und die Ehe auf traditionellere Weise feiern.« Julian strich über ihren vollen Busen.

»Schlimmer Junge — die Leute sehen zu.« Phoebe schlug ihm zimperlich auf die Hand.

»Wen kümmert das?« Julian lachte. »Der Krieg ist aus, Schatz — er ist endlich aus.«

»Na schön, gehen wir nach Hause, lieben wir uns, feiern wir unser Baby, feiern wir das Leben, teurer Gemahl. Es ist die einzige anständige Weise, einen Krieg zu beenden.«

»Da ist ein Typ, der Sie sprechen will — er sagt, er käme von einem Filmstudio oder so.« Der Bühnenportier steckte den ergrauten Kopf durch die Tür von Julians winziger Garderobe. Der junge Komiker hatte sich eben zwischen den Shows ein Nickerchen genehmigt. Sieben Vorstellungen täglich waren reine Knochenarbeit. Bei Phoebe und den Showgirls lag die Sache anders. Die brauchten ja nur über die Bühne zu scharwenzeln, Brust heraus, federnwippend, ein bißchen singen und tanzen und sexy und hübsch aussehen.

Julian hingegen mußte sich Abend für Abend, Tag für Tag amüsante, lustige und originelle Monologe ausdenken — was nach achtzehn Monaten zunehmend schwieriger wurde.

Noch ehe er etwas sagen konnte, wurde die Tür von einem Mann Ende vierzig geöffnet. Er trug einen schwarzen, doppelreihig geknöpften Mantel, dazu einen schwarzem Homburg und graue Sämischlederhandschuhe. Als er eintrat, nahm er den Hut ab. Seine Nase war voll und fleischig, seine Lippen die eines Feinschmeckers — ein Mann, der beim Essen, beim Wein und zweifellos bei Frauen nur das Feinste goutierte. Seine Augen wurden von einer schweren Hornbrille mit dunklen Gläsern verdeckt, seine Haut war tiefbraun. Er strahlte eine Aura absoluten Selbstvertrauens aus, die Aura eines Mannes, dessen Anordnungen unverzüglich ausgeführt werden, der unweigerlich richtige Entscheidungen trifft und immer das Beste von allem bekommt, was das Leben zu bieten hat.

»Guten Abend. Mein Name ist Didier Armande.«

Julian erhob sich, beeindruckt und aufgeregt. Didier Armande — *der* Didier Armande. Wahrscheinlich der wichtigste und einflußreichste Filmproduzent der britischen Inseln. Julian wußte, daß dieser Mann den unvergeßlichen Film *Romeo und Julia* produziert hatte, außerdem den erfolgreichen Streifen *Die Frau aus Bagdad* und das Revolutionsepos *Leben und Epoche Louis XIV.* Armande war es auch gewesen, der nicht nur die legendäre Elaine Roche entdeckt hatte, die großartige Maxine von Pallach und den eleganten Jasper Swanson, er hatte auch seiner eigenen Schwester — der schwülen und geheimnisvollen Ramona Armande — mit seiner Avantgarde-Produktion *Mata Hari* zu internationalem Starruhm verholfen. Was um alles in der Welt hatte Didier Armande in dieser schäbigen Garderobe zu suchen? Und was konnte er von Julian Brooks wollen?

»Darf ich mich setzen?« Der kaum merkliche Akzent des Mannes vermittelte den Eindruck von Kultur und Bildung.

»Aber selbstverständlich.« Hastig streifte Julian ein Kleiderbündel von einem kleinen Stuhl.

Mr. Armande setzte sich. Sein Ebenholzstock mit dem Silberknauf lehnte lässig zwischen seinen Knien. Nachdem er ein Lederetui aus der Manteltasche gezogen hatte, bot er Julian die vermutlich erste Havanna-Zigarre an, die dieser seit der Vorkriegszeit zu Gesicht bekommen hatte.

Havanna-Zigarren! Wo zum Teufel hatte er diesen Luxus aufgetrieben? Im kargen England war es schwer genug, ein Päckchen Tabak zu ergattern, ganz zu schweigen eine Zigarre. Julian nahm eine, und Didier zündete beide mit einem massiv aussehenden goldenen Feuerzeug an, in das die Initialen D.A. mit kleinen Diamanten eingelassen waren.

»Ich weiß, daß Sie nicht viel Zeit haben«, sagte Armande mit einem Blick auf seine schmale Platinarmbanduhr, deren Form und Entwurf von einwandfreiem Geschmack kündeten. »aber ich habe Ihre Auftritte in den letzten Tagen gesehen und möchte Ihnen meinen aufrichtigen Glückwunsch aussprechen.«

»Glückwunsch? Wofür?« Julian stand vor einem Rätsel. In letzter Zeit hatte er nichts anderes getan, als alte Gags auszuquetschen und sich sein Gedächtnis nach irgend etwas Brauchbarem aus den Nummern anderer Komiker zu zermartern — nach allem, was dieses Meer von Uniformierten, die allabendlich vom grellen Glamour des Windmill bezaubert dasaßen, zum Lachen reizen konnte.

»Sie sind wirklich ein Komiker *par excellence.*« Der Mann tat einen tiefen Zug an seiner exquisiten Zigarre und füllte den Raum mit einer köstlichen blauen Rauchwolke. »Sie haben mich zum Lachen gebracht, auch wenn ich den Witz schon kannte.«

»Danke.« Julian riß sich zusammen. Die Komplimente verliehen ihm ein Gefühl der Sicherheit. »Sie sind sehr liebenswürdig. Es heißt ja, daß es für einen Komiker nichts Schwierigeres gäbe, als ein und dasselbe Publikum mit einem Witz zweimal zum Lachen zu bringen.«

»Genau, mein Lieber. Das ist eine Kunst, wahre Kunst. Ich habe Sie aufmerksam beobachtet und weiß jetzt, daß in Ihnen mehr steckt als nur das Talent zum Amüsieren, wie der liebe Noël so gern sagt. Sie waren doch Schauspieler?«

»Ja, das war ich. Bin es eigentlich noch immer. Jetzt, nach Kriegsende, hoffe ich, wieder Anschluß zu finden, aber die meisten Repertoiretheater sind noch geschlossen.«

»Vielleicht sollten Sie nicht mehr zurück an die Bühne.« Didier Armande betrachtete eingehend die glühende Spitze seiner Zigarre. »Haben Sie je ans Filmen gedacht?«

»Filmen? Nein, eigentlich nicht. Ich war Bühnenschauspieler.«

»Ich will nicht lange drumherumreden.« Didier beugte sich vor, seine Hände ruhten lässig auf dem Stöckchen, auf dem Julian einen Adler mit ausgestreckten Schwingen und irgendeiner Inschrift entdeckte.

»Goya Films, meine Firma, dreht in Kürze einen Film über Charles II. und die faszinierende Beziehung, die er angeblich mit seiner illegitimen Tochter gehabt haben soll.«

Julian beugte sich so weit vor, daß sein Stuhl fast umkippte.

»Sie weisen eine verblüffende Ähnlichkeit mit einigen der Porträts des Königs auf«, sagte Armande. »Derselbe Gesichtsausdruck, sogar dieselbe Knochenstruktur. Eigentlich unheimlich, richtig erstaunlich.«

»Ach«, sagte Julian etwas ratlos. Sammy, der Bursche, der zum Auftritt mahnte, steckte seinen munteren Karottenkopf durch den Türspalt.

»Fünf Minuten, Kumpel«, piepste er.

Didier Armande händigte Julian ein weißes Kärtchen aus, auf dem sein Name und der seiner Firma stand, dazu eine Adresse und eine Telefonnummer. »Falls Sie Interesse an Probeaufnahmen für die Rolle von König Charles haben, dann soll Ihr Agent mein Büro innerhalb der nächsten zwei

Tage anrufen. Vielleicht brauchen Sie ein wenig Bedenkzeit.«

»Aber nein, ich brauche keine Bedenkzeit ... Ich mache es — das heißt, die Probeaufnahmen. Sehr gern sogar.«

»*Très bien,* Mr. Brooks, das nenne ich eine gute Nachricht. Ich werde veranlassen, daß meine Leute Ihren Agenten kontaktieren.«

»Großartig, wundervoll ... Ach Gott, tut mir leid, aber ich habe keinen Agenten.« Julian war es richtig peinlich.

»Sie haben keinen Agenten?« Didier zog beredt die schwarzen Brauen hoch — ein Schauspieler ohne einen Agenten? Sehr sonderbar. Auch wenn Agenten scheinbar nicht viel machten, so waren sie eine schiere Notwendigkeit, wenn die Zeiten ruppig wurden.

»Na ja, Sie können sich denken, wie es am Windmill ist — ununterbrochen Arbeit, man schaut nicht rechts noch links, hat nicht mal Zeit zum Briefeschreiben. Ich wollte bis nach Kriegsende warten und mir dann einen Agenten zulegen, aber ich habe es bislang noch nicht geschafft.«

»Nun gut. Das ist natürlich kein Problem. Wenn Sie mir Ihre private Telefonnummer geben, werden meine Leute Sie anrufen und alle nötigen Vereinbarungen treffen.«

Didier Armande erhob sich und zog die strammsitzenden Sämischlederhandschuhe über seine kräftigen Hände, das einzige an ihm, was keinen eleganten Eindruck machte.

»*Au revoir,* Mr. Brooks, bis zum nächsten Zusammentreffen; in den Pinewood Studios, wie ich hoffe.« Er reichte Julian die Hand, die dieser hastig faßte.

»Darf ich fragen, wie der Film heißen soll, Sir?«

»*Monarch und Lebemann.* Das Drehbuch stammt von Irving Frankovitch, dem Oscar-Preisträger, die Regie soll Francis Lawford führen, der Ihnen sicher nicht unbekannt ist. Wir erwarten, daß der Darsteller des Königs im nächsten Jahr für den Oscar nominiert wird. Es handelt sich um eine Bombenrolle, Mr. Brooks, eine Bombenrolle, die Ihnen auf den Leib geschrieben ist.«

Mit Julian Brooks und seiner Karriere ging es sehr rasch bergauf. Als Charles II. machte er sich prächtig. Sein eigenes Haar wurde unter einer schulterlangen dunklen Lockenperücke versteckt, ein schmaler Schnurrbart verlieh seinem hübschen Gesicht einen zusätzlichen Akzent. Sich durch den Film kämpfend, liebend und duellierend stellte er die ideale Besetzung für die Rolle des glatten, eitlen, liebestollen und romantischen Königs dar. Grundlage des Drehbuchs waren nicht so sehr historische Fakten, sondern die blühende Phantasie des amerikanischen Autors Irving Frankovitch, doch es war genau jene Art romantischer Schinken, nach denen das Nachkriegspublikum gierte, und Julian war jene Sorte romantischer Held, nach denen weibliche Fans sich verzehrten.

Die PR-Abteilung von Goya Pictures vereinnahmte Julian mit Haut und Haar. Schreibmaschinen klapperten, Manuskripte raschelten, Kameras surrten. Neben seinem Stil-Kostüm für die Rolle des Königs hatte die Garderobenabteilung für ihn alle nur vorstellbaren gutgeschnittenen Outfits parat, so daß Curly, Didiers Top-Standfotograf, ihn nach Herzenslust ablichten konnte.

Durch die Hexenkunst der Maskenabteilung gebräunt, posierte Julian stundenlang in eiskalten Standfoto-Ateliers, verlegen in Badehosen oder hochgerollten Bluejeans, in Tennisshorts, manchmal auch nur in Wams und Beinlingen aus *Monarch und Lebemann*, aber meist mit blanker Brust. Und die Brust tat gut daran, blank zu sein. Für die Hüter der Moral, auch als Filmzensur oder Hays Office bekannt, war eine behaarte Brust eine der Hauptursachen moralischer Verderbtheit. Deswegen wurde am Morgen vor jeder Standfoto-Sitzung Julians Brust feinsäuberlich von Make-up-Mann glattrasiert und mit einem tiefbraunen Make-up getönt, über das noch eine hauchdünne Ölschicht kam. Seine Brust glänzte dann wie poliertes Mahagoni, und manch jungfräuliches Herz schlug höher, wenn sein Liebling ihm in all seiner maskulinen Herrlichkeit aus den Illustriertenfotos entgegenlächelte. Nackte Männlichkeit war der große Renner, und Julian verkörperte sie total.

Noch ehe *Monarch und Lebemann* die Uraufführung erlebte, forderte die Presse weltweit immer mehr Fotos von Looks Brooks. Und je weniger er darauf anhatte, desto begeisterter reagierten seine Fans. Es spielte keine Rolle, daß ihn noch niemand auf der Leinwand gesehen hatte — er war schon vor der Premiere seines ersten Films ein Weltstar. Er stellte sich, ob es ihm paßte oder nicht, praktisch total zur Schau: am Strand, einen Medizinball werfend, eine Axt mit überzeugender Geschicklichkeit schwingend, an einem Tau ziehend, in einem Flugzeug, hoch zu Roß, und immer passend gekleidet. Einmal ließ der findige Curly ihn sogar mit einem Gummi-Alligator kämpfen. Julian fand dieses endlose Posieren und Brustrasieren gelinde gesagt langweilig, aber Phoebe, stets Pragmatikerin und ein ganz klein wenig neidisch wegen der Aufmerksamkeit, die er genoß, ermutigte ihn, alles zu tun, was das Studio von ihm verlangte.

»Du möchtest ein Star sein — nun, so macht man einen Star aus dir«, sagte sie unverblümt zu ihm.

Nach einer Fehlgeburt hatte Phoebe die Karriere Julians zu ihrem ganz persönlichen Anliegen gemacht. Unbefriedigt vom ereignislosen häuslichen Dasein in ihrer neuen Wohnung am Cadogan Square tauchte sie ständig auf dem Set auf und überwachte ihn eifersüchtig aus den Kulissen heraus, wenn er mit einer Reihe glamouröser Schauspielerinnen Liebesszenen spielte. Innerlich kochte sie, wenn er die anderen umarmte; ihr angeborener gesunder Menschenverstand ging dann in einem Meer der Eifersucht unter. Phoebe war nicht mehr so hübsch wie früher. Falten der Unzufriedenheit prägten ihr Gesicht, und ihr üppiger Körper wurde allmählich weich und schlaff.

Rein äußerlich sonnte sie sich im Erfolg ihres Mannes, während sie insgeheim selbst schauspielerische Ambitionen entwickelte. Sie blieben unberücksichtigt bis Julian sich dem Höhepunkt des Erfolgs näherte. Jetzt wollte auch sie sich im

Licht des Ruhmes baden. Einige Male unternahm sie einen Vorstoß bei Didier Armande und deutete vorsichtig an, sie würde sich als Partnerin Julians oder sogar als zweite Hauptbesetzung gut machen, aber Didier flüchtete sich stets diplomatisch in ein Lachen und tat so, als verstünde er nicht ganz.

»Ein Star in der Familie reicht, meine Liebe«, sagte er dann immer und tätschelte ihre runde, gepuderte Wange. »Unser Junge braucht jemanden, der sich um ihn kümmert, Phoebe, und das machst du so großartig, daß es jammerschade wäre, wenn du etwas tätest, das die goldene Gans daran hindert, ihre kostbaren Eier zu legen.«

Phoebe biß sich auf die Lippen und hielt den Mund, doch je mehr sein Ruhm wuchs, desto heftiger faßten die langen grünen Finger der Eifersucht nach ihrem Herzen.

Und Julian fuhr fort zu posieren. Wenn er nicht vor der Kamera agierte, gab er Interviews. Er vertraute seine Lebensgeschichte den Blättern *Picturegoer* und *Picture Show* sowie *Illustrated, Photoplay* und *Look* an. Er lachte und scherzte mit Kameraleuten und Mannschaft, während er sich neben Schiffen, Flugzeugen und Autos mit dem ach so wichtigen Macho-Blick in Positur warf. Per Telefon plauderte er mit Hedda und Louella, den Zwillingshexen von Hollywood. Auf bestem Weg, der beliebteste Schauspieler Englands zu werden, sah er in Filmen aber nur ein Mittel zum Zweck. Sein höchstes Ziel waren klassische Bühnenrollen, ja er scheute sich nicht, sogar nach Laurence Oliviers Krone zu greifen.

»Kein Zweifel, nicht der leiseste Zweifel — der Mann hat das Zeug zum Star«, raunte Didier seinem Assistenten zu, als er die ersten Rohkopien sah, hochbeglückt, daß er sich auf seine Nase verlassen und Julian die Hauptrolle gegeben hatte. Didier starrte die letzte Aufnahme von Julians perfekt ausgeleuchtetem hübschem Gesicht an, das mit Tränen in den Samtaugen in die Kamera starrte, wobei die schwarzen Pudellöckchen und der verwegene Federhut seine Männlichkeit sowie seine melancholische Empfindsamkeit gleichermaßen betonten.

»Laß sie noch mal laufen, Johnnie«, ordnete Didier an und ließ sich in den grauen Plüschsessel zurücksinken, um sich mit halbgeschlossenen Augen erneut der Aura Julians hinzugeben. »Laß sie nochmal laufen.«

»Das Zeug zum Star«, murmelte er leise vor sich hin. »Wenn man es hat, braucht man nichts anderes — außer vielleicht einem Quentchen Glück.«

12

Hydra 1945

Nikolas Stanopolis starrte den dicken blauen Umschlag in seiner Hand verwundert an. Er war in den Vereinigten Staaten abgestempelt worden, in der oberen linken Ecke prangte der Absender:

MCCP Studios
7700 Melrose Avenue
Los Angeles, California

Auf der Rückseite des Umschlags stand ein Name, der Nikolas' Herz zu einem Freudensprung veranlaßte: Spyros Makopolis, Präsident. Mit zitternden Händen reichte er den Brief seiner Frau Elektra. Der Brief war an sie adressiert, doch sie reichte ihm das Schreiben zurück.

»Nein, nein, Nikolas, du öffnest ihn.«

Er riß den Umschlag auf und las mit wachsender freudiger Erregung:

Meine liebe Nichte Elektra,
ich war überglücklich, Nachricht aus Hydra zu bekommen, wenngleich mich die Nachricht vom Tod Deiner Mutter zu-

tiefst betrübte. Mein Herz ist schwer vor Kummer, doch will ich mich mit der Erinnerung an die schönen Tage trösten, als wir Kinder waren und im sonnigen Paradies eures Dorfes spielten.

Meinen herzlichen Glückwunsch zu Deiner Heirat mit Nikolas Stanopolis, der mir ein tadelloser junger Mann zu sein scheint. Sein Interesse am Filmgeschäft finde ich überaus lobenswert.

Falls ihr es eines schönen Tages bis nach Los Angeles schafft, würde ich mich freuen, deinem Vorschlag folgend Nikolas zu sehen und ihm, falls er sich als geeignet erweist, eine Arbeitsmöglichkeit im Studio zu verschaffen.

Grüße Dmitri Andros in der alten Hafenbar von mir — es freut mich, daß der Alte den Krieg heil überstanden hat.

Ich lege ein kleines Geschenk bei, das euch ein wenig weiterhilft, falls ihr euch entschließen solltet, nach Amerika zu kommen.

Werde glücklich, meine liebe junge Nichte.

Herzlichst
Dein Onkel Sypros

»O mein Gott — Elektra, das ist eine phantastische, eine wundervolle Nachricht — Amerika! Er möchte, daß wir nach Los Angeles kommen? Nach Hollywood! Elektra, weißt du, was das bedeutet?«

»Ja, ja, Nikolai mein Lieber, ich weiß.« Elektra sah freudestrahlend zu ihrem Mann auf. »Sieh mal, Nikolai — sieh dir das an!« Triumphierend schwenkte sie den Scheck. »Er hat uns Geld geschickt. Dein Onkel ist wirklich ein feiner Herr.«

»Geld?« Nikolas griff danach. »Wieviel?« Er sah eine ihm unbekannte Schrift auf dem Scheck.

»Fünfhundert Dollar!« stieß Elektra hervor. »Fünfhundert Dollar. Das ist ja ein Vermögen, Nikolai. Jetzt können wir nach Amerika, mein Liebling, wir beide können nach Amerika.«

Aber die Überfahrt nach Amerika war nicht so leicht zu bewerkstelligen, wie Nikolas und Elektra gehofft hatten. Einige Tage darauf, nachdem er sich den Dollarscheck in Drachmen hatte auszahlen lassen, fuhr Nikolas mit der einmal wöchentlich verkehrenden Fähre von Hydra nach Athen, um alles für die große Reise vorzubereiten. Seine erste Enttäuschung sollte er erleben, als er entdeckte, daß die Einreise nach Amerika für einen griechischen Staatsbürger außerordentlich schwierig war und einen umständlichen Papierkrieg bedingte. Im Büro der neuen Olympic Airlines sollte er des weiteren entdecken, daß zwei Flugtickets nach Los Angeles mehr als das Doppelte dessen kosteten, was Mr. Makropolis ihm geschickt hatte. Schweren Herzens kehrte Nikolas mit dieser Nachricht nach Hydra zurück.

»Nikolai, mach dir nichts daraus«, tröstete Elektra ihn. »Du mußt als erster nach Amerika und Onkel Spyros überreden, daß er dir Arbeit gibt. Nach ein paar Monaten komme ich dann nach.«

»Aber ich brauche dich bei mir«, entgegnete Nikolas beklommen. »Elektra, ohne dich gehe ich nicht.«

»Doch, Nikolai. Doch. Du mußt gehen«, sagte sie mit Nachdruck und schenkte zwei Gläser Wein ein. »Wenn wir jetzt zu zweit fahren, wäre es zu schwierig. Du würdest dir meinetwegen Sorgen machen — wegen unserer Wohnung — und wegen vieler anderer Dinge. Du mußt als erster gehen und Geld verdienen, dann komme ich nach. Und jetzt iß dein Abendbrot, ehe es kalt wird.«

Nikolas staunte, daß seine junge Frau sich so verständnisvoll zeigte. Sie hob ihr Glas und prostete ihm schüchtern zu: »Auf Amerika, Nikolai, und auf uns.«

Nikolas Stanopolis traf 1945 an einem kalten Novemberabend auf dem Flughafen von Los Angeles ein. In seinem dünnen Baumwolljackett vor Kälte bebend, stand er vor dem geschäftigen Terminal, ratlos, was er nun anfangen sollte. Warum war es so kalt? Man hatte ihm gesagt, in Kalifornien sei es warm und sonnig wie auf den griechischen Inseln. Nun, diese Idioten, die ihm das eingeredet hatten, lagen völlig falsch. Es war kalt, es nieselte, und vom Pazifik trieb feuchter, beklemmend wirkender Nebel herein.

Alle ringsum schienen sehr beschäftigt, als folgten sie einem bestimmten Ziel und wüßten genau was sie taten und wohin sie gingen. Nur Nikolas stand verloren vor dem Terminal-Gebäude, nachdem er von Bord der riesigen viermotorigen Maschine gegangen war. Er fühlte sich verlassen, und sein Heimweh regte sich, wenn er an seine schöne Elektra dachte, an sein geliebtes Hydra, das sich nun langsam vom Krieg und von den Greueltaten Umberto Scrofos erholte.

Scrofo — immer wenn er an den verhaßten Italiener dachte, flammte in ihm blinde Wut auf. Eines Tages würde er ihn finden und ihn leiden lassen, wie seine Mutter, sein Vater, seine Geschwister und viele andere auf der Insel gelitten hatten. Sein Verlangen nach Rache war fast so verzehrend wie sein Verlangen, in der Filmbranche Karriere zu machen. Er hatte nicht die leiseste Ahnung, wo sich der Italiener im Moment aufhielt, ja ob er überhaupt noch am Leben war, aber sein Rachedurst wurde dadurch nicht vermindert.

Nikolas Englischkenntnisse waren sehr begrenzt. Er verdankte sie einem alten Mann auf Hydra, der einmal in London gearbeitet hatte, und den vielen Filmen, doch reichte sein Wortschatz aus, um einem Träger seine verzweifelte Lage klarzumachen. Der Mann mit der roten Mütze und dem blauen Hemd hatte schwarzes, schimmerndes Haar und die olivgetönte Haut der Griechen, war aber Spanier und erst kürzlich aus Barcelona gekommen. Er erbarmte sich Nikolas', begleitete ihn zwei Blocks weit zu der Tafel mit der Aufschrift ›Stadtbus‹ und plauderte mit ihm in einem Gemisch aus Spanisch und Englisch.

Nikolas stand bibbernd hinter zwei rundlichen Klatschbasen, den Frauen von Hydra nicht unähnlich. Als der Bus kam, gab er dem Fahrer fünf Dollar, geriet aber in Verwirrung, als dieser ihn nach seinem Fahrtziel fragte. »Ins Stadtzentrum«, antwortete er in seinem schlechten Englisch. »Ins Zentrum von LA, bitte.«

Der Mann zog die Schultern hoch und händigte ihm das Wechselgeld aus. »Das Zentrum ist groß, Kleiner«, sagte er. »Wohin genau?«

Von einem griechischen Beamten in New York wußte Nikolas den Namen eines Hotels und sagte nun stolz: »Ich möchte zum Roosevelt Hotel, Hollywood Boulevard, in Hollywood.«

Er war unterwegs.

Am Morgen darauf fand Nikolas Stanopolis sich im Zustand höchster Erregung vor dem imposanten Eingang der MCCP Studios ein.

An den hohen schmiedeeisernen Toren herrschte emsige Aktivität, doch der uniformierte Posten erklärte ihm unverblümt: »Hau ab, Freundchen, du bist zu früh dran — in der Verwaltung ist noch kein Mensch da.«

Nikolas schwenkte flehentlich den von Spyros verfaßten Brief mit dem Arbeitsangebot, doch der kaugummikauende Posten hob den Blick kaum von seiner *Variety*-Ausgabe. Seine gekläffte, barsche Antwort war unverständlich, nicht aber die Körpersprache. Nikolas würde nicht hineinkommen, das war ihm nun klar, und vor dem Tor herumlungern konnte er nicht.

»Ich sagte eben, hau ab, Freundchen«, wiederholte der Posten energisch. »Verschwinde, sofort.«

In seiner Verzweiflung ging Nikolas auf die andere Straßenseite, um sich auf einer mit Werbung zugepflasterten Bank niederzulassen. Hier hatte er wenigstens einen Blick aufs Studio wie aus der ersten Reihe und konnte beobachten, was hinter den Eisentoren vor sich ging. Etliche Stunden saß er fasziniert da und sah zu, wie alle möglichen Leute kamen und gingen.

Die Kostüme der Komparsen hatten es ihm besonders angetan. Cowboys und Indianer, Bauern und Soldaten, Polizisten und Räuber, alle tummelten sie sich hier und fraternisierten miteinander. Um elf strömte eine Gruppe schöner Showgirls, deren lange kalifornische Beine in fleischfarbigen Netzstrümpfen steckten, aus einem großen Gebäude mit der Aufschrift ›Bühne III‹.

Nikolas richtete sich mit großen Augen auf. Das hier waren Frauen, wie er sie noch nie gesehen hatte. In Griechenland trugen die Frauen einfache, alles verhüllende Kleider – sogar Elektra bedeckte sich vom Hals bis zur Wade. Der Gedanke an ihren Körper weckte Erregung in ihm, während er sehnsüchtig zu den Showgirls hinüberstarrte.

Diese Frauen aber hatten knallrote Lippen, ihre dauergewellten Haare waren blondiert, flammendrot oder tiefschwarz. Mit schwingenden Hüften schlenderten sie lässig auf dem Hof umher, lachten, rauchten und tanken Coca-Cola direkt aus der Flasche. Er sah die Studio-Arbeiter, Männer in Arbeitshemden und Drillichhosen, die die Mädchen im Vorübergehen lüstern beäugten und von denen einige, wie er sicher zu wissen glaubte, anzügliche oder schlüpfrige Bemerkungen machten, über die die Mädchen nur lachten. Nikolas war schockiert. Zwar hatte er Frauen wie diese in Filmen schon gesehen, doch war er einigermaßen erstaunt, daß sie sich in aller Öffentlichkeit so unverfroren halbnackt präsentieren und gelassen die Männer ignorieren konnten, die mit ihnen zu flirten versuchten.

Ein Mädchen zog seine Blicke besonders auf sich. Sie war schlank, mit üppigem schwarzem Haar, das ihr bis auf den halben Rücken fiel und mit roten Federn zusammengesteckt war. Etwas kleiner als die anderen Mädchen, besaß sie die herrlichsten Brüste, die er je gesehen hatte, so üppig, daß ihr Goldlamébüstenhalter sie nur halb bedeckte.

Das Verlangen trocknete Nikolas den Mund aus. Wie er Elektra vermißte! Nun hatte er sie länger als eine Woche nicht mehr gesehen, sie, die ihm Abend für Abend freudig, doch zurückhaltend ihren Körper gab, jeden Morgen und manchmal auch am Nachmittag. Dieses vollbusige Mädchen mit dem roten Federschmuck erinnerte ihn entfernt an Elektra. Mit einem Kopfschütteln stand er auf und lief den Boulevard entlang, bemüht, sich von lüsternen Gedanken zu befreien, damit er sich wieder auf das Problem konzentrieren konnte, wie er es schaffen sollte, die geheiligten Studio-Pforten zu passieren.

Als er eine Telefonzelle erspähte, überflog er seinen nun schon zerknitterten Brief nach der Nummer, da ihm jedoch nicht einmal der Gebrauch eines griechischen Telefons vertraut war, benötigte er zehn Minuten und ebensoviele Zehn- und Fünf-Cent-Münzen, ehe die Verbindung hergestellt war und eine melodische Stimme tönte: »MCCP Studios, guten Morgen.«

»Spyros Makopolis, bitte«, entgegnete Nikolas, dessen griechischer Akzent seine Worte für die Telefonistin fast unverständlich machte.

»Wen?« fragte sie, bereits ungehalten.

»Sypros Makopolis.« Er sprach jede einzelne Silbe überdeutlich aus, während ihm der Schweiß von der Stirn tropfte. Die Mittagssonne knallte vom Himmel, in der Zelle herrschte Backofenhitze.

»Einen Moment«, sagte die Stimme knapp.

»Das Büro von Mr. Makopolis.« Eine andere Frauenstimme, diesmal gelassen und kühl, meldete sich. Dankbar stürzte Nikolas sich ins Griechische, in der Hoffnung, die Stimme würde ihn verstehen. Mehrmals wiederholte er seinen Namen und die stockenden englischen Worte: »Der Onkel meiner Frau. Ich bin sein Neffe.«

Schließlich schien die Frau verstanden zu haben, doch nach ihrem forschen »Einen Augenblick, ich sehe nach, ob Mr. Makopolis zu sprechen ist«, war die Leitung wieder tot.

Nikolas stand minutenlang in der engen Zelle, während er in gewissen Abständen von fremden Stimmen ermahnt wurde, »Fünf Cents, bitte« einzuwerfen. Er betete darum,

Mr. Makopolis möge antworten, ehe ihm die Münzen ausgingen.

Plötzlich war die kühle weibliche Stimme wieder da. Nikolas konnte sie nicht verstehen, doch hoffte er, die Erlösung sei nahe, als sie sagte: »Ich verbinde Sie jetzt mit Mr. Makopolis, Sir.«

Dann hörte er eine tiefe freundliche Stimme auf Griechisch sagen: »Nikolas, mein lieber Junge, wo bist du?« Das klang herzlich und aufmunternd, und als Nikolas antwortete, daß er auf der anderen Straßenseite stünde, rief der alte Mann vergnügt aus: »Komm, ich will dich sofort sehen, Nikolas — ich gebe am Tor Bescheid — komm sofort zu mir.« Nikolas, der nun wußte, daß alles sich zum Guten wenden würde, empfand unaussprechliche Erleichterung.

So glatt wie erwartet, lief es allerdings nicht. Anstatt ihm sofort Arbeit auf dem Film-Set zu geben, wie er gehofft hatte, nahm Spyros Makopolis kein Blatt vor den Mund.

»Nikolas, es ist im Moment ausgeschlossen, dich bei einem Film unterzubringen.«

»Warum nicht, Onkel? Du hast gesagt, du könntest mir Arbeit verschaffen.«

»Also, erstens sprichst du kaum Englisch, ein Mangel, der sich mit der Zeit beheben läßt«, entgegnete Spyros. »Zweitens aber sind unsere Gewerkschaften schlimmer als ein Rattenarsch, und Neuankömmlinge sind in technischen Berufen nicht gern gesehen, um es vorsichtig auszudrücken.« Nikolas Miene verriet seine Verwirrung. »Hör zu, Sohn«, fuhr der Alte fort. »Der Krieg ist erst vor kurzem zu Ende gegangen. Junge Leute strömen aus Okinawa, Bataan und Anzio zurück in die Staaten. Viele dieser Infanteristen, Seeleute und Marines waren vor dem Krieg in den Studios beschäftigt, und jetzt müssen sie feststellen, daß ihre Jobs an Jüngere vergeben wurden, oder sogar an Ältere, an Leute jedenfalls, die ihre Arbeit nicht aufgeben wollen.« Spyros seufzte ... »Sie alle sehen sich schwierigen Zeiten gegenüber. Die Studiobosse sind bemüht, die Männer wieder einzustellen, die für uns gekämpft haben. Für Neuanfänger ist da kaum Platz, Nick.«

Nick machte ein so enttäuschtes Gesicht, daß Spyros ihm tröstend auf die Schulter klopfte.

»Ein weiteres großes Problem der Studios ist die Frage, was die Leute im Kino eigentlich sehen wollen.«

Nick war sichtlich verblüfft. »Filme — die Leute mögen alle Filme, Onkel.«

»Nein, mein Junge. Das Nachkriegspublikum ist skeptischer und viel kritischer. Das Leben ist heutzutage sehr schwierig geworden. Musikfilme, Komödien und andere leichte Kost haben den Leuten den Magen verdorben; jetzt verlangen sie Handfesteres. Das ist ein Problem, Nick — ein ganz großes Problem.«

Der Alte hatte recht. Die Studios hatten praktisch am Fließband realitätsferne Unterhaltung produziert, um die Moral nicht nur der kämpfenden Truppe, sondern all jener zu stärken, die wegen körperlicher Untauglichkeit oder aus Altersgründen zu Hause geblieben waren und alles am laufen hielten. Nun aber waren ›ernsthafte Filme‹ gefragt. Einige stellten dreiste Plagiate von Roberto Rossellinis *Rom, offene Stadt* dar, einem harten, neorealistischen Film über das Rom der Kriegszeit. Filme über GIs, die ins Zivilleben zurückkehrten, erfreuten sich großer Beliebtheit. *Urlaub für Liebe* mit Robert Walker und Judy Garland, *Hail the Conquering Hero* mit Eddie Bracken und *Ich werde dich wiedersehen* mit Joseph Cotton und Ginger Rogers waren große Kassenerfolge.

»Jetzt stellt MCCP natürlich seine eigenen neorealistischen Filme her«, erklärte Spyros mit sichtlichem Stolz. »Wir sind rechtzeitig auf den Zug aufgesprungen. Natürlich drehen wir daneben auch Western, Gangsterfilme und Musikkomödien, hoffen aber, ein ganz neues Publikum in die Kinos zu locken. Nick, es summt in den Studios vor Aktivität. Im Moment sind achtzehn Streifen in Arbeit, zweiundzwanzig stehen kurz vor der Freigabe, und mindestens achtzig sind in Vorbereitung.«

»Das ist ja wunderbar, Onkel«, sagte Nick erleichtert. »Dann müßtest du doch Arbeit für mich haben?«

Der Alte machte sich seufzend an einigen Skripts auf seinem Schreibtisch zu schaffen.

»Mein Junge, ich will mein Bestes tun«, dröhnte er. »Aber du wirst ganz unten anfangen müssen — wie seinerzeit ich selbst.«

Zu Nikolas' Enttäuschung war die einzige Position, die Spyros seinem Neffen anbieten konnte, eine der unbedeutendsten auf dem ganzen Gelände — eine Stelle in der Postzentrale. Aber es war wenigstens ein Job, ein gutbezahlter obendrein. Nick wollte die Chancen nützen, die sich ihm boten, und langsam vorankommen. Sein Ehrgeiz erstreckte sich nicht allein auf seine und Elektras Karriere, sondern auch auf seinen geheimen Plan. Die übelriechende, sein Bewußtsein einhüllende Wolke des Hasses mußte ausgemerzt werden, und es gab nur einen Weg, dies zu erreichen.

13

London 1945

Das Ende des Krieges hatte für Inès nur wenig Bedeutung, da sich an ihrem Leben dadurch nicht viel änderte.

An den Abenden, oft auch an Nachmittagen, empfing sie ihre Herrenbesuche. Sie besaß nun eine elitäre Klientel, die einige der glänzendsten Namen Englands umfaßte. Unberührt von der Tatsache, daß Prostitution ungesetzlich war, widmete sie sich der Selbstvervollkommnung und dem Geld. Geld war der Schlüssel, der ihr die Flucht aus diesem Leben ermöglichte, daher sparte sie jeden Penny für ihr Ziel, für das normale Leben, das sie einmal zu führen hoffte. Das

Knistern der spröden Fünf-Pfund-Noten, die ihre Kunden zurückließen, tat ihrem Ohr wohl. Sie hortete sie in einer Ausgabe von Stendhals *Liebe*, einem Werk, dessen Titel ihr unter ironischen Aspekten sehr passend erschien.. Sie hatte mühsam eine rechteckige Öffnung im Mittelteil des Buches ausgeschnitten und bewahrte in der entstandenen Höhlung ihre Einnahmen auf. *Liebe*, dachte sie mit bitterem Lächeln, ist nur im Bücherschrank zu finden, in dem neben *Who's Who, Burke's Peerage* und den *Tagebüchern des Samuel Pepys* viele reichillustrierte Kunstbände standen, Bücher über englische Geschichte, über die großen Adelssitze und Sammlungen Englands sowie Biographien bedeutender Persönlichkeiten.

Jeden Freitagnachmittag brachte sie, in einem ihrer selbstgeschneiderten Modellkleider elegant zurechtgemacht, ihr dickes Banknotenbündel zur Coutts Bank am Strand, wo sie die Scheine mit großer Geste dem Mann am Schalter überreichte, der den Betrag ihrem ständig wachsenden Konto gutschreiben würde. Yves war es gewesen, der für sie ein Konto in dieser angesehenen Bank eröffnet hatte, die nicht nur Mitglieder der königlichen Familie zu ihren Kunden zählte, sondern auch einige Herren, die zu Inès' Klientel zählten. Wie Yves dies geschafft hatte, war für sie noch immer ein Rätsel, da für Coutts die Herkunft eines Kunden ebenso wichtig war wie dessen Vermögen.

Wenn sie in den Läden der exklusiven Burlington Arcade oder der Bond Street einkaufte, war es für sie stets ein Vergnügen, für ihre Einkäufe mit einem Coutts-Scheck zu bezahlen. Vom Verkaufspersonal wäre niemand auf den Gedanken gekommen, daß diese vornehme junge Schönheit eine gewöhnliche Dirne war. Sie sah wie eine Lady aus und kleidete und benahm sich auch so. Obwohl erst neunzehn, besaß Inès das Auftreten und den Schick einer weit älteren Frau. Sie kultivierte eine gediegene Eleganz, die an Herkunft und altes Geld denken ließ. Diese Eigenschaft vor allem war es, die ihre Kunden reizte, wenn sie sie ins 400, ins

Caprice oder ins Coq d'Or zum Dinner ausführten. In ihren perfekt geschnittenen schicken Sachen schien sie in diese mondäne Umgebung besser zu passen als die meisten ehrbaren englischen Matronen in ihren biederen Vorkriegskleidern. Begab sie sich in die schützende Behaglichkeit eines dieser Establissements, dann erntete sie oft neidische Blicke.

Den Tag über lebte Inès das Leben einer müßigen Frau. Manchmal schlenderte sie die Shaftesbury Avenue entlang, wenn sie ins Queen Theatre oder ins Globe ging, um die letzten Stücke von Terence Rattigan, Noël Coward oder Emlyn Williams zu sehen. Dabei kam sie am Windmill Theatre vorüber, wo sie meist einen Blick auf die ausgehängten Fotos der halbnackten Showgirls und grinsenden Komiker warf.

Sie war jetzt soweit, daß sie sich nicht mehr als Hure sah, sondern als Kurtisane, und sie hatte hart an sich gearbeitet, um dieser neuen Rolle zu entsprechen. Ihr früher blondes Haar, das sie nun dunkel färbte, bildete einen idealen Rahmen für ihr blasses Gesicht mit den hohen Backenknochen, den blauen, schrägen Katzenaugen und dem ausgeprägten Kinn. Sie war in London noch gewachsen und besaß jetzt einen grazilen und straffen Körper, rassige Beine und herrliche Brüste. Unter ihren Dessous hatte sie ihr goldenes Schamhaar herzförmig zurechtgestutzt, ein zusätzlicher faszinierender Reiz für ihre hingebungsvollen Kunden.

Kurtisane. Ihr gefiel dieses Wort. Eine Kurtisane war eine Frau, die die Phantasien im geheimen Leben eines Mannes teilte, die über seinen Beruf und alles, was damit zusammenhing, Bescheid wußte. Sie wußte über seine Ehefrau Bescheid, auch über deren Vorlieben und Abneigungen im Bett. Sie wußte, welche Schulen seine Kinder besuchten, sogar, was sie später einmal werden wollten. Sie wußte, welche Weine er bevorzugte, wie trocken er seine Martinis liebte, wie kräftig seinen Whisky mit Soda. Sie kannte seine Lieblingsgerichte, die sie, wenn es sich um einen besonderen Kunden handelte, für ihn perfekt zubereitete. Sie wußte, welche Bücher er las, welche Stücke er gesehen hatte, welchen Sport er betrieb, welcher politischen Richtung er anhing — aber, was am wichtigsten war, sie wußte, was ihn im Bett erregte.

Inès entdeckte immer sehr rasch, welche sexuellen Vorlieben ein Mann hatte. Meist war es nichts, was er nicht auch von seiner Frau hätte bekommen können, mit Ausnahme von oralem Sex, den die meisten englischen Frauen ablehnten, wie sie festgestellt hatte. Dank Yves gehörte dies zu Inès' Spezialitäten. Den meisten Frauen lag daran, ihren Mann zu beglücken, doch fehlte es ihnen oft an Zeit, Energie oder Wissen.

Eine sexuell ungeschickte Frau ist für die meisten Männer lusttötend, und für Inès wurde es bald alltäglich, ihre Kunden klagen zu hören, daß ihre Frauen »reglos wie ein Stein« dalägen und nie reagierten. Sie schaffte es, einen Mann binnen Minuten zum Orgasmus zu bringen. Wenn Männer ihre Brüste oder ihren Venushügel küßten, mit ihren Fingern und Zungen ihre intimsten Stellen erforschten, erregten sie sie so, daß ihr Körper vor Lust erbebte — denn Inès war eine versierte Schauspielerin geworden. Sie sorgte dafür, daß ihre Kunden sich in dem Glauben wiegten, sie könnten sie in Erregung versetzen, denn das erregte die Männer mehr als alles andere. Sie kamen immer wieder und empfahlen oft ihre besten Freunde an sie weiter. Aber Inès war sehr vorsichtig bei der Auswahl ihrer Kunden. Die Perversionen des italienischen Generals hatte sie nie vergessen, deshalb führte sie mit eventuellen Kunden in ihrer anheimelnden, schön eingerichteten Wohnung zunächst ein ausführliches Gespräch, in dessen Verlauf sie die Männer so streng befragte wie eine Herzogin, die ein Zimmermädchen einstellt.

Politiker, Parlamentsmitglieder, Aristokraten, Industrielle, Männer, die über Geld, Macht und Ansehen verfügten, das waren die Kunden, die sie empfing. Empfehlungen waren überaus wichtig. Und die meisten Männer verfielen ihr völlig, so daß mehr als einer ihr einen Heiratsantrag machte, aber Inès, die zwar wußte, daß sie für eine Ehe bereit war, wußte auch, daß dazu echte Liebe gehörte. Ihre Träume von wahrer Liebe hatte sie nicht aufgegeben. Sie dachte noch immer an Yves, träumte von ihm, von seinem Lachen, seinen Zaubereien, seinen Augenfältchen und seinem weichen Haar.

Viel zu oft träumte sie auch von dem Italiener, den sie damals an einem Aprilmorgen glaubte getötete zu haben, und erwachte mit einem Schrei auf den Lippen, weil ihr das Schreckliche noch immer ganz lebhaft vor Augen stand. Nie gestattete sie einem Mann, während der Woche nachts bei ihr zu bleiben, und nur mit ganz besonderen Kunden verbrachte sie ein Wochenende auswärts. In ihrer Suche nach Liebe hatte sie an allen Männern etwas auszusetzen, und je mehr sie von ihren Schwächen und Abartigkeiten mitbekam, desto rascher schwand ihre Hoffnung, jemals dem Richtigen zu begegnen.

Den Abend nach dem Waffenstillstand verbrachte sie allein, an ihrer Nähmaschine. Sie hatte ein Samtkostüm nach einem Modell von Maggy Rouff in Arbeit, das sie aus *Vogue* kopierte. Inès fühlte sich nun einsamer als je zuvor. Alle ihre Kunden feierten mit ihren Familien und Freunden, nur sie hatte niemanden, mit dem sie diese denkwürdige Nacht hätte verbringen können. Keinen Mann, keine Freundin, nicht einmal ein Haustier. Von draußen hörte sie den Lärm der singenden, lachenden und vor Freude johlenden Nachtschwärmer.

Die Erregung, die aus der Stimme des ansonsten so nüchternen BBC-Nachrichtensprechers herauszuhören war, wirkte ansteckend. Es wurden Stimmungsberichte aus allen europäischen Hauptstädten gebracht, damit die Hörer sich ein Bild davon machen konnten, wie die übrige freie Welt den Sieg feierte.

Inès saß still da, als eine Stimme mit französischem Akzent den Begeisterungstaumel der Pariser schilderte. Als der Sprecher mit geradezu poetischer Verklärung daranging, die Schönheit der hellerleuchteten Kathedrale von Notre Dame zu beschreiben, die wie ein gotisches Märchenschloß erstrahlte, umgeben von dichtgedrängten Mengen französischer Patrioten, die aus vollem Hals die Marseillaise sangen, liefen ihr zum erstenmal, seitdem Yves sie verlassen hatte, Tränen übers Gesicht.

»Paris«, flüsterte sie, während sie den Stoff schnitt und einen Faden ins Nadelöhr fädelte. »Paris … Ob ich dich je wiedersehen werde? Ich frage mich wirklich, ob ich dort noch etwas zu suchen habe.«

14

Kalabrien 1945

Umberto Scrofo kehrte als schwerreicher Mann in sein kalabrisches Heimatdorf zurück. Seine Kriegsbeute gestattete es ihm, ein Stück Land zu kaufen und auf dem höchsten Punkt einer gebirgigen Region ein riesiges Haus zu bauen. Das Gelände war karg, felsig und schwer zu bearbeiten, da aber die gesamte Gegend bettelarm war, ein Zustand, der sich nach dem Krieg noch verschlimmert hatte, standen Umberto ausreichend Arbeitskräfte zur Verfügung, die sein wenig ertragreiches Land bestellten.

Seine Stellung und seine Besitztümer verschafften ihm in Kalabrien große Macht, freilich nicht so viel Macht, wie sie die Cosa Nostra besaß, die noch immer über Leben und Geschick der Menschen mit totaler und unbestrittener Autorität bestimmte. Scrofos Macht reichte aber bei weitem aus, um ihm die Ruhe zu sichern, die er ersehnte.

In seiner neuen Festung hatte er einen Filmvorführraum installieren lassen, in dem er seiner Leidenschaft für die neuesten Hollywoodfilme frönte. Meist saß er allein in dem mit Plüsch ausgeschlagenen Raum und verfolgte die Filme mit größter Aufmerksamkeit. Die Schönheit junger, blonder

Schauspielerinnen hatte es ihm vor allem angetan. Blutjunge jungfräuliche Typen wie Bonita Granvile, June Haver, Mary Beth Hughes waren seine Lieblinge. Mädchen, die den Eindruck erweckten, sie hätten die Pubertät erst knapp hinter sich. Sah er sie auf der Leinwand, wurde sein Liliput-Penis steif, und er befriedigte sich selbst.

Seit seinem ›Unfall‹ mit der französischen Hure in Paris hatte er kaum mehr Sex gehabt. Die olivhäutigen, schwarzhaarigen Frauen auf Hydra waren für ihn ohne Reiz gewesen, so daß er seine eigenen geheimen Phantasien eventuellen realen Beziehungen zu ihnen vorzog.

Neben diesen Hollywoodfilmen besaß er eine umfangreiche Sammlung aus Skandinavien importierter Pornofilme. Die kühlen nordischen Schönheiten, die sich nackt in der Saune oder in idyllischen Bächen tummelten, versetzten ihn unweigerlich in sexuelle Erregung.

Als er eines Nachmittags seinen stark gepolsterten Körper auf eine stark gepolsterte Couch gelagert hatte und von einem Christie-Katalog aufblickte, den er durchblätterte, erblickte er eine junge Blondine von seltener Schönheit, die in seinen Blumenbeeten arbeitete. Sie blickte auf, sah sein Interesse und wandte errötend den Blick ab. Ihre Schönheit und Unschuld hatte für Scrofo pikanten Reiz. Es war das erste Mal seit Jahren, daß er eine Frau heftig begehrte, ein Gefühl, das ihn sofort zum Handeln trieb.

Seine Erkundigungen ergaben, daß sie die Nichte seines Gärtners war. Ihre Eltern waren bei einem Verkehrsunfall ums Leben gekommen, und der Gärtner und seine Frau hatten sie daraufhin adoptiert. Sie war siebzehn und hieß Silvana.

Umberto ordnete an, daß Silvana als Stubenmädchen im Haus beschäftigt wurde. Zu ihren Pflichten gehörte es von nun an, die auf Tischen und in den Vitrinen schimmernden und funkelnden Kunstgegenstände abzustauben und zu reinigen.

Silvana kam ihrer Pflicht täglich leise summend nach,

während ein Lächeln ihre sanft gewölbten, weichen rosa Lippen umspielte. Wenn sie dann Umbertos begehrlichen Blick auf sich spürte, errötete sie zutiefst.

Bald war er förmlich besessen von dem Mädchen. Er konnte an nichts anderes mehr denken als an ihre Brüste, an ihre unschuldigen grauen Augen, an die Art, wie ihr Körper sich unter dem schlichten blauen Arbeitskittel bewegte. Bei einer Frau aus dem Dorf ließ er andere Kleider für sie schneidern — die Ausstattung eines französischen Stubenmädchens, wie er es aus so vielen Filmen kannte. Silvana war es peinlich, sich darin zu zeigen, aber Signor Scrofo bestand darauf und war schließlich ihr hochangesehener Dienstherr.

Eines Nachmittags betrat Silvana nach einem leisen Anklopfen schüchtern Umbertos Salon. Sie trug schwarze Strümpfe, ein kurzes rüschenbesetztes Röckchen, ebenfalls in Schwarz, sowie ein weißes Organdyschürzchen. Auf den dichten blonden Locken saß ein Häubchen, wie es die Mädchen aus dem achtzehnten Jahrhundert auf einem Gemälde von Boucher hätten tragen können. Als sie sich hinkniete, um die Beine eines Konsolentisches abzustauben, konnte Umberto ihr Spitzenhöschen sehen und einen appetitanregenden Blick auf köstliche weiße Schenkel über schwarzen Strümpfen tun.

Er ging an die Doppeltür, um sie leise zu schließen und zu verriegeln. Die in die Reinigung der vergoldeten Verzierungen vertiefte Silvana schrie erschrocken auf, als Umberto sich von hinten an sie heranschlich und ihre Brüste durch die zarte Seide ihrer Bluse umfaßte.

»Nicht, Signor, bitte«, flehte sie jämmerlich. Ihre verängstigten Augen steigerten seine Erregung so sehr, daß er glaubte, seine Hose müßte platzen.

»Doch, doch, meine liebe, jetzt, auf der Stelle«, keuchte er. Seine rauhe, krächzende Stimme klang noch heiserer als sonst, während er ihre Bluse aufriß und ihre rosig gekrönten Brüste, die ihm den Mund wässrig machten, entblößte. »Ich muß dich *jetzt* haben, Silvana — ich muß. Sei ein braves Mädchen — ich werde dir nicht wehtun.«

Ihre angstvollen Schreie steigerten seine Begierde, während er sie auf den Aubussonteppich mit dem Blumenmuster niederzwang. Die schweren Samtvorhänge hatte man gegen die grelle Nachmittagssonne zugezogen, die dicken Steinmauern waren so gut wie schalldicht.

Umbertos fetter Körper nagelte sie auf dem Boden fest, und niemand hörte ihre Schreie, als er sie den ganzen Nachmittag lang vergewaltigte und schändete. Blut lief ihr übers Gesicht und Rücken, als er sie schlug. Nach einer Weile verlor sie gnädigerweise das Bewußtsein. Sie erinnerte ihn an die französische Nutte in Paris, und dies trieb ihn dazu, ihr noch mehr Schmerz zuzufügen.

»Hure«, stieß er bösartig hervor und schlug der Bewußtlosen ins Gesicht. »Billige Nutte, du verdienst es.«

Schließlich war er fertig. Silvana lag wie ein Häufchen Elend vor dem Kamin, mit zerrissener Kleidung, das Gesicht voller Schürfwunden, ihr Körper voller Blut. Umbertos Blick ruhte kalt auf ihr, als er den Reißverschluß seiner Hose zuzog. Sie schlug die Augen auf und sah ihn flehend an. Jetzt war sie ihm widerwärtig. Von begehrenswert keine Spur — ein weggeworfenes Spielzeug.

»*Signor* — helfen Sie mir, bitte«, stieß sie mühsam hervor. Ihre Worte wurden von ihren geschwollenen Lippen halb erstickt, sie kroch über den Teppich auf ihn zu.

»Hinaus«, sagte Umberto schroff. Er wischte sich mit einem Seidentaschentuch über die Stirn und nestelte seine Kleidung zurecht.

»Rasch hinaus.« Er wandte sich ab, um sich mit befriedigtem Lächeln einen Brandy einzuschenken. »Mit dir bin ich fertig, du kleine Schlampe.«

Sieh an — brüstete er sich. Er konnte es noch immer, und zwar sehr gut. Es war das erste Mal seit zwei Jahren, daß er dergleichen mit einer Frau getrieben hatte. Dieses Luder in Paris hatte ihn durch ihren Anschlag fast um sein sexuelles

Selbstbewußtsein gebracht. Aber nur fast. Er war noch immer ein Mann, ein Hengst, ein Zuchtstier, trotz seines winzigen Penis, der den Menschen viel Grund zur Heiterkeit geliefert hatte, damals, als er jung war und Annäherungsversuche gemacht hatte.

Und jung war er noch immer, oder nicht? Er sah in den Spiegel ... seinem Blick entgingen die aufgeschwemmten Züge, die dicken Lippen, der kurze, vernarbte Hals. Was er sah, war ein Abbild Benito Mussolinis — der ein Soldat, ein Patriot, ein Machthaber, für Frauen unwiderstehlich gewesen war. Leider hatten seine eigenen Leute ihn schändlich getötet. Aber Umberto war zu selbstzufrieden, um länger bei Mussolinis verfrühtem Tod zu verweilen. Er spürte, wie sich seine sexuelle Energie wieder voll und stark bemerkbar machte. Jetzt war er bereit, andere Frauen in Besitz zu nehmen. Viele andere. An Silvana verschwendete er keinen Gedanken mehr. Sie bedeutete ihm jetzt weniger als nichts, nachdem er sie besessen hatte. Aber vielleicht hatte sie eine nette Freundin, eine Schwester oder Kusine? Er würde es herausfinden.

Als Umberto in der folgenden Nacht in dem angeblich aus dem Besitz Napoleons stammenden Empire-Himmelbett schlief, flogen plötzlich die Türen auf, und vier Männer mit tief in die Stirn gezogenen Hüten umstellten ihn. Sie sagten nichts, als sie ihn grob aus dem Bett zerrten, nichts, als er heiser nach seinen Dienstboten rief. Wo steckten sie und warum gaben sie ihm keine Antwort? Wo waren alle seine Leibwächter? Sein Gefolge von Lakaien? Niemand reagierte auf seine Hilfeschreie, das Haus war dunkel und still wie eine Gruft, als die Männer ihn die Marmortreppe hinunterstießen, hinaus und über den kurzgeschnittenen Rasen führten, der im Mondlicht gespenstisch grün aussah und hinunter an den Kiesstrand schleppten.

Der vor Angst wimmernde Umberto, dessen Halsnarbe heftig pulsierte und der sich die Fußsohlen an den scharfen

Steinen blutig ritzte, erlebte ein Angstgefühl, wie er es noch nie zuvor verspürt hatte.

Hände und Füße wurden ihm mit einem Seil fest zusammengebunden, dann warf man ihn ohne viel Federlesens in ein kleines Fischerboot, das am Strand lag. Die vier Männer bestiegen ein anderes Boot und nahmen Umbertos Boot ins Schlepptau, hinaus auf die offene See, den berüchtigten Strömungen entgegen, die die Küste gefährlich machten. Sie grinsten im vom Wasser reflektierten Mondlicht, ihre Augen aber schienen tot.

»Was macht ihr mit mir?« Umberto erstickte fast an seinen Worten, so eng schnürte ihm die Angst die Kehle zu. »Wohin bringt ihr mich?«

»Wir schicken dich in den Tod, du Dreckskerl«, knurrte der Anführer. »Verrecken sollst du, du Schwein, allein und von Angst gequält. Doch wenn du trotzdem lebend jemals wieder an diesen Ort kommen solltest, werden wir dich finden — und dich so töten, daß du wünschen wirst, du hättest diese Welt nie betreten. Darauf hast du unser Wort.«

Einer der Männer löste das Schlepptau, und die heftige Strömung erfaßte Umbertos Boot und trieb es schnell hinaus aufs Meer. »Warum? Warum macht ihr das?« blökte er. »Was habe ich euch getan?«

»Das ist die Strafe für Silvana!« rief der Älteste. »Wir sind ihre Blutsbrüder. Und nochmals — kommst du nach Kalabrien zurück, dann schneiden wir dir die Eier ab und stopfen sie dir in die Fresse, ehe wir dich töten — und du wirst uns anflehen, dich zu töten, wenn wir fertig sind. Antonio Rostranni hat uns dazu seinen Segen gegeben. Er würde gerne zusehen, sagte er.« Die Männer lachten rauh. Umberto durchfuhr eisiges Entsetzen. Rostranni, der am meisten gefürchtete Name von ganz Süditalien! Der Padrino persönlich. Der Mafiaboß, dessen Wort unbestritten Gesetz war. Wenn das Mädchen Silvana tatsächlich Anverwandte in der Cosa Nostra besaß, konnte er von Glück reden, daß man ihm nicht im Schlaf die Kehle durchgeschnitten hatte.

Das Boot wurde weiter hinaus aufs Meer getrieben. Die vier Männer saßen reglos da und starrten ihm nach. Nun erst bemerkte Umberto die Ruder, einen Tonkrug mit Wasser und einen etwas trockenen Zwieback. Proviant für höchstens ein paar Tage und auch das nur, wenn es ihm gelang, sich der Fesseln zu entledigen, die seine Gelenke so eng zusammenschnürten, daß das Gefühl in seinen Armen abzusterben drohte.

»Wohin soll ich?« schrie er. »In diesem Boot kann ich nicht überleben! Wie kann ich mich retten? Wohin wollt ihr, daß ich gehe?«

»Geh zur Hölle«, höhnte der Anführer, während die Boote immer weiter auseinanderdrifteten. »Du gehörst dorthin, zu den Sadisten, zu den anderen Dreckskerlen. Fahr zur Hölle, du Schwein.«

In dem kleinen kalabrischen Dorf herrschte eitel Freude über das Verschwinden des verhaßten Umberto Scrofo. Zwar wurde gemunkelt, daß nicht alles mit rechten Dingen zugegangen wäre, doch wollte von Umbertos zahlreicher Dienerschaft niemand in der fraglichen Nacht etwas gehört oder gesehen haben. Trotz gewissenhafter polizeilicher Ermittlungen fand sich keine Spur von ihm. Nach einigen Monaten wurden die Reste eines kleinen Fischerbootes an den Nordabschnitt eines italienischen Strandes gespült. Das Bootswrack enthielt nur ein paar Fetzen, die von der Polizei als Scrofos Kleider identifiziert wurden. Auf Grund dieser Beweise wurde Umberto Scrofo von den Behörden für tot erklärt.

Sein palastartiger Landsitz wurde verkauft, seine herrlichen Besitztümer unter seinen noch lebenden Angehörigen in Kalabrien verteilt. Die Vettern, Tanten und Onkel, die ihn als Kind verspottet und verachtet hatten, erbten nun die kostbaren Gemälde und anderen Beutestücke, die er in Paris und Hydra zusammengerafft hatte.

Es gab so etwas wie eine Beerdigung, der die Familie beiwohnte, aber daß jemand um ihn getrauert hätte, konnte man nicht behaupten. Sehr bald war er von allen auf der Welt vergessen — mit Ausnahme von Inès Juillard und Nikolas Stanopolis. Keiner der beiden würde aufhören können, an ihn zu denken.

Teil II

1

Elektra wußte, daß das Leben in Amerika für sie nicht leicht sein würde. Nikolas hatte sie ein Vierteljahr nach seiner Ankunft nachkommen lassen, und jetzt war sie vor Aufregung völlig außer sich, als sie seine hochgewachsene, drahtige Gestalt an einer Säule der Ankunftshalle des Flughafens von Los Angeles lehnen sah.

»Nikolai ... o mein geliebter Nikolai — ich kann es nicht glauben, daß du es wirklich bist!« rief sie völlig aufgelöst und warf sich in die geöffneten Arme ihres Mannes — die sie nicht so warm willkommen hießen, wie sie es erwartet hatte.

»Was ist, Nikolai?« fragte sie zögernd, als er sich mit offensichtlicher Verlegenheit ihrer Umarmung entzog.

»Elektra, ich möchte dich mit Errol bekanntmachen«, sagte er auf Griechisch und deutete auf einen riesigen Schwarzen, der eine burgunderrote, reich mit Goldlitzen verzierte Uniform trug.

»Willkommen in LA, Missus Nicky«, strahlte der Mann, der militärisch Haltung annahm. »Wir sind sehr froh, daß Sie da sind — unser Mr. Nicky hat sich richtig abgehärmt. Ständig hat er von Ihnen geredet.«

»Das ist Errol — Onkel Spyros' Chauffeur. Onkel Spyros hat uns heute seinen Privatwagen geborgt. Er wollte dich in diesem herrlichen Land gebührend willkommen heißen.«

Elektra nickte stumm. Sie hätte es vorgezogen, wenn Nikolas sie allein abgeholt hätte. Der Chauffeur schien nett und freundlich, aber die schüchterne Elektra hatte sich das Wiedersehen mit ihrem Mann anders, viel inniger vorgestellt.

Ein freundlicher Träger trug ihr einziges schäbiges Gepäckstück durch die drängelnde Menge, als sie hinaus auf den Gehsteig traten. Jetzt staunte Elektra mit offenem Mund, denn am Bordstein wartete das längste schwarze Auto, das sie je gesehen hatte. Auf Hydra gab es keine Fahrzeuge, so daß sie mit Ausnahme ihrer gelegentlichen Fahrten nach Athen kaum Autos gesehen hatte. Die Straße, auf der dichter Verkehr vorüberflutete, jagte ihr Angst ein. Autos, Busse und Taxis rasten mit furchterregender Geschwindigkeit dahin, und die Fußgänger, die dazwischen über die Straße flitzten, schienen lachend dem sicheren Tod zu trotzen.

»Komm, Elektra.« Irrte sie sich, oder klang Nicks Stimme befehlsgewohnter als früher? »Beeil dich und hör auf zu gaffen, wir müssen zu Hause sein, ehe es dunkelt. Tante Olympia hat dir zu Ehren ein griechisches Festmahl vorbereitet.«

Elektra kam sich ziemlich linkisch vor, als sie in den geräumigen Fond des Cadillac stieg und merkte, daß ihr Rock sich weit über die Knie hochgeschoben hatte. Errötend zog sie ihn herunter und kauerte sich in eine Ecke, nicht ohne ängstlich aus dem Heckfenster zu sehen, ob der Träger ihren Koffer gebracht hatte.

Nick sprang geschmeidig in den Wagen, umarmte sie kurz, griff nach ihrer Hand und unterhielt sich ein paar Minuten in ihrer Muttersprache mit Elektra, ehe er ein langes, auf Englisch geführtes Gespräch mit Errol begann. Die Männer lachten laut auf; Errol mußte eine sehr komische Geschichte erzählt haben. Elektra lehnte ihren Kopf an die weiche Polsterung und schloß erschöpft die Augen. Seit Tagen hatte sie nicht mehr geschlafen. Die Reise nach Kalifornien war lang und ermüdend gewesen, doch jetzt war sie endlich da, am anderen Ende der Welt angelangt. Sie hoffte, daß es nicht lange dauern würde, bis sie sich hier so eingelebt haben und so wohlfühlen würde wie ihr geliebter Ehemann, der sie erst vor drei Monaten verlassen hatte.

Olympia Makopolis war in ihrer warmherzigen, trostspendenden Mütterlichkeit den Frauen von Hydra so ähnlich, daß Elektra sich in ihrer Nähe sofort wie zu Hause fühlte. Ihr großes Vermögen und die Machtposition ihres Mannes in Hollywood hatten Mrs. Makopolis nicht davon abgehalten, selbst zu kochen und alle Vorbereitungen zu treffen. Der riesige Eßtisch bog sich unter den Köstlichkeiten der griechischen Küche: große Teller mit *taramasalara,* Schüsseln mit Babyshrimps, Tintenfisch und *pompano, Tsatsiki,* mit Fleisch und Reis gefüllte Weinblätter, saftiges Lammfleisch mit Auberginen, knackiger Salat mit Ziegenkäse gemischt, *bourekia* in Blätterteig und frisches Brot, und über allem das kräftige Aroma von frischzerdrücktem Knoblauch in der *skordelia*-Soße — einer Soße, die so stark roch, daß es als Zeichen schlechter Manieren galt, wenn sie vor einem geselligen Zusammensein genossen wurde, ehe die anderen sich davon bedient hatten. Krüge mit gekühlten Weißwein waren gerade auf den Tisch gestellt worden, als Olympia schon das Knirschen der Limousine auf dem Kies der Zufahrt hörte.

»Willkommen, meine liebe Elektra. Ich bin ja so froh, endlich die Tochter meines Cousins zu sehen«, sagte Olympia, die Elektra innig umarmte. Die schüchterne junge Frau weckte auf den ersten Blick Zuneigung in ihr.

»Komm, komm . . . wir können sofort essen — du mußt halbverhungert sein.« Ihr Blick umfaßte beifällig Elektras vollbusige und sanft gerundete Figur, die im starken Kontrast zur windhundschlanken Magerkeit ihrer bildhübschen Nichte Vicky Zolotos stand, die durch und durch amerikanisiert war.

»Vicky, das ist Elektra, meine Frau«, sagte Nikolas stolz.

»Freut mich riesig, dich kennenzulernen, Schätzchen. Nicky hat uns ja so viel von dir erzählt«, sprudelte es aus Vicky hervor. Mit ihrem schimmernden blonden Pagenkopf, dem engen, gegürteten grünen Gabardinekostüm und dem winzigen Hütchen, das sie schräg über den hinreißend türkisfarbenen Augen trug, sah sie für Elektra wie ein Model aus, das auf den Seiten von *Vogue* hätte posieren können.

Elektra verkrampfte sich innerlich. Sie verstand kein einziges Wort von dem, was das Mädchen sagte, obwohl Nicky, der so viel neugewonnenes Selbstvertrauen zu haben schien, rasch übersetzte.

»Vicky arbeitet auch in der Postzentrale des Studios«, erklärte er rasch. »Ihr Vater ist einer von Onkel Spyros' Aufsichtsratsmitgliedern — sie hat vor kurzem ihren Abschluß an der Uni gemacht. Ihre Mutter ist Griechin und eine Kusine von Onkel Spyros. Sie hilft mir beim Englischlernen, und wir sind beide Sklaven des Studiosystems, stimmt's, Vicky?« Er bedachte das schöne junge Mädchen, das in Elektra das Gefühl weckte, hoffnungslos bieder, hausbacken und altmodisch zu sein, mit einem vertraulichen Lächeln. Elektras langer schwarzer Serge-Rock, die praktischen Schuhe und dikken Strümpfe konnten es mit den schlanken Nylonbeinen, dem wohlgeformten Busen und dem perfekt geschminkten Gesicht kaum aufnehmen. Obschon etwa gleichalt, kam Elektra sich neben der anderen entsetzlich unansehnlich vor.

Olympia war trotz der fast dreißig Jahre, die sie schon in Amerika lebte, im Herzen eine einfache Griechin geblieben. Als sie die kleine, verängstigte Elektra sah, die sich von der Großartigkeit der fremdartigen Umgebung dermaßen einschüchtern ließ, erwachte in ihr die Erinnerung an sich selbst vor so vielen Jahren, und sie faßte den Entschluß, diesem Mädchen bei der Anpassung an die amerikanische Lebensweise nach Kräften beizustehen.

Später am Abend, als Nikolas seine Frau liebevoll entkleidete und ihr leidenschaftliche Liebesworte in der Sprache, die sie verstand, zuflüsterte, machte sich bei Elektra endlich so etwas wie Entspannung bemerkbar. Unter den zärtlichen Liebkosungen ihres Mannes lösten sich ihre verkrampften Muskeln. Sanft strichen seine Hände um ihre Brüste, und seine Finger, die zart wie Schmetterlingsflügel ihre Brustspitzen berührten, bewirkten, daß sich ihrer Kehle Laute des Entzückens entrangen. Nikolai, ihr Mann, der einzige

Mann, mit dem sie je zusammengewesen war, der einzige, den sie je würde lieben können, gehörte noch immer ihr. Er liebte sie. Jetzt wußte sie, daß sie in Amerika nichts zu befürchten hatte.

Dank seiner natürlichen Sprachbegabung hatte Nikolas Stanopolis Englisch erstaunlich rasch erlernt. Er konnte jetzt nicht nur nahezu fehlerlos lesen und sprechen, er war geradezu ein Meister des amerikanischen Slangs geworden, in der Filmbranche fast eine Notwendigkeit.

Für Elektra aber stellte die Anpassung an das Leben in Amerika einen echten Kampf dar, da sie alles höchst verwirrend fand. Die Sprache, das hektische Tempo von LA, die Autos und die Flugzeuge, die den nachmittäglichen Frieden ihrer Siesta störten. Ihre Küchengeräte hätten ebensogut von einem anderen Stern stammen können, und in den auf Schnelligkeit ausgerichteten stromliniengestylten Supermärkten fühlte sie sich wie ein hoffnungsloser Versager. In dieser modernen Welt kam sie sich dumm, einfältig und völlig fremd vor.

Trotz Olympias sanfter Nachhilfe und obwohl die schöne, gescheite und flotte Vicky mehrmals in der Woche zum Abendessen kam und ihr beim Englischlernen half, schaffte Elektra es kaum, sich ein paar Sprachbrocken anzueignen und versuchte Magazine und Zeitungen zu lesen, doch ihr Gehirn, das schon vom Umgang mit elektrischen Herden, Waschmaschinen und Kühlschränken und von den Versuchen verwirrt war, mit Dosen und tiefgekühlten, ihr fremden Zutaten zu kochen, schaffte es einfach nicht. Nikolas, Vicky und Olympia bestanden darauf, daß sie sich Radionachrichten, Hörspiele und Varietésendungen anhörte, doch die fremde Sprache blieb ihr fremd. Tapfer versuchte sie sich in dem riesigen Supermarkt am Canon Drive verständlich zu machen, in dem sie auf Olympias Geheiß einkaufen mußte. Wenn sie wie benommen ihr Einkaufwägelchen durch die schier endlosen Gänge schob, an denen sich beidseits bunte Produkte stapelten, von denen sie noch nie etwas gehört hatte, drängelten sich selbstsichere, tüchtige Frauen in adretten Hemdblusenkleidern, geschminkt, die Haare zur Lockenfrisur gekämmt oder von einem passenden Hut bedeckt, an ihr vorbei. Elektra hatte an neue Kleider noch keinen Gedanken verschwendet, obwohl Nick sie oft fragte, wann sie endlich ihre unvorteilhaften Sachen abzulegen gedächte.

»Warum legst du dir nicht ein paar neue Kleider zu?« fragte er sie eines Abends mit einer Grimasse, als er die zerkochten Fleischklößchen und Auberginekroketten sah, bei deren Zubereitung auf dem für sie unbegreiflichen modernen Herd sie sich so große Mühe gegeben hatte. »Wir können es uns leisten. Ich verdiene jetzt genug Geld.«

Sie saßen an einem blitzenden gelben Küchentisch aus Kunststoff in einem der zahlreichen kleinen Bungalows, die Spyros für die ihm Nahestehenden reserviert hatte. Auf dem seinem Anwesen benachbarten Grundstück existierte diese kleine Enklave von Makopolis-Angehörigen. In einem der Häuser wohnte Vicky Zolotos mit einer Kusine, in einem anderen Olympias drei Schwestern, daneben Spyros' Onkel und Tante. Zu Elektras Kummer schienen sich alle diese griechischen Einwanderer die englische Sprache mühelos angeeignet zu haben. Sie unterhielten sich fließend, und die Leichtigkeit, mit der sie ständig zwischen Englisch und Griechisch wechselten, wies sie als Menschen aus, die sich beiden Kulturen völlig angepaßt hatten.

Nikolaus lauschte im Radio hingebungsvoll Jack Benny und lachte Tränen über dessen Witze, während Elektra wortlos die harten, klumpigen Fleischklöße auf seinen Teller häufte.

»Die hast du auf Hydra immer so gut gemacht«, sagte er während der Werbeeinschaltung. »Was ist nur los mit dir?«

»Es tut mir leid«, murmelte Elektra, den Tränen nahe. »Ich kann mit diesem Herd einfach nicht umgehen.«

Noch ein Bissen, und er verzog das Gesicht. »Elektra, du

mußt dich an die moderne Welt gewöhnen, wir schreiben 1946, der Krieg ist beendet, die Soldaten sind heimgekehrt, in Amerika kämpft alles um Jobs — um eine Stellung. Elektra, auch du mußt kämpfen ... Du mußt — du mußt es wenigstens versuchen.«

»Ich kann nicht.« Sie sank, den Kopf in die Hände gestützt, über dem Tisch zusammen und brach in Tränen aus. »Ich kann nicht Englisch lernen — ich kann mit diesem Herd nicht kochen — ich passe nicht hierhin, Nikolas. Ich gehöre nicht nach Amerika. Ich möchte nach Hause — zurück nach Hydra. Dort ist meine Heimat.«

Nikolas strich ihr voller Mitgefühl über das lange dunkle Haar. Er liebte sie sehr, konnte aber nicht umhin, ihre schlichte, bäuerliche Erscheinung mit der Attraktivität der Frauen zu vergleichen, denen er täglich im Studio begegnete. Vicky flirtete und scherzte mit ihm in jener unkomplizierten, flotten Art, die so vielen Amerikanerinnen eigen war. Und ihm gefiel das. Ihm gefiel auch Vicky — und warum auch nicht? Schließlich war sie eine Kusine, wenn auch nur über etliche Ecken verwandt.

»Versuch es, Elektra — bitte — versuch es mir zuliebe«, sagte er, wieder ganz Ohr für einen Witz Jack Bennys und Rochesters.

»Ich will es versuchen, Niko«, stieß Elektra unter verzweifeltem Schluchzen hervor. »Wirklich, aber ich glaube nicht, daß es etwas nützt.«

»Du mußte geduldig sein und dich mehr bemühen«, sagte Nick mit Bestimmtheit. »Du mußt, Elektra. Tu es für uns — für unsere Familie. Unsere Zukunft ist hier, Elektra, in Amerika, in Hollywood, bei diesen Menschen. Eines Tages werde ich Regie führen — Spyros hat es mir versprochen. Ich werde ein großer Regisseur sein. Das ist jetzt unser Leben, Elektra, und wir werden niemals wieder nach Griechenland zurückkehren. Niemals!«

Elektra nickte, gegen ihre ständig fließenden Tränen ankämpfend. »Ich weiß«, sagte sie traurig, in Gedanken bei den Bergen, dem Meer, der Schönheit der Insel. Sie spürte einen Klumpen in der Kehle, und ihr Herz wurde schwer, als ihr klar wurde, daß sie Hydra vielleicht nie wiedersehen würde. »Ich will es versuchen«, flüsterte sie. »Ich will es wirklich versuchen, Nikolai.«

Und sie versuchte es. Vier Stunden am Tag lernte sie. Olympia war wie eine Mutter um sie bemüht, und Vicky, zu der die Rolle der älteren Schwester nicht ganz paßte, half ihr wenigstens bei der Auswahl ihrer Garderobe.

»Du mußt raus aus diesen unansehnlichen Säcken, Kleines«, drängte sie Elektra. »Du siehst ja wie eine richtige Vogelscheuche aus, höchste Zeit, daß du dir Schick zulegst.« Ohne Rücksicht auf Elektras Proteste, schleppte Vicky sie zu Saks, um ihr ein ganz neues Image verpassen zu lassen. Nach ihrem Einkaufstrip kehrten sie beladen mit Schachteln und Tüten voller hübscher Hemdblusenkleider, schmaler Caprihosen und schicker Blusen und Shorts zurück, obwohl Elektra schwor, sie würde nie den Mut finden, diese Sachen zu tragen.

Vicky widersprach ihr lachend. »Schätzchen, wenn es hier heiß wird, dann wirst du nur noch diese Shorts tragen. Du wirst dich dann fragen, wie du jemals diese alten vergammelten Säcke tragen konntest.«

Es dauerte sehr lange, bis Elektra wenigstens stockend Englisch sprechen konnte, doch sollte sie sich in dieser Sprache nie richtig heimisch fühlen. Noch immer las sie unter Anwandlungen von Heimweh die griechischen Zeitungen und Magazine, die Olympia Makopolis regelmäßig zugeschickt bekam. Sie fand auch keine Freunde unter Amerikanern, da sie die Gesellschaft Olympias und ihrer drei Schwestern den Frauen und Freundinnen von Nikolas' Kollegen vorzog. Ihren Mann aber, für sie der König, liebte und respektierte sie.

Was Vicky betraf, so schüchterte sie Elektra mit ihrer modischen Kleidung, der schimmernden Pagenfrisur und ihrer schnellen Redeweise noch immer ein; Elektra argwöhnte, daß sie nie richtig warm mit ihr werden würde. Besonders ausgeschlossen fühlte sie sich, wenn Nikolas und Vicky stundenlang vom Filmgeschäft redeten und Branchenklatsch und Witze im amerikanischen Slang austauschten, den beide meisterhaft beherrschten.

Elektras Glück wurde erst vollkommen, als sie im Jahr nach ihrer Ankunft in Los Angeles das erste ihrer süßen Kinder bekam. Völlig in ihrem Element, ging sie in der Pflege des kleinen Alexis auf, ohne die von Vicky und Olympia empfohlenen Kindermädchen in Anspruch zu nehmen. Zu Vickys entsetztem Erstaunen stillte Elektra das Baby länger als ein Jahr, bis zu einem Zeitpunkt, als sie wieder schwanger wurde.

Aus mir wird wohl nie eine Amerikanerin, schon gar nicht jetzt, da ich nun Sohn und Tochter habe, um die ich mich kümmern muß, dachte Elektra mit einem Blick auf ihre hübsche, aber rundliche Erscheinung, die ihr aus dem Spiegel ihres Frisiertisches entgegensah. Für Sitzungen beim Friseur oder für stundenlange Einkaufsbummel bei Saks oder Magnins war nun keine Zeit mehr. Sie fühlte sich überglücklich in ihrem kleinen Bungalow mit ihren lebhaften Kindern und ihrem geliebten Mann, der für ihren Geschmack viel zu wenig zu Hause war. Die Arbeit im Studio nahm ihn in zunehmendem Maß in Anspruch, und Elektra wußte, daß die Arbeit für ihn sehr rasch das Wichtigste im Leben sein würde, obgleich er ein guter Ehemann und liebevoller Vater war.

Elektra erwachte keuchend, würgend und um Atem kämpfend. Im Schlafzimmer war es stockfinster, starke Hände umklammerten ihren Hals und versuchten, ihr die Luft abzudrücken. Jemand lag auf ihr, die sehnigen Finger so fest um ihren Hals gepreßt, daß es nur eine Sache von Sekunden gewesen wäre, bis dieser Rasende sie erwürgt hätte, wäre sie nicht erwacht. Sie versuchte um Hilfe zu rufen, brachte aber keinen Ton heraus. Wo war Nikolas? Wo war er?

Und wie hatte dieser Eindringling in ihr Schlafzimmer gelangen können?

Elektra, die außer den rauhen Atemzügen ihres Angreifers nichts hörte, kämpfte um ihr Leben. Sie wußte, daß sie seine Augen angreifen mußte, ehe sie das Bewußtsein verlor, doch sein starker Körper nagelte sie auf dem Bett fest. Mit den Resten ihrer Kraft schlug sie dorthin, wo sie seine Augen vermutete. Zu ihrem Entsetzen hörte sie den Mann ausrufen, als ihre Fingernägel sein Fleisch aufrissen:

»Du Bastard! Du dreckiger Abschaum — das wär's, du Schwein! Endlich habe ich dich, und jetzt bringe ich dich um!«

Elektra erkannte voller Entsetzen die Stimme ihres Mannes, die ihr diese Litanei des Hasses entgegenschleuderte. Nikolas wollte sie töten! O Gott, dachte Elektra, als die Bewußtlosigkeit sie zu überwältigen drohte. Lieber Gott, nein. Wie konnte er ihr das antun? Ihr sanfter, liebevoller Nikolas. War er denn wahnsinnig geworden? Mit allerletzter Kraft versuchte sie zu schreien, doch sie war völlig wehrlos, wie sie verzweifelt merkte. Sie war des Todes. Sie würde von den Händen ihres Mannes den Tod erleiden — des Mannes, den sie liebte. Sie spürte, wie der letzte Faden des Bewußtseins riß . . .

»Mama — Papa — was macht ihr da?«

Das Licht wurde angeknipst. In der Tür stand Alexis im Schlafanzug, mit angstvoll aufgerissenen Augen, als er seinen Vater rittlings auf der Mutter sah, ihre Kehle umklammernd.

»Nein, Papa, nein!« schrie der Junge auf, lief ans Bett und zerrte an seinem Vater.

Wie aus großer Entfernung hörte Nikolas die Stimme seines Sohnes und öffnete die Augen, die er in seinem rasenden Zorn geschlossen hatte. Als er erkannte, was er tat, hielt er mit einem erschrockenen Aufschrei inne.

»Mein Gott, Elektra, was habe ich getan!«

Nun kam auch das kleine Mädchen ins Schlafzimmer getrippelt, in Tränen aufgelöst, ihren Teddy im Arm. Der Lärm hatte sie geweckt.

Elektra sog die Atemluft laut stöhnend in tiefen Zügen in ihre schmerzenden Lungen.

»Elektra, um Himmels willen, ist dir etwas passiert?« rief Nikolas. Er vergoß Tränen des Entsetzens über das, was er ihr angetan hatte. Seine zwei Kinder weinten, und seine geliebte Frau stöhnte vor Schmerz.

»Ich ... mir ist nichts passiert, Nikolas«, brachte Elektra mit Mühe heraus und versuchte, sich aufzusetzen.

Er drückte ihr ein Glas Wasser an die bleichen Lippen.

»Herrgott, fast hätte ich dich getötet.« Nikolas sah aus wie ein Besessener. Sein Haar stand ihm wirr vom Kopf ab, und er zitterte am ganzen Leib.

»Kinder, geht wieder zu Bett, Mama fehlt nichts«, ächzte Elektra. »Alles wird wieder gut.«

»Es war ein Alptraum«, weinte Nikolas, nachdem er die Kinder zu Bett gebracht und Zuflucht in den Armen Elektras gefunden hatte.

»Ich habe dich für Scrofo gehalten«, stieß er unter Tränen hervor. »Es war ein Alptraum, Elektra, ich habe es nicht gewollt. Das weißt du doch, nicht wahr?«

»Natürlich«, beruhigte sie ihn. »Natürlich weiß ich das, Nikolas.«

»Ich habe von Mamas Tod geträumt«, sagte er ganz leise. »Dann sah ich ihn vor mir und wollte ihn umbringen ... und in Wahrheit bist du es gewesen! O Gott, Elektra, wirst du mir je verzeihen können?«

»Natürlich, sicher«, beruhigte sie ihn erneut.

»Der Traum war so lebhaft«, murmelte er, noch immer zitternd und in Schweiß gbadet. »Was glaubst du — wo könnte er jetzt stecken?«

»Du meinst Scrofo?« fragte sie leise und hielt ihn fest an sich gedrückt.

»Ja, Gourouni — dieser Schweinehund. Der Kommandant Umberto Scrofo.«

Im schwachen Licht der Nachttischlampe sah sie, daß in Nicks Augen erneut der Haß aufglomm.

Elektra fand es erstaunlich, daß er noch immer so besessen von seiner Wut auf Scrofo war. Sie lebten jetzt schon fast vier Jahre in Amerika. Sein Haß mußte inzwischen doch abgeklungen sein?

»Denk nicht an ihn, Nikolai«, murmelte sie. »Das alles ist vorbei — ist Vergangenheit.«

»Heilige Muttergottes, Elektra — wir sind in Amerika, in diesem hübschen Haus, ich habe einen guten Job — der amerikanische Traum.« Sein Gesicht war haßverzerrt: »Und dieses gottverdammte Stück Dreck lebt wahrscheinlich irgendwo.« Er schlug mit der ganzen Gewalt seines vergeblichen Zorns auf das Kissen ein. »Dieser Mörder ist noch am Leben, ist dir das klar?«

Elektra versuchte ihn zu beruhigen, er aber gebärdete sich wie ein Rasender.

»Pst, du wirst die Kinder wieder wecken«, mahnte sie. »Denk nicht mehr an Scrofo, Nikolai — du mußt damit aufhören — du machst dich krank damit.«

»Elektra.« Er sah sie an. Seine Augen waren groß und voller Leidenschaft. »Damals auf Hydra habe ich es schon gesagt, aber jetzt weiß ich es — eines Tages werde ich diesen Schweinehund finden, und ich werde ihn mit bloßen Händen töten.«

»Pst — Nikolai, nicht.« Sie versuchte, ihn festzuhalten, doch er sprang aus dem Bett und blieb davor stehen — ein nackter Racheengel.

»Ich schwöre es — ich schwöre es beim Leben unserer Kinder — beim Gedächtnis meiner Mutter — ich werde Umberto Scrofo finden, und ich werde ihn töten, und wenn es das Letzte ist, was ich in meinem Leben tue.«

Spyros Makopolis, immer schon der Vetternwirtschaft zugeneigt, hatte Nikolas und Elektra endgültig in sein Herz geschlossen. Er lud die beiden oft an den stets reich mit griechischen Spezialitäten gedeckten Familientisch ein und verhalf Nikolas in der Firma zu einer Beförderung nach der anderen. Von der Postzentrale ging es in die PR-Abteilung, wo Nikolas als Bote eingesetzt wurde. Als nächstes wurde er Assistent des stellvertretenden Redakteurs in den Schneideräumen.

Dort blieb er fast vier Jahre, bis er alle Vorgänge der Filmtechnik im kleinen Finger hatte — Schnitt, Kleben, Nachsynchronisieren, Herstellen der Endfassung. Schließlich rückte er in die Regie-Etage auf. Dritter Regieassistent, zweiter Regieassistent, erster Regieassistent, Leiter der Außenaufnahmen, Produktionsmanager, bis ihn Spyros endlich, Freude über Freude, zu sich ins Büro rief, um ihm zu eröffnen, daß er die oberste Sprosse der Stufenleiter erklommen habe und nun selbst Regie führen dürfe.

Spyros saß hinter einem mit Drehbüchern vollgepackten Schreibtisch und zog an seiner allgegenwärtigen Zigarre.

»Sieh dir das an, Kleiner«, strahlte er Nick an und warf ihm ein blaugebundenes Skript zu. »Etwas ganz Besonderes, richtig pfiffig und urkomisch.«

Nick fing es begierig auf, doch sein Gesicht wurde lang, als er den Titel las. »*Teens im All?*« Nick war verdutzt. »Was soll denn das, Onkel — soll ich dir eine Kostenaufstellung dafür liefern?«

»Nein, nein!« dröhnte der Alte. »Nein, mein Junge, du sollst den Film inszenieren.«

»Ich soll *Teens im All* inszenieren? Soll das ein Scherz sein, Onkel?« Nick wußte nicht, ob er lachen oder weinen sollte. Jahrelang hatte er sich danach verzehrt, einen Spielfilm — jeden Spielfilm — zu inszenieren, aber *Teenager im All?* Auch er besaß seinen Stolz. Der Titel allein war schon immer ein Witz, der Inhalt vermutlich noch schlimmer.

»Mein Junge, ich will dir nichts vormachen«, gab Spyros seufzend zu. »Unser Studio gerät, gelinde gesagt, immer tiefer in die Scheiße.«

»Wie ist das möglich? Unsere letzten fünf Filme haben Millionen eingespielt, will man den veröffentlichten Zahlen glauben. Ist das etwa gelogen?«

Spyros nickte bekümmert. »Leider, mein Junge — die PR-Abteilung hat ihr Meisterstück geliefert, als sie aller Welt weismachte, unsere letzten fünf Filme seien Kassenerfolge gewesen. Ich muß gestehen, daß das nicht der Fall war. Es war eine gottverdammte Lüge.«

Er hielt inne, während er sich sein gerötetes Gesicht mit einem großen Seidentaschentuch abtupfte. Seine nächsten Worte wählte er mit Bedacht. »Du mußt verstehen, mein Junge, daß MCCP nach dem Krieg praktisch nichts falsch machen konnte — gar nichts. Auch Spyros Makopolis konnte nichts falsch machen«, fuhr er fort. »Als Inhaber der Aktienmehrheit, als Präsident und Leiter der Produktion war ich für alle Banken und Aktienmakler ein Goldjunge.«

Nick, der aufmerksam zuhörte, spürte, daß sein Onkel unter großem Druck stand. Das verrieten die Tränensäcke unter seinen Augen sowie die Art, wie er sich schwer auf den Schreibtisch stützte, um seine Zigarre von neuem anzuzünden.

»Was ist passiert, Onkel?«

»Das Fernsehen ist passiert«, spie Spyros angewidert hervor. »Das verdammte TV vernichtet die Filmbranche, Nick, es ruiniert sie glatt. Ist dir klar, daß nach dem Krieg wöchentlich neunzig Millionen Menschen ins Kino gingen? Und weißt du, wieviele es jetzt noch sind?« fragte er anklagend. »Vor drei Jahren, 1950, waren es nur sechzig Millionen in der Woche. Der Besuch ging auf sechzig Millionen zurück! Schrecklich, Nick, einfach schrecklich, und es wird immer schlimmer.«

»Aber das betrifft sicher nicht allein unser Studio — davon sind doch alle betroffen.«

»Ja, schon — Zanuck, Warner, Cohn —, wir alle stecken in derselben Scheiße. Unsere Unternehmen hängen an einem seidenen Faden, Nick. Wenn die Besucherzahlen weiterhin rückgängig bleiben, werden am Ende dieses Jahrzehnts sämtliche Produktionsfirmen, wie wir sie kennen, praktisch nicht mehr existieren.«

»Aber ich verstehe das nicht — dieser Weltraumfilm ist doch wieder nur irgendein Unsinn«, sagte Nick. »Wer wird sich so eine Klamotte ansehen?«

»Es ist mal was *anderes!*« rief Spyros erregt aus. Er stand auf, um Nick seinen fleischigen Arm um die Schultern zu legen. »Etwas Neues, etwas Irres, total Verrücktes — eine Novität für die Kinder, die auch den Erwachsenen gefallen wird. Alle werden begeistert sein, Niko ... Ja, ich weiß, es ist ein Billigstreifen, aber wenn du es schaffst, den Film mit hundertfünfzigtausend runterzukurbeln, dann garantiere ich dir, daß er mindestens das Zehnfache einbringt ... Wir wollen ihn vor den Osterferien starten — die Collegestudenten werden aus dem Häuschen sein, und du wirst zum Helden avancieren, mein Junge, zu einem richtigen Helden.« Er klopfte Nick wohlwollend auf die Schulter und lächelte breit.

»Aber warum soll ausgerechnet ich diesen Streifen inszenieren, wo ich doch noch nie Regie geführt habe? Sicher, ich fühle mich geehrt, aber was wäre mit Weston oder Ratoff? Die kommen doch sicher viel besser damit recht.«

»Niko, ehrlich gesagt, den Film faßt keiner mit der Feuerzange an«, gestand Spyros. »Diesen Film kann nur ein Neuling drehen. Ein unverbrauchter, junger Regisseur mit neuen Ideen. Einer, der sich in ein junges Publikum hineinversetzen kann. Junge, das wäre für dich ein Durchbruch, ein ganz großer sogar.«

Niemand wollte den Streifen mit der Feuerzange anfassen? Das war schlimm, sehr schlimm. Nick hatte zwar damit gerechnet, mit Billigfilmen anfangen zu müssen, das schon, aber er hatte sich etwas in der Art von *Das unheimliche Fenster* oder *Laura* erhofft. Mit *Teens im All* lief er Gefahr, zum Gespött der ganzen Branche zu werden und in der Folge keinen anständigen Film inszenieren zu dürfen. Hollywood war ein beinhartes, snobistisches Pflaster. Man war hier nur so viel wert wie der letzte Film, den man gedreht hatte. War dieser Film eine Niete, schlimmer noch, eine totale Pleite, ging kein Mensch mehr das Risiko ein, den betreffenden Regisseur erneut einzusetzen.

»Muß ich den Film machen, Onkel?«

»Ja, ja! Denn du kannst etwas daraus machen — ich weiß, daß du es kannst«, knurrte der Alte. »Nick, das ist deine große Chance. Ich könnte den Streifen einem unserer jungen Vertragsregisseure geben, aber ich gebe ihn lieber dir. Das Drehbuch ist nicht schlecht, es ist sogar sehr witzig. Du kannst in Death Valley mit einem nicht gewerkschaftlich organisierten Team und unseren Vertragsschauspielern drehen — in vier Wochen bist du fertig. Wenn du gute Arbeit leistest, wird es andere Skripts geben — das verspreche ich dir, Niko. Der alten Heimat zuliebe, deiner Mama zuliebe, uns Griechen zuliebe, die wir alle zusammenhalten müssen — du inszenierst diesen Film, und es werden weitere folgen, das verspreche ich dir. Sehr viele. Das Talent hast du, Junge. Tu es für mich und das Studio.«

Schweren Herzens machte Nick sich am Abend an die Lektüre des Drehbuchs. Hinter abgegriffenen alten Klischees, hinter Holzhammerhumor und abgedroschenen Gags waren ein paar Funken Originalität spürbar — ein moderner Touch, den man ausbauen konnte. Brachte er einen Vertragsautor in nüchternem Zustand dazu, das Drehbuch umzuschreiben, und fügte er ein paar eigene Ideen hinzu — an denen es ihm nie mangelte —, gelang es ihm außerdem noch, ein paar halbwegs anständige Darsteller zusammenzutrommeln, dann konnte sich *Teens im All* tatsächlich von einer Niete zum Kassenschlager mausern.

2

Seit sieben aufeinanderfolgenden Jahren war Julian Brooks nun einer der zugkräftigsten Stars des britischen Films. Seine Popularität stieg mit jedem neuen Streifen, und die Fans konnten nicht genug von ihm bekommen. Die Filme, die er drehte, waren fast ausschließlich im romantisch-abenteuerlichen Genre angesiedelt und sprachen sowohl Frauen wie Männer an.

Sein erster Film *Monarch und Lebemann* war der erste einer Reihe von Filmen dieses Genres, in denen er die Rolle des kühnen, aus allen Kämpfen siegreich hervorgehenden Helden verkörperte; unter anderem an so exotischen Schauplätzen wie der Sahara, dem Amazonasgebiet und dem Südchinesischen Meer. Didier Armande hatte ihn mit einem Exklusivvertrag an sich gekettet und weigerte sich, Julian Brooks an eines der vielen Hollywoodstudios auszuborgen, die deswegen bei ihm anfragten. Er war unbestritten die Nummer Eins unter Englands männlichen Stars, er war Didiers Entdeckung, und der gewitzte Produzent war entschlossen, sich aus dem wasserdichten Sieben-Jahres-Vertrag alljährlich den ihm zustehenden Happen zu holen. Aber davon abgesehen war auch Phoebe nicht erpicht darauf, nach Hollywood zu gehen.

»Lieber ein großer Fisch in einem kleinen Teich als umgekehrt«, fauchte sie, wann immer das Thema zur Sprache kam. »Hier bist du ein Star, während du drüben nur einer von vielen sein wirst.«

In den ersten zwei Jahren der Laufzeit seines Vertrages war Julian in seinem Element. Er verkörperte viele große, romantische Hauptrollen an der Seite der begehrenswertesten weiblichen Stars der Welt. Weigerte sich Didier, seinen bedeutendsten Star auszuborgen, so zeigten sich die amerikanischen Studios umso bereitwilliger, ihre schönen weiblichen Schauspielerinnen über den Atlantik zu schicken und an der Seite Julian Brooks agieren zu lassen. Bald gab es nur wenig Stars, mit denen Julian nicht gespielt hatte, sowohl auf wie auch hinter der Leinwand.

Er wirkte auf alle Frauen unwiderstehlich. Mit einer neuen Partnerin eine Affäre anzufangen, war für Julian eine Kleinigkeit ähnlich dem Binden seiner Charvet-Krawatte. Die Frauen zeigten sich mehr als willig, und er war mehr als bereit, ihnen den Gefallen zu tun, solange absolute Diskretion gewahrt wurde. Dies war die einzige Bedingung, die Julian stellte. Er bestand darauf, daß auch nicht der leiseste Hauch eines Skandals an Klatschspalten oder Boulevardblätter durchsickern dürfte. Vor Beginn einer Affäre erklärte er jedesmal freimütig, er sei glücklich verheiratet und denke nicht daran, seine Frau zu kränken oder seine Ehe aufs Spiel zu setzen. Manch Hollywoodsirene, von den Raffinessen der Liebestechnik Julians hingerissen, ließ ihn allerdings höchst ungern ziehen, nachdem die letzte Klappe gefallen war.

»Nicht seit Gary Cooper«, vertraute eine Schauspielerin ihrer Freundin an, die im Begriff stand, nach London zu fliegen, um die Roxanne mit Julian als Cyrano zu spielen, »nicht seit überhaupt jemanden hat ein Kerl es geschafft, mich so oft und so herrlich zu befriedigen.« Ein Wonneschauer der Erinnerung überlief sie.

»So toll ist er also?«

»Ja — besser als Sinatra — und viel besser als Flynn.«

»Und was hält seine Frau von seinen Seitensprüngen?« fragte die Freundin — Candida Willow, eines der hoffnungsvollsten Starlets von MCCP.

Die andere schüttelte ihren tizianroten Pagenkopf. »Ach, die schert sich nicht darum. Er ist sehr diskret und gibt einem zu verstehen, daß es nur eine Affäre ist — aber was für eine! Schätzchen, du kannst dich auf was freuen, das sage ich dir.«

»Soll das heißen, daß seine Frau nichts weiß? Schöpft sie denn nie Verdacht?« fragte Candida, aus deren großen blauen Augen Fassungslosigkeit sprach.

»Klar weiß sie Bescheid. Aber ihre Einkaufstouren bei Harrods und Hartnell und ihre Einladungen bei ihren aristokratischen Freunden halten sie dermaßen auf Trab, daß sie ihm auch noch die andere Wange hinhält — du weißt, was ich meine?« Die Rothaarige zwinkerte, und Candida kicherte.

»Na, auf die Bekanntschaft mit diesem Mr. Brooks kann ich mich freuen«, sagte Candida. »Aber schlafen werde ich nicht mit ihm, weil ich keine Affären mit verheirateten Männern haben will — außerdem bin ich in meinen Gerry verliebt.«

»Na, dann warte, bis Brooks seinen Charme spielen läßt«, meinte die Rothaarige lachend. »Laß dir gesagt sein, daß man seinen blauen Augen nicht widerstehen kann.«

»Kann ja sein, daß er sich in *mich* verliebt«, entgegnete Candida lächelnd und auf die Herrlichkeit ihrer zweiundzwanzig Jahre bauend. »Dann läuft die Sache andersherum.«

»Vergiß es — das hat schon manche versucht — Ava — Lana — Liz — und Mr. Brooks hat sie abblitzen lassen. Wumm, peng und vielen herzlichen Dank, Gnädigste — es war absolut einmalig — bis zum nächsten Film.«

»Mal sehen«, lachte Candida. »Ich schicke dir eine Karte aus *Jolly Olde England* und lasse dich wissen, wie es läuft — du weißt ja, daß mir nichts lieber ist als eine Herausforderung.«

Während Julian seine Karriere und seine Partnerinnen durchzog, strömte das Geld herein, und Phoebe gab es ebenso hurtig wieder aus. Sie wußte von Julians kleinen Affären, ebenso wußte sie, daß er sie nie verlassen würde, und deshalb kaufte sie und kaufte und kaufte mit unverminderter Energie.

Mit dem Wachsen von Julians Ruhm wuchsen auch ihre Behausungen. 1953 hatten sie sieben Umzüge hinter sich und bewohnten nun ein schönes Queen-Anne-Haus am Connaught Square gleich hinter dem Hyde Park. Phoebe aber hatte, erneut nach der nächsthöheren Sprosse strebend, ein großes, dem Anwesen von Sir Laurence und Lady Olivier benachbartes Landhaus im Auge. Die Brooks zählten mittlerweile die Oliviers, Ralph Richardson, John Gielgud, Noël Coward, Gertrude Lawrence und praktisch jeden Namen, der in der britischen Film- und Theaterwelt etwas galt, zu ihren Freunden, nicht zu reden von einer Menge Aristokraten und ein paar unbedeutenden Mitgliedern der königlichen Familie.

Julian war trotz seines Aussehens, seines Sexappeals und seines Ruhmes fröhlich und bescheiden geblieben, bar aller Allüren und so nett, daß alle Männer ihn mochten und bewunderten, während ihre Frauen ihm zu Füßen lagen. Auch wenn ihre Leidenschaft zu heiß und zu offenkundig brannte, ließ Julian sich niemals mit der Frau eines Freundes ein. Nur Kolleginnen und alleinstehende Frauen außerhalb seines Freundeskreises waren Ziel seiner Bemühungen. Folglich genoß er auch weiterhin wie eh und je den Ruf, ein Mann für Männer zu sein, während er seine Anziehungskraft für Frauen behielt.

Nachdem zwei Jahre seines Sieben-Jahres-Vertrages mit Didier abgelaufen waren, stimmte er einer neuerlichen Veränderung um zwei Jahre zu, allerdings mit einer Klausel, die ihm alle achtzehn Monate Bühnenauftritte im West End ermöglichte. Phoebe, die damit die ersehnte Chance für sich sah, überredete ihren Mann mit viel Schmeichelei, ihr eine Rolle in einem der Klassiker zu geben, in denen er spielte.

Als Schauspielerin war sie nicht umwerfend, und ihre einzige Bühnenerfahrung beschränkte sich auf Sketches im Windmill, doch sie bemühte sich sehr und sah außerdem noch immer attraktiv aus. Kurvenreich, hellhäutig, mit einer Fülle roter Locken und sprühendem Temperament ausgestattet, stand sie mit einigem Erfolg in *Der Widerspenstigen Zähmung, Present Laughter* und *Ernst sein ist alles* auf der Bühne ...

Eine erfolgreiche dreimonatige Vorstellungsserie am Aldwych lag hinter ihnen. Julian würde in Kürze in die Normandie entschwinden und in einem Film die Rolle des Cyrano de Bergerac spielen, die erste Hauptrolle, die von seinen gewohnten romantischen Helden abwich. Er freute sich schon darauf, einen schwierigen Charakter zu verkörpern, einen Mann, der zur Abwechslung das Mädchen einmal nicht bekam.

Julian wollte seinen schwarzen Bentley über den Kanal zu den Außenaufnahmen mitnehmen, da er lange Autofahrten liebte und erwartete, daß Phoebe ihm am folgenden Wochenende nachfliegen würde. Sie speisten zusammen im Caprice. Es war ein ruhiger Montagabend, die sanft angeleuchteten, pfirsichfarbenen Wände des eleganten Restaurants reflektierten die orangehellen Glanzlichter in Phoebes gefärbtem Haar, während sie an einem dicken Spargel lutschte und saugte.

»Liebling, ich habe mich entschlossen, nicht mit dir in die Normandie zu fahren«, sagte sie. Ihre Lippen glänzten vor zerlassener Butter, ein Tropfen lief ihr übers Kinn. Julian beugte sich vor und wischte ihn mit seiner Damastserviette ab.

»Warum nicht?« Er steckte ein Stück *pâte de foie gras* in den Mund, während Phoebe mit ihrem Lippenstift hantierte.

»Liebling, wie könnte ich mitten in der Saison in die Normandie verschwinden?« Sie enthüllte überkronte Zähne bei einem Lächeln, das sie für naiv hielt, das aber mit einunddreißig allmählich ein wenig unecht wirkte. »Nächste Woche ist das Derby, zwei Tage später die Cavendish-Hochzeit, dann geben die Oliviers für Michael die Geburtstagsparty, und ich habe versprochen, Vivien bei der Dekoration zu helfen.« Sie hielt inne, um einen Schluck Wein zu trinken, als Julian sie mit hochgezogenen Brauen ansah.

»Entdecke ich da einen kleinen Anflug von gesellschaftlichem Ehrgeizfieber, meine Liebe? Du hast dich noch nie durch etwas abhalten lassen, mich bei Außenaufnahmen zu besuchen. Wie um alles auf der Welt soll ich ohne dich zurechtkommen?« fragte er — wobei sein Sarkasmus ins Leere traf.

»Ach, Liebster — ich weiß. Aber versteh mich, Süßer — bitte.« Sie tätschelte gedankenverloren seine Hand wie ein Kindermädchen seinem Schützling, und machte sich über ihr Beef Wellington mit in der Folie gebackenen Kartoffeln her, das der Kellner vor sie hinstellte. »Der Zeitpunkt ist denkbar ungünstig — das Haus wird neu eingerichtet, dann diese Partys und die Wohltätigkeitssache. Du weißt schon, der Wohltätigkeitsverein für Schauspieler, du bist im Vorstand. Du wirst doch hoffentlich aus diesem Anlaß herüberfliegen?«

»Phoebe, wie könnte ich das?« fragte er entgeistert. »Ich weiß, es dient einem sehr guten Zweck, und wir beide sind im Vorstand, aber ich bin bei *Cyrano* in praktisch jeder Einstellung dabei. Mitten in der Woche kann ich nicht fort, nicht mal für einen wohltätigen Zweck.«

»Genau«, krähte Phoebe triumphierend. »Deswegen muß ich da sein und dich vertreten; die Rahvis-Mädchen machen für mich ein himmlisches Kleid — ganz mit perlenbesetzten Topasblümchen bestickt —, du wirst begeistert sein, es paßt zur Topasgarnitur, die du mir nach der Premiere der *Widerspenstigen* geschenkt hast.«

»Hmm.« Julian hörte nicht mehr hin. Er stocherte in seinem Brathähnchen, in Gedanken bei den Problemen seiner nächsten Rolle. Ihm war es völlig einerlei, ob Phoebe ihn bei den Aufnahmen besuchte oder nicht. Sie war sowieso nur eine Gewohnheit, immer zur Stelle wie ein langweiliges Maskottchen. Sogar an ihr ständiges Gejammer hatte er sich gewöhnt. Letzteres hatte allerdings zugenommen, seitdem sie mit Vivien Leigh eng befreundet war. Obwohl Phoebe Vivien für ihre beste Freundin hielt, wußte Julian, daß sie nur eine unter den vielen seiner Anbeterinnen war. Für eine enge Freundschaft mit der kapriziös-schillernden Schauspielerin war Phoebe weder intellektuell anregend noch amüsant genug.

»Du willst also gar nicht in die Normandie kommen?« fragte Julian, ohne daß ihn die Antwort seiner Frau interessiert hätte.

»Na ja, ich werde mich sehr bemühen, auf einen Sprung für ein paar Tage rüberzukommen, trillerte Phoebe. »Aber vergiß nicht, daß Ascot bevorsteht — und wir werden jeden Tag in der einen oder anderen Loge, unter anderem auch in der des Königs, erwartet. Die Denhams geben den großen Lunch für Aga Khan; Lord Cheltenham und die Countess of Rathbone haben für den Ladies' Day ein großes Zelt gemietet, und dann natürlich Binkies Party — Noël und Gertie werden ganz sicher da sein —, da darf ich nicht fehlen, Liebling.«

»Um mich zu vertreten, nehme ich an?« sagte Julian noch sarkastischer.

»Natürlich, Liebling«, gab sie zurück, ohne die Stichelei zu bemerken, da in ihrem Kopf die vielen neuen Kleider umherwirbelten, die momentan bei Norman Hartnell, Rahvis und Jacques Fath in Arbeit waren.

»Aber ich schaue ganz sicher auf einen Sprung in der Normandie vorbei, wenn ich meine Anproben in Paris habe — na, was hältst du davon, Schatz?«

»Das wäre super, Liebes«, sagte Julian, der den Kellner herbeiwinkte und gleichzeitig bemerkte, daß Phoebe ihren cremefarbenen Spitzenausschnitt mit Soße bekleckert hatte. In letzter Zeit wurde sie immer nachlässiger und hatte durch ihre Gier und ihr Ungeschick bei Tisch schon manches Modellkleid ruiniert.

»Na schön. Das wäre dann geregelt. Du wirst gut ohne mich zurechtkommen, schließlich hast du ja alle deine Freunde um dich.«

»Ja, natürlich«, sagte er und dachte voller Zuneigung an seinen Make-up-Mann, seinen Garderobier und sein Double, die ihn zu allen Dreharbeiten begleiteten.

»Dann brauche ich mir ja deinetwegen keine Sorgen zu machen?« meinte Phoebe lächelnd und tupfte ihren Spitzenkragen von Hartnell mit einer feuchten Serviette ab. »Du wirst zurechtkommen?«

»Zerbrich dir nicht den Kopf, meine Liebe — ich komme zurecht.« Julian lächelte und unterschrieb mit großer Geste die Rechnung. »Ich werde tadellos zurechtkommen.«

Es sollte sich zeigen, daß Julian mehr als nur gut zurechtkam. Kaum hatten seine blauen Augen einen Blick mit den lockenden, aber noch unschuldigen blauen Augen der blonden Miß Candida Willow getauscht, kam es zu einer sofortigen und spontanen Zündung.

Phoebe kamen Gerüchte über die Affäre erst zu Ohren, als drei Viertel der Dreharbeiten beendet waren. Ihre gesellschaftlichen Verpflichtungen hatten sie dermaßen in Atem gehalten, daß ihre Gedanken sich ausschließlich um Bälle, Gartenfeste und die Wochenenden mit den Oliviers drehten. Sie machte sich auch nicht die Mühe, in der Normandie einen Zwischenstopp einzulegen, als sie zu ihrer Anprobe nach Paris fuhr, da in Paris der Wirbel der *petite saison* im Gange war, ehe *haut monde* sich beeilte, in entgegengesetzte Richtungen, nämlich entweder nach Deauville oder an die Riviera zu flüchten. Phoebes Pariser Freunden kam daher jene Zeit zugute, die sie eigentlich für ihren Mann reserviert hatte. Nicht daß es besagten Ehemann auch nur einen Deut gekümmert hätte. Er bewohnte mit seinem kleinen Gefolge ein zauberhaftes Bauernhaus weit entfernt von den hellen Lichtern von Paris, London und der Riviera, und genoß das ungemein. Seine Rolle als tragikomischer, unglücklich in die schöne Roxanne verliebter Cyrano mit der großen Nase behagte ihm außerordentlich. Und die schöne Roxanne selbst, Miß Candida Willow, war in ihn so hoffnungslos verliebt und dazu ein so süßes, anbetungswürdiges Mädchen, daß Julians Glücksbecher wenn schon nicht am Überlaufen, so doch bis zum Rand gefüllt war.

Die Dreharbeiten erfolgten in der tiefsten französischen Provinz, in einer wahren Sommeridylle, und es klappte von

Anfang bis zum Ende einfach alles. Der Regisseur war ein Schatz, der Darsteller des Christian talentiert und umgänglich, und Miß Willow noch zauberhafter als ihr Name. Sie besaß alles, was ein Mann sich von einer flüchtigen Liebelei nur wünschen konnte.

Das Filmteam, von dem die meisten schon oft mit Julian zusammengearbeitet hatte, wußte natürlich, was da vor sich ging, aber alle hielten aus Freundschaft zu Julian dicht, so daß keine Andeutung eines Skandals um die zwei Turteltäubchen an die Öffentlichkeit drang.

An einem kurzen Wochenende zwischen einem Besuch bei den Oaks in Epsom und der Regatta in Henley machte Phoebe dann doch eine eilige Stippvisite am Drehort. Julian kam seinen ehelichen Pflichten brav, wenn auch mit geschlossenen Augen nach, obschon Phoebe sich in den letzten Jahren als wenig begeisterte Partnerin gezeigt hatte, aber Julian ließ nicht locker, weil er noch immer auf Nachwuchs hoffte. Sie waren nun acht Jahre verheiratet, und Phoebe war, von ihrer Schwangerschaft zu Beginn ihrer Ehe abgesehen, nie wieder guter Hoffnung gewesen. Jetzt war sie dreiunddreißig und ihre biologische Uhr drohte abzulaufen, aber Julians aufrichtiger Wunsch nach einem Kind war viel ausgeprägter als ihrer. Obwohl sie vorgab, sich ein Kind zu wünschen und auch nichts tat, um eine eventuelle Empfängnis zu verhindern, verschwendete sie keinen Gedanken daran, daß es nicht klappte, da sie genug anderes im Kopf hatte.

Sie befanden sich in seinem Garderobewagen, und Phoebe machte sich für die Fahrt zum Flughafen bereit. »Also, mein Schatz, wir sehen uns dann in ein paar Wochen in London«, trällerte sie und rückte ihr neues Dior-Strohhütchen zurecht, das vor seidenen Erdbeeren und violetten Bändern überquoll. Julian fand, daß es in gefährlichem Kontrast zu ihrem roten Haar stand, dessen Farbe mit jedem Jahr ausgeprägter wurde, doch das schien Phoebe überhaupt nicht zu kümmern. Sie liebte grelle Farben und hielt daran fest, daß sie ihrer eigenen lebhaften Persönlichkeiten entsprächen.

»Ja, mein Liebes, genieße Cowes, und grüße Larry und Viv und die übrige Bande«, trug er ihr auf, während er im Spiegel seines Wohnwagens seine gewaltige Gumminase begutachtete. Es war entsetzlich heiß, und die Gummiattrappe, die Tim, sein Make-up-Mann, ihm am Morgen so mühselig appliziert hatte, drohte sich nun an den Rändern abzulösen. Verdammt, nach der Mittagspause hatte er eine Großaufnahme, was bedeutete, daß Tim mit seinen Leimfläschchen und Stäbchen kommen und lange an der Befestigung der Nase arbeiten mußte. Es war nämlich ungeheuer wichtig, daß sie völlig echt wirkte. Das neue Filmsystem Cinemascope machte jede Pore und buchstäblich alle Krähenfüße sichtbar ... Jede kleinste Einzelheit des Gesichts wurde vielfach vergrößert. Und nichts wäre lächerlicher für Cyranos großes Riechorgan, als wenn es ausgesehen hätte wie die Knolle eines Zirkusclowns. In dem vollgestopften kleinen Trailer war es schrecklich schwül, und Julian, der in einem schweren, mit reichlich Spitze verzierten Samtkostüm steckte und eine zwei Pfund schwere Perücke auf dem Kopf trug, lief der Schweiß über die Stirn und drohte die Nase wegzuschwemmen.

»Timmy«, rief er, »beeil dich und rette diesen verdammten Zinken! Das lästige Ding rutscht mir vom Gesicht.«

»Na, ich muß jetzt gehen, Schatz«, sagte Phoebe, die wie immer kein Ohr für seine Probleme hatte. »Der Wagen muß mich um drei auf dem Flughafen abliefern — wenn wir jetzt fahren, reicht es doch noch ... oder?«

»Ja, ja«, stieß Julian hervor — warum verschwand dieses Frauenzimmer nicht endlich und ließ ihn in Frieden, damit er mit seiner Arbeit weitermachen konnte? Diese Nase würde ihn noch umbringen — sie war aus festem Gummi, roch eklig und schien eine Tonne zu wiegen. Jetzt senkte sich auch die Spitze, und die Nase sah noch lächerlicher aus.

»Adieu, meine Liebe — gute Reise.« Er warf ihr einen angedeuteten Kuß zu, während er wieder brüllte: »Tim, Tim — wo zum Teufel steckst du?«

»Schon da, Chef — 'tschuldguung, mußte erst fertig essen.« Der Make-up-Mann stürzte herein und stieß dabei fast mit Phoebe zusammen, die in ihrem weißen Seidenkleid wie eine aufgetakelte Fregatte hinaussegelte. Mit einem letzten Winken, das ihrem Mann galt, empfahl sie sich, und Julian atmete auf. Mit geschlossenen Augen ließ er Tom nun mit watteumhüllten, azetongetränkten Stäbchen unter seiner falschen Nase herumstochern.

»Tim, dieser Elefantenrüssel ist verdammt unbequem, weißt du das? Bei dieser Hitze habe ich das Gefühl zu explodieren.«

»Hm, weißt du, was meine liebe greise Mutter immer sagte, alter Freund?« meinte Tim grinsend, während er geschickt Gummipartikelchen aus dem klaffenden Loch von Julians Gumminüstern angelte.

»Kann nicht sagen, daß ich es weiß«, ächzte Julian, der sein Spiegelbild aus zusammengekniffenen Augen begutachtete. »Na, was hat die liebe alte Dame gesagt?«

»Schönheit muß leiden, mein Kleiner.«

Am Abend lümmelte Julian gemütlich in seinem behaglichen gemieteten Bauernhaus. Sein Arm lag um die zarten weißen Schultern von Candida Willow, die vorsichtig an seinem Ohr knabberte, während er mit zurückgelegtem Kopf Auszügen aus *La Bohème* auf dem altmodischen Plattenspieler lauschte.

Er war erschöpft von dem langen Drehtag und nicht zuletzt von einem ganzen Wochenende mit Phoebe, das nicht ohne die üblichen Streitereien abgelaufen war. Jetzt freute er sich auf ein träges und entspannendes Liebesspiel mit seiner köstlichen Partnerin — und anschließend auf tiefen, erholsamen Schlaf.

»Julian, laß uns doch heiraten«, flüsterte der köstliche Jungstar ihm ganz plötzlich zwischen Liebkosungen ins Ohr.

»Was — was hast du gesagt, Schatz?« Julian fuhr kerzengerade auf. Jede Hoffnung auf einen entspannenden Abend war dahin.

»Ich habe gesagt, daß ich dich heiraten möchte, Julian. Ich liebe dich — so habe ich noch niemals jemanden geliebt. Und du liebst mich auch — das stimmt doch, Liebling? Bitte, laß uns heiraten — bitte, bitte.«

Große, flehende Augen sahen ihn an, Augen, die auf der riesigen Cinemascope-Leinwand strahlend und herrlich wirkten, nun aber mit Tränen im Cinemascope-Format gefüllt waren.

Julian war wie vor den Kopf geschlagen. Sie mußte doch die Spielregeln kennen, oder etwa nicht? Er war ein verheirateter Mann! Was zwischen ihnen lief, war doch nur eine auf die Dauer der Dreharbeiten beschränkte Affäre — das hatte er ihr klipp und klar gesagt, ehe er mit ihr etwas anfing.

Warum führte sie sich jetzt so auf? Herz und Schmerz und ganz Gefühl — und dieses Gefasel von Heirat ... Zum Teufel, Weiber-Weiber-Weiber — verdammt, dachte er und zermarterte sich verzweifelt den Kopf nach einer Lösung, die seine Würde und ihren Stolz nicht verletzte.

»Schätzchen, du weißt doch, daß das ausgeschlossen ist«, sagte er aufrichtig, trotz seiner wachsenden Erschöpfung bemüht, ernst, verständnisvoll und liebevoll zu wirken.

»Warum? Phoebe liebst du nicht. Unmöglich. Heute habe ich sie wieder gesehen. Sie sieht aus wie eine angemalte Nutte«, spie Candida unter Tränen hervor. »Das ganze Wochenende über habe ich sie mit dir gesehen — es hat mich fast umgebracht.« Sie brach in noch heftigere Tränen aus. »Der Gedanke an euch beide zusammen — im Bett — ach, schrecklich war das.«

»Mein Herzchen, hast du mir etwa nachspioniert?« schalt Julian sie sanft. »Das ist sehr unartig.«

»Ja, ich habe es getan«, schluchzte das Mädchen. »Ich habe durchs Schlafzimmerfenster hereingeschaut und habe sie in ihrem Nachthemd gesehen — wie fett sie ist! Wie kannst du sie mir vorziehen?«

Julian wahrte würdiges Schweigen, während seine Gedanken sich überstürzten. Candida schaute also wie ein Spanner in anderer Leute Fenster. Was für eine Frau war das?

»Julian, sie ist für dich nicht die Richtige. Das kann ich beurteilen. Ich habe euch beobachtet. Ihr seid wie Feuer und Wasser. Du mußt doch spüren, daß sie nicht zu dir paßt — du kannst sie nicht lieben. Sie ist so alt — wie kannst du nur?« Wieder brach sie in Tränen aus, und er reichte ihr automatisch sein Taschentuch.

Eine Antwort ersparte er sich. Die herzzerreißenden Klänge des Schlußaktes von *Bohème* steuerten auf das unausweichliche tragische Ende zu, in einem anderen Sinn das Finale eines fast vollkommenen Abends, den Candida unbedingt ruinieren wollte. »Sieh mal, mein liebes Mädchen«, sagte er und wischte ihr die Tränen von den Wangen, wobei er wieder einmal staunte, wie frisch und schön sie war, »ich möchte dir nicht wehtun, Liebes. Aber ich kann und will dich nicht heiraten — niemals. Verstehst du das?«

»Nein«, entgegnete das Mädchen unwillig. Sie griff nach ihrem Weinglas und trank es aus. »Ich versteh' es nicht. Du hast gesagt, daß du mich liebst — das weißt du — oder nicht? Hast du gelogen?«

Jetzt war es an Julian, Unwillen zu zeigen. Er goß seinen Brandy wütend hinunter. Natürlich hatte er ihr gesagt, daß er sie liebe. Das gehörte zum Spiel, verdammt — ein Spiel, das er jetzt schon seit Jahren spielte. Kannte sie denn die Regeln wirklich nicht? Man sagte ihnen, daß man sie liebte, wenn man mit ihnen im Bett lag. Das gebot der Anstand — aber außerhalb des Bettes fiel kein Wort von Liebe. Alle seine anderen Geliebten hatten das begriffen. Warum nicht diese kleine Närrin?

»Der Film ist nächste Woche abgedreht.« Candida klang völlig verzweifelt. Die Hartnäckigkeit, mit der ihre Tränen flossen, nervte ihn. »Julian, ich kann ohne dich nicht mehr leben — ich kann nicht zurück nach Amerika, mein Liebling — ich brauche dich, und ich möchte dich haben. Ich möchte immer mit dir zusammen sein — immer.« Damit warf sie sich an seine Brust, von so heftigen Schluchzern geschüttelt, daß es an einen hysterischen Anfall grenzte. Julian stieß innerlich einen tiefen Seufzer aus.

In der folgenden langen, schlaflosen Nacht redete er beruhigend auf sie ein und zählte geduldig alle Gründe auf, die einer Heirat entgegenstanden. Er redete ihr gut zu, sie solle ein braves Mädchen sein, ein erwachsenes Mädchen, das sich damit abfinden müsse, daß ihre Beziehung mit den Dreharbeiten endete. Als sie dann aneinandergekuschelt in dem großen Himmelbett zu schlafen versuchten, glaubte Julian, er hätte es erfolgreich geschafft sie zu beruhigen und zur Vernunft zu bringen. Es war ein Irrtum.

Als Julian durch Tims Pochen und sein fröhliches »Halb sechs, Julian — Zeit, die Blauäuglein zu öffnen, Kaffee kommt gleich«, geweckt wurde, entdeckte er, daß die andere Seite des Doppelbettes leer war. Er schob einen Fuß hinüber. Es war nicht nur leer, sondern kalt. Candida hatte sich offenbar seine Ermahnungen zu Herzen genommen und sich zu einem würdigen nächtlichen Auszug entschlossen. Umso besser. Er haßte Szenen und Konfrontationen, und so sehr er Candida mochte und die Liebe mit ihr genossen hatte, so wußte er doch, daß sie nur eines unter vielen Abenteuern war. Sie war ein charmantes Kind, ein anbetungswürdiges Sexkätzchen, aber falls er Phoebe jemals verlassen sollte, ein Gedanke, der ihm von Zeit zu Zeit kam, dann mußte die Frau, der er seine Ehe opferte, sehr viel mehr Charakter, Intelligenz und Persönlichkeit besitzen als irgendein niedliches, aber beschränktes kalifornisches Häschen.

Er schwang die Füße auf den kühlen Holzboden und tappte ins Bad. Nichts hätte ihn auf den gräßlichen Anblick vorbereiten können, der sich nun seinen verquollenen Augen bot. In der altmodischen, mit Beinen versehenen Badewanne lag, hübsch wie Ophelia im Binsengras, Candida Willow. Ein schlanker Arm hing über den Wannenrand, und von dem dunkelroten Schnitt am Gelenk tropfte Blut in eine rote Pfütze auf dem Boden. Ihre Augen waren geschlossen, ihr Kopf fast bis zu den Nasenlöchern im Wasser eingetaucht.

»Allmächtiger — Candida — o Gott — Candida!« Er machte einen Satz auf sie zu, wobei er bemerkte, daß das Badewasser wie Roséwein getönt war. »Tim — Timmy!« brüllte er so laut er konnte. »Rasch, komm ganz rasch!«

In Sekundenschnelle war Tim, der ein Tablett mit Kaffee und Croissants in den Händen gehalten hatte, im Bad und ließ alles fallen, als er das schreckliche Bild sah. »Herrgott, Chef — warum hat sie das gemacht?« fragte er, während sie das Mädchen rasch zum Bett schleppten. Julian versuchte Mund-zu-Mund-Beatmung, während Tim rasch und geschickt Julians weißes Hemd in Streifen riß, um das Blut an ihren Handgelenken zu stillen. Candida hatte beide Schlagadern mit Julians Rasiermesser aufgeschnitten, das blutig auf dem Badezimmerboden lag.

»Lebt sie?« keuchte Julian heiser.

Tim nickte. Er war im Krieg dem Luftschutz zugeteilt worden und hatte in der Zeit der Bombenangriffe reichlich mit Schwerverletzten zu tun gehabt.

»Gerade so«, sagte er grimmig. »Aber sie hat viel Blut verloren — wir müssen sie schleunigst in ein Krankenhaus schaffen. Andernfalls tut sie bald den letzten Schnaufer, Chef, und dann wird die ganze Scheiße erst richtig aufgewirbelt.«

»O mein Gott ... das dumme Ding — arme Kleine.«

»An deiner Stelle, Chef, würde ich mir selbst leid tun«, sagte Tim freimütig. »Das Mädchen kommt wahrscheinlich wieder auf die Beine, aber wenn die Sache rauskommt, dann steckst du bis zur Halskrause drin. Dann kannst du keinen Blumentopf mehr gewinnen, dafür verwette ich meinen letzten Dollar.«

Irgendwie schaffte man es, die Sache vor der Presse geheimzuhalten. Candida war jung und kräftig, und Julian hatte sie zum Glück noch rechtzeitig entdeckt. Sie hätte ohnehin nur mehr zwei Drehtage gehabt, und Didier Armandes findige Publicitymaschinerie braute eine Story zusammen — wegen einer Familienangelegenheit hätte sie unverzüglich in die Vereinigten Staaten zurückfliegen müssen. Candida verbrachte ein paar Tage im örtlichen Krankenhaus, dann trafen Mutter und Vater mit einem hageren jungen Anwalt aus Pasadena namens Gerry ein, der sich als Candidas Verlobter entpuppte.

»Wir sind verlobt«, tat er in gedehnter Sprechweise kund, als er sich eine Stunde von ihrem Krankenbett fortstahl, um bei den Dreharbeiten zuzusehen.

»Wie lange schon?« fragte Julian, der Tims hochgezogene Braue ignorierte.

»Ach, seit zwei Jahren etwa. Wir gehen schon seit der High School miteinander, aber Candy — ihr richtiger Name ist Candy Wilson, das Studio hielt aber Candida Willow für passender — nun, Candy wollte also mit der Heirat warten, bis sie Karriere gemacht hätte, bis sie den Erfolg ausgekostet hätte, wissen Sie.«

»Ich weiß.« Julian kratzte sich unter der großen juckenden Nase, die sich in der Hitze wieder bedrohlich senkte.

»Nun, das ist jetzt alles anders«, erklärte Gerry frohgemut. »Sie hat sich entschieden, zu ihrem Besten, wie ich meine, die Schauspielerei aufzugeben und zu mir nach Pasadena zurückzukehren. Kommendes Frühjahr wird geheiratet.«

»Gratuliere, junger Mann«, sagte Tim, der wieder unter Einsatz seiner Wattestäbchen an der Befestigung von Julians Nase werkte. »Nettes Mädchen — wir haben sie so richtig ins Herz geschlossen, nicht wahr, Chef?« Er zwinkerte Julian frech zu.

»Ich hoffe sehr, ihr beide werdet glücklich«, sagte Julian aus ehrlichem Herzen, angestrengt bemüht, Tim zu ignorieren. »Candida ist ein reizendes Mädchen, wirklich ganz reizend.«

»Ich weiß«, sagte der junge Mann. »Ich bin ein Glückspilz.« Er blickte überrascht auf, als Tims unterdrücktes Gelächter sich in Form von heftigem Schnauben Luft machte.

Gelangte die Wahrheit über Candida Willows Selbstmordversuch auch nie an die Öffentlichkeit, so dauerte es nicht lange, und die gesamte Filmbranche von Paramount bis zu Pinewood erfuhr die ganze Geschichte. Julians Charme und Sexappeal wuchsen sofort ums Zehnfache, er wurde zur lebenden Legende hochstilisiert, da nichts aufsehenerregender wirkt als eine Frau, die sich aus Liebe zu einem Mann umzubringen versucht, und Julian mußte feststellen, daß sein Marktwert als Schauspieler wie auch als Liebhaber gestiegen war.

Immerhin fühlte er sich schuldig an Candidas Selbstmordversuch und hatte versucht, sie im Krankenhaus zu besuchen. Dort hatte man ihm gesagt, daß allein ihre Angehörigen Zutritt zu ihr hätten. Deshalb schickte er ihr einen Brief mit drei Dutzend roter Rosen und versuchte, den Vorfall aus dem Gedächtnis zu streichen.

Dank ihrer Jugend und ihrer kräftigen Konstitution erholte Candida sich sehr rasch. Als sie die Intensivstation verlassen durfte und die Ärzte sie für reisefähig erklärten, mietete das Studio eine Privatmaschine, die Candida und ihren Anhang nach Kalifornien brachte.

Julian bekam nie mehr die Chance, mit ihr zu sprechen. Seine an sie nach Kalifornien gerichteten Briefe wurden ungeöffnet zurückgeschickt. Er faßte den Entschluß, in Zukunft bei seinen Liebesaffären mehr Vorsicht walten zu lassen. Und er bemühte sich tapfer. Aber ändern konnte Julian Brooks sich nicht so ohne weiteres. Schon nach wenigen Wochen begab er sich wieder auf den Pfad flüchtiger Liebschaften, und Phoebe fuhr fort, sein Geld noch verschwenderischer auszugeben.

Obwohl Julian in seinen Telefonaten Candidas Selbstmordversuch unerwähnt ließ, dauerte es nicht lange, bis die große Neuigkeit Phoebe von den Urwaldtrommeln des West End zugetragen wurde. Lady Hermione war es, die ihr dieses besonders saftige Stückchen Klatsch präsentierte, als sie zusammen im Savoy Grill den Lunch einnahmen. Phoebe hatte Mühe, ihre *sole bonne-femme* nicht wieder von sich zu geben, während Hermione ihr den Selbstmordversuch dieser dummen Gans genüßlich servierte.

»Ausgerechnet in Julians Badezimmer, ich bitte dich! Ich nehme an, die ganze Sache wurde von Didiers Filmfirma unter den Teppich gekehrt. Meine Liebe, kannst du dir vorstellen, was passiert, wenn die Geschichte je ruchbar wird?«

»Das kann ich allerdings«, gab Phoebe erbost zurück und biß in einen vergeblichen Versuch der Selbstbeschränkung ein besonders kleines Stückchen Melba Toast ab. »Die Presse würde Julian vernichten.«

»Ich weiß ja, daß ich dir das eigentlich gar nicht sagen sollte, meine Liebe«, fuhr Hermione fort. Der offenkundige Genuß, mit dem sie die traurige Geschichte der gekränkten Ehefrau auftischte, schien ihren ohnehin gesunden Appetit auf Schneehuhnbraten, Berge von Kartoffelpüree und Kohlsprossen, mit reichlich trockenem Chardonnay hintergespült, noch zu steigern. »Auch wenn es heißt, daß die Frau immer als letzte dahinterkommt, bin ich der Meinung, daß du es wissen solltest. Du verdienst es, die Wahrheit zu erfahren, meinst du nicht auch?«

»Absolut«, quäkte Phoebe, die an einer Gräte fast erstickte. »Verdammt, das Ding soll doch filetiert sein«, schnaubte sie. »Erzähl mir alles, alles, was du weißt.«

»Also, wir alle wissen ja, wie Julian ist – nicht wahr?« kicherte Hermione verschämt, wobei ein Klimpern ihrer falschen Wimpern andeutete, daß auch sie vielleicht zu den Glücklichen zählte, die von Julians Charme gekostet hatten.

Phoebe starrte sie mit betontem Sarkasmus an. »Na, und wie ist er, meine liebe Hermione? Sag schon.«

»Du bist doch eine erfahrene Frau, Phoebe, deshalb kann ich mir nicht denken, daß es ihm je geglückt ist, dich hinters Licht zu führen — nicht ganz jedenfalls.«

»Niemals«, entfuhr es Phoebe in bissigem Ton. Bei dem Versuch, sich Chardonnay nachzuschenken, verschüttete sie Wein auf das Leinentischtuch. Schamröte kroch über den Kragen des fuchsienroten Seidenkleides hoch, das nun fast perfekt zu ihrer Gesichtsfarbe paßte.

»Ich bin ja nicht blöd, Hermione — er hat immer herumgespielt, natürlich, das machen alle Männer — besonders Schauspieler.«

»Natürlich hast du es gewußt, Liebes, wir sind Frauen, die wissen, wie es in der Welt zugeht. Tja, man kann da wohl nicht viel machen, außer die Harmlose spielen, zu tun, als sei nichts passiert und ein freundliches Gesicht machen.«

»So verhalt ich mich«, ließ Phoebe sich eisig vernehmen. »Ihm die andere Wange hinhalten, all den Humbug — was man nicht weiß ...«

»... macht einen nicht heiß!« schloß Hermione mit gönnerhaftem Gegacker. »Genau, meine Liebe. Das hat mir schon meine Mutter beigebracht, und man fährt nicht schlecht damit im Leben — so wie die meisten Männer sind.«

»Was heißt die ›meisten‹?« konterte Phoebe boshaft. »Sie sind alle gleich, Hermione, das müßtest du doch am besten wissen.«

»Ach? Ich wüßte nicht, worauf deine Bemerkung abzielt, Phoebe.« Hermione hob fragend und gereizt eine nachgezogene Braue. »Also, was meinst du damit?«

»Schlimm genug, daß alle Welt von Julians jahrelanger, geradezu krankhafter Untreue weiß«, entgegnete Phoebe, die sich eine Zigarette anzündete und eine Rauchwolke über das Gesicht ihrer Tischgefährtin ziehen ließ. »Aber er betrügt mich wenigstens immer mit Frauen.«

»Und was willst du damit sagen?« fragte Hermione, die plötzlich wachsam und in die Defensive gedrängt wirkte, als sie auf ihrem Stuhl unruhig hin und her rutschend mit einem spitzenbesetzten Taschentuch den Zigarettenqualm zu vertreiben versuchte.

»Also wirklich, Hermione, mußt du die Naive mimen?« Phoebe lachte. Sie registrierte zufrieden den Ausdruck des Unbehagens, der unter einer dicken Puderschicht auf Hermiones Gesicht sichtbar wurde, in das sie die nächste Rauchwolke blies.

»Ich meine damit, daß mein Mann Scharen junger Mädchen gebumst hat, während deiner, meine Liebe, sich auf dieselbe Weise mit jungen Männern befaßte.«

»Absoluter Unsinn!« Auf Hermiones sonst porzellanweißen Wangen erschienen grellrote Flecken. »Das ist völlig lächerlich — es ist eine verleumderische Lüge, Phoebe, und das weißt du.«

»Ach komm, Hermione. Im Austeilen bist du groß, aber beim Einstecken hapert es bei dir. Dein einmaliger Basil ist eine Schwuchtel. Du weißt es, ich weiß es, jeder in dieser verdammten Branche — sogar die Presse weiß es, also tu um Himmels willen nicht so, als ob du selbst es nicht wüßtest. Damit wirst du ja noch mehr zum allgemeinen Gespött.«

»Also ... ich glaube es nicht, und selbst wenn es wahr wäre — ich ... es spielt keine Rolle. Basil liebt mich — er betet mich an«, stammelte Hermione. »Er betet den Boden an, über den ich schreite.«

Aber Phoebe war zu flink für sie. Sich vorbeugend, zischte sie mit berechneter Heftigkeit der anderen zu: »Hör mal, Hermione, Julian betrügt mich zwar, aber er ist ein Mann — ein richtiger Mann —, und wenn er es auch mit anderen Frauen treibt, so kommt er doch immer zu mir zurück. Zu mir, hörst du? Dann treibt er es mit mir, und er besorgt es mir gut, das laß dir gesagt sein — na, Schätzchen, kannst du dasselbe von Basil behaupten?«

Sprachlos erwiderte Hermione ihren Blick. Köpfe drehten sich nach ihnen um, die hitzige Debatte der beiden in der Öffentlichkeit bekannten Frauen wurde mit Interesse registriert.

»Na ja, ich wollte dir nur helfen«, erklärte Hermione verärgert. Sie betastete das unter ihrem Hut hervordringende Lockengekräusel. »Wozu hat man schließlich eine Freundin? Ich wollte dir damit nur sagen, meine Liebe, daß du viele, viele Freunde hast, die in dieser absolut scheußlichen Situation voll hinter dir stehen.«

»Danke, Hermione.« Phoebe ließ die Rechnung kommen. »Aber vermutlich nicht annähernd so viele, wie der liebe Basil *hinter sich hatte*!« Sie unterschrieb die Rechnung mit Grandezza, hinterließ ein übertrieben hohes Trinkgeld und stieß zähneknirschend hervor, während sie die Wange der Freundin mit der ihren streifte: »Danke für deinen beherzigenswerten Rat, Liebes ... ich werde daran denken. Sicher sehe ich euch beide am Sonntag bei Binkie.«

Zu Hause am Connaught Square angelangt, hatte Phoebe es geschafft, sich in rasende Wut hineinzusteigern. Ohne den Butler zu beachten, der ihr öffnete, jagte sie hinauf ins große gemeinsame Schlafzimmer und warf Hut, Handschuhe und Handtasche aufs Bett. Dann blieb sie inmitten ihres mit Chintz von Colefax und Fowler dekorierten Zimmers stehen, vor Wut bebend und kochend. Dieses selbstgefällige Biest! Diese bösartige, bissige Kuh! Wie konnte sie es wagen, ihr mit Ratschlägen zu kommen, wie sie mit Julian und seinen Seitensprüngen umzugehen hätte, da doch alle Welt wußte, daß *ihr* Mann der Inbegriff von schwul war und vermutlich seit Jahren nichts mehr mit ihr im Bett zu tun hatte. Kein Wunder bei einem Gesicht wie dem ihren! Sie lief auf und ab und paffte wütend eine Zigarette nach der anderen. Natürlich war ihr klar, daß sie nichts gegen Julians Liebschaften tun konnte. Sie hatte ihm seine Trostlosigkeit praktisch seit jenem ersten Tag im Windmill durchgehen lassen. Er wußte es, und sie wußte, daß er wußte, daß sie es wußte. Jetzt konnte sie kaum mehr etwas dagegen machen — es war ihm schon zu sehr zur Gewohnheit geworden. Aber es sah ganz danach aus, als würden seine Affären heftiger, als gingen sie über die Grenzen eines flüchtigen Abenteuers hinaus. Dieses kleine Luder — dieses Starlet — der Selbstmordversuch aus unglücklicher Liebe deutete darauf hin, daß Julian romantische Versprechungen gemacht haben mußte, vielleicht sogar von wahrer Liebe aus tiefstem Herzen gesprochen hatte. Sie knirschte mit den Zähnen. O Gott, wenn er *damit* anfing, dann würden ihre Tage als Mrs. Brooks womöglich bald gezählt sein. Ehe sie Wind davon bekam, konnte er irgendein Mädchen geschwängert haben. Und wenn sich dann sein Brutinstinkt regte und er ihr den Laufpaß gab, um endlich Vater zu werden, wie er es sich immer schon gewünscht hatte? Vielleicht sollte sie wirklich versuchen, schwanger zu werden. Sie schnitt eine Grimasse — für sie eine abstoßende Vorstellung. Die Mutterschaft mit all ihren Aspekten reizte sie nicht im geringsten, wenngleich sich das Opfer vielleicht lohnte. Schließlich hatte Julian bald das gefährliche Alter eines Mannes erreicht, in dem die richtige Frau ihn ihr wegschnappen konnte, wenn es zur Festlegung ihrer Beziehung keinen kleinen Brooks gab.

»Nicht, solange ich vorhanden bin und noch atme«, gelobte Phoebe und verschwand mit neuerwachter Energie in seinem Ankleidezimmer.

Eine Woche später kehrte Julian nach London zurück, ohne von Phoebe in gewohnter Weise begrüßt zu werden. Im Haus sah alles ganz normal aus, doch als er nach oben in sein Ankleidezimmer ging und die schweren Mahagonitüren seines Schrankes öffnete, sah er sich einem Anblick gegenüber, der für einen auf seine elegante Garderobe stolzen Mann den Gipfel des Entsetzens darstellen mußte. Drei Dutzend oder mehr aus der Savile Row stammende Anzüge hingen da, durch einen exakten Abstand von drei Zoll voneinander getrennt, die dunklen links, die hellen rechts, aber sämtliche Jacketts waren feinsäuberlich an den Ellbogen abgeschnitten, und alle seine Hosenbeine an den Knien. Julian stieß einen Heulton aus, als er seine übrige kostspielige und umfangreiche Garderobe durchging und zu seinem Entsetzen feststellen mußte, daß seine Turnbull & Asser-Hemden, seine geliebten Charvet-Krawatten, die Mäntel aus Huntsman-Kaschmir und Vicuna, die Abendjacketts und Fräcke von Kilgour, French & Stanbury samt und sonders systematisch und mit Absicht in Streifen geschnitten worden waren. Alles war total ruiniert, nichts war zu retten, nicht einmal eine seiner vielen Dutzend seidenen Boxershorts. Phoebe hatte sich böse und kleinlich gerächt, und Julian, dem bewußt war, daß ihm damit die Rechnung für seine beinahe tödliche Indiskretion mit Candida Willow präsentiert wurde, war klar, daß er sich nun in ehelicher Treue würde üben müssen — zumindest eine Zeitlang.

Das *Life*-Magazin kürte Julian Brooks in einer Herbstnummer zum schönsten Mann der Welt und brachte ihn auf der farbigen Titelseite in seinem Kostüm aus *Der Teufel ist ein Mann;* in Jeans am Ruder eines Schiffes stehend, in einem schwarzen, bis zur Mitte offenen Hemd, das die glänzenden Muskeln seiner breiten Brust vollendet zur Geltung brachte. Sein Kopf war zurückgelegt, er lachte in den Wind, der ihm sein widerspenstiges Haar aus der berühmten edlen Stirn blies. Der Artikel und die ihn begleitenden Fotos im Innenteil zeichneten ein idyllisches Porträt von Julian und Phoebe als glücklich verheiratetem Liebespaar: am Connaught Square in eitel Glück und Wonne lebend und im West End gemeinsam auf den Brettern stehend, die die Welt bedeuteten. Ein Foto zeigte die beiden in Gesellschaft von Noël Cowards und Sir Crispin Peakes in Ascot ›offensichtlich bei bester Laune‹, auf einem anderen sah man Phoebe in der Küche ihres Hauses, angetan mit einem einfachen Kleid und zur Erheiterung vieler mit einem Schürzchen am Herd stehend und in einem dampfenden Schmortopf rührend. Im Hintergrund lehnte Julian mit einer ihrer zahlreichen Perserkatzen und lächelte Phoebe liebevoll zu. Der Text war zuckersüß. Die Autorin, die offenbar für Julian schwärmte, sang ein Loblied auf seinen Charme, sein Talent, seine Erscheinung. Phoebe ließ sich Dutzende von Heften dieser Ausgabe aus Amerika zuschicken, da sie in London nur schwer erhältlich waren, und schickte sie an alle Freunde. Eine stellte sie sogar in einem silbernen Asprey-Rahmen auf ihren Flügel.

Obschon sie mitten in den Proben für *Hamlet* steckten, fand Phoebe die Zeit, um einem der verständnisvolleren Journalisten des *Daily Express* ein Interview zu geben. Sie war entzückt, als sie den Artikel las, der einen Monat vor der Premiere erschien und mit dazu beitrug, daß die Schlangen vor den Kassen länger wurden. Unter der Schlagzeile »Falls er mich betrügt — würde ich ihn töten« warnte Phoebe die Frauen dieser Welt in unmißverständlichem Ton, die Finger von ihrem Mann zu lassen.

»Ich weiß sehr wohl, daß die Frauen immer hinter ihm her sein werden, weil Julian für viele als der am besten aussehende Mann der Welt gilt«, tönte Phoebe in dem Artikel. »Ich weiß aber auch, daß er mir ganz und gar treu ist, und zwar mir allein. Natürlich sind mir diese dummen Gerüchte über seine Flirts mit Partnerinnen bei Dreharbeiten zu Ohren gekommen, aber Julian kann nicht anders als charmant und hilfsbereit zu allen zu sein, mit denen er arbeitet. Das bedeutet ja auch gar nichts. Wir sind seit über acht Jahren verheiratet, und unsere Ehe ist so heil und voller Liebe wie seinerzeit. Keine Frau könnte sich zwischen uns drängen, und falls jemand versuchen sollte, ihn mir wegzuschnappen — würde ich sie umbringen.«

Etliche Ausgaben des *Daily Express* machten in der stickigen Halle in Camberwell die Runde, wo *Hamlet* geprobt wurde. Das Ensemble amüsierte sich köstlich, als es Phoebes tapferen Rundumschlag in der Zeitung las.

»Mein Lieber, sie agiert in den Sensationsblättern so viel besser als auf der Bühne!« rief Sir Crispin Peake in der Mittagspause in der örtlichen Kneipe aus. »Mal ehrlich, wenn sie weiterhin die Presse mit diesen herrlichen Beispielen freierfundenen Unsinns versorgt, wird sie mit der Zeit mit dem Schreiben von Groschenromanen noch mehr Geld machen als Julian mit seinen Filmen.«

3

St. Tropez 1954

Hörte man den Mistral ohne Unterlaß über die duftenden Zypressen- und Pinienhügel streichen, dann holte Agathe Guinzberg oft ihr Album hervor. Anders als der zahmere Schirokko, auf dessen heißen Flügeln der Duft Afrikas herangeweht wurde, zeigte sich der Mistral als wahrer Wind-Dämon. Das schrille Klappern der Takelung der zahlreichen im winzigen Hafen von St. Tropez liegenden Boote wurde zum Dauergeräusch, und die größeren Schiffe stießen mit einem Ton aneinander, der sich wie Raubtiergrollen anhörte.

Aber Agathe konnte das alles vergessen, während sie die Blätter des Albums mit betonter Langsamkeit wendete, um das Gesicht des Mannes zu betrachten, den sie anbetete. Steigerte sich der Mistral zu einer Stärke, daß er die Röcke der Frauen aus dem Dorf hochwehte, ihnen die Tücher vom Kopf riß und die alten Männer zwang, ihren schwarzen Mützen durch enge Gassen nachzujagen, dann würde die lauteste Kirchenglocke dreimal läuten. Hörte Agathe diese Glocke vom alten Turm, dann empfand sie Erleichterung, da dies das Signal dafür war, daß die Schule ausfiel.

Sie atmete dann auf, blätterte behaglich unter ihrer Daunendecke liegend das Album durch und gab sich Träumen über den Mann hin, der ihr Leben so ungemein bereicherte. In ihrer Phantasie tanzte Julian Brooks mit ihr in herrlichen Technicolorfarben. Ihre Körper verschmolzen zu den Klängen des Orchesters der Pariser Oper, das *Romeo und Julia* von Tschaikowski spielte.

Agathe, von Julians romantischen Abenteuern und Eskapaden in *Monarch und Lebemann* und den vielen anderen Filmen, die ihn zum strahlendsten Star Englands gemacht hatten, bezaubert und hingerissen, lebte nur für diese Momente, wenn sie ihn auf der Leinwand bewundern konnte.

Sie besaß Dutzende Fotos von ihm, ausgeschnitten aus *Ciné Monde, Ciné Revue* und *Jour de France,* die sie in ihr dickes Album geklebt hatte. Mochte er in England ein Top-Star sein, in Frankreich wollte man vor allem die eigenen Filmlieblinge sehen, hier beherrschten Stars wie Gerard Philippe, Jean Gabin und Fernandel die Titelseiten der Filmmagazine. Trotzdem hatte Agathe es geschafft, viele Bilder ihres Idols aufzutreiben. Julian auf dem Titelfoto von *Paris Match* zum Beispiel. Über einem blauen Rollkragenpullover trug er ein Tweedjackett, dazu sein Markenzeichen, einen Filzhut, der ihm so verwegen schräg auf dem Kopf saß, wie sie es an ihm liebte. So lehnte er an einer Eiche, ironisch lächelnd, mit unbgezügeltem dunklem Haarschopf und jenem schmachtenden Ausdruck, den Agathe und mit ihr Millionen weiblicher Kinobesucherinnen so hinreißend fanden. Sie wußte, daß es an Lächerlichkeit grenzte, wenn eine Einunddreißigjährige soviel Leidenschaft für einen Filmstar entwickelte, aber das kümmerte sie nicht. Für sie verkörperte er Romantik, Galanterie, Kühnheit und lockendes Geheimnis — er verkörperte ihr das Leben schlechthin.

Andächtig blätterte sie um und sah nun ein Foto Julians in weißem Frack, das Haar glatt zurückgestrichen, die Wespentaille eines verführerischen weiblichen Stars umfassend. Sie sahen einander offensichtlich sehr verliebt in die Augen, während ein bemerkenswert echt wirkender Studio-Mond hell ihre hingerissenen Gesichter beschien. Agathe seufzte. Bilder, auf denen er mit anderen Frauen posierte, waren nicht ganz ihr Fall. Sie bevorzugte Einzelaufnahmen, Fotos, auf denen er an irgendeinem Strand den Wellen entstieg, mit gebräunter, feuchtschimmernder Brust, in knappsitzenden weißen Shorts. Das waren Bilder, die immer ein sonderbar erregendes Gefühl in ihrer Lendengegend hervorriefen, ein Gefühl, von dem sie wußte, daß es unanständig war.

Mit ihren einunddreißig Jahren war Agathe, die nie eine romantische Beziehung zu einem Mann gehabt hatte, noch Jungfrau. Wenn sie nachts Julians Foto betrachtete, konnte es vorkommen, daß ein überwältigendes Hitzegefühl in Schenkeln und Unterleib ein Prickeln hervorrief, so heftig, daß sie sich berührte, schuldbewußt, wie in den vorangegangenen Jahren, die sie im Keller verbracht hatte. Der Erleichterung folgte unweigerlich ein so großes Gefühl der Scham und des Selbstekels, daß sie die Rosenkranzperlen in fieberhafter Hast durch die Finger gleiten ließ und die Muttergottes um Vergebung anflehte. Diese Perlen und ihre Gebete waren für sie Trost und Rettung gewesen, als sie achtzehn Monate lang versteckt im Keller von Gabrielles Haus zugebracht hatte. Jüdisch oder nicht, der Rosenkranz bedeutete ihr noch immer viel.

Die Fensterläden schlugen laut und monoton gegen die efeubewachsenen, rosagetünchten Mauern des kleinen Hauses. Die gewaltige Kraft des Windes riß Jasmin und Mimosen, von Tante Brigitte so liebevoll gezogen, vom Wandspalier. Nicht einmal die Nazi-Besetzung hatte den Mimosen ihrer Tante etwas anhaben können, nun aber taumelten die blassen Blüten wie Konfetti zu Boden.

»Agathe!« Tante Brigittes ungehaltener Ruf riß Agathe aus ihren Gedanken. Seufzend steckte sie das Album in sein Versteck unter der Matratze.

»Schließe die Läden, Agathe!« rief ihre Tante, deren Stimme sich neben dem Heulen des Windes leise ausnahm. »Jetzt!«

Agathe öffnete die Fenster, um nach den Läden zu fassen. Der Wind erfaßte ihr langes weißes Haar und schlug es ihr ums Gesicht, so daß sie nichts sehen konnte. Sie faßte nach den schweren Läden, zog sie zu und schloß sie mit dem rostigen Riegel.

Ihre Tante spähte herein, Argwohn im runzligen Gesicht,

ehe sie sich murmelnd wieder trollte. Tante Brigitte war eine verbrauchte Frau von vierundsechzig, mit schütterem, fast ganz weißem Haar und einem Gesicht, das die Leiden und Verluste der Kriegsjahre, darunter den Tod des über alles geliebten Gatten, widerspiegelte. Als einziges auf dieser Welt war ihr diese sonderbare Nichte geblieben, die sie nach Kriegsende aufgenommen hatte und mit der sie keine Gemeinsamkeit verband.

Als die Repatriierung der von den Nazis dezimierten Familien begann, war Agathe mit dem letzten überlebenden Mitglied ihrer Familie vereint worden. Tante Brigitte war gerade noch rechtzeitig aus Paris entkommen und hatte sich nach Südfrankreich in relative Sicherheit bringen können. Sie hatte darauf bestanden, daß Agathe zu ihr kommen und bei ihr leben sollte, und sie hatte ihr auch eine Anstellung an der Schule des Ortes verschafft, wo sie den Mädchen Ballettunterricht erteilte.

Tante Brigitte machte ständig den Eindruck, als lasteten alle Kümmernisse dieser Welt auf ihren schmalen Schultern. Agathe fragte sich oft, ob ihre Tante mit dem verdrossenen Gesicht als Mädchen jemals sorglos und glücklich gewesen war. Manchmal betrachtete sie die vergilbten Schwarzweißaufnahmen auf dem Frisiertisch ihrer Tante, Fotos der großen Familie, die nun nicht mehr existierte. Wie zahlreich die Guinzbergs einst gewesen waren, und wie beklagenswert kurz ihr Leben! Agathes Lieblingsfoto war das ihres Vaters, den sie nur achtzehn Jahre lang gekannt hatte. Wie hübsch Papa gewesen war mit seinem gebräunten, intelligenten Gesicht und den dichten schwarzen Locken. Er hielt ein schönes junges Mädchen in den Armen, ihre Mutter, aus deren Augen die Freude lachte. Beide mußten sehr verliebt gewesen sein. Agathe seufzte. Ob sie sich je heftig verlieben würde? Oder war es ihr bestimmt, den Rest ihres Lebens als kinderlose alte Jungfer zu verbringen, als Ballettlehrerin, deren einzige Freude es war, die Fotos eines Mannes zu sammeln, dem sie nie begegen würde?

Nun, heute fiel der Unterricht aus, dafür hatte der Mistral glücklicherweise gesorgt. Vor ihr erstreckte sich der ganze Tag — Stunden der Leere, die irgendwie ausgefüllt werden mußten.

Sie entschloß sich zu einem Spaziergang ins Dorf — vielleicht war die neueste Ausgabe von *Ciné Monde* schon zu haben, vielleicht sogar mit einem Bild von Julian, das sie noch nicht kannte.

In ihrem Lieblingscafé am Kai saßen trübsinnig ein paar Einheimische, vor sich Gläser mit herbem provencalischem Wein oder Cognac, und starrten resigniert hinaus auf die brodelnde See. Jeder Mistral-Tag war ein Tag verlorener Arbeit, so daß sich die Familien der Fischer heute mit einem kargen Abendbrot würden begnügen müssen. Trotz des Windes ließ die strahlende Sonne die Wogen glitzern wie Diamantsplitter, und die Luft war frisch und kühl.

Agathe sehnte sich danach, endlich einmal aus St. Tropez herauszukommen, irgendwohin zu gehen, ganz gleich wohin, nur fort von den strengen, forschenden Blicken ihrer Tante.

In der Ferne sah sie im sonst geschützten Hafenbecken die Boote auf dem Wasser hüpfen. Das Mittelmeer hatte sich zu schaumgekrönter Wildheit gesteigert, durch die engen Straßen wirbelte goldener Sand, Rauchwolken ähnlich, der auch durch festgeschlossene Türen und Fenster drang, begleitet vom ununterbrochenen Heulen des Sturms.

Agathe trank ihren Kaffee. Kein Wunder, daß in Südfrankreich an einem Mistral-Tag begangene Verbrechen milder beurteilt wurden, da man dem ›Mistral-Wahn‹ die Schuld gab und als Milderungsgrund anführte, daß der Wind die Menschen buchstäblich in den Wahnsinn treiben konnte. Wahnsinn, vielleicht war dies der Grund dafür, daß sie keine Freunde hatte. In St.Tropez hielt man sie für leicht überspannt, und für sie selbst grenzte es an ein Wunder, daß sie nicht den Verstand verloren hatte. Hätte man hier gewußt, was ihr im Krieg widerfahren war, dann wäre man ihr vielleicht mit mehr Verständnis begegnet. Sie hatte keine gleichaltrigen Freundinnen, ja, sie hatte überhaupt keine Freundinnen. Und Männer waren reine Zeitverschwendung, wie Tante Brigitte immer wieder behauptete. »Nichts wie dummes Getue und Getratsche, Caféhausbesuche, Tanzereien. Du trägst Verantwortung, meine Liebe — für derlei Unsinn hast du keine Zeit.«

Den Blick hinaus aufs Meer gerichtet, gab Agathe sich Tagträumereien hin. Sie sah eine üppige Wiese vor sich, einen dichten Blumenteppich. Ein Bächlein rauschte in der Nähe. Sie sah sich Hand in Hand mit einem Freund dahinwandern, einem Geliebten vielleicht, ihre Hoffnungen, Träume und Geheimnissse mit ihm teilend. Nicht, daß Agathe sich etwas aus Männern gemacht hätte, nein, sie jagten ihr nur Angst ein. Nur bei Julian hatte sie irgendwie das Gefühl einer inneren Verwandtschaft. Der unerreichbare Julian Brooks. Unerreichbar wie alle ihre Träume.

4

»Dominique! Dominique! *Regarde ici.«* Das Mädchen lief mit fliegenden Zöpfchen die Kopfsteinstraße in St.Tropez entlang und schwenkte aufgeregt ein Blatt Papier. »Dominique! So bleib doch stehen, bitte, du mußt dir das ansehen!« rief sie völlig außer Atem ihrer Freundin zu, die unbeirrt weiterging, einen großen Schulranzen voller Bücher auf den kräftigen jungen Schultern.

»Nicht jetzt, Genevieve«, gab Dominique voller Ungeduld zurück. »Du weißt, daß ich schon spät dran bin und Madame mir wieder die Hölle heiß machen wird. Schon das zweitemal in dieser Woche hat Monsieur mich Nachsitzen lassen, weil ich im Naturkundeunterricht geschwätzt habe. Ich glaube, er kann mich nicht ausstehen.« Sie ging noch schneller, während Genevieve, zwei Monate jünger als die

Sechzehnjährige und etwas kleiner, sich mühte, mit ihr Schritt zu halten.

»Sieh mal, Dominique. So sieh doch, du eigensinniges Ding«, sagte das Mädchen, das kostbare Papier vor Dominiques großen grünen Augen schwenkend. »Das hier wurde vor der Schule verteilt, in der Bäckerei, beim Metzger, praktisch im ganzen Ort. Aus Paris sind Amerikaner gekommen und suchen jemanden« — sie senkte geheimnisvoll die Stimme, und ihr Sommersprossengesicht bemühte sich um einen ebenso geheimnisvollen Ausdruck — »jemanden wie dich.«

»Genevieve, was bist du naiv.« Dominique fing zu laufen an, als sie drei Schläge der Turmuhr hörte. Sie hätte schon längst in Trikot, Ballettschuhen und Strumpfhosen dastehen sollen. Madame Agathe würde in diesem Moment in den kalten Übungsraum stolzieren, und die mürrische Gruppe von zwölf Schulmädchen mit sarkastischen Bemerkungen geißeln — Mädchen, die nach jener Vollkommenheit strebten, die Madame leider selbst nie erreicht hatte. Immerhin war die Lehrerin der Meinung, Dominique ließe gewisse Ansätze erkennen. Sie ermutigte das Mädchen immer wieder, half ihr, malträtierte sie, belehrte sie, vielleicht, weil sie in ihr die junge Ballerina sah, die sie selbst hätte sein können, wäre nicht der Krieg gekommen.

»Wenn du es nicht ansehen willst, dann lese ich es dir vor«, japste Genevieve, die nun mit Mühe mit ihrer Freundin Schritt hielt.

»Na schön, ich höre«, sagte Dominique, »aber du mußt schnell lesen. Madame Agathe und Monsieur Millet werden mich gehörig in die Mangel nehmen — *les salopes.*«

»Also, hör zu.« Genevieve errötete wegen Dominiques Redeweise, obwohl ihr der Ausdruck nicht unbekannt war.

»›Zum Vorsprechen für einen amerikanischen Film gesucht: Mädchen zwischen fünfzehn und zwanzig mit klassischer Ballett- und Jazztanz-Ausbildung. Bühnenerfahrung erforderlich sowie die Bereitschaft, in die USA zu gehen und in einem Hollywoodfilm mitzuwirken. Tanzkleidung und Noten (je ein klassisches und modernes Tanzstück) mitbringen. Zehn Uhr, Samstag, 5. März. Théâtre de Comédie, Boulevard des Anglais, Nice‹.«

»*Tiens!*« Dominique blieb unvermittelt stehen, riß ihrer Freundin das Papier aus der Hand und starrte es staunend an. »Glaubst du, es könnte sich um einen Scherz handeln, Genevieve? Womöglich haben die Jungen von der Klosterschule sich das ausgedacht, um uns hereinzulegen. Wir kreuzen alle voller Erwartung in unseren Tutus auf, und diese pickeligen Ekel schütten sich aus vor Lachen.«

Die meisten jungen Mädchen in St.Tropez haßten Jungen, oder taten zumindest so. Wohlerzogene junge Damen hatten mit den ungehobelten Halbwüchsigen nichts im Sinn und gingen ihnen tunlichst aus dem Weg. Jungen interessierten sich ja doch nur für *boules,* für Darts, Fußball und für Ringkämpfe auf den Wiesen des Umlandes. Mädchen waren für sie ein komplettes Geheimnis — langweilige, zerbrechliche Geschöpfe, die es erbarmungslos zu necken galt.

»Ich glaube nicht, daß es ein Scherz ist«, beharrte Genevieve. »Dominique, du mußt dorthin.«

»Genevieve!« stieß Dominique atemlos hervor. Ihre Augen blitzten, ihr langes, zu einem Pferdeschwanz zusammengefaßtes Haar glänzte wie schwarzes Schwanengefieder in der untergehenden Nachmittagssonne, ihr sinnliches, pikantes Gesichtchen strahlte vor Erregung. »Das ist phantastisch — ein Wunder! Ein Vorstellungstermin — hier in Südfrankreich!«

»Na ja, nicht ganz hier«, meinte Genevieve pragmatisch mit einem Blick auf das Blatt. »Mit dem Bus sind es nach Nizza mindestens vier Stunden. Du könntest auch den Zug nehmen, aber Papa sagt immer, daß die Züge nur unter Hitler pünktlich fuhren und jetzt noch hoffnungsloser unpünktlich seien als zuvor.«

»Macht nichts!« rief Dominique aus und verfiel erneut in Laufschritt. »Auch wenn ich um fünf Uhr morgens losfahren müßte, ich muß unbedingt dorthin. Genevieve, *quelle chance!* Ich könnte Gene Kelly oder Fred Astaire kennenlernen! Ich könnte sogar ein Star werden. Na ja, vielleicht«, korrigierte sie sich, als ihre Freundin mit einem Kichern reagierte. »Aber jetzt muß ich laufen, ich habe mich schon sehr verspätet ... Vielen Dank, Genevieve, danke!«

Dominique, die sich im Umkleideraum rasch umzog, hörte schon Agathes Anweisungen aus dem Übungsraum. Erregt und errötend betrat sie den Ballettsaal. Die Aussicht auf den Vorsprechtermin ließ ihr Herz höher schlagen, was nicht verhinderte, daß sie sofort für ihr Zuspätkommen gescholten wurde. Sie versuchte nun, die komplizierten Pirouetten und *jetés* auszuführen, die Madame Agathe ihren Schülerinnen vormachte, aber sie brachte die erforderliche Konzentration nicht auf. Immer wieder kehrten ihre Gedanken zu dem Vorstellungstermin zurück. Ein Hollywoodfilm! Hollywood! Amerika! Dominique hatte so oft von einer Karriere beim Film geträumt. Was machte es da schon aus, daß sie Französin war. Das waren auch Leslie Caron und Zizi Jeanmaire!

Schweiß lief ihr über den Ausschnitt ihres engen Trikots, ihre Beine fühlten sich in den dicken, staffsitzenden Strumpfhosen heiß und beengt an.

»Gib acht, Dominique«, herrschte Madame Agathe sie an und klopfte mit dem dünnen silberknaufgezierten Stöckchen auf den Parkettboden. Während des Unterrichts hielt sie stets diesen Stock in der Hand, da er ihr jenes respekteinflößende Gehabe verlieh, das sie brauchte, um dieses Grüppchen widerspenstiger heranwachsender Mädchen zu lenken.

Die meisten ihrer Schülerinnen machten sich hinter Agathes Rücken über sie lustig — über ihr Gesicht und ihre Haare, die weiß waren, über ihren hageren, von formlosen Kleidern verhüllten Körper, über ihre Augen, aus denen die Flamme der Disziplin leuchtete, die sich in jeden hineinzubrennen schien, den sie bei einem Fehler ertappte.

»Diejenigen, die es können, tun es. Diejenigen, die es nicht können, unterrichten«, hatte Genevieve einmal zu Dominique gesagt und damit eine der Weisheiten ihres Vaters wiedergegeben. Dominique stand mit gesenktem Kopf da, reumütig, da Madame Agathe die mangelnde Spontaneität ihres Solos rügte.

»Es tut mir leid, Madame«, brachte Dominique schließlich den Tränen nahe heraus. Madame konnte sehr grausam sein, wenn sie es darauf anlegte, und ihre Kritik traf mit brutaler Genauigkeit immer ins Schwarze. »Es tut mir sehr leid.«

»Dominique, ich möchte, daß du nach dem Unterricht noch bleibst«, sagte Madame schroff. »Wir werden es noch einmal durchexerzieren — das Solo, das du übers Wochenende hättest üben sollen. Offensichtlich hast du deine Ballett-Hausaufgabe nicht gemacht und mußt sie daher jetzt nachholen.«

»Ja, Madame«, murmelte Dominique mit einem raschen Blick zu einem anderen Mädchen, das mitleidig die Schultern hochzog.

Zuweilen konnte Madames Zunge so beißend und rasiermesserscharf sein, daß unter den Mädchen der Witz umging, wenn sie ihre Zunge verschluckte, würde sie sich die eigene Kehle durchschneiden. Ja, Madame konnte drakonisch sein, soviel stand fest. Unter ihrem unauffälligen, gehemmten Äußeren lauerten ein hitziges Temperament und unbändiger Zorn auf das Leben.

Endlich war die Stunde zu Ende, und die anderen Mädchen marschierten hinaus. Dominique stand allein und stumm da, während Agathe ihr die Leviten las und dann daranging, ihr einige der Schritte zu demonstrieren. Jetzt zeigte Madame Agathe unendliche Geduld, aus ihren Augen, die nun nicht mehr brennenden, unterdrückten Haß ausstrahlten, sondern warm und verständnisvoll blickten, schimmerte Güte.

Dominique verspürte eine Aufwallung von Mitleid für diese Frau, die von den Dorfkindern frech als ›verrückte alte Jungfer‹ bezeichnet wurde. Ganz spontan faßte sie den Entschluß, ihr die Sache mit dem samstäglichen Vorsprechtermin anzuvertrauen. Aufgeregt berichtete sie Agathe von ihren Plänen und gestand, wie sehr sie sich wünschte, nach Nizza zu fahren.

»*Chérie,* wie aufregend«, stieß Agathe hervor. Sanfte Röte färbte ihre Wangen. »Das ist eine wichtige Angelegenheit. Du mußt gut sein. Du mußt mehr als gut sein. Du mußt die absolut Beste sein.«

»Ja, Madame.« Das Mädchen nickte. Ihre Augen strahlten, ihre Beine waren nicht mehr müde.

»Werden Sie mir helfen?« platzte sie heraus. »Ich muß mehr üben, das weiß ich. Ach, Madame« — sie sah Agathe errötend und voller Freude an —, »Madame, ich wünsche es mir so sehr — ich möchte nach Hollywood — können Sie sich das vorstellen?«

»Ja, ich helfe dir«, gab Agathe schlicht zurück. »Ich probe jetzt mit dir und dann die letzten drei Tage vor dem Termin. Du mußt aber auch zu Hause üben«, sagte sie streng. »Es bedeutet viel harte Arbeit, aber du hast, mehr als alle anderen im Kurs, das Talent und das Können für den Erfolg.«

»Danke, Madame, vielen Dank«, hauchte Dominique, ob des so seltenen Lobes ihrer Lehrerin hochbeglückt. »Ich werde mich zu Tode rackern, das verspreche ich.«

»Und ich werde dich zum Vorsprechtermin begleiten«, sagte Agathe liebevoll. »Jetzt heißt es hart arbeiten, *chérie.* Am Samstag wirst du gut vorbereitet sein und ...« Sie hielt inne, und in ihren dunklen Augen blitzte es ungewohnt vergnügt auf, »... und du wirst die Beste sein, Dominique. Du wirst die Rolle bekommen, du wirst nach Hollywood gehen. Wer weiß, vielleicht komme ich sogar mit.«

Nach einem Nachmittag intensiven Tanztrainings erhitzt und von der Aussicht auf den Vorstellungstermin erregt, fuhr Dominique nach einem frühen, mit ihren Eltern und drei jüngeren Brüdern eingenommenen Abendessen mit dem Rad ins Zentrum von St.Tropez.

Auf dem Place des Lices lehnte sie ihr Rad an einen Baum und ging, angelockt von der roten Aufschrift ›Gaston-Eis‹ auf einem kleinen gelben Lieferwagen, zu dem fahrbaren Eisstand hinüber.

»Ich möchte ein *framboise*«, sagte sie, nach Münzen in der Tasche ihrer Shorts angelnd. »Ein doppeltes, bitte.«

»Sie sind mein Gast«, sagte Gaston, der ihr nicht nur eine zusätzliche Eiskugel auf die Tüte häufte, sondern ihr auch den Anblick vollendeter weißer Zähne in einem gebräunten Gesicht gönnte.

Sie erwiderte das Lächeln. »Merci, *M'sieur.*«

Er bewunderte ihr pikantes Gesichtchen, die blitzenden grünen Augen und ihre langen braunen Beine. Ihre Sprechweise verriet gute Herkunft und Erziehung, doch ihr Benehmen war modern und locker, anders als bei den snobistischen jugendlichen Touristinnen aus England und Skandinavien, die sonst ihr Eis bei ihm kauften.

Gaston erfaßte sofort, daß er keine Zeit verlieren durfte, wenn er sich diese Gelegenheit nicht entgehen lassen wollte. Rasch sperrte er den Wagen ab und ging an ihrer Seite über den kleinen Platz.

»Ich bin Gaston Girandot«, stellte er sich vor. »Mir gehört der Laden.«

»Das dachte ich mir — ich bin Dominique du Frey.« Sie leckte an der schmelzenden rosa Kugel.

»Die Tochter des Bankdirektors?«

»Ja.«

Sie warf ihm aus den Augenwinkeln einen schnellen Blick zu. *Tiens,* der sah aber gut aus, viel besser als ihre Mitschüler.

»Meinen Eltern gehört eine Konditorei an der Avenue Bazoche.«

»Ich glaube, unsre Köchin kauft dort hin und wieder ein.« Dominique sah ihn durch ihre dichten, gesenkten Wimpern mit einem Blick an, der zugleich herausfordernd und scheu war.

»Möchten Sie eine Tasse Kaffee?« Zum erstenmal in seinem neunzehnjährigen Leben kam er sich linkisch vor. Dank seines guten Aussehens waren es immer die Mädchen, die mit ihm anzubandeln versuchten, aber diesmal war es anders. Dieses Mädchen war kühl und gelassen und trotz ihrer Jugend sehr selbstsicher.

»Ja, gern.« Dominique lächelte.

Im Straßencafé bei Espresso und Zigaretten plauderten sie bis zehn Uhr, bis Dominique nach einem Blick auf die Uhr plötzlich aufsprang. »Ach, jetzt muß ich aber nach Hause, meine Ballettübungen machen. Madame möchte, daß ich dreimal täglich übe. Übung macht den Meister, sagt sie.«

»Werde ich dich wiedersehen?« fragte er stockend und von ihrem Lächeln verwirrt.

»Natürlich.« Dominique fühlte sich plötzlich sehr überlegen. »Vielleicht aber erst nach dem Vorstellungstermin. Vorher muß ich mich mit dem Training richtig schinden.« Sie reichte ihm eine schmale, weiche Hand. »*Au revoir,* Gaston, Girandot.«

Er küßte feierlich ihre Hand und sah sie an, als hätte er eben einen kostbaren Schatz entdeckt.

»Morgen — Tango Beach — um elf?«

Sie nickte schüchtern. »Vielleicht, Gaston — vielleicht.« Dann stieg sie mit einem atemberaubenden Lächeln auf ihr Rad und fuhr in die Dunkelheit davon. Er blieb verwirrt und mit Herzklopfen zurück.

In jener Nacht dachte Dominique in ihrem Bett an den hübschen Jungen, und sie dachte auch an die Macht, die sie während der kurzen Begegnung über ihn gehabt hatte. Sie hatte es genau gespürt — Macht. Macht über Männer. Es war ein erhebendes Gefühl, das sie nun zum erstenmal erlebte. Aus den Jungen hier im Ort machte sie sich nicht viel, dieser eine aber war etwas älter als die anderen und sah mit seinem strahlenden Lächeln, dem sonnverbrannten Gesicht und den dichten Locken so hübsch aus, daß eine Ausnahme vielleicht angebracht war.

Am nächsten Tag entschloß sie sich nach einem Morgen anstrengenden Ballettrainings nach Pampellone an den Strand zu fahren, wo sie essen, schwimmen und sonnenbaden wollte. Die zwei Meilen auf der hügeligen Straße außerhalb des Ortes waren rasch zurückgelegt, und schon lag der Strand vor ihr. Tango Beach war spärlich bevölkert, so daß sie sich schon fragte, ob sie Gaston treffen würde. Der hellgelbe Sand war sauber, auf dem glatten und einladend blauen Wasser glitten Segel- und Motorboote dahin. Ein Dutzend leerer, mit weißgelb gestreiften Matten belegter Holzliegen standen aufgereiht am Strand und warteten hoffnungsvoll auf Benutzer. Sie gab dem mahagonihäutigen Strandjungen ein paar Francs, und er wies ihr einen Platz nahe am Wasser an, steckte einen Schirm in den Sand und brachte ihr ein weißes Sprossentischchen mit einem Glas Coca-Cola. Dann zog sie ihr kurzes Sonnenkleid aus, das sie über dem Bikini trug, und legte sich auf die Liege, um sich bräunen zu lassen. Sie schloß die Augen hinter der Sonnenbrille und war fast eingeschlafen, als sie eine sachte Berührung an der Schulter spürte.

»*Bonjour*«, sagte Gaston Girandot, der neben ihr im Sand in die Knie ging, vor Sonnenöl glänzend, ein schüchternes Lächeln im Gesicht.

»*Bonjour,* Gaston.« Sie lächelte ihn an.

»Was für ein herrlicher Tag«, sagte er.

»Ja, es ist so schön, daß ich nach der Ballettstunde unbedingt schwimmen gehen wollte.«

»Na, worauf wartest du dann? Komm — nichts wie ins Wasser. Um die Wette.«

Lachend und protestierend ließ Dominique sich von Gaston hochziehen, um dann mit ihm ins warme, lockende Wasser zu laufen.

Um drei Uhr schlenderten sie, dem Verhungern nahe,

zum kleinen strohgedeckten Strandrestaurant, vor dem etliche Bambustische mit gelbkarierten Tischtüchern auf Gäste warteten. Die Sonne fiel gefiltert durch die Bambusabdeckung, die die Gäste vor den unbarmherzigen Strahlen schützte und Schattenstreifen auf die lächelnden Gesichter Dominiques und Gastons warf. Sie speisten Salat *nicois,* Hühnchen nach provencalischer Art mit Bratkartoffeln und als Nachtisch *tarte tatin,* nicht ohne einem kräftigen jungen Beaujolais kräftig zuzusprechen; und das alles unter angeregtem, von viel Gelächter begleitetem Geplauder unter der Patronanz des gewichtigen Wirtes, der die beiden seit ihrer Kindheit kannte.

»Wieso sind wir einander nicht schon früher begegnet?« fragte Dominique, vom köstlichen Essen wohlig gesättigt und von Gastons Gesellschaft in Hochstimmung versetzt.

»Die letzten drei Jahre war ich in Aix-en-Provence auf der Schule«, sagte er. »Und vorher haben wir einander vermutlich sehr oft gesehen — hier, am Strand.« Er neigte ihr den Kopf so weit entgegen, daß sie einander fast berührten. »Damals bin ich dir nicht aufgefallen und du mir auch nicht — hättest du aber so ausgesehen wie jetzt, dann wäre es ganz sicher anders gewesen.«

Dominique senkte errötend den Blick. In Gesellschaft dieses Jungen erwachten in ihr alle möglichen völlig neuen Gefühle, und als er später seine Liegematte am Strand neben ihr ausbreitete und sie im Halbschlaf Schulter an Schulter dalagen, wußte Dominique, daß sie von Gaston Girandot gern mehr gesehen hätte — viel, viel mehr.

In ihrem keuschen schmalen Bett konnte Agathe keinen Schlaf finden. Die Neuigkeit, die sie von Dominique erfahren hatte, war zu erregend. Sie hatte selbst einen der Handzettel gelesen, die im Ort verteilt worden waren, und hatte dabei seltsame Erregung empfunden. Als dann Dominique nach der Ballettstunde darauf zu sprechen gekommen war, hatte sie gespürt, daß der bevorstehende Vorstellungstermin der Schlüssel zur Flucht aus der dumpfen Enge ihres Lehrerinnendaseins sein konnte.

Wenn die Wahl auf das Mädchen fiele, wenn Dominique die Rolle in einem Hollywoodfilm bekäme — dann konnte sie, Agathe, mit ihr gehen. Warum auch nicht? Dominiques Eltern hatten viele andere Verpflichtungen. Ihr Vater war Direktor der örtlichen Bank, ihre Mutter durch drei kleine Söhne ans Haus gefesselt und sichtlich von neuem schwanger. Wenn ... wenn ... wenn ...

Sie war zu aufgewühlt, um zu schlafen, die Zukunftsaussichten zu aufregend. Schließlich machte sie Licht und holte ihr Album wieder hervor, um das hübsche Gesicht von Julian Brooks liebevoll zu betrachten. Ob sie ihm begegnen würde, wenn sie nach Hollywood ginge? Es war nicht sehr wahrscheinlich. Er war ein britischer Star, der in England arbeitete. Sie wußte, daß er noch nie in Amerika gewesen war. Würde es ihr wirklich gelingen, ihr spießiges und einengendes Leben in St.Tropez hinter sich zu lassen, hinaus in die wirkliche Welt zu gehen ... nach Amerika? Alle wollten nach Amerika. Das goldene Land der unbegrenzten Möglichkeiten, wo alle Männer — und Frauen — gleich waren. Agathe würde dort Freunde finden, ein neues Leben — sie wußte es.

Nie wäre ihr der Gedanke gekommen, daß ihr die Zukunft eines hübschen jungen Mädchens jemals so wichtig werden könnte. Die letzten Jahre waren für Agathe nicht leicht gewesen. Ihr Leben in Freiheit konnte den Schaden, den die im Keller und anschließend im L'Éléphant Rose verbrachten Jahre angerichtet hatten, nicht wieder gutmachen. Mitansehen zu müssen, wie diese Huren, diese Vaterlandsverräterinnen mit den Ungeheuern fraternisierten, die ihre Familie, ihr Leben, ihre Zukunft vernichtet hatten, war für Agathe entsetzlich gewesen. Aber am schlimmsten war ihr tiefsitzendes Gefühl des Selbstekels.

Sie war sich ihrer Häßlichkeit nur zu gut bewußt. Blickte sie in einen Spiegel und sah darin das ausgemergelte weiße

Gespenst, das aus ihr geworden war, mußte sie an das hübsche junge Mädchen denken, das sie einst aus dem Spiegel angeschaut hatte. Sie war fast so hübsch gewesen wie Dominique. Nun ja, ein wenig rundlicher vielleicht, mit dunklen, blitzenden Augen und blauschwarzem, glänzendem Haar. Ja, hübsch und weitaus talentierter. Lebhaft war sie nie gewesen, doch ihr stiller Charme hatte eigenen Reiz vermittelt.

Das alles war für immer dahin. Alles — ihr Talent, ihr Aussehen, ihre Anziehungskraft. Sie hatte gehört, wie die Dorfjugend sie heimlich nannte: »Alte Jungfer«, »garstige Hexe«. Sie spürte auch die Mißbilligung ihrer Tante. Brigittes geschürzte Lippen und ihre abweisende Haltung zeigten ihr deutlich, was ihre Tante von ihr hielt. Aber Agathe hatte kein Geld. Was hätte sie tun sollen? Wohin gehen? Nur in ihrer Phantasie, in der sie über duftende Wiesen wanderte, Hand in Hand mit lachenden Freunden oder mit Julian Brooks — nur da war sie glücklich.

Es sei denn, die Wahl fiele auf Dominique du Frey ... und sie erhielte damit den Schlüssel zu einem neuen Leben in Amerika.

5

Zwei Jahre nach Kriegsende war Inès auf Besuch nach Paris gefahren und mußte betroffen feststellen, daß sie für ihre geliebte Heimatstadt nichts mehr empfand. Ihre Landsleute erschienen ihr gleichgültig und humorlos, wenngleich sie ihnen zugestehen mußte, daß sie allen Grund dazu hatten. Die lange Besetzung durch die Deutschen hatte viel Verbitterung und Haß zurückgelassen, und nun hieß es, das Leben in einem täglichen erbarmungslosen Kampf neu zu gestalten. Alle schienen nur mit sich selbst und mit ihren Familien beschäftigt. Gutes Essen, eine nationale Leidenschaft, war noch immer knapp, wenn auch in den großen Hotels und nobleren Geschäfte alles zu haben war und der Betrieb dort ungestört weiterging.

Nach ihren Londoner Jahren hatte Inès das Gefühl, sie gehöre nicht mehr wirklich nach Paris. Sie vermißte den englischen Humor, vermißte auch ihre hübsche Wohnung in Mayfair. Auf der Suche nach alten Freunden ging sie in ein paar bekannte Lokale, doch ihre einzigen wirklichen Freunde waren Yves, Gabrielle und der Rest der ›Familie‹ vom L'Éléphant Rose gewesen. Als sie den Nachtclub am Pigalle besuchen wollte, fand sie das Haus versperrt. Die Läden waren geschlossen, ein Schild ›zu verkaufen‹ hing an der Tür.

Nachforschungen bei Nachbarn ergaben zu ihrem Entsetzen, daß Gabrielle und viele ihrer Mädchen, die im Club gearbeitet hatten, nach der Befreiung als Verräterinnen und Kollaborateurinnen gebrandmarkt worden waren. Auf einem Platz in der Nähe hatte man sie öffentlich gedemütigt; die Köpfe waren ihnen kahlgeschoren worden, und die Patrioten hatten sie bespuckt und mißhandelt.

Alle schienen sie spurlos verschwunden. Inès Bemühungen, sie ausfindig zu machen, erwiesen sich als vergeblich.

Warum hatten die Nachbarn und die Widerstandsbewegung sich nicht zu ihrer Verteidigung aufgeschwungen und die Wahrheit gesagt? Warum hatten sie die Öffentlichkeit nicht über die Opfer aufgeklärt, die diese Frauen im Krieg gebracht hatten? Es war einfach unfair. Die Resistance hatte vom L'Éléphant Rose so viel profitiert, hatte dort so viele gute Tips erhalten, daß die brutale Bestrafung der Mädchen ein umso größeres, ein himmelschreiendes Unrecht war.

Mit Paris waren für Inès trotz allem eine solche Fülle von Erinnerungen, guten und schlechten, verbunden, daß sie sich nur schwer losreißen konnte. Wenn sie auf dem Montmartre, am Pigalle und in den malerischen Straßen der Rive Gauche dahinschlenderte, wurde sie von Heimweh überwältigt. Sie wußte, daß es hier für sie keine Heimat gab, trotzdem hatte sie das Gefühl, Paris noch nicht den Rücken kehren zu können.

Eines Tages saß sie wieder einmal an einem wackligen Eisentischchen vor dem bis auf den letzten Platz besetzten Café Deux Magots. Touristen, Studenten und ein paar alte Männer mit den für Frankreich typischen schwarzen Baskenmützen beobachteten stundenlang bei einer Tasse Kaffee oder einem Glas Rotwein das Leben und Treiben auf dem Boulevard Saint Germain. Inès nippte an ihrem Cognac, in Gedanken bei jenem Tag, als sie hier gesessen hatte, fast am gleichen Tisch, und von diesem abscheulichen Umberto Scrofo, dem italienischen General, angesprochen worden war. Wie ihr Schicksal wohl verlaufen wäre, wenn sie diese schicksalhafte Verabredung, die mit seinem Tod geendet hatte, nicht eingehalten hätte?

Wäre sie einfach in Paris geblieben und hätte als eines von Yves' Mädchen gearbeitet? Oder hätte man sie als Verräterin verurteilt und schändlich verjagt? Yves ... Bei dem Gedanken an ihn tat ihr Herz unwillkürlich einen Sprung. Ob man je über eine Jugendliebe hinwegkam? Seitdem er sie verlassen hatte, waren fast drei Jahre vergangen, doch wenn sie an ihn dachte, tat sie es immer mit großer Wärme.

Sie saß da und starrte hinaus auf die belebte Straße, als ihr Blick plötzlich auf einen hageren Mann fiel. Die schäbige Mütze saß lässig auf seinen wirren braunen Locken, eine Zigarette hing ihm aus dem Mundwinkel, während er gemächlich den Boulevard Saint Germain entlangbummelte. Es war unmöglich, ganz unmöglich ...

»Yves! *Mon Dieu,* Ives!« Inès sprang auf und zwängte sich, begleitet von den ungehaltenen Blicken der anderen Gäste, zwischen Tischen und Stühlen hindurch auf den Bürgersteig und packte den Mann am Arm. Fast hatte sie das Gefühl, sie hätte ihn mit ihrem Wunschdenken herbeigezwungen.

»Yves — du bist es — du bist es wirklich!« Ihre Augen leuchteten, ihr Gesicht glühte, als der Mann sich zu ihr umdrehte.

»Mein Gott — Inès!« Yves' Lächeln erlosch gleich wieder,

und ihr fiel sofort auf, daß seine Zähne vom zu starken Zigarettenkonsum gelblich geworden waren. Um seine Augen lagen tiefe Furchen. »Was treibst du denn in Paris?«

»Ich wollte alte Erinnerungen auffrischen«, stieß sie atemlos hervor, »alte Freunde besuchen — nur scheint es keine alten Freunde mehr zu geben. Aber jetzt habe ich dich gefunden.« Sie sah, daß seine Wangen eingefallen und unrasiert waren, der Kragen seines blauen Hemdes unsauber. »Hast du Zeit für eine Tasse Kaffee?« fragte sie hastig. »Ich möchte so gern mit dir plaudern.«

»Natürlich. Ich habe nichts vor und jede Menge Zeit, *chérie.*«

Sie schlängelten sich zu ihrem Tisch durch, und er bestellte Kaffee und Armagnac für beide.

»Aber die Rechnung mußt du übernehmen«, sagte er mit spöttischem Augenzwinkern. »Ich bin heute nicht gut bei Kasse.«

»Natürlich«, gab Inès fröhlich zurück. »Los, erzähl mir von dir, Yves. Was treibst du so — bist du noch mit Stella zusammen?«

Er schüttelte den Kopf, während er am Stummel der alten Zigarette eine neue entzündete. Seine Hände zitterten, seine Nägel waren schwarzgerändert, der Zeigefinger seiner rechten Hand von Nikotin verfärbt. Yves, der Dandy, der immer so heikel gewesen war — diese Veränderung erschreckte Inès.

»Stella — pff — einfach fort.«

»Ach so.« Inès wußte nicht, ob sie nun so etwa wie Triumph über ihre alte Rivalin empfinden sollte oder nicht. Dieser Yves, dieser Mann in dem abgetragenen Mantel mit einem Drei-Tage-Bart war so anders als der hübsche Liebhaber, der in ihrer Erinnerung lebendig geblieben war. »Warum ist sie fort?« fragte sie.

»Tja, es hat sich eben etwas Besseres geboten.« Er lachte voller Bitterkeit. »Ein besserer *macrou*. Jemand, der im Bett mehr zu bieten hatte.«

Inès errötete unwillkürlich. Wenigstens als Liebhaber war Yves immer großartig gewesen.

»Das ist lächerlich — du warst im Bett wunderbar — warum hätte sie dich deshalb verlassen sollen?«

»*Merci, chérie,* aber *malheureusement* erhob sich ein kleines Problem, als unser großes Land befreit wurde.« Die Bitterkeit, die aus seinen Worten sprach, war nun unüberhörbar, und sie sah Kummer in seinen Augen, als er seinen Armagnac hinunterschüttete und dem Kellner mit der weißen Schürze bedeutete, ihm den nächsten zu bringen.

»Möchtest du wirklich wissen, was mir passiert ist, Inès?«

»Ja«, hauchte sie tonlos. »Sag es mir bitte.«

»Es wird dir nicht gefallen«, erklärte er freimütig.

»Einerlei — sag es mir — sag mir alles.«

»Als Stella und ich 1944 von London hierher kamen, war der Krieg noch nicht vorbei, wie du weißt, obwohl Paris schon von de Gaulle befreit worden war. Wir fanden eine Wohnung, übrigens gleich hier in der Nähe, und Stella ging wieder arbeiten. Sie war gut im Anschaffen — aber die Zeiten waren schlecht, Lebensmittel knapp.« Er machte eine Pause, und Inès beugte sich vor, um ihn besser hören zu können, da er ganz leise geworden war. »Ich wurde am Schwarzmarkt aktiv. Du weißt, daß ich schon in London Geschäfte gemacht habe, und hier hatte ich noch viele Kontakte von früher.«

»Ja, ich weiß.« Inès trank einen Schluck und hörte Yves aufmerksam zu. Seine leblosen Augen wurden mit dem Fortschreiten der Geschichte immer ausdrucksvoller.

»Eines Nachts sollte ein ganzer Laster mit Champagner aus Epernay in Paris eintreffen. Ich hatte mit meinen Kontaktleuten den Kauf ausgehandelt — zehn Millionen Francs, fast mein gesamtes Geld, aber Neujahr war nahe, und die Nachfrage nach Spitzensorten von Champagner und Wein enorm. Jeder wollte feiern. Man darf nicht vergessen, daß viele Leute durch den Krieg trotz allem, was sie durchmachen mußten, sehr profitiert hatten.«

»Ja, ich weiß. Weiter, Yves«, drängte sie. Er hatte innegehalten, die Blässe war in sein Gesicht zurückgekehrt, und seine Hände zitterten heftig. Als sie ihm ihr Glas über den Tisch zuschob, leerte er es sofort.

»Ich hatte mich mit Gino verabredet ... du erinnerst dich doch an Gino? Er gehörte zu meinen verläßlichsten Kumpeln ... also, ich hatte mich um elf am Quai d'Orsay mit ihm getroffen. Er fuhr den Laster, ich hatte das Geld. Ich gab ihm die Moneten, dann fuhr ich diesen Laster in mein Lagerhaus — die Kisten ließ ich wie immer durch meine Leute an Clubs und Restaurants verteilen — und dann ging ich nach Hause ...«

Wieder hielt er inne, und Inès merkte ihm an, wie schwer es ihm fiel fortzufahren.

»Und dann ist etwas passiert?« drängte sie, doch er gab keine Antwort und zündete sich mit knochigen und zitternden Händen die nächste Zigarette an. Beide Gläser waren nun leer, so daß er dem Kellner winkte, er solle die nächsten bringen.

»Ich weiß gar nicht, warum ich dir das alles erzähle.« Ganz unvermittelt faßte er nach ihrer Hand. Seine rotgeränderten Augen waren die eines verängstigten Tieres. »Es wird dir nicht gefallen.«

»Macht nichts, Yves — bitte, sag es mir — du mußt — vielleicht kann ich dir helfen.«

»Mir helfen? Ha — großartig — sehr lustig, wirklich.« Der Kellner brachte die Gläser, und Yves leerte seines in einem Zug. Seine Hände zitterten nun nicht mehr, und er fuhr fort: »Drei Nächte später kamen sie mich holen, als Stella und ich schliefen.«

»Wer — kam dich holen?« flüsterte Inès.

Er zog die Schultern hoch. »Sie — die Jungs — der Mob — wer weiß? Es war alles geplant, und ich war der Dumme. Mitten in der Nacht haben sie mich fortgeschleppt.« Seine Stimme war zu einem Flüstern herabgesunken, Tränen liefen ihm über die Wangen. »Man schaffte mich in einen Lagerschuppen — irgendwo in der Nähe der Markthallen, ich konnte Fischgeruch riechen.« Er hielt wieder inne, seine Halsmuskeln bebten.

»Und dann . . .?«

»Diese Hunde beschuldigten mich, ich hätte den verdammten Champagner verwässert. Sie beschuldigten mich der Pantscherei und Profitgier. Weißt du was, Inès? In den Flaschen war gar kein Champagner, sondern irgendein billiges gefärbtes Sprudelwasser. Jemand — ich weiß bis zum heutigen Tag nicht wer — hat mir dreihundert Gebinde falschen Champagner angedreht, und mir hat man die Schuld in die Schuhe geschoben — diese Schweine haben mir die Schuld gegeben, Inès.«

Er schluchzte leise und ungeniert.

»Und was hat man mit dir gemacht?« Inès wollte die Antwort gar nicht wissen.

»Rate mal?« Er sah sie mit zynischem Lächeln an. »Was ist das Schlimmste, was einem Zuhälter widerfahren kann?«

»Ich — ich weiß nicht«, stammelte Inès. Dieses mitleiderregende Wrack von Mann, ihre einstige große Liebe, übte noch immer eine seltsame Wirkung auf sie aus.

»Man hat mich kastriert, *chérie.*« Er näherte sein Gesicht dem ihren und fuhr mit grausigem Grinsen fort: »Man hat mich zum Eunuchen gemacht.«

»O mein Gott, Yves — das ist nicht möglich.« Inès verspürte Übelkeit, als Yves' schwielige Hand die ihre auf dem Eisentisch umfaßte.

»Man hat mir die Eier abgeschnitten und gesagt, das sei noch die leichteste Strafe für einen Betrüger. Typen wir mir gebühre es, daß man sie ganz entmanne und zu einem Nichts degradiere.«

Inès wurde schwindlig. Das war nicht möglich — das konnte Yves nicht zugestoßen sein. Ihrem Yves, der für die Liebe gelebt hatte, der sie alles über die Liebe gelehrt hatte.

»*Mon pauvre* — Yves, ich weiß gar nicht, was ich nun sagen soll — es tut mir ja so leid, so schrecklich leid.« Jetzt weinte sie und holte ihr Taschentuch hervor, um sich ungeachtet der neugierigen Blicke der Gäste an den anderen Tischen die Augen zu wischen.

»Spar dir den Mitleid, *chérie.* Ein Edelknabe war ich in meinem ganzen Leben nicht, also habe ich es vielleicht sogar verdient.«

»Nein, nein — so etwas verdient niemand«, stieß Inès voller Entsetzen hervor. »Es ist barbarisch ... Bist du zur Polizei gegangen?«

»Zur Polizei?« Er lachte voller Verbitterung. »Das soll wohl ein Scherz sein? Dort wußte man, was ich treibe. Schwarzhändler sind eine besonders unbeliebte Gattung. Bei der Polizei hätte ich soviel Verständnis gefunden wie Adolf Hitler, wenn er in einem Konzentrationslager verblutet wäre . . . Man schaffte mich in ein Krankenhaus und ließ mich zusammenflicken. Es ist ja nichts Ernstes, kastriert zu werden. Es ist nicht lebensgefährlich oder sonstwas, aber es versaut einem den Sex, das steht fest.« Wieder lachte er auf, ein hohles, totes Lachen, und zündete sich die nächste Gauloise an. »Ein toter Schwanz. Ein Neutrum. Einerseits wird man zum Gespött der Leute, andererseits aber zum Gegenstand des Mitleids.«

»Was hast du gemacht? Was machst du jetzt? Wie lebst du?« stieß Inès mit hochrotem Kopf hervor.

»Ein paar Freunde sind mir geblieben. Ich schlage mich mit Gelegenheitsarbeiten durch — dies und das, Rennwetten, ein bißchen Hehlerei, nichts Großartiges, versteht sich. Mir fehlt nichts, es geht mir gut.« Sein Lächeln sollte sie beruhigen, und Inès sah, daß der Armagnac seinen Zweck erfüllt und ihm wieder Kraft verliehen hatte. Er war vom Alkohol offensichtlich völlig abhängig. Jetzt saß er aufrecht da, mit ruhigen Händen und stetigem Blick. »Stella ist natürlich abgehauen — wie eine Ratte vom sinkenden Schiff. Ich kann es ihr nicht verübeln. Sie hat immer gern gevögelt, die gute Stella, und bei mir war das nicht mehr drin. Tja, das liegt nun zwei Jahre zurück. Ich nehme an, wir alle müssen die

Karten ausspielen, die das Schicksal uns zugeteilt hat — für einen *mic* war es ein besonders mieses Blatt, aber ich habe mich damit abgefunden. Zumindest habe ich es versucht. Na, und was ist mit dir — waren die Götter dir gnädig?«

»Ach ... ich — mir geht es gut«, murmelte Inès, die noch immer völlig durcheinander war. »Ziemlich gut eigentlich.«

»Hast du gute Kunden? Reiche Säcke?«

»Ja, sehr gute — ich meine — ja, die sind schon in Ordnung.« Inès hatte das Gefühl zu ersticken, obwohl es ziemlich kühl war.

»Jede Wette, daß keiner das hier zustandebringt!« rief Yves und steckte die Zunge mit der brennenden Zigarette in den Mund, preßte die Lippen zusammen und starrte Inès mit jenem glotzäugigen Blick an, der sie als kleines Mädchen so entzückt hatte. Und vor ihren Augen kräuselten sich zwei lange Rauchspiralen aus Yves' Ohren.

Inès hatte das Gefühl, auf der Stelle die Flucht ergreifen zu müssen. Am liebsten wäre sie auf und davon gerannt — so schnell wie der Wind. Sie wollte zurück ins Hotel und bittere Tränen um ihren einstigen Geliebten vergießen, der nun zufrieden lächelte, als er die feuchte Zigarette ausdrückte und sie beifallheischend ansah. Sie lächelte matt, und er erwiderte ihr Lächeln.

»Gut, *chérie,* sehr gut. Du warst immer eine raffinierte kleine *poule de luxe,* eine der besten, du verdienst es, daß es dir gut geht.«

Plötzlich wollte Inès weg aus Paris. Sie empfand Übelkeit, kam sich schmutzig und wie besudelt vor. Sie wollte um dieses jämmerliche Wrack weinen, das sie einmal geliebt hatte, um die Freundinnen, die sie verloren hatte. Als könne er ihre Gedanken lesen, beugte Yves sich vor und streifte mit seinen trockenen Lippen ihre Wange.

»*Au revoir, chèrie*«, sagte er rasch und drückte die Mütze auf seine ergrauten Locken. »Ich muß jetzt gehen. Danke für die Drinks.« Er stand auf. Die Sonne beschien sein faltiges Gesicht, so daß Inès genau sehen konnte, wie sehr er sich verändert hatte, wie die Jahre ihren Tribut gefordert hatten. »Viel Glück, Inès.«

»*Au revoir,* Yves«, flüsterte sie. »Lebwohl.«

Er tippte an seine Mütze, und als er in seinem schäbigen Mantel, der schlotternd um seinen mageren Körper hing, den Boulevard Saint Germain entlangging, dankte Inès dem lieben Gott, daß ihr Herz nicht mehr an Paris hing und daß ihr Leben und ihre Zukunft jetzt in England lagen.

Am nächsten Tag stand Inès vor dem Ritz an der Place Vendôme und starrte ein letztes Mal zum Fenster des Zimmers empor, in dem sie Umberto Scrofo ermordet hatte. Sie war schon unterwegs zum Flughafen — und sie wußte nun, daß Paris für sie von jetzt an außer traurigen Erinnerungen nichts mehr bereithielt.

In den Jahren, die nun folgten, fühlte Inès sich von ihrem Leben als Prostituierte immer mehr ernüchtert, obwohl ihre Klienten durchwegs reich und einigermaßen attraktiv waren.

Aus dem schüchternen, unwissenden Mädchen von einst war eine elegante, mondäne Frau geworden, die argwöhnte, daß es wahre Liebe nur in Romanen und Frauenzeitschriften gebe. Der Schmerz nach Yves' Betrug war nie ganz verheilt. Und nie war sie inzwischen einem Mann begegnet, der in ihr das Gefühl geweckt hätte, sie könne ihm mit Leib und Seele angehören.

Mit dem Vergehen der Jahre und dem Wachsen ihrer Ersparnisse ließ Inès die meisten ihrer Kunden fallen und behielt nur die einflußreichsten und mächtigsten. Abgesehen von Viscount Benjie, für den sie besondere Zuneigung hegte, hatte sie mehrere Gönner, die sie finanzierten. Die wichtigsten von ihnen waren drei reiche Engländer in mittleren Jahren.

Der eine war Aristokrat, aus dem ›gerechten Krieg‹, wie er es ausdrückte, mit einer Brust voller Orden heimgekehrt; die beiden anderen City-Männer bürgerlicher Herkunft, eisern verheiratete Industielle, denen halb England zu gehören schien.

Sie hatten Inès Geld gegeben — keine enormen Summen zwar, da englisches Geld traditionsgemäß von seinen Besitzern nicht verschwenderisch verschleudert wird. Daneben aber hatten sie ihr etwas zukommen lassen, was unendlich wertvoller als Bargeld, teurer Schmuck oder ein gelegentlicher Aufenthalt in Deauville, Cannes oder New York war — nämlich Wissen. Und das Verständnis für Politik, Aktien, Anlagen, Wertpapiere und Marktpreise — sie hatten ihr geheime Börsentips und Insider-Ratschläge für gute Anlagen gegeben. Ein aufgeschnappter Satz im Verlauf eines in ihrer Wohnung geführten geschäftlichen Telefonats, eine oder zwei geschickt verhüllte Fragen ihrerseits, und sie rief ihren Wertpapierhändler an, um Kaffeebohnen, Nickel, Zinn, Gold oder Silber zu kaufen. Wissen ist Macht, und Inès lernte rasch. Ihr Aktienbesitz wuchs, da sie sich, mit dem nüchternen Finanzverstand der Französin ausgestattet, systematisch daranmachte, ihre Zukunft abzusichern.

Inzwischen hatte Inès sich damit abgefunden, niemals einen Mann für sich allein zu finden, sich nie zu verlieben. Sie nahm es als schicksalsgegeben hin, daß sie nie abgesichert in einer Ehe mit Mann und zwei bis drei Kindern leben würde. Aber eines Tages, sehr bald sogar, würde sie genug Geld haben, um mit ihrer Arbeit aufzuhören und sich zurückziehen zu können. Was sollte sie dann aber mit sich anfangen? Es war ein Gedanke, bei dem sie nicht gern verweilte. Ihre mit Kostbarkeiten angefüllte Wohnung verriet nichts von ihrem Beruf. Doch es gab niemanden, der diese schönen Dinge bewunderte. Niemand, der ihr Leben teilen würde, wenn sie schließlich ihre ›Karriere‹ beendete.

Inès hatte seit Yves für keinen Mann tiefere Gefühle entwickelt — höchstens eine vage Sympathie, eine fast nichtenähnliche Haltung. Für sie waren alle Männer gleich — in der Mehrzahl selbstsüchtige, auf ihr Vergnügen bedachte Sexualtiere. Je mehr sie sie zu ihrem Vergnügen benutzten, desto weniger empfand sie für sie. Woche für Woche, Monat um Monat, Jahr für Jahr während sie ihrem sexuellen Gewerbe nachging, sehnte sie sich nach einer romantischen Liebe, von der sie in ihrem Herzen glaubte, es gäbe sie nicht.

Natürlich war sie vielen passenden Männern begegnet — jungen Männern, gutaussehenden Männern, klugen und ehrgeizigen Männern, von denen einige eine große Zukunft vor sich hatten. Aber keiner hatte sie auch nur ein Jota bewegt. Sie bemühte sich verzweifelt darum, sich zu verlieben und wenigstens einen Bruchteil der Leidenschaft, Ekstase und Wonne zu empfinden, die sie mit Yves erlebt hatte, doch fühlte sie gar nichts. Manchmal fragte sie sich zynisch, ob es nicht Yves' Zaubertricks gewesen waren, die sie in den Bann geschlagen hatten, und ob sie in ihrem Herzen nicht noch immer das zehnjährige Mädchen von ehedem geblieben war.

Aber dann kam jener Nachmittag, an dem sie *Pygmalion* im Aldwych Théâtre sah. Die Hauptrolle spielte ein großer, gutaussehender Schauspieler mit gewölbten schwarzen Brauen. Sein dunkles Haar war glatt zurückgestrichen, auf der aristokratischen Nase saß eine Schildpattbrille, auf dem Kopf schräg und verwegen eine Jagdmütze.

Er hieß Julian Brooks, Looks Brooks, das Idol der Frauen, wie ihn die Sensationspresse nannte. Seit Yves hatte Inès keinen Mann gesehen, der ihr Herz und ihre Phantasie so sehr fesselte.

Julian bezauberte sie mit seinem Charisma und seinem leicht spröden Charme, der überaus sexy wirkte. War er auf der Bühne, ließen ihre Augen ihn keine Sekunde los. Sie spürte in ihm Wärme und Heiterkeit, Eigenschaften, die zu ihm gehörten und nicht gespielt waren, wie sie sofort erkannte. Inès wußte, daß sie diesen Mann unbedingt kennenlernen mußte, obwohl sie mit ihrer Bewunderung ja nicht die einzige war. Von ihrem Sitz in einer der ersten Reihen, umgeben von Papiergeraschel und dem aufgeregten Geraune der Matinée-Matronen, spürte sie seine ihm innewohnende Empfindsamkeit, die sich mit lausbubenhafter Männlichkeit und mit viel Humor paarte.

Inès ließ von nun an keine einzige Matinée-Vorstellung aus, solange das Stück noch lief, und sie machte es sich zur Aufgabe, alles an Informationen über den Mann zusammenzutragen, der von nun an ihre Gedanken völlig beherrschte.

6

London

Während Julians Starruhm immer heller strahlte, legte Phoebe sich allmählich jenen unerträglichen Snobismus zu, wie ihn nur eine Mittelklasse-Engländerin entwickeln kann. Zwei Dinge waren es, die sie über alles liebte: Geld und Ansehen. An Julians Karriere interessierte sie in erster Linie der finanzielle Aspekt und die gesellschaftliche Position — und natürlich die schönen Rollen, die er ihr verschaffte. Julians Kollegen wurden von ihr nur eines Wortes gewürdigt, wenn es sich um Stars oder berühmte Regisseure handelte, während einfache Ensemblemitglieder oder technisches Personal für sie Luft waren. Die künstlerische Seite war für sie immer schon Nebensache gewesen. Ob Julian als Othello oder Charley's Tante auftrat, hätte ihr nicht gleichgültiger sein können. Aber sie war zu gern Mrs. Julian Brooks, vertraute Freundin der Oliviers und Redgraves. Sie liebte das Leben an der Seite eines Stars: die gesellschaftlichen Anlässe, seien es Ascot oder Wimbledon, der vierte Juni in Eton oder Cowes und Henley; Wohltätigkeitsbälle, Wochenenden in Herrenhäusern auf dem Land in prominenter Gesellschaft sowie glänzende schwarze Limousinen und Kredit bei den besten Couturiers und in sämtlichen Nobelläden. Von Julians Erfolg angestachelt, konnte sie endlich ihre eigenen schauspielerischen Ambitionen verwirklichen, indem sie ihn zwang, ihr Rollen in seinen Stücken zu vermitteln. Hätte er ihr nicht nachgegeben, sie hätte ihm das Leben zur Hölle gemacht. Die Bühnenauftritte an Julians Seite verliehen ihr in ihrem Freundeskreis noch mehr Glanz, und es verstand sich von selbst, daß sie in der Besetzungsliste ganz oben genannt wurde, als Star aus eigenem Vermögen und nicht nur als Frau eines Stars.

Momentan aber war sie absolut sauer auf Julian. Eigentlich war sie auf ihn schon schlecht zu sprechen, seitdem er sich kategorisch geweigert hatte, die Rolle der Eliza Doolittle in *Pygmalion* mit ihr zu besetzen.

Mit fünfunddreißig sah sie mindestens ein Dutzend Jahre zu alt aus, um die Rolle des schmächtigen Cockney-Blumenmädchens zu verkörpern, ganz zu schweigen von ihren viel zu vielen überflüssigen Pfunden, die ihr das Aussehen einer gesetzten Matrone verliehen.

»Ich bin die Idealbesetzung für die Rolle, das hast du immer gesagt«, keifte sie. An ihren Schneidezähnen haftete Lippenstift, ihr dick aufgetragenes Make-up brachte die immer deutlicher werdenden Falten der Enttäuschung erst recht zum Vorschein. Die Hennafarbe, die sie verschwenderisch benutzte, um ihr farblos werdendes Haar zu tönen, schimmerte grell in der spärlichen Nachmittagssonne, die in Julians Garderobe in den Pinewood Studios fiel. Er befand sich im Endstadium der Dreharbeiten für *Der Freibeuter,* einem neuen Abenteuerfilm für Didier Armande, und mitten in der Besetzungs- und Vorbereitungsphase für *Pygmalion.* Nach zweimonatiger Arbeit an diesem mit großer körperlicher Anstrengung verbundenen Film hatte er vergeblich versucht, auf dem Sofa in seiner Garderobe ein wenig zu schlafen, als Phoebe hereinplatzte und seinen Garderobier mit der für sie typischen gereizten Anweisung hinausbeorderte: »Raus jetzt. Mir egal, ob er schläft — ich bin seine Frau, verdammt nochmal.« Wütend baute sie sich vor ihm auf, die Hände in die Hüften gestützt.

»Phoebe, um Himmels willen«, flehte Julian, der verschlafen zu seiner einst begehrenswerten Frau aufblickte, die nun als wutentbrannte, übergewichtige Rachegöttin vor ihm stand.

»Wie konntest du nur diesem Flittchen, dieser Louise James, die Rolle der Eliza geben?« fragte sie giftsprühend. »Sie ist ja gräßlich. Sie kann nicht spielen, und außerdem ist sie viel zu alt!«

»Sie ist zwanzig«, entgegnete Julian stoisch. »Sie hat letztes Jahr am Broadway einen Tony gewonnen, steht seit dem elften Lebensjahr auf der Bühne, und, was noch wichtiger ist, sie ist zufällig bildhübsch.«

»Bildhübsch?« kreischte Phoebe. »Du nennst diese Vogelscheuche hübsch? Sie hat ein Gesicht wie ... wie eine billige Chinapuppe. *Ich* bin deine Frau. Wie wär's mit ein wenig Loyalität mir gegenüber?«

»Phoebe, bitte. Sei doch vernünftig.« Julian bemühte sich nach Kräften, nicht die Fassung zu verlieren, sich nicht hinreißen zu lassen. Ihm stand heute noch eine wichtige, emotional anspruchsvolle Szene bevor, und Phoebes Wutausbrüche waren alles andere als hilfreich. »Du bist für die Eliza einfach zu alt, siehst du das nicht ein, Liebes?«

»Nein, verdammt, das sehe ich nicht ein.« Sie ließ nun die Krokodilstränen fließen, die Julian schon zu gut kannte. »Ich bin gleichalt wie Vivien. Und sie spielt junge Mädchen.«

»Dann sieh in den Spiegel, verdammt nochmal. Der Spiegel lügt nicht, wie du weißt. Du bist fast sechsunddreißig. Du kannst keine Achtzehnjährige spielen, Phoebe, du kannst es nicht, und damit basta.«

»Ich kann«, heulte sie. »Ach, Julian, bitte, bitte, gib mir die Rolle. Ich werde abnehmen, ich werde wirklich gut sein ... denk an meine Kritiken für *Present Laughter* — man hat mich als bezaubernd jung und temperamentvoll bezeichnet.«

»Das liegt nun schon etliche Jährchen zurück, meine Liebe. »Julian wußte, daß er eisern bleiben mußte. Phoebe versuchte mit allen Mitteln, ihn zu manipulieren, und er durfte nicht zulassen, daß sich das Gleichgewicht der Macht in ihrer Ehe zu ihren Gunsten verschob. Sie versuchte es weiß Gott ständig, was zu vielen zermürbenden Kämpfen führte, doch durfte er sich, ein überzeugter Verfechter männlicher Vorherrschaft, das Heft nicht aus der Hand nehmen lassen. Aber ebenso wichtig waren ihm seine künstlerischen Maßstäbe, von denen er nicht abgehen wollte.

»Das liegt nun schon Jahre zurück«, fuhr er fort, »und die Rolle der Joanna war die einer erfahrenen Frau, während Eliza fast noch ein Kind ist. Es tut mir leid, aber die Sache ist gelaufen. Die Rolle wird Louise spielen. Morgen geht die Besetzungsliste an die Presse.«

Phoebes Tränen versiegten. Sie sah ihn wachsam an. »Ich verstehe«, sagte sie seufzend und fuhr sich mit einem Taschentuch voller Mascaraflecken über die schwarzverschmierten Augen. »Einfach so – fallengelassen wie eine heiße Kartoffel. Vielen herzlichen Dank.«

»Benimm dich nicht so lächerlich, Phoebe. Du führst ein verdammt gutes Leben. Ich bin bemüht, dir alles zu geben, was du nur möchtest. Du hast in praktisch jedem meiner Stücke mitgespielt, aber in diesem wirst du nicht spielen. Also vergessen wir diesen albernen Streit – und jetzt laß mich um Himmels willen schlafen.«

Phoebe befingerte nachdenklich ihren riesigen Kaschmiri-Saphir- und Diamant-Ring von Garrards, rückte ihr goldenes, dicht mit Steinen besetztes Halsband von Van Cleef & Arpels zurecht und spielte mit den Knöpfen ihres beigefarbenen Modellkostüms von Jacques Fath – für Julian altbekannte Anzeichen dafür, daß sie etwas ausheckte. Seufzend ließ er sich auf der Couch zurücksinken. Sein Körper lechzte nach Ruhe. Seit fünf Uhr morgens war er auf den Beinen. Und am Abend zuvor hatte Phoebe darauf bestanden, die Premiere von *Ring Around the Moon* zu besuchen und anschließend noch auf eine von Binkie Beauforts wilden Partys zu gehen. Er hatte nur drei Stunden geschlafen und war fix und fertig.

»Ich bin hundemüde«, sagte er. »Würdest du wohl gehen?

Ich brauche unbedingt ein wenig Schlaf — mir steht eine wichtige Szene bevor.«

»Ja, ja, ich gehe schon ... sofort«, zischte sie frostig und zog ihre hellen, nerzbesetzten Handschuhe an, ehe sie ihre wuchtigen Schultern in ihre neue Zobeljacke von Bergdorf Goodman in New York City hüllte.

»Julian, neuerdings bin ich mit dir nicht so wahnsinnig glücklich. Ich kann mir nicht denken, daß ich mich gern in London aufhalten werde, während du mit dieser untalentierten Niete probst.«

Julian stieß erneut einen Seufzer aus. Was jetzt? Welchen bedrohlichen Schachzug hatte sie jetzt in petto? Konnte sich dieses Biest denn nie zufriedengeben?

»Gestern hat Hermione mir auf der Party erzählt, daß sie eine kleine Reise vorhat«, fuhr Phoebe fort. »Ich glaube, ich werde sie begleiten. Sicher werden wir es zusammen sehr lustig haben. Hermione ist immer so amüsant.«

»Wunderbar, meine Liebe.« Julian schloß die Augen. Er betete darum, daß sie endlich ginge. Der Regieassistent klopfte bereits nebenan an die Tür seiner Partnerin.

»Und wohin soll die Reise mit Hermione gehen?« fragte er mehr aus Höflichkeit denn aus Interesse.

»Um die ganze Welt«, fauchte Phoebe, bereits auf dem Weg zur Tür. »Natürlich ist die Sache nicht eben billig«, fügte sie selbstzufrieden hinzu. »An die zehntausend Pfund für die besten Hotels und Restaurants und so. Aber da ich mich hier sicher zu Tode langweilen würde, während du diese James vermutlich wie ein Kaninchen rammelst, wirst du die Ausgabe gewiß nicht scheuen, wie ich dich einschätze. Ach, übrigens« — sie hielt in der offenen Tür inne — »vergiß nicht, daß du mir die Ophelia versprochen hast. *Die* werde ich mir nicht nehmen lassen. *Niemals.*« Sie segelte hinaus und knallte die Tür in dem Moment zu, als Julians Garderobier mit seiner gewohnten Aufweck-Tasse Espresso erschien.

»Na, alles klar, Chef?« fragte er angesichts von Julians angespannter Miene mitfühlend.

»Ja, Freddie, danke, alter Junge. Sag Tim drüben beim Make-up, daß ich in fünf Minuten zur Stelle bin.«

Ophelia, lieber Himmel! dachte er, während er den bitteren, aber belebenden Espresso hinuntergoß. Dann zog er seine schwarzen Lederstiefel an. So wie Phoebe jetzt aussah, kam sie eher für die Gertrude in Frage. Oder vielleicht sogar für Gertrudes Mutter, wenn es eine solche Rolle gegeben hätte. Mißlaunig ging er in den Schminkraum, wo ihn ein warmes Lächeln seiner momentanen Partnerin begrüßte.

Am Abend war Julian nach Drehschluß ein höchst willkommener Besucher in der Garderobe der köstlich schmollmundigen Rebecca Chamberlaine. Hier konnte er seinem Ärger und seinem Frust Luft machen, und die gegenseitige Befriedigung und Erfüllung erwies sich als so nachhaltig, daß ihre Beziehung bis zum Ende der Dreharbeiten anhielt.

7

Nizza

»Herrjeh, die sind ja alle hundemager.« Bluey Regan lehnte sich auf seinem Sitz im verdunkelten Zuschauerraum des alten Theaters in Nizza zurück, die aufgereihten siebenundvierzig nervösen Teenager, die sich in ihren knappen schwarzen Trikots, gestopften Strumpfhosen und schäbigen Ballettschuhen auf der Bühne aneinanderdrängelten, aufmerksam musternd.

»Keine einzige anständige Figur darunter«, vertraute er im Flüsterton Nicholas Stone an, dem eifrigen jungen Regisseur, der sich neben ihm vorbeugte und die Mädchen aufmerksam begutachtete, ehe er seiner Sekretärin hastig etwas zuflüsterte, das sie so schnell zu Papier brachte, wie ihre begrenzten Steno-Kenntnisse es zuließen.

»Sie haben ja keine Titten, Nick«, beschwerte Bluey sich. »Keine hat mehr als einen 32-A-BH. Wird sich in einem schulterfreien großen Stilkleid in Technicolor großartig machen, noch dazu, wenn Julian Brooks so tut, als wolle er ihr das Gehirn rausbumsen.«

»Halt die Klappe, Bluey«, fuhr Nick ihn an. »Hast du noch immer nicht kapiert? Wir machen das sechzehnte und nicht das achtzehnte Jahrhundert. Sie soll eine Prinzessin sein, und sie wird ein loses Gewand tragen. Vergiß eine Minute lang die Titten, falls du das annähernd schaffst. Halt nur nach unverbildetem Talent Ausschau, nach fotogenen Gesichtern, nach eventuellen besonderen Eigenschaften dieser Mädchen. Und wenn du das nicht tun willst, dann geh spazieren, geh bumsen, geh und verschwinde! Ich picke sie mir selbst heraus.«

»Na, dann denk auch dran, daß du Regie führst, wenn sie vor der Kamera steht.«

»Ich weiß, und ich weiß, was ich tue«, ließ Nick sich unerbittlich vernehmen. »Falls du bleibst, dann halte den Mund, Bluey. Wenn ich deinen Rat möchte, dann werde ich fragen, und Titten sind in diesem Fall von völlig untergeordneter Bedeutung.«

»Schon gut, schon gut.« Bluey ließ sich zurücksinken. Mit einem Blick auf die Mädchen äußerte er halblaut eine letzte abschätzige Bemerkung, die jedoch laut genug war, um von Nicks französischer Sekretärin aufgefangen zu werden.

»Bitte, vergessen Sie nicht, *Miistär* Regan, daß Krieg und Besetzung noch nicht lange zurückliegen — keine neun Jahre«, gab die Frau eisig von sich. »Diese jungen Mädchen hatten als Kinder wenig zu essen, deshalb sind sie so klein — ganz *contraire* zu Ihren wohlgenährten Amerikanerinnen.«

»Na, ein paar gute amerikanische Steaks, Fritten und Schokomalz müßte ihnen Fleisch auf die Knochen zaubern. Und ehe man Metro Goldwyn Mayer sagen kann, werden sie so toll aussehen wie Marilyn Monroe und Jane Russell, nicht?« Bluey bot der Frau ein Stück Kaugummi an.

»Hm, vielleicht«, sagte die Französin und lehnte ab. »Aber ich glaube nicht, daß auch nur eines dieser Mädchen diese Typen verkörpern könnte. Sie sind alle französisch — *typiquement francaise* — und Sie werden feststellen, daß sie sehr stolz darauf sind, *Monsieur*!« Damit drehte sie sich um. Nicks hartnäckiger Assistent war ihr sichtlich zuwider.

Eine zarte Rothaarige in burgunderrotem, farblich für sie ungünstigen Trikot und ebensolchen Strumpfhosen trat an die Rampe und reichte dem Pianisten scheu ihre Noten. Dann tanzte sie den sterbenden Schwan aus *Schwanensee*, technisch perfekt, aber ohne einen Funken Feuer. Kopfschüttelnd flüsterte Nick Stone seiner Sekretärin zu, sie solle das Mädchen fortschicken. Bislang die fünfzehnte Bewerberin. Die Auswahl würde sich schwieriger gestalten, als er geahnt hatte.

Eine Stunde später versetzte Nick dem laut schnarchenden Bluey aufgeregt einen Stoß. »Sieh dir die da an«, flüsterte er ihm zu. »Sie kommt dem Typ, den ich mir für die Isabella vorstelle, sehr nahe. Was meinst du?«

Bluey setzte sich aufrecht hin und sah kritisch zu, als Dominique einen Fandango aus *Carmen* mit viel Stilgefühl und kaum verhüllter Sinnlichkeit tanzte. Beide Männer waren mit einem Schlag gespannte Aufmerksamkeit.

»Verdammt, die ist gut«, stieß Bluey halblaut hervor. »Verflucht gut sogar, wie, Nick? Und diese Beine — ohne Ende. Sieht mir ganz danach aus, als hätte die Kleine das Zeug zum Star.«

»Ja, das hat sie«, pflichtete Nick ihm bei, während er sich Notizen machte. »Sie ist als Tänzerin Klasse, und sieht auch erstklassig aus. Vielleicht ist sie es, Bluey.«

»Wird auch Zeit. Wenigstens war es keine komplette Zeitverschwendung.«

Im rückwärtigen Teil des Zuschauerraumes verschränkte Agathe erleichtert die Hände, als sie sah, wie gut ihre Schülerin sich machte. Die vielen zusätzlichen Übungsstunden hatten sich gelohnt. Falls es Gerechtigkeit auf der Welt gab, dann mußte Dominique die Rolle bekommen, dann mußte sich ihr der Weg nach Hollywood öffnen, damit sie aus diesem Provinznest herauskäme. Und mit etwas Glück würde Agathe mit ihr gehen.

»Sieh einer an.« Bluey starrte mit wachsender Begeisterung zu Dominique auf die Bühne, als sie ihre zweite Nummer beendete, eine vollendet ausgeführte Version von Eleonor Powells Stepptanznummer aus *Broadwaymelodie.*

Sie hatte sich ein kurzes Röckchen umgebunden, das ihre schmale Taille und die kleinen, festen Brüste betonte. Ihr langes Haar war offen und umschwebte locker und weich ihr gerötetes Gesicht.

Bis auf fünf Mädchen waren schon alle weggeschickt worden. Sie saßen mit gekreuzten Beinen in den Kulissen, Jakken und Tücher um die Schultern. Widerwillig mußten sie zugeben, daß Dominique sehr gut war, viel besser als sie alle. Sie war mehr als gut. Sie besaß eine magische Ausstrahlung, ein starkes Charisma, etwas Süßes, Lausbubenhaftes, das blitzschnell in schwelende Sinnlichkeit umschlagen konnte.

Dominique hatte ihre Nummer beendet und stand rot und vor Nervosität zitternd in der Mitte der großen Bühne, voller Bangen, als sie die zwei Männer heraufkommen sah.

»Sehr nett — sogar sehr, sehr nett«, sagte Nick. Seit seinem letzten Erfolg kleidete er sich im lässig-eleganten Fred-Astaire-Stil. Zu hellen Gabardinehosen trug er ein offenes rosa Hemd und eine dunkelblaue, weiß gepunktete Krawatte. Sein schwarzes, gelocktes Haar ließ sich auch mit viel Pomade nicht bändigen und trug zu seinem jungenhaften guten Aussehen nicht unwesentlich bei. Mit siebenundzwanzig hatte er binnen eines Jahres zwei Erfolge landen können und galt nun als einer der heißesten Tips unter der neuen Regie-Generation Hollywoods.

Teens im All hatte sich als Teenager-Kultfilm des Jahres 1953 entpuppt und über zwanzig Millionen Dollar eingespielt — und Nick hatte eine tüchtige Dosis Kritikerlob eingeheimst, nach dem er so gegiert hatte. Sein zweiter Film, eine verrückte Klamotte, war bei Kritik und Publikum trotz des höchst mittelmäßigen Originalskripts ebensogut angekommen. Aber Nick schien magische Hände zu besitzen, wenn es um Filme ging. Er brachte für jeden Film Verständnis und Hochachtung, ja so etwas wie Verehrung auf, er sah den gesamten Streifen im Geist vor sich, ehe er überhaupt zu drehen begann. Und so wurde er schnell zu Hollywoods brandheißem Geheimtip, dem Goldjungen von MCCP, Liebling von Spyros Makopolis. Jetzt hatte man ihm als dritten Auftrag den Knüller des Jahres gegeben — *Die Cortez-Legende.*

Nachdem er Dominique die Hand geschüttelt hatte, überreichte Nick ihr ein weißes Kärtchen, auf dem in halbfetten schwarzen Lettern sein Name stand.

»Kommen Sie heute nachmittag um drei zu mir nach Cannes ins Carlton. Werden Sie das schaffen?«

Einer Ohnmacht nahe, brachte Dominique nur ein Nicken zustande und flüsterte: »*Oui, Monsieur,* das schaffe ich schon. Darf ich meine Begleiterin mitbringen?« Sie wies mit einem Kopfnicken auf die undeutliche Gestalt Agathes, die weit jenseits der Rampenlichter von Dunkelheit umgeben dastand.

»Natürlich.« Nick lächelte ihr zu. Sie war bewundernswert frisch, süß und sexy. »Bringen Sie Ihre Eltern, ihre Großmutter und sämtliche Tanten und Onkel mit, wenn Sie wollen. Wir werden uns geschäftlich unterhalten, junge Dame, und ich glaube, es wird Ihnen gefallen, was ich zu sagen habe.«

Dominique schüttelte ihr taillenlanges Haar, daß es nach hinten fiel. Tiefschwarz und locker umrahmte es das vollkommene Oval ihres Gesichtes, als sie mit grünen, von einem Wimperndickicht umgebenen Katzenaugen zu Nick aufblickte.

»*Merci, M'sieur* Stone«, flüsterte sie mit ihrer mädchenhaften, aber sexy klingenden Stimme, die einen ihrer großen Reize ausmachen würde, wie beide Männer schlagartig registrierten. Und diese Augen! Nick geriet vollends in ihren Bann, und Blueys erfahrener Blick tastete ihren jungen Körper ab wie ein Feinschmecker ein Festmahl. Köstlich — ja, sie war köstlich. Ein Leckerbissen, den man einem König servierte — oder in diesem Fall einem Entdecker.

In der Dunkelheit des Zuschauerraumes lächelte Agathe vor sich hin. Sie ahnte die Reaktion der zwei Männer auf ihre Schülerin, Grund für sie, trotz ihrer Freude über Dominiques Abschneiden die Hände zu Fäusten zu ballen. Bei Männern war es doch immer dasselbe. Angesichts eines jungen, hübschen Mädchens wurden sie unweigerlich weich wie Wachs. War aber eine Frau nicht mehr jung und hübsch, dann wurde sie keines zweiten Blickes mehr gewürdigt. Agathe empfand einen Anflug von Eifersucht, obwohl sie Dominique den Erfolg gönnte. Hätte es den Krieg nicht gegeben, sie selbst hätte dort oben stehen können.

8

Rom

Im Frühjahr 1954 traf eine amerikanische Filmgesellschaft in Rom ein, um mit zwei großen Stars der dreißiger Jahre einen seichten Unterhaltungsfilm zu drehen. Ramona Armande und Gregory Mendelson spielten ein Paar vorgerückten Alters, das in Rom inmitten romantischer Schönheit und antiker Trümmer vielen Abenteuern und einer herbstlichen Liebe begegnete.

Auf einer kleinen Piazza waren für eine Szene mit Ramona und Gregory Beleuchtung und Requisiten aufgebaut worden. Es war ungewöhnlich heiß, und in dem stickigen Raum über dem Café, den man zu Ramonas Garderobe umfunktioniert hatte, herrschte unerträgliche Schwüle.

Sie entschloß sich zu einem Spaziergang, um einige der

stimmungsvollen und malerischen Gäßchen zu erkunden, deren meist winzig kleine Läden sich mit ihren als Blickfang ausgestellten Kostbarkeiten zu überbieten schienen. Ramona war eine eifrige Sammlerin. Je ausgefallener die Objekte, desto besser kamen sie in ihrem exotischen Haus in Acapulco zur Geltung. Sie selbst wirkte in ihrem erstklassig geschnittenen cremefarbigen gegürteten Leinenkostüm von Balenciaga wie der Inbegriff von Schick und Eleganz. Auf ihrem schwarzen Haar saß ein breitkrempiger Strohhut mit einer Fülle seidener Maiglöckchen als Zierde. Die Sonne knallte so unbarmherzig auf die Piazza, daß sie ihre hinter einer dunklen Sonnenbrille verborgenen berühmten Bernsteinaugen zusammenkneifen mußte.

»*Principessa,* wohin gehen Sie?« fragte Tinto, der erste Regieassistent, mit einem Ausdruck der Besorgnis in seinem von ständiger Ängstlichkeit geprägten Gesicht, als er ihr nachlief.

»Keine Angst, Tinto, mein Lieber«, antwortete Ramona lächelnd und auf jene charmante Art, mit der sie es immer schaffte, sich bei der Crew beliebt zu machen. »Ich möchte die Schattenseite der Via Babuino entlanggehen. Nur ein halbes Stündchen. Bis dahin werdet ihr das Set doch ausgeleuchtet haben?«

»*Si, Principessa*«, antwortete Tinto, der ihr Lächeln erwiderte. Er konnte nicht umhin, der aufrechten Gestalt bewundernd nachzublicken, wie sie über das von Sonnen- und Schattenflecken gesprenkelte Kopfsteinpflaster dahinschritt. Ramona war, obwohl weit über Fünfzig, noch immer eine schöne Frau.

Langsam schlenderte sie die heiße, staubige Straße entlang und genoß die sanfte Brise, die ihr Haar leicht zauste. Jeder kleine Laden war eine Schatzkammer voller schöner Dinge, so daß sie sich in einigen länger aufhielt, einen bemalten Spitzenfächer mit kunstvollem Silbergriff aus dem achtzehnten Jahrhundert bewunderte, Smaragd-Diamant-Ohrclips aus den zwanziger Jahren und zuguterletzt die herrliche Bronzeskulptur eines muskulösen jungen Diskuswerfers. Doch erst vor dem letzten Laden der Straße schnappte sie buchstäblich nach Luft. Der auf einem schwarzen Samtkissen im Schaufenster ausgestellte rubinbesetzte Elfenbeinarmreif war aber auch atemberaubend. Ihr kundiges Auge erkannte auf den ersten Blick, daß die von Brillanten eingefaßten, kegelförmig geschliffenen Cabochon-Rubine auf dem breiten Elfenbeinreif von musealem Wert waren. Von Neugierde getrieben, betrat Ramona das kühle, dunkle Ladenlokal. Ein ungeheuer dicker, häßlicher, krötenähnlicher Mann thronte hinter dem gläsernen Ladentisch und begutachtete ein Diamantarmband durch eine Lupe. Er blickte auf, erkannte sie aber nicht sofort, da das helle Sonnenlicht sie nur als Silhouette im Eingang erscheinen ließ.

»Womit kann ich dienen?« fragte er in kehligem, unkultiviertem Ton. Ramona glaubte, die Klangfarbe Neapels oder Siziliens herauszuhören. Seine Sprechweise war jedenfalls nicht die eines gebildeten Römers.

»Es handelt sich um den Elfenbeinarmreif im Fenster — ich würde ihn mir gern näher ansehen.«

»*Prego* nehmen Sie Platz, *Signora.*« Der Mann deutete auf eine mit Schnitzereien verzierte, zweihundert Jahre alte Sitzbank, wie alles übrige im Laden von erstklassiger Qualität.

Ramona registrierte voller Bewunderung die auf Regalen und in Vitrinen ausgestellten Schmuckstücke, die unzähligen Emaille- und Golddöschen, Schnitzfiguren und anderen Kunstgegenstände. Dieser Mann verfügte trotz seiner grotesken und abstoßenden äußeren Erscheinung und seiner seltsam krächzenden Stimme offensichtlich über erlesenen Geschmack.

»Hier — ist das nicht ein Prachtstück?« Er legte den Armreif behutsam auf ein Samttuch und ließ Ramona nicht aus den Augen, als sie ihn andächtig hochhob.

»Schön — wunderschön«, hauchte sie und streifte einen

Handschuh ab, um den Reif an ihrem schlanken Handgelenk zu bewundern. »Diese Qualität! Wieviel?«

»Nun ... für Sie, *Signora,* ein Sonderpreis«, strahlte der *antiquaire,* der sie prompt erkannte, nachdem er das Licht auf dem Ladentisch angeknipst hatte. »Für Sie nur zehn Millionen Lire.«

»Absolut superb«, strahlte Ramona. »Wirklich herrlich — zehn Millionen, sagten Sie?«

Er nickte aufmunternd. Seine Äuglein hatten sich zu schmalen Schlitzen verengt, seine Hände hielt er vor dem gewaltigen Leib gefaltet. Ramona fiel auf, daß Stoffqualität und Schnitt seines Anzuges die Leibesfülle geschickt kaschierten und daß Uhr und Manschettenknöpfe von Cartier stammten.

»Ich hätte da eine Idee.« Sich vorbeugend, nahm Ramona ihre Sonnenbrille ab, um ihn die Wirkung ihrer bernsteinfarbenen Katzenaugen spüren zu lassen, die über drei Jahrzehnte hinweg die Kinobesucher in Bann geschlagen hatten. Ihr Zauber tat noch seine Wirkung, denn sie sah, daß er schluckte und daß seine bleiche Haut sich rosig färbte.

»Der Armreif paßt wunderbar zu diesem Kleid, finden Sie nicht?«

Er nickte, vom Glamour und von der Rätselhaftigkeit dieser Frau gefangen.

»Wir sind unten an der Piazza Barbarini mitten in den Dreharbeiten zu einem Film ...« Wie ein aufgeregtes Kind umfaßte Ramona seinen Arm mit ihren schmalen Fingern, deren Nägel scharlachrot gefärbt waren. »Lassen Sie mich den Reif in der nächsten Szene tragen. Der Produktionsleiter ist anwesend und wird sich um die Versicherungsfrage und alles andere kümmern, und —« sie steigerte sich richtig hinein, als sie fortfuhr — »und wenn wir heute mit dem Drehen fertig sind, wird *Oggi* die Fotos für einen Bildbericht schießen, der mich in ganz Rom zeigt. Sie wissen schon — wie ich Münzen in die Fontana di Trevi werfe und über das Forum und die Piazza di Spagna spaziere. Wenn ich diesen

Armreif trage, werde ich darauf bestehen, daß Ihr Laden in dem Artikel erwähnt wird — vielleicht würde das den Preis etwas drücken?« Sie lächelte unschuldig, von ihrem kleinen Plan sehr angetan, und er erwiderte ihr Lächeln. Eine bezaubernde Person, soviel stand fest. Zweifellos eine Frau von Welt, und dazu mit einem kindlichen Charme begabt, den er unwiderstehlich fand.

Er stieß einen gespielten tiefen Seufzer aus und schüttelte den kahlen Schädel. »Die Signora versteht es zu handeln«, meinte er lächelnd. »Aber da Sie es sind, Madame Armande, ein so großer Star«, er verbeugte sich, und Ramona reagierte mit einem kleinen Nicken ihrerseits — »sehe ich keine Möglichkeit abzulehnen. Allerdings unter einer Bedingung.«

»Und die wäre?« fragte Ramona, die ihren Bick nicht von dem herrlichen Armreif losreißen konnte, dessen Steine in der schwachen Beleuchtung funkelten und blitzten.

»Ich erbitte die Erlaubnis, die Signora auf ihrem Rundgang durch Rom heute begleiten zu dürfen, ihr vielleicht sogar ein paar Sehenswürdigkeiten zu zeigen, die sie noch nicht kennt — und dann — wenn es gestattet ist — die Ehre zu haben, sie in die Taverna Livia zum Essen auszuführen.«

Ramona musterte ihn. Ein nicht sehr einnehmender Begleiter — klein, dick und häßlich. Doch mußte sie zugeben, daß er einen gewissen Charme hatte, und nach den in seinem Laden ausgestellten Kostbarkeiten zu schließen über ausgeprägten Kunstverstand und ein gutes Auge für schöne Dinge verfügte.

Die schmachtenden italienischen Gigolos, die sich Zugang zu Ihrer Suite im Grand Hotel verschafft hatten, langweilten sie bereits. Ebenso langweilig fand sie die angestrengten Bemühungen ihres Partners Gregory Mendelson bei ihren gelegentlichen Liebesszenen. Vor etlichen Jahren hatten sie eine glühende Affäre miteinander gehabt, damals, als er noch ein begehrenswerter Charmeur und das Idol von Millionen gewesen war, doch leider hatte sich die Zeit nicht nur unbarmherzig auf seinen Haarwuchs und seine Taille ausgewirkt, sondern auch auf seinen Sexualtrieb. Trotz seiner wackeren Versuche, um der alten Zeiten willen Ramona im Bett zu befriedigen, hatten sich ihre flüchtigen Vereinigungen für beide als alles andere als lohnend erwiesen.

»Sehr schön.« Sie neigte erneut den Kopf. »Ich freue mich, wenn Sie mich begleiten wollen — und ich bin entzückt, Ihre Einladung zum Abendessen annehmen zu können.« Es folgte ein Blick auf ihre Armbanduhr. »O Gott, jetzt muß ich gehen, die Drehpause ist fast vorüber, ich darf mich nicht verspäten. Wollen Sie mich nicht begleiten, *Signor*?«

Nachdem er einen Schlüsselbund aus der Tasche gezogen und die Tür seines kleinen Ladens sorgfältig abgeschlossen hatte, folgte der Juwelier Ramona hinaus in die sengende römische Sonne.

Um neun holte er sie in einem offenen schwarzen Lancia vor dem Grand Hotel ab. Seine Fülle wurde wieder raffiniert kaschiert, diesmal von einem mitternachtsblauen Caraceni-Anzug. Dazu trug er ein weißes Hemd aus der Burlington Arcade und eine ziemlich auffallende rote Krawatte. Wären Gesicht und Körper nicht so häßlich gewesen und hätte sein Rasierwasser, in dem er gebadet haben mußte, nicht so penetrant gerochen, er hätte tatsächlich *una bella figura* gemacht und einen passenden Begleiter für Ramona abgegeben. In ihrem Cocktailkleid aus champagnerfarbener Spitze, das ihre überschlanke Taille betonte und ihr Dekolleté so zur Geltung brachte, daß eine Monroe sie beneidet hätte, wirkte sie wie die Verkörperung von Eleganz und Schönheit. Sie trug dazu ein schlichtes Diamanthalsband von Fulco of Rome und am Handgelenk schimmerte der brillantbesetzte Elfenbeinreif. Die beiden gaben ein auffallendes Paar ab, als sie die Hotel-Lobby durchschritten, und nicht wenige drehten sich nach ihnen um, voller Bewunderung für Ramonas Stil und Auftreten.

Er war mit sich sehr zufrieden. Noch nie war er mit einer

so hinreißenden und berühmten Frau wie Ramona ausgegangen. Kein schönes oder auch nur hübsches Mädchen hätte ihn ohne reichlichen Lire-Lohn eines zweiten Blickes gewürdigt. Ramona aber schien sich an seiner Kleinheit und Häßlichkeit nicht zu stoßen. Ihr hatten es offenbar seine Sachkenntnis als Schmuck- und Antiquitätenhändler angetan. Auf der Fahrt im offenen Wagen, als sie auf die stilleren Straßen der Vorstädte zusteuerten, schützte sie ihr Haar mit einem Chiffontuch und lauschte aufmerksam seinen Antworten auf ihre vielen Fragen.

Ramona war eine gute Zuhörerin, eine wahre Meisterin der Kunst, alle Einzelheiten der Vergangenheit eines Menschen aufzuspüren. Mit ein, zwei subtilen Fragen versuchte sie geschickt, sich ein Bild von der Lebensgeschichte ihres Begleiters zu machen. Als sie vor einem noblen Restaurant an einem Tisch saßen und aus schweren venezianischen Gläsern Champagner tranken, erzählte Umberto Scrofo Ramona von seiner Vergangenheit so viel, wie er für richtig hielt.

Umberto hatte unglaubliches Glück gehabt. Als die Mafia-Schergen ihn vor der Küste Kalabriens in einem winzigen Ruderboot seinem Schicksal überließen, hatte der Mond geschienen und das Meer war spiegelglatt gewesen. Ohne Kompaß und mit mehr Glück als Geschicklichkeit hatte er es geschafft, um das Kap von Kalabrien, den südlichsten Punkt des italienischen Festlands, und dann durch die Straße von Messina zu treiben. Dort hatte ein Fischer ihn gesichtet, war ihm zu Hilfe gekommen und hatte den Halbtoten zu sich nach Hause in ein sizilianisches Dörfchen geschafft. Kaum hatte Umberto sich erholt, als sein Retter mit einem entfernten Vetter, zum Glück keinem Mitglied der Cosa Nostra, in Verbindung trat, der den Schiffbrüchigen gegen ein paar Goldmünzen nach Rom brachte.

Stets auf alle Eventualitäten gefaßt, hatte Umberto es sich zur Gewohnheit gemacht, mit einem Geldgürtel um die Mitte zu schlafen, in dem er ein paar antike Goldmünzen und ein kleines Vermögen in losen Diamanten, Smaragden und Rubinen aufbewahrte. Als die Mafia in sein Schlafzimmer eingedrungen war, hatte man es zum Glück versäumt, ihn gründlich zu durchsuchen. So kam es, daß er in Rom als reicher Mann ein neues Leben beginnen konnte.

Nach einigen Monaten eröffnete er an der Via Babuino einen Antiquitätenladen, in dem er viele der kostbaren Dinge zum Verkauf anbot, die er den Franzosen und Griechen geraubt und noch während des Krieges nach Italien geschafft hatte, um sie hier zu lagern. Seine Schätze, die meist aus weniger bekannten Museen und Privatsammlungen stammten, machten seinen Laden zu dem am reichsten und kostbarsten bestückten Antiquitätenladen Roms.

Nur wenige ausgewählte Stücke seines zusammengestohlenen Schatzes gelangten pro Jahr auf den Markt, da er es peinlich vermied, die Aufmerksamkeit von Interpol auf sich zu lenken, die noch immer nach den im Krieg geraubten Kunstschätzen fahndete.

Der Goldschmuck all der Unglücklichen, die unter seinem Kommando gefoltert und getötet worden waren, verschafften ihm nur ein stattliches Einkommen. Viele der silbernen und goldenen Ikonen, Emaillevasen, Alabasterfiguren und Kerzenständer, die er den Griechen abgenommen hatte, befanden sich noch in seinem Besitz, und aus Frankreich waren ihm auch ›seine Gemälde‹, wie er sich ausdrückte, geblieben, unter anderem Meisterwerke von Manet, Van Gogh, Renoir, Cèzanne und drei großformatige, sehr bedeutende kubistische Picasso-Bilder. Sie alle hatte er in einem Gewölbe unter seinem neuen Haus unweit der Piazza di Spagna gelagert, in Erwartung der Schlechtwetterperiode, die einen Verkauf vielleicht unumgänglich machen würde.

Umberto war ein reicher Mann, aber einer, der sich langweilte. Die Wonnen des Fleisches stellten für ihn keine Verlockung mehr dar, wenn sie nicht ausgesprochen bizarrer Natur waren, und tagtäglich im Laden zu sitzen, ödete ihn zunehmend an. An Geld lag ihm nicht. Was er viel mehr brauchte, waren neue Reize, neue Anregungen, aber abgesehen vom Sex wollte ihm nichts einfallen.

Doch als er an jenem sonnigen Tag auf der Piazza Barbarini stand und die riesigen Bogenlampen an ihren Eisenträgern strahlen sah, als er das Gehetze und Gedränge auf dem Filmset beobachtete, den Glamour und die Begeisterung, die allen eigen war, erkannte er sofort, daß er die Antwort auf seine langen Tage der Ödnis gefunden hatte.

Während der Dreharbeiten von *Römischer Sonntag* wurden Umberto und Ramona enge Freunde. Umbertos immer schon vorhandenes Interesse für Hollywood wurde jetzt durch die für ihn neuen und faszinierenden Dreharbeiten neu entfacht. Es dauerte nicht lange, und er wurde auf dem Set zu einer ständigen Erscheinung. Er lernte Henry Hornblower, den Produzenten kennen, eine angegraute Hollywood-Legende, fast schon reif fürs Gnadenbrot, aber noch immer voller witziger Anekdoten und Geschichten aus der Zeit vor Erfindung des Tonfilms. Er lernte den Regisseur kennen, einen jungen begabten Heißsporn, der Sprosse um Sprosse der Karriereleiter erklomm, ehrgeizig wie der Teufel und seiner selbst und seiner Begabung absolut sicher. Und er lernte die Geldgeber kennen, die mysteriösen Finanziers, die es geschafft hatten, Verschwörern gleich, das Geld für den Film aufzubringen. Von allen schaute er sich geschickt das ab, was er brauchte, überzeugt davon, daß auch er imstande sein würde, das Geld zur Finanzierung und Produktion eines Filmes in Italien aufzutreiben. Warum auch nicht? Rom war für die Filmindustrie offen, ja es war zum Zentrum des europäischen Filmschaffens aufgerückt.

Anfang der fünfziger Jahre führten alle Straßen buchstäblich nach Rom. Die Via Veneto summte vor Aktivität, es ging dort zu wie auf der Terrasse des Carlton beim Filmfestival in Cannes. Bei Doney und in den anderen Cafés waren die Tische mit Produzenten, Finanziers, Autoren, Geschäftemachern und nicht zuletzt mit einem stattlichen Aufgebot an italienischen und amerikanischen Filmstars besetzt. Die Via Veneto war der Ort, um gesehen zu werden, um aufzufallen, um ein Geschäft abzuschließen.

Eine Unterscheidung zwischen den hoffnungsvollen Starlets, die mit berechnendem Charme von einem Tisch zum anderen, von einer Gruppe zur anderen wanderten, und den Prostituierten, die ihrem zeitlosen Gewerbe an der Veneto nachgingen, war schwierig. Beide Gruppen waren gleich attraktiv in ihren engen, tiefausgeschnittenen Kleidern, mit ihren toupierten Frisuren und den geschminkten Gesichtern.

Von den anderen Akteuren planten alle einen Film oder standen kurz vor Drehbeginn, und alle standen kurz vor Abschluß eines Geschäftes oder vor einer Vertragsunterzeichnung. Rom war Klein-Hollywood am Tiber, Filmleute aus aller Welt fielen in Scharen in der Ewigen Stadt ein.

Als Umberto eines Abends im Café Doney bei *crême de menthe frappé,* durch lange rosa Strohhalme geschlürft, Ramona seine Pläne anvertraute, drehte sie sich erstaunt zu ihm um und rief aus: »Aber Umberto, ich wußte ja gar nicht, daß Sie sich für diese verrückte Branche interessieren! Wie konnte es dazu kommen?«

»Tja, das muß wohl schon lange zurückliegen«, sagte er lachend, während er diskret eine rehäugige Blondine beäugte, die anschlußsuchend dahinschlenderte. »Im Krieg haben wir viele amerikanische Filme gesehen — auch einige, in denen Sie spielten, meine Liebe.« Als er galant ihre Hand küßte, folgte der Blick seiner niedergeschlagenen Augen der sich wiegenden Kehrseite der Blondine. »Es waren immer meine Lieblingsfilme.«

»Wie lieb von Ihnen, mein lieber Umberto, Sie sind reizend.«

»Aber gar nicht. Sie sind in Wirklichkeit noch viel schöner als auf der Leinwand.«

Sie lachte mädchenhaft: »Aber, aber, Umberto, das geht zu

weit. Schließlich bin ich fast vierzig«, log sie mit einem Lächeln. Er ging darauf ein und erwiderte ihr Lächeln.

»Vierzig oder nicht, Sie sind reizvoller als sämtliche Mädchen, die hier vorüberflanieren.«

Wieder promenierte eine große, schlanke Blondin vorbei, in einem knallengen roten Etuikleid, das rückwärts bis zum Gesäß ausgeschnitten war. Im Vorübergehen warf sie ihr Haar zurück und zwinkerte Scrofo zu. Er mimte den Gleichgültigen, hatte sie aber von der Woche zuvor noch gut in Erinnerung. Eine ganz heiße Type. Irgendwo mußte er noch ihre Nummer haben. Heute würde er sie anrufen — später. So sehr er Ramona schätzte und bewunderte, sexuell fand er sie überhaupt nicht anziehend, und er spürte genau, daß dies auf Gegenseitigkeit beruhte. Umso besser. Geschäft und Lust waren noch nie gute Bettgefährten.

Ramona bemerkte sehr wohl, daß sein Blick der in Rot gekleideten Blondine galt, tat aber so, als bemerke sie nichts. Sie entnahm ihrem Boucheron-Etui aus Platin eine schwarze Sobranie, steckte sie sich zwischen die roten Lippen und wartete darauf, daß er ihr Feuer gab, was er sofort mit einem schweren Goldfeuerzeug tat.

»Umberto, ich hätte Ihnen einen kleinen Vorschlag zu machen«, sagte sie. Sich vertraulich zu ihm neigend, gestattete sie ihm einen Blick in ihr weißes Chiffondekolleteé — falls ihm danach war.

»Was denn, *cara?*« Er lächelte ihr zu, wohl wissend, daß an den umliegenden Tischen über Ramona geflüstert wurde. Mit Vergnügen registrierte er, daß sie, tief ins Gespräch vertieft, von einigen Paparazzi abgelichtet wurden, und posierte ganz lässig, ohne in die Kameras zu blicken. Es waren bereits Aufnahmen von ihnen in italienischen Zeitschriften erschienen, man hatte für den *Oggi*-Artikel in seinem Laden sogar Fotos geschossen. Der herrliche Armreif an ihrem Handgelenk hatte sich für sein Geschäft so werbewirksam erwiesen, daß er sich genötigt gesehen hatte, für den Laden jemanden einzustellen.

»Nun, was für ein Vorschlag ist das, *cara*?« fragte er, nachdem die Paparazzi auf der Suche nach neuer Beute weitergezogen waren.

»Ich besitze ein wundervolles Drehbuch, das letztes Jahr eigens für mich geschrieben wurde. Es ist eine Art Kunstfilm, bietet aber auch Action und großes Spektakel«, erklärte sie begeistert. Umberto sog mit unbewegter Miene an seinem dickflüssigen *crême de menthe.* »Mein Bruder Didier hat in London ein paar Finanziers an der Hand, die mehr als die Hälfte des Geldes aufbringen können, und wir suchen nun nach dem Rest und nach jemandem, der die Produktionsleitung übernimmt. Dieser Jemand könnten Sie sein, Umberto«, sagte sie und wurde dabei so laut, daß eine Gruppe amerikanischer Journalisten vom Nebentisch neugierig herüberstarrte. »Wären Sie interessiert?«

»Schon möglich — ehrlich gesagt, ich könnte sogar sehr interessiert sein, meine Liebe.« Umberto tippte seine Zigarre am Aschenbecher ab, sein Herz schlug schneller ob der unerwarteten Erregung. Er wollte jedoch nicht, daß Ramona merkte, wie sehr es ihn gelüstete, nach dem angebotenen Schlüssel zu greifen.

»Erzählen Sie mir mehr von der Story — worum geht es darin?«

»Der Film heißt *La Città Perduta* — Die verlorene Stadt«, fuhr sie aufgeregt fort. »Es ist eine wundervolle Geschichte, einfach wundervoll — der Film wird nächstes Jahr wahrscheinlich sämtliche Preise auf sämtlichen Festivals abräumen — er ist hart — mutig — und sehr modern.«

»Und ich gehe davon aus, daß es darin eine große Rolle für Sie gibt.« Er lächelte, während seine Gedanken sich überstürzten.

»Natürlich.« Sie zog mit einem schelmischen Lächeln an ihrer Zigarette. »Ich würde eine Mutter spielen. Eine junge versteht sich, Schätzchen«, kicherte sie. »Arm, verlassen, halbverhungert, mit einer Teenager-Tochter, die ein außereheliches Kind hat. Und alles spielt sich in Rom ab. Es wird gezeigt, wie sie tapfer darum kämpft, nach dem Krieg für alle ein neues Leben aufzubauen.«

»Klingt ja sehr vielversprechend«, meinte er, an seiner Zigarre kauend.

»Und wie. Ich bin doch nicht auf den Kopf gefallen, Umberto — ich weiß, daß es heute jüngere, hübschere, zugkräftigere Schauspielerinnen als mich gibt. Sie sind es, die die Bombenrollen bekommen, Frauen wie Grace Kelly, Ava Gardner und Marilyn Monroe. Ich zähle nicht mehr zu den finanziellen Zugpferden der Branche, und ich bin die erste, die das offen ausspricht — aber deswegen arbeite ich noch immer gern.«

Er tätschelte ihre makellos manikürte Hand, die mit einem prachtvollen Vierzigkaräter geschmückt war, einem Geschenk ihres Mannes, des geheimnisumwitterten Fürsten Kasinow, wie er wußte. »Bei mir sind Sie *numera Una, carissima,* und wenn dieser Film nur halb so gut ist, wie Sie sagen — dann möchte ich mich sehr gern daran beteiligen.«

Ramona strahlte ihn an. »Wundervoll, Umberto, wundervoll. Im Hotel habe ich eine Kopie des Drehbuchs — ich werde Sie Ihnen heute Abend zum Lesen geben.«

»Noch eines«, fragte er. »Wieviel, sagten Sie, daß Ihr Bruder noch von anderer Seite braucht?«

»Ach, eine Bagatelle, Schätzchen, nur eine Bagatelle«, flötete Ramona. »Ich werde natürlich praktisch umsonst arbeiten, nur gegen Gewinnbeteiligung. Für die Rolle der Tochter nehmen wir uns eine Unbekannte, und dieser neue junge Regisseur, der *Römischer Sonntag* macht, ist sehr talentiert. Ich bin sicher, daß wir ihn für ein Butterbrot haben könnten. Die Kopfkosten sind also sehr niedrig. Vierhunderttausend Dollar, würde ich sagen . . .«

»Entschuldigen Sie meine Ignoranz, *Principessa,* aber was sind Kopfkosten?«

Ramona lachte leichthin und erklärte: »Das sind die Gagen für die Stars und den Regisseur. Ich nehme an, daß wir für die Gesamtfinanzierung etwa eine Million brauchen, aber sicher nicht mehr.« Sie klimperte mit ihren kohlschwarzen Wimpern. »Eine Million Dollar sind doch gewiß kein zu hoher Preis für den Eintritt ins Filmgeschäft, Umberto, mein Bester?«

»Nicht, wenn es bedeutet, daß ich mit Ihnen zusammenarbeiten kann, *carissima*.« Umberto schlug vor Erregung das Herz bis zum Hals. Der Film! Endlich. Umberto Scrofo, der Filmproduzent — kein obskurer Antiquitätenhändler mehr, sondern eine Persönlichkeit, mit der man rechnen mußte. Ein Macher. Eine Kraft. Eine *bella figura*. »Und wie steht es mit Werbung und Verleih — und allem übrigen?« fragte er. »Von diesen Dingen habe ich keine blasse Ahnung, müssen Sie wissen.«

»Ach, darum wird sich Didier kümmern — da bin ich ganz sicher. Er ist in unserer Familie der Experte. Er tut alles, um mir zu helfen, und ich weiß, daß er auch Ihnen behilflich sein wird.« Mit strahlendem Lächeln hob sie ihr Glas. Im Licht der Straßenbeleuchtung der Via Veneto wirkte ihr Gesicht erstaunlich jung und lebendig. »Auf *Die verlorene Stadt*«, stieß sie ganz atemlos hervor, »und auf eine lange, glückliche und gewinnbringende Zusammenarbeit mit Ihnen, Umberto.«

Umberto Scrofo lächelte triumphierend, als er mit dem schönen Filmstar anstieß.

9

St. Tropez

Trotz der vielen Erledigungen, die Dominique vor ihrem Abflug nach Amerika in Atem hielten, drehten sich ihre Gedanken fast ununterbrochen um Gaston Girandot. Nachdem sie die aufregende Neuigkeit von ihrer bevorstehenden Hollywoodkarriere ihren Eltern, Genevieve und allen ihren

Verwandten und Freunden mitgeteilt hatte, mußte es auch Gaston unbedingt erfahren.

Es war ein schwüler Abend, als sie wieder zur Place des Lices radelte und den kleinen Lieferwagen mit der Aufschrift ›Gaston-Eis‹ sah. Ihr Herz machte einen freudigen Sprung.

Gaston Girandot, der sich weit herausbeugte, um ein paar schlaksige Halbwüchsige zu bedienen, sah hübscher aus als je zuvor, und Dominique registrierte das mit Freude und Erregung.

»*Bonsoir,* Gaston.« Mit unschuldigem Lächeln schob sie fünf Francs über den schmalen hölzernen Tresen. »Ich möchte eine Doppelportion *framboise,* bitte.«

»Dominique, *quel surprise!*« Sein Lächeln, das weiße Zähne in seinem braunen Gesicht entblößte, machte ihn James Dean, dem Leinwandidol der französischen Jugend, noch ähnlicher. »Ich habe dich eine Ewigkeit nicht mehr hier gesehen — ich dachte schon, du wärest längst unterwegs nach Hollywood, um Leslie Caron das Fürchten zu lehren.« Augenzwinkernd schob er ihr die Münze wieder zu. »Ich lade dich ein.«

»*Merci*«, lächelte Dominique, die mit vorwitziger rosa Zunge an ihrer Eiscreme leckte, während ihr Blick die Miene Gastons nach Anzeichen von Interesse absuchte. Die waren tatsächlich vorhanden; er sah sie mit einer Eindringlichkeit an, die ihr so einheizte, daß ihre Röte vom Blusenausschnitt ansteigend sich bis zu ihren Wangen ausbreitete.

Sie drehte sich um und ging über den kleinen Platz zu der Stelle, wo die alten Männer, ihre Gitanes zwischen den Lippen, vor dem Café des Lices *boules* spielten.

»Wohin gehst du?« Gaston war sofort an ihrer Seite und paßte seine Schritte den ihren an. »Hättest du Lust auf eine kleine Motorradtour?«

»Ach, Maman bringt mich um, wenn sie erfährt, daß ich mit einem Motorrad gefahren bin«, wehrte Dominique ab, wenngleich ihr das Verbotene sehr verlockend erschien.

Gaston ahnte es. »Komm — komm mit mir«, sagte er plötzlich in besitzergreifendem Ton, faßte nach ihrem Arm und dirigierte sie vom Platz fort in eine der engen, mit Katzenkopfsteinen gepflasterten Straßen. »Dort«, sagte er, mit einer stolzen Geste auf eine blitzende grüne Maschine deutend, die er kühn in unmittelbarer Nähe des Gendarmeriepostens geparkt hatte. »Ist sie nicht eine Schönheit?«

»Sehr schön«, gab Dominique leise zurück, im Ohr die Stimme ihrer Mutter, die sie beschwor, sich *niemals* von einem Mann zu irgendeiner Tour einladen zu lassen, schon gar nicht auf einem Motorrad. »Absolut *ravissante.*«

»Na, dann laß uns losfahren, komm ...« Er schwang sich auf den schwarzen Ledersitz und klopfte einladend auf den freien Mitfahrersitz hinter sich.

»Nein, ich kann nicht.« Dominiques innerer Zwiespalt hätte nicht größer sein können. Gaston sah jetzt James Dean noch ähnlicher, rittlings auf der Maschine, in knallengen Jeans, die Augen gegen den aufsteigenden Zigarettenrauch zusammengekniffen, was ihn sexy aussehen ließ und sehr verführerisch auf sie wirkte.

»Komm schon«, drängte er, »keine Angst, sie beißt nicht — und ich auch nicht.«

»Na schön«, sagte Dominique zögernd und glitt auf den Sitz. »Aber nur ganz kurz, Gaston. Um halb elf muß ich zu Hause sein. Versprochen?«

»Versprochen«, sagte der Junge und ließ auch schon die Maschine an. Dominique schlang beide Arme um seine Taille, und er lenkte sein Gefährt vorsichtig über die holprigen Straßen. »Wir fahren zur Tango Beach«, sagte er. »Das ist nicht zu weit.«

Der Strandabschnitt lag dunkel und verlassen da. Eine schmale, fahle Mondsichel beschien den schwarzen Sand.

»Meine Güte, wie dunkel es ist«, bemerkte Dominique, die ein Schauer überlief. Anstatt nervös zu sein, verspürte sie aufregende neue Gefühle in der Magengrube. Auf der zehnminütigen Fahrt hatte sie Brüste und Kopf an Gastons Hemd gedrückt, und die gespannte Vorfreude auf das Unbekannte, das ihr sicher sehr gefallen würde, hatte ihr den Mund trokken gemacht.

Er stellte den Motor ab. Minutenlang blieben sie sitzen und lauschten der Beinahe-Stille. Dominique war überzeugt, er müsse ihren Herzschlag hören, vermischt mit dem leisen Lecken der Wellen.

Eine sanfte Brise zauste ihr langes schwarzes Haar, und alles war sehr still.

Wortlos griff Gaston nach ihrer Hand, und sie gingen zum Wasser. Gemeinsam ließen sie sich auf den noch von der Nachmittagssonne erwärmten Sand nieder, saßen lange schweigend da und starrten zum sternenübersäten Himmel empor.

»St.Tropez ist wunderschön, findest du nicht?« hauchte Dominique, der nur zu deutlich bewußt war, daß Gastons Arm nun leicht auf ihren Schultern lag.

»Sehr schön«, sagte er leise, aber nicht annähernd so schön wie du, *chérie.* »Er drehte den Kopf, und sie sah, daß seine Pupillen so vergrößert waren, daß sie fast die Iris verbargen. *»Mais tu es belle, Dominique«,* flüsterte er. *»Trop belle — trop, trop belle.«*

Seine Lippen waren nun auf ihrem Haar und tasteten sich weiter, zu ihrem weichen Hals.

»Nicht, Gaston — nicht.« Dominique hörte ihre schwache, jedoch keineswegs widersprechende Stimme, als er sanft in ihren Hals biß. »Nein.«

»Doch«, stieß er drängend hervor. »Doch, Dominique.« Er drückte sie zurück in den warmen Sand, und sie spürte das Wasser an ihren Füßen lecken, während sein Mund eine Spur köstlicher Lust um ihre Lippen zog. Seine Zunge war zart, tastend, sensibel. Sie schien zu wissen, was Dominique sich wünschte. Ihr Mund öffnete sich seinen Küssen, und sie spürte heißes Begehren, das den dünnen Stoff ihrer Bluse zu versengen schien. Sie erschauerte, als wieder Wasser über ihre Füße schlug und als sie spürte, wie seine Hände sich an den Blusenknöpfen zu schaffen machten.

»Nein — Gaston, doch nicht hier.« Fast hätte Dominique gekichert. »Wir sind hier mitten am Strand. Was ist, wenn jemand kommt?«

»Am Abend kommt doch niemand, du Gänschen. Aber du hast vielleicht recht. Gehen wir zum Restaurant — dort sind wir sicher. Komm.« Er half ihr auf die Beine, und sie rannten auf die dunklen Umrisse der Strandbar zu.

Im Inneren war es stockfinster. Es roch nach gekochtem Knoblauch und anderen Kräutern, ein warmer, tröstlicher Geruch. Gaston hielt Dominique an der Hand, als sie sich zwischen Tisch- und Stuhlstapeln zum Hintergrund der Bar tasteten. Dort lagen an der Wand übereinandergestapelt Dutzende der gestreiften Sonnenmatratzen.

»Hier«, sagte Gaston und half ihr, den Stapel zu erklimmen. »Hier herauf, Dominique — hier haben wir es bequem.«

»Ich komme mir vor wie die Prinzessin auf der Erbse«, kicherte Dominique, die sich unglaublich erwachsen, nervös und aufgeregt zugleich fühlte. »Auf so vielen Matratzen zu liegen — oh, Gaston, hoffentlich fallen wir nicht herunter.«

»Das werde ich nicht zulassen«, murmelte der Junge, der wieder mit den winzigen Blusenknöpfen beschäftigt war. »Keine Angst, Dominique, mein Liebling, ich werde dich beschützen. Das verspreche ich dir.«

Den Duft von Ambre Solaire in der Nase, sanften Wellenschlag als Hintergrundmusik, gab Dominique sich mit wonnigem Seufzen den glühenden Küssen und Liebkosungen des jungen Eisverkäufers hin.

Von da an trafen sie sich mehrmals in der Woche, und Gaston lehrte Dominique viele neue Wonnen. Ihre stille, ganz private Welt im rückwärtigen Teil des Strandlokals wurde zu einem Hort der Wollust, in dem Dominique ihren Verehrer durch ihre Glut und Leidenschaft immer wieder in Erstaunen versetzte. Prüderie oder falsche Scham waren ihr fremd. Ihre einzige Befürchtung galt einer eventuellen Schwangerschaft, doch davor schützte er sie. Sie war eine willige, ungehemmte Partnerin, »wie geschaffen für die Liebe«, wie er ihr oft versicherte.

Als schließlich das Telegramm der MCCP-Studios eintraf, in dem Dominique mitgeteilt wurde, daß sie nach Hollywood kommen und sich auf die Dreharbeiten von *Die Cortez-Legende* vorbereiten sollte, vergossen die jungen Liebenden Ströme von Tränen.

»Ich werde dich nie vergessen, das verspreche ich!« rief Dominique, die sich in der tröstlichen Dunkelheit ihres Liebesnestes an Gaston klammerte. »Ich werde dir täglich schreiben — jeden Tag.«

»Ich auch, mein Liebling«, sagte der Junge, verzweifelt gegen Tränen ankämpfend. »Ich werde dich immer lieben, Dominique, und ich werde auf dich warten, bis du aus Amerika zurückkommst.«

Einige Tage darauf stand Gaston Girandot auf der oberen Terrasse des weißen Betonterminals am Flughafen von Nizza und sah zu, wie Dominique und Agathe an Bord der riesigen viermotorigen Air France-Maschine gingen, die sie nach New York bringen sollte. Dominique trug ein sehr dezent wirkendes neues, schwarz-weiß kariertes Kostüm mit schimmernden schwarzen Jackenknöpfen und einem engen schwarzen Gürtel. Der Rock war weit und wadenlang, auf ihrem Haar, das mit einem schwarzen Ripsband zusammengefaßt war, saß ein Filzhütchen. Um ihren Hals lag ein weißer Kragen mit einem kleinen schwarzen Schleifchen, in den weißbehandschuhten Händen trug sie eine geräumige Lackledertasche, die zu ihren hochhackigen Schuhen paßte. Sie wirkte erwachsen und elegant, als sie am Fuß der Gangway für einen einsamen Fotografen von *Nice Matin* posierte.

Im Hintergrund lächelte Agathe, die Anstandsdame, ihrem jungen Schützling stolz zu. Endlich sollte es losgehen.

Nach monatelanger Wartezeit und vielfachen Verzögerungen war die Einladung ins Zauberreich Hollywoods gekommen. In wenig mehr als vierundzwanzig Stunden würden sie am Ziel sein, und Agathe durfte auf eine wenigstens teilweise Verwirklichung ihrer Träume hoffen.

10

London

Der Beifall war ohrenbetäubend. Auch nach Julians Maßstäben war es ein ungewöhnlich begeisterter, ein gerade frenetischer Premierenapplaus, und er badete förmlich darin. In enganliegenden schwarzen Hosen und einem losen weißen Leinenhemd stattlich und romantisch aussehend, stand er Hand in Hand mit der Frau neben ihm da und lächelte ihr mit kaum verhehltem Zorn zu, ehe er sich erneut unter donnerndem Applaus des Publikums verbeugte. Dieses gottverdammte Biest hatte den ganzen Abend versucht, ihm die Schau zu stehlen, indem sie ihn zwang, dem Publikum den Rücken zu kehren. Jedesmal wenn er sich ihr auf der Bühne zugewandt hatte, war sie zwei, drei Schritte hinter ihm geblieben, so daß das Publikum zwar sie zur Gänze von vorne, ihn aber nur von der Seite sehen konnte.

Schließlich war er der Star — Julian Brooks *war* Hamlet. Die Ophelia war nur eine Nebenrolle, und diese rothaarige Hexe hatte zu einem ganz gemeinen Trick gegriffen, um ihn auf seinem ureigenen Gebiet zu schlagen und ihre Rolle aufzuwerten.

Noch viel ärgerlicher war, daß die Oliviers und Johnny Gielgud ganz vorne saßen und genau mitbekamen, was Phoebe mit ihm machte. Zweifellos hatten sie sich auf seine Kosten glänzend amüsiert. »Ophelia stiehlt Hamlet die Schau — wie weit ist es mit dem Theater gekommen?« hatten sie sicher gespottet. »Julian muß den Verstand verloren haben!«

Gewiß, er hatte vor etwa sieben Jahren seiner Frau versprochen, daß sie seine Ophelia sein würde, sollte er jemals den Hamlet spielen, aber damals war sie dreißig Pfund leichter gewesen. Nach ihrer sündteuren Reise mit Hermione hatte er ihr schließlich ermattet nachgegeben. Um die Ophelia spielen zu können, hatte sie fünfzehn Pfund abgenommen, und mit ihrer langen roten Lockenperücke und ihren brillant geschneiderten losen Kostümen sah sie nicht ganz so schrecklich aus. Mit Sicherheit keine Vivien Leigh, aber auch keine Sophie Tucker. Julian war so naiv gewesen zu glauben, es würde ihrer Ehe guttun, wenn er Phoebe an seinem Ruhm teilhaben ließ. Das Gegenteil war der Fall, es hatte nur dazu gedient, sie als die mittelmäßige Schauspielerin zu entlarven, die sie war, und ihn als kompletten Idioten zu brandmarken, weil er ihr die Rolle gegeben hatte. Und um das Maß vollzumachen, bestand ihre Ehe inzwischen praktisch nur noch auf dem Papier.

Er mußte an die Geschichte denken, die man sich von dem großartigen Schauspieler und Manager Sir Donald Wolfit erzählte, der auf einer Tournee durch die englische Provinz nach einer Vorstellung angeblich an die Rampe getreten war und mit Stentorstimme angekündigt hatte: »Ich sage Dank, wertes Publikum, für die freundliche Aufnahme, die unser Stück heute gefunden hat. Nächste Woche werden wir hier im Alhambra Theatre *Othello* von Shakespeare aufführen. Ich selbst werde den edlen Mohren verkörpern, während meine Gattin die Desdemona spielen wird.«

Worauf von der Galerie eine Stimme herunterrief: »Deine Gattin ist ein altes Ekel.«

»Nichtsdestoweniger«, fuhr Sir Donald nach einer längeren Pause fort, »wird sie die Desdemona spielen.«

Das bin ich und Phoebe, dachte Julian, den Gürtel seines Morgenrocks energisch verknotend. Er war der Star und sie das Ekel, noch dazu eines, das ihm die Schau zu stehlen drohte.

Obwohl es elf Vorhänge gegeben hatte, kochte er noch in der Garderobe vor Wut.

»Phoebe, ich habe deine dauernden hinterlistigen Manöver auf der Bühne satt. Verdammt, wie oft habe ich dir gesagt, daß du bei meiner ›Geh ins Kloster‹-Rede an der Rampe bleiben mußt. Bist du taub oder was?«

»Ich weiß, daß du es gesagt hast«, gab Phoebe nervös zurück. Sie lächelte ihm hämisch im fliegengesprenkelten Spiegel zu und entfernte mit der Ecke eines Frotteetuches einen Lidschattenschmierer. Es hatte keinen Sinn, Abschminkcreme zu vergeuden, da sie sich für die Party ja doch wieder zurechtmachen mußte. Außerdem war sie zu faul. Noch aufgeregt vom Premierenfieber, zupfte und kämmte sie als Vorbereitung für die Woge der Besucher ihre karottenroten Locken zurecht und ignorierte Julians erbitterte Tirade.

Sie konnte die Bewunderer schon hören, wie sie sich durch die zugigen Steinbodenkorridore des Haymarket Theatre drängten. Sie werden Julians Genörgel ein Ende machen, dachte sie.

Vivien und Larry, Johnny und Ralphie, Noël und Sir Crispin und die zwei Hermione-Schwestern platzten unter aufgeregten Lobeshymnen in die Garderobe. »Schätzchen, du warst göttlich — einfach wundervoll«, schwärmte eine der Hermionen Julian an, der in seinem marineblau-roten Charvet-Morgenmantel, in der Mitte der überfüllten Garderobe stehend, bescheiden die aufrichtig gemeinten Komplimente seiner Kollegen und ein Glas Champagner von seinem Garderobier entgegennahm.

»Der beste Hamlet seit Jahren, mein Guter«, lobte Larry mit einem Schulterklopfen. »Verdammt gut, wirklich.« Dann beugte er sich zu ihm und flüsterte ihm vertraulich ins Ohr: »Besser als Alec letztes Jahr — viel besser.«

»Du übertreibst, Larry.« Julian lächelte breit und sonnte

sich im Lob des besten aller Schauspieler. »Trotzdem vielen Dank.«

»Mein lieber Junge, du warst sehr gut, wirklich sehr, sehr gut«, meinte auch Noël mit einem Zwinkern seiner Chinesenaugen, eine Elfenbein-Zigarettenspitze zwischen den Zähnen. »Ich habe dich nie besser gesehen — du mußt mehr den großen Barden spielen, mein Lieber, obwohl ich hörte, daß Hollywoods juwelenstarrender Finger dir winkt — habe ich recht, Alter?«

Woher er das wohl wissen mochte? Aber eigentlich nicht weiter erstaunlich, da Noël über alles Bescheid wußte, nicht nur vom West End, sondern auch vom Broadway und sogar von Hollywood. Er war ein wandelndes Reservoir faszinierenden Theaterklatsches.

Julians Hollywood-Agent hatte sich erst am Tag zuvor wieder gemeldet und darauf bestanden, daß Julian endlich in Amerika einen Film drehen sollte. Schon zweimal hatte er den Dampfer verpaßt, ein drittes Mal durfte es ihm nicht passieren. Selznick hatte ihn für die Rolle des Rochester als Partner Joan Fontaines in *Jane Eyre* haben wollen, aber Didier hatte so lange geschwankt, daß schließlich Orson Welles die Rolle bekommen hatte. Und vor drei Jahren war man von neuem an ihn herangetreten. Er hätte an der Seite von Joans Schwester Olivia de Havilland in *Meine Cousine Rachel* spielen sollen, doch hatte er damals mit Margaret Lockwood in einem Historiendrama aus der Restaurationszeit vor der Kamera gestanden, so daß die Rolle mit Richard Burton besetzt worden war. Und jetzt winkte Hollywood von neuem — mit einem saftigen Vertrag und Didiers Segen, Unmengen von hübschen Dollars und einem Leckerbissen von Rolle: der Titelrolle in der *Cortez-Legende.* Es war eine schwierige Entscheidung, und Julian fühlte sich hin- und hergerissen. Die Laufzeit von *Hamlet* war zwar begrenzt, aber Phoebe war zum zweitenmal schwanger, für ihn Grund zur Freude, für sie ganz und gar nicht — allerdings gab es nichts, was ihr Freude bereitete außer Geldausgeben und engste Tuchfühlung mit der High Society. Bei ihrer Schwangerschaft mußte es sich wohl um so etwas wie unbefleckte Empfängnis handeln, da Julian sich ihr seit *Pygmalion* kaum mehr genähert hatte, für Phoebe aber war es eine Trumpfkarte. Ständiges Gejammer wegen einer drohenden Fehlgeburt oder Morgenübelkeit hielt ihn in Schach. Kaum im zweiten Monat schwanger, zeigte sie sich schwieriger, launischer und unzufriedener als je zuvor.

»Hollywood! Nur über meine Leiche«, hatte sie an jenem Morgen gezischt, als sie in ihrem Marabou-Bettjäckchen, das stets zum Nießen reizte, im Bett lag und mit einer ihrer fünf Katzen schmuste und tändelte. »Wir können die Katzen nicht allein lassen, und ich hasse die Amerikaner und ihren absolut schrecklichen Fraß — Hamburger und Chili dogs — pfui, mir kommt das Kotzen, wenn ich nur daran denke.«

»Phoebe, was macht denn das schon aus?« brüllte Julian, der sich in seiner gestreiften Pyjamahose vor ihr aufbaute, das Gesicht mit Rasierschaum bedeckt. »Was zum Teufel — wir werden eine Köchin aus England importieren. Wir werden Würstchen und Püree, gekochtes Rindfleisch und Karotten vertilgen — was du willst, Phoebe, aber verlang um Himmels willen nicht, daß ich diese große Chance sausenlasse, meine große Chance, nur weil du den verdammten Yankee-Fraß nicht magst.« Phoebe wollte ihm eine geharnischte Antwort geben, doch er kam ihr zuvor.

»Wenn wir nach Hollywood gehen, dann mache ich diesen Drei-Filme-Vertrag mit Spyros, und anschließend kehren wir nach London zurück, das verspreche ich. Wir können uns dann das verdammte Landhaus in Sussex kaufen, wenn es das ist, was du möchtest.«

»Das neben den Oliviers?« fragte Phoebe begierig.

»Das neben den Oliviers«, sagte Julian resigniert.

»Ich will es mir überlegen«, schmollte Phoebe und zog die grün-rosa gemusterte Daunendecke bis zum Kinn. »Morgen nach der Premiere gebe ich dir Bescheid. Ich brauche jetzt

Ruhe. Ärztliche Anweisung. Bitte, laß mich allein.« Damit schloß sie endgültig die Augen und überließ Julian Brooks, Matinée-Idol und größter Star der britischen Leinwand, wieder einmal seiner Hilflosigkeit und seiner Wut.

Inmitten der *crème de la crème* der Bühnenprominenz versuchte Julian, Fassung zu bewahren und den Ärger über seine Frau zu unterdrücken. Es galt, einen großen Erfolg zu feiern, und das allein zählte.

»Herzchen, du mußt nach Kalifornien, du mußt einfach«, sagte Vivien, deren schöne Katzenaugen aus einem vollkommenen Gesicht strahlten. »Aber ehe du rüberfährst, solltest du nächstes Wochenende unbedingt nach Notley Abbey kommen.«

»Ich wüßte nicht, was ich lieber täte«, erwiderte Julian mit breitem Lächeln. Damit mußte Phoebe zu besänftigen sein. Dort würde sich ihre Morgenübelkeit kaum bemerkbar machen, dessen war er sicher. Nicht, wenn Larry und Viv und Johnny G. und Noël und Binki Beaumont ihr Gesellschaft leisteten. Sie würde ihr Bestes tun, um die Party zu beleben, und das schafft sie immer, wenn sie es darauf anlegte.

»Hollywood kann natürlich der ödeste Ort der Welt sein, aber das Geld, mein Lieber — das kann man einfach nicht ablehnen«, sagte Sir Crispin Peake, Pragmatiker wie meist. »Nimm es und lauf damit weg, mein Lieber. Ich habe eben ein riesiges Haus unweit Windsor gekauft und dazu den entzückendsten kleinen Renoir, den man sich vorstellen kann. Beides mit meinem letzten Scheck. Ihr müßt kommen und mich besuchen, falls ihr es schafft, euch von Notley Abbey loszureißen!« Er zwinkerte ihm zu, ehe der Ansturm der Gratulanten ihn fortzog.

»Die britische Invasion, so nennt man das«, krächzte eine der Hermione-Schwestern. »Hollywood liegt den Briten zu Füßen — alle Welt spielt allsonntäglich in weißen Flanellhosen bei Aubrey Cricket. Und bei jeder Gelegenheit ißt man Gurkensandwiches.«

»Es ist nichts, dessen man sich schämen müßte — wir alle haben es getan«, sagte nun Vivien mit einem Blick zu ihrem Mann. »Sogar Larry, und er hat sich wie der Teufel dagegen gewehrt — du hast auf keinen Fall gehen wollen, so war es doch, Schatz?«

»Ja — aber als wir dann drüben waren, verbrachten wir eine wunderschöne Zeit. Das Wetter ist himmlisch, die Arbeitsbedingungen exzellent, und die Eingeborenen recht amüsant — stimmt's, mein Schatz?« entgegnete Sir Laurence und lächelte seiner Frau zärtlich zu. »Und die Frauen sind sehr hübsch.«

»Die Männer ebenso.« Sie erwiderte schüchtern sein Lächeln.

»Geh, mein Junge, du mußt, mußt einfach gehen«, drängte Noël. »Machen wir uns nichts vor, England ist heutzutage Provinz, und wer kann so einem Köder schon widerstehen?«

»Phoebe gewiß nicht«, antwortete Hermione Zwei boshaft, was ihr einen bösen Blick der Genannten eintrug und Sir Crispin veranlaßte, sich ein Auflachen zu verkneifen. »Sie liebt die Kohlen, stimmt's, meine Liebe? Zum schnöden Mammon kann sie nie Nein sagen, konnte es nie, auch nicht, als sie noch ein niedliches Windmill-Mäuschen war.«

»Tja, ich glaube, es wird Zeit für uns, ins Ivy zu gehen«, verkündete Noël, der eine Abkühlung der Atmosphäre spürte. »Hebt an zu feiern, Kinder, es ist Fiesta-Zeit. Laßt uns essen und trinken und sehr, sehr fröhlich sein. Wir wollen Julians großen Erfolg begießen.«

Auf der Premierenfeier im edwardianisch gehaltenen hinteren Speiseraum des Ivy wimmelte es von Film- und Theateraristokraten. Die Konversation war spritzig und geistreich. Der Duft teurer Zigarren durchzog die Luft, durchsetzt mit den Parfüms der strahlenden Frauen. Julian nahm bescheiden Glückwünsche und Lob von Freund und Feind gleichermaßen entgegen.

Die Kleidung war exquisit. In der Theaterwelt der fünfziger Jahre scheuten die Schauspielerinnen sich nicht, sich als Glamour-Stars zu präsentieren, die sie zum Teil ja auch waren. Die Regenbogenfarben ihrer Roben aus Taft, Satin und Samt erfuhren eine perfekte Ergänzung durch die Eleganz der Männer in ihren schwarzen Abendanzügen und den gestärkten weißen Hemden.

In der Branche gab es niemanden, der das Fernsehen ernstgenommen hätte. Auch den Kollegen vom Film begegneten die angeseheneren Thespisjünger und -jüngerinnen mit einer gewissen Geringschätzung, mit ein Grund dafür, daß Julian sich entschieden hatte, den Hamlet zu spielen. Ihm lag sehr viel an der Achtung seiner Kollegen, die er, wie er wußte, mit seinen romantischen Leinwandschnulzen nie erringen konnte. Doch an den großen Summen, die ihm seine Leinwandkarriere einbrachte, war ihm natürlich gelegen, und Phoebe brauchte sie sowieso.

Phoebes überschwengliche Natur schwappte über, ähnlich ihren Riesenbrüsten, die zwei bleichen Bisquitkugeln gleich halb innerhalb und halb außerhalb ihres eisblauen Hartnell-Kleides hüpften. Unermüdlich machte sie die Runde und verbreitete mit Wonne Häppchen von Theaterklatsch und unartige Witze. Ihr völliger Mangel an Feingefühl veranlaßte sie, bösartige und beleidigende Geschichten über jedermann weiterzuerzählen, ein Grund dafür, daß viele sie nicht ausstehen konnten. Julian dagegen war so beliebt, daß man ihm zuliebe Phoebes Bissigkeit und Klatschsucht schluckte.

Schlag Mitternacht stand der Star des Abends, endlich einmal allein mit einem Glas Dom Perignon als einziger Gesellschaft an der Bar. Er zündete seine Zigarre mit einem goldenen Feuerzeug an — einem Geschenk Phoebes — und wurde sich erst allmählich eines subtilen Duftes und eines magnetischen Augenpaares bewußt, das unverwandt auf ihn gerichtet war.

Langsam drehte er sich um und begegnete dem Blick einer großen jungen Frau, die ihn, elegant an die Bar gelehnt, mit kaum verhülltem Interesse anstarrte. Ihrer Schönheit war eine erotische Note beigemengt, dazu besaß sie eine Ausstrahlung, die über bloßes Schönsein weit hinausging. Ihr Blick signalisierte Gefahr für jeden, der ihr zu nahe kam. Sie mußte Mitte zwanzig sein, ihr dunkelbraunes Haar fiel ihr bis auf die Schultern, dichte Stirnfransen lenkten beabsichtigt die Aufmerksamkeit auf faszinierend blaue Augen. Der dick aufgtragene schwarze Lidschatten verlieh ihnen jenen Rehblick, der seit Audrey Hepburn große Mode war. Ihre Lippen, gewölbt, voll und sinnlich, waren in einem tiefen, glänzenden Rot geschminkt. Jetzt schob sie eine Zigarette dazwischen und wartete mit der Andeutung eines erwartungsvollen Lächelns. Und die ganze Zeit über ließ ihr Blick ihn nicht los.

Wie alle guten Schauspieler versäumte Julian nie sein Stichwort. Er war mit einsatzbereitem Feuerzeug sofort an ihrer Seite.

»*Merci.*« Ihre leise, heisere Stimme ließ an endlose in verräucherten Clubs verbrachte Abende und an lange Liebesnächte denken. Er geriet sofort in ihren Bann. »Sie waren heute ausgezeichnet«, sagte sie lächelnd. »Der beste Hamlet, den ich je gesehen habe. Besser als Guinness, vielleicht sogar besser als Olivier.«

»Danke, *Mademoiselle,* Sie sind zu liebenswürdig. Aber leider haben Sie den Vorteil zu wissen, wer ich bin, während ich Sie nicht kenne.«

»Inès«, erwiderte sie leise. »Inès Juillard.«

»Ein schöner Name für eine schöne Frau.« Julian konnte nicht umhin, zu diesem Klischee zu greifen. Er merkte, wie er errötete, und er registrierte ihr leichtes Lächeln; doch da war auch Wärme und spürbares sexuelles Interesse. Bei so starker gegenseitiger Anziehungskraft wurde er meist spontan aktiv. Nach den unzähligen Affären die er im Laufe seiner Ehe gehabt hatte, beabsichtigte er, sich auch weiterhin so viele zu leisten, wie er wollte. Für ihn spielte es auch keine Rolle, daß Phoebe endlich schwanger war. Das war absolut kein Grund, der ihn abhalten würde — erst recht nicht bei diesem Prachtgeschöpf, das Sinnlichkeit und Faszination ausstrahlte.

Plötzlich begehrte er Inès Juillard sehr heftig. Er wollte ihren schlanken Körper berühren und liebkosen, wollte spüren, wie ihre eleganten Hände mit den kurzen, nicht lackierten Nägeln sich in seinen Rücken gruben, wollte ihr das schlichte, elegante schwarze Kleid vom Leib reißen, ihre Brüste an seiner Brust spüren. Dies alles ging ihm in der Zeitspanne durch den Sinn, die er benötigte, um an seiner Zigarre zu ziehen, und die sie brauchte, um die Asche von ihrer Zigarette zu tippen.

Natürlich las Inès seine Gedanken sofort. Sie kannte Männer so gut, daß sie in ihnen zu lesen verstand wie in einem offenen Buch, und da Julian sie reizte und sie sich zu ihm hingezogen fühlte, seitdem sie ihn in *Pygmalion* gesehen hatte, war sie dankbar für sein offenkundiges Begehren. Aber sie mußte in diesem Fall klug sein. Sehr klug sogar. Er sah umwerfend aus, er war charmant, berühmt, faszinierend — und verheiratet. Looks Brooks, der schönste Mann der Welt. Alle Frauen waren hinter ihm her — es hieß sogar, daß einige Selbstmordversuche auf sein Konto gingen. Sie mußte sich für ihn zu etwas ganz Besonderem machen, ja, zu noch viel mehr.

»Wann kann ich Sie wiedersehen?« flüsterte Julian drängend. Aus dem Augenwinkel hatte er einen besonders bösartigen Klatschkolumnisten erspäht, der auf ihn zusteuerte. »Inès, ich möchte Sie bald wiedersehen — sobald als möglich. Bitte.«

»Grosvenor 1734«, flüsterte sie und entschwebte in einer Duftwolke wie ein schöner schwarzer Geist. »Rufen Sie tagsüber an, jederzeit. *J'attends,* Julian, *j'attends.*«

Julian konnte es kaum erwarten. Er mußte Inès Juillard wiedersehen. Schon am nächsten Morgen rief er an. Sie gab ihm ihre Adresse in Shepherd Market an, und schon war er aus dem Haus am Connaught Square und saß in einem Taxi, ehe die verkaterte Phoebe auch nur ein Auge aufgemacht hatte. Er wußte, daß sie einen Anfall bekommen würde, wenn sie die Kritiken las. Dabei wollte er nicht unbedingt anwesend sein. Die Kritiker waren mit ihr nicht eben sanft umgesprungen. So sehr sie Julians Darstellung des Hamlet lobten, so entschieden geißelten sie ihn als Produzenten, weil er seiner Frau die für sie so unpassende Rolle übertragen hatte.

Julian hatte sich besonders feinmachen wollen und einen kamelhaarfarbenen Mantel mit Gürtel gewählt. Den dazu passenden Filzhut trug er, typisch für ihn, tief in die Stirn gedrückt. Kein Wunder also, daß der Taxifahrer ihn erkannte.

»Hallo, Mr. Brooks.« Sein Lächeln war aufrichtig. »Gute Kritiken, Chef. Schon gelesen? Sogar James Agate hat es gefallen.« Die Londoner Taxifahrer liebten Prominenz und ließen sie gegen ein Autogramm oft gratis fahren.

Julian bedankte sich mit einem wortlosen Lächeln. Auf ein Gespräch mit dem Taxifahrer legte er keinen Wert. Er wollte nun an Inès denken. Zum ersten Mal seit Jahren überschattete sein Interesse für einen anderen Menschen sein Interesse an den Kritiken. Seine Erwartungshaltung war gewaltig; er fühlte sich wie ein kleiner Junge am Weihnachtsabend. Seit dem Abend zuvor hatte er diese Frau nicht aus seinem Bewußtsein verbannen können. Der Taxifahrer kapierte und überließ Julian seinen Gedanken, bis sie Shepherd Market erreichten.

Inès öffnete ihm die Tür in einem schwarzen Rollkragenpullover und einem weiten, schwarz-weiß karierten Rock. Ein breiter Lackledergürtel umschloß ihre schmale Taille. Sie sah hinreißend aus und wirkte dennoch süß und verletzlich, was er unheimlich erfrischend fand. Auf Make-up hatte sie verzichtet, doch ihre frische, klare Haut verlieh ihrem Gesicht ein sanftes Leuchten.

Julian fiel auf, daß an den Wänden ihrer Wohnung exquisit gerahmte neoklassizistische Zeichnungen von Delacroix,

Ingres und David hingen. Er glaubte auch ein paar frühe Zeichnungen von Boucher und Fragonard zu entdecken. Die Einrichtung war teuer, zum Teil sehr teuer, überall standen in blauweißen Gefäßen Frühlingsblumen. Er hatte es mit einer Frau von Geschmack und Stil sowie von großer Schönheit zu tun.

Inès ging mit ihm so sanft und behutsam um wie ein Fischer, der einen Riesenlachs mit einer dünnen Forellenangel fängt. Endlich hatte sie ihn in ihrer Wohnung. Julian Looks Brooks. Das Odeon-Idol saß höchstpersönlich auf ihrem Sofa und schlürfte aus einer Sèvres-Tasse Espresso, während sein Blick mit unverkennbarem Begehren auf ihr lag.

Sie lieferte ihm keinen Hinweis auf ihren Beruf, keinen Hinweis auf ihre Person — nicht an diesem Tag, auch nicht am nächsten und nicht in der folgenden Woche. Über einen Monat lang ließ sie sich nicht einmal von ihm küssen. Erst als sie überzeugt davon war, daß er im Begriff stand, vor Liebe den Verstand zu verlieren, erlaubte sie ihm schließlich, sie in Besitz zu nehmen. Natürlich ließ sie ihn in dem Glauben, alles sei seine Idee gewesen, und er hätte sie schließlich verführt.

Er hatte ihr vorgeschlagen, nach seiner Samstagsvorstellung mit ihm hinaus aufs Land zu fahren. Phoebe hatte in einer kurz aufflammenden Anwandlung von Liebe zum Landleben ein winziges Haus draußen auf dem Land gekauft, es aber nur einmal benutzt, da sie die Straßen von St.James und Piccadilly den schlammigen Feldwegen Gloucestershires bei weitem vorzog.

Im Landhaus angekommen, zauberte Inès auf dem altmodischen Herd ein wahres Schlemmermahl, brachte eine Flasche sehr charaktervollen Rotweins zum Vorschein und schmiegte sich nach dem Essen vor dem knisternden Kaminfeuer an Julian.

Es war höchste Zeit, daß er sie verführte, und sie spannte ihn sehr auf die Folter, ehe sie schließlich seinen glühenden Küssen erlag. Kaum aber lagen sie umhüllt vom daunenweichen Federbett da, als Inès die Initiative ergriff und Julian mit ihrer Glut überraschte.

Sie liebten sich die ganze Nacht hindurch, und Julians kühnste Erwartungen wurden übertroffen. Es war ein Erlebnis, das seine wildesten Phantasien weit übertraf.

Julian hatte Dutzende Affären gehabt, meist mit Engländerinnen oder Amerikanerinnen, zum Großteil Schauspielerinnen, von denen man keiner ein Übermaß an Leidenschaft hätte nachsagen können. Sie hatten zwar geächzt und gestöhnt, sich gedreht und gewunden, wie es sich gehörte und »o Gott, wie gut« hervorgestoßen, doch hatte er immer gespürt, daß diesen Affären etwas Wichtiges fehlte. Zwar hatten sie ihm bereitwillig ihre Körper geschenkt, ihre Herzen aber waren nur selten beteiligt gewesen.

Mit Inès war es völlig anders. Die Weißglut ihrer Leidenschaft schien ihn zu versengen. Er wußte, daß alles echt war, er spürte, daß es keine Schau war und daß diese Zärtlichkeit nur ihm galt. Ihre Haut, von der Farbe zerstoßener Perlen und nach Jasmin duftend, trieb ihn zur Raserei. Schlang Inès ihre erstaunlich langen schlanken Beine um ihn und flüsterte ihm mit ihrer heiseren französisch gefärbten Stimme Verliebtheiten ins Ohr, dann wurde er zum Besessenen. Mit einer Frau wie ihr hatte er es noch nie zu tun gehabt. Nur wenige hatten sich in den sexuellen Künsten geübt, die Inès seit ihrer frühen Mädchenzeit beherrschte. Sie war eine wandelnde Männerfalle, fleischgewordene Begierde und Lust; eine wundervolle Geliebte mit so unglaublichen sexuellen Fertigkeiten, daß sogar der abgebrühte und welterfahrene Julian sich blenden ließ. Als er an jenem langen Wochenende in dem Landhaus nach einer köstlichen Abfolge von Liebesakten einzuschlafen versuchte, nahm sie sein ermattetes Glied in den Mund, behutsam und sanft. Sie war unersättlich und unermüdlich, ihre Zunge ein Instrument schierer Lust, eine tödliche Waffe, wie ihr Mund und ihre Lippen, die sie benutzte, um ihn auf Gipfel der Wonne gelangen zu lassen, die er nie wieder zu verlassen wünschte.

Mehr noch, Julian spürte, daß ihre Leidenschaft der seinen gleichkam. Ihre Lust und ihr Bedürfnis nach seinem Körper waren ebenso stark wie umgekehrt. Nach dem leidenschaftlichen Auftakt ihrer Affäre war es für sie selbstverständlich, den ganzen Morgen und dann den ganzen Nachmittag in ihrem weichen Bett zu verbringen, bis er ins Theater mußte. Sie liebten einander mindestens dreimal am Tag, da Julian mit fast siebenunddreißig immer noch über die sexuelle Energie eines Siebzehnjährigen verfügte. Manchmal überfiel ihn die Angst, daß die Verschwendung seiner Kraft einen negativen Einfluß auf seine Schauspielkunst zeitigen könnte, doch das Gegenteil war der Fall. Sein Hamlet erreichte mit jedem Abend neue Höhen, das Publikum klatschte und tobte, daß die Wände des Haymarket Theatre zitterten. Oft sagte er zu ihr, sie brächte es wie Kleopatra fertig, daß sein Appetit nie nachließe und auch nach allergrößter Befriedigung noch unersättlich sei.

Natürlich argwöhnte Phoebe sehr bald, daß eine neue Affäre im Gange war. Sie hatte wieder eine Fehlgeburt erlitten und machte nun, obwohl insgeheim erleichtert, viel Aufhebens um ihren angeblichen Kummer. Als Julian eines Abends aus einem gewissen Pflichtgefühl heraus einen halbherzigen Annäherungsversuch unternahm, erteilte sie ihm eine rüde Abfuhr.

»Richte dein müdes altes Ding ja nicht auf mich«, zischte sie ihn an. »Du mußt mindestens drei Monate warten. Der Arzt sagt, daß ich bis dahin keinen Sex haben darf. Also, verschwinde ins Bad und hol dir wie ein braver Junge einen runter, oder was immer du seinerzeit gemacht hast.« Sie biß voller Ingrimm ins nächste Schokoladeplätzchen.

Die Haltung seiner Frau kam Julian sehr gelegen. Die Gedanken an Inès, seinen Engel, seine hinreißende französische Schönheit, seine *grande passion,* nahmen ihn völlig in Anspruch. Er war ihr Sklave, von ihr völlig betört, und das nicht nur sexuell. Noch nie hatte er in einer Beziehung zu einer Frau so reine Freude erlebt, und bald wurde ihm klar, daß er sich ein Leben ohne sie gar nicht mehr vorstellen konnte.

Inès hatte Julian noch immer keinen Hinweis auf ihren wirklichen Beruf gegeben. Mit neunundzwanzig wußte sie, daß die Jahre erfolgreicher und finanziell lohnender Hurerei sich dem Ende zuneigten. Julian sah fabelhaft aus, er war reich, erfolgreich und ein wundervoller Liebhaber. Sie wußte, daß er für sie der richtige Mann war, sie wußte aber auch, daß er wie die meisten Engländer der üblichen Doppelmoral anhing. Er war den größten Teil seines Erwachsenenlebens ein Frauenheld und Schürzenjäger gewesen, etwas, mit dem sie sich abfinden konnte. Sie hatte jedoch sehr bald entdecken müssen, daß ihre eigene Vergangenheit praktisch makellos sein mußte, um seinen merkwürdig anspruchsvollen moralischen Maßstäben zu entsprechen — die Tatsache, daß sie Hure gewesen war, würde er nie akzeptieren können. Es war etwas, das sie ihm nie würde sagen können, da sie überzeugt war, ihre Beziehung würde trotz seiner großen Liebe in Brüche gehen, falls er je dahinterkäme.

Inès befand sich in einer schwierigen Lage. Die Möglichkeit, daß Julian die Wahrheit über ihre Vergangenheit erfuhr, war sehr gering, da die meisten ihrer Kunden nichts mehr fürchteten als eine Enthüllung. Mit Beginn ihrer Romanze mit Julian hatte sie alle Beziehungen mit ihnen unter dem Vorwand abgebrochen, sie wolle für längere Zeit außer Landes gehen. Zudem hatte sie ein dünnes Lügengewebe über ihr Leben zusammengesponnen, das Julian ihr bedingungslos glaubte. Sie betete darum, daß er die Wahrheit nie erfahren würde.

Sie hatte ihm gesagt, ihre Eltern seien in Paris einem Verkehrsunfall zum Opfer gefallen, als sie noch ganz klein gewesen wäre. Eine unverheiratete Tante in Yorkshire hätte sie zu sich genommen und aufgezogen. Diese Tante sei gestorben, als Inès zwanzig gewesen war und hätte ihr diese Wohnung, ein paar Wertsachen und genug Geld hinterlassen, daß sie gut davon leben könne. Er hatte ihr geglaubt. Trotz seiner eigenen Promiskuität war Julian sehr altmodisch. Inès und ein anderer — für ihn unvorstellbar. Sie hatte ihm drei Freunde eingestanden, hatte sich aber nicht auf Einzelheiten eingelassen und nur gesagt, er dürfe auf vergangene Lieben nicht eifersüchtig sein.

Nachdem sie ihn sexuell und gefühlsmäßig völlig zu ihrem Sklaven gemacht hatte und er im Netz ihrer Schönheit zappelte, war ihr nächstes Problem, ihn von seiner Frau loszueisen. Und dies sollte sich als sehr großes Problem erweisen. Phoebe war nicht gewillt, Julian kampflos aufzugeben. Obwohl sie ihn nicht mehr liebte und ihre Ehe wenig mehr als eine Farce war, liebte sie ihr Leben als Mrs. Julian Brooks und alles, was damit zusammenhing, umso mehr. Phoebe war eine harte, zielstrebige Frau, gerissen und klug. Aber vielleicht nicht ganz so gerissen und klug wie ihre Rivalin.

Inès hatte andeutungsweise von Ehe gesprochen, worauf Julian wenig begeistert reagierte — warum auch! Phoebe hatte bei allen seinen Affären immer die Augen zugedrückt, da sie wußte, sie würden einmal enden, und er würde in den Hafen der Ehe zurückkehren.

Und sie hatte natürlich recht. Inès wußte, daß es zwischen Mann und Frau einen Zeitpunkt so starker Leidenschaft gab, daß die Beziehung auf eine Ehe zusteuerte. Kam es zu diesem Zeitpunkt nicht zur Heirat, dann wurde nie mehr etwas daraus.

Julian war völlig in ihrem Bann, und Inès war sich klar darüber, daß die Zeit für ein Ultimatum reif war.

»Ich will die Ehe, Julian, Liebling«, sagte sie gelassen, als sie bei Kerzenlicht an dem reichgedeckten Tisch saßen und von Spode-Tellern *coq au vin* speisten. »Wir müssen heiraten.«

»Mein liebes Mädchen — mein Engel, das ist unmöglich, ich sagte es schon«, widersprach Julian. »Phoebe wird mich nie gehen lassen, das wissen wir beide. Engelchen, kann es nicht so bleiben, wie es ist? So bin ich sehr glücklich, Inès.«

»Nein, Julian«, sagte Inès mit Nachdruck und in dem Bewußtsein, daß sie sehr unsicheren Boden betrat, dies aber tun mußte. »In diesem Fall kann ich mich nicht mehr mit dir treffen.«

»Aber natürlich kannst du das, mein Engel«, entgegnete Julian zuversichtlich. »Wir lieben einander, Inès, wie könnten wir es ertragen, voneinander getrennt zu sein?«

Da begriff Inès, daß es härter als erwartet werden würde. Sie betete Julian an, sie wünschte sich sehnsüchtig, ihn zu heiraten, für immer mit ihm zusammenzusein. Und es gab nur eine einzige Möglichkeit, ihn zu bekommen — sie mußte ihr Spiel brillant und um einen hohen Einsatz spielen. Julian war ein verlockender Preis.

Am nächsten Tag zog Inès sich aus Julians Leben völlig zurück. Sie packte einen kleinen Koffer und verschwand für eine Woche, ohne ihm etwas zu sagen. Dann schickte sie eine kurze Nachricht ans Theater, in der sie ihm mitteilte, daß sie auf dem Land sei. Dazu gab sie ihm nur ihre Telefonnummer an.

Er hängte sich sofort ans Telefon und flehte sie an, zu ihr kommen zu dürfen.

»Nein, Julian, nein. Es kann kein Wiedersehen für uns geben«, sagte Inès mit Bestimmtheit, während ihr Herz vor Sehnsucht nach ihm raste. »Ich liebe dich zu sehr, als daß ich ohne Ehe so weitermachen könnte. Wir müssen einander vergessen, *cherie.*«

»Nein!« brüllte Julian, außer sich bei dem Gedanken, sie zu verlieren. »Das kannst du nicht machen, Inès, das kannst du nicht! Wo bist du? Ich will kommen und dich sehen, Engelchen.«

»Nein«, erklärte Inès leise. »Nein, Julian. Entweder eine Heirat — oder es ist zwischen uns aus. Wir sind jetzt sieben Monate zusammen. Wenn wir nicht heiraten, muß ich mein Leben irgendwie auf andere Weise weiterführen. Notfalls eben ohne dich.«

Sie legte auf und überließ es Julian, den Apparat sprachlos anzustarren. Er wußte, daß sie recht hatte. Seine Ehe mit Phoebe bestand praktisch nur auf dem Papier. Scheidung? Er würde sich scheiden lassen und Inès heiraten. Es war der unvermeidliche Weg, den er beschreiten mußte.

Für Inès war es ein hartes Ultimatum gewesen. Bitte, lieber Gott, laß es gelingen, betete sie. Sie wollte für immer mit Julian vereint sein.

Als Julian schließlich Phoebe seine leidenschaftliche Affäre beichtete und ihr gestand, daß er eine Scheidung wolle, um Inès heiraten zu können, geriet sie in blinde Wut. Rasend und tobend schleuderte sie in einem halbstündigen Trommelfeuer ihre kostbar und mühsam zusammengetragene Sammlung von Chelsea- und Bow-Porzellan nach Julian und drohte ihm ernste Konsequenzen an, falls er sie verließe.

»Ich werde einen Skandal entfesseln, der dich ruiniert. Diese Candida, dieses Luder, das sich umzubringen versuchte, wird ein Nichts sein verglichen mit dem, was dir blüht«, kreischte Phoebe, die häßlich und aufgedunsen aussah. In ihren rotgeränderten Augen standen Tränen. »Du wirst dich nie Sir Julian Brooks nennen dürfen! Nicht wenn du eine Scheidung hinter dir hast.«

»Meine Liebe, was du tust, kümmert mich keinen Deut«, sagte Julian, bemüht, Ruhe zu bewahren, während er Porzellanscherben von seinem Ärmel schüttelte. »Und es kümmert mich nicht, ob ich geadelt werde. Ich bin Schauspieler, und das ist das einzige, was für mich zählt.«

»Du bist kein Schauspieler«, spie Phoebe verächtlich hervor. »Du bist nur ein Witz. Als du als Charles II. auf der Leinwand zu sehen warst, da haben die Leute gebrüllt vor Lachen. Alle sagen, du könntest nicht mal spielen, wenn es um dein verdammtes Leben ginge.«

»Danke für diese lieben Worte, Phoebe«, sagte Julian leise. »Deine immerwährende Loyalität ist rührend.«

»Diese französische Hure — die ist sicher loyal, nehme ich an.«

»Ja«, seufzte er. »Das ist sie.«

»Weiß sie, daß du schwul bist?«

Julian erbleichte. Seit seiner vorübergehenden Schuljungenneigung zu Wilson hatte sein ganzes Tun, Reden und Auftreten darauf abgezielt, ihn als Ausbund von Männlichkeit erscheinen zu lassen. Doch in den Anfängen ihrer Ehe hatte er Phoebe seine Schwäche für den Jungen eingestanden, und natürlich hatte sie das nicht vergessen.

»Was soll das heißen?« fragte er kalt.

»Nichts.« Sie reagierte mit einem Schulterzucken. Der Stachel saß. »Gar nichts, Julian.«

Phoebe selbst hatte es nie vermutet, aber vielleicht besaß dieser Mann, mit dem sie fast elf Jahre zusammengelebt hatte, tatsächlich homosexuelle Neigungen. Sie hatte immer schon den Eindruck gehabt, daß Julian mit Sir Crispin flirtete, wenn die beiden miteinander lachten und einander aufzogen. Leider hatte sie keinen Beweis dafür. Schade — das wäre der ideale Stock gewesen, um ihn zu prügeln. Mit dem Stigma des Schwulseins hätte er sich nicht abgefunden.

Julians anscheinend aufrichtige Liebe zu der anderen Frau erbitterte Phoebe. Mochte in ihrer Ehe auch manches nicht stimmen, so schien sie ihr doch nicht schlimmer als die Verbindung vieler anderer Theaterleute. Phoebe hatte immer angenommen, daß sie wie viele Paare ihrer Bekanntschaft für immer zusammenbleiben würden, in einer wenn schon nicht romantischen, dann wenigstens konventionellen Beziehung. Und jetzt stellte er aus Liebe ihre ganze Welt auf den Kopf. *Liebe!* Ein Witz, dachte sie erbittert. So etwas gab es nicht.

Julian versuchte Phoebe mit großzügigen finanziellen Angeboten milde zu stimmen. Er bot ihr das Haus, die Einrichtung, die Gemälde, alle Besitztümer an, die sie im Laufe der Jahre aufgehäuft hatten. Er wollte ihr alles überlassen, wenn er nur seine Freiheit bekäme und Inès heiraten konnte. Aber Phoebe weigerte sich.

Inès war es, die schließlich die Lösung fand. Sie kam zu dem Schluß, daß Phoebe ihrem Mann nur gegen eine Beteiligung an seinen künftigen Einnahmen die Freiheit geben würde — und zwar lebenslang. Sie schlug vor, er solle Phoebe zehn Prozent anbieten. Nachdem er vierundzwanzig Stunden über diesen Vorschlag gebrütet hatte, konfrontierte Julian seine Frau mit diesem mehr als großzügigen Angebot.

»Zwanzig Prozent«, feuerte Phoebe zurück.

»Fünfzehn«, konterte Julian matt.

»Na schön, du Dreckskerl!«, schnaubte Phoebe. »Dann eben fünfzehn — dein Leben lang, vergiß das nicht. Bis daß der Tod uns scheidet, Liebster.«

»Abgemacht«, sagte Julian, von dem Gefühl beseelt, eine unerträgliche Bürde sei ihm von den Schultern genommen worden. Endlich war er frei. Frei von Phoebe. Frei, um für immer mit Inès zusammenzusein, frei, um nach Hollywood zu fliegen.

11

Rom

Umberto Scrofo paradierte in den Cinecittá Studios auf der Tonbühne hin und her, selbstsicheren Schrittes, die Zigarre zwischen den Lippen. Die letzten Drehtage seines Films *Die verlorene Stadt* beaufsichtigte er höchstpersönlich. In den Straßen Roms, auf der Via Veneto, an den Stränden von Ostia und Fregene, wo das Filmvolk sich traf, sogar in den Schneideräumen der Scalera Studios, seiner Konkurrenz, wurde gemunkelt, daß Umberto Scrofo, dieser Branchenneuling, einen Hit in der Hand hatte — und alles war allein sein Werk — nun, nicht ganz, schließlich stammte das Drehbuch von Irving Frankovitch, und Didier Armande war der wichtigste Finanzier, aber der Film trug Umbertos Namen, und alle wußten es.

Er lächelte selbstzufrieden, außerhalb des Zauberkreises

der Scheinwerfer stehend, in deren Lichterflut die Schauspieler, von ihm aufmerksam beobachtet, agierten. Seinen Schauspielern gegenüber hegte er ein Besitzergefühl, als seien sie sein exklusives Eigentum. Nicht, daß es tatsächlich der Fall gewesen wäre, denn sie hatten ihn tatsächlich ein Vermögen gekostet. Sogar Ramona hatte schließlich Gage verlangt, wenn auch eine kleine. Leicht war es nicht gewesen. Wer behauptete, der Einstieg ins italienische Filmgeschäft sei eine Kleinigkeit, war ein Dummkopf. Er hatte schwer kämpfen müssen, um sein Drehbuch in einen Film umsetzen zu können. Es sah aus, als hätten Ponti, de Sica, Fellini und Visconti die gesamte verfügbare Studiofläche okkupiert, jeden brauchbaren Techniker angeworben und jedes Stück Ausrüstung gemietet. Auch gegen die amerikanischen Gesellschaften hatte er ankämpfen müssen. Nach dem Krieg waren sie in Horden mit verblaßten Stars der dreißiger und vierziger Jahre eingefallen, hatten Millionen Dollar in Schmachtfetzen, puren Schmachtfetzen verpulvert und ihre Filme dennoch erfolgreich zur Aufführung gebracht, nur weil ein abgetakelter Hollywoodstar mitwirkte und weil es ein amerikanischer Film war. Umberto hatte miterlebt, welchen Aufschwung die italienische Filmindustrie seit dem Krieg genommen hatte, und mit ihr die Vermögen der Filmemacher; nun, auch er war einem Aufschwung nicht abgeneigt. Oh, wie sehr er sich nach Erfolg sehnte, wie er danach lechzte, von Hollywood gerufen zu werden. Eines Tages würde es soweit sein, davon war er überzeugt.

12

Los Angeles

Dominique liebte Hollywood, und Hollywood liebte Dominique. Jeden Morgen sah sie mit kindlicher Begeisterung durch die Scheiben ihrer von einem Chauffeur gelenkten Limousine hinaus und fragte sich, welche Freuden der Tag ihr bringen mochte. Sie fand Kalifornien absolut toll. Hot dogs, Hamburgers, Auto-Kinos, Hula-Hoops, die Strände von Santa Monica und die ewig scheinende Sonne waren für sie der Gipfel. Und ganz besonders genoß sie das kameradschaftliche Verhältnis zu den anderen Schauspielern und Tänzern im Proben-Studio. Sie belachte deren schlagfertigen Antworten, auch wenn sie sie nicht ganz verstand, studierte eifrig, lernte Englisch und übte den sinnlichen Tanz, den sie in der *Cortez-Legende* vor der Kamera tanzen sollte. Das aufregende Gedränge in der MCCP-Kantine, wo sie das Kommen und Gehen der Stars beobachten konnte, fand sie großartig, am meisten aber liebte sie das Fernsehen. Ihre Lieblingssendungen waren die *Jackie Gleason Show, Cavalcade oft Stars* und die *Milton Berle Show.* In St.Tropez hatte es kein Fernsehen gegeben, keine Hot dogs, keine Film-Kantine, überhaupt nichts Aufregendes — von Gaston abgesehen. Jetzt wollte sie jedoch nie wieder dorthin zurückkehren. Das Leben in Kalifornien war herrlich. Sie gehörte hierher.

Gaston hatte ihr einige leidenschaftliche Briefe geschrieben, und sie hatte ihm und ihrer Familie Seite für Seite ihr aufregendes Leben geschildert, aber mit jedem Tag erschienen ihr St.Tropez, die Familie und Gaston Girandot ferner. Bald hatte sie fast vergessen, wie er aussah.

Einzig die Erinnerung an jene Abende an der Tango Beach brachte ihr sein Bild zurück. Sie stellte sich vor, wie sie zusammen auf den gestreiften Strandmatten gelegen hatten, dachte an den Duft von Ambre Solaire, der ihr in die Nase gestiegen war, und daran, welche Erregung sie empfunden hatte. Jetzt gab es für sie nur mehr Arbeit, Arbeit, Arbeit, für Romantik war keine Zeit — aber Dominique war es recht. Das Studio wollte sie zum Star aufbauen, und sie war mehr als gewillt, das ihrige dazu beizutragen.

Das einzige Haar in der Suppe war ihre Anstandsdame. Mit ihrer unheimlichen, ausgebleicht wirkenden Haut, dem

Silberhaar und den glühenden schwarzen, traurigen Augen im gequälten Gesicht bereitete Agathe den meisten Menschen Unbehagen. In ihrem Gesicht drückte sich soviel Leid aus, in ihren Augen soviel Kummer, daß man ihr ansah, wie freudlos ihr Leben sein mußte. Ihre Kleider waren altmodisch, dunkel, spießig — und für Kalifornien viel zu unbequem. Ihr Auftreten war ruhig, fast lethargisch. Dominique und die anderen ahnten nicht, daß Agathe außer sich vor Freude war, in Los Angeles zu sein, trotzdem aber unfähig war, ihre Freude zu zeigen.

Dominique hingegen platzte fast vor Vitalität. In Jeans und Karohemd, das lange Haar zu einem Pferdeschwanz zusammengefaßt, war sie dem amerikanischen Lebensstil, der Mode und den Gewohnheiten des Landes verfallen. An diesem dampfenden Nachmittag im November, auf der Fahrt zur ersten Kostümanprobe, war sie vor lauter erwartungsvoller Freude fast außer sich.

»Ach, Agathe, ich bin ja so aufgeregt, daß ich kaum Luft bekomme! Meine erste Anprobe — was glaubst du, wie das sein wird?«

Der Wagen war eben auf dem Studiogelände vorgefahren, und Agathe gab keine Antwort, da sie wie immer von den umherspazierenden Komparsen fasziniert war, die sich heute in Winterkleidung des *fin-de-siècle* präsentierten, einer Aufmachung, wie sie für die herrschende stickige Hitze nicht unpassender hätte sein können.

Sie fuhren durch etliche verwinkelte Straßen, von denen jede in einem völlig anderen Stil gehalten war, zur Kostüm-Abteilung. An ein New Yorker Haus aus dem neunzehnten Jahrhundert schloß sich die genaue Nachbildung eines Teils des Londoner Eaton Square an, mit perfekten Kopien der Regency-Häuser samt Platanen und Goldregensträuchern. Ein Dorf aus dem mittelalterlichen Frankreich mit holprigem Pflaster und flatternder Wäsche zwischen den engen Häuserzeilen wirkte so echt, daß die beiden Frauen von plötzlichem Heimweh nach St.Tropez übermannt wurden. Als nächstes kam dann die Kostüm-Abteilung in einem unauffälligen Holzhaus mit abblätterndem braunem Anstrich.

Während Dominique die Anprobe über sich ergehen ließ, erforschte Agathe die ganze Abteilung, überwältigt von der Verschiedenheit der dort auf endlosen Stangen aufbewahrten Kostüme, unter denen römische Togen ebenso zu finden waren wie perlenbestickte Zweitausend-Dollar-Abendkleider. Nach der Anprobe schlug Agathe zur Hebung der Bildung einen Besuch im Los Angeles Museum of Art vor, Dominique aber hatte andere Pläne. Eine der Tänzerinnen hatte ihr von einem neuen Nachtclub am Sunset Boulevard erzählt, in dem zur Zeit alle jungen Schauspieler und Tänzer herumhingen. Der Schuppen sei absolute Spitze, hatte es geheißen, und Dominique konnte es kaum erwarten, sich dort einmal die Nacht um die Ohren zu schlagen.

»Ich bin fix und fertig.« Sie tat, als müsse sie ein Gähnen unterdrücken. »Am liebsten möchte ich fünfzehn Stunden hintereinander schlafen. Setz mich vor dem Hotel ab und fahr weiter zum Museum. Aber ich muß mich unbedingt ausschlafen, Agathe, *ca va*?«

»Schon gut«, murmelte Agathe, die sich nicht genug wundern konnte, welche Veränderung Dominique in ein paar Wochen Hollywood durchgemacht hatte. Aus dem typischen französischen Schulmädchen war praktisch über Nacht ein richtiger amerikanischer Teenager geworden, samt Kaugummi und mit dem für diese Altersgruppe typischen Slang. Wie kam es, daß das Mädchen sich hier so heimisch fühlte, während Agathe sich vorkam wie ein Fisch ohne Wasser?

»Keine Angst, Agathe«, sagte Dominique, als der Wagen vor dem Château Marmont vorfuhr. »Ich gehe mit einem Glas Milch sofort ins Bett. Wir sehen uns dann morgen ganz zeitig in der Frühe.« Nachdem sie Agathe einen Kuß zugeworfen hatte, lief sie die Stufen zum Hotel hinauf, insgeheim kichernd. Arme alte Agathe, sie hinters Licht zu führen, war wirklich keine Kunst.

Agathe starrte blicklos vor sich hin, als der Fahrer sich in den dichten Verkehr des Sunset Boulevard einreihte. Sie spürte, wie sich Neid auf ihren Schützling in ihr zusammenbraute, ein Neid, der sich wie eine schnellwirkende Droge durch ihre Venen verbreitete, und sie haßte sich deswegen. Vielleicht war Dominiques Jugend der Grund — sie war fast so alt wie Agathe, als sie in den Keller verbannt worden war; vielleicht kam ihr Haß aber auch daher, daß Dominique noch ihr Leben vor sich hatte, ein freudvolles, aufregendes Leben voller Verheißungen. Mit einunddreißig hatte Agathe das Gefühl, ihr eigenes Leben sei so gut wie vorüber — mit einer Ausnahme: der Aussicht, Julian Brooks, dem Star der *Cortez-Legende* zu begegnen. Als sie gehört hatte, er solle die Hauptrolle spielen, waren Agathe fast die Sinne geschwunden. Die Aussicht, ihr Idol leibhaftig zu treffen, war so überwältigend, daß ihr schwindelte und sie sich hinlegen mußte. Und jetzt wartete sie Tag für Tag, ausgehungert vor Erwartungsfreude, auf den Augenblick, da sie endlich den einzigen Mann kennenlernen würde, von dem sie wußte, daß er ihr Schicksal war.

Dominiques Aufmachung war der letzte Schrei der Teenagermode: zu einem schwarzen ärmellosen Pullover bleistiftschmale Jeans und einen breiten Ledergürtel, der ihre Taille auf unglaubliche fünfundvierzig Zentimeter zusammenschnürte, an den Füßen flache Ballerinaschuhe. Sie umrandete ihre Augen mit einem schwarzen Stift und arrangierte Kissen und Decken in ihrem Bett so, daß es aussah, als schlafe sie darin, für den Fall, daß Agathe ihr nachschnüffelte. Dann schlich sie die Hintertreppe hinunter und lief die acht Blocks zum Rock'n'Roll Club zu Fuß.

Obwohl es erst neun Uhr war, drängten sich bereits die Leute in dem kleinen verräucherten Lokal, ausnahmslos jung und ausnahmslos darauf aus, sich toll zu amüsieren.

Während sie auf ihre Freundinnen wartete, stand Dominique mit einer Coke an der Bar und sah den Tanzenden zu, die sich unter aufblitzenden farbigen Lichtern zu heißen Rhythmen gekonnt verrenkten. Ein gutaussehender schwarzer Junge, dessen Armmuskeln sich unter seinem kurzärmeligen Hemd wölbten, kam großspurig auf sie zu.

»Wie wär's mit einer Runde?« fragte er in gelangweiltem Ton und streckte, ohne sie anzusehen, eine schwielige Hand nach ihr aus. Dominiques Aufregung wuchs. Sie hatte noch nie mit einem farbigen Jungen getanzt, ja, bis vor kurzem hatte sie außer in der Tanzschule kaum je getanzt. Und diese Art Tanz — ganz egal, mit Hüftgewackel, primitiv — war ihr sehr fremd.

»Klar doch«, gab sie in gedehntem Ton zurück in dem Bemühen, selbst kühl und blasiert zu klingen.

»Wie alt bist du, Mädchen?« fragte der Junge, der sie zum Rhythmus der Musik auf die Tanzfläche stieß, sie gekonnt wieder einfing und um sich herumwirbelte.

»Sechzehn.« Dominique spürte wachende Erregung. Dieser Junge roch anders als andere Jungen. Ein Duftgemisch aus Moschus und Schweiß umgab ihn. Er roch nach Westindien — so wie sie sich es vorstellte.

»Wie heißt du?« fragte sie.

»Cab. Und du?«

»Dominique.«

»Ach, hallo, Dominique, wohl Französin, hm? Und sechzehn?« Mit einem Zwinkern zog er sie an sich. Dann hielt er sie an sich gedrückt, und sie spürte plötzlich etwas Großes und Hartes an ihrem Schenkel. »Das ist doch alt genug, oder?« äußerte er atemlos an ihrem Ohr.

»Wofür?« fragte Dominique, die bei dem ungewohnt langsamen Rhythmus fast ins Stolpern geriet.

»Für eine Portion Gras. Du hast es doch schon geraucht?«

»Klar«, gab Dominique zurück. »Öfter als oft.«

Dominique witterte zwar Gefahr, wurde dadurch aber nur noch angeregter. Die Lichter blitzten. Die Dirty Dozen spielte laut und routiniert eine heiße Nummer, und die Menge auf der Tanzfläche brodelte vor Sinnlichkeit und Jugend.

Der schwarze — nein, eigentlich braune Junge war köstlich anders. Agathe hätte sie umgebracht, wenn sie geahnt hätte, was sie trieb, und ihre Mutter ebenso.

»Wie alt bist du?« übertönte sie das Getöse.

»Zwanzig.« Er zeigte seine schneeweißen Zähne. »Un' ich kenn' auf dem Gebiet alles. Sollst was davon zu sehen bekommen — los, komm mit.« Die Band beendete die Nummer, und als das jugendliche Publikum pfeifend und begeistert klatschend Beifall spendete, packte Cab die Hand Dominiques und führte sie durch die in ständiger Bewegung befindliche Menge durch die Küche und eine Hintertür hinaus.

In einem schmalen Gäßchen beobachtete Dominique an eine Backsteinwand gelehnt, wie Cab einige Dinge aus seiner Tasche holte. Tabak, Zigarettenpapier, Streichhölzer. Es war so dunkel, daß sie nicht wirklich sehen konnte, was er machte, doch als er den Glimmstengel angezündet hatte und den Rauch tief einsog, roch sie einen durchdringend süßlichen Duft, der sie an einen exotischen Dschungel denken ließ.

»Zieh dir einen rein, Kleines — du wirst dich irre fühlen.«

Er machte wieder einen tiefen Zug, beobachtet von Dominique, die ihm aufmerksam zusah, fasziniert von seinen blitzenden schwarzen Augen mit den dichten Wimpern und von seinen vollen, bläulich-violetten Lippen.

Die Aufregung war so prickelnd, daß sie schon high war, noch ehe sie den ersten Zug Marihuana intus hatte.

»O la la.« Der scharfe Rauch ließ sie husten. »Was ist denn das?«

»Jamaica Boy, Baby«, sagte Cab, nahm ihr den Joint aus der Hand und reichte ihr eine flache Flasche aus seiner Gesäßtasche. »Es ist das Beste — richtig irre, Mensch — tolles Zeug. Und jetzt einen Schluck davon, und du wirst dich besser fühlen als in deinem ganzen Leben, Kleine.«

Dominique, die die Flasche an die Lippen führte, erstickte fast an der Schärfe.

»Wumm — und was ist das?« keuchte sie.

»Gin, was sonst, Kleine. Hat schon meine alte Dame ruiniert.« Er sah sie belustigt an. »Wird dir nicht schaden. Möchtest dich richtig gut fühlen, ja? Cool, irre und richtig, richtig gut?«

»Hmmm, worauf du dich verlassen kannst.« Dominique nickte. Und plötzlich fühlte sie sich gut. Sie fühlte sich ausgezeichnet. Sie empfand eine Aufwallung von Liebe für die ganze schöne Welt, für Kalifornien und ganz besonders für diesen exotischen dunklen Jungen, der vor ihr stand, an seinem Zauberkraut paffte und sie mit schimmernden schwarzen Augen ansah, in denen sie eine rätselhafte Belustigung las.

Er reichte ihr den Joint, und sie machte einen tiefen Lungenzug, um gleich darauf die Droge wie ein Feuerrad in ihrem Kopf explodieren zu spüren. Der bittere Nachgeschmack brannte in der Kehle, doch es war wundervoll, köstlich. Ihr Kopf fühlte sich leicht an wie eine Pusteblume. Er schien mit Federn, Ballonen und jenen kleinen Kugeln von spinnwebfeiner Leichtigkeit gefüllt zu sein, die auf Sommerwiesen wachsen und vom Wind weitergetragen werden. Es war, als sei ihr Kopf eine dieser Pusteblumen. Käme Cabs Gesicht dem ihren auch nur einen Millimeter näher, würden seine Lippen ihren Kopf fortblasen, würden ihn in Millionen kleiner Federteilchen zerstäuben lassen. Aber sie war auf keiner Wiese. Sie befand sich in einer finsteren Gasse hinter einem Club am Sunset Boulevard, umgeben vom fauligen Gestank der Mülltonnen und den wüsten Geräuschen des Rock 'n' Roll.

Wie aus großer Entfernung sah sie Cabs gewaltige Lippen näherkommen. Immer näher kamen sie, lose, an nichts hängend, wie ein Phantasiebild von Alice im Wunderland. Er hatte kein Gesicht, nur große, bläulich-violette Lippen, die näher und näher kamen — so nahe, daß sie die Augen verdrehte, um sie im Blickfeld zu behalten. Die Lippen bewegten sich, sagten etwas, doch sie konnte nicht hören, was es war.

Sie sahen ungeheuer komisch aus, diese enormen Lippen, die im Raum, in der Zeit zu hängen schienen und sich rasch bewegten, ohne daß sie einen Laut produziert hätten.

Dann waren die Lippen plötzlich auf den ihren, aber nicht allein. Eine feuchte, schlangengleiche Zunge schnellte dazwischen hervor und drang in ihren Mund ein wie ein Reptil, das in sein Nest gleitet. Die schleimige, glitschige Schlange erfüllte ihren Mund mit schwammiger Feuchtigkeit, als die enormen Lippen versuchten, ihren Mund zu umschließen.

»Nicht, nicht, aufhören — ich bekomme keine Luft mehr!« stieß Dominique hervor, während die Zunge weiterhin ihren Mund erkundete und die großen Lippen über ihr Gesicht glitten wie ein feuchter Mop über den Küchenboden.

»Nicht!« Sie stieß ihn heftig von sich und sah ihn angewidert an. »Was machst du da? Das ist ja ekelhaft!« Trotz des neuen und ungewohnten Gefühls ihrer Macht über Männer hatte Dominique noch keine Erfahrung bei der Zurückweisung unerwünschter Anbeter gesammelt. Gastons Küsse waren zart und zärtlich gewesen, mit ebenso zarter Leidenschaft hatte seine Zunge ihren Mund erkundet. Dieser Bursche hier war grob, aufdringlich, roh. Was er machte, war ihr widerlich.

Die Lippen öffneten sich und enthüllten Zähne von Grabsteinformat. »Das nenne ich richtig gut, Kleine, richtig gut.« Die Lippen bedeckten die Zähne, und der große schwarze Kopf näherte sich ihr, während zwei gewaltige Hände ihre Schultern packten. »Spielst mit Zeug 'rum, von dem du keinen blassen Schimmer hast.« Ihr Kopf schwankte von einer Seite zur anderen, als er sie unsanft schüttelte. »Ich spendier dir 'nen Joint, und was kriege ich dafür? He? Ekelhaft — ich bin ekelhaft. Großartig, nicht? Ich gebe nichts umsonst her. Und was kriege ich von dir dafür, daß du high warst? Komm, sag schon — was denn?« Er schüttelte sie so heftig, daß ihr die Tränen kamen.

Da riß er ihren Kopf an den Haaren zurück, und seine verschwitzte Handfläche landete auf ihrem Mund. »Mädchen, lauf mir ja nie wieder über den Weg«, zischte er ihr ins Ohr. »Deine Sorte kenne ich, du Luder. Tut so, als hätte sie das Dschungelfieber und macht dann 'nen Rückzieher.« Er stieß sie gegen die Ziegelmauer, immer wieder, bis sie keine Luft mehr bekam. »Ich sag den anderen Bescheid, also laß dich hier nicht mehr blicken, wenn du weißt, was für dich gut ist.« Mit einem letzten heftigen Stoß marschierte er, begleitet vom Lärm der Rockband, plattfüßig die schmale Gasse entlang, zurück in den Club, nicht ohne ihr noch total verbittert »Schwanzfopperin« zuzurufen.

Minuten später hinkte Dominique den Sunset Boulevard entlang zum Hotel. Das Erlebnis war alles andere als angenehm gewesen, doch die Gefahr und das Wissen, daß der Junge sie begehrte, hatten stimulierend auf sie gewirkt. Er hatte sich rüde und angriffslustig benommen, doch das köstliche Gefühl, das sie nach dem Rauchen des Joints erfüllt hatte, war noch vorhanden. Sie wußte, daß sie wieder in den Club gehen würde – trotz Cabs Warnung. Aber nächstes Mal würden ihre Freunde dabeisein.

Sie hörte, daß bei Agathe noch das Fernsehen lief. Leise schlich sie in ihr eigenes Zimmer, um diese neueste Episode ihres kalifornischen Abenteuers im Geiste Revue passieren zu lassen.

Agathes Blick hing unverwandt am Fernsehschirm. Angetan mit der Maske eines Wegelagerers, in einem lodengrünen, silberknopfgezierten Rock, den schwarzen samtenen Dreispitz tief in die Stirn gedrückt, saß Julian Brooks auf einem sich aufbäumenden schwarzen Hengst, in der Hand eine Steinschloßpistole, deren Mündung er auf Margaret Lockwoods schönes, schreckensstarres Gesicht richtete. Agathe war wie gebannt. Sie sah sich eine der romantischen Schnulzen an, die Julian Ende der vierziger Jahre in England gedreht hatte, doch der Film war noch immer sehenswert. Agathe fand Julian einfach fabelhaft. Wie gut er aussah, wie bezwingend. Der Atem stockte ihr, als er von seinem Pferd sprang, den Schlag der Kalesche aufriß und seine Lippen auf jene der erschrockenen Heldin drückte.

»Quelle merveille«, seufzte Agathe, deren Erregung wuchs, als die Küsse sich intensivierten und Miß Lockwood von einer Leidenschaft erfaßt wurde, die Agathe teilte. Wie herrlich, wenn sich die Lippen dieses Mannes, der aussah wie ein griechischer Gott, auf die der Schauspielerin drückten. Fast vermeinte sie die Spannung zwischen den beiden zu spüren, als ihre Hand zu ihrem Mund glitt und ihre Lippen sich der unfruchtbaren Trockenheit ihres Daumens öffneten. »Julian«, stöhnte sie leise und schloß die Augen, um sich seiner Fernsehstimme hinzugeben. »O Julian. *Je t'aime. Que je t'aime, mon amour.*«

13

In ihrem riesigen, hoch in den Canyons der Hügel um Hollywood gelegenen Herrensitz bereitete sich die legendäre Ramona Armande auf einen Abend in Gesellschaft vor. Ein ganzes Regiment von Hausmädchen, Friseuren und *visagistes* umlagerte in ehrfürchtigem Schweigen den elfenbein- und silbergezierten Ruhlmann-Frisiertisch, vor dem der Star saß und an seinen fleischigen Ohrläppchen Diamant-Smaragd-Ohrgehänge befestigte.

Sie war eine kleine Frau mit rabenschwarzem Haar, schon so lange Legende und Star, daß ihr früheres Leben größtenteils in ein Geheimnis gehüllt war. Ihre höchst romantische Vergangenheit, die sie dreißig Jahre lang in zahllosen Fan-Magazinen hatte nachlesen können, war ihr so gewärtig, daß Ramona inzwischen jedes einzelne Wort davon glaubte. Die Tatsache, daß sie und Didier mit den Eltern, Rachel und Eli Levinsky, während des Ersten Weltkrieges aus Ungarn geflohen waren, fand man in keiner Biographie. Die Familie Levinsky hatte das Glück gehabt, im West End Londons auf Angehörige zu stoßen. Eli hatte weiterhin als Fischhändler gearbeitet, während sie und Didier die Schule besuchten, Englisch und die britische Lebensart lernten. Namen wurden geändert, und das Leben beider Kinder gestaltete sich äußerst erfolgreich.

Obwohl klein von Gestalt, verfügte Ramona über einen starken Charakter. Wehe dem unglückseligen Handlanger, der den Befehl seiner Herrin je mißverstand, und das ganz besonders während ihres ausgeklügelten dreistündigen *grande levée.* Einen Befehl der Prinzessin mißzuverstehen, brachte der oder dem Unglücklichen einen vernichtenden Blick aus ihren sagenhaften, von langen Wimpern umgebenen Augen ein, und ein paar ausgesuchte Sätze ihrerseits reichten aus, um auch den Gleichmütigsten in Angst und Schrecken zu versetzen.

In ihrem riesengroßen Schlafgemach brannten die Lampen nur gedämpft, um ihrer blassen, feinen Haut zu schmeicheln, die immer von einer speziellen, eigens von Max Factor für sie geschaffenen Grundierung bedeckt wurde. Sie trug mit dazu bei, die winzigen Fältchen zu kaschieren, die sich trotz sämtlicher Cremes und Wässerchen, die sie allabendlich verwendete, in ihrem kostbaren Gesicht vermehrten. Aber was machte es schon aus, daß ihre Alabasterhaut nicht mehr so makellos war wie zur Stummfilmzeit? Sie war noch immer ein Star, einer, der die Absicht hatte, am Firmament zu bleiben, und sie erwartete, als Star behandelt zu werden. Ramona war ein echtes Kind Hollywoods, das alle Tricks und Ränke so gut kannte wie Mr. Zanuck, Mr. Werner und Mr. Cohn. Heute würde sie alle in deren ureigenem Spiel schlagen.

»Maria, bring mir meine Diamanten«, ordnete sie in jener unverkennbaren Stimmlage an, die sich mit dem Aufkommen des Tonfilms als ihre Rettung erwiesen hatte. Während viele ihrer Landsleute ihrer unpassenden Stimmen wegen von der Leinwand weggelacht wurden, hatte Ramonas angenehme Stimme und nicht zuletzt ihre englische Art dem Publikum gefallen. Mit ihrer Karriere war es weiterhin bergauf gegangen.

Während sie sich im dreiteiligen Spiegel aufmerksam studierte, dachte sie an einige ihrer Zeitgenossen, die versagt hatten. Der arme alte Jack Gilbert. Das Publikum hatte gequiekt vor Lachen, als es seine Stimme hörte. Dem großen Liebhaber, der so viele Stummfilmstars geliebt und so viele berühmte Herzen gebrochen hatte, war nichts übriggeblieben, als neidisch an Greta Garbo, seine großen Leidenschaft zu denken. Die Garbo, dachte Ramona zähneknirschend — die hatte den Tonfilmtest mit fliegenden Fahnen bestanden. Wenn möglich, war die Begeisterung des Publikums noch größer geworden, als man ihr ernsten und heiseren Worte vernahm: »Gib mir Whisky, und einen Schuß Ginger Ale, und sei nicht knickerig, Baby.« In ganz Amerika hatte das Publikum gerast, und die Garbo war der größte Star aller Zeiten geworden.

Der Gedanke an ihre vormalige Erzrivalin ließ Ramona die Stirn runzeln. Ärgerlich, daß die Garbo noch immer im Mittelpunkt öffentlichen Interesses stand, von einem Tanskontinentalzug oder Ozeanriesen in den anderen umsteigend, immer in einen langen Mantel gehüllt und mit einem zerknautschten Filzhut angetan, und immer mit dieser dummen Sonnenbrille und den geflüsterten Worten: »Ich will allein sein.«

Ramona wußte ganz genau, daß dieser Satz nur ein Publicity-Gag war. Sie wußte, wie erpicht die Garbo insgeheim auf das Interesse war, das ihre geheimnisvolle Zurückhaltung erregte. Sie blühte davon auf. Je mehr sie ›allein‹ sein wollte, desto weniger wurde es ihr natürlich erlaubt. Für Ramona war es ärgerlich und beschämend, daß noch immer so viel über die Garbo geschrieben wurde, obwohl sie seit über einem Jahrzehnt nicht mehr auf der Leinwand zu sehen gewesen war.

Ramona griff sich aus der Vielfalt der Gegenstände auf

dem Toilettetisch ein Lalique-Duftfläschchen, um sich reichlich mit Shalimar einzusprühen, während ihre Zofe einen diamantbesetzten Schildpattkamm in ihren glatten Haarknoten steckte. Dann legte Ramona ihr prachtvolles Collier aus Smaragden, Naturperlen und Diamanten um den welkenden Hals und begutachtete sich kritisch. »Perfekt«, hauchte sie insgeheim, »perfekt«. Endlich war sie fertig und so hinreißend, wie sie es nur zuwegebrachte.

Heute war wieder eine Hollywoodparty angesetzt, diesmal um den berühmten englischen Schauspieler Julian Brooks im Zauberkreis von Beverly Hills willkommen zu heißen. Ihn und Inès Juillard, die Frau, deretwegen er seine Angetraute verlassen hatte. Inès, die ganz Hollywood kennenlernen wollte. Die Romanze wurde wegen seiner bevorstehenden Scheidung sehr diskret behandelt, so daß, wenn überhaupt, nur wenig Fotos des liebenden Paares existierten.

Die Party sollte im Haus von Spyros Makopolis, des Präsidenten der MCCP und eines der mächtigsten Männer Hollywoods, stattfinden. Ramona war entschlossen, schöner als je auszusehen, von ihrem großen Erfolg in ihrem neuen italienischen Film verjüngt. Heute wollte sie der Elite von Hollywood zeigen, daß Ramona Armande noch immer ein Stern erster Größenordnung war — daß man mit ihr noch rechnen mußte.

Im Salon, dessen Boden ein Aubusson-Teppich bedeckte, saß Umberto Scrofo, Ramonas Begleiter für den Abend und Produzent ihres neuen, aber noch nicht angelaufenen Films, und bewunderte bei einem Glas Champagner ihre Kollektion von Impressionisten, während er geduldig wartete, bis sie mit dem Ankleiden fertig war. Es war sein erster Aufenthalt in Hollywood, und er sah der heutigen erstklassig besetzten Party mit großer Ungeduld entgegen.

Umberto konnte es kaum erwarten, endlich dazuzugehören und wieder einmal das Sagen zu haben.

»Spyros' Haus strahlt ja wie ein Weihnachtsbaum!« bemerkte Julian Brooks. Es stimmte. Alle Fenster waren hell erleuchtet, und die inmitten gepflegter Rasenflächen unter hohen Zypressen gelegene weiße klassizistische Villa war mit Tausenden bunter Feenlichtchen behängt, die etwas beschienen, das man in Kalifornien kaum jemals zu Gesicht bekam.

»Schnee! *Mon Dieu!*« rief Inès aus und drückte ihr Gesicht an die Scheibe der Limousine. »Du meine Güte, sieh doch, Julian — es ist Schnee! Wie ist das nur möglich? Wir hatten heute doch an die fünfundzwanzig Grad.«

Julian warf einen Blick hinaus auf die dicke schimmernde Schicht jungfräulichen Schnees, die zu beiden Seiten der langen, gewundenen Zufahrt lag. Dann lächelte er Inès zu, die einen überdimensionalen jadegrünen Weihnachtsbaum anstarrte, über zehn Meter hoch und mit glitzerndem Schmuck in allen Farben behagen.

Die Tür ihrer Limousine wurde von einem Parkpatzwächter aufgerissen, der zu seiner eigenen Verlegenheit als Helfer des Weihnachtsmannes kostümiert war. Die meisten der so Kostümierten waren arbeitslose Schauspieler, die es einigermaßen überzeugend schafften, ihre Verlegenheit zu verbergen, wenn sie der glänzenden Gästeschar mit einem »guten Abend, Ma'am, Sir, und fröhliche Weihnachten« aus den Autos halfen.

Inès unterdrückte ein Kichern beim Anblick von Sanderson, Spyros' lupenreinem englischem Butler, der höchst unpassend in einem Weihnachtsmannkostüm steckte. Sein ernstes Gesicht wollte so gar nicht zum fröhlichen Rot seiner Kluft und zum weißen Bart passen. Tatsächlich hatte er sich zuerst heftig gegen diese Kostümierung gesträubt und sogar mit Kündigung gedroht, aber Mr. Makopolis hatte ihn schließlich überreden können, wie er alle überredete, alles zu tun: mit Geld.

»In England oder Frankreich wäre das ausgeschlossen, meinst du nicht auch, Liebling?« flüsterte Julian, der Inès Hand drückte, während sie amüsierte Blicke tauschten. Inès staunte nicht schlecht. Ihre zehn Londoner Jahre, in Gesellschaft von Aristokraten und kultivierten, gebildeten Menschen verbracht, hatten ihr das sichere Gefühl dafür vermittelt, was erlaubt und was unmöglich war. Was sie bislang vom überdekorierten Haus Makopolis' gesehen hatte, war schrecklich. Ein Butler als Père Noël? *Quelle horreur!*

»Heute habe ich am Pool ein Sonnenbad genommen. Wie kann es dann abends schneien?« Inès stand vor einem Rätsel.

»Täuschung, mein Schatz, reine Täuschung«, sagte Julian lachend. »Ich bin sicher, der alte Spyros hat die Abteilung für Spezialeffekte eingespannt und diese Mischung herstellen lassen.«

»Aber wie?« Als Frau mit Erfahrung auf vielen Gebieten fand sie dieses Wunderland total mysteriös. »Julian, man kann doch nicht Schnee machen. Oder doch?«

»Mit Kristallen und Watte«, erklärte er. »Muß das Studio ein Vermögen gekostet haben. Der gute alte Spyros ... was für eine Trottelei.«

»Aber warum macht er das, wenn es doch ohne Schnee hier so schön ist?«

»Pure Angeberei, meine Liebe. Nächstes Jahr wird jedermann in Hollywood Zufahrten und Rasen mit *faux neige* bedecken — und der liebe alte Makopolis wird insgeheim frohlocken, weil er der erste war, der auf die Idee kam.«

Julian nahm von einem Diener — lächerlich als Rudolph das rotnasige Rentier verkleidet — eine schlanke Champagnerflöte entgegen und zwinkerte Inès zu. Die Hälfte der weiblichen Gäste beäugte ihn bereits verstohlen und streifte Inès mit neidischen Blicken. Gedämpftes Geplauder ohne Anfang und Ende durchflutete den Raum, als Spyros und Olympia Makopolis mit übertriebener Leutseligkeit auf Julian und Inès zusteuerten, sie ins Schlepptau nahmen und sie allen anderen prominenten Gästen vorstellten, die es kaum erwarten konnten, »den neuen Olivier« kennenzulernen, ein Markenzeichen, das die Publicity-Abteilung von MCCP dem peinlich berührten Julian vor kurzem verpaßt hatte.

Ramona Armande unterhielt sich ein wenig abseits stehend mit ihrem Bruder und Umberto Scrofo. Didier ließ sein Protégé nicht aus den Augen, während Umberto die schöne Frau in Julians Begleitung anstarrte. Hinreißend, absolut umwerfend! Von ihrem Gesicht konnte er nicht viel sehen, doch ihr makelloses Dekolleté machte ihm den Mund wäßrig. Umberto schätzte außergewöhnliche Schönheit, und diese Frau war Spitzenklasse. Hoffentlich war es ihm vergönnt, sie später kennenzulernen. Daß sie kultiviert war, sah man ihr an. Er wollte sich mit ihr über Malerei unterhalten.

Didier war der Meinung, daß Julian sich seit ihrer ersten Begegnung in seiner stickigen Garderobe sehr gut gemacht hatte — daß er sich sogar hervorragend gemacht hatte. Didier hatte immer eine Nase dafür gehabt, wer das Zeug zum Star besaß und wer nicht. Julian Brooks hatte es im Übermaß. Sein Star-Potential war im Laufe der Jahre poliert und zurechtgeschliffen worden, bis er es fast greifbar ausstahlte.

In den Jahren, die Julian bei Didiers Filmfirma unter Vertrag stand, hatte er genau das erreicht, was für ihn vorgesehen war. Er war zum unbestritten größten Star Englands aufgestiegen. Und das trotz dieses Biestes von Ehefrau, die in Didiers Augen für Julian immer ein Klotz am Bein gewesen war. Phoebe und ihr gesellschaftlicher Ehrgeiz, ihre mitleiderregenden Versuche, den Aufstieg in die Aristokratie zu schaffen, und ihre verdammten Katzen hatten Julians Karriere nicht gefördert. Dank Inès war Phoebe nun aber glücklicherweise Schnee von gestern. Das Ehepaar wartete nurmehr auf das vorläufige Scheidungsurteil. War dieses Hindernis einmal beseitigt, dann stand einer Heirat nichts mehr im Weg.

Inès beobachtete die plaudernde Gästeschar in Spyros' riesigem Salon mit größtem Interesse, nicht zuletzt, weil viele Gesichter darunter waren, die sie seit ihrer Kindheit im Kino bewundert hatte. Die Frauen strahlten geradezu unwahrscheinlich viel Glamour aus und waren zurechtgemacht wie Rennpferde vor dem Start. Ihre knackig braunen, schlanken Körper wurden von allen möglichen Korsetts, Hüfthaltern und BHs auf Teufel komm raus zusammengehalten — auch einige der etwas fülligeren Produzentengattinnen. Graues Haar war nicht existent.

Ringsum wogte ein Meer von Dekolletés. Brüste in allen Formen, Größen und Farbschattierungen, viele mit Drahtunterbau oder Korsetts hochgehoben, quollen verführerisch aus den herrlichen Roben der berühmtesten Frauen Hollywoods. Und der Schmuck! Juwelen wie diese hatte Inès nur im Tower oder an der englischen Königin zu sehen bekommen.

War Inès von den Frauen Hollywoods fasziniert, so war die Gesellschaft der Filmmetropole mehr als neugierig auf die Frau, für die Julian angeblich alles bis auf sein Talent aufgegeben hatte. Trotz der Bemühungen Julians und Didiers, die Bedingungen der Scheidung geheimzuhalten, hatte sich die Neuigkeit bald in der gesamten Branche herumgesprochen. In dieser eng miteinander verwobenen Gemeinde gab es wenig Geheimnisse — eigentlich gar keine —, und auf der Party wußte jeder jede Einzelheit von Julians Scheidung.

Die Frauen mußten grollend zugeben, daß Inès wunderschön war. Ihr schmales, geradefallendes Kleid aus champagnerfarbener Seide, zu dem sie nur eine schlichte Perlenkette trug, das lange, dunkelbraune Haar, nicht toupiert, nicht gesprayt, nicht gelockt, und die feine Porzellanhaut, die kaum eine Andeutung kosmetischer Verschönerung aufwies, stellten einen starken Gegensatz zur auffallenden Aufmachung vieler anderer dar. Dunkelrote Lippen und schwarzumrandete Augen waren ihr einziges Make-up.

»Sie ist so französisch«, sagte ein wohlgeformtes Starlet atemlos zum anderen, während sie in der grünen Marmorpracht der Damentoilette ihr Haar toupierten und sprayten und ihr Make-up auffrischten.

»Ja, sie strahlt Klasse aus«, sagte Starlet Nummer zwei

und bemalte eine bereits schmollende Unterlippe noch zyklamroter und noch voller.

»Jede Wette, daß sie aus einer richtig feinen Familie kommt«, äußerte das erste Mädchen, während es mit einer Hand tief in den Ausschnitt fuhr und die Brüste hochschob, bis sie fast eine Kinnstützte bildeten.

»Ja, richtig artistokratisch. Die hat sich nicht abstrampeln müssen wie wir.«

»Bestimmt nicht«, sagte die erste und besprühte ihr offenherziges Dekolleté mit reichlich ›Evening in Paris‹. »Die Glückliche ... ihr ist sicher alles in den Schoß gefallen. Ganz einfach.«

»Ach, da ist ja Julian«, äußerte Shirley Frankovitch, kaum daß sie den englischen Star gesichtet hatte. »Verdammt, großartig sieht er aus, findest du nicht, Irving? Kein Wunder, daß man ihn den schönsten Mann der Welt nennt.«

Ihr Mann, eine jämmerliche Erscheinung nahe Sechzig, nickte. In den Anfängen seiner Karriere hatte er etliche Meisterwerke geschrieben und war von den Literaten als legitimer Nachfolger Hemingways hochgejubelt worden. Seitdem er aber mit Shirley zusammen war, zehn Jahre jünger und der personifizierte Ehrgeiz, war sein ehemals brillanter Stil allmählich von ihren Forderungen und durch ihren Einfluß ausgehöhlt worden.

Ungeachtet der genialen Bühnenstücke und Romane, die in ihm keimten und die seine Verleger ihn anflehten zu schreiben, war er Shirleys Mentor geworden. Er war so sehr in ihren Bann geraten, daß ihre schriftstellerische Karriere sein Ein und Alles geworden war, während seine eigenen Ambitionen nur eine Nebenrolle spielten.

1946 war Shirleys erstes Buch erschienen — ein Roman, der Irvings literarischem Talent sehr viel zu verdanken hatte, ein wenig freilich auch ihren eigenen, sehr fruchtbaren sexuellen Phantasien. *Valentina,* die Geschichte einer glänzenden Kurtisane aus dem Frankreich des achtzehnten Jahrhunderts, war über Nacht und weltweit ein Bestseller geworden. Bald hatte Hollywood ein Angebot gemacht — Shirley sollte das Drehbuch für den Film schreiben. Shirley lechzte nach einer Hollywood-Karriere, wie hätte da Irving etwas einwenden können?

Sie waren in New York in den Zug gestiegen und an die Westküste gefahren, um sich dort im Garden of Allah einzuquartieren. Ein halbes Jahr lang hatten sie zwischen Anfällen ernsthafter Schreiberei mit der Hollywood-Elite Partys gefeiert. Die Früchte ihrer Arbeit — Shirleys *Valentina,* ein schrecklicher, aber erfolgreicher Film, und Irvings unvergleichlich besserer *Schweigen der Verdammten* — wurden Kassenschlager.

Irving hatte im Anschluß daran mit seinen zwei Stücken über bekannte politisch-historische Persönlichkeiten enormen Erfolg am Broadway und in London, während Shirley *Valentina und der König* sowie zwei weitere erfolgsträchtige Fortsetzungen der erotischen Abenteuer ihrer Heldin verfaßte.

Dank Shirleys unzüchtiger Porträts von Heroinen des siebzehnten und achtzehnten Jahrhunderts und Irvings von der Kritik gelobter Drehbücher erwarben sich die Frankovitchs bald den Ruf großer Versiertheit auf dem Gebiet des historischen Melodrams. Wer also wäre geeigneter gewesen als die beiden, das Drehbuch für die *Cortez-Legende* zu schreiben, für einen Film, dem der Ruf vorausging, das größte historische Epos seit *Die zehn Gebote* zu sein?

Shirley leckte sich aus Vorfreude auf die Begegnung mit dem Star ihres Films die Lippen. Julian war für Frauen ein Leckerbissen, eine Tatsache, die sie nur zu gut zu würdigen wußte. Schließlich war sie selbst eine Zeitlang keine Kostverächterin gewesen, obwohl ihr ohnehin unscheinbares Äußeres mittlerweile ausufernder Leibesfülle endgültig unterlegen war. Aber Shirley wußte männliche Schönheit zu schätzen, wobei ihr die Unerfüllbarkeit ihrer Träume stets bewußt war. Ein Mädchen durfte doch wenigstens träumen, und Shirleys Träume waren es, die sich so überzeugend auf eine Druckseite übertragen ließen.

Es waren soviel Gäste anwesend, daß Julian und Inès sie unmöglich alle kennenlernen konnten.

Jeder wichtige Star, Regisseur, Produzent und Studioboß war geladen, und dazu eine pikante Mischung von Vertragsstarlets beiderlei Geschlechts. Um neun herrschte in den drei riesigen Empfangsräumen ein solches Gedränge, daß Olympia Makopolis darauf bestand, mit dem Servieren des Essens sofort zu beginnen.

Fünfzig mit Silberlâmétischtüchtern gedeckte Tische mit je zehn Gedecken standen in einem riesigen rot-weißgestreiften Zelt im weitläufigen Garten hinter dem Haus. Die Zeltwände waren mit Immergrün, Efeu und roten Weihnachtssternen dekoriert, Hunderte winziger Lichter zwinkerten von der Decke, von der über zehntausend rote Rosen in silbernen Drahtkörben hingen. Ein ausladender alter Bergkristalluster aus dem achtzehnten Jahrhundert, etwa eineinhalb Meter im Durchmesser, beschien die Gäste von der Mitte aus und warf Lichtsplitter auf ihre erwartungsvollen Gesichter.

Spyros, für seine wundervollen Partys bekannt, wollte mit der heutigen offenbar den Vogel abschießen.

Das mit rotem Satin gedeckte, mit Stechpalmen und Silberlâmébändern geschmückte Büffet bog sich unter großen Baccaratkristallschalen voller Belugakaviar, silbernen Servierplatten mit Hummer, Krebsen, *foie gras* mit feinsten schwarzen Trüffeln, eigens aus Schottland eingeflogenem geräuchertem Lachs, Wachteleiern und einer Fülle exotischer Salate. Am anderen Ende des Zelts spielte eine Zwanzig-Mann-Band in roten Dinnerjacketts Melodien von Gershwin und Cole Porter, und über hundert Kellnerinnen und Kellner, allesamt als Feen oder Weihnachtsmannhelfer verkleidet, nahmen die Bestellungen der Gäste für spezielle Menüs auf, die vor jeder Platzkarte in kalligraphischer

Schrift angeführt waren. Geld war im Haus Makopolis kein Thema; schließlich zahlte das Studio alles, und in diesem Jahr schrieb man schwarze Zahlen.

Inès saß zwischen Spyros und dem geistreichen Gary Grant. Ihr gegenüber hatte Julian Olympia Makopolis zu seiner Linken — hinsichtlich witziger Konversation nicht sehr ergiebig —, zu seiner Erleichterung aber war die lebhafte Rosalind Russel zu seiner Rechten plaziert worden. Sie war es dann auch, die Julian mit einem Strom faszinierender und amüsanter Anekdoten unterhielt.

In der Mitte eines jeden Tisches ergoß ein großes Füllhorn Weihnachtsgeschenke in eleganter, doch geordneter Unordnung auf die Silberlâmétischtücher — kleine Schubkarren mit winzigen Weihnachtsmännern, Schachtelmännchen, Stoffpuppen, Geschenkschatullen, Feen, Kobolden und Süßigkeiten. Vor jedem Gast stand ein Geschenk, ein punzierter Silberrahmen von Tiffany, in himmelblaues Papier gehüllt und mit Silberbändern und Stechpalmenzweigen geschmückt. Im Rahmen prangte ein Foto des lächelnden und väterlich dreischauenden Sypros Makopolis samt Mrs. Makopolis und deren fünf Kindern, alle steif und verlegen aussehend.

»Hollywood, Liebling«, gab Julian mit einer lautlosen Lippenbewegung Inès zu verstehen und zwinkerte ihr zu, als sie ihr Päckchen auspackte. »Man muß es nehmen, wie es kommt.«

Inès trank von dem schweren, würzigen Wein und lächelte insgeheim. So also war es. Dies war das Hollywood, das die Fans anhimmelten und das Filmmagazinen ständig Stoff für blumige Schilderungen lieferte. Der magische Ort, der die Neugierde jedes Kinogängers reizte. Sie würde lernen, es zu lieben, trotz der unglaublichen Auswüchse an Vulgarität, die sie heute gesehen hatte; doch sie wußte, daß sie alles konnte, solange Julian an ihrer Seite blieb. Wenn sie nur endlich Mrs. Julian Brooks wäre — o Gott, wie lange würde es dauern, bis die Scheidung endlich rechtskräftig wurde?

Auf der anderen Seite des Gesichter- und Geräuschmeeres sah der an einem Tisch weniger wichtiger Gäste sitzende andere Hollywood-Neuling beeindruckt und entzückt um sich. Umberto Scrofo befingerte die Narbe unter seinem engen Kragen. Wie immer, wenn er aufgeregt oder mißlaunig war, juckte sie und brannte teuflisch. Er kämpfte gegen das heftige Verlangen an, den Kragen aufzureißen und sich energisch zu kratzen. Heute mußte er sich wie ein Gentleman benehmen, auch wenn er sich hier fehl am Platz fühlte. Wie ein Tölpel vom Land war er sich vorgekommen, als er Grace Kelly, Marilyn Monroe und vielen anderen Stars vorgestellt wurde. Vor lauter Staunen hatte es ihm die Rede verschlagen, und ihm war klar, daß er eine *brutta figura* gemacht hatte. Er war wütend auf Ramona Armande, die ihn vom Augenblick ihrer Ankunft an scheinbar absichtlich vernachlässigt hatte. Von eine Gruppe zur anderen eilend, lachte sie affektiert und blieb oft stehen, um mit ihrem Bruder zu flüstern. War Didier in der Stadt, dann galten die beiden als unzertrennlich und lieferten Anlaß zu der spöttischen Bezeichnung ›ungarische Mafia‹. Er registrierte verärgert, daß man Didier am Haupttisch mit Julian Brooks plaziert hatte, während Ramona an einem anschließenden Tisch, weit entfernt von Umberto saß. Impertinentes Luder.

Eines schönen Tages werde ich dorthin gehören, an den Haupttisch, dachte er, während er einen Klumpen Kaviar in seinen Mund bugsierte. Wenn diese Hollywood-Typen *mein* fertiges Meisterwerk sehen, dann wird man mich hofieren und bewundern wie Julian Brooks mit dieser Frau, mit der er nicht mal verheiratet ist.

Zuvor hatte er wieder einen kurzen Blick auf Inès' Profil erhascht, als ihr dunkles Haar um ihre Schultern schwang und sie Julian zulächelte. Sie hatte ganz entschieden etwas an sich — etwas, das eine sonderbare Saite in ihm anschlug. Er hätte sie sich gern genauer angesehen, aber sie und Julian standen in einer Gruppe mit Gary Cooper, Errol Flynn und Clark Gable zusammen, die miteinander lachten und scherzten, von einem geheimen Einverständnis geeint, wie es zwischen Männern von blendendem Aussehen immer zu herrschen scheint, und deshalb konnte er nicht näher heran.

Umberto wechselte über den Tisch hinweg ein paar Worte mit Irving Frankovitch, der das ausgezeichnete Drehbuch für *Die Verlorene Stadt* geschrieben hatte, und versuchte dann dem langweiligen Gequassel der Frau neben Frankovitch zuzuhören, einer fetten, aufgedonnerten Monstrosität in einem purpurroten, mit Straßblüten bestickten Satingewand. Ihre tapferen Versuche, sich für den Abend zurechtzumachen, waren kläglich gescheitert. Gesichtspuder in einem unpassenden Orangeton verstopfte die Poren ihres schwitzenden Gesichtes, das graue Haar war zu einer unvorteilhaften Frisur gelockt und gesprayt. Doch seinem fachmännischen Auge fiel ihr prachtvoller Diamanten- und Saphirschmuck von erlesener Qualität auf. Sie mußte jemand sein. Hier schien jeder etwas zu sein.

Ihr Gequatsche ödete ihn an, da er häßliche Frauen nicht ausstehen konnte. Erst als Irving Frankovitch mit ihr sprach, wurde ihm klar, daß sie seine Frau war. Während Irving in Rom am Skript gearbeitet hatte, war Shirley in New York geblieben, so daß Umberto ihr nicht begegnet war. Ja, schon besser. Shirley Frankovitch war eine Kraft, mit der man rechnen mußte, eine brillante Autorin, in dieser Stadt eine wichtige Frau. Er entschloß sich, die Bekanntschaft zu kultivieren. Sie konnte ihm helfen, seine großartigen Pläne zu verwirklichen.

Shirley hatte ununterbrochen getrunken. Vier oder mehr Gläser Krug vor dem Essen und drei Gläschen Stolitchnaya zum Beluga hatte sie rascher hinuntergekippt als ein Seemann auf Landgang. Sie hatte ihrem Kellner, gutaussehend, obwohl weihnachtlich verkleidet, signalisiert, er solle ihr Weinglas ständig nachfüllen. Als Spyros seine Begrüßungstrinksprüche ausbrachte, war sie schon jenseits von Gut und Böse. Der Versuch Irvings, sie vom Trinken abzuhalten, hatte ihm herbe Schelte ihrerseits eingetragen. Sie fühlte sich fabelhaft — sie mochte dieses Gefühl, das sich einstellte, wenn sie einige Gläschen gekippt hatte.

Als junges Mädchen hatte Shirley kaum getrunken, doch mit den Jahren, als der Richtige ihr nicht über den Weg laufen wollte, war das Trinken ihr irgendwie zur zweiten Natur geworden. Ihre Erinnerungen an die Zeit, zu der sie sich als junge Autorin in New York Abend für Abend hatte vollaufen lassen, waren alles andere als angenehm — immer in Gesellschaft von Männern, von denen keiner auch nur annähernd als Erhörung des Gebets einer Jungfrau hätte gelten können. Shirley war so schüchtern, unsicher und voller Angst vor allem und jedem gewesen, daß sie versucht hatte, sich in den romantischen Welten ihrer Romane zu verlieren. In der nüchternen Wirklichkeit aber war ständige Zurückweisung eher die Regel — Zurückweisung durch Verleger, Zurückweisung durch Männer. Nur eine Diät bestehend aus Pink Ladies, trockenen Martinis und Champagnercocktails vermochte in ihr die Illusion zu wecken, daß sie jemand war. Nur im Alkoholdusel schaffte sie es, ihre männlichen Saufkumpane zu amüsieren, daß sie hin und wieder mit einem im Bett landete. Am Morgen danach erwachte sie unweigerlich mit einem gewaltigen Katzenjammer. Es konnte vorkommen, daß dieses Erwachen in einem noblen Penthouse im Zentrum Manhattans stattfand, sehr viel häufiger aber fiel der Blick ihrer verquollenen Augen auf eine abblätternde, fliegengesprenkelte Zimmerdecke in einem schäbigen Schlafzimmer in Mid-Town. Das Lustobjekt der vergangenen Nacht, in der Regel ein triefäugiger Lümmel mit Stoppelkinn, vermied es meist, sie anzusehen, was ihr Gefühl der Wertlosigkeit noch steigerte.

Shirley attraktiv zu nennen, wäre glatte Schmeichelei gewesen, doch legte sie es darauf an, zu gefallen und sehnte sich danach, geliebt zu werden; außerdem besaß sie gute Beine und große Brüste. Bei gedämpfter Beleuchtung und zu später Stunde, wenn das Urteilsvermögen schon etwas getrübt war, stillte manch einer sein Verlangen an Shirley. Sie wußte immer, daß sie nie die erste, die zweite oder auch nicht die dritte Wahl der wechselnden Parade ihrer Liebhaber war, doch ließ sie sich ihre Verbitterung nie anmerken. Statt dessen tat sie alles, um Mittelpunkt und Seele jeder Party, jedes Clubs und jeder Bar zu werden, in der sie sich zufällig befand. Und während sie einen Cocktail nach dem anderen hinunterkippte, rutschte der Rock ihres jeweiligen Abendkleids mit Fortschreiten des Abends immer höher und enthüllte einen appetitanregenden Blick auf Strumpfhalter und weiße Schenkel, um den Kerls Lust zu machen.

Mitunter blieb einer dieser Typen länger als nur eine Nacht, und seine Aufmerksamkeit für sie hielt ein, zwei Wochen oder gar einen Monat an, doch nahmen diese Beziehungen schließlich doch unweigerlich und ziemlich rasch ein Ende, da gutgeformte Beine, neunzig Zentimeter Brustumfang und zunehmend zotige Sprüche nicht ausreichten, um das männliche Interesse länger aufrechtzuerhalten.

Als Shirley dann Irving Frankovitch begegnete, ging sie auf Mitte dreißig zu und haderte unbefriedigt und zornig mit einem Schicksal, das ihr so schlechte Karten zugeteilt hatte. Irving freilich, der anspruchslose, unauffällige, aber brillante Schriftsteller aus Hoboken geriet total in ihren Bann. Für ihn war Shirley die witzigste, amüsanteste und begehrenswerteste Frau der Welt. Die Tatsache, daß seine Erfahrung mit Frauen aufgrund seiner Schüchternheit und seines wenig anziehenden Äußeren sehr begrenzt war, störte Shirley nicht im geringsten. Endlich hatte sie sich einen Mann geangelt.

Die beiden Elternpaare in Brooklyn und Hoboken atmeten gemeinsam erleichtert auf, als ihre jeweils einzigen Kinder nach eher kargen Zeiten eine pompöse Hochzeit feierten. Auf der streng jüdischen Feier, bei der die Gäste sich über Berge von geräuchertem Lachs und Stör hermachten, über Kartoffel*latkes*, Hochzeitskuchen und teuren französischen Rotwein und Champagner, betrank Shirley sich fürchterlich.

Kaum hatte Irving seine Tischrede beendet, erhob sie sich, ihren Schleier mit den Orangenblüten schief auf dem mausfarbenen Haar, und lallte der versammelten Gästeschar triumphierend entgegen:

»Ich weiß, ihr alle seid wahrscheinlich der Meinung, Irving sähe ziemlich mickrig aus. Aber er gehört jetzt mir, also Hände weg, Mädels, mein Claim ist abgesteckt.«

Einige Freundinnen kicherten, die älteren Angehörigen des Frankovitch-Clans ließen mißbilligendes Raunen hören, und Shirleys Mutter zog warnend eine Braue hoch. Doch die Braut war nach einem weiteren Schluck Champagner nicht mehr zu bremsen. Heftig schwankend, rülpste sie einige Male laut, wobei ihr massiver, von einem drahtunterstützten BH hochgeschobener Busen in Gefahr geriet, auszubrechen, und verkündete laut: »Ja, ich weiß, er sieht aus wie ein Schrumpfzwerg, aber im Bett ist er ein echter Tiger, Mädchen — eine echt heiße Nummer.« Die jüngeren Mitglieder beider Familien wieherten vor Lachen, während Eltern, Onkel, ältere Kusinen und Tanten starr vor Entsetzen dasaßen, und der ansonsten blasse Irving rot anlief und peinlich berührt den Kopf senkte. Shirley, die die Hand ihres Frischangetrauten umklammert hielt, konnte sich, angefeuert vom Gelächter und dem ihr zugewandten lächelnden Gesichtermeer um sie herum, nicht mehr halten. Nach Irvings Glas greifend, stürzte sie es in einem einzigen Zug hinunter und kreischte:

»Ihr glaubt vielleicht, mit seinen großen Ohren und der komischen rosa Schnuppernase sähe er aus wie ein Hase, aber laßt euch eines gesagt sein, Mädels« — sie senkte die Stimme zu einem vertraulichen, weithin hörbaren Geflüster — »es freut mich, euch mitteilen zu können, daß er auch rammelt wie ein Hase!«

Mit einem Wonnelaut goß Shirley das nächste Glas hinunter, und fast alle, von Irvings Eltern abgesehen, brüllten vor Lachen. Die junge Braut fühlte sich von Wogen der Liebe hochgehoben, als sie die lachenden Gesichter bewundernd auf sich gerichtet sah. Sie genoß die Situation. Ohne Irvings Verlegenheit und die wütenden Blicke seiner Eltern zu beachten, warf sie ihrem hingerissenen Publikum noch einen letzten Leckerbissen zu:

»Ganz im Vertrauen, Mädels ...« Sie stützte sich mit den Händen auf dem Tisch ab und flüsterte so leise, daß die hundert Gäste sich vorbeugen mußten, um alles mitzubekommen:

»Unter uns gesagt — er ist die größte kleine Sexmaschine, die mir jemals untergekommen ist, und, glaubt mir, mir ist mehr als genug untergekommen, viel, viel mehr. Er schafft es die ganze Nacht und den ganzen Morgen — und das, obwohl sein kleiner *schlong* in Punkto Größe nicht viel zu bieten hat, aber was ihm da fehlt, das macht er durch Ausdauer wett, er *schtupt* die ganze Nacht, Mädels, und die Nachmittage obendrein.«

Shirley, die ihr Publikum nun völlig in der Hand hatte, erlebte ein nie gekanntes Hochgefühl. Ohne Rücksicht auf die altjüngferlichen Tanten, die jugendliche Festgäste aus dem Saal scheuchten, ohne Rücksicht auch auf die gaffenden Kellner, von denen einige aus anderen Trakten des Hotels herbeigeeilt waren, um sie zu hören, wandte sie sich an ihren rot angelaufenen und unter schwerem Schockeinfluß stehenden Bräutigam und drückte ihm mit offenem Mund einen gewaltigen Kuß auf die geöffneten Lippen. »Dieser kleine *putz* ist der größte *schtupper,* den ich je gekannt hab', und ich kenne alle!«

Mit Ausnahme von Irvings entsetztem Vater, der Irvings ebenfalls unter Schockeinfluß stehender Mutter mit seinem fransengezierten *tallith* zufächelte, reagierte der ganze Raum mit tosendem Applaus. Für Irvings Eltern war es unbegreiflich, daß ihr kostbarer einziger Sohn diesen vulgären, versoffenen Trampel hatte heiraten können. Ein Grüppchen von kleinen Nichten und Neffen stand mit weitaufgerissenen Augen kichernd an der Tür. Was Tante Shirley eben gesagt hatte, konnten sie zwar nicht verstehen, doch die Reaktion der Älteren ließ erkennen, daß es etwas herrlich Unanständiges sein mußte.

In der Stille ihrer Flitterwochensuite machte Irving am Abend seiner Wut Luft und brachte den Glücksballon seiner Braut zum Platzen.

»Shirley, du hast dich wie eine billige Nutte aufgeführt«, klagte er.

Einziges äußeres Zeichen von Scham und Wut war der heftige Pulsschlag an seinem Hals. »Schlimmer als eine Straßendirne. Ich weiß, daß dies nicht dein *wahres* Ich ist, und deshalb verzeihe ich dir, aber ich flehe dich an, bitte, Liebling, du mußte mit dem Trinken aufhören. Es paßt nicht zu dir, Shirley, und es ist so unwürdig.«

»Warum sollte ich aufhören?« fauchte Shirley, warf ihren Orangenblütenkopfputz zu Boden und öffnete erleichtert die engen Fesselriemchen ihrer Sandalen, die sie stundenlang gedrückt hatten. Irving war ein Spaßverderber. Sie so unsanft aus ihrer grandiosen Hochstimmung in die Tiefen der Realität zurückzuholen ... Warum versuchte er, alles zu vermiesen, wenn alle begeistert von ihr gewesen waren?

»Es ist herabwürdigend«, sagte er sanft. »Du machst dich zum Narren, Shirley.«

»Narren, Schmarren, was zum Teufel — wen kümmert das schon auch nur einen Deut — die Leute waren hingerissen — alle — alle unsre Verwandten und Freunde. Sogar Mom und Dad. Die haben sich nie auch nur einen Furz aus mir gemacht, aber heute haben sie sich halb totgelacht — hast du gesehen, wie sie lachten? Hast du?«

»Ja, hab' ich, Shirley«, sagte er geduldig. Ihm entging nicht, daß Shirley sich allmählich beruhigte und wieder zur Normalität zurückfand, da die Wirkung der unheilvollen Mischung aus Wein, Champagner und Brandy nachließ. »Ich habe sie lachen gesehen, aber sie haben dich ausgelacht, Schätzchen, und nicht mit dir gelacht. Das ist ein Unterschied — begreifst du das nicht?«

»Nein, begreife ich nicht. Für mich war es herrlich, Irv, und du willst mir jetzt alles vermiesen.«

In Shirleys Augen schimmerten Tränen, als sie ins Bad stürzte und die Tür zuknallte. Dann hörte Irving, wie sie sich heftig erbrach, worauf er die Schultern hochzog. Er war ein netter und geduldiger Mann, der diese Frau liebte, die er eben geheiratet hatte, und der viele ihrer Ängste und Unsicherheiten kannte. Aber diese Alkohol-Angriffslust, die sie im Suff an den Tag legte, mußte ein Ende haben. Er wollte dafür sorgen, daß sie mit dem Trinken aufhörte, und war fest überzeugt davon, sie nun, da sie verheiratet waren, bald im Griff zu haben.

Irving sah zu Shirley hin, als Spyros zu seiner Rede ansetzte. Kein Zweifel — sie hatte wieder kräftig über den Durst getrunken. So wie sie alle finster musterte, hatte man den Eindruck, sie würde jeden Moment explodieren. Seufzend schnallte er sich im Geist für die holprige Fahrt an, die unweigerlich bevorstand.

Spyros stellte Julian vor, der sich erhob und mit bescheidener Verbeugung den begeisterten Applaus der Gäste entgegennahm. Wie Hollywood einen wahren Thespisjünger des englischen Theaters liebte! Die *crème de la crème* des Films fühlte sich neben einem Schauspieler, der regelmäßig in klassischen Rollen auf der Bühne stand, unterlegen und irgendwie bedeutungslos. Trotz Ruhm, Schönheit und Reichtum empfanden viele dieser Stars hinsichtlich ihrer Fähigkeiten verzweifelte Unsicherheit und beneideten Julian um seinen unanfechtbaren Theaterruhm.

Und viele bewunderten ihn auch dafür, daß er Phoebe die Stirn geboten hatte. Nur wenige hätten einen ständigen Anteil ihres Verdienstes und ein Haus mit der gesamten Einrichtung aus Liebe zu einer Frau aufgegeben. Kein Wunder, daß Inès zum Gegenstand großen Rätselratens und wilden Klatsches wurde. Doch sie umschiffte bravourös alle Klippen. Ihre Schönheit und ihr Stil waren unbestritten. Wer mit ihr sprach, fand sie charmant, witzig, gebildet und keine Spur zickig.

Nun war Julian mit einer Tischrede an der Reihe. Sein wohltönender Bariton bezauberte die Gäste mit einem besonders amüsanten Witz über sich selbst, den die Gäste mit lauten Lachen quittierten. Inès sah ihn an, voller Bewunderung für seine Haltung und seine Samtstimme.

Shirley warf mit gereizten Blicken um sich. Die Augen aller waren nun auf Julian oder die Frau ihm gegenüber gerichtet. Kein Mensch sah in ihre, Shirleys, Richtung. Und warum nicht? Sie war schließlich auch ein Star. Eine Star-Autorin, eine Star-Schriftstellerin, die Verfasserin des Drehbuchs, das Julian nach Amerika gelockt hatte. Sie war es gewesen, die das Schiff MCCP einhändig durch die magere, harte Nachkriegszeit gesteuert hatte, als das Publikum nicht wußte, was es eigentlich sehen wollte. Und alle hatten dann die Kinos gestürmt, in denen die Filme liefen, zu denen sie die Drehbücher geliefert hatte. Besonders die *Valentina*-Serie. Gäbe es die Autoren nicht, dann würde in dieser Stadt aber schon gar nichts laufen. Ihre Bedeutung für das Endprodukt Film wurde von niemandem so richtig gewürdigt. Von niemandem.

»Er ist ein richtiger Glückspilz, weil er eine Frau wie die hat«, äußerte Irving bewundernd.

»Und was ist so großartig an ihr?« Shirley fragte es angriffslustig und mit schwerer Zunge. »Für mich sieht sie aus wie ein eiskalter Fisch.«

Irving ging nicht darauf ein, da Julian noch einen Witz anbrachte und die hingerissen Lauschenden wieder lachten.

Verflucht — Shirley registrierte jetzt erst mit Erbitterung, daß sie nicht einmal am Haupttisch plaziert worden war. Mist, Mist, Mist. Richtig beschissen. Schön, sie saß neben Zanuck und Orson Welles — in der Branche nicht eben *schlepper,* dennoch faßte sie es als persönliche Beleidigung auf. Nach allem, was sie für Spyros getan hatte, war das der Dank. Ihre inneren Stimmen schienen in heftigem Kampf um die Vorherrschaft begriffen. Die liebe kleine Shirley tadelte die schlimme kleine Shirley, aber die schlimme kleine Shirley schien die Nase vorn zu haben. Shirley wußte, daß sie im Begriff stand, die Fassung zu verlieren. Ihr Schädel schien mit Watte ausgestopft, ihr Mund war ausgetrocknet. Rasch noch ein Glas Champagner hinuntergestürzt ... dann ließ sie mit herausfordernder Miene den Blick in die Runde schweifen.

Irving hatte nur Augen für Julian. Oder starrte er am Ende Julians französische Geliebte an? Shirley kniff die Augen zusammen, bemüht auszumachen, wem die Aufmerksamkeit ihres Mannes galt. Ja, ich habe recht, dachte die schlimme Shirley triumphierend. Er starrt diese hochnäsige Französin an, die aussieht, als würde in ihrem schwanzlutschenden Mund auch nicht das kleinste Stückchen Butter schmelzen. Irving hätte eigentlich sie ansehen sollen — sie, *sie!* Er war immerhin *ihr* Mann, verdammt nochmal! Wenn er *sie* liebte, dann hatte er gefälligst *ihr* Beachtung zu schenken.

Wutentbrannt steckte Shirley sich eine Lucky Strike in den Mund und wandte sich an Irving um Feuer. Er ignorierte sie. Er ignoriert dich, Shirley, sagte ihr die schlimme Stimme. Als ob du gar nichts wärst, niemand, eine völlig Fremde!

»Irving, gib mir Feuer«, fuhr sie ihn so laut an, daß Julian momentan in seiner Rede innehielt und zu ihr herübersah.

Irving deutete an, daß er keine Streichhölzer hätte und ignorierte sie schon wieder, da er seine Aufmerksamkeit erneut Julian widmete. Zornbebend machte sich Shirley auf der Suche nach Streichhölzern über das Geschenkfüllhorn vor ihr her. Diese Störung veranlaßte einige Gäste, zischend Ruhe zu fordern. Das Füllhorn des Weihnachtsmannes enthielt keine Streichhölzer, und an Shirleys Tisch saßen keine Raucher. »Fuck, fuck, fuck! Wo sind die gottverdammten Streichhölzer?« rief sie laut.

Julian hielt in seiner Rede inne, als alle sich nach ihr umdrehten und Hollywood kollektiv seine schweigende Mißbilligung der Autorin mit den glasigen Augen kundtat. Das leere Glas in der Hand, die Zigarette schlaff im Mund, war sie offensichtlich und höchst widerwärtig sternhagelvoll.

Julian sprach weiter, während endlich Shirleys niedlicher Kellner-Wichtel vorstürzte und ein Streichholz für sie anstrich. Mit einem tiefen Zug beobachtete sie, wie die speichelleckerischen Visagen sich wieder einmütig abwandten, um der Rede des Schauspielers zu lauschen. Was für ein Bockmist, dachte sie. Sie alle sind voller Scheiße, jeder einzelne dieser Wichser.

Shirley, der es jetzt völlig schnuppe war, was die Leute von ihr dachten, stand urplötzlich auf und äußerte sarkastisch und angriffslustig: »Alles, was Sie da sagen, ist absoluter Mist, Euer Lordschaft. Alles in diesem schönen Raum ist Mist — in Hollywood ist jeder nur ein Stück Dreck!« Sie rülpste laut und schwankte hin und her, bis Irving sie packte und auf den Stuhl drückte.

»Was soll das, zum Teufel?« flüsterte er aufgebracht. »Um Himmels willen, benimm dich, Shirley. Du bist wieder total besoffen und machst dich lächerlich.«

Jetzt sahen alle sie an, einige waren sogar aufgestanden, um besser beobachten zu können. Das ganze verdammte Zelt — fünfhundert neugierige Augenpaare starrten sie empört an, nicht ohne insgeheim zu frohlocken, daß es morgen Stoff für saftigen Klatsch geben würde.

So ist es richtig, dachte Shirley, mit sich höchst zufrieden, gierig das nächste Glas Champagner hinunterstürzend. Man *sollte* über sie sprechen. Sie rülpste so heftig, daß der Champagner, den sie eben trank, sich über die ganze Vorderfront ihres straßbesetzten Kleides ergoß. Der hübsche Kellner, der sofort hilfsbereit herbeistürzte, stolperte über ein loses Stück des grasgrünen Teppichs und landete unter kreischendem Gelächter der Gäste kopfüber in Shirleys ausladendem Ausschnitt. Beide gingen im Zeitlupentempo zu Boden, wobei der winzige Kellner in seinem Wichtelkostüm in den umfangreichen Falten von Shirleys Kaftan fast verschwand, ein Gag, der Irving in höchste Verlegenheit brachte, Shirley endültig demütigte und bei den Gästen einen besonderen Heiterkeitserfolg erzielte.

Es versteht sich, daß Hollywood die Geschichte vertuschte und Einigkeit bewies, wie immer, wenn es galt, Skandale und Eskapaden seiner Lieblinge vor der Außenwelt zu verschleiern. Auch die Presse hielt dicht. Aber die Telefonleitungen surrten am Tag darauf in den Hills von Holmby und Beverly, als Klatschbasen die köstliche Neuigkeit von Shirleys skandalösem Benehmen Freunden und Bekannten zu Gehör brachten, die weder das Glück noch den Einfluß besaßen, zu der Party eingeladen worden zu sein.

Es fehlte nicht an Übertreibungen. Bis zum Ende der Woche hatte man die Geschichte überproportional aufgebauscht.

Shirley Frankovitch war nicht nur betrunken gewesen, sie hatte sich auch ihr Kleid vom Leib gerissen, halbnackt auf dem Tisch getanzt und dann den Kellner unter den Tisch gezogen, wo sie versucht hatte, ihm einen zu blasen. Olympia hätte einen hysterischen Anfall erlitten, so daß Dr. Zolotos ihr ein Beruhigungsmittel geben mußte. Und Spyros hätte Shirley gedroht, sie nie wieder zu beschäftigen, und hätte sie und Irving aus dem Cortez-Team gefeuert. Klatsch und Tratsch und Skandal. Wie diese Stadt das liebte und wie sie es genoß! Tratsch, Macht und Filmgeschäft, das waren die drei Zutaten, die diese Welt in Bewegung und ihre Bewohner am Leben erhielten.

Auf der Heimfahrt sprach Inès ständig von der Party und von der absurden Vulgarität, die sie beobachtet hatte und die sie belachte.

»Keine Angst, Liebling«, sagte Julian lächelnd. »So geschmacklos geht es nicht immer zu — viele haben hier sogar einen erlesenen Geschmack. In Hollywood leben einige der kunstsinnigsten Sammler Amerikas. Und viele davon sind Schauspieler, ob du es glaubst oder nicht.«

»Wer denn? Die möchte ich gern kennenlernen, Julian. Was ich bei Mr. Makopolis an den Wänden hängen sah, waren Fälschungen. Und zwar plumpe, auf den ersten Blick erkennbare. Das Original des Renoirs über dem Kamin hängt im Louvre! Wie kann Mr. Makopolis so naiv sein?«

»Der gute alte Spyros. So gut er sich im Filmgeschäft auskennt, so wenig versteht er von Kunst. Weißt du was? Nächste Woche besuchen wir Eddie G. Robinson oder Vincent Price. Beide sind große Kunstliebhaber und nennen fabelhafte Sammlungen ihr eigen.«

»Hm, sehr gern.« Inès lehnte ihren Kopf an Julians Schulter, während sie durch die leeren dunklen Straßen von Beverly Hills glitten.

»Aber jetzt möchte ich nichts, als nach Hause fahren und dich lieben.«

»Abgemacht, *Mademoiselle*« antwortete Julian ernst. »Und ein gegebenes Wort bricht man bekanntlich nicht.«

14

Obwohl man Dezember schrieb, war es ein brutheißer Tag. Dominique spielte mit einer Gruppe lärmender Teenager, meist männlichen Geschlechts, am Strand von Santa Monica Volleyball, so daß Agathe nichts zu tun hatte, außer in der Sonne zu liegen — was sie haßte —, oder zu Mittag zu essen, was sie bereits hinter sich hatte. Sie entschloß sich zu einem Spaziergang. Das an den Strand anschließende Asphaltband entlangwandernd, versank sie in Grübelei, ohne den vorbeirasenden Autos oder der hoch am Himmel stehenden hellen Sonne Beachtung zu schenken ... in ihrem Bewußtsein war für nichts anderes Platz als für Julian Brooks' Bild, um das ihre Gedanken ständig kreisten.

Endlich hatte sie ihn kennengelernt. Sie hatte in der MCCP-Kantine zu Mittag gegessen, mit Dominique und Kittens, der Kostümdesignerin, als er an den Tisch getreten war, um sich vorzustellen. Agathe spürte, wie sie am ganzen Körper rot anlief, während er charmant plaudernd an ihrem Tisch stand. Die Röte schien von ihren Beinen aufzusteigen und sie einzuhüllen, bis sie spürte, daß ihr Gesicht ein grellroter Spiegel war, in dem er ihre allergeheimsten Gedanken lesen konnte.

Sie wagte es kaum, seinem Blick zu begegnen; sie lauschte nur seiner wohlklingenden Stimme, während er mit Dominique und Kittens lachte und scherzte. Der unbeschwerte, kollegiale Ton der drei machte Agathe, die stumm blieb, rasend vor Eifersucht. Julian stand groß und locker da, eine Hand lässig auf der Rückenlehne von Dominiques Stuhl, während das Mädchen kichernd zu ihm aufsah und sinnloses Zeug plapperte. Die wie erstarrte Agathe war nicht imstande, seinem Blick auch nur sekundenlang standzuhalten. Sie war sich zu deutlich bewußt, daß der Schweiß ihr über den Rücken rann, daß ihr Gesicht rot angelaufen war und daß sich ein peinliches Prickeln in der Lendengegend bemerkbar machte. Er spürte es — natürlich spürte er es. Und deswegen ignorierte er sie — oder etwa nicht? Julian tippte an den Hut, als er ging, und Agathes Anspannung löste sich. Dominique biß hochrot und überglücklich in ihren Hamburger.

»Menschenskind, wie gut er aussieht ... für einen alten Mann, findest du nicht auch, Agathe?«

Kittens nickte beifällig.

»Ich weiß nicht, was du meinst«, sagte Agathe steif.

»Er sieht sogar schrecklich gut aus«, seufzte Dominique. Sie neigte sich zu ihrer Anstandsdame hin und flüsterte ihr zu: »Alle seine Partnerinnen sollen sich in ihn verliebt haben.«

»So etwas solltest du nicht sagen. Es ist nicht recht, wenn junge Mädchen wie du sich solche Gedanken machen«, fuhr Agathe sie an. »Iß lieber.«

Dominique lächelte insgeheim. Wenn Agathe geahnt hätte, was für Gedanken sie wirklich hatte, wäre die Ärmste womöglich an den Rand eines Nervenzusammenbruchs geraten.

Inès wurde durch die Sonne von Beverly Hills geweckt, die durch wolkige Musselingardinen gefiltert ins Hotelzimmer schien. Sie verspürte Übelkeit und litt unter Schwindel. Sonderbar, da ihr doch sonst der Champagner nichts ausmachte. Julian war schon sehr zeitig aufgestanden, da er auf der Studioranch in Malibu die erste seiner Stunt-Reitstunden bekommen sollte. Er brauchte Sicherheit im Sattel, und die acht Wochen Reitunterricht würden hoffentlich dafür sorgen, daß Julian dann die Pferde besser handhaben konnte, als die ergrauten Pferde-Dresseure auf der Ranch.

Das schrille Läuten des Telefons steigerte das Dröhnen in ihrem Kopf. Es war Julian, der von der Ranch aus anrief.

»Liebling, wie geht es dir?« fragte er liebevoll.

Sie schwindelte und sagte, daß es ihr gut ginge.

»Sehr schön ... Liebling. Ich bin hier auf der Ranch eben Flynn über den Weg gelaufen. Er hat uns für heute bei Romanoff zum Dinner eingeladen — wirst du dazu imstande sein, mein Engel?«

»Natürlich, *chérie.* Er hat mir gestern ja so gut gefallen. Und zu Romanoff wollte ich immer schon gehen.«

»Gut. Also, ich muß jetzt schon wieder ran. O Gott, mein Hintern ist schon wund von dem verdammten Gaul. Das müssen Supermänner gewesen sein, die ohne Sattel geritten sind.«

»Ich werde ihn gesundküssen, wenn du kommst«, raunte Inès mit der Andeutung eines Lachens.

»Ich kann es kaum erwarten, Liebling. Bis später — das Dinner ist um acht. Wir treffen uns mit Flynn im Restaurant.«

Nach einem faulen, entspannenden Tag zog sich Inès für das Dinner sorgfälgig an. Sie wählte ein schwarzes *peau de soie*-Cocktailkleid mit weitem, wadenlangem Rock. Einziger Schmuck waren Julians schlichter Diamant-Verlobungsring, kleine Diamant-Ohrstecker und ihr Glücksarmband. Sie sah fabelhaft aus, wie Julian nicht müde wurde, ihr zu versichern.

Romanoffs Restaurant, eines der berühmtesten der Welt und am Rodeo Drive gelegen, gehörte Fürst Michael Romanoff, einem selbsternannten russischen Exil-Fürsten mit tadellosen Umgangsformen und großem Charme, der das Lokal auch selbst führte.

Weil es bei Romanoff keine Rangordnung der Tische gab — und daher auch keine sibirische Verbannung — schaffte er es, daß halb Hollywood hier regelmäßig speiste, ohne daß irgendein empfindliches Ego verletzt worden wäre. Stars saßen immer dort, wo Fürst Michael sie hinplazierte, und beklagten sich nie.

Geschmeidig kam er näher, um Julian und Inès zu begrüßen, als sie durch dicke Glastüren das Foyer betraten. Jeder der Tische lag im Blickfeld, und die meisten Gäste sahen auf, als sie eintraten. Obwohl klein von Gestalt, war Fürst Michael eine große Persönlichkeit. Inès spürte die Kraft hinter seinen zwinkernden braunen Augen, als er charmant ihre Hand küßte und Julian zuflüsterte: »Looks, mein Junge, Sie haben es wie immer geschafft — ein wahrhaft zauberhaftes Mädchen — noch dazu Französin — ausgezeichnet. Ich bin überglücklich für Sie, mein Junge — kommen Sie, Errol wartet schon.«

Er ging ihnen voraus, die Stufen der teppichbelegten Treppe hinunter, während alle Anwesenden Inès und Julian anstarrten. Das Restaurant schien eigens für Schaulustige geschaffen worden zu sein. Die Zwischenwände der Tischnischen waren nicht hoch, so daß man mit den Gästen an den Nebentischen zwanglos plaudern, aber auch beobachten konnte, was im ganzen Raum vorging.

Julian nickte Gary Grant und Darryl Zanuck grüßend zu, als sie auf den Tisch zusteuerten, an dem Errol Flynn mit einem hübschen Mädchen saß, das so jung war, daß sie seine Tochter hätte sein können.

Fürst Michael nahm in seinem akzentbehafteten Englisch ihre Getränkebestellung auf, um dann, die Zigarettenspitze fest zwischen die Zähne geklemmt, zu enteilen und die hinreißende Grace Kelly zu begrüßen, die mit einem gutaussehenden Begleiter am oberen Ende der Treppe erschienen war.

Der im Raum herrschende Geräuschpegel sank jäh, als jede kleinste Einzelheit ihres Make-up, ihrer Frisur und Kleidung von den Frauen analysiert wurden, während die Männer ihre Schönheit bewunderten. Inès fand sie atemberaubend. Grace trug ihren Titel als Hollywoods regierende Fürstin zu recht. Sie war makellos schön, und eine hochtalentierte Schauspielerin obendrein.

Es war ein sehr amüsantes Beisammensein, bei dem Errol sich trotz reichlichen Alkoholgenusses in Hochform zeigte. Seine junge Begleiterin sprach nur wenig und begnügte sich, schüchtern seine für sie meist unverständlichen Witze zu belächeln und alles aufzuessen, was ihr vorgesetzt wurde. Errol ließ den Wirbel, den Shirley Frankovitch bei Spyros' Party am Vortag verursacht hatte, in ausgeschmückter Form noch einmal Revue passieren und brachte damit alle zum Lachen.

Einige Studiobosse blieben an ihrem Tisch stehen, vorgeblich, um Errol ihre Aufwartung zu machen, doch nach einer eher flüchtigen Begrüßung galt ihr Interesse vor allem Julian. Am Ende des Abends hatte er über ein halbes Dutzend Karten der einflußreichsten Männer der Stadt in der Tasche, mit der Aufforderung, sie so rasch wie möglich anzurufen.

Flynn hatte nicht eine einzige Karte bekommen. Obwohl erst Mitte vierzig, war er in Hollywood so gut wie erledigt. Ehedem ein großer Star, galt er nun als Garant für leere Kassen, da er das moralinsaure Mittelstandsamerika mit seinen amourösen Kapriolen, seinen Affären mit Minderjährigen, seinen besoffenen Krakeelereien und seiner ›Was kümmert es mich‹-Mentalität gegen sich aufgebracht hatte. Die PR-Abteilung seines Studios hatte es nicht geschafft, sein skandalöses Benehmen einzudämmen, so daß er Hollywoods Prügelknabe geworden war — im Grunde fast ein Paria. Dabei ist er überaus charmant, dachte Inès bei sich, voller Humor und ein wahres Erzähltalent. Und er muß früher blendend ausgesehen haben.

Als Inès die Damentoilette aufsuchte, war das verspiegelte, pfirsichfarbene Refugium leer bis auf ein einziges Mädchen, dessen enormes, viel zu stark gebräuntes Dekolleté aus einem unmodisch kurzen, engen weißen Spitzenkleid quoll, das ihr plumpes Hinterteil auf höchst unvorteilhafte Weise umspannte. Ihr großer Mund war dick mit rosa Gloss bemalt, ihre platinblonde Mähne hochtoupiert. Das Mädchen hatte sich große Mühe gegeben, Jayne Mansfield, einem der führenden Sex-Symbole der Stadt, möglichst ähnlich zu sehen. Dieses Starlet, ein echter Hollywood-Leckerbissen, beäugte Inès' schlichtes schwarzes Balenciaga-Kleid voller Bewunderung, während es seinen Platinhelm mit noch mehr Haarspray festigte.

»Gestern habe ich Sie bei der Makopolis-Party gesehen«, vertraute sie Inès in freundlichem Ton an, während sie aus ihrem straßbestickten rosa Plastiktäschchen ein weiteres kosmetisches Utensil hervorholte und sich so weit vorbeugte, daß Inès ihre Brustwarzen sehen konnte. »Ich bin ganz begeistert, wie Sie sich anziehen. So schick — so französisch!« schwärmte sie.

Inès murmelte ein Dankeschön. Ein bedauernswertes Mädchen — zweifelsfrei eine Professionelle. Inès erkannte ihresgleichen unweigerlich. Und die da würde von ihrem Aussehen bald im Stich gelassen werden. Armes Ding, hoffentlich war sie so klug gewesen, Geld zurückzulegen. Sie fragte sich, wer so geschmacklos gewesen sein konnte, diese unverkennbare Nutte zu Romanoff mitzubringen.

Vor der Toilette wartete ein großer, schlanker Mann, der

sich umdrehte, als Inès herauskam. Sie erkannte ihn auf den ersten Blick, für sie ein Schock, der jeden einzelnen Nerv wie ein elektrischer Schlag traf. Sie versuchte, sich unauffällig zu verdrücken, doch war es schon zu spät, er hatte sie gesehen und stürzte sich sofort auf sie.

»Inès, hallo! Donnerwetter — was führt dich in diese Gegend, Mädchen?«

»Benjie.« Inès brachte nur ein heiseres Flüstern zustande. »Das nenne ich eine Überraschung. Verzeih, Benjie, aber du mußt mich entschuldigen — ich muß zurück an meinen Tisch — wir wollen gehen.« Sie war im Begriff, sich umzudrehen, als Benjie ihren Arm ergriff. Mit wachsendem Entsetzen sah sie, daß sie sich im Foyer befanden und den Blicken des gesamten Restaurants ausgesetzt waren. Was hatte Benjie hier zu suchen? Er rührte sich aus London nie fort, außer wenn er aufs Land oder nach Monte Carlo fuhr. Beverly Hills war keinesfalls standesgemäß.

»Nein, kommt nicht in Frage — ich lasse dich nicht wieder fort. Du hast mir ja so gefehlt, Nanny.« Er zog sie näher zu sich, als sie erneut Anstalten machte, ihm zu entwischen. Sein Atem roch stark nach Gin, Anzeichen dafür, daß er scharf auf seine verdrehten Sex-Spielchen war.

»Nanny hat Benjie ja so, so sehr gefehlt«, sagte er, zu Inès' großer Verlegenheit in die Babysprache verfallend. »Benjie ist ein ganz, ganz schlimmer, unartiger Junge gewesen — Nanny muß ihn unbedingt bestrafen«, flüsterte er mit flehentlichem Blick, ohne seine langen, knochigen Finger von ihrem Arm zu lösen. Vor den Augen der Hollywood-Elite konnte sie sich kaum auf einen Kampf einlassen. In London hätte er nie gewagt, sich in einem der von ihm und seinen Freunden frequentierten Lokalen so zu benehmen. In London hatte Benjie sich als perfekter englischer Gentleman überall stets tadelloser Manieren befleißigt. Nur im Bett, oder wenn er stark getrunken hatte, was offensichtlich heute der Fall war, hatte sein aristokratisches Gehabe zu wünschen übrig gelassen.

Die Toilettentür ging auf, und die Barbiepuppe kam auf sie zugetrippelt, noch immer ihr Haar befingernd. Benjie löste den Griff um Inès Arm, als er seine platinblonde Begleiterin in Empfang nahm.

»War sehr, sehr nett, dich wiederzusehen, Inès«, sagte er mit vielsagendem Lächeln und griff mit Besitzermanier nach dem Arm der Blondine. Inès' Verwunderung wuchs. In London hätte er sich ein öffentliches Auftreten mit einer Nutte, die noch dazu als solche zu erkennen war, nie erlaubt.

»Wir müssen uns unbedingt treffen ... ich bleibe bis Sonntag — wo wohnst du?« fragte er.

»Ach . . . bei Freunden«, schwindelte Inès. »Sie warten schon ... ich muß gehen — Lebwohl, Benjie.«

In diesem Moment erschien Fürst Michael, um das Paar an seinen Tisch zu geleiten, aber ehe er sich umdrehte, ließ Benjie sich sotto voce und mit einem Augenzwinkern vernehmen: »Richte Nanny bitte meine besten Grüße aus.«

Inès spürte, daß ihr Gesicht in Flammen stand. Diese unerwartete Begegnung hatte sie bis in ihre Grundfesten erschüttert. Ihre Vergangenheit schien sie jetzt eingeholt zu haben. Benjie hatte sie natürlich sofort erkannt. Ihr ungeschminkt wirkendes Gesicht mit den roten Lippen, die schwarzumrandeten Augen und das lange, dunkle, stufig geschnittene Haar machten sie überall zu einer auffallenden Erscheinung, da kurze Lockenköpfe oder knabenhafte Haarschnitte in Mode waren. Inès hatte ihr Äußeres seit zehn Jahren nicht verändert.

Sie ging so unsicheren Schrittes zu ihrem Tisch zurück, daß Julian ihr neugierig entgegensah. Inès schien verwirrt und aufgeregt, sie, die nur selten Anzeichen von Nervosität zeigte.

»War das nicht der alte Benjie Spencer-Monckton, mit dem du gesprochen hast?« fragte er. »Ich weiß noch, daß ich ihn ein-, zweimal in London im White getroffen habe.«

»Ja, das war er.« Sie labte sich an einem tiefen, kühlenden Schluck Eiswasser, während sie zu ihrem Entsetzen sah, daß

Benjie und die Starlet-Nutte an einem Tisch plaziert wurden, der ihrem fast gegenüber lag.

»Du hast ihn nie erwähnt«, zeigte Julian sich beharrlich. »Woher kennst du ihn?«

»Ich kenne ihn gar nicht«, log Inès, »ich meine, nicht wirklich. Wir sind uns einmal auf einer Wochenendparty auf dem Land begegnet. Mich wundert, daß er sich an mich erinnern konnte.« Sie lachte dazu, ein Lachen, das ihr selbst blechern in den Ohren klang. Dabei suchte sie in Julians Miene nach Anzeichen des Mißtrauens, doch er schien ihre Antwort akzeptiert zu haben. Diesmal noch.

Die Blondine sah Inès an und lächelte mit lippenstiftverschmierten Lippen. Zweifellos quetschte sie Benjie über Inès aus, so wie Julian sie über Benjie befragt hatte. Würde Benjie dem Mädchen die Wahrheit sagen? Er würde es nicht wagen — oder? Sie hatten einander zu gern gehabt. Aber wenn er diesem Flittchen gestand, daß Inès auch als Hure gearbeitet hatte, wenn er ihr von den perversen Spielchen erzählte, die sie zusammen gespielt hatten, der gelegentlichen *ménage à trois,* die sie mit einigen seiner Freunde gebildet hatten; wenn sich diese Geschichten in Hollywood herumsprachen und Julian zu Ohren kamen, dann bedeutete dies das Ende ihres gemeinsamen Lebens. Inès konnte den Gedanken daran nicht ertragen. Sie wußte nicht, was Benjie in Hollywood machte, wußte auch nicht, was er dem kichernden Mädchen zuflüsterte. Im Moment sah sie nur die unmittelbare Gefahr, womöglich alles zu verlieren. Ihr wurde übel.

Inès Vorahnung sollte sich auf schreckliche Art bewahrheiten. Nachdem sie sich von Errol und seiner Freundin, die sich zu Bekannten an einen anderen Tisch setzten, verabschiedet hatten, stand sie mit Julian vor dem Restaurant und wartete auf ihren Wagen. Plötzlich erstarrte Inès vor Schreck. Das war zuviel, viel zuviel. Es konnte nicht sein, es war nicht möglich.

Eine zobelumhüllte Ramona Armande wurde von einem kleinen, beleibten Glatzkopf aus dem Lokal geleitet. Obwohl sie nur einen kurzen Blick auf sein Profil erhaschen konnte, erkannte Inès zu ihrem unaussprechlichen Entsetzen das hassenswerte Gesicht, das sie jahrelang bis in ihre Träume verfolgt hatte. Der gedrungene Körper, der dicke Hals, der runde Schädel — nie würde sie ihn vergessen. Elf Jahre waren inzwischen vergangen und hatten ihn um seine Haare gebracht. Er war fetter geworden, Furchen hatten sich auf seiner Stirn und zwischen Nase und Mund eingegraben. Seine einst fleischigen, jetzt schmäler gewordenen Lippen verzogen sich zu einer Grimasse, die er zweifellos für ein charmantes Lächeln hielt, als er sich zu Ramona neigte und ihr etwas zuflüsterte.

Aber er war doch tot! Sie hatte ihn getötet — oder nicht? Sie hatte sich sein Blut im Ritz mit parfümierter Seife von den Händen gewaschen, und sie an den weichen weißen Handtüchern abgetrocknet. Dennoch konnte kein Zweifel bestehen. Es war das Gesicht, das sie aus ihren schrecklichsten Alpträumen kannte.

Es war unleugbar Umberto Scrofo, der Mann, von dem sie geglaubt hatte, sie hätte ihn im Ritz ermordet. Der Mann, der die ordensstrotzende Uniform eines italienischen Generals getragen hatte. Der Mann, von dem sie zu brutalem, sadistischem Sex gezwungen worden war, von dem sie erniedrigt und so grausam geschlagen worden war, daß die Angst vor einer Wiederholung dieser Abartigkeit sie zum Mord getrieben hatte.

Sie hatte in dem Glauben gelebt, ihn getötet zu haben. Wenn er aber tot war, wie konnte er dann hier sein und vor Romanoff am Rodeo Drive in Beverly Hills stehen? Hatte sie den Verstand verloren? War dies hier ein neuer Alptraum? Eine gräßliche, ekelhafte Halluzination? Oder war es Wirklichkeit?

Inès war einer Ohnmacht nahe. Ihre Hände waren feucht, ihr Herz hämmerte laut. Würgende Panik hatte sie so fest im

Griff, daß sie kaum Luft bekam. Umberto Scrofo, hier, wie er leibte und lebte!

Sie drehte sich um und schaute Julian an, damit der Mann ihr Gesicht nicht sehen konnte. Ob er sie wiedererkennen würde? Sie betete darum, daß es nicht der Fall wäre. Sicher hatte sie sich seit jenem Tag im Jahre 1943 äußerlich sehr verändert — aber hatte sie sich genug verändert?

»So möchte ich aussehen.« Mit erwartungsvollem Blick reichte Inès dem Friseur ein Foto Grace Kellys, das sie aus *Look* ausgeschnitten hatte.

»Aber Sie sehen so, wie Sie sind, großartig aus«, sagte der Friseur erstaunt. »Warum die Änderung, meine Liebe?«

»Bitte, tun Sie es«, sagte Inès schlicht. »Ich möchte es, das ist alles.«

Der Friseur reagierte mit einem gleichmütigen Schulterzucken. Frauen würde er sein Leben lang nie verstehen. Das hier war eine echte Schönheit, vornehm, hochklassig, eine waschechte elegante europäische Lady, die er zu einer Kelly-Doppelgängerin ummodeln sollte. Wenigstens wollte sie nicht aussehen wie Marilyn Monroe, das andere große Vorbild der Fünfziger. Nun, was soll's, er würde es tun. Schließlich wurde er dafür bezahlt, Frisuren zu machen und nicht dafür, den Psychiater zu spielen.

Inès vertiefte sich in ein Buch, während er seine Farben mixte, und sie sah ihm auch nicht zu, als er ihr langes dunkles Haar schnitt und färbte. Erst als der Friseur sein Werk vollendet hatte, betrachtete sie sich kritisch im Spiegel. Es war fast unheimlich — die Verwandlung einer dunkelhaarigen, sinnlich und europäisch wirkenden mondänen Frau in eine unverkennbar amerikanische Lady war perfekt geglückt. Sie war nahezu unkenntlich, aber noch immer schön, wie sie beglückt feststellte. Ihr tief gescheiteltes Haar fiel in sanftem Schwung bis zu den Ohrläppchen und umspielte mit einer Welle ihre Stirn. Die neue Farbe war ein Meisterwerk. Ein helles Aschgold, fast champagnerfarbig, nicht das hellgelbe Gold ihrer Mädchenjahre, sondern ein feiner, klassischer Ton mit zarten bronzefarbenen Glanzlichtern. Schnitt und Farbe hatten sie so verändert, daß sie sich damit von ihrer Vergangenheit und allen, die sie von früher kannten, lossagen konnte.

Um ihre Verwandlung vollkommen zu machen, verbrachte Inès den Rest des Nachmittags im Elizabeth Arden Salon und leistete sich eine neue Ausstattung an Kosmetika — aquamarinblauen Augenschatten, helle Lippenstifte, helles Rouge und dazu eine neue Garderobe für den bevorstehenden Dreh-Aufenthalt in Acapulco. Pastelltöne, hauchfeinen Chiffon und leichte Baumwollkleider in Rosa, Aquamarin und Zitronengelb. Das strenge Schwarz und Weiß, das sie in den letzten Jahren bevorzugt hatte, wollte sie nicht mehr tragen. Sie mußte sich verwandeln. Ein neues Leben. Ein neues Image. Eine neue Inès.

Inès Juillard, die Kurtisane, war tot. In wenigen Wochen würde sie Mrs. Julian Brooks sein. Kein Mensch aus ihrer Vergangenheit durfte sie erkennen. Und niemand würde ihr jemals wieder etwas antun können. Davon war sie überzeugt.

15

Umberto Scrofo saß in Erwartung eines Anrufs mürrisch in seiner Suite im Hilton. Seit seiner Ankunft in Kalifornien hatte er jeden einzelnen Studioboß angerufen und versucht, eine Unterredung oder eine Vorführung seines Films zu arrangieren. Aber kein einziger hatte auch nur telefonisch mit ihm sprechen wollen. Immer wurde er an Assistenten weiterverwiesen, die in glattem, unaufrichtigem Ton Umberto eine ganze Reihe von Entschuldigungen dafür lieferte, weshalb ihre Bosse keine Zeit für ihn hätten.

»Na und? Was ist das schon, wenn Ramona Armande mit

von der Partie ist«, hatte Spyros Makopolis seinen Vize angeknurrt. »Wen interessiert das heute? Die ist doch von vorgestern. Die gibt es schon länger als die Garbo — und kein Mensch will einen gottverdammten italienischen Kunstfilm sehen, auch wenn er angeblich besser ist als der von Rossellini.«

»Mr. Makropolis wird ihnen Bescheid geben«, hatte die Sekretärin Umberto mit seidenweicher Stimme mitgeteilt. Dasselbe galt für Mr. Zanuck, Mr. Warner, Mr. Cohn und Mr. Schary. Alle hatten sie ihm die kalte Schulter gezeigt, hatten ihn abblitzen lassen. Er war unaussprechlich frustriert.

Didier Armande, der für den Großteil der Finanzierung verantwortlich zeichnete, hatte eine Rohfassung von *Die verlorene Stadt* gesehen und den Film als kleines Meisterwerk gerühmt. Aber Didier, obwohl in England ein mächtiger Filmproduzent, verfügte in Hollywood nicht annähernd über den Einfluß, den er in der Heimat hatte. Nicht einmal ihm war es gelungen, die Filmmoguln zu einer Probevorführung zu überreden.

Umberto kratzte den dicken Narbenwulst an seinem Hals fast blutig, so wütend war er. Nicht einmal das blutjunge Flittchen, das ein Hotelpage ihm in der vorangegangenen Nacht vermittelt hatte, war imstande gewesen, seine Wut zu dämpfen. Er hatte in ihren blassen, zitternden Körper gestoßen, bis sie vor Schmerzen schrie und er sie in ihr verheultes Gesicht schlug, bis sie verstummte. Aber niemals wieder hatte er getan, was er mit der kleinen blonden Hure im Ritz vor Jahren getrieben hatte, oder mit Silvana in Kalabrien. Er hatte zu teuer dafür bezahlen müssen. Wie er beide Versuche, ihn zu töten, überlebt hatte, war ihm ein Rätsel. Immer wenn ihm seine geheimen erotischen Triebe einflüsterten, was er eigentlich tun sollte, hatte er sich rechtzeitig zurückhalten können. Die Erinnerung an die Tage des Durstes und Hungers in einem dahintreibenden Fischerboot schreckten ihn ab, und die Erinnerung an das entsetzte Gesicht der blonden Dirne, als sie ihm mit der Rasierklinge den Hals aufschnitt, würde ihn für immer verfolgen. Die Polizei hatte sie nie finden können. Ob sie noch am Leben war? Gar nicht unwahrscheinlich, aber wenn sie noch lebte, dann war sie nun sicher eine ausgelaugte Vettel, die ihren syphilitischen Körper in den Seitengäßchen des Montmartre für ein paar Sous feilbot. Es muß jetzt elf Jahre her sein, aber vergessen hatte er nichts. Ich werde es nie vergessen, dachte er, als er wieder seine Narbe kratzte.

Er warf einen Blick hinaus zum schönen blauen Dezemberhimmel, von dem er jedoch nicht viel sah. Seine Bemühungen, eine der besten Suiten im Beverly Hills Hotel, im Beverly Wilshire oder im Bel Air zu bekommen, hatten sich als klägliche Fehlschläge erwiesen. Geld war in Hollywood nicht ausschlaggebend. Einfluß und Ruhm, darauf kam es an. Umberto besaß zwar Geld, doch kannte ihn hier kein Mensch, und es schien auch niemanden zu interessieren, wer er war. Diese Suite im Hilton, von der aus man keine Aussicht hatte und die in einem abstoßend häßlichen Orange-Ton eingerichtet war, hatte er auch nur bekommen, weil er den Mann an der Rezeption kräftig geschmiert hatte.

Er entschloß sich zu einem Spaziergang am Wilshire Boulevard, um etwas Luft zu schöpfen. In Rom hatte er sich in letzter Zeit sehr gern draußen sehen lassen. Dort war er jemand. In den Cafés wurde er angesprochen, die Leute freuten sich, ihn zu sehen. »*Ciao*, Umberto, *come sta*?« hieß es dann, und stets schwangen Respekt und Bewunderung in dieser Frage mit. An der Via Veneto galt er als der neue Filmkönig, seit es sich herumgesprochen hatte, daß *Die verlorene Stadt* ein gelungener Film war. Aber hier behandelte man ihn wie ein Stück Dreck. Er zog eine grüne Mohairjacke an, ähnlich jener, die Dean Martin bei einem Golfturnier getragen hatte. Seine Narbe verbarg er unter einem giftgrünen Schal mit Paisley-Muster, ehe er eine große dunkle Sonnenbrille sowie einen Panamahut aufsetzte, der so neu war, daß es an Geschmacklosigkeit grenzte.

Mit einem Lächeln für die spärlichen Fußgänger schlenderte er den Wilshire Boulevard in Richtung Beverly Wilshire Hotel entlang. Er ging an der leuchtendrot lackierten Tür des Schönheitssalons von Elizabeth Arden vorüber und warf einen müßigen Blick in die Schaufenster, in denen zarte Wäsche, lässige Sportkleidung und Kosmetika ausgestellt waren.

Als die rote Tür aufging und eine feine Parfümwolke ihn streifte, wandte er sich um und sah ein edles Profil, eine schimmernde helle Haarflut und eine hochgewachsene, schlanke Gestalt in Aquamarinblau, die rasch enteilte und gleich darauf verschwunden war. Verwundert starrte er ihr nach. Er kannte diese Frau, das stand für ihn fest. Sie hatte etwas an sich, das ihm sehr vertraut vorkam. Auch auf der Party bei Makropolis hatte er geglaubt, jemanden zu erkennen — aber dort war das Mädchen brünett gewesen. Diese hier war die klassische Blondine. Dennoch — sie kam ihm bekannt vor. Aber woher? Mit einem Achselzucken machte er seinen Überlegungen ein Ende. Unwichtig. Für ihn war nur wichtig, daß er Zanuck, Makopolis oder Jack Warner bewegen konnte, sich seinen Film anzusehen. Das war im Moment sein einziges Interesse. Wenn er es nicht schaffte, dann konnte er diese gräßliche Stadt ebensogut auf der Stelle verlassen und nach Rom zurückkehren.

Teil III

1

Acapulco 1955

Hauptdarsteller und technisches Personal trafen Anfang Januar langsam in Acapulco ein. Set-Designer, Architekten, Schreiner, Maler, Gipsdekorateure und Requisiteure waren schon seit vier Monaten vor Ort, um die großen und naturgetreuen Sets herzustellen, die für die *Cortez-Legende* benötigt wurden. Die Filmhandlung, die gar nicht vorgab, historisch korrekt zu sein, war auch für einen Cinemascope-Schinken ziemlich dünn. Hernando Cortez und sein Mit-Abenteurer Francisco Pisarro, 1518 von Karl V. ausgesandt, um Gold zu suchen, landen mit nur sechshundert Mann in Mexiko. Zunächst wird Cortez von Montezuma, dem letzten Aztekenherrscher, wie ein Gott empfangen, doch Cortez revanchiert sich für diese Ehre, indem er Montezuma gefangennimmt und später sein ganzes Reich erobert.

Als die Spanier Tenochtitlan, die Hauptstadt Montezumas, verlassen wollen, erheben sich die Azteken. Es kommt zum Kampf mit Cortez und dessen Truppen, denen sie unterliegen, weil viele von Montezumas Leuten zu den spanischen Eroberern überlaufen.

Der aztekische Herrscher stirbt im Kerker und überläßt es Cortez, das Herz seiner heißblütigen, schönen Tochter zu erobern, mit der er, laut Skript, eine glückliche Verbindung eingeht.

Aber Spyros Makopolis benötigte eine viel zugkräftigere Handlung. Historische Epen waren in Mode, je größer, desto besser. Streitwagen, Togen und Ruinen faszinierten das Kinopublikum rund um die Welt, wenn man die historischen Fakten entsprechend angereichert präsentierte. Um dem Leben des Senor Cortez gehörig Glanz zu verpassen, waren

Irving und Shirley Frankovitch engagiert worden, die sich bereits 1953 eifrig an die Arbeit gemacht hatten, Fakten zusammentrugen und schrieben, angefeuert von noch nie dagewesenen hunderttausend Dollar Vorschuß, die Makopolis ihnen geboten hatte, von sieben Prozent Beteiligung am Einspielergebnis ganz abgesehen. Im Jahr darauf waren Spürhunde des Studios ausgeschwärmt und hatten auf der ganzen Welt nach den passendsten und billigsten Drehorten für die Außenaufnahmen dieser Vier-Millionen-Dollar-Technicolor-Cinemascope-Extravaganz gesucht. MCCP machte sich große Hoffnungen auf einen Kassenschlager und scheute keine Kosten, um dieses Ziel zu erreichen.

Drehort-Scouts hatten nach monatelangen, auf Studiokosten unternommenen Recherchen an allen möglichen exotischen Orten übereinstimmend erklärt, daß Acapulco mit seinen achtunddreißig herrlichen Stränden, den vielen tropischen Buchten und Lagunen, dem klaren, ruhigen Wasser und den unvergleichlichen Sonnenuntergängen der absolut ideale Drehort sei.

Nachdem Irving und Shirley ihre ersten Fassungen in New York und ihre dritte in Los Angeles geschrieben hatten, begaben sie sich nach Acapulco, um ihrem Skript den letzten Schliff zu verpassen. Das Paar saß auf dem weinbewachsenen Balkon seiner Suite in der Villa Vera, schlürfte in der schwülen Abenddämmerung Pina coladas und wartete auf die Neuankömmlinge.

»Da kommt Julian mit seiner Braut.« Die von unablässiger Neugierde geplagte Shirley verschaffte sich mit Hilfe eines starken Fernglases einen guten Blick auf das Paar.

Inès Juillard, anmutig in champagnerfarbenem Leinen, war Julian Brooks absolut ergeben, das ließen ihr Blick und die Art, wie sie seinen Arm hielt, erkennen. Für einen strahlenden Star wirkt er reichlich erhitzt und aufgelöst, dachte Shirley kritisch. Unter dem Panamahut glänzten Schweißperlen auf der Stirn des Matinèe-Idols, und sein sonst so flottes Schnurrbärtchen wirkte trist.

Inès bemerkte das Blitzen des Fernglases in der Sonne, blickte auf und lächelte dann Julian zu. Wer sie wohl beobachtete? Nein ... nicht sie beide, sondern ihn, Julian. Er war der Star, der jenige, für den sich die Welt interessierte. Sie wußte, daß das Studio und die beiden Frankovitchs sich große Mühe gegeben hatten, die Rolle des Freibeuter-Abenteurers Cortez Julian auf den Leib zu schreiben, der mit achtunddreißig nun auf dem Gipfel seiner männlichen Ausstrahlung stand.

Trotz des starken finanziellen Aderlasses, den die Trennung von Phoebe darstellte, glaubte Inès behaupten zu können, daß Julian bei ihr Glück und wahre Befriedigung gefunden hatte. Er liebte sie aufrichtig. Mehr als er jemals eine Frau geliebt hatte. Aber er war Schauspieler, und sie wußte, daß sie, falls er auf Abwege geriete, die Augen davor verschließen mußte. Ihre Jahre als Kurtisane hatten sie gelehrt, daß Männer im Grunde wie kleine Jungen waren. Sex war für sie ein Sport, eine Jagd, eine Herausforderung. Auch wenn sie ihre Frauen wahnsinnig liebten, war sexuelle Untreue auch für die besten der Männer eine Bagatelle. Treulosigkeit war seit Jahrhunderten in Europa als Tatsache akzeptiert worden, und intelligente Ehefrauen hatten sie stets ignoriert.

Inès hatte ihre sexuelle Erfahrung ausgespielt, sie hatte Julian mit ihrem raschen Verstand, mit ihrem Interesse für Kunst, Politik, Musik und Wirtschaft geködert. Sie hatte ein magisches Band gewoben, das ihn fühlen ließ, was er bei keiner anderen Frau gefühlt hatte.

Mit Beginn des neuen Jahres würde für Inès ein ganz neues Leben als Mrs. Julian Brooks seinen Anfang nehmen. Sie war nun fast dreißig, schön, intelligent, begehrenswert. Und sie vermutete, daß sie schwanger war, was ihr Glück vollkommen machte, da Julian oft von seinem Wunsch nach einem Kind gesprochen hatte. Sie vertraute darauf, daß er, obwohl sie noch nicht verheiratet waren, entzückt sein würde, wenn ihr Arzt in Los Angeles ihre Vermutung bestätigte.

Julian lächelte seiner Zukünftigen zu. Sie war für ihn in jeder Hinsicht die ideale Frau.

Für ihn war es ein Grund ständiger Verwunderung, wie sie es schaffte, daß seine Heimkehr nach einem zermürbenden Vierzehn-Stunden-Tag im Studio oder nach Außenaufnahmen, in deren Verlauf er fechten, reiten oder schwierige Stunts bewältigen mußte, immer wieder zu einem Ereignis für ihn wurde. Ein eiskalter Martini stand bereit, den sie rasch mixte, wenn sie seinen Wagen auf der Zufahrt vor ihrem Haus hörte. Exquisit nach der neuesten Pariser Mode gekleidet, und von einer Aura kühler Eleganz umgeben, gestattete sie ihm jedoch immer einen kleinen Einblick, von dem sie wußte, daß er ihn garantiert erregte, sei es die Rundung einer vollkommenen Brust durch transparenten Chiffon, eine weiße Schulter, umhüllt von Samt, oder herrliche Beine, die ein Rockschlitz freigab. Dann massierte sie ihm den Nacken, um ihm Entspannung zu verschaffen, wobei ihre kühlen Finger seine müden Muskeln liebkosten. Bei dieser Massage konnte Inès seine Stimmung am besten einschätzen. Sie merkte, ob er empfänglich für die Liebe war oder nicht. Meist war er es. Anschließend badeten sie zusammen im kühlen Marmorbad und benützten die Duschstrahlen, deren starke, jedoch sanft massierende Düsen an strategisch wichtigen Stellen angebracht waren. Dort wusch Inès seinen müden Körper mit duftender Guerlain-Seife.

Während sie sein Glied sanft und liebevoll mit Seife bearbeitete, streiften ihre Brustspitzen leicht gegen seine Brust, und er wurde wieder hart. Dann bahnte sich ihre Zunge ihren Weg in seinen Mund, während die Duschdüsen Wasser sprühten und sie seinen Körper so bewegte, daß das Wasser ihn am angenehmsten traf.

Daß Make-up und Frisur für diese wenigen Glücksmomente ruiniert wurden, schien sie nicht zu stören. Ihrem Mann Wonne und Behagen zu bereiten, war das einzige, was für sie zählte. Zuweilen ließ sie ihn nach dem Einseifen und Küssen erregt zurück, um sich in ihrem Schlafzimmer mit den verschiedensten Ölen und Feuchtigkeitsspendern zu salben. Meist kam er ihr ins Ankleidezimmer nach, in dem die Gardinen zugezogen waren, und nahm sie mit der Wildheit eines Hengstes. Oft aber blieben sie in der Duschkabine. Kurz bevor er dann vor Wonne zu bersten drohte, führte sie ihn zu einem der vielen Plätzchen, die sie für die Liebe geschaffen hatte.

Sie kannte sämtliche Antworten auf die abgeschlaffte Libido eines Mannes und setzte sie raffiniert ein. Nachher wusch sie ihn liebevoll und ließ ihn zwischen kühlen Laken dösen, während sie das Abendessen zubereitete, das sie ihm auf einem Tablett brachte. Sie sah ihm beim Essen zu, und wollte er dabei plaudern, dann plauderte sie. Sehnte er sich nach Ruhe, verhielt sie sich still. Mußte er seinen Dialog lernen, nahm sie sich ein Buch vor. Sie war die perfekte Geliebte und Ehefrau in einem: im Schlafzimmer Tigerin, sonst aber ganz Dame. Ihre neue Haarfarbe war das einzige, was ihm an ihr mißfiel. Ihr langes, dichtes, dunkles Haar hatte er angebetet und es wie seidige Taue um seine Hände geschlungen. Mochte die neue Frisur noch so weich und schmeichelnd sein, sie hatte Inès ihrer Aura der Stärke und Individualität beraubt.

Einerlei, vermutlich handelte es sich ohnehin um keinen Dauerzustand. Ihre kurze Grace-Kelly-Frisur war sicher nur eine vorübergehende Marotte, und es würde nicht lange dauern, bis sie wieder zu seiner hinreißenden Brünetten wurde. Welche Haarfarbe auch immer . . . wo immer Inès sich zeigte, folgten ihr unzählige bewundernde Männerblicke.

Viele Männer begehrten Inès, nicht zuletzt, weil sie ihre fast greifbare Sexualität spürten. Doch sie war sein. Was sie in der Vergangenheit an Beziehungen gehabt haben mochte, war nun bedeutungslos. Sie hatte ihm ihre drei Liebhaber eingestanden, ohne seinem beharrlichen Drängen nachzugeben und mehr zu erzählen. Ein Beweis ihrer Klugheit. Julian wußte genau, daß seine Eifersucht ihm keine Ruhe gelassen hätte, wäre Inès darüberhinaus gegangen. Für Looks Brooks besaß Inès keine Vergangenheit. Ihr Leben hatte erst begonnen, als er ihr begegnet war.

2

Umberto Scrofo saß, umgeben von einigen seiner bevorzugten Einrichtungsstücke, von Gemälden und Skulpturen, in seinem Salon in Rom. Er stocherte mit einer Büroklammer in seinen Zähnen und las in einer Nummer von *Variety,* die ihm per Luftpost zugeschickt worden war.

Die verlorene Stadt lief mit großem Erfolg. Er hatte recht gehabt, auf seiner PR-Tour durch Europa mit Ramona und der übrigen Besetzung zu bestehen. Die Werbewirkung war phänomenal und hatte sich trotz der Forderungen der Stars, die auf Suiten in Luxushotels und auf Luxuslimousinen bestanden, bezahlt gemacht. In Europa war der Streifen ein großer Hit, für ihn der erste Vorgeschmack des Filmruhms. Er war mit sich sehr zufrieden.

Seine junge Haushälterin betrat in unterwürfiger Haltung den halbdunklen Raum, in dem die Jalousien gegen die Sonne heruntergelassen waren.

»Darf ich Ihnen etwas bringen, Signor Scrofo?»

»Ja«, stieß Umberto rauh hervor. »Eiskaffee mit Zucker. Achten Sie darauf, daß sie ihn nicht verschütten wie letztes Mal.« Der demütige Ton dieser Person ging ihm auf die Nerven.

»Ja, *Signor*«, flüsterte das Mädchen mit einem Knicks und verschwand eilends. Signor Scrofo jagte ihr Angst ein, doch wollte sie den Job behalten, weil er gut bezahlt war und ihre große Familie das Geld brauchte.

Umberto seufzte. Er langweilte sich, und Umberto haßte Langeweile. Es wurde wieder einmal Zeit für einen Besuch in Signora Albertonis Wohnung an der Via Sistina. *Sie* langweilte ihn nie. Nicht wenn sie groß und arisch aussehend in hohen schwarzen Stiefeln und schwarzen Seidenstrümpfen dastand, mit einem Strumpfbandgürtel aus Spitze, der in das Fleisch ihrer starken Schenkel schnitt, mit blondem Haar, das ihr um das gerötete Gesicht flog, während sie sich mit einem der ausgesuchten Geräte, die sie zum Vergnügen ihrer Kunden bereit hielt, auspeitschen ließ.

Fünf Minuten später flatterte die Haushälterin nervös herein. »Ein Anruf für Sie. Aus Amerika, glaube ich.« Wenn sie lächelte, wirkte ihr Gesicht fast hübsch. Amerika. Er wußte, wie gern sie nach Amerika gegangen wäre. Er auch. Er lechzte danach. Und vielleicht würde es klappen, jetzt, da der Film ein Erfolg geworden war.

Bei seinem Aufenthalt in LA hatte Umberto bei der William Morris Agency unterschrieben, unbekümmert darum, daß diese weltweit an die dreihundert Produzenten vertrat. Sein Selbstbewußtsein hielt dieser Konkurrenz stand, da er wußte, daß er einen großen Film produziert hatte. In Rom hatte es ihm jedermann bestätigt. Umberto war ein Mensch, dem es nie an einer übertrieben hohen Meinung von sich selbst gemangelt hatte. Trotz seiner Häßlichkeit hielt er sich für unwiderstehlich, witzig und kultiviert. Die Dummheit der anderen war schuld, daß sie seine Bedeutung nicht begriffen.

Er öffnete einen Fensterladen, blickte hinaus auf die vielen Touristen, die sich um die Spanische Treppe drängelten und wünschte sie alle zum Teufel, weil sie seine schöne Umgebung mit ihren lauten Stimmen und mit ihren Kameras störten.

Gia brachte ihm das Telefon, und er hörte das Knistern in der Leitung, als Abe, sein Agent, sich schließlich meldete.

»Hi, Umberto, wie geht's immer?«

»Sehr gut, Abe, sehr gut. Was gibt es Neues über den Film?«

»Der Streifen ist in Europa ein großer Erfolg, wie Sie wissen, Hubie Baby. Sie haben doch sicher *Variety* gelesen. Hier hat sich auch schon Interesse geregt.«

»Wirklich?« Umberto zündete sich strahlend eine Zigarre an. »Bei den Großen?«

»Tja, eigentlich nicht bei den Großen, aber da gäbe es Unabhängige, die sich interessieren — Roger Corman zum Beispiel.«

»Roger Corman!« Umbertos Ton sprach Bände. »Der macht doch Horrorfilme — und darüber bin ich jetzt hinaus. Abe, ich habe Ihnen gesagt, daß ich nach der *Verlorenen Stadt* etwas in Hollywood produzieren möchte — haben Sie es denn nicht versucht?«

»Klar doch, wir versuchen es«, sagte Abe im üblichen halbbesänftigenden Ton des Hollywood-Agenten, den er für Schauspieler und Produzenten gleichermaßen verwendete. In Wahrheit scherte es Abe keinen Pfifferling, ob Umberto Scrofo in Amerika einen Film machte oder nicht. In Hollywood wuchsen Produzenten auf den Bäumen. Man brauchte sie nicht eigens aus Europa zu importieren.

In Europa war Umbertos Film erfolgreich gelaufen, doch in Amerika hatte er wenig Aufsehen erregt. Bislang hatte sich nicht einmal ein Verleih für den Streifen gefunden. Überarbeitet und unterbezahlt, dachte Abe gar nicht daran, sich Scrofos wegen besonders zu bemühen. Scrofo war nur einer der vielen Klienten von William Morris, der Anruf nicht mehr als der übliche Routine-Kontakt.

»Warum pochen Sie bei den Interessenten nicht auf die Einspielergebnisse in Europa, wenn Sie *Variety* gelesen haben?«

»Ja, wir binden jedem auf die Nase, daß es ein großer Film ist, und wir versuchen, ihn in Cannes beim Festival herauszubringen. Aber Sie müssen verstehen, daß wir uns für sehr viele Filme einsetzen, Umberto«, fuhr der Agent leichthin fort. »Für sehr viele. Glauben Sie mir aber, es könnte sich sehr bald etwas tun. Sie dürfen die Hoffnung nicht aufgeben, mein Lieber, nur nicht die Hoffnung aufgeben.«

»Ich bin ein guter Produzent, Abe, vielleicht sogar ein großer«, entgegnete Umberto kalt. »Nicht nur *Oggi*, auch *Gente* und *Tempo* haben geschrieben, daß ich der neue de Laurentiis wäre. Und diese Nieten in Hollywood — Makopolis, Cohn, Zanuck und wie sie alle heißen —, die wollen sich meinen Film nicht mal ansehen.«

»Ich weiß, ich weiß, Umberto Baby«, ließ Abe sich beruhigend vernehmen. »Nur Geduld, es wird sich schon etwas ergeben — etwas Großes —, also warten Sie, seien Sie geduldig, wir werden einen Interessenten für Sie auftreiben. Hören Sie, ich muß Schluß machen, wir bleiben in Verbindung. *Ciao,* bis auf weiteres, Baby.«

»*Ciao,* Abe«, gab Umberto ungehalten von sich und knallte den Hörer hin. Seinen Capuccino schlürfte er mit finsterer Miene. Warum zeigte Amerika kein Interesse, obwohl dieser Film in Europa so großen Erfolg hatte? Er war davon besessen, in Amerika einen Film zu drehen und es in Hollywood zu Ansehen zu bringen. Für einen Oscar nominiert zu werden, Partys bei Jack Warner, bei Ray Stark und Charlie Feldman zu besuchen. Der Weihnachtsrummel bei Makopolis hatte ihm unheimlich imponiert. Daß die ausgezeichneten Kritiken seines Films in Amerika nichts in Bewegung gebracht hatten, war für ihn ein harter Schlag. Aber deswegen würde er nicht herumsitzen und sich bemitleiden. Er hatte drei europäische Projekte in Planung, denen er sich mit großer Leidenschaft widmete.

»Verdammtes Amerika«, sagte er vor sich hin und rieb sich die juckende Halsnarbe. »Wer braucht die Amerikaner? Ich bleibe hier. Lieber ein großer Fisch in einem kleinen Teich ...«

Sein Blick blieb an einem schön beleuchteten Manet an der mit hellgoldenem Damast bespannten Wand hängen. Dieses Gemälde war für ihn stets Quelle großer Freude, obwohl das blonde Mädchen auf dem Bild ihn entfernt an die Hure erinnerte, die versucht hatte, ihn im Ritz zu töten. Vielleicht würde er sie eines Tages finden. Dann würde er seine Rache so an ihr stillen, wie er es sich oft erträumte. Bis dahin aber galt es, Filme zu machen.

3

»So ein Leben ließe sich aushalten«, äußerte Bluey Regan mit einem Auflachen. »Wer braucht die Filmerei, wenn man ein Boot hat?«

Bluey Regan, Amerikaner irischer Abkunft, arbeitete seit Beginn der Tonfilmära als Regieassistent. Es gab nichts, was er vom Filmgeschäft nicht gewußt hätte, was er den Leuten auch immer wieder unter die Nase rieb. Quicklebendig und immer freundlich, stellte er den Traum eines jeden Regisseurs dar, und Nick Stone wußte ihn als seine rechte Hand immens zu schätzen. Wenn Nick etwas nicht wußte, dann wußte es Bluey.

Nick gab Bluey recht. Es war vollkommen. Nichts war erhebender als die Kameradschaft zweier Männer auf einem Boot.

Seit sie die Marina von Los Angeles an einem kalten, nebligen Morgen hinter sich gelassen hatten, waren sechsunddreißig Stunden vergangen. Die See hatte sich als finstere, brodelnde Masse gezeigt, in der es auch für eine Dreißig-Meter-Ketch äußerst schwierig war, auch nur aus dem Hafen auszulaufen. Inzwischen hatte die *Jezebel* aber mit ihrer fünfköpfigen Crew etwa fünfhundert Meilen bei schlechtem Wetter zurückgelegt. Nicks Jugendjahre als griechischer Fischer und seine Liebe zum Meer, die sich mit jener Blueys messen konnte, hatten nicht verhindern können, daß ihn Anfälle von *mal de mer* heimsuchten. Doch das alles lag nun hinter ihnen. Das Eisgrau des kalifornischen Pazifik war einem Blau gewichen, das immer intensiver wurde, je weiter sie in die Subtropen vordrangen. Die zwei Männer, sonnengebräunt, fit und muskulös, übernahmen abwechselnd das Steuer, immer zu Witzen und lockerem Wortwechsel aufgelegt.

Bluey war achtundvierzig. Die Sonne hatte sein Haar gelblich-weiß gebleicht und seine runzlige Haut zu einem Karamelton verbrannt. In seinen blauen Augen tanzten Lichtpünktchen. Nie war er glücklicher als auf einer Segelpartie. Er befand sich im Zustand totaler Entspannung, in die sich die Vorfreude auf die vor ihm liegende Arbeit mischte.

Nick war weniger schwärmerisch. Er war gegen seinen Willen von Bluey überredet worden, mit dem Boot nach Acapulco zu segeln. So sehr er das Meer liebte, es hatte ihn gedrängt, dorthin zu fliegen, da es noch viel zu tun gab und er vor Beginn der Dreharbeiten noch so manche Entscheidung zu treffen hatte.

Doch sein Assistent war eisern geblieben. »Mensch, Nick, Fliegen dauert in etwa genauso lange wie eine Bootsfahrt. Erst muß man auf dieser beschissenen Straße mindestens sechs bis sieben Stunden nach Tijuana fahren. Dann erwischt man dort eine klapprige zweimotorige Maschine, und ist man dann endlich in Mexico City, muß man über Nacht bleiben. Das verdammte Nachtleben dort ist so toll und ausgeflippt, daß man am nächsten Tag total verkatert ist, wenn man mit Aero Nervoso de Mexico, oder wie immer die verdammte Linie heißt, weiterfliegt und jede Menge Kotzbeutel braucht, wie du dir denken kannst, mein Junge.«

Nick lächelte, während Bluey fortfuhr: »Ich will dir was sagen, Nick, mich bekommt man in keine Maschine, die nicht von einem guten ollen amerikanischen Piloten mit mindestens fünf Jahren Air-Force-Erfahrung geflogen wird.« Er lächelte einschmeichelnd. Und Nickt lachte laut.

»Fahr mit mir auf der *Jezebel*, Kleiner — du kannst vier Tage faulenzen, am Drehbuch arbeiten, und dann kommst du in Topform an. Ich verspreche dir, daß ich nicht die ganzen Nächte mit dir durchsaufen werde.«

Die Mannschaft, durch die Bank Kumpels von Bluey, spielten Leibwächter, Freunde oder Kammerdiener, wenn sie nicht als Stewards oder Köche fungierten. Unter Blueys ›Jungs‹, die schon seit Jahren beisammen waren, ging es sehr kameradschaftlich zu, ulkige Streiche und viel Gelächter waren an der Tagesordnung.

Trotzdem machte Nick sich Sorgen um seinen Produzenten, Zachary Domino, dem es in letzter Zeit nicht gut gegangen war. Zack war achtundsechzig und müde. Mit seinen über fünfzig Jahren Berufserfahrung — er hatte als Laufbursche bei einem frühen Charlie-Chaplin-Film angefangen, war bei einem Streifen mit Mary Pickford zum Kamera-Assistenten aufgestiegen und hatte in den Zwanzigern für First National Pictures mit Clara Bow als Star bei *Red Hair* als Regie-Assistent gearbeitet — war er ein ausgezeichneter, versierter und harter Produktionsleiter, der das Filmgeschäft inund auswendig kannte. Nick freute sich schon, viel von ihm lernen zu können. Er brauchte ihn sogar sehr dringend, da es sich um Nicks erstes Großprojekt handelte und man überall in den USA die Ergebnisse sehr aufmerksam beobachten würde. Geriet der Film zum Flop, dann konnte ihn das wieder zu *Teens im All* zurückstufen — wenn er Glück hatte. Verlor MCCP das eingesetzte Kapital mit *Cortez,* dann würde er wahrscheinlich überhaupt keinen Auftrag mehr bekommen.

Nick sah daher den Dreharbeiten an *Cortez* mit verständlicher Nervosität entgegen. Im Studio war es vielen gegen den Strich gegangen, daß man ihm die Regie übertragen hatte, da er noch immer als ein auf Kultfilme abonnierter Wunderknabe galt, obwohl die zwei von ihm inszenierten Filme volle Kassen gebracht hatten. Es hatte so viele andere Regisseure gegeben, die man ihm hätte vorziehen können. George Cukor wäre erste Wahl gewesen, gefolgt von David Lean und Fred Zinnemann. Aber der liebe alte Onkel Spyros, der die Vetternwirtschaft noch immer hochhielt, hatte auf Nick bestanden, und da er das letzte Wort hatte, war das Studio zum Nachgeben gezwungen gewesen — momentan.

Die MCCP-Geschäftsleitung glaubte nicht, daß Nick dieser enormen Aufgabe gewachsen wäre, schließlich war er erst siebenundzwanzig. Dieser Film erforderte einen Mann mit großer Erfahrung, einen Regisseur, der den Einsatz von Tausenden von Komparsen zu koordinieren verstand, der mit dem empfindlichen Temperament der Stars umgehen und Unmengen von Entscheidungen treffen konnte, die bei einem Streifen dieser Größenordnung täglich anfielen. Das traute man Nick nicht zu. Aber Spyros setzte nun einmal großes Vertrauen in Nick und glaubte fest daran, daß er hervorragende Arbeit leisten würde, besonders mit Zachary Domino als Produzenten, der ihm beistehen konnte. Guter alter Onkel Spyros — endlich hatte Nick es geschafft.

Bluey legte dem Freund liebevoll einen Arm um die Schulter, während er mit der anderen Hand geschickt das Ruder hielt.

»Na, was ist, Niko?«

»Ich kann nur hoffen, daß Zack durchhält«, erwiderte Nick leise. »Ich habe das ärztliche Gutachten der Versicherung gelesen, Bluey. Er raucht sechzig Zigaretten am Tag, trinkt wie ein Fisch und hat seit Jahren verdächtige Herzgeräusche. Aber er ist noch immer ein verdammt guter Produzent, und wir brauchen ihn drigend.«

»Keine Bange, Kleiner, Zack ist ein Kämpfer — zäher als ein Armeestiefel mit rostigen Nägeln. Er wird alle zurechtbeuteln und ihnen in die fetten Ärsche treten. Bis wir ankommen, wird er sämtliche Räder in Bewegung gesetzt haben. Also mach dir keine Sorgen, Nick — alles wird klappen.«

Von Los Angeles an hatte Dominique ununterbrochen aufgeregt geplaudert. Ihre mädchenhafte Begeisterung steigerte sich, je mehr sie sich Acapulco näherten. Die Reise hatte fast zwei Tage gedauert, und Agathe hatte das Gefühl, laut schreien zu müssen, wenn Dominique mit ihrem Geplapper nicht endlich aufhörte. Das Mädchen hatte sich am Flughafen jedes verfügbare Filmmagazin gekauft und die Zeitschriften nach Fotos der Stars durchsucht, die bei *Cortez* mitwirkten oder in Acapulco Ferien machten, während der Film dort gedreht wurde.

Agathes Kopf drohte vor Migräne zu zerspringen, einer jener Anfälle, wie sie sich in letzter Zeit häuften, doch Dominique stoppte ihren Redefluß nicht einmal, um Atem zu holen, obwohl sie das Mädchen schon wiederholt ermahnt hatte.

Das Motorengeräusch steigerte Agathes Kopfschmerz noch, so daß sie absolut kein Interesse an den Fotos zeigte, die Dominique ihr unbedingt vor die Nase halten wollte.

»Sieh doch — *voilà* — Julian Brooks. Donnerwetter, Agathe, er ist *manifique, n'est-ce pas?* Ein echt cooler Typ.«

Agathe schnappte sich das Magazin von Dominiques Schoß. Großartig ist untertrieben, dachte sie. Er war ein Gott, ein Idol unter Menschen, ein leibhaftiger Adonis. In ihrem Magen krampfte sich etwas zusammen, als sie ihren Blick auf seine herrliche Gestalt heftete. Sein Arm lag um eine Frau, vermutlich seine letzte Partnerin.

»Die Verlobte«, sagte Dominique und tippte mit dem Finger auf das Foto. »Er ist jetzt verlobt. Sie ist auch sehr schön, findest du nicht?«

Eisige Finger umklammerten Agathes Herz. Verlobte? Julian war verlobt? Wer war sie? Agathe starrte die Frau an, die im Profil zu sehen war. Das lange dunkle Haar verdeckte das Gesicht fast vollständig, doch aus Julians Blick konnte man schließen, daß die beiden verrückt nacheinander waren.

Wütend warf Agathe Dominique die Zeitschrift zu. »*Taistoi,* Dominique«, herrschte sie das Mädchen an. »Diese Filmstars interessieren mich nicht. Gib endlich Ruhe und hör mit dem Geplapper auf. Du hast sehr wichtige Tage vor dir.«

Sie schloß die Augen und versuchte zu schlafen, doch wenn sie an Julian und die Frau dachte, wurde sie von so heftiger Eifersucht und Enttäuschung gepackt, daß ihre Ruhe dahin war. Wie konnte er nur? Wie konnte Julian eine andere heiraten, da ihm Agathe doch endlich so nahe war? Wie konnte er ihr das antun?

4

Kaum waren sie in der Villa Vera eingetroffen, als Nick auch schon Elektra anrief, die sich freute, seine Stimme zu hören. Dann packte er seine Sachen aus, duschte, zog sich um und war binnen zwanzig Minuten in einer der Suiten, die man in einen Produktionsraum umgewandelt hatte. Sein Produktionsteam saß um einen langen Tisch versammelt — Ausstatter, Filmarchitekten, Kostümbildner, Regieassistenten, Stunt-Koordinatoren, Cutter, Autoren — dieses kläglich aussehende Paar aus New York, die Frankovitchs — und, am allerwichtigsten, Zachary Domino. Zacks Blick war wachsam, seine Schultern hingen herunter. Nikotinvergilbte Finger verrieten den Kettenraucher.

»Na, wie fühlst du dich, *amigo*?« fragte Nick.

»Heute besser.« Zacks Lächeln war halbherzig. »Aber keine Angst, ich glaube, es ist nur ein Anflug von Montezumas berühmter Rache. Er zürnt uns vermutlich, weil wir seine Lebensgeschichte verfilmen.«

Die Crew lachte, mit Ausnahme von Kittens, die bedrückt dreinsah.

»Montezumas Rache dauert keine drei Wochen, Zack«, sagte sie, um dann Nick zuzuflüstern: »Nicky, er fühlte sich schon eine ganze Weile elend. Wir machen uns Sorgen.«

Nick ballte die Hände zu Fäusten. Herrjeh, erst eine halbe Stunde vor Ort, und schon sorgten sich alle um den wichtigsten Zahn im ganzen Rad.

»Ich habe ihm gesagt, er solle Pepto-Bismol nehmen und weniger Fleisch essen«, äußerte Shirley Frankovitch ungeduldig. »Aber er will ja nicht hören, stimmt's, Irving?«

»Ja, meine Liebe«, sagte Irving. »Er will nicht hören.« Irving sprach wenig. In seinem Kopf drehte sich alles um die Änderungen im Skript, die Personen und Situationen betrafen. Die halbe Zeit hörte er Shirley überhaupt nicht zu. Die peinliche Szene auf der Party hatte ihm überdeutlich vor

Augen geführt, was für ein vulgäres Frauenzimmer sie war. Darüber wollte er lieber gar nicht nachdenken.

Irving blickte aus dem Fenster der im zweiten Stock gelegenen Suite. Der Himmel war von weichstem Blau, von einer hinter den sanft gewölbten Hügeln allmählich versinkenden Sonne pfirsichfarben getönt. An seinem Drink nippend versuchte Irving sich vorzustellen, welche Wirkung die Kokosmilch auf die Geschmacksnerven seines Helden bei dessen Ankunft auf der Insel Roqueta gehabt haben mochten. Er sah im üppig grünen und abwechslungsreich bewachsenen Hotelgarten die Palmen, deren Blätter von der sanften Brise bewegt wurden. Acapulco war ein grünes, tropisches Paradies, dessen Schönheit und Vielfalt zu bestaunen Irving nicht müde wurde. Er hörte gar nicht richtig hin, als Zack die zahlreichen technischen Probleme aufzählte, die sich beim Transport von Kameras und technischer Ausrüstung nach La Roqueta überraschend ergeben hatten.

Irving wurde erst dann unsanft in die Wirklichkeit zurückversetzt, als Zack ankündigte, das Studio wünsche sich für die erste Liebesszene zwischen Cortez und der schönen Prinzessin mehr Erotik — aber innerhalb der von der Zensur vorgegebenen Grenzen. Die MCCP-Spitze bestand auf mehr Sex, Lust und sinnlicher Romantik und bombardierte den Produktionsstab deswegen ständig mit Anrufen und Telegrammen. Perfektion war angesagt, und an Irving und Shirley lag es nun, das Skript zum gottverdammt besten Skript des Jahrzehnts zu machen. Aber als Autoren verfügten sie über sehr begrenzten Einfluß — weil dem besten Dialog Gott weiß was passieren konnte, sobald das Drehbuch Schauspielern und dem Regisseur in die Hände fiel. Die Frankovitchs waren alte Krieger auf den Kriegspfaden Hollywoods. Irving hatte miterleben müssen, daß zwei seiner Drehbücher vom Studio zerfetzt und einige andere schlimm zugerichtet worden waren, für ihn und Shirley ein Grund, immer zur Stelle zu sein, auch wenn Autoren bei Dreharbeiten so gern gesehen waren wie Nonnen im Bordell.

Die Hitze im Produktionsbüro wurde mit Sonnenuntergang immer drückender. Trotz des großen weißen Deckenventilators war es zum Ersticken heiß. Die Männer saßen in Hemdsärmeln da, Schweiß glänzte auf ihren Gesichtern. Shirley trug ein kaftanartiges loses Gebilde, eines von vielen, das sie sich auf dem örtlichen Markt gekauft hatte. Sie liebte nichts mehr als günstige Käufe, und hier kosteten Klamotten einen Bruchteil dessen, was sie in New York oder Beverly Hills dafür hätte ausgeben müssen. Das lose Gewand war für sie die ideale Lösung, da sie in den vergangenen Monaten noch mehr aus dem Leim gegangen war.

Sie sah Zachary Domino an und fragte sich, wie um alles in der Welt er die achtzehn Wochen dauernden Dreharbeiten an Stränden, in moskitoverseuchten Sümpfen, Wäldern und Flüssen aushalten würde.

Ungeachtet der Anweisungen seines Arztes steckte Zack sich auch schon die nächste Camel an. In Los Angeles hatte er den üblichen Check-up machen lassen, und Dr. Zolotos hatte ihm versichert, daß er für sein Alter ganz gut in Schuß wäre. »Aber denken Sie daran, jeden Morgen Salztabletten zu nehmen, und trinken Sie nie Wasser — egal, was die mexikanische Regierung behauptet, es ist das reinste Gift, und lassen Sie die Finger von ungekochtem Obst und Gemüse, besonders von Salaten. Meiden Sie Überanstrengung und hören Sie mit dem Rauchen auf!«

Leichter gesagt, als getan, und wenn man Produzent eines der bedeutendsten Filme des Jahrzehnts war — ganz unmöglich. Er lebte praktisch von Zigaretten und Kaffee. Zack schlürfte das salzig schmeckende Mineralwasser. Alle rauchten, niemand schien auch nur einen einzigen Gedanken daran zu verschwenden, wie man damit der Lunge oder dem Herzen schadete. Zachary inhalierte tief und versuchte, obwohl dem Verschmachten nahe, zur Diskussion etwas beizutragen.

Shirley sah ihn über den Tisch hinweg mit ihren listigen Laserstrahlaugen an. Zwischen den beiden herrschte alles andere als Sympathie. Er hielt sie für eine aufdringliche Person, eine richtige Xanthippe, die sich bei Produktionssitzungen unentwegt und auf ärgerliche Weise bemerkbar machte. Außerdem war sie eine Säuferin. Nick hatte ihm erzählt, wie sie sich auf Spyros' Party blamiert hatte. Zack versuchte nun den Frankovitchs zu erklären, daß ihre neuesten Versionen viel zu aufwendig waren, um verwendet zu werden.

»Geld, Geld, Geld — an etwas anderes kannst du nicht denken, Zack!« schrie Shirley ihn plötzlich an. »Wir liefern Kunst, du Trottel. Kunst!«

»Man braucht aber keine zweihundertfünfzig Komparsen als Zuschauer, wenn Cortez und Prinzessin Isabella den Strand entlangschlendern.« Zack war um Ruhe bemüht. »Es soll eine lyrische, eine romantische Szene sein. Wir brauchen keinen Haufen verdammter Voyeure, die herumstehen und nur gaffen.« Sein Bemühen um Zurückhaltung war vergebens, er wurde unwillkürlich lauter. »Ich nehme sie raus, verstehst du, raus! Keine Komparsen. Und das wars dann auch — finito.« Er haßte Schreiduelle, doch wußte er, daß er diesen Punkt gewinnen mußte, andernfalls die Frankovitchs ihn überrollen würden.

Nick nickte beifällig. »Ich gebe ihm recht. Tut mir leid, Shirley. Zack liegt richtig, wir brauchen die Leute nicht, und damit hat sich's.«

Shirley schäumte vor Wut. Sie war nicht bereit, auf ihre zweihundertfünfzig Komparsen kampflos zu verzichten. Niemand legte sich ungestraft mit Shirley Frankovitch an. Sie war eine Star-Autorin. Als sie Irving hilfesuchend ansah, reagierte er mit einem Achselzucken. Irving, der viel mehr Talent besaß als sie, hatte seine Begabung schon zu oft ihrem Jammern und Flehen, ihren weiblichen Ränken und ihrem heimtückischen Geheule geopfert.

Für Shirley bedeutete es sehr viel, aus dieser Debatte als Siegerin hervorzugehen. Sie wollte, daß es ihr Skript war, das verfilmt wurde. Das Studio sollte gefälligst zur Kenntnis nehmen, daß das sagenhafte Team Shirley und Irving Frankovitch die brillantesten Autoren der Hollywood-Szene waren. Leider zeichnete es sich aber immer deutlicher ab, daß sie bei dieser überlangen Produktionsbesprechung nichts zu gewinnen hatten. Mit dem Fortschreiten der Sitzung wurden viele ihrer originellsten, gewagtesten und innovativsten Ideen abgeschossen – sowohl von Nick als auch von Zack. Die Besprechung wurde, der Raumtemperatur entsprechend, zunehmend hitziger. Verwünschungen flogen hin und her, die Luft roch nach Feindseligkeiten, Schweiß und Zigarettenrauch.

Irving zog lakonisch eine Braue hoch, das Zeichen für Shirley, daß sie sich darüber später privat auseinandersetzen würden. Mit einem wehmütigen Seufzen gedachte er seines guten Einvernehmens mit Umberto Scrofo bei den Dreharbeiten von *Die verlorene Stadt* in Rom. Irving hatte vor Shirley laute Loblieder auf Umberto gesungen, der auf alle Vorschläge des Autors verständnisvoll eingegangen war. Umberto Scrofo hatte es sehr zu schätzen gewußt, mit dem bedeutendsten Drehbuchautor Hollywoods zusammenzuarbeiten.

Shirleys blamabler Auftritt auf der Makopolis-Party hatte Scrofo nicht davon abgehalten, sich während seines Aufenthalts in Los Angeles um die Frankovitchs zu bemühen und sie großzügig zu bewirten. Shirley fand Scrofo mit seinem beißenden Witz und den ätzenden Kommentaren, die ihrer eigenen zynischen Weltsicht genau entsprachen, sehr amüsant. Außerdem hielt sie seinen Film für ein Meisterwerk und hatte Spyros Makopolis zu einer Vorführung eingeladen, doch im letzten Moment hatte der alte Grieche abgesagt, und sie hatte ihn nicht bewegen können, seine Absage rückgängig zu machen.

Scrofo war sich mit Shirley darin einig, daß das Drehbuch bei der Filmproduktion das Wichtigste war. Daneben war alles andere zweitrangig. Es spielte keine Rolle, ob ein Film die glänzendsten Stars oder die ausgeklügeltsten Sets präsentierte, das Publikum sollte auf der Leinwand nichts zu sehen bekommen, was nicht im Drehbuch stand.

Nicholas Stone rutschte unbehaglich auf seinem Sitz hin und her. Sein Instinkt hatte doch recht behalten. Shirley Frankovitch war eine Besserwisserin, Irving die jämmerliche, bedauernswerte Karikatur eines Mannes. Das Drehbuch der beiden war teilweise zwar gut, aber letzten Endes viel zu übertrieben, zu blumig, zu überspannt für das, was er wollte. Er stellte sich eine simple Abenteuer- und Entdeckergeschichte vor, eine Geschichte des Machtkampfes zwischen Cortez und Montezuma. Angereichert durch die sinnliche Liebesgeschichte zwischen Cortez und Prinzessin Isabella. Daneben wollte er die unberührte Schönheit Mexikos zeigen, die unvergleichlichen Lagunen, die atemberaubenden Sonnenuntergänge. Er wollte echte Menschen mit echten Gefühlen, Zielen und Leidenschaften zeigen. Die beiden Frankovitchs wollten davon offenbar gar nichts. Ihr Drehbuch bestand aus einer Anhäufung gewaltiger Schlachten, einer endlosen Aneinanderreihung verwundeter, blutender Leiber, die vom Schwert eines Helden ins Jenseits befördert wurden, aus Liebesszenen, die so kitschig wirkten, daß sie für ein Groschenheft zu abgeschmackt gewesen wären. Und daß Zachary, seine größte Stütze, sich sehr schlecht zu fühlen schien, war wahrlich kein gutes Omen.

Da machte Zack unvermittelt Schluß. Es war so unerträglich heiß geworden, daß die Stimmung einen Siedepunkt erreicht hatte.

»Kinder, wir wollen alles überschlafen«, sagte er leise. »Uns bleiben bis zum Drehbeginn noch einige Tage Zeit zur Problemlösung. Morgen um Punkt zehn haben wir mit einigen Darstellern eine Leseprobe. Bis dahin wollen wir uns ausruhen.«

Inès litt an einer Mischung aus Jet lag und Morgenübelkeit, die sich bis in den Nachmittag und frühen Abend ausdehnte. Sie schlief so fest, daß Julian sich entschloß, Nicks Einladung zum Dinner auf einer Restaurantterrasse abseits der Villa Vera allein anzunehmen. Sie wollten den neugierigen

Blicken, den spitzen Klatschzungen und vor allem der elektrischen Spannung entgehen, die vor Beginn von Dreharbeiten immer in der Luft lag. Von der luftigen Veranda sah man hinunter auf die sanfte Kurve der Acapulco Bay und ihr tintenschwarzes Wasser, das von schmalen, leuchtenden Silbersplittern gestreift wurde. Eine sanfte Brise wehte vom offenen Meer her.

Sie speisten *ceviche* — rohen Fisch, mit Zwiebel, Zitrone und Avocado mariniert — Riesengarnelen vom Holzkohlengrill und tranken dazu Unmengen von Tequila und Bier. Eine Zigarette nach der anderen wurde geraucht, während Nick von seinen Problemen sprach und dem aufmerksam lauschenden Julian aufging, daß Nick sich ernsthaften Hindernissen gegenübersah.

»Wo liegt die Schwierigkeit, wenn du Zachary ganz auf deiner Seite hast?« fragte er. »Du bist der Regisseur, er ist der Produzent ... und ihr habt schließlich das letzte Wort. Sag doch den Frankovitchs, sie sollen dir den Buckel runterrutschen.«

Nick starrte ihn mit besorgtem Stirnrunzeln an. »Na, ich weiß nicht recht«, meinte er. »Ich sehe einfach noch nicht klar. Ich glaube auch nicht, daß Zack ganz auf dem Damm ist, und Shirley, dieses Biest, ist darauf aus, sich seine Eier als *huevos rancheros* zum Frühstück servieren zu lassen. Eigentlich möchte ich diesen Film möglichst realistisch und modern machen. Ich möchte, daß das Publikum sich mit Cortez identifiziert. Ja, ich weiß, er ist ein Mensch des sechzehnten Jahrhunderts, aber ich will aus ihm eine Art Gegenwartsmensch machen. Das Publikum wünscht sich jetzt solche Helden, weil man ihm zuviel seichte Klamotten, Musicals und Bibelschinken vorgesetzt hat. Die Leute müssen glauben können, daß dieser Mann aus dem Fleisch und Blut ist wie sie selbst. Ich hoffe nur, daß das Studio keine Sabotageversuche unternimmt. Die Frankovitchs dürften trotz Shirleys Besäufnis auf der Party bei Spyros viel Einfluß haben. Herrgott, Julian, von ihren neuen Dialogen ist ein Großteil unbrauchbar — ebenso einige Szenen. Direkt aus dem Puppentheater.«

Julian nickte. »Nick, ich kann mir nicht denken, daß es so schlimm ist. Ich habe die Änderungen bekommen und werde sie mir nochmal vornehmen. Was gedenkst du also zu tun?«

»Heute, lieber Freund, lasse ich mich vollaufen.« Nick leerte sein Tequilaglas mit spöttischem Lächeln. »Und morgen werde ich wie die kleine Scarlett O'Hara darüber nachdenken und mir den Hintern aufreißen, damit ich alles gut hinkriege. Vielleicht ist es ja nur mein alter griechischer Instinkt, Freundchen — aber ich mache mir eben Sorgen.«

5

Dominique traf am Spätnachmittag des nächsten Tages ein. Sie blickte sich in ihrem luxuriösen Hotelzimmer um und gab kichernd »Was für ein Schuppen!« von sich, womit sie Bette Davis in *Der versteinerte Wald* gekonnt imitierte. Dann hüpfte sie zum Fenster und hielt angesichts des Ausblicks buchstäblich die Luft an. Dichte, rosa blühende Bougainvillea-Zweige rankten sich um die Steinterrasse, der Ozean glitzerte einladend, und der strahlende, kobaltblaue Himmel, der in ein Blaugrau überging, wo er die Hügel der Acapulco Bay berührte, machte das verlockende Bild vollkommen.

Dominiques Plattenspieler und ihre Platten waren im Gepäck mitgekommen. Nach kurzer Überlegung entschied sie sich schließlich für ihre Lieblingsplatte, für *La Vie en Rose*, gesungen von Edith Piaf. Dann legte sie sich aufs Sofa, von herrlich erwachsenen und romantischen Gefühlen erfüllt, als sie an Gastons letzten Liebesbrief dachte und die unartigen Dinge, die darin standen.

Von einem plötzlichen Energieschub beflügelt, stand sie

auf, um nach Badesachen zu suchen. Das Studio hatte sie für die vielen Fototermine, die ihr bevorstanden, praktisch neu eingekleidet. Sommergarderobe für alle Gelegenheiten, von der Kostümabteilung sorgfältig in Seidenpapier verpackt, bildete den Großteil ihres Gepäcks. Glücklich vor sich hinsummend, unterzog sie die neuen Sachen einer Musterung.

Schließlich schlüpfte sie in einen winzigen rosa Leinenbikini mit einem passenden kurzen Röckchen, griff nach einem Strohhut und ihrem Skript und hüpfte die kühlen Steinstufen zum einladenden azurblauen Swimmingpool hinunter. Gottlob, Agathe schlief fest. Das tropische Klima bekam ihr nicht, zudem hatten die langen Flüge von Los Angeles nach Mexico City und Acapulco sie erschöpft. Aber Dominique war ohnehin lieber sich selbst überlassen, besonders dann, wenn sie neue Drehbuchseiten zu lernen hatte. Es war kurz nach zwei, die Gäste der Villa Vera waren beim Lunch, und bis auf einen interesselosen jungen Mexikaner, der zerknüllte feuchte Badetücher von den Liegesesseln einsammelte, lag der Pool-Bereich verlassen da.

Nachdem sie ihr Tuch auf eine weißbemalte Chaiselongue gelegt hatte, setzte Dominique Sonnenbrille und Strohhut auf und sah sich befriedigt um. Prachtvoll, das stand fest. Winzige viereckige Fliesen in Blauweiß umrahmten den einladend blinkenden, mit rötlichen, unbehauenen Steinen ausgelegten Pool, der von großen weißen Blumentöpfen umstanden war, in denen flammende Bougainvilleen in strahlenden Farben prangten — Lila, Mauve, Fuchsienrot, Zyklam, Grellrosa — insgesamt ein Farbenmeer in Rot- und Purpurtönen. Jenseits des Pools lag ein Garten, von hohen Palmbäumen beherrscht, deren dichte Blätter eine weite, weiche Rasenfläche und tropische Blumenbeete beschatteten. Auf dem Wasser des Pools trieben Dutzende weißer, roter und gelber Hibiskusblüten. Ein Tulpenbaum, dessen flammendrote Äste wie Bajonette in die Höhe standen, gab Schatten am anderen Ende des Pools. In einiger Entfernung sah man die spitzen Blätter von Bananensträuchern, Hibiskusbüschen, Frangipani und da und dort einen Banyanbaum mit hohen, uralten, verwachsenen Wurzeln, idealer Schutz für die tropischen Vögel, die durch die jasminduftende Luft flatterten.

Trotz der Hitze spürte Dominique, die unter einem blauweiß gestreiften Schirm lag, eine leichte Brise. Ein lächelnder Kellner erschien und fragte auf Spanisch, ob sie einen Drink wolle. Südländische Augen bewunderten ihren geschmeidigen Körper. Dominique hatte sich schon längst daran gewöhnt, daß Männer auf ihren jugendlichen Sexappeal reagierten. Sie bestellte ein Coke und lehnte sich bequem zurück, vor sich das Cortez-Script. Einziges Geräusch war das Rauschen des Wassers, das in einen kleinen gemauerten Pool floß, über dem riesige Falter mit Samtschwingen flatterten und tanzten. Das Geräusch war einschläfernd und beruhigend.

Plötzlich ertönte vom Strand her Mariachi-Musik, gespielt von einer mexikanischen Band. Dominique hatte schon gehört, daß das Nachtleben Acapulcos einzigartig war, wenn auch mit Hollywood nicht zu vergleichen. Sie wußte, daß Lana Turner, Ty Power und Errol Flynn als begeisterte Acapulco-Jünger hier sehr oft anzutreffen waren. Vielleicht würde sie ihnen sogar begegnen.

Von seiner abgeschiedenen Terrasse aus konnte Julian Brooks auf Dominique hinuntersehen, die ihren schimmernden Kopf über das Drehbuch senkte.

In der Zeit, die er mit Inès zusammen war, hatte er sich so pflichtbewußt und liebevoll benommen, wie ein Mann nur sein konnte. Nicht ein einziges Mal hatte er einer der zahlreichen Verlockungen nachgegeben, die er seinem Aussehen und seinem Ruhm verdankte. Inès war aufmerksam, schön, liebevoll — was wollte man mehr? Ja, was will man mehr, dachte er — nur stellte der Anblick von Dominiques pikantem Gesicht, ihrem taillenlangen schwarzen Haar und den leicht gebräunten Gliedern plötzlich eine sehr mächtiges Stimulans dar. Und am reizvollsten war ihre Ähnlichkeit mit Inès. Sie wirkte wie ihre jüngere Ausgabe und besaß dieselbe anziehende Mischung aus Sinnlichkeit und Unschuld. Merkwürdig vielleicht, aber diese besondere Ähnlichkeit machte Dominique zu einem Gegenstand größten Interesses für Julian.

Er zog seinen Panama tiefer über die Augen und sah aufmerksam zu, als sie aufstand, ihr winziges Röckchen ablegte und in ihrem Bikini ein so rundes und pfirsichähnliches Hinterteil zeigte, daß ihm der Atem stockte.

Sie streckte sich unbefangen, ohne sich des heimlichen Bewunderers bewußt zu sein, strich sich durch das lange schwarze Haar, nahm die Sonnenbrille ab und tauchte die Füße ins Wasser. Die Sonne, die durch das Laub einer alten Palme gefiltert wurde, sprenkelte ihre Schultern. Eingedenk der Badewannenszene, die ihr in dieser Woche bevorstand, schob sie die Träger ihres Bikini-Oberteils herunter, da sie keine weißen Streifen bekommen durfte. Nachdem sie sich umgeblickt und vergewissert hatte, daß niemand zuschaute, hakte sie das Oberteil auf, um es auf den Poolrand zu werfen. Dann ließ sie sich ins Wasser gleiten, bis es knapp ihre Brüste bedeckte.

Julians Mund war wie ausgedörrt. Dies hier war die erotischste kleine Szene, die er seit langem beobachtet hatte. Schließlich war er ja ein Mann — eine Tatsache, die durch eine gewisse Ausbeulung in seinen makellos geschnittenen Leinenhosen bestätigt wurde. Nur selten hatte er einen betörenderen Anblick zu sehen bekommen. Eine goldhäutige Göttin, so gut wie nackt in einem Swimmingpool, feuchtes Haar, das um ihre Schultern trieb, das alles war zu köstlich und bezaubernd ...

Bis zur Taille im Wasser hatte Dominique aus dem Augenwinkel bemerkt, daß sie beobachtet wurde. Lässig spritzte sie sich Wasser auf die Schultern und genoß die Kühle auf ihrer heißen Haut. Ein Lächeln huschte über ihr Gesicht, als ihr klar wurde, daß es Looks Brooks war, der sie unter seinem Panama hervor beobachtete. Leise stimmte sie mit ihrer besten Edith-Piaf-Stimme *La vie en Rose* an.

6

Agathe konnte keinen Schlaf finden. Der Vollmond schien durch die Bambusrollos und der Deckenventilator tat wenig mehr, als die schwere Luft durchzuwirbeln. Sie glühte, ihr Baumwollnachthemd war schweißnaß, ihr Mund trocken wie Pappe. Die Plastikkaraffe neben dem Bett war leer. Sie stand auf, um Wasser aus dem Bad zu holen, als ihr die düsteren Warnungen einfielen, die sie so oft zu hören bekommen hatte. Auf keinen Fall Wasser trinken. Eine Durchsuchung ihres Koffers förderte außer einer Flasche Hustensaft nichts Trinkbares zutage.

Sie streifte ihr Nachthemd ab und schlüpfte in Baumwoll-Shorts, ein kurzärmeliges Hemd und Espadrilles mit Flechtsohlen. Mit dem Zimmerschlüssel und einer Handvoll Pesos bewaffnet, warf sie einen Blick hinaus auf den verführerischen Mond, der über dem schwarzen Strand hing, schloß leise die Tür und lief hinunter in die Lobby. Bis auf einen dicken Portier, der in einem weißen Unterhemd über einer Nummer von *Hola* döste, war kein Mensch zu sehen. Sie fragte ihn auf Französisch und Englisch, wo sie etwas Trinkbares finden könnte, doch er verstand gar nichts, bis sie die Zauberworte Coca-Cola aussprach. Sein fettiges, schweißglänzendes Gesicht zeigte daraufhin Anzeichen von Lebhaftigkeit, und er redete spanisch auf sie ein, immer wieder auf den Strand jenseits der Straße deutend.

Der Verkehr war spärlich. Man hörte Motorradgeräusche und aus der Ferne eine Mariachi-Band. Aus einigen Häusern in der Nähe drangen erregend klingende spanische Liebeslieder, die ihre Sinne in Aufruhr brachten. Wie gern sie zu diesen Klängen getanzt hätte! Wie sie sich drehen, wie sie herumwirbeln würde — wenn nur Julian bei ihr hätte sein können! Sie wollte ihm zeigen, wie gut sie tanzte. Er mußte inzwischen in Acapulco eingetroffen sein.

Der Strand war verlassen, der Sand von den Spuren Tausender Fußabdrücke gesprenkelt. Auf dem Strandabschnitt standen ein paar strohgedeckte Strandhütten, von verlassenen weißen Stühlen und Tischen umgeben. Ein Stück weiter prangte auf einer dieser Hütten eine flackernde Neonaufschrift in unverständlichem Spanisch. Dort muß es etwas zu trinken geben, dachte sie und ging auf das Licht zu.

Vier Mexikaner, hartgesottene Typen, saßen an einem mit Zigarettenbrandflecken übersäten Tisch und spielten Karten. Hinter ihnen standen vier müde Nutten, deren schwarzes Haar und exotische spanische Kleidung ihre zerbrechliche Müdigkeit nur noch mehr betonten. An der Bar lungerten ein paar ebenso brutal aussehende Männer, die meisten betrunken. Agathe errötete. Sie wünschte, sie hätte BH und Höschen unter ihre Sachen angezogen. Nur der Barmann sah nicht so wild aus wie die anderen.

»Coca-Cola *por favor*«, sagte sie leise.

Ohne die Spur eines Lächelnd reichte er ihr die Flasche und ein feuchtes, angesprungenes Glas. Sie trank gierig, mit niedergeschlagenen Augen, und bestellte dann die nächste Flasche, von feindseligen Blicken unausgesetzt angestarrt.

Sie fragte den Barmann, ob sie die Flasche mitnehmen dürfe, warf ein paar Münzen auf die blechüberzogene Fläche der Bar, ging lässig hinaus und tat so, als könne sie die auf Spanisch geäußerten Bemerkungen nicht hören, von denen sie nur die Worte *guapa* und *linda* mitbekam. Gegen ihren Willen fühlte sie sich geschmeichelt, weil sie den Männern aufgefallen war.

Wieder von der schwülen Nacht umfangen, nicht mehr durstig, mit einem kühlen Getränk in der Hand und von einem erhöhten Adrenalinspiegel beflügelt, war Agathe nun nicht mehr danach zumute, gleich ins Hotel zu gehen, zumal es noch nicht Mitternacht war. Sie wollte einen kleinen Strandspaziergang unternehmen.

In der Ferne sah sie die Lichter der Stadt und ein paar hellerleuchtete Boote. Langsam wanderte sie den Strand entlang und genoß die Nähe der kühlen Wellen, die an ihren Füßen leckten, den Duft von Jasmin und Salzwasser. Der Gedanke an die bevorstehenden Dreharbeiten erfüllte sie mit Erregung. Als Dominiques Anstandsdame war sie nur ein winziges Rädchen im Getriebe der Filmarbeiten, aber wichtig war sie trotzdem. Jeder war wichtig, denn es hieß nicht zu Unrecht, daß Filmen Teamarbeit sei. Aber das Aufregendste daran war, daß sie Julian Brooks nahe sein durfte. Sie konnte es kaum erwarten, ihn zu sehen und mit ihm über ihre gemeinsamen Interessen zu plaudern — über Kunst, Philosophie, Religion. Sie wußte, daß er ein Mensch von überlegenem Intellekt sein mußte; etwas anderes war bei seinem fabelhaften Äußeren nicht denkbar. Unruhig befingerte sie das kleine Kruzifix, das sie immer um den Hals trug. Die winzigen Bernsteinkügelchen an der Silberkette waren ihr Talisman — ihre Glücksbringer. Sie hing dem Aberglauben an, daß ihr etwas Unaussprechliches zustoßen würde, wenn sie die Kette einmal nicht trug.

In ihre Tagträume versunken, überhörte sie die gedämpften Schritte, die ihr folgten. Derbe Hände packten sie von rückwärts, ein zweites Händepaar hielt ihr den Mund zu. Es waren zwei Männer — oder waren es drei? — sie konnte es nicht unterscheiden. Ihre Arme waren überall. Agathes drahtiger Körper konnte es trotz aller Bemühungen nicht mit der vereinten Kraft dreier Männer aufnehmen. Ihre heiseren, trunkenen Stimmen schienen sie zu verhöhnen. In einer Aufwallung von heißem Jähzorn holte sie kraftvoll mit der Flasche aus. Ein befriedigendes Knacken ertönte, als die Flasche auf eine Nase traf. Mit einem Aufjaulen war einer außer Gefecht gesetzt; Blut floß aus seinen Nasenlöchern. Aber immer noch hielten die zwei anderen sie fest. Einer riß an ihrer Bluse, der andere versuchte, ihr die Shorts herunterzuziehen. Ihren Mund hatten sie freigegeben, so daß sie nun verzweifelt schrie: »Hilfe ... *à moi* ... bitte, helft mir!«

Sie konnte ihre Bartstoppeln sehen, ihre blutunterlaufenen Augen; sie roch den Geruch, der von ihren ungewaschenen Körpern ausging und ihren Bieratem. Was sie vorhatten, war nicht mißzuverstehen. Sie warfen Agathe in den Sand, rissen ihr Shorts und Hemd vom Leib. Verzweifelt versuchte sie davonzukriechen, als sie im Mondlicht sah, daß sie ihre Hosen öffneten. Sie war einunddreißig und Jungfrau, das durfte nicht sein. Nicht nach allem, was sie im Leben durchgemacht hatte!

»Nein, *mon Dieu, no*«, schluchzte sie, als der eine ihr seine schwitzende Masse aufzuzwingen versuchte. Dank ihrer tänzerischen Geschmeidigkeit gelang es ihr, ihm zu entwischen und seitwärts über den Sand zu kriechen. Durch um die Knöchel hängende Hosen behindert, waren die Männer im Moment nicht sehr beweglich, was ihr einen Vorsprung verlieh. Weinend und um Hilfe rufend richtete sie sich auf und lief so schnell sie konnte davon, doch die schweren Schritte kamen näher, näher, immer näher und holten sie ein. Die Männer waren stärker und schneller. Sie wußte, daß sie ihnen nicht entkommen konnte, es war vergebliche Mühe. Schon hörte sie ihre rauhen Flüche, die sie in trunkenem Zorn hervorstießen, aus Angst, ihre Beute würde entwischen — fast konnte sie ihre Gier spüren. Wo waren denn andere Menschen? O Gott — kam ihr denn niemand zu Hilfe?

Knapp drei- bis vierhundert Meter weiter dümpelten die Vergnügungsboote in der Bucht. Sie sah ihre Lichter, hörte leise Musik, weiches Frauenlachen — die zivilisierte Welt, aber viel zu weit entfernt. Sie mußte diese Boote erreichen, ehe die Bestien sie einholten — sie mußte. Eine Hand faßte nach ihrem nackten Rücken, der so schweißnaß war, daß sie dem Zugriff entglitt. Die Schritte wurden schneller ...

Julian war der erste, der die leisen weiblichen Hilferufe hörte. Er hatte den Abend mit Nick und Bluey auf der *Jezebel* verbracht und zusätzliche Probleme diskutiert: Zacks Gesundheitszustand, Shirleys subversive Biestigkeit und verschiedene Studio-Rachefeldzüge. Inès hatte Julian diesen Herrenabend freigegeben, und jetzt hatte er es eilig, zu ihr zurückzukehren. Angestrengt durch die Dunkelheit spähend, glaubte er ein nacktes, von zwei Schurken verfolgtes Mädchen zu sehen.

»Allmächtiger!« schrie er, pfiff durch die Zähne und lief auch schon die klappernde Gangway hinunter, nicht ohne Nick und Bluey noch zuzurufen: »Leute, eine Schöne in Bedrängnis! Nichts wie hin!«

Im Näherkommen erkannte Julian die unheimliche Agathe, Dominiques Betreuerin. Was zum Teufel trieb sie hier am nächtlichen Strand? Für Fragen war später Zeit.

Julian warf sich, dichtauf gefolgt von Nick und Bluey, dem ersten Möchtegern-Vergewaltiger entgegen. Zu dritt machten sie dank einiger gezielter Tritte und Hiebe mit Agathes Verfolgern kurzen Prozeß. In Sekundenschnelle war der Spuk vorüber, und die Mexikaner suchten mit leeren Drohungen das Weite.

Agathe brach auf dem Sand zusammen, vor Angst und Scham zitternd, vergebens bemüht, ihren nackten Körper zu bedecken. Tränen liefen ihr übers Gesicht, sie war über und über mit schmerzenden Aufschürfungen und Prellungen bedeckt.

»Hier.« Julian zog sein Hemd aus, um es ihr zu reichen. »Ziehen Sie das an. Sie kommen jetzt mit aufs Boot. Sie brauchen schnellstens einen Drink, meine Liebe.«

Rasch zog sie das Hemd über, dankbar, daß es ihre Schenkel bedeckte. Nick entfernte sich, um ihre Sachen aufzusammeln, während Julian ihr half, die Strecke bis zum Boot zurückzulegen. Sie sah auf die Uhr. Erst fünf nach zwölf. Alles war so entsetzlich rasch gegangen. Was die zwei Männer ihr wohl angetan hätten, wenn Julian nicht als ihr Retter erschienen wäre? Sie durfte nicht daran denken, ebensowenig wie sie daran denken durfte, was er jetzt wohl von ihr halten mochte. Er mußte glauben, sie hätte den Verstand verloren.

»Sie müssen den Verstand verloren haben«, sagte er mit freundlichem Lächeln, während er seinen Arm um ihren bebenden Rücken legte. »Was um alles auf der Welt haben Sie mitten in der Nacht am Strand zu suchen? Wissen Sie denn nicht, wie gefährlich das ist?«

»Ich hatte Durst«, sagte sie kleinlaut, wohl wissend, wie lächerlich sich das anhörte.

»Na«, er lächelte, »damit ist zwar nicht viel erklärt, aber kommen Sie jetzt an Bord. Sie brauchen wirklich einen ordentlichen Drink.«

Er half Agathe an Deck der *Jezebel.* Das seltsame Weiß von Haut und Haar ließ sie zart und verletzlich aussehen. Ihre Schutzbedürftigkeit stand außer Zweifel. Einer Frau, die so dumm war, eine Nachtwanderung an einem mexikanischen Strand zu unternehmen, mußte es an einer gewissen Reife mangeln. Altmodische Anwandlungen von Verantwortung regten sich in ihm, als er sie in die Kajüte geleitete. Dort ließ sie sich schweratmend aufs Sofa sinken, und Julian ging an die reich bestückte Bar. Er goß ihr einen großen Drink ein, den sie dankbar schlürfte. Die bernsteinfarbene Flüssigkeit wärmte sie tröstlich. Als er ihr zulächelte, erwiderte sie scheu das Lächeln, ein verängstigtes, verdrecktes und zerschundenes Häufchen Elend. Was Dominique wohl zu ihrem Mitternachtsspaziergang sagen würde? Gewiß würde sie glauben, Agathe sei der Rolle der Anstandsdame in keiner Weise mehr gewachsen.

»Vielleicht möchten Sie duschen? Sicher werden Sie sich besser fühlen, wenn Sie wieder sauber sind«, sagte Bluey. »Kommen Sie, ich zeige Ihnen die Toilette.«

»Danke«, antwortete Agathe, die errötete, als sie Julians Lächeln sah.

Warmes, belebendes Wasser prickelte mit tausend Nadeln auf ihrem wunden und schmerzenden Körper. Sie schrubbte sich, bis sie sich völlig sauber fühlte. Blueys Badetücher, obwohl rauh und stark nach Kampfer riechend, fühlten sich herrlich an. Was für eine Erleichterung, sich von Sand, Schweiß und der Berührung der groben, schmutzigen, zugreifenden Hände befreien zu können. Agathe zog ihre Shorts an, die sich mit dem lose baumelnden obersten Knopf nur unzulänglich schließen ließen, dazu Julians Hemd, nachdem sie die Fetzen ihres eigenen Hemdes in den Abfallkorb geworfen hatte. Auf dem Toilettentisch lag eine Bürste, mit der sie ihr wirres, feuchtes Haar zu bändigen versuchte. Sie betrachtete sich im Spiegel. Schon besser. Zwar wirkte sie noch immer durcheinander, sah aber nicht mehr wie ein totales Wrack aus. Dann ging sie zurück in den Salon, wo Bluey, Nick und Julian mit großen Drinks an einem mit Jachtzeitschriften und Büchern übersäten Tisch saßen. Julian erhob sich mit wohlwollendem Lächeln.

»Kommen Sie und setzen Sie sich zu uns, Agathe«, sagte er. »Sie sehen reichlich mitgenommen aus, Sie Ärmste. Trinken Sie aus.«

Agathe, die wieder einen Schluck des beruhigenden Drinks nahm, schnitt eine Grimasse, so stark war das Zeug.

»Blueys ganz spezielle Medizin.« Bluey zwinkerte ihr zu. »Gut für alles, was einen plagt, Schätzchen — Seekrankheit, Magenbeschwerden, Anfangsnervosität bei Drehbeginn. Was auch immer, der Bluey Special ist ein Allheilmittel.«

»Was ist es denn?« fragte sie neugierig. Der Geschmack sagte ihr zu, wenngleich sie, von einem gelegentlichen Glas Wein abgesehen, kaum Alkohol trank.

»Ach, das bleibt ein Geheimnis«, sagte Julian mit einem Lächeln. Sie war ein so merkwürdiges stilles Ding, machte aber mit ihren seelenvollen Augen und dem tragischen Gesicht einen lieben und schrecklich unschuldigen Eindruck. Bestimmt nicht sein Typ, obwohl sie ihn mit Blicken ansah, die ihm verrieten, daß sie nur allzuleicht bereit war, ihm zu verfallen. Agathe wirkte so spröde und zimperlich — sie trug sogar ein kleines Kruzifix an einer Kette um den Hals. Doch er spürte, daß bei ihr etwas unter der Oberfläche lauerte, etwas Sonderbares — aber was? O Gott, fast konnte er mitansehen, wie in ihren Augen der Ausdruck der Verliebtheit wuchs. Das machte ihn nervös. Es war nie sein Fall gewesen, Frauen wehzutun oder sie in ihren Träumen zu ermutigen. Das sparte er sich für die Leinwand auf.

»Trinken Sie aus«, sagte er mit einem Blick auf die Uhr. »Es ist fast ein Uhr. Wir müssen morgen alle für die Leseprobe früh auf den Beinen sein. Und wir wollen ja nicht, daß herauskommt, was heute passiert ist, oder?« Er zwinkerte ihr mit Verschwörermiene zu. Ihr Lächeln fiel nervös aus, zeigte aber schon eine Spur Zuversicht.

»Nein, nein, man würde mich für eine komplette Idiotin halten — alle Welt hat mich davor gewarnt, allein auszugehen. Bitte, versprechen Sie mir, daß Sie es niemandem sagen.«

»Agathe, ich verspreche es, und die Jungs ebenso«, sagte Julian mit so verständnisvollem Lächeln, daß es ihr fast wie eine Liebkosung vorkam. »Es bleibt unser kleines Geheimnis.« Sie spürte, wie sie aus schierem Glück errötete.

Agathe war zu erregt, um einschlafen zu können. In ihrem feuchtheißen Zimmer drückte sie das Kissen an ihren schmerzenden Körper, schloß ekstatisch die Augen und ließ die zauberhafte mit Julian verbrachte Stunde Revue passieren. Fast war es den Überfall wert gewesen, weil die Aufmerksamkeit ihres Idols in dieser Zeit voll und ganz ihr gegolten hatte. Ihr Puls flatterte, als sie daran dachte, wie seine feste braune Hand ihr sachte das Haar aus der Stirn gestrichen hatte. Und sein Hemd ... Sie trug noch immer das blaue Baumwollhemd, das er so galant ausgezogen und ihr überlassen hatte. Es roch nach ihm — nach seinen türkischen Zigaretten und, schwach und alles andere als unangenehm, nach Schweiß und Aftershave.

Sie rieb mit dem losen Hemd an ihrem Körper auf und ab, zwischen den Beinen und über die Brüste. Fieberhitze überflog sie, während sie sein Gesicht immer deutlicher vor sich zu sehen vermeinte. In ihrer Phantasie begegnete sein Blick mit Liebe und Zärtlichkeit dem ihren. Seine nackte, von Schweißrinnsalen überzogene Brust war ganz nahe ... sein muskulöser Arm umfing ihre Schultern, seine Lippen küßten ihr Haar. Sie spürte, wie sie Gipfel der Wonne erreichte, die sie nie zuvor erlebt hatte. Sich hin und her wiegend, die Augen fest geschlossen, Julians Hemd zwischen ihren Beinen, erlebte sie, daß ihren Körper eine Folge bebender und köstlicher Schauer überlief, während sie in der Finsternis immer wieder seinen Namen hauchte.

7

Zachary Domino hatte etwas erreicht, was in Hollywood als ausgeschlossen galt. Er hatte eine heimliche Geliebte.

Er und Ramona Armande genossen ihre verborgene Ab-und-zu-Affäre schon über fünf Jahre. Sie war beiden gerade recht. Er war unverheiratet, und Ramonas Mann war so viel abwesend, daß ihn nur wenige Menschen jemals leibhaftig zu sehen bekommen hatten. In den dreißig Jahren, die sie im Rampenlicht stand, hatte Hollywood immer Neugierde an Ramona gezeigt, dennoch hatte es über sie nie richtigen Klatsch gegeben. Niemand wußte wirklich, wie alt sie war, es stand nur fest, daß sie weit über fünfzig sein mußte. Ihr Gesicht war fast faltenlos, ihr Körper geschmeidig, und ihre sexuelle Energie die einer halb so alten Frau.

Sie und Zack befanden sich in ihrer fabelhaften Villa auf einem Hügel über der Acapulco Bay. Ein sehr wirksames, aus Wachposten und deutschen Schäferhunden bestehendes Sicherheitssystem sorgte dafür, daß sie in ihrer Zurückgezogenheit nicht gestört wurden.

Das Dinner hatte sie selbst für ihn zubereitet: Hühnchenenchiladas und sein Leibgericht — überbackene Bohnen mit Tortillas, denen sie aphrodisische Wirkung zuschrieb. Dazu hatte sie ihm einen guten Rotwein kredenzt und nach dem Essen eine dicke Havanna-Zigarre. Jetzt diskutierten sie den Film, speziell ihre Rolle darin. Sie war nicht glücklich damit und hatte sie nur angenommen, weil für Frauen ihres Alters passende Rollen eher dünn gesät waren. Daß sie Dominiques Mutter spielen mußte, wurmte sie zutiefst.

»Ich war ein Star«, beklagte sie sich. »Ein so großer Star, daß es ein Skandal ist, mich in einer Nebenrolle einzusetzen.« Sie spie das Wort ›Nebenrolle‹ aus, als sei es ein Tabakkrümelchen einer Zigarette ohne Filter. »In meinem italienischen Film hatte ich eine herrliche Rolle — herrlich, sage ich dir. Ich erwarte mir ja keine Hauptrollen mehr, aber ich wünschte, diese Rolle würde mich mehr fordern.«

Mit einem hoffnungsvollen Blick zum Schlafzimmer strich Zachary sanft über ihren Arm. Ihm war an einem schnellen Themawechsel gelegen. Er wollte mit ihr ins Bett, dann rasch nach Hause, in sein eigenes Bett verschwinden und sich noch einmal das Skript vornehmen, kurz, er wollte die Sache hinter sich bringen, ohne sich ihr Gejammer und Gezeter anhören zu müssen. Über Nacht bei Ramona zu bleiben war tabu, weil die höchst unwahrscheinliche Möglichkeit bestand, daß ihr Mann unerwartet auftauchte. Zack war nicht nach einer Diskussion über Ramonas Karriere zumute, da er einen schlimmen Tag hinter sich hatte. Shirley Frankovitch hatte ihm wegen des Skripts ständig in den Ohren gelegen, und Irving hatte ihr Schützenhilfe geleistet, indem er drohte, nach New York zurückzufliegen; Sir Crispin, der König Montezuma spielte, hatte wegen seiner Perücke einen Tobsuchtsanfall bekommen, zudem war der Drehbeginn bis zur endgültigen Lösung der Skript-Probleme verschoben worden. Er hatte die Nase voll.

»Ach was, laß sie doch gehen«, hatte er matt zu Nick gesagt, als die Frankovitchs türenknallend abgezogen waren. »Wir hatten ein halbwegs anständiges Arbeits-Skript und können notfalls jemanden aus Hollywood kommen lassen, falls bestimmte Szenen umgeschrieben werden müssen. Wir brauchen die beiden gar nicht. Die Frankovitchs können mich mal. Den vielen Ärger, den sie machen, sind sie nicht wert.« Nick teilte seine Meinung. Die zwei Männer waren starke Verbündete.

Zack stieß einen Seufzer aus. Er sehnte sich verzweifelt danach, seine Probleme in den Armen seiner temperamentvollen Geliebten vergessen zu können. Als ahne sie seine Bedürfnisse, sah sie ihn mit einem übertrieben verführerischen Lächeln an und entglitt anmutig in ihr geräumiges weißes Marmorschlafzimmer. Er folgte ihr hurtig.

Nach der Liebe stand Ramona sofort auf und tappte über die rosenfarbenen Teppiche ins Bad. Dort massierte sie sich energisch Zacharys Sperma in die Haut von Gesicht und Nacken, ein unschätzbarer Kosmetiktip, den ihre Freundin Mae West ihr vor Jahren verraten hatte.

»Vergiß die teuren Cremes und exotischen Wässerchen, Schätzchen«, hatte Mae gedehnt gesagt. »Für eines sind die Kerle wenigstens gut, sie produzieren diese Essenz. Vergiß nicht, sie benutzen uns — deshalb können wir sie auch benutzen. Ich mache es seit Jahren so!«

Der Gedanke an die liederliche alte Mae mit ihren ungeschminkten Äußerungen entlockte ihr ein Lächeln, während Zack auf dem Bett liegend seine übliche Après-Sex-Camel rauchte und die tropischen Fische beobachtete, die in dem eine ganze Wand des Schlafzimmers einnehmenden Aquarium umherflitzten. Ganz nebenbei ging ihm die Frage durch den Sinn, wo Ramonas Mann, der weißrussische Fürst Ivor Kasinov stecken mochte, der noch rätselhafter als seine Frau war. Warum war er so häufig geschäftlich unterwegs? Kein Mensch hatte die leiseste Ahnung, in welche Geschäfte der Fürst verwickelt war, doch schien er über kolossalen Reichtum zu verfügen, über Geld und andere Besitztümer — zu denen dieses prachtvolle Haus und sein kostbarer Inhalt gehörten. Scheherezade, wie dieser Palast mitten im tropischen Dschungel genannt wurde, war aus Onyx, Marmor, Glas und Stein erbaut, gestützt von marmornen korinthischen Säulen, die unter gigantischem Kostenaufwand aus italienischen Steinbrüchen herangeschafft worden waren. Die ganze Anlage wirkte wie das Set zu einem Visconti-Film.

Ramonas Ehe mit Fürst Kasinov dauerte nun schon über ein Jahrzehnt. Nach dem Krieg war sie von Dreharbeiten in Wien mit dem Fürsten im Schlepptau nach Hollywood zurückgekehrt. Hollywood hatte sich unter Kratzfüßen verbeugt, beeindruckt von Ramonas stammbaumgezierter Beute, und sie hatte einige Jahre in Beverly Hills als Königin geherrscht, bis ihr Mann aus gewissen, nie näher definierten Gründen den Entschluß gefaßt hatte, nach Mexiko zu gehen. Sie war daraufhin die gefeiertste Gastgeberin Mexikos geworden, deren Party-Einladungen heiß begehrt waren. In der kommenden Woche plante sie eine Gala — um den Drehbeginn von *Cortez* gebührend zu begehen. Hollywoodprominenz wurde in Scharen erwartet, und dazu die Klatsch- und Showbusinesspresse der ganzen Welt.

Von ihren Vertrauten abgesehen — von denen es nur wenige gab — wurde sie von allen, die sie kannte, Fürstin genannt. Es sei denn, sie arbeitete an einem Film — dann gab sie sich demokratischer. Der Titel war eine kleine Entschädigung dafür, daß es mit ihrer Karriere bergab ging, ebenso wie ihre glänzenden Partys und natürlich die ausführlichen Fotoreportagen in *House and Garden* und *Vogue* ein kleines Trostpflaster darstellten. Sie war entschlossen, die bevorstehende Party zu der bislang großartigsten zu machen.

Ein Blick auf die Cartier-Uhr auf dem Nachttischchen zeigte Zack an, daß er gehen mußte.

Der Kern des technischen Personals und die Hauptdarsteller hatten sich in einem der Gesellschaftsräume der Villa Vera für die Leseprobe um zehn Uhr eingefunden. Alle waren pünktlich, nur Zack war noch nicht erschienen — sehr ungewöhnlich, da er sonst immer der erste war. Der Raum wurde von einem großen Eichentisch beherrscht, um den man bequem sitzen konnte. Eine Silberkanne spendete Kaffee, Mineralwasserflaschen standen bereit. Nick sah nervös auf seine Uhr; fast viertel nach zehn. Er wollte mit einer kurzen motivationsfördernden Hurra-Ansprache beginnen, brauchte dazu über Zacks Unterstützung. Wo steckte er nur?

»Ich glaube, ich rufe mal bei ihm an«, sagte Nick zu Bluey. »Er verspätet sich doch sonst nie.«

Als sich bei Zack niemand meldete, warf Nick Bluey einen besorgten Blick zu.

»Das verstehe ich nicht«, murmelte er.

»Leg auf. Wir fangen ohne ihn an«, schnarrte Shirleys Keifstimme. »Wir brauchen nicht auf ihn zu warten. Komm schon, Irving und ich haben ein paar neue Szenen geschrieben — wir möchten sie euch vorlesen.«

»Nein, das geht nicht, wir müssen ihn dabei haben, wir brauchen ihn. Es wäre nicht richtig«, gab Nick zurück.

Er warf einen Blick auf Shirley, deren Gesicht aufgedunsen wirkte und schon vor Schweiß glänzte. O Gott, was für ein übelwollendes Biest und eine Säuferin obendrein — eine tödliche Kombination.

Julian plauderte mit Agathe, deren eindringliche schwarze Augen unverwandt an seinem Gesicht hingen. Obwohl sie errötet war, wirkte sie dennoch irgendwie abgehärmt und bleich.

Nun machte Dominique sich an Julian heran. Ihre grünen Augen blitzten, perfekt geformte Brüste schoben sich in sein Blickfeld. »Haben Sie gut geschlafen, Julian?« fragte sie mit gewitztem Lächeln, insgeheim von der Frage bewegt, ob er von ihr geträumt hatte.

»Wie ein Murmeltier.« Er lächelte. Ihre frische junge Schönheit war ihm deutlich bewußt, und ihre Ähnlichkeit mit Inès war verblüffend. Sie waren gleichgroß, hatten dasselbe köstliche ovale Gesicht, eine kleine Nase, sinnliche Lippen — doch dieses Mädchen war um Jahre jünger. Der reinste Leckerbissen. Nicht mal daran denken, gab ihm sein Gewissen ein. Es ist die Sache nicht wert.

»Ich bin ja so aufgeregt«, sagte sie seufzend. »Es soll ein spannender Film werden, *n'est-ce pas*? Und ich fühle mich ja so geehrt, mit Ihnen spielen zu dürfen, Julian.« Das war eine sexuelle Aufforderung. Bei weiblichen Schwingungen hatte er sich noch nie geirrt, doch das hier war nur ein Teenager! Aber was für einer. Er dachte daran, welches Bild ihr formvollendeter Körper im Swimmingpool geboten hatte, und sein Blick huschte anerkennend über ihre Brüste, die von einer dünnen rosa-weißen Bluse kaum verhüllt wurden. »Ja, es wird sicher sehr spannend«, sagte er. Wieder verspürte er jenes beunruhigende Rühren und ging zum großen Kaffeebehälter.

»Tja — nun, ich freue mich auch darauf, mit dir arbeiten zu können, Dominique, meine Liebe«, sagte er, als er sich eine Tasse Kaffee eingoß, während das Mädchen insgeheim lächelte und Agathe sie eifersüchtig anfunkelte.

»Ich sehe mal bei Zack nach — möchte wissen, was da los ist.« Nick knallte den Hörer hin. »Bin gleich wieder da.« Und schon war er draußen.

Sofort erhob sich Getratsche und Geplauder unter Schauspielern und technischem Team. Dominique verlor keine Zeit und nahm Julians Aufmerksamkeit wieder in Anspruch, diesmal unter dem Vorwand, das Skript besprechen zu wollen. Damit nahm sie Agathe jede Möglichkeit, an der Unterhaltung teilzunehmen. Beleidigt ging sie ans Fenster, um die Aussicht zu betrachten und die vergangene Nacht mit Julian auf dem Boot wieder aufleben zu lassen. Plötzlich ertönte grelles Telefonläuten. Bluey nahm ab.

»O mein Gott ..., nein, ich kann es nicht fassen.« Blueys Miene verhärtete sich, er lehnte sich haltsuchend an die Wand. Im Raum trat Stille ein. »Ich bin gleich da. Hast du den Arzt verständigt?«

»Was ist denn passiert, um Himmels willen?« fragte Julian.

»Es geht um Zachary — tja — sieht aus, als ginge es ihm nicht gut.« Der ansonsten unerschütterliche Regieassistent rang um Fassung. »Ich sehe mal nach, ob ich behilflich sein kann.«

»Was heißt, es geht ihm nicht gut?« bohrte Julian. »Was ist los mit ihm?«

»Ich weiß nicht, ich sehe mal nach. Keine Angst, bin gleich wieder da«, fügte er schon im Hinauslaufen hinzu.

Raunen erhob sich unter der Gruppe. Das klang sehr unheilvoll. Ein Filmteam verfügt über einen sechsten Sinn, wenn es um einen aus den eigenen Reihen geht. Allen war klar, daß Zachary etwas zugestoßen sein mußte. Etwas, das Einfluß auf das ganze Projekt haben konnte.

Kreidebleich, mit offenen, leer vor sich hinstarrenden Augen lag Zachary auf dem Bett. Seine Lage deutete darauf hin, daß er versucht haben mußte aufzustehen, es aber nicht geschafft hatte.

»Er ist tot«, sagte Nick dumpf. »O Gott.«

»Verdammt«, stieß Bluey hervor. »Wie konnte das passieren?«

»Keine Ahnung.« Nick seufzte. »Ich nehme an, es war sein Herz.«

Er fühlte Zachary den Puls, aber da war nichts, der Körper war kalt. Er mußte schon geraume Zeit tot sein, womöglich schon einige Stunden.

Julian kam herein, unmittelbar gefolgt von einem entsetzten Hotelmanager, der sich bekreuzigte und einen Blick zum Himmel warf, als er den Toten sah. Ein Todesfall war im Hotelgewerbe eine Katastrophe. Er hoffte nur, diesen Fall vertuschen zu können, andernfalls wäre dieses Zimmer eine ganze Weile nicht zu vermieten.

»O Gott«, stöhnte auch Julian beim Anblick des toten Zack. »Armer alter Zack.«

Nick nickte gemessen, ohne den Blick von Zachary zu wenden. In seinen Augen standen Tränen. Er hatte Mutter, Vater, kleine Geschwister, fast seine ganze Familie als Tote gesehen und hatte sich immer bemüht, Tränen zu unterdrücken, aber irgendwie berührte ihn der Tod dieses unbeugsamen Alten, der ihm so viel bedeutet hatte, der ihm geholfen und ihn geleitet hatte, zutiefst. Tränen liefen ihm über die Wangen, als er Bluey in schockiertem Ton sagen hörte: »Jesus Christus – möchte wissen, wer jetzt diesen verdammten Film produziert . . .?«

Shirley Frankovitch hängte sich schleunigst ans Telefon und rief Spyros Makopolis an, der aber hatte die Neuigkeit schon eine halbe Stunde eher erfahren und eine Katastrophensitzung des MCCP-Vorstandes einberufen.

»Ich weiß, daß wir hier sofort einen Produzenten brauchen«, sagte sie mit ihrer Reibeisenstimme. »Und mir ist eben eine großartige Idee gekommen, Spyros. Einfach großartig.«

»Und die wäre?« fragte Spyros. Für Shirley hatte er immer eine Schwäche gehabt. Mit ihren Filmen hatte das Studio eine goldene Nase verdient. Sie war gescheit, obwohl eine Frau, und dazu eine häßliche und versoffene, doch er bewunderte ihr Talent, speziell ihre zweifelsfrei vorhandene Begabung, die Kinokassen klingeln zu lassen.

»Umberto Scrofo«, verkündete Shirley triumphierend. »Er hat *Die verlorene Stadt* produziert, den Film, für den Irving letztes Jahr in Rom das Drehbuch schrieb. Er ist ein einmaliger Produzent, Spyros, mein Schatz, sehr begabt. Irving lobt ihn in den höchsten Tönen. Du hast ihn auf deiner Party kennengelernt, weißt du noch? Er kam in Ramonas Begleitung. Er ist intelligent und kultiviert. Und er hat brillante, innovative Ideen. Mit Geld kann er großartig umgehen, versteht sich, aber auch ausgezeichnet mit dem ganzen Filmstab, den Künstlern wie den Technikern. Außerdem glaube ich, daß du ihn billig kriegen kannst.«

»Na ja, eigentlich dachte ich eher an Gregory Ratoff«, sagte Spyros nach einer kleinen Pause. »Aber er soll in Ägypten drehen, wie ich hörte. Wir haben bereits die Agenten von Spears Farnsworth und Jack Hall kontaktiert, aber die beiden sind vermutlich ausgebucht. Einen weiteren Zeitverlust können wir uns nicht leisten, Shirley. Jeder Tag in Acapulco kostet über zehntausend Dollar. Unser Studio hat im Moment keine annehmbaren Produktionsleiter zur Verfügung.«

Shirley schoß triumphierend zurück: »Na, dann nimm doch Scrofo — nütze die Chance und nimm zur Abwechslung einen neuen — einen, der nicht mit dir verwandt ist.« Sie biß sich sofort auf die Lippen, weil sie wußte, daß sie vermutlich zu weit gegangen war, aber Spyros antwortete, als hätte er gar nicht richtig zugehört.

»Wieso weißt du, daß dieser Bursche, dieser Scrofo, frei ist?« fragte er.

»Ich habe ihn letzte Woche gesprochen«, log Shirley. »Er ist mit uns befreundet, Spyros, er ist zu haben, und ich weiß, daß er gern einen großen amerikanischen Film machen möchte. Du hast doch *Die Stadt* gesehen, Schätzchen, oder?« fragte sie, obgleich sie wußte, daß es nicht der Fall war.

»Klar doch, der Film ist großartig.« Jetzt war die Reihe an ihm zu lügen. Die Sprechmuschel mit der Hand bedeckend, zischte er seinem Assistenten zu, er solle sofort eine Kopie des Films auftreiben.

»Und er hat den Streifen unter einer Million in den Kasten gebracht«, drängte Shirley weiter. »Und das mit einer Bombenbesetzung — mit Mendelson und mit Ramona.« In ihren Ton schlich sich eine sarkastische Note ein. Sie hatte keine besondere Vorliebe für Ramona Armande, sie mochte Schauspieler insgesamt nicht, da sie alle für oberflächliche, hohle Geschöpfe hielt, deren einziges Interesse darin bestand, möglichst viele Großaufnahmen von sich zu erreichen. Einzige Ausnahme war Julian Brooks, den sie wider Willen bewunderte.

»Ruf diesen Burschen gleich an«, gab Spyros nach. »Wenn er zu haben ist, soll er sich sofort mit mir in Verbindung setzen ... Wir müssen weiterkommen, Shirley, diese Verzögerungen kosten uns Tausende.«

»Sofort, Spyros, Liebster«, krähte Shirley. »Ich bin schon dabei.«

Shirley legte auf. Ein Siegerlächeln spaltete ihr Kürbisgesicht. »Das wär's«, sagte sie zu sich. »Signor Scrofo, Sie tun gut daran, sehr freundlich zu uns zu sein. Das ist ein Präsent, das ich Ihnen überreiche — ein gottverdammtes Präsent.« Sie griff nach dem Hörer und wies die Telefonzentrale an, sie sofort mit Rom zu verbinden.

In Rom war es sechs Uhr. Die riesige Wohnung war kalt, Umberto Scrofo fror. Sein südliches kalabrisches Blut hatte sich nie an die Kälte der römischen Winter gewöhnen können. Nach zweimaligem Läuten griff er nach dem Hörer.

»*Pronto*«, meldete er sich barsch. In letzter Zeit hatte er eine große Anzahl unangenehmer Anrufe entgegennehmen müssen, meist wegen der reichlich vorkommenden Nacktheit in seinem Film, die für viele Katholiken einen Affront darstellte. Shirley Frankovitch' schrille Stimme drang durch die transatlantische Leitung.

»Umberto, ich bin's, Shirley, Shirley Frankovitch. Du kannst dich doch an mich erinnern?«

»Natürlich«, antwortete er galant.

»Umberto, ich habe eine großartige Neuigkeit für dich. Sag mir, hast du irgend etwas in Arbeit?«

»Es wären da ein paar Sachen im Busch, Shirley, meine Liebe, sehr vieles eigentlich«, hielt Umberto sich bedeckt. Sein Blick wanderte zu dem kleinen Stapel schrecklicher Drehbücher auf seinem Schreibtisch. »Aber nichts Festes, wie ich gestehen muß, nichts, was mich begeistern würde.«

»Wie wär's, wenn du nach Acapulco kämst und bei *Cortez* die Zügel übernimmst?« fragte Shirley aufgeregt. Eine Pause trat ein, da Scrofo ihr Angebot erst verdauen mußte.

»Hallo — hallo, Umberto, kannst du mich hören?«

»*Cortez*? Der Makopolis-Film mit Julian Brooks? Natürlich habe ich davon gehört, aber ich dachte, Zachary Domino hätte die Produktion übernommen?«

»Er ist tot«, berichtete Shirley triumphierend. »Er ist heute morgen gestorben. An einem Herzanfall, heißt es. Ich habe mit Spyros über dich gesprochen, Umberto, und es sieht aus, als könne er es kaum erwarten, daß du kommst und die Produktion übernimmst. Bist du frei? Kannst du das Projekt übernehmen?«

»Hm ... ja, ja, ich bin eigentlich frei, ja sicher.« Umberto konnte nicht verhindern, daß sich eine gewisse Erregung in seinen Ton einschlich. »Tja ... das mit Zachary tut mir leid, er war ein guter Produzent.« Die Erkenntnis, was dies für seine Karriere bedeuten konnte, überkam Scrofo wie ein Kokainrausch.

»Dann rufe Spyros Makopolis sofort an. Da ist die Nummer — Crestview 77933. Verfrachte deinen Hintern auf die erste Maschine, die in dieser verdammten Ewigen Stadt startet«, gackerte Shirley, »und flieg rüber nach Acapulco. Es gibt viel Arbeit, Umberto. Unmengen von Arbeit.«

»*Ciao*, Shirley — und vielen Dank, *cara*!« rief Umberto. Als er auflegte, schlug sein Herz so unregelmäßig, daß er schon befürchtete, es würde stillstehen und seine Träume würden ein Ende finden, ehe er in Hollywood auch nur die erste Sprosse der Ruhmesleiter erklommen hatte. Rasch wählte er die Auslandsvermittlung, mußte aber enttäuscht feststellen, daß alle Leitungen nach den Vereinigten Staaten besetzt waren.

Er griff nach seinem massivgoldenen Füller, einem ›Drehverschluß-Geschenk‹ von Ramona, und fing an, auf einem Block herumzukritzeln. Produziert von Umberto Scrofo. Irgendwie machte sich das nicht richtig. Nicht, daß italienische Namen unangebracht gewesen wären. Carlo Ponti und Federico Fellini hatten sich damit ihren Erfolg nicht verdorben, aber ... an seinem Namen störte etwas. Scrofo — im Englischen hörte es sich an wie ›skrofulös‹ oder ›Skrotum‹ oder so ähnlich. Kein guter Klang. Nein, für einen bedeutenden Hollywood-Produzenten, dessen Name den Vorspann anführen würde, nicht ganz richtig. Er brauchte etwas Besseres.

Er kritzelte weiter — ließ das S aus. Crofa. Croff. Croft. Ja,

Croft — das war ein guter Name. Klang irgendwie schottisch. Croft. Der Name erinnerte ihn an ein zauberhaftes Landhaus im schottischen Hochland, das er einmal besucht hatte. Umberto würde er natürlich zu Hubert umändern. Hubert Croft. Ausgezeichnet. Aber immer noch fehlte ihm etwas. Er ließ andere Produzenten Revue passieren, seine Idole: David O. Selznick. Jack L. Warner. Darryl F. Zanuck. Ein Mittelinitial — genau, das brauchte er. Er wollte das S von Scrofo nehmen. Hubert S. Croft. Ja, das war ein guter Name für einen guten Hollywood-Produzenten.

Jetzt stand er am Anfang seines Weges.

8

Als der Tag ihrer Party heraufdämmerte, erwachte Ramona in ihrem schimmernden weißen Schlafzimmer mit gräßlichen Kopfschmerzen. Zacks tragischer Tod war ihr noch zu frisch in Erinnerung.

Das Mädchen brachte ihr das Frühstück ans Bett, mit einer Ausgabe der *Acapulcan News.* Die Zeitung strotzte vor Details über das rauschende Fest, das heute zu Ehren von *Cortez* stattfinden sollte. So wurde unter anderem behauptet, es handle sich um das spektakulärste gesellschaftliche Ereignis des ganzen Jahres. Lana Turner und Linda Christian wollten aus Hollywood kommen, dazu Errol Flynn, Ava Gardner und Gilbert Roland. Miguel Aleman, vor kurzem noch mexikanischer Präsident, hatte sein Erscheinen ebenfalls zugesagt. Das Fest sollte bei Sonnenuntergang beginnen, da die Sonnenuntergänge in Acapulco sich durch besondere Schönheit und Pracht auszeichneten, und würde sich wahrscheinlich bis in die frühen Morgenstunden hinziehen.

Ramona hatte zwei Musikkapellen engagiert: eine aus Mexico City und eine umherziehende Mariachi-Band, die sich

Los Paraguayos nannte und mexikanische Volksmusik spielen würde.

Noch immer hatte Ramona es geschafft, in der von den großen Hochglanzmagazinen erstellten Liste der ›Zehn besten Gastgeberinnen‹ aufzuscheinen, und für den bevorstehenden Anlaß gedachte sie ihrem Ruf alle Ehre zu machen. Eine kleine Armee von Hilfskräften war seit dem frühen Morgen am Werk, um die riesigen marmornen, gläsernen und steinernen Flächen zu schrubben, zu putzen und auf Hochglanz zu polieren. Auf den zwei Swimmingpools sollten Blumenschleier treiben. Hunderte importierter weißer Rosen, die Tausende von Dollars kosteten und um vieles ungewöhnlicher waren als Jasmin oder Hibiskus, würden das Wasser der strahlend angeleuchteten Pools schmücken.

Die Fiesta würde ein kleines Vermögen kosten, doch war es nicht Ramona, die die Rechnungen bezahlte. Der Fürst erfüllte ihr zwar jeden finanziellen Wunsch, dank ihrer Kindheit in Ungarn hatte sie sich aber einen gesunden Sinn für den Wert des Geldes bewahrt. Didier, der auf der untersten Sprosse der Filmleiter angefangen hatte, ehe er es zum einflußreichsten Produzenten Englands gebracht hatte, war ihr Lehrmeister gewesen. Und sein wichtigster Rat hatte gelautet: Bezahle niemals etwas selbst, wenn du jemand anderen dazu bringen kannst, zu bezahlen. Didier hatte sie heftig gescholten, als er einmal entdeckte, daß sie sich für einen Film, in dem sie nur eine kleine Rolle spielte, Strümpfe und Handschuhe auf eigene Kosten gekauft hatte. »Immer alles der Produktion in Rechnung stellen — das soll dein Credo sein.« Ramona war eine gelehrige Schülerin ihres Bruders. Als Zack sie gebeten hatte, die Party für *Cortez* zu geben, war sie einverstanden, aber natürlich nur unter der Bedingung, daß alles auf Kosten von MCCP ginge.

Unsentimentale Pragmatikerin, die sie war, dachte Ramona nicht daran, sich von Zacharys Tod den Tag verderben zu lassen. Ihrer Meinung nach war es sinnlos, zu lange zu trauern, nachdem der Verblichene auf zivilisierte Weise verabschiedet worden war. Seit Zacks Beerdigung waren drei Tage vergangen. Das reichte. Die Show mußte weitergehen.

Rasch warf sie sich einen hellen Baumwollkaftan über. Ihr langes Haar steckte sie mit einem Schildplattkamm hoch, auf Make-up verzichtete sie. Dann ging sie ihre lange Haushaltsliste durch.

Alles mußte heute perfekt sein, nicht nur, um ihre illustren Gäste zu beeindrucken, sondern auch, weil sie sich auf das Wiedersehen mit ihrem Freund Umberto Scrofo freute, der Zacharys Stelle als Produzent einnehmen sollte. Irving Frankovitch hatte am vergangenen Abend verlauten lassen, daß Scrofo einspringen würde, daß er aber den Wunsch geäußert hätte, seinen Namen zu ändern. Die Arbeit mit Umberto in Rom hatte ihr Spaß gemacht, nicht zuletzt, weil er oft ihren Begleiter gespielt und sich als interessant und auf allen möglichen Gebieten beschlagen erwiesen hatte. Damals hatte sie eine der Hauptrollen verkörpert. Jetzt hoffte sie, Umberto überreden zu können, daß er ihre Rolle in *Cortez* ausbaute, etwas, zu dem Zachary sich trotz ihrer persönlichen Beziehung nicht bereitgefunden hatte.

Scheherezade war ein weitläufiger, sich über mehrere Ebenen erstreckender Prachtbau im Stil einer arabischen Moschee. Von dem obersten Stockwerk, das etwa zehn Etagen hoch über dem Meer lag, führte ein alter weißer, hölzerner Schrägaufzug mit ächzenden Zahnrädern und dünnen Drahtseilzügen zu Ramonas Privatstrand hinunter. Obschon veraltet, wurde der Schrägaufzug regelmäßig auf seine Sicherheit hin überprüft und von allen Gästen benutzt, um zum abgeschlossenen Privatstrand zu gelangen.

Die oberste Ebene bestand aus einer riesigen offenen, mit diamantförmigen Mosaiksteinchen gekachelten Terrasse, in deren Mitte ein Springbrunnen plätscherte. Palmen und tropische Pflanzen wucherten in üppigem Durcheinander. Hier gab's auch eine große marmorne Bar und etwa ein Dutzend weißer Steinkamele, zwanglos verteilt, die dastanden, als machten sie Rast in einer Oase.

Auf der zweiten Ebene umgaben sechs Schlafzimmersuiten als intim-abgeschlossene Gruppe einen eigenen Swimmingpool.

Über eine gewundene, beidseits von Dschungelgrün gesäumte Treppe gelangte man durch blendend weiße Torbögen in den Hauptsalon mit seiner unglaublichen Aussicht. Von hier aus bot sich ein Panoramablick auf den Pazifik in all seiner funkelnden Pracht, denn an Stelle der Südwand sah man sich der unübertrefflichen Schönheit des Meeres gegenüber. Um den Salon herum erstreckte sich der Hauptswimmingpool, der bis zum Horizont zu reichen schien. Hätten nicht Marmorfiguren den Beckenrand geziert, Pool und Meer wären eins gewesen.

Eine große goldene Schnecke mit tropischen Faltern auf ihrem Haus bewachte den Eingang zur Grotte, in der Unentwegte unter Serenadenklängen oft bis in die späte Nacht ausharrten.

In die Wand eingelassen war eine riesige Muschel in matt schimmernder Perlfarbe, die einer kleinen Frau zum Sitzen Platz bot. Ramona hatte sich dort selbst einmal für Zack hingesetzt, nur mit einem Lächeln und einem Paar goldener Strümpfe angetan. In jener Nacht hatte er sich schier unersättlich gezeigt. Armer Zack.

Am Fuße weiterer Treppen lag dann der private Strandabschnitt – der einzige in Acapulco –, den Ramona mit großem Vergnügen und mit Stolz benutzte.

Ramona und ihr Fürst hatten fünf Jahre zum Bau von Scheherezade benötigt – fünf mühsame Jahre, in denen die hervorragendsten Architekten und Designer aus Mexiko, New York und Paris dieses märchenhafte Meisterwerk geschaffen hatten. Jetzt führte Fürstin Ramona, die Perfektionistin, hier die Oberherrschaft, überzeugt davon, daß es das großartigste Haus Mexikos sei.

Nicholas Stone rasierte sich mit gewohnter Eile. Er haßte es, Zeit mit Rasieren, Duschen und anderen banalen Dingen zu vergeuden. In seinem Kopf drehten sich ständig alle, auch die kleinsten Einzelheiten des Films, für den endlich am Montagmorgen die erste Klappe fallen würde. Die heutige Jet-Set-Party bedeutete ihm nichts. Partys jedweder Art waren, da er ein einfacher Mensch war, nicht sein Fall, und belangloses Geplauder mit der *beau monde* entsprach nicht seiner Vorstellung von einem gelungenen Abend. Er hatte schon am Abend zuvor versucht, den neuen Produzenten Hubert S. Croft anzurufen, hatte aber von der Telefonzentrale des Hotels die Auskunft bekommen, Mr. Croft müsse sich nach dem anstrengenden Flug ausschlafen und dürfe unter keinen Umständen gestört werden.

Dafür hatte er mit Elektra und den Kindern sprechen können. Trotz der schlechten Verbindung hatte er jene Wärme aus ihren Stimmen herausgehört, die ihn immer so beglückte. Jetzt war es Zeit, Bluey von seinem Boot abzuholen. Er griff nach seinen Schlüsseln und warf einen kurzen, mit einer Grimasse verbundenen Blick in den Spiegel.

Ganz im Gegenteil zu Nick brauchte der umbenannte Hubert S. Croft für seine Toilette sehr viel Zeit. Zu seinem Leidwesen war sein hervorragend geschnittener cremefarbener Anzug von Caraceni of Milan nicht imstande, seinen Leibesumfang optisch zu vermindern, und sein fahler Teint wurde durch das gestreifte Voile-Hemd mit dem knappsitzenden weißen Kragen auch nicht frischer. Er hoffte sehr, daß die mitternachtsblaue Seidenkrawatte ihm jene Aura von Respektabilität und Autorität verleihen würde, die er anstrebte. Es war ungeheuer wichtig, daß er heute den richtigen Eindruck machte.

Er wußte, wie viel auf dem Spiel stand. Wollte er eine große Hollywood-Produktion leiten, dann mußte er das Vertrauen des Regisseurs gewinnen, die Darsteller ermutigen, sich beim Team beliebt machen und allen zeigen, daß er genau wußte, was er wollte. Er hatte in Rom Erfolg gehabt; er würde schließlich auch in Hollywood Erfolg haben. Sein

Glaube an sich selbst stellte dabei seine beste Waffe dar. Zudem hatte er starke Verbündete in den beiden Frankovitchs und in Ramona Armande. Also hatte er gute Karten in der Hand. Sehr gute sogar.

Er strich die Reste seiner spärlichen Haare zurück und besprühte sich mit dem durchdringend riechenden französischen Rasierwasser, das er schon seit Jahren verwendete. Nachdem er seine Manschettenknöpfe mit den Riesensaphiren in die Manschetten gesteckt hatte, überlegte er, ob seine bevorzugte Saphir-Krawattennadel in den Tropen nicht zu protzig wirken würde. Er schwitzte bereits stark, obwohl es im Hotelzimmer noch relativ angenehm temperiert war. Hoffentlich würde es bei Ramona kühler sein. Heute mußte er eine *bella figura* machen — er mußte das ganze Team spüren lassen, wer hier der Boß war. Und als ersten mußte er den jungen Erfolgsregisseur, diesen Nicholas Stone, davon überzeugen.

Inès sah in den Spiegel, um letzte Hand an ihr Make-up zu legen, und was sie sah, gefiel ihr. Ein sarongähnliches, eine Schulter freilassendes Kleid aus blaßgrüner Seide brachte ihre elegante Figur vollendet zur Geltung. An der Schulter prangte eine Brosche aus Jade und Elfenbein, die Julian ihr erst am Morgen verehrt hatte, nachdem ein Brief von Dr. Langley in LA bestätigt hatte, daß sie schwanger war. Winzige Jade-Stecker schimmerten an ihren Ohrläppchen, ihre Haare waren mit einem schlichten smaragdgrünen Samtband zusammengefaßt. Um ihr Handgelenk lag wie immer das zarte Bernstein-Silber-Armband von Yves. Sie nahm es niemals ab, es war ihr Glücksbringer. Nur in der Nacht, als sie den italienischen General mit seinem eigenen Rasiermesser getötet hatte, hatte sie es nicht getragen. Ein Schauer überlief sie. Vergiß jene Nacht, ermahnte sie sich. Warum fiel ihr das Vergessen so schwer?

Julian, lässig und tadellos wie immer, gesund gebräunt, phantastisch aussehend, blickte sie beifällig an.

»Liebling, bist du sicher, daß es dir heute nicht zuviel wird?« fragte er. »Ich bin deinetwegen in Sorge. Du weißt, was uns beiden das Baby bedeutet. Ich möchte nicht riskieren, daß du dich überanstrengst.«

»Keine Angst, mein Schatz«, sagte sie, indem sie ganz nahe an ihn herantrat und seine Wange mit sanften Fingern berührte. »Ich fühle mich sehr gut — nur die Übelkeit am Morgen macht mir zu schaffen, aber Dr. Langley sagte zu mir, daß fast jede Frau daran leidet, besonders beim ersten Kind.«

»Na, hoffentlich leidest du beim nächsten Kind nicht auch darunter«, entgegnete Julian, umfaßte ihr Gesicht mit beiden Händen und sah ihr liebevoll in die Augen. »Und auch nicht bei den nächsten. Du weißt doch, wie sehr ich dich liebe — wie sehr ich dich begehre — wie sehr ich mir wünsche, mein ganzes Leben mit dir zusammenzusein, mein Engel.«

»Ich weiß — ich weiß es wirklich«, flüsterte Inès.

»Die Dreharbeiten werden für mich sehr hart sein — ich muß einfach wissen, daß du so verständnisvoll wie immer sein wirst — und daß du immer, immer hier bei mir bleibst.«

»Mister Brooks, Sie tun gut daran, sich dessen sicher zu sein«, erwiderte Inès mit einem zärtlichen Lächeln. »Looks, Schätzchen, die Frau, die du vor dir siehst, wirst du nie mehr los.«

»Ich möchte es auch nicht — niemals«, sagte er mit so eindringlicher und aufrichtiger Miene, daß Inès ihn erstaunt ansah.

»Julian — Liebling — was ist denn?« fragte sie. »Du scheinst plötzlich so besorgt — warum? Was ist nur los?«

»Ich weiß es eigentlich nicht.« Julian ging zum Fenster und blickte hinaus auf das dunkelblaue, samtene Meer.

»Alles ist so perfekt, Inès. Fast zu schön, um wahr zu sein. Alles. Du — wir beide — das Baby — ich könnte es einfach nicht ertragen, wenn etwas passiert . . .«

»Nichts wird passieren, du Dummer«, sagte Inès leichthin. Es sah Julian gar nicht ähnlich, Gedanken dieser Art zu äußern. »Phoebe ist mit deinen Bedingungen einverstanden, wir können heiraten, sobald die Scheidung rechtskräftig ist — ich bin in Ordnung, und Dr. Langley sagt, er sähe keinen Grund, weshalb ich nicht noch viele Kinder bekommen könnte — warum also plötzlich diese Besorgtheit, Liebling?«

»Ich bin nicht besorgt — vergiß es.« Er umarmte sie und küßte ihren süß duftenden Nacken. »Ich führe mich auf wie ein alberner abergläubischer Schauspieler, bevor der Vorhang aufgeht. Komm, Mädchen, wir müssen zu dieser gräßlichen Gala.«

Sie küßte ihn auf die Wange. Das Wissen, sein Kind zu bekommen, erfüllte sie plötzlich mit wilder Freude.

Er erwiderte zärtlich ihr Lächeln. Sie war die Frau, mit der er immer zusammensein wollte. Er liebte sie über alles — doch er wünschte sich auch sehnlichst, diese neuen und beunruhigend erotischen Bilder Dominiques würden ihn nicht mehr heimsuchen, wenn er mit der Frau schlief, die nicht nur sein Kind trug, sondern auch bald seine Ehefrau sein würde.

Nachdem Dominique von ihrer nachmittäglichen Siesta erwacht war, stellte sie sich unter die Dusche und ließ sich vom prickelnden kalten Wasser beleben. Sie freute sich wahnsinnig auf diesen Abend. Sie liebte Partys, liebte es, sich zurechtzumachen, sich zu schminken, eine neue, gewagte Frisur auszuprobieren. Und sie liebte den Flirt — und jetzt liebte sie speziell den Flirt mit Julian. Julian Brooks. So berühmt und charmant — und der schönste Mann der Welt.

Sie wußte, daß sie seine männliche Libido in Aufruhr gebracht hatte. An ihrem Toilettentisch sitzend und mit ihrem Lippenstift hantierend, lächelte sie sich zu. Ihr Gesicht bedurfte kaum kosmetischer Nachhilfe, doch beim Herumspielen mit Farben und Pinseln hatte sie Zeit zum Nachdenken. Sie gefiel Looks Brooks. Mit einem Katzenlächeln trug sie ›Fire and Ice‹ von Revlon auf ihre vollen Lippen auf. Sie gefiel ihm nicht nur — er begehrte sie. Das war ihr bewußt geworden, als sie ihn dabei ertappt hatte, wie er sie im Pool beobachtete. Seither waren sie einander nur selten begegnet, doch sie hatte in zunehmendem Maße gespürt, wie ihm zumute war.

Allmählich begriff Dominique, wie begehrenswert sie war, wieviel Macht ihre jugendliche Schönheit ihr verlieh. Und das gefiel ihr. Looks Brooks wollte also spielen? Mit sechzehn besaß sie nicht viel Erfahrung im Spiel der Liebe, aber man konnte es ja probieren und experimentieren. Ihre Affäre mit Gaston in St. Tropez hatte sie sehr genossen. Wie es wohl mit Julian sein mochte?

Daß Julian sowohl verlobt war als auch mitten in einer Scheidung steckte, störte sie nicht im mindesten. Liebe ist ja nur ein Spiel, oder? dachte sie, als sie sich mit zwei großen goldenen Kreolen-Ohrringen schmückte. Schließlich war auch Inès Französin, und Französinnen hatten Verständnis für diese Dinge. Sicher hatte sie nichts dagegen, wenn Dominique mit ihrem Verlobten flirtete — das gehörte doch zum Spiel.

Dominique wählte aus ihrer Garderobe ein kurzes, schulterfreies Kleid. Die Taille war enganliegend, der Saum hoch, so daß ihre schier endlosen Beine zur Geltung kamen. Ihr Haar war inzwischen getrocknet, sie bürstete es nun, bis es in glänzender Pracht über ihren nackten Rücken fiel.

Dann klopfte sie an die Tür des Nebenzimmers. »Fertig, Agathe?« rief sie mit ihrer atemlosen Kleinmädchestimme und dem neuerworbenen amerikanischen Akzent. »Nichts wie los dann.«

Sie war entschlossen, sich heute ganz toll zu amüsieren und Julian Brooks vielleicht noch mehr für sich zu gewinnen.

Irving und Shirley legten an ihre jeweilige Toilette letzte Hand an. Er hatte es sich mit losen Baumwollhosen und einem alten Hemd leicht gemacht, da seine äußere Erscheinung ihm wie immer gleichgültig war. Seine Arbeit war das einzige, was ihn interessierte.

Shirley hingegen mühte sich jämmerlich vor dem Spiegel ab. Ihr neuer Kaftan mit seinen grellen Orange- und Gelbtönen trug nicht dazu bei, ihren stattlichen Umfang zu überspielen. Da sie keine Sonne vertrug, war ihre Haut weiß geblieben; ihr graumeliertes Haar haftete in festen, altmodischen Löckchen an ihrem Kopf und verlieh ihr eine unheimliche, aber kaum schmeichelhafte Ähnlichkeit mit Harpo Marx. Sie hatte mit dem Make-up ihr Bestes getan, da sie vorhatte, für das Wiedersehen mit Umberto Scrofo möglichst vorteilhaft auszusehen. Oder mit Hubert S. Croft — ihr einerlei, wie er genannt werden wollte. Er hatte am Tag zuvor angerufen und die Frankovitchs davon in Kenntnis gesetzt, daß er nun, da er einen amerikanischen Film mache, auch einen amerikanischen Namen tragen wolle. Da nur Irving, Shirley und Ramona ihn als Umberto Scrofo kannten, würde er es sehr zu schätzen wissen — nein, er müsse darauf bestehen —, daß sie ihn nie anders als Hubert S. Croft nannten. Zum Teufel, sie hätte ihn auch Donald Duck genannt, wenn es ihrer Sache genützt hätte. Croft würde gewiß ein Verbündeter der Frankovitchs sein, der Mann, der die grausamen Schlachtenszenen und die lyrischen Dialoge wieder ins Drehbuch einfügen konnte. Zachary Domino und Nicholas Stone hatten diese Szenen gestrichen, doch jetzt sollte Scrofo sich als ihr Retter erweisen. Er mußte so stark und autoritär auftreten wie in Italien, ja vielleicht würde er einige Team-Mitglieder sogar in Angst und Schrecken versetzen. Das war gut. So sollte ein Produktionsleiter sein, respektiert, ein harter Antreiber. Er mußte dafür sorgen, daß es ein echter Frankovitch-Film würde, und kein Film, bei dem die Kritik nur Regisseur und Darsteller rühmen und die Autoren wie immer unerwähnt lassen konnte. Shirley lächelte voller Ingrimm, als sie ihre breite Brust mit einer Smaragdbrosche schmückte. O ja, sie würde ihn nennen, wie er wollte, solange er nur mithalf, dem *Cortez*-Team den Wert des Frankovitch-Gespanns deutlich vor Augen zu führen, damit den Autoren Respekt und Ruhm in verdientem Ausmaß zufiel.

9

Ramona, die in der Mitte ihrer marmornen Empfangshalle stehend ihre Gäste erwartete, wirkte wie ein Idealbild von Gelassenheit und Schönheit. Sie trug ein schmales, geradefallendes Kleid aus weißem Crepe, ihr ebenholzschwarzes Haar war mit einem Diamantkamm aus dem Besitz der fürstlichen Familie hochgesteckt, enorme birnenförmige Diamanten funkelten an ihren Ohrgehängen, und an beiden handgelenken blitzten etliche Armreifen. Ihre kühle Eleganz tat ihrer charmanten Lebhaftigkeit, Kennzeichen jeder guten Gastgeberin, keinen Abbruch.

Agathe und Dominique trafen als erste ein. Agathe in einem langen, matronenhaften Kleid mit Blumenmuster, in dem sie sich ziemlich unwohl zu fühlen schien. Ihr ansonsten ausdrucksloses weißes Gesicht trug eine bange Miene zur Schau. Sie war nicht nur Gast in einem der am häufigsten beschriebenen und besprochenen Häuser der Welt, sondern würde hier auch noch ihrem angebeteten Idol begegnen. Er würde ihr zulächeln. Sie würden geistreich miteinander plaudern. Er würde merken, wie klug, wie gebildet sie war.

Sie ließ sich ein Glas Mineralwasser geben und war zufrieden, auf einem Sofa sitzend den sagenhaften Sonnenuntergang beobachten zu können und auf Julians Eintreffen zu warten. Dominique, die heute älter, erwachsener wirkte als sechzehn, tänzelte munter hin und her. Von der Sonne zu einem goldenen Honigton gebräunt, mischte sie sich fröhlich unter die eintreffenden Gäste und scherzte und plauderte mit natürlichem und ungezwungenem Charme.

In Agathe regte sich Neid. Woher nahm sie diese Haltung, diese Gewandtheit, diese Unbefangenheit im Umgang mit Menschen? Das französische Schulmädchen hatte sich in wenigen Monaten in eine junge Frau von Welt verwandelt und präsentierte sich strahlend und selbstsicher. Agathe kam sich daneben wie eine schüchterne Landpomeranze vor.

Bald widerhallten die Marmorböden vom Geplauder und Gelächter — Jet-Set, Hollywoodstars, einheimische Prominenz und Politiker bildeten eine bunte Mischung. Bluey und Nick waren von den Dimensionen des Hauses überwältigt.

»Jesus Christus«, äußerte Bluey mit einem anerkennenden Pfiff. »Ich habe schon einige Luxusschuppen zu sehen bekommen, aber das hier schlägt alle Rekorde.«

Nick gab ihm mit einem Nicken recht. Trotz der zehn in Amerika verbrachten Jahre waren die palastartigen, oft vulgär-kitschigen Residenzen der auf großem Fuß lebenden Stars, Regisseure und Produzenten für ihn noch immer etwas Ungewohntes, und diese außergewöhnliche Villa war luxuriöser als alles, was er bislang gesehen hatte. Das Auge des Regisseurs registrierte vor allem die gartenarchitektonischen Aspekte, die ausgefallenen Bilder, Skulpturen und anderen Kunstgegenstände, die Tiefe und Dimension aller Räume — Grund genug, um auf eigene Faust auf Erkundung zu gehen.

Die blasierten Fotoreporter von *Life, Look, Vogue,* von *Phitoplay, Modern Scene* und *Motion Picture* behinderten einander, vor Begeisterung hingerissen, schubsend und schiebend und ununterbrochen knipsend, bei der Arbeit. Es gab hier Stars im Überfluß, über die man schreiben und von denen man Schnappschüsse machen konnte. Lana Turner mit ihrem neuen Ehemann Lex Barker war gekommen. Sie mit silberblondem Haar, sonnenbrauner als jede Mexikanerin, er so attraktiv, wie man es von einem Filmstar erwartet. Hedda Hopper und Louella Parsons hatten nur ihre Schreiberlinge geschickt, doch der Schnellsprecher Walter Winchell aus

New York und Harrison Carroll vom *Herald-Examiner,* einem in Los Angeles erscheinenden Blatt, waren persönlich erschienen und mischten sich nun unter die elegante Gästeschar, deren Stimmengewirr mit der Musik der umherwandernden Mariachis wetteiferte.

Als die Sonne am Horizont untertauchte, versammelten sich die Gäste am Ende der großen weißen Terrasse, um die schwindende Pracht zu bewundern. Sogar die Kellner hielten inne, um den Sonnenuntergang zu bewundern, da die Sonne den Mexikanern als Symbol ewigen Lebens galt. Begeisterte Ausrufe wurden laut, als der Feuerball mit dramatischer Schnelligkeit im Westen versank und alles und alle in weichen Aprikosenschimmer getaucht wurde. Es war ein Anblick von so überwältigender Schönheit, daß viele begeistert applaudierten. Die Mariachis wurden zu einem wilderen Rhythmus angefeuert, und die reichlich genossenen Margaritas brachten das Blut in festliche Wallung.

Niemand hatte bemerkt, daß Hubert S. Croft eingetroffen war, der nun vom oberen Ende der Marmortreppe aus die Partygäste beobachtete. Sie kamen ihm allesamt sehr komisch vor, wie sie den Sonnenuntergang mit gedehnten Aahs und Oohs bewunderten. Aus seinem Lächeln sprach Verachtung.

Ramona erblickte ihn als erste und lief zu ihm, um ihn überschwenglich zu begrüßen. »Hubert, mein lieber Hubert, ich bin ja so glücklich, Sie wiederzusehen. Sie sehen sehr gut aus.« Sie benutzte mit Bedacht den Namen, mit dem er angesprochen werden wollte.

Hubert ergriff ihre Hand und beugte sich mit europäischer Galanterie über ihren sagenhaften Vierzigkaräter. »Ramona, meine Teure, Sie sehen hinreißender aus als je zuvor — und was für ein Haus! Großartig, meine Liebe, einfach großartig.«

Ramona strahlte, und Hubert ließ sich von einem vorübereilenden Kellner ein Glas Margarita geben, ehe er von Ramona mit den anderen Gästen bekanntgemacht wurde.

Inès, die ihn über ein Meer lachender Gesichter hinweg erspähte, erstarrte vor Entsetzen. Nein. Nicht schon wieder. Nicht hier in Acapulco. War es ein Traum oder eine Geistererscheinung? Ihr Blick hing unverwandt an dem kleinen, beleibten Mann, der umherstolzierte, Hände schüttelte, lächelte und von allen mit freundlichem Lächeln begrüßt wurde. Ja, natürlich, es mußte sich um einen Bekannten Ramonas handeln, sie hatte die beiden ja letzten Monat vor Romanoff's gesehen. Warum war er hier?

Als er näherkam, sah sie, daß kein Zweifel bestehen konnte. Dieses Gesicht und dieser Körper hatten sie jahrelang bis in ihre Träume verfolgt. Seine wulstigen Lippen hatten momentan einen Ausdruck angenommen, den er für ein charmantes Lächeln hielt, der ihn in Wahrheit aber noch grotesker und fratzenhafter aussehen ließ. Dennoch — es war das Gesicht aus ihrer Vergangenheit, das stand zweifelsfrei fest. Sie klammerte sich an Julians Arm. Das Herz schlug ihr bis zum Hals, als Umberto Scrofo näherkam, mit unheilvollem Schritt und einem gespenstischen Lächeln, das wie festzementiert auf seinem abstoßenden Gesicht haftete.

Inès sah keinen Ausweg.

»*Bon soir,* Julian«, sagte Dominique mit verführerischem Lächeln. Sie fuhr mit der Zunge über ihre rosa, von Gloss schimmernden Lippen.

Julian strahlte. »Ach, hübsch siehst du heute aus, meine Liebe«, antwortete er herzlich. »So erwachsen — findest du nicht auch, Inès?«

»Danke, Julian.« Dominique lächelte. Ihre Aufmerksamkeit war voll und ganz auf ihn konzentriert, und sie ignorierte die Arm in Arm mit ihrem Verlobten dastehende Inès völlig. »Und Sie sehen — wie sagt man? — blendend aus. Ja, das ist es, Sie sehen heute blendend aus, Julian.«

Julian lachte. Er geriet wieder völlig in ihren Bann, ein Gefühl, das ihm Unbehagen bereitete. Verdammt, verdammt. Diese Kindfrau besaß einen unwiderstehlichen Zauber.

»Hätten Sie einen Moment Zeit? Ich möchte etwas mit Ihnen besprechen, Julian«, fuhr Dominique nun mit schüchtern gesenktem Blick fort. »Da wäre eine Szene, die ich nicht ganz verstehe. Ich wäre für Ihren Rat dankbar.«

»Meine Liebe, das ist eine Party. Vielleicht morgen ...«, gab er sich zurückhaltend.

»Julian, ich glaube, ich werde deshalb nicht schlafen können«, sagte sie nun flehend und sah ihn mit ihren grünen Circeaugen beschwörend an. »Dieser Film ist für mich so wichtig. Ich bin doch Anfängerin. Sie könnten mir so viel beibringen, Julian.«

Julian, der Inès einen kurzen Blick zuwarf, sah, daß diese mit sonderbar leerem Ausdruck zum großen Salon hinüberstarrte. Die Einrichtung muß sie wohl sehr beeindrucken, dachte er bei sich.

»Entschuldige mich, Liebling — du hast hoffentlich nichts dagegen. Dominique und ich besprechen draußen am Pool rasch eine Szene.«

Auf ihr wortloses Nicken hin gab Julian den Arm von Inès frei und ließ sich von Dominique in den Schatten unter eine in der Nähe stehende Palme ziehen. Die Wirkung dieses Mädchens auf ihn war bei Gott erstaunlich. Die sanfte Berührung ihrer Finger auf seiner Hand genügte, um ihn sexuell zu erregen. Was war nur mit ihm los — war er wahnsinnig geworden?

»Also, welche Szene ist es, Dominique?« fragte er streng, ärgerlich mit sich selbst, weil er spürte, wie erregt er plötzlich wurde.

»Diese«, sagte sie einfach, öffnete ihm ihren Schmollmund, ließ ihre Zunge voll stiller Verheißungen über seine trockenen Lippen gleiten und drückte ihren Körper hingebungsvoll an ihn. Noch ehe er die Chance einer Reaktion hatte, wich sie wieder zurück und sah mit kätzchenhaftem Lächeln zu ihm auf. »Ich dachte mir, daß wir den ersten Kuß nach meinem Tanz — der Feuerscheinszene — so bringen sollten. Was meinen Sie, Julian?« Sie sah ihn mit gespielter

Unschuld an, während sie erst ihre, dann seine Lippen mit einem Taschentuch abtupfte.

Julian war wie vor den Kopf geschlagen. Er hatte sich immer in der Meinung gewiegt, er verstünde wie jeder Mann, wenn nicht gar besser, was in einer Frau vorging. Aber Dominique war viel unberechenbarer als jede andere Frau, die er je gekannt hatte, unberechenbarer auch als Inès. Sie stellte ihre Sexualität zur Schau wie eine Vergnügungsyacht ihre Wimpel. Dominique war eine halbwüchsige Kokotte, eine wollüstige Kindfrau — und er begehrte sie.

Während Julian noch immer dastand, als wüßte er nicht, wie ihm geschah, schminkte Dominique ihre Lippen nach und flüsterte im Verschwörerton: »Lassen Sie sich die Sache durch den Kopf gehen, Julian, *chérie.* Es sollte ein sehr zärtlicher Augenblick sein, meinen Sie nicht? Natürlich auch sexy, aber vor allem sehr süß, so wie zwischen Liz und Monty in *Ein Platz in der Sonne. N'est-ce pas?*«

Ehe ihr faszinierter Partner eine Antwort geben konnte, war die kleine Verführerin mit spitzbübischem Lächeln auf und davon, verfolgt vom Blick eines verlegenen und zugleich erregten Julian.

Inès betete darum, daß Scrofo sich nicht an sie erinnern würde ... daß ihr gerötetes Gesicht sie nicht verriete. Sie hatte versucht, sich unter die Menge zu mischen, doch nach seinem Gespräch mit Dominique hatte Julian sie an der Marmorbar gefunden und mit sich gezogen, um sie dem neuen Produzenten vorzustellen, der mit Ramona plauderte.

»Inès, meine Liebe, darf ich Sie mit Hubert Croft bekanntmachen? Hubert, das ist Mademoiselle Inès Juillard, Julians Verlobte«, sagte Ramona.

»Sehr erfreut, Mademoiselle«, entgegnete Scrofo mit rauhem Krächszen. »*Enchanté*«.

»Hubert ist unser neuer Produzent«, äußerte Ramona strahlend. »Wir hatten großes Glück, ihn für das Projekt gewinnen zu können.«

Einer Ohnmacht nahe, suchte Inès mit zitternder Hand Halt bei Julian.

Produzent? Umberto Scrofo als Zacharys Ersatz? Das war ausgeschlossen.

»Freut mich«, murmelte Inès. Sie wußte, daß sie unbedingt etwas sagen mußte, obwohl sie spürte, wie ihre Knie weich wurden und wie allein Julians Arm sie aufrechthielt. Fasziniert und entsetzt starrte sie den Rand eines rosigen Narbenstranges an, den sein auffallendes, teures Hemd nur unzulänglich verbarg. Sie hatte ihm diese Narbe beigebracht. Sie war schuld daran, daß seine Stimme zu einem rauhen Krächzen geworden war. Also hatte sie ihn doch nicht getötet.

Elf Jahre lang hatte sie geglaubt, sie hätte diesen Mann, der ihre Hand mit gespenstischem Lächeln schüttelte, umgebracht. Es war aber kein Gespenst, das ihren Blick festhielt und krächzte: »Mr. Brooks, Sie sind ein Glückspilz.«

Er registrierte ihre Schönheit ohne sichtbare Zeichen des Erkennens, obgleich er ihren Blick vielleicht eine Sekunde länger als üblich festhielt. Aber das war für Inès nichts Ungewohntes. Ihre Schönheit ließ Männer oft merkwürdig reagieren. Croft wechselte nun einen Händedruck mit Julian und gab seiner Freude über die bevorstehende gemeinsame Arbeit sowie seiner Bewunderung für Julians zurückliegende Filme Ausdruck. Dann huschte sein Blick wieder zu Inès zurück. Der Duft jenes aufdringlichen Rasierwassers, das er auch damals im Ritz benutzt hatte, stieg ihr als leiser Hauch in die Nase. Am liebsten wäre sie davongelaufen, ans andere Ende des Raumes, um diesem durchdringenden Blick zu entgehen, aber Julian hielt ihre Hand fest. Ihr Herz schlug so heftig, daß sie überzeugt war, jemand müßte es hören. Wie um Himmels willen hatte es Umberto Scrofo hierher verschlagen? Warum hatte er seinen Namen geändert? Und wie um alles in der Welt konnte er Julians Film produzieren? Aber vor allem — wie kam es, daß er nicht tot war?

Als könne er ihre Gedanken lesen, drehte Hubert sich mit durchdringendem Blick zu ihr um.

»Mademoiselle Juillard, Sie sind eine bildschöne Frau.« Sein italienischer Akzent war kaum hörbar. »Ja, bildschön.«

»Danke« murmelte sie und trank einen Schluck Margarita. Das Salz am Glasrand brannte auf ihren Lippen. Als sie Julian einen hilfesuchenden Blick zuwarf, sah sie, daß er mit Hedda Hoppers Schreiberling sprach, der eifrig in sein Notizbuch kritzelte.

»Sind wir einander nicht schon begegnet?« Seine schwarzen Knopfaugen ließen den Blick über die Wölbung ihrer Brüste gleiten.

»Das glaube ich nicht«, sagte Inès leise, verzweifelt bemüht, sich davonzustehlen. »Sicher hätte ich es nicht vergessen.« Als Hubert einen Schritt näher auf sie zutrat, wehte sie wieder ein Hauch seines Rasierwassers an. Sie spürte, wie ihr Magen sich umdrehte.

»Ich vergesse ein Gesicht nie. Niemals.« Sein Blick suchte den ihren, da er plötzlich ihre Angst spürte. Wer war diese Frau? Er kannte sie von irgendwoher, davon war er nun überzeugt. Aber woher? Welche Geschichte steckte hinter diesem schönen Geschöpf? Er mußte es herausbekommen. Er würde es sich zur Aufgabe machen, es herauszufinden. Hubert war es gewohnt, alle Einzelheiten über jeden seinen Mitarbeiter zu wissen — Wissen verlieh ihm Macht.

»Woher kommen Sie?« bohrte er weiter.

Inès hatte das Gefühl, ihr Verstand ließe sie im Stich. Sie hatte ihn doch ermordet, oder nicht? Ganz deutlich sah sie seinen Gesichtsausdruck vor sich, das Blut, das den Badezimmerboden bedeckt hatte, das Aufsehen und die Empörung, als man in Paris seinen Mörder suchte. Und ihre Flucht nach England, um dem sicheren Tod zu entgehen. Daß er sie heute noch erkennen würde, war sehr unwahrscheinlich. Sie sah völlig anders aus als die knochige, gelblich-blonde blutjunge Prostituierte im Kriegs-Paris. Jetzt war sie eine elegante, schicke Frau von Welt in der Blüte ihrer

Jahre. Doch sie hatte versucht, ihn zu töten. Niemand konnte ein Gesicht vergessen, daß er unter so grauenvollen Umständen gesehen hatte. Oder doch? Aber das Gesicht war nicht dasselbe — Frisur und Haarfarbe waren anders, ihre Backenknochen ausgeprägter. Ich bin nicht wiederzuerkennen, sagte sie sich.

Doch sie wußte, daß sie ihm hinsichtlich ihrer Nationalität keine Lüge auftischen konnte. Alle Welt wußte, woher sie stammte.

»Aus London«, sagte sie halblaut. »Ich komme aus London.«

»Aus London?« Er schien überrascht. »Aber das ist doch nicht möglich, Sie sind doch Französin, oder?«

»Ja«, sagte sie leise. »Eigentlich bin ich Französin.«

»Inès hat zwölf Jahre in London gelebt«, warf nun Julian lächelnd ein. Er drehte dem Reporter den Rücken, da sein Bühneninstinkt ihm Spannung signalisierte. »Dort haben wir uns kennengelernt, nicht wahr, Liebling?«

»Ach, wirklich?« Umberto sah Inès lächelnd an. »Und wo hat Ihre Wiege gestanden, Miß Juillard?«

»In Frankreich«, flüsterte sie.

»In Frankreich?« Er zog eine Braue hoch. »In Frankreich? Frankreich ist ein großes Land. In welchem Teil Frankreichs?«

»Ich bin in Lyon zur Welt gekommen«, log sie.

Er kniff die Augen zusammen. »In Lyon, wirklich?«

»Ja.« Sie wurde kühner. »In Lyon. Kennen Sie die Stadt?« Sie schaffte es kaum, ihren Widerwillen nicht spürbar werden zu lassen.

Ein tückisches Grinsen huschte über sein kreidebleiches Gesicht. Er spürte, daß sie ihm *avverso* war. Daran war er gewöhnt. Es wäre nicht das erste Mal, daß jemand auf den ersten Blick Antipathien gegen ihn entwickelte. Er wußte nicht, wo er sie einordnen sollte, doch er hatte das Gefühl, daß sie ängstlich darauf bedacht war, etwas vor ihm zu verbergen. »Lyon … hm?« Er sah sie nachdenklich an. »In Lyon war ich zwar nie, aber ich weiß, daß mir noch einfallen wird, wo wir einander schon begegnet sind. Es wird mir ganz sicher einfallen. Wie gesagt, ich vergesse ein Gesicht nie, und auch nicht, wo ich es sah.«

Mit einem jovialen Lächeln schlenderte er hinaus auf die Terrasse, um wieder seiner Gastgeberin Gesellschaft zu leisten.

Inès hatte das Gefühl, jemand hätte sie in den Magen getreten. Julians Instinkt hatte ihn nicht getrogen ... alles war zu perfekt gewesen. Umringt von einer Bewundererschar hielt er in einer Ecke des Riesenraumes hof. Sie mußte allein sein, sie brauchte Zeit, um Scrofos Worte und seine Anwesenheit hier zu verdauen.

Kaum war Scrofo verschwunden, als sie die Steinstufen zum Strand hinunterlief und von dort hinaus aufs Wasser starrte, ohne etwas wahrzunehmen. Sie war nun sicher, daß Scrofo sie als die Hure erkennen würde, die ihm den Hals aufgeschlitzt hatte. Das Wort ließ sie schaudern: Hure. Welche Auswirkungen würde es auf Julians Karriere haben, wenn die Welt entdeckte, daß seine Verlobte eine Pariser Prostituierte gewesen war und einen Mordversuch begangen hatte? Daß sie eine Frau war, die es im Krieg mit dem Feind getrieben hatte? Sie durfte nicht daran denken, auch nicht daran, was eine Enthüllung für ihre Beziehung bedeuten würde.

Trotz seiner Liebesbeteuerungen würde Julian sie sofort fallenlassen — das war ihr klar. Sie zweifelte zwar nicht an seiner Liebe, wußte aber, daß Julian Brooks nicht imstande sein würde, sich mit den Folgen abzufinden, die eine Ehe mit einer Frau, die eine so dunkle, ja kriminelle Vergangenheit aufzuweisen hatte, mit sich brachte.

Nein, ihr Leben war völlig zerstört, wenn Julian etwas von ihrer Vergangenheit erfuhr. Zerstört. Seine Scheidung sollte in zwei Monaten rechtskräftig werden und sie mußten rasch heiraten, bevor man ihr die Schwangerschaft ansah. Bevor er Zeit hatte, die Wahrheit zu erfahren. Wenn er sie erführe, wäre es das Ende. Sie wußte, daß er sie dann verlassen würde. Ja, sicherlich wäre er großzügig — er würde ihr Geld geben, das sie nicht brauchte. Sie konnte von ihren klugen Investitionen leben. Ihr würde von ihm nur sein Kind bleiben. Noch wußte niemand von ihrer Schwangerschaft. Wurde ihr Zustand bekannt, dann würde es zweifellos auch einen Skandal geben, aber keinen so schmachvollen wie jenen, den Scrofo entfesseln konnte.

Inès ließ sich auf einem Stein nieder, ihre Gedanken überstürzten sich. Was konnte Scrofo von ihr wollen? Sie stellte für ihn keine Bedrohung dar. Wenn er sie aber erkannte, würde er sich natürlich rächen wollen, und so wie er sie angestarrt hatte, war es nur eine Frage der Zeit, bis es soweit war.

Sie legte ihre Hand auf ihren noch flachen Leib. Schweiß durchfeuchtete ihr dünnes Seidenkleid. Gedankenverloren streifte sie die Schuhe ab und legte sie auf einen der Felsbrocken, die wie gestrandete Seeungeheuer herumlagen. Auf der anderen Seite der Bucht konnte sie in der Dämmerung ein Schnellboot voller lachender Menschen umherflitzen sehen. Das Wasser war spiegelglatt und schimmerte ölig, da völlige Windstille herrschte. Plötzlich tauchte im Dämmerlicht aus dem Wasser ein Sporttaucher auf, der mit seinem Speer einen kleinen Oktopus aufgespießt hatte, dessen sackartiger rosa Körper schlaff herabhing wie das Skrotum eines alten Mannes. Inès schauderte zusammen. Davon hatte sie zu viele gesehen. Die Vorstellung, jemals wieder mit einem anderen außer Julian ins Bett gehen zu müssen, war ihr widerwärtig.

Sie bewegte ihre Füße im Wasser, um sich abzukühlen, doch es war zu warm und bewirkte nur, daß sie sich noch verschwitzter fühlte. Vorsichtig bückte sie sich, um ihr erhitztes Gesicht mit Wasser zu besprühen. In ihrem Kopf überstürzten sich die Gedanken . . . wie peinlich, demütigend und unwürdig eine Enthüllung ihrer Vergangenheit sein würde. Julian würde ihr nie verzeihen können. Er war nicht nur ein großer Star, sondern auch ein traditionsverhafteter englischer Gentleman mit Public-School-Erziehung. Er hatte seine Ehe und sehr viel Geld für Inès geopfert — doch seine Zukunft würde er für sie nicht aufs Spiel setzen, das wußte sie genau. Ihre weiblichen Instinkte warnten sie, daß sie in großer Gefahr schwebte. Sie mußte etwas Drastisches gegen Scrofo unternehmen, ehe er versuchen konnte, ihr Leben zu zerstören.

Agathe hatte der Party mit gemischten Gefühlen entgegengesehen. Bei gesellschaftlichen Anlässen fühlte sie sich meist fehl am Platz und unbehaglich, als Dominiques Anstandsdame hatte sie jedoch unbedingt mitgehen müssen. Immerhin würde auch Julian anwesend sein, für sie einziger Anlaß zur Freude.

Sie spürte seine Ankunft sofort; fast konnte sie ihn durch den ganzen Raum riechen. Es war derselbe Geruch, den sie im Stoff seines blauen Hemdes wahrgenommen hatte. Sie hielt es unter ihrer Matratze versteckt und wickelte es allnächtlich zum Schlafen um sich.

Er sah sogar noch besser aus als beim letzten Mal, und er wirkte, obwohl er am anderen Ende des Raumes stand, auf sie sexuell aufreizender als selbst in ihren fieberheißen Nächten, wenn sie sich ständig der Vorstellung hingab, sein Körper wäre dem ihren ganz nahe. Diesmal trug er einen weißen Shantung-Anzug und ein helles blaues Seidenhemd, dessen offener Kragen dunkle, gelockte Brustbehaarung sehen ließ. Sein braunschwarzes Haar fiel ihm in die gebräunte Stirn, als er die Frau an seiner Seite lachend ansah. Er lachte überglückich und vertraulich mit einer schlanken aschblonden Frau in einem grünen Sarong, wobei seine Hand lässig auf ihrer nackten Schulter lag.

Agathe hielt den Atem an. Das Haar war anders. Der ganze Stil, die Eleganz ... aber es gab niemanden aus jenen Kriegstagen, den Agathe jemals würde vergessen können. Was hatte Julian mit dieser Nutte zu schaffen?

Wie konnte er mit dieser Hure zusammensein, die in Paris mit der Hälfte der Gestapoleute geschlafen hatte? Sie war doch nicht etwa seine Verlobte?

Die beiden wurden von allen begrüßt wie ein Kaiser und dessen Gemahlin. Inès ist keine Kaiserin, dachte Agathe. Sie ist eine billige Hure, ein Luder, eine Landesverräterin. Warum war Julian, der nur das Reine und Gute verdiente, verlobt mit dieser ... dieser Verkörperung der Sünde? Sie mußte ihn verhext haben, denn es war unmöglich, daß ein so wunderbarer, so guter, in jeder Hinsicht so perfekter Mann eine Dirne zur Frau nehmen konnte.

Agathe fiel das Zeitungsfoto ein, das Dominique ihr auf dem Flug nach Acapulco gezeigt hatte. Julians Begleiterin war im Profil abgebildet gewesen und hatte dunkles Haar gehabt, kein Wunder also, daß sie sie nicht erkannt hatten. Aber jetzt konnte kein Zweifel bestehen, daß es sich um die Verräterin von einst handelte, auch wenn sie blond war und unschuldig aussah.

Die Vergangenheit überfiel sie wie eine Woge. Das war die Hure, die einen italienischen Offizier getötet hatte! Sie war im selben Keller versteckt worden, in dem Agathe so lange gehaust hatte. Inès aber hatte nur ein paar Tage dort aushalten müssen und war dann schon übergeschnappt. Sie hatte kein Rückgrat. Sie war dumm und schlecht. Natürlich hatten alle ihr geholfen. Ihr Zuhälter Yves, die alte Gabrielle — keiner von ihnen hatte einen Finger gerührt, um Agathe beizustehen, ehe sie halbtot war. Falsche Pässe, ein anderer Name, gefärbtes Haar, und man hatte sie nach England in Sicherheit gebracht. Agathe hatte nachher nie mehr etwas von ihr gehört. Und jetzt war Inès Dessault hier aufgetaucht, verlobt mit dem Mann, den Agathe anbetete, und lächelte der Welt zu, als gehörte sie ihr.

Bluey und Nick beobachteten den Sonnenuntergang von der zweiten Ebene der Villa aus, und Nick schwärmte: »Es ist das Schönste, was ich in meinem ganzen Leben gesehen habe, viel schöner noch als die Sonnenuntergänge auf Hydra. Solche Bilder brauche ich in den letzten Schlachtenszenen, Bluey — sie könnten symbolhaft für die mexikanische Tragödie stehen — die sterbende Sonne, die Sonne, die die Mexikaner verehren — tote und sterbende Krieger im Sonnenuntergang nach der Schlacht . . .«

Nick konnte nicht an sich halten und verbreitete sich erregt über Pathos und Symbolismus des Sonnenuntergangs, während Bluey, der dieses Schauspiel schon zu oft miterlebt hatte, um lyrisch zu werden, nur registrierte, daß sein Glas leer war.

»Komm, wir wollen nachfassen, Kleiner«, sagte er. »Sonnenuntergänge gibt es hier jede Menge.«

Nick warf einen Blick zurück zum bernsteinfarbenen Himmel, und als er Bluey widerstrebend folgte, entwickelte er bereits entsprechende Ideen. Er mußte diese Bilder auf die Leinwand bannen, er mußte einfach.

Die Mariachi-Klänge im großen Salon waren nur um eine Spur lauter als Konversation und Gelächter, da nun alle Gäste schon vertrauter miteinander geworden waren. Nick und Bluey schlenderten an die Bar, worauf Ramona sofort auf sie zuschwebte.

»Meine Lieben, unser neuer Produzent ist gekommen. Ich habe euch überall gesucht. Ihr müßt kommen und ihn kennenlernen.«

»Aber natürlich, darauf habe ich nur gewartet«, sagte Nick, während Ramona sie durch das Gästegetümmel manövrierte.

Inmitten einer kleinen Gruppe, bestehend aus Irving und Shirley Frankovitch, Dominique und Agathe stand mit dem Rücken zu Nick ein kleiner, übergewichtiger Mann in einem teuer wirkenden Maßanzug.

»Du kennst Hubert noch nicht, oder?« fragte Ramona lächelnd.

Der Mann drehte sich zu Nicholas um, dessen Herz auszusetzen drohte, als er in die steinernen schwarzen Augen

Umberto Scrofos starrte – des Mannes, der seine Mutter ermordet hatte und dem er Rache geschworen hatte.

Nicholas stand wie erstarrt da, während Vorstellungsfloskeln gewechselt wurden. Automatisch schüttelte er die verschwitzte Hand Gourounis, des Mannes, der vor über einem Jahrzehnt auf Hydra seine ganze Familie ausgerottet hatte. Sein Mund war so ausgetrocknet, daß er nicht sprechen konnte. Er wußte zudem, daß seine Kehle keinen Laut hervorgebracht hätte. Er konnte nicht einmal hören, was gesprochen wurde, so laut war das Dröhnen in seinen Ohren. Er konnte nur das Krötengesicht des Mannes anstarren, den eines Tages zu töten er sich geschworen hatte. Zugegeben, mit dem Verstreichen der Zeit und dem Vergehen der aufbrausenden Jugend hatten sein brennender Haß und sein verzweifeltes Verlangen nach Rache sich vermindert. Doch jetzt, in dieser tropischen Nacht in Acapulco, von Angesicht zu Angesicht mit Scrofo, stieg alles wieder mit tödlicher Vehemenz an die Oberfläche. Nur mit Mühe hielt er sich zurück. Am liebsten hätte er sich sofort auf das fette Schwein gestürzt und laut herausgeschrien, daß Scrofo ein hundsgemeiner Mörder war. Doch er hielt den Mund und sagte nichts.

Sein Benehmen mußte sehr seltsam wirken. Ramona sah ihn schon fragend an, und Scrofo beäugte ihn mit sonderbar gönnerhaftem Blick. Durch den Nebel, der sein Gehirn einhüllte, hörte er den Italiener sagen: »Freut mich, Sie kennenzulernen, Nick, wir werden hier einen großen Film machen, das weiß ich. Das Skript gefällt mir größtenteils, und die Besetzung ist ausgezeichnet. Morgen sollten wir uns ganz zeitig unter vier Augen treffen, damit ich Ihnen einige meiner Ideen erläutern kann.«

Nick wußte, daß jetzt von ihm eine Bemerkung erwartet wurde, doch er war unfähig, auch nur die simpelste Platitüde zu äußern. Mit einem Nicken und ein paar halblaut gemurmelten Worten zog er sich aus der Affäre.

Hubert Croft musterte den jungen Regisseur kühl. Seine äußere Erscheinung hatte schon so oft bei anderen Befremden hervorgerufen, daß er im Laufe der Jahre gelernt hatte, die Abweisung zu kaschieren, unter anderem damit, daß er geballte Ladungen an Charme und plumpen Witz versprühte. Aber dieser Nick Stone, das Wunderkind des Films der fünfziger Jahre, benahm sich besonders merkwürdig. War er betrunken? Hatte der Tequila schon so früh am Abend seinen unvermeidlichen Tribut gefordert? Hubert sagte lächelnd: »Nick, als ich Ihren ersten Film sah, wußte ich schon, daß Sie Talent haben — wer etwas so Witziges und Frisches aus *Teens im All* macht, muß ein Genie sein.«

»Hm, vielen Dank«, murmelte Nick. Seine Kehle war so trocken, daß ihn jedes Wort schmerzte.

»Und auch Ihr zweiter Film war ein Kunstwerk — einfach brillant. Ich bin sehr stolz darauf, daß ich mit Ihnen drehen kann — richtig stolz.«

Nicks Instinkt drängte ihn, den fetten Nacken des Italieners mit beiden Händen zu packen und ihm das Leben herauszudrücken. Plötzlich hatte er das Gefühl, nicht mehr in Acapulco zu sein, sondern wieder auf seiner vom Krieg heimgesuchten Heimatinsel. Er war ein Sechzehnjähriger, dessen Geschwister elendiglich verhungert waren, dessen Vater vor den Augen der Dorfbewohner von Scrofos barbarischen Schergen totgeprügelt worden war, dessen Mutter von Scrofos eigenen Händen den Tod erlitten hatte und dessen Freunde und Angehörige man zu Tode gefoltert hatte.

Es verging keine Minute, bis Bluey ihm ein neues Glas Margarita in die Hand gedrückt hatte. Nick leerte das Glas, ohne den Blick von dem Italiener loszureißen. Bluey beobachtete ihn mit milder Verwunderung. Nick war wie in Trance, wie ein Mensch, der offenen Auges träumt. Aus seinem Gesicht war die Farbe gewichen, er schien Sprache und Fassung verloren zu haben. Bluey riß einen Witz, als er mit Hubert bekannt gemacht wurde, der ihn mit einem strahlenden Lächeln begrüßte, erleichtert, daß er seine Aufmerksamkeit nicht mehr dem wortkargen griechischen Regisseur widmen mußte.

Mit der gemurmelten Entschuldigung, er fühle sich nicht wohl, wollte sich Nick in seiner Verzweiflung davonmachen. Diese Begegnung war so unfaßbar, daß er damit momentan nicht zu Rande kam. Er mußte allein sein. Er brauchte Zeit zum Nachdenken. Sollte er Elektra anrufen? Gerade als er gehen wollte, ließ die Mariachi-Band einen Fanfarenstoß ertönen, und Ramona, die seinen Arm mit festem Griff packte, kündigte an, das Dinner sei serviert. Nick saß in der Falle. Die Hand der Fürstin ließ nicht los, als sie ihn über die gewundene Onyxtreppe hinunter zur Hauptterrasse führte.

Die Tische waren exquisit dekoriert. In der Mitte eines jeden der zehn runden, mit Goldlâmétischtüchern gedeckten Tische stand ein dick mit Goldfarbe bemalter Palmwedel stolz in einem goldenen, pyramidenförmigen Behälter, eingebettet in etwas, das aussah wie feiner goldener Sand. Im Sand steckte ein Kreis winziger flackernder Lichter, deren Schein die Gesichter der Gäste warm und schmeichelhaft beleuchtete. Beidseits der Pyramide schmiegten sich zwei Keramikkamele schläfrigen Blickes aneinander. Das Besteck bestand aus massivem Gold, die Salzstreuer und Pfeffermühlen in Kamelform ebenso.

Ramona hielt sich für eine Expertin in der trickreichen Kunst des *placement.* Die ersten drei Tische waren die wichtigsten, und an Tisch Nummer eins nahm Ramona selbst den Ehrenplatz ein. Sie hatte Hubert zu ihrer Rechten und zu seinem Entsetzen Nick zu ihrer Linken gesetzt. Neben ihm saß Shirley Frankovitch, was Nicks Lebensgeister weiter sinken ließ. Er konnte diese pseudointellektuelle, vulgäre Person, die sich für eine literarische Gigantin hielt, ihren Erfolg in der Hauptsache aber ihrem Mann zu verdanken hatte, nicht ausstehen.

»Guten Abend, Nicky«, sagte sie sarkastisch zu ihm, als er sich setzte. »Großartige Party, wie? Ramona hat so viel Klasse, findest du nicht?«

Nick schenkte ihr keine Beachtung. Er winkte den Kellner heran, der ihm sein Weinglas füllen sollte. Er mußte sich einen Rausch antrinken — einen großen.

Neben Shirley saß Julian, der die fette Autorin ebenfalls nicht gerade ins Herz geschlossen hatte, doch wie um dies wettzumachen, hatte Ramona rücksichtsvoll Dominique zu seiner Linken plaziert. Zwischen Dominique und Inès ließ sich der amerikanische Botschafter in Mexiko nieder, der viel trank und wenig sprach.

Zu ihrem Entsetzen mußte Inès entdecken, daß sie nur vier Stühle von Umberto Scrofos durchdringendem Blick entfernt saß. Die einzigen Gäste zwischen ihr und dem abscheulichen Italiener waren Teddy Stauffer, Besitzer der Villa Vera, selbsternannter Mr. Acapulco und Haupt der hiesigen Society, und die schöne Gene Tierney.

Prominenz, Presse und Filmteam an den anderen Tischen unterhielten sich anscheinend viel besser als die Gäste an Ramonas Tisch. Ein Filmteam arbeitet und feiert angestrengt, und heute war Feiern angesagt, aber als erfahrene Gastgeberin fragte sich, warum um alles auf der Welt an ihrem Tisch eine so frostige Stimmung herrschte. Sie stürzte sich in ein lebhaftes Gespräch mit Hubert, der mit seinem üblichen plumpen Witz reagierte, aber Nicholas Stone war heute einfach richtig ungehobelt. Finsteren Blickes starrte er unausgesetzt auf seinen Teller und goß den Château Lafitte 1929 wie Limonade in sich hinein.

»Sie sehen heute wie immer großartig aus, *Principessa*«, sagte Hubert mit öligem Lächeln und hob den venezianischen Goldpokal, um ihr zuzutrinken. »Hinreißender als je zuvor.«

»Vielen Dank, lieber Hubert.« Hätte Ramona es geschafft, mädchenhaft zu erröten, sie hätte es getan, doch ihre mimischen Talente reichten dazu nicht aus.

»Sagen Sie mir, meine Liebe, wer ist die Dame, die mit Julian verlobt ist? Ich bilde mir ein, sie von irgendwoher zu kennen.«

»Ach.« Ramona schien enttäuscht, daß das Gespräch sich nicht mehr um sie drehte. »Julian ist ihr in London begegnet. Sie ist Französin, aus guter Familie, soviel ich weiß — vor dem Krieg verwaist und bei einer Tante in Yorkshire aufgewachsen.«

»Ach so.« Hubert nippte an seinem Wein und beobachtete Inès nun nicht mehr so genau, als diese eine Konversation mit dem Botschafter versuchte. »Attraktive Person. Ich bin sicher, ihr schon begegnet zu sein.«

Ramona gab keine Antwort, und Hubert ging auf, daß er die Todsünde begangen hatte, die Vorzüge einer anderen vor denen seiner Gastgeberin zu beachten. Sie versuchte nun ein Gespräch mit dem verbiestert aussehenden Nick Stone anzufangen, und auch Croft lehnte sich vor, um mit ihm zu sprechen.

»Nick, ich glaube, wir sollten unbedingt die Rolle der Königin ausbauen, finden Sie nicht auch?«

Nick nickte, unfähig zu sprechen, noch immer vor Wut außer sich. Dieser widerliche Kerl! Sprach von Änderungen an Skript und Rollen und war erst zehn Minuten dabei.

»Ach, Hubert, meinen Sie das wirklich?« strahlte Ramona, deren Bernsteinaugen wir die eines Teenagers glänzten. »Ich hätte da so viele Ideen zu meiner Rolle — wenigstens einige würde ich Ihnen gerne andeuten.«

»Nur zu, meine Liebe«, entgegnete Hubert. »Sagen Sie mir, wie Sie sich alles vorstellen. Sicher können wir uns auf eine befriedigende Lösung einigen.«

Ihm gegenüber stocherte Inès in ihrem Essen und versuchte wegzusehen, wenn Umberto Scrofo sich vollstopfte und dabei wiederholt seine Krawatte bekleckerte. Immer wieder suchte sein Blick sie, musterte sie, schien stille Fragen zu stellen.

Sie ist schön, dachte Hubert, sie wirkt aristokratisch und elegant — eine Begegnung hätte sicher unauslöschlichen Eindruck auf ihn gemacht. Sie mußte achtundzwanzig, dreißig sein, was bedeutete, daß er sie, wenn überhaupt, vor zehn Jahren, also noch als Teenager, gekannt haben mußte. Da er 1946 kurz in London gewesen war — gut möglich, daß die Begegnung von damals herrührte. Vor zehn Jahren war er auf Hydra gewesen, mit Sicherheit sie aber nicht. Aber vor zwölf Jahren . . . in Paris? Konnte er ihr dort begegnet sein? Nein, unmöglich, damals wäre sie zu jung gewesen. Er hörte kaum zu, als Ramona pausenlos auf ihn einredete und ihm mit Ideen und Vorschlägen kam, die samt und sonders darauf hinausliefen, die Rolle von Isabellas Mutter sympathischer und interessanter zu gestalten und damit das Drehbuch aufzuwerten. Er registrierte das alles kaum, weil er alle seine Gedanken darauf konzentrierte, das Geheimnis der rätselhaften Schönheit zu lüften, die ihm bleich und still gegenübersaß.

Lyon — Lyon — Lyon? Nach Lyon hatte es ihn nie verschlagen.

Julian bekam von Inès Verzweiflung nichts mit, da Dominique sich entschlossen hatte, mit ihm unter dem Tisch zu flirten. Sie hatte einen Schuh abgestreift und liebkoste mit ihrem bloßen Fuß seinen Knöchel. Dabei sah sie ihm in die Augen und stellte fest, daß sein Begehren unglaublich stimulierend auf sie wirkte. Julian sah zu Inès hin, sie aber schien nichts von allem wahrzunehmen, was um sie herum vorging, so daß er entschied, es könne nicht schaden, auf Dominiques Spielchen einzugehen. Schließlich bedeutete das alles nichts. Sie war nur ein junges Mädchen, das erstmals die Gefilde des Flirts erkundete. Keine Gefahr also.

10

Wieder in ihrem Hotel, fühlte Inès sich sterbenselend. Den ganzen Abend lang hatte Umberto Scrofos Blick sie verfolgt, ununterbrochen. Nach dem Dinner, als die Gäste sich zum Tanzen auf die untere Terrasse begaben, hatte sie sich verzweifelt gewünscht zu gehen, aber Julian tanzte, in ein Gespräch vertieft, mit Dominique, und sie hatte die beiden nicht stören wollen. Inès wußte, daß Schauspieler, die gemeinsam vor der Kamera standen, eine gewisse Zeit brauchten, um einander kennenzulernen. Und da Dominique so jung war und dazu unerfahren in der Welt des Films, wollte Julian als alter Profi ihr natürlich unter die Arme greifen.

Sie kam eben aus der Damentoilette, als eine feuchte Hand sich auf ihre bloße Schulter legte.

»Warum haben Sie es immer so eilig, wenn ich in der Nähe bin, Teuerste?« fragte Hubert. »Wollen wir nicht tanzen?«

»Leider ist mir nicht wohl.« Sie entzog sich seinem Griff. »Ich möchte nicht tanzen.«

»Dann setzen wir uns«, sagte er und faßte energisch nach ihrem Arm, um sie zu einer geschnitzten Elfenbeinsitzbank unweit der Tanzfläche zu führen. »Ich möchte mit Ihnen reden.« Scrofo schien über die unbeugsame innere Kraft dessen zu verfügen, der es gewohnt ist, daß seine Befehle widerspruchslos ausgeführt werden.

»Jetzt weiß ich, wer Sie sind«, sagte er ganz plötzlich mit starrem Basiliskenblick.

Sie hielt seinem Blick stand, um einen gleichmütigen Ausdruck bemüht. »Wie ist das möglich? Wir sind einander noch nie begegnet.«

»O doch, mein liebes Kind.« Seine Stimme war wie ranziges Öl. »Wir sind einander sogar ganz sicher begegnet.« Er hielt inne, wartete auf ihre Reaktion, zündete seine Zigarre frisch an und beobachtete sie aus zusammengekniffenen Augen. Sie zuckte nicht mit der Wimper und versuchte krampfhaft ihren Willen darauf zu konzentrieren, daß er sich nicht erinnerte.

»Natürlich sehen Sie jetzt anders aus. Fast zwölf Jahre ... eine lange Zeit für ein junges hübsches Mädchen.« Er lächelte noch immer in Erwartung ihrer Reaktion. Nur mit Mühe konnte sie verhindern, daß das Glas in ihrer Hand zitterte. Sie hatte das Gefühl, ihr Inneres sei versteinert.

»Tja, wenn Sie sich nicht erinnern, dann muß ich Ihrem Gedächtnis nachhelfen«, sagte er in drohendem Ton. »Sicher können Sie sich an ein gewisses Hotelzimmer in Paris des Jahres 1943 erinnern?«

Ihre Miene blieb ausdruckslos. »Leider nein. Worauf wollen Sie hinaus. Dieses Gespräch führt zu gar nichts — entschuldigen Sie mich.«

Sie wollte aufstehen, doch er war schneller und packte ihren Arm. Sie spürte den Anflug von Grausamkeit, der von seinen fleischigen, schraubstockartigen Fingern ausging, ein Gefühl, das ihr noch immer gegenwärtig war.

»Ich sagte schon, daß ich Gesichter nie vergesse. Und Namen auch nicht. Dumm von Ihnen, nicht auch den Namen geändert zu haben. Inès ist ein ungewöhnlicher Name — ein so schöner Name, daß sie ihn nicht ändern wollten, als Sie Ihren Beruf aufgaben. Die Hurerei!« Seine Lippen waren knapp an ihrem Ohr, als er die Worte hervorstieß, und sie sah den unverhüllten Haß, der seine fahle Hautfarbe gerötet hatte.

»Mr. Croft, ich weiß nicht, wovon Sie reden. Bitte, lassen Sie mich gehen. Mein Verlobter wartet.«

Doch sie war unfähig, sich seinem festen Griff zu entziehen. Wie im Traum sah sie, wie sich die Tanzpaare bewegten, wie die Band spielte und die Gäste lachten. Sie hörte das leise Summen der Nachtinsekten, roch süßen Jasminduft — doch sie konnte an nichts anderes denken als an die Qualen, die ihr von diesem Mann zugefügt worden waren, und wie sie es ihm heimgezahlt hatte.

»Ja, jetzt sehe ich, daß Sie sich erinnern.« Als er lächelnd seine Zähne zeigte, schien sich sein Gesicht in eine gespenstische Larve zu verwandeln. »Sie können sich die Antwort getrost sparen, Inès. Ihr Schweigen sagt alles. Außerdem läßt mein Gedächtnis mich nicht im Stich. Sie waren die kleine Hure, die mich im Ritz besuchte — so ist es doch? Und dann haben Sie versucht, mich zu töten, nicht wahr?«

Inès hatte das Gefühl, einen Alptraum zu erleben, aus

dem es kein Entrinnen gab. In weniger als zwanzig Meter Entfernung tanzte der Mann, den sie leidenschaftlich liebte, mit seiner Filmpartnerin. Sie wollte ihm nahe sein, wollte ihn festhalten, wollte Mrs. Julian Brooks werden, ganz schnell. Sie wollte nach Hause — doch dieses Scheusal hielt sie fest in seinem Griff. Wenn sie ihm entkommen wollte, mußte sie eine Szene riskieren.

»Also, Miß Züchtig und Wohlanständig, Miß Starverlobte, Miß Mörderin.« Er blies ihr beißenden Zigarrenqualm ins Gesicht. In all den Jahren hatte er sich offensichtlich wenig geändert, er war ein sadistisches Ungeheuer geblieben. »Da wären wir also — wieder zusammen.«

»Was wollen Sie?« flüstere Inès.

»Nichts, meine Liebe, absolut nichts — noch nicht. Sie sollen nur wissen, daß ich weiß, wer Sie sind, Inès ..., wie immer Sie jetzt heißen. Ich kann mich sehr gut an Sie erinnern. Sie waren eine junge Prostituierte, und sie waren es offensichtlich schon eine ganze Weile. Sie waren gut — sehr, sehr gut.« Er leckte sich die Lippen. »Und dann haben Sie versucht, mich zu töten, so war es doch?« Er näherte ihr sein talgiges Gesicht und kam ihr so nahe, daß sie die geplatzten Äderchen auf seiner Nase und die Bartstoppeln am Kinn sehen und sein ekelhaftes Rasierwasser riechen konnte.

»Fast wäre es dir geglückt, du ... du Luder!« Seine Finger umklammerten ihren Oberarm so fest, daß man am Tag darauf die Abdrücke als blaue Flecken sehen würde. »Deinetwegen wäre ich fast abgekratzt, du lausige Hure. Sieh mal ...« Er lockerte hastig seinen Kragen und öffnete sein Hemd, um die dicke Narbe unter seinem Adamsapfel freizumachen. Der Anblick des fast zehn Zentimeter langen, weiß schimmernden Narbenwulstes ließ Inès hörbar nach Luft schnappen.

»Woche um gottverdammte Woche habe ich in diesem verfluchten Militärhospital gelegen.« Er zog sie so nahe an sich, daß sein Speichel fast in ihr Gesicht sprühte. Inès überkam das Gefühl, der ganze Raum sähe ihnen zu. Dann ließ er ein

Grinsen sehen, das sein Gesicht wie ein Riß spaltete. »Dafür werde ich mich rächen«, zischte er drohend, als er seine Krawatte zurechtschob. »Ich habe lange warten müssen, bis ich Sie fand, meine Liebe, und Sie werden den Tag noch verwünschen, an dem Sie mir begegnet sind.«

Inès schauderte zusammen. »Ich weiß nicht, wovon Sie reden, Mr. Croft, sagte sie trotzig. »Was Ihnen zustieß, liegt lange zurück und hat nichts mit mir zu tun.«

Er war noch abscheulicher, als sie ihn in Erinnerung hatte. Mit einem Ruck schaffte sie es, ihm ihren Arm zu entziehen. Just in diesem Moment endete auch die Tanznummer, und Julian kam auf sie zu, den Arm locker um Dominiques Taille gelegt.

»Ich bin ja so müde, Liebling«, flüsterte Inès, in den Armen ihres Verlobten Schutz suchend. »Gehen wir jetzt?«

»Natürlich gehen wir, mein Schatz. Gute Nacht, Dominique.« Sein Blick hielt den Dominiques eine Idee länger als notwendig fest. »Hubert, freut mich, Sie kennengelernt zu haben. Morgen können wir uns ausführlicher unterhalten.« Arm in Arm mit Inès entfernte er sich, um ihrer Gastgeberin gute Nacht zu sagen.

Umberto Scrofo starrte ihnen nach. Auch wenn sie es noch so heftig leugnete, er war sicher, daß sie es war. Er wußte es. Die Pariser Hure.

Endlich hatte er sie gefunden. Das Mädchen, das versucht hatte, ihn zu töten — das magere Ding, das wiederzusehen er sich lebhaft ausgemalt hatte. Unaussprechliche Dinge wollte er mit ihr tun, wollte sie fürchterlich bestrafen . . . Nun, mit der Bestrafung mußte er sich Zeit lassen — aber sie war nur aufgeschoben. Im Moment gab es andere Prioritäten. Ganz oben auf seiner Liste stand der *Cortez*-Film — und Mademoiselle Inès Juillard würde ihm in dieser Hinsicht eine große Hilfe sein, ob es ihr paßte oder nicht.

Inès schlief unruhig, von Visionen des sadistischen Scrofo geplagt. Sie wälzte sich im Bett hin und her, schlug um sich und rief laut im Schlaf. Julian hielt sie fest, flüsterte ihr, von Wogen der Liebe überwältigt, beruhigende Koseworte zu. Doch als ihn die Leidenschaft übermannte, verweigerte sich Inès ihm zum erstenmal in ihrer Beziehung. Julian war daraufhin ein wenig enttäuscht und versuchte vergebens, Gedanken und Phantasien nicht zu Dominique abschweifen zu lassen.

»Es tut mir leid«, sagte Inès zerknirscht. »Es tut mir echt leid, Liebling ... ich ... fühle mich nicht wohl. Ich weiß nicht, was mit mir los ist, Julian, aber ich kann nicht. Nicht jetzt. Bitte, das mußt du verstehen.«

»Natürlich, Liebling, ich verstehe ja.« Julian drückte sie an sich.

Er schlief bald wieder ein, sie aber lag die ganze Nacht über wach da, starrte zur Decke empor und dachte unausgesetzt an ihren Todfeind.

Am nächsten Morgen entdeckte Inès Blutspuren auf dem Laken. Erschrocken rief sie ihren Gynäkologen in Los Angeles an, doch es war Sonntag, und er spielte Golf. Inès verkroch sich wieder ins Bett und machte Julian den Vorschlag, er solle den Tag allein nützen.

»Mir geht es gut, Liebling, aber ich brauche Ruhe«, besänftigte sie ihn. Die Blutung erwähnte sie nicht, in der Hoffnung, sie würde zum Stillstand kommen, wenn sie strikte Bettruhe einhielt.

Und wieder wollte sie nichts von Liebe wissen.

Julian zeigte sich nervös, gereizt und unruhig wie die meisten Schauspieler einen Tag vor Drehbeginn. Inès' zweite Abfuhr, diesmal nur mit der Begründung, sie fühle sich nicht wohl, steigerte seine Gereiztheit und Nervosität. Julian brauchte ein Ventil für die sexuelle Spannung, die sich in ihm aufstaute.

Grund seiner Nervosität war der Film. Mochte er auch noch so viele Filme gedreht haben, ihm stand jetzt sein erster amerikanischer Film bevor, von dem viel abhing.

Er blickte auf die bleich und verhärmt in den Kissen liegende Inès hinunter. Ihre sonst immer kühle Stirn glänzte vor Schweiß. »Bist du sicher, daß alles in Ordnung ist, Inès?«

»Aber ja, mir geht es gut, Liebling«, flüsterte sie matt. »Die Party hat mich ziemlich mitgenommen.«

»Ich glaube, nach der Produktionsbesprechung gehe ich Wasserski laufen«, sagte er. »Es macht dir sicher nichts aus, hier allein zu bleiben?«

»Nein, gar nichts«, sagte sie, obwohl sie nicht wollte, daß er ginge, andererseits aber Ruhe zum nachdenken brauchte. »Amüsier dich schön, Liebling — und gib acht, daß dir nichts passiert. Wir sehen uns abends.«

Sie warf ihm einen Kuß zu, als er hinausging, er aber erwiderte ihn nicht. Inès sank beklommen auf das zerknüllte Kissen zurück, von der Gewißheit erfüllt, Julians merkwürdige Vorahnung vom gestrigen Abend hätte sich auf schreckliche Weise bewahrheitet.

11

Trotz der frühen Morgenstunde — es war kurz vor acht — war die geheime Frühstückssitzung bereits im vollen Gange. Irving und Shirley Frankovitch saßen mit Hubert Croft auf dem schattigen Balkon von Huberts Suite zusammen. Auf dem Glastisch vor ihnen häuften sich Skriptversionen und Budgetaufstellungen im Durcheinander mit Kaffeetassen, tropischen Früchten, einer Auswahl von Frühstücksbackwerk und Brot, Marmeladen und Konfitüren.

Hubert aß auch beim Sprechen ununterbrochen. Wollte er etwas besonders hervorheben, dann stieß sein Finger in die Luft und gestikulierte wild. In dieser Situation war seine Ähnlichkeit mit Mussolini bemerkenswert, wie Shirley, nach einer Frucht greifend, feststellte. Huberts Appetit beflügelte den ihren.

»Soviel ich sehe, besteht das Hauptproblem darin, daß Nicholas Stone offenbar das Originalskript, wie Sie es verfaßt haben, drastisch veränderte.« Er sah Shirley an. »Meine Liebe, das Skript war brillant — Sie haben wie immer fabelhafte Arbeit geleistet.«

»Jeder neue Vorschlag unsererseits — jede Idee — alles Intelligente und Innovative hat Nick ausgemerzt«, äußerte Shirley verbittert, aber von Huberts Lob sehr geschmeichelt. »Es war ein großartiges Skript, nicht wahr, Irving?«

»Bluey ist Nicks Hauptverbündeter«, mischte sich Irving ein. »Von diesen beiden und von Zack Domino, der mit voller Rückendeckung durch das Studio rechnen konnte, wurden wir völlig ins Abseits gedrängt.«

»Nicht mehr.« Hubert lächelte. »Nicht mehr, meine lieben Freunde. Ich habe beide Skripts gelesen — das Ihre, das Zachary Domino und Nick Stone zu ruinieren versuchten, und jenes, das Nick billigte. Für mich ist es keine Frage, welches besser ist.«

»Unseres!« entfuhr es Shirley, die noch ein Papayastückchen zwischen ihre Wulstlippen schob.

»Ja, in der Tat. Es gilt daher, das Studio, die Darsteller und vom technischen Personal wenigstens einige der wichtigsten Leute auf unsere Seite zu bringen.«

»Natürlich«, gaben ihm Shirley und Irving recht.

»Ramone Armande ist kein Problem. »Sie kann und wird eine hervorragende Verbündete sein, so wie sie auch eine hervorragende Schauspielerin ist.«

»Aber ihre Rolle ist doch kaum der Rede wert.« Shirley runzelte die Stirn.

»Ich glaube, wir könnten ihre Rolle etwas ausbauen«, meinte Hubert glatt, »ohne unserem Skript zu schaden.« Shirleys Miene drückte Zweifel aus, als Hubert fortfuhr: »Die Kleine — Dominique — wie hat sie auf die beiden Skripts reagiert? Gestern habe ich versucht, mit ihr zu sprechen, aber sie schien mir andere Dinge im Kopf zu haben.«

»Worauf Sie sich verlassen können.« Shirley grinste boshaft. »Sie hat nur den Schwanz von Looks Brooks im Kopf, und sehr bald wird dieser anderswo und nicht nur in ihrem Kopf sein.«

Irving warf seiner Frau einen mißbilligenden Blick zu. Manchmal war ihr Brooklyn-Gossenjargon auch zu abstoßend.

»Wirklich? Sehr interessant.« Hubert nahm hastig ein paar Eintragungen in seinem braunen Notizbuch vor. »Erzählen Sie mir mehr.«

Irving seufzte. Er glaubte den Julian-Dominique-Tratsch nicht, der bereits die Runde machte, aber Shirley hatte sich den Mund darüber zerrissen, daß sie gesehen hätte, wie das Mädchen sich auf der Party Julian praktisch an den Hals warf. Ihr entging nur selten etwas, das solche Beobachtungen ihr oft so etwas wie Ersatzbefriedigung verschafften. Ihr Eheleben konnte man seit geraumer Zeit vergessen. Irving gab sich große Mühe, hatte aber im Grunde genommen nicht mehr das geringste Interesse.

»Seine Verlobte ist eine bildschöne Person — warum sollte er fremdgehen?« Hubert befingerte seine Narbe, während Bilder von Inès' geschmeidigem Körper in seiner Erinnerung auftauchten.

»Er ist Schauspieler.« Shirley hob die Schultern. »Sie kennen ja Schauspieler — Bettgeschichten und kein Funken Intelligenz, zumindest bei den meisten.« Wieder ignorierte sie Irvings mißbilligenden Blick und schob sich ein Papayastück in den Mund. »Er ist dafür bekannt, daß er es mit jeder treibt, die mit ihm vor der Kamera steht. Der ›schönste Mann der Welt‹ soll seinen Partnerinnen sogar Grund für Selbstmordversuche geliefert haben«, äußerte sie zynisch.

»Ich verstehe. Wie würden Sie seine Position einschätzen?« Hubert kritzelte noch immer Notizen. »Auf welcher Seite steht er?«

»In der Mitte«, sagte Irving. »Ihm gefällt manches von unserer Version und manches von jener Nicks. Er wird auch schwer umzustimmen sein, weil er immer der Szene den

Vorzug geben wird, von der er das Gefühl hat, daß sie sowohl ihm als dem Film nützt. Er ist nicht der Egoist, als den Shirley ihn hinstellt, er ist eher ein Teamspieler.«

»Hmm.« Hubert bearbeitete seine Zähne mit einem Zahnstocher, scheinbar in den Anblick eines am Tischrand hockenden, eifrig Krümel aufpickenden gelben Vogels vertieft, während er in Gedanken sichtlich woanders war.

»Nick telefoniert *ständig* mit dem Alten in Hollywood. Er ist irgendwie verwandt mit ihm, und Sie wissen ja, diese Griechen halten eisern zusammen«, sagte Shirley sarkastisch.

»Natürlich.« Hubert war nicht weiter erstaunt. Er hatte den Zusammenhalt griechischer Familien in seiner Funktion als Kommandeur von Hydra aus eigener Anschauung kennengelernt.

»Und Sir Crispin?« erkundigte er sich nach dem weltberühmten, überaus populären englischen Darsteller, der die Rolle Montezumas spielte.

»Ach, der übliche bescheuerte, schwule Old-Vic-Mime mit Adelsprädikat, der sich einbildet, er wüßte alles«, klagte Shirley. »Für meine Ohren hört er sich an, als hätte er ständig den Mund voller Pflaumen. Aber bislang hat er sich nicht sonderlich hervorgetan. Die Jagd nach Strandjungen hält ihn in Trab. Ich glaube, er hat eine gewisse Vorliebe für Mr. Brooks und dürfte mit allen Wünschen und Vorstellungen des großen Filmstars einverstanden sein.

»Wir müssen alle Darsteller auf unsere Seite bringen, dann wird dieser Skript-Kampf ein Ende haben«, sagte der Italiener. »Das Studio wird sich nach der Mehrheit richten müssen, da es andernfalls auf dem Set nur Unruhe und Ärger gibt. Das kostet Geld, und man weiß ja, wie zuwider dem Studio Geldverschwendung ist.«

»Richtig«, ertönte es unisono von den Frankovitchs.

»Aber wie wollen wir das erreichen?« fragte Shirley. »In zwei Stunden haben wir eine Produktionsbesprechung mit Nick. Er wird gegen unser Skript Sturm laufen wie immer.«

»Überlassen Sie das getrost mir«, sagte Hubert, vor dessen geistigem Auge Inès' bleiches Antlitz vorüberhuschte wie ein alter Schwarzweiß-Film. »Überlassen Sie es mir, meine Freunde — ich werde einen Weg finden, daß anhand *unseres* Skripts gedreht wird, das garantiere ich Ihnen.«

Bei der offiziellen Produktionsbesprechung rutschte Bluey unbehaglich auf seinem Sitz hin und her — er haßte Konfrontationen. Die einzigen Szenen, die er genoß, waren jene, die er vor der Kamera zu sehen bekam. Aber Nick brauchte ihn, Nick, der heute reichlich merkwürdig aussah. Seine olivdunkle haut war grünlich-bleich, sein meist lächelnder Mund zusammengepreßt wie eine Rattenfalle.

Der ölige Italiener, der Bluey auf den ersten Blick mißfallen hatte, nahm mit den Frankovitchs die eine Seite des Tisches ein. Als Trio müßten die bei einem Häßlichkeits-Wettbewerb unschlagbar sein, sinnierte er. Ein Krieg der Worte war im Gange, der durch die von draußen hereinstrahlende tropische Sonne noch angeheizt wurde.

Hubert Croft hielt zwei Skripte noch, eines rot, das andere blau.

»Nick, ich sage es rundheraus«, krächzte er mit seiner Reibeisenstimme, die Nick allzu deutlich in Erinnerung geblieben war. »Dieses Skript« — er hielt das blaue mit der Siegespose eines Boxers hoch über den Kopf — »dieses ist Magie, reine filmische Magie. Ich habe es letzte Nacht gelesen und Glückstränen vergossen, weil mir das Privileg zuteil wurde, bei einem Projekt mitarbeiten zu dürfen, das sich das Talent dieser zwei hervorragenden Autoren zunutze macht.«

Irving und Shirley strahlten und nickten wie Bauchrednerpuppen, während Bluey ein hörbares Stöhnen ausstieß.

»Es ist doch Sache des Studios, nach welchem Skript gedreht wird, oder nicht?« Nick sagte es klar und geschäftsmäßig und strafte damit die Wut Lügen, die sich ob der erstaunlichen Frechheit dieses Menschen in ihm zusammenbraute. Einen einzigen italienischen Film, der noch dazu in Amerika nie gelaufen war — mehr hatte dieser Kerl nicht vorzuweisen, Nick hatte es letzte Nacht nachprüfen lassen. Und jetzt führte er hier das Kommando wie der Mussolini-Doppelgänger, als der er sich immer schon gefühlt hatte. Nicks Nackenhaare sträubten sich, als er an Scrofo auf Hydra dachte, an den Fettwanst, der in eine lächerliche, vor Orden strotzende Operettenuniform gepreßt die Insel unsicher gemacht hatte; Rachegelüste und Haß hinterlassend, wo immer er auftauchte. Nick durfte daran jetzt nicht denken — er konnte es gar nicht. Er mußte vielmehr durchsetzen, daß man diesen Film nach seinen Vorstellungen drehte.

Wurde dieser Film ein Reinfall, dann würde man ihm dafür die Schuld anlasten. Nichts dem abscheulichen Trio, bestehend aus den zwei Frankovitchs und Scrofo, auch nicht den Stars. Nein, es war sein Arsch, Nick Stones Arsch, der auf dem Spiel stand. Die vielen Jahre, die er gehofft und gekämpft hatte, um ein anständiger Regisseur zu werden, könnten schnell im Eimer sein. Herrgott, warum hatte Spyros bloß eingewilligt, diese Kröte, diesen Unhold nach Acapulco zu schicken? Er hatte den Alten gestern angerufen, von ihm aber nur zu hören bekommen: »Halt gefälligst die Klappe und tu deine Arbeit — dafür wirst du bezahlt.« Und so etwas nannte sich Familiensinn! Bei einer so aufwendigen Produktion wie *Cortez* mußte im Falle eines Flops jemand als Prügelknabe herhalten, und daß er es sein würde, der in diesem Fall seinen Kopf hinhalten mußte, war Nick völlig klar.

Sein eigenes Skript hatte keine Längen, was historisch korrekt, mit Schlachtenszenen, in denen das grausige Antlitz des Krieges nicht ausgespart wurde. Die Liebesszenen waren sinnlich-realistisch ohne den Turteltäubchenschmus der Frankovitchs. Und seine Dialoge waren knapp und zeitgemäß, im Gegensatz zu jenen der gegnerischen Version, die geschraubt und blumig klangen.

Morgen sollte die erste Szene des Films gedreht werden,

jene, in der Cortez und seine Männer mit Kaiser Montezuma an der Küste zusammentrafen. Cortez sollte nach Nicks Vorstellung mit seinem Boot und nur wenigen Seeleuten anlegen, um den Kaiser zu begrüßen, der seinerseits von nur einer Handvoll Krieger begleitet wurde. Im Skript der Frankovitchs waren sechshundert Komparsen für Cortez vorgesehen und einige hundert Mann für Montezuma! Leicht würde es nicht werden, doch wollte er diese Szene nach seiner Version drehen oder gar nicht. Sollten sie ihn doch feuern ... wenn nötig, ginge er wieder in die Postzentrale zurück.

Kaum war die Produktionsbesprechung gelaufen, als Nick auf seinem Zimmer sofort versuchte, Elektra anzurufen. Sie war sein Fels, seine geistige Stütze, und sie war auch klug, nicht nach Art der modernen Welt, sondern nach der einfachen Art, die wirklich zählte. Klug, ja weise, was das Leben, die Menschen, ihre Beziehungen untereinander betraf. Elektras Weisheit war die Weisheit vieler Jahrhunderte, dank des Familiensinns der Griechen — der ungebrochen weiterlebte und ihnen festen Halt verlieh — von Generation zu Generation weitergegeben. Gestern waren sämtliche internationale Leitungen überlastet gewesen, und er hatte sie nicht sprechen können, was ihm eine unruhige Nacht bescherte.

»Elektra.« Er war so froh, ihre weiche Stimme zu hören, daß er sofort in Griechisch verfiel. Elektra bevorzugte auch noch nach zehn Jahren Amerika ihre Muttersprache.

»Was soll ich machen, Elektra? Alle machen gegen mich Front, das weiß ich genau — ich halte es nicht mehr aus, Liebling — ich bin nahe daran, bei diesem Film das Handtuch zu werfen, auch wenn es bedeuten könnte, daß Onkel Spyros mich wieder in die Postzentrale steckt.«

»Nein, Nikolai.« Elektra sagte es mit verhaltenem Nachdruck. »Das kannst du nicht machen. Du hast für diese Chance zu hart gearbeitet — du kannst sie dir nicht entgehen lassen — das darfst du nicht.«

»Aber du verstehst nicht, Elektra«, sagte er verzweifelt. »Du weißt ja nicht, wer den Film produziert.«

»Wer denn?«

»Scrofo«, sagte er grimmig. »Umberto Scrofo.«

»Was?« schrie Elektra auf. »Nein, Nikolai, mach dich nicht lächerlich. Das ist doch völlig unmöglich, er ist tot. Du weißt doch, daß er vor Jahren in Italien umgekommen sein soll?«

»Er ist nicht tot«, sagte Nick finster. »Leider ist er sogar äußerst lebendig. Er ist hier, und er steht im Begriff, mir das Leben zur Hölle zu machen. Ich möchte ihn umbringen, Elektra — immer wenn ich sein monströses Gesicht vor mir sehe, muß ich daran denken, was er meiner Mutter angetan hat, und dann erwacht in mir das Verlangen, ihn zu erwürgen.«

Seine Züge verzerrten sich, als er ins Telefon schluchzte. Elektra versuchte, ihn zu beruhigen.

»Nikolai, hör damit auf, du kannst nicht zulassen, daß er zuguterletzt gewinnt. Als erstes mußt du mit dem Film weitermachen — du mußt, unbedingt — für uns, für Onkel Spyros, für die Kinder.« Sie hielt inne, als sie die Stimme ihres Mannes wieder hörte, noch immer bebend, aber schon gefaßter.

»Ich weiß, Elektra — ich weiß, daß ich den Film machen muß —, aber wie zum Teufel kann ich mit diesem Stück Abschaum, mit diesem Mörder und Dieb, zusammenarbeiten? Wie soll ich das schaffen?«

»Ich weiß, daß es schwierig sein wird«, sagte sie leise. »Ich weiß, es wird schwer für dich sein, ihm zu vergeben, was er deiner Mutter angetan hat.«

»Ihm vergeben — Gourouni vergeben? Diesem elenden Schweinehund?! Vergiß es!« zischte Nick. »Ich werde ihm niemals vergeben — wie könnte ich auch? Ich dachte erst, daß mein Haß gestorben sei, Elektra — ich dachte tatsächlich, daß ich jetzt, nach so vielen Jahren, nie mehr solche Gedanken haben würde wie seinerzeit auf Hydra. Das war ein Irrtum, ein großer sogar — mein Haß war nur verschüttet. Gestorben ist er nie.«

»Nikolai, was war ein Irrtum?« fragte sie angsterfüllt.

»Ich möchte ihn töten.« Seine Lippen lagen dicht an der Sprechmuschel. Die Eindringlichkeit seiner Worte, die er förmlich herausspie, war unmißverständlich. »Ich möchte ihn töten, Elektra, und ich werde es tun.«

»Nein, Nikolai, so etwas darfst du nicht sagen.« Elektra dachte erschauernd daran, wie ihr Mann versucht hatte, sie in ihrem eigenen Bett zu erwürgen. Zuweilen gingen Temperament und Heißblütigkeit mit ihm durch. »Nikolai, du darfst nichts Unüberlegtes tun«, bat sie. »Bitte, hör auf mich.«

Das Gespräch mit seiner Frau hatte bewirkt, daß er sich plötzlich besser fühlte, gefaßter, stärker. »Keine Angst — Elektra, du brauchst jetzt keine Angst zu haben. Im Moment ist von mir nichts zu befürchten. Ich werde diesen verdammten Film machen und diese bittere Pille schlucken — ich werde mit diesem elenden Wurm Seite an Seite arbeiten —, aber wenn alles vorüber ist, dann schwöre ich dir, Elektra, dann wird Umberto Scrofo ein toter Mann sein.«

Es war Mittag, und Julian wanderte über den glühendheißen Sand zur Caleta Beach, wo die einheimischen Wasserskilehrer unter kühlen, schirmartigen Strohhütten warteten und wie die Elstern schwatzten. Er dankte dem Himmel, daß die hitzige Produktionsbesprechung endlich vorüber war. Insgeheim mußte er sich eingestehen, daß es ihm völlig egal war, ob Cortez bei seiner Ankunft in Mexiko von sechs oder sechshundert Mann begleitet wurde. Ihm lag vor allem an der Charakterdarstellung, und in diesem Punkt hatten ihm die Frankovitchs, aber auch Croft und Nick nichts dreinzureden.

Er bestellte *cerveza,* das einheimische Bier, und sagte zu Angelito, dem Bootsjungen, daß er sofort Wasserski laufen wolle.

»Es tut mir leid, *Senor*«, sagte Angelito. »Die Senorita Dominique hat mich gebucht für den Nachmittag.«

»Und was ist mit dir? Bist du frei?« fragte Julian verärgert einen anderen Jungen.

»Bei mir geht es, *Senor*«, lächelte Miguel, stolzer Besitzer eines perfekten Goldkronengebisses, das ihn einen ganzen Jahreslohn gekostet haben mußte. »Mein Boot sehr gut — wir fahren gut Ski zusammen, *Senor.*«

Dominiques Ankunft versetzte die Strandjungen plötzlich in Aufregung. Als sie Julian sah, stieß sie einen spitzen Freudenschrei aus und lief auf ihn zu, um ihn zu küssen und ihre festen Brüste unter dem dünnen *pareo* an seine Brust zu drücken.

»Wie schön, Sie zu sehen! Wollen wir nicht zusammen Wasserski laufen?«

»Tja, ich — ich habe eben Miguel engagiert.« Julian mußte doch tatsächlich erleben, daß er ins Stottern geriet.

»Ach, seien Sie nicht komisch«, lockte die Begehrenswerte mit einem unwiderstehlichen Lächeln, von dem das Filmpublikum sich zweifellos ebenso bezaubern lassen würde wie er. »Wir können zusammen laufen, wir beide allein.« Dominique faßte nach seiner Hand, um ihn über die heiße, goldene Sandfläche zu ziehen. »Sie können es mir beibringen — Sie sollen ja ein so guter Wasserskiläufer sein.« Ein spitzbübisches Zwinkern folgte diesen Worten. »Los, kommen Sie schon.«

Nach dem Essen rief der Arzt von Inès aus LA zurück und verordnete ihr strikte Bettruhe.

»Strikte Bettruhe, hören Sie? Das heißt, daß Sie sich nicht rühren dürfen. Sie dürfen allenfalls ins Bad, aber das ist auch alles. Vierzehn Tage kein Sex, und mindestens eine Woche lang keine Bewegung.«

»O nein.« Inès erschrak zutiefst. »Aber morgen beginnen die Dreharbeiten, und Julian möchte mich ständig auf dem Set oder zumindest in der Nähe haben, und — Julian ist sexuell sehr anspruchsvoll, müssen Sie wissen«, sagte sie ziemlich verlegen.

»Nun, ich fürchte, daß Julian keine andere Wahl hat«, sagte der Arzt schroff. »Er kann Sie haben, oder er kann sein Kind haben — aber auf keinen Fall beides. Inès, ich muß Sie warnen: wenn Sie sich in irgendeiner Weise anstrengen, laufen Sie Gefahr, dieses Kind zu verlieren. Ich hatte Ihnen vorausgesagt, daß eine Empfängnis bei Ihnen schwierig sein würde, aber Sie hatten Glück. Wollen Sie dieses Kind wirklich bekommen, dann müssen Sie ein braves Mädchen sein und dürfen sich nicht vom Fleck rühren.«

Er verschrieb ihr durch einen einheimischen Arzt Tabletten, und Inès bat den Portier, diese zu holen. Dann legte sie sich hin und versuchte, sich zu entspannen. Sie hatte das Gefühl zu fiebern, ihr Kopf fühlte sich an wie ein Brennofen, ihr Mund war ausgetrocknet, doch je mehr sie trank, desto durstiger wurde sie. Reglos lag sie da, mit zitternden Knien, als wie wieder warmes Blut fließen spürte.

Sie durfte dieses mit soviel Liebe empfangene Kind nicht verlieren, dieses Kind, das sie über alles lieben würde und das Julian sich sehnsüchtig wünschte, sie durfte es nicht verlieren. Allmählich versank sie in einen leichten, fiebrigen Schlummer, aus dem sie durch das ohrenbetäubende Schrillen des altmodischen Telefonapparates neben dem Bett gerissen wurde.

Sie erkannte den schneidenden Ton sofort.

»Mademoiselle Julliard?« fragte die Reibeisenstimme.

»Ja?«

»Ich weiß, daß Sie allein sind. Ihren Mann habe ich am Strand gesichtet ... er tummelt sich dort mit unserem schönen Jungstar.«

»Ach? Nun, was wollen Sie, Mr. Croft? Ich brauche Ruhe.« Inès sagte es in eisigem Ton. Sie würde sich nicht einschüchtern lassen. Sie war eine starke Frau, eine Überlebenskünstlerin. Ihre Erfahrungen mit Männern — mit Scrofo in Paris, mit Yves, mit den perversen englischen Aristokraten — hatten sie soweit gebracht, daß sie sich geschworen hatte, sich nie wieder von einem Mann mißbrauchen zu lassen. Sie war eine erfahrene Frau, mit einem berühmten Star verlobt, schön, gewandt, schwanger und sehr glücklich. Vor vielen Jahren hatte sie versucht, einen Besatzungsoffizier zu töten. Na wenn schon. Was konnte Umberto Scrofo ihr antun?

Falls er dem Team enthüllte, daß sie als Hure gearbeitet hatte und daß er einer ihrer Freier gewesen war, dann würden alle erfahren, falls sie es nicht ohnehin schon argwöhnten, daß er zu den blutrünstigsten Generälen Mussolinis gezählt hatte. Im Filmteam gab es viele, die bei Anzio, bei Dünkirchen, im Pazifik, in Nordafrika oder im Luftkrieg über Großbritannien gekämpft hatten. Der Krieg lag erst ein knappes Jahrzehnt zurück, man begegnete Deutschen, Japanern und Italienern häufig mit Antipathie, zumal dann, wenn man aktive Kriegsteilnehmer in ihnen vermutete. Nein, Signor Scrofo würde es gar nicht gut bekommen, wenn ruchbar würde, welche Rolle er im Paris der Besatzungszeit gespielt hatte. Sie hielt ein ganzes Blatt voller Trumpfkarten in ihrer wohlmanikürten Hand — und sie konnte ihn damit bluffen.

»Da Sie allein sind«, fuhr die haßerfüllte Stimme fort, »muß ich darauf bestehen, Sie aufzusuchen. Es ist zu Ihrem Besten, Miß Juillard.«

Inès seufzte. »Hören Sie, ich fühle mich nicht wohl. Mein Arzt hat mir absolute Ruhe verordnet, und ich versuche sie einzuhalten. Wenn Sie glauben, mit mir etwas besprechen zu müssen, dann sagen Sie es mir per Telefon.«

»Miß Juillard, im Moment stehe ich in der Lobby Ihres Hotels.« Sein drohender Ton war unmißverständlich. »Ich werde höchstens fünf Minuten Ihrer kostbaren Zeit beanspruchen, aber ich muß Sie sprechen.« Das Wort ›kostbar‹ hörte sich aus seinem Mund beleidigend an. »Um mich herum stehen einige Leute, darunter Angehörige des Filmteams. Ich glaube nicht, daß es in Ihrem Sinn wäre, wenn alle hören könnten, was ich Ihnen zu sagen habe, oder?«

»Na schön«, sagte Inès mit einem tiefen Seufzer. »Zimmer siebzehn, zweiter Stock.« Damit knallte sie den Hörer auf.

Julian und Dominique lagen voller Behagen auf ihren bunten Badetüchern und ließen sich von der tropischen Sonne bescheinen. Das Boot war ein ziemlich primitives Ding, doch erwies sich Angelito als wahrer Meister am Steuer. Die Acapulco Bay war friedlich und glatt, und Angelito machte eine Runde, ehe er auf La Roqueta zusteuerte.

Julian empfand die Nähe Dominiques, die sich eng an ihn drängte, als aufreizend erotisch. Ihre Blicke schlugen ihn erneut in ihren Bann, und ihr wohlgeformter, leicht gebräunter und nur von einem winzigen Bikini bedeckter Körper machte ihn fast verrückt. Meist hatte er sich mit Inès mindestens einmal täglich geliebt, da er aber gestern und heute darum betrogen worden war, bekam er deutlich zu spüren, wie scharf auf Sex er war, insbesondere dann, wenn er Dominique zu nahe kam. Seine Erektion war so deutlich zu sehen, daß er von Dominique abrückte, ehe er sich völlig lächerlich machte.

»Angelito, ich möchte auf Skiern eine Runde um die Bucht drehen!« rief er dem Jungen zu. Das winzige Boot verlangsamte seine Fahrt, und Julian sprang ins schimmernde Wasser. Seine Erektion ließ zu seiner dankbaren Erleichterung sofort nach.

Angelito warf ihm Skier und das Seil zu. Auf ein Zeichen Julians hin legte das uralte Boot knatternd los, und Julian schoß wie ein Pfeil aus dem Wasser. Dominique jubelte, voller Bewunderung für seinen herrlichen Körper. Ein griechischer Gott hätte Looks Brooks um Gesicht und Gestalt beneiden können. Eine Woche Ruhe, Sonne und hartes Morgentraining hatten ihn wieder vollendet in Form gebracht. Wind und Wasser preßten sein Haar glatt an den Kopf, als er Angelito winkte, er wolle mehr Tempo.

Im Hafen und um die Bucht lagen nur ein paar luxuriöse Vergnügungsboote, aber viele Rennboote und winzige Segler. Angelito steuerte am ›Morgenstrand‹ vorüber, an dem lachende braune Kinder in den Wellen tollten, während ihre müden Väter mit leerem Blick hinaus aufs Wasser starrten. Mütter, Tanten, Schwestern und Großmütter bereiteten indessen am Strand umständlich alles für das Sonntagsessen vor. Es war der einzige Tag, den die Familien zusammen verbrachten. Die Kinder, meist nackt, da Badehosen einen Luxus darstellten, den sich nur wenige mexikanische Familien leisten konnten, winkten den vorüberflitzenden Schnellbooten begeistert zu.

Dann schossen sie am ›Nachmittagsstrand‹ vorüber, dem eher touristisch ausgerichteten Teil Acapulcos, wo übergewichtige amerikanische Urlauber, Passagiere hier anlegender Kreuzfahrtschiffe, sich unter Strohhüten die Freuden dieses neuen Ferienzieles zu Gemüte führten. *Pina Coladas* schlürfend, ölten sie sich eifrig ein, während die Tropensonne ihre weißen Körper mit verschiedenen Rotschattierungen überzog. Am Ufer konnte Julian das Gerippe des neuen Hilton Hotels sehen, dessen schwarze Eisenstreben dem Auge wehtaten. Wenn diese Hotelblöcke an der ganzen Küste aus dem Beton schießen, ist es nur eine Frage der Zeit, bis diese herrliche Gegend für immer ruiniert ist, dachte er. Das Salzwasser brannte in seinem Gesicht, als er das Kielwasser des Bootes mehrmals in beispielhafter Haltung querte, ehe er das Seil losließ und wartete, daß das Boot ihn auffischte.

»Bravo!« rief Dominique. »Ach, Julian, Sie sind einfach brillant. Wo haben Sie so gottvoll Wasserski fahren gelernt?«

Sie beugte sich über die Bootswand und sah dabei so sexy aus, daß es jedem männlichen Wesen über sieben schwergefallen wäre, nicht von ihr betört zu werden. Julian war die Auswölbung in der Badehose des Jungen aufgefallen, als dieser Dominique ins Boot half und dabei mit dem Arm unnötig ihre wohlgeformte Schulter streifte. Sie war ein unglaublich sinnliches Mädchen, ein süßer französischer Fratz, der die Kunst, Männern den Kopf zu verdrehen, allzu perfekt gelernt hatte.

Angelito blickte fragend zu einer Insel hinüber, deren gelblich-braune Felsformation an einen mit vollem Bauch ruhenden dicken Mann erinnerte. Julian nickte, und das Boot schoß über tanzende Wellen dahin.

Ein Uhr war für einen Mittagsimbiß auf La Roqueta sehr früh, Grund dafür, daß nur wenige Gäste da waren. Der joviale *patron,* der beim Anblick Dominiques in ihrem praktisch durchsichtigen *pareo* Stielaugen bekam, bot ihnen den abgeschiedensten Tisch des Restaurants, und Angelito klärte ihn mit ein paar Worten in Spanisch über Julian, den großen Filmstar auf.

»Ich möchte den größten, stärksten, mexikanischen Drink des Hauses«, sagte Dominique mit blitzenden Augen.

»Großartige Idee.« Julian lachte auf, schon halb trunken von ihrem Zauber. »Also, gleich zwei für jeden.«

Bald schlürften sie durch Strohhalme aus Kokosnußschalen eine wahrhaft meisterliche Mischung aus Ananas, Bananen, drei Rumsorten, etwas Tequila, Brandy und Fruchtsaft.

»Hm, köstlich.« Dominique lächelte. »Besser als täglich Schokomalz.«

Tropische Luft auf der Haut, dazu Wohlgefühl und Hochstimmung nach der Wasserskirunde, und der Anblick dieses köstlichen weiblichen Wesens bewirkten, daß Julian sich unglaublich lebendig, männlich und jung fühlte. So angefeuert hatte ihn nicht einmal das ausgefallenste Liebesspiel mit Inès. Er fühlte sich wie ein glosendes Stück Kohle, das entweder erstickt werden oder zu züngelnden Flammen entfacht werden mußte. Dabei konnte er sich selbst nicht verstehen. Und wollte es auch gar nicht.

Er stürzte zwei Drinks rasch hinunter, um dann herauszuplatzen: »Donnerwetter, wie schön du bist. Ich weiß, das hört sich merkwürdig an — und ich weiß, daß ich es nicht sagen sollte —, aber ich würde dich gern küssen, Dominique.« Alle Hemmungen schienen sich verflüchtigt zu haben. Er sah, wie ein Lächeln ihr reizendes Gesicht aufblühen ließ.

»Genau das ist es, was ich auch möchte, Julian«, flüsterte sie heiser.

Daß sie so völlig auf Koketterie und Geziertheit verzichtete, unterschied sie von den Frauen, mit denen er es meist zu tun hatte; für Julian ein Grund, sich wieder wie ein sechzehnjähriger Schuljunge zu fühlen. Diese köstliche Unschuld, die noch kein Nein gelernt hatte, wenn die Begierde Ja sagte, machte ihre Sinnlichkeit erotischer, als wenn sie nackt neben ihm im Bett gelegen hätte.

Nach ein paar weiteren Drinks und einem delikaten Mahl, bestehend aus gegrillten Garnelen, Hummer und Reis, machten sich Julian und Dominique daran, die winzige, nahezu verlassene Insel zu erkunden. Julian hatte inzwischen das Gefühl, bersten zu müssen. Allein schon Dominiques Hand auf seinem Arm, während sie außer Sichtweite der wenigen Touristen durch felsiges Gelände schlenderten, wirkte wie ein elektrischer Schlag, der seine Begierde noch anstachelte.

Dominique überlief ein Schauer der Erregung und Vorfreude, als sie bei ihrer Wanderung über hellen Sand auf eine Stelle stießen, wo ein uralter Bananenbaum einen kleinen Strand beschattete.

Julian blieb stehen, nahm Dominiques Kopf zwischen beide Hände und machte sich daran, mit seinem Mund den ihren zu erkunden. Ihre Lippen waren blütenweich und viel hingebungsvoller als alle Lippen, die er je geküßt hatte. Sie waren unschuldig, vertrauensvoll, die Lippen eines kleinen Mädchens. Doch als ihre Zunge die seine forderte, war das zügellos erotisch. Nun war es der Mund einer Frau, die genau wußte, was sie wollte, und auch wußte, wie sie es bekommen konnte — genauso, wie sie wußte, wo alle Quellen der Wonne lagen.

Seine Hände glitten zu den Trägern ihres Bikini-Oberteils. Wie er sich danach gesehnt hatte, diese herrlichen Brüste zu umfassen, ihre Form nachzuzeichnen, sie mit Fingern und Zunge zu berühren, zu sehen, wie ihre Erregung stieg. Aber

Dominique war noch nicht bereit, ihm diesen Wunsch zu erfüllen.

Sie löste sich von ihm und holte aus ihrer Strohtasche eine Flasche mit Sonnenöl. An den Stamm des Bananenbaumes gelehnt, fing sie an, sich Schultern und Brust einzuölen. Den Kopf zurückgeworfen, die Augen geschlossen, ließ sie ihr Bikinioberteil, von Julian wie gebannt beobachtet, langsam hinuntergleiten, bis ihre rosa Brustspitzen sichtbar wurden. Ihr Atem ging schneller, als sie sie mit dem Öl massierte. Sie glänzten und schimmerten in der Sonne, spitz, wie kleine rosa Muscheln. Julian ging auf sie zu, sie aber gebot ihm mit einer Geste Einhalt und fuhr in ihren erotischen Selbstliebkosungen fort — wie Gaston es sie im Sommer gelehrt hatte. Jetzt hatte sie ihr Oberteil ganz abgelegt und ihre Finger waren auf ihrem flachen Leib angelangt, beim Band ihres Höschens. Julian war schwindlig vor Begierde, die Hitze ließ alles vor ihm flimmern. Im nächsten Moment stand sie völlig nackt da, hingebungsvoll an den Baum gelehnt, mit glänzender Haut und einem Blick, der ihm zu verstehen gab, daß der Zeitpunkt gekommen war.

Dominiques Finger gruben sich in sein dichtes braunes Haar, während er mit Zunge und Lippen ihre Brüste liebkoste und ihren festen Po umfaßte. Begleitet von leisem, ekstatischem Stöhnen streifte sie seine Shorts herunter und zog ihn energisch und ohne Rücksicht auf die Unbequemlichkeit in den Sand. Ungeschickt, aber begierig nahm sie sein Glied in den Mund, so wie Gaston es ihr beigebracht hatte, und er spürte, wie sich in ihm eine Eruption anbahnte, eine Explosion, die zu beherrschen ihm jedes Quentchen Konzentration und Willenskraft abforderte. Ihre Katzenaugen sahen ihn lächelnd an, während ihre Lippen ihn streichelten und sie sein hartes, fast berstendes Glied mit der Hand umschloß.

Jetzt sofort mußte er sie nehmen — länger konnte er nicht warten. Er vergaß Inès — vergaß ihre Liebe, ihr Baby, ihre Heirat. Er konnte im Moment nur an diese kleine Zauberin denken, die ihn verhext hatte. Sanft schob er sie von sich und legte sich eine oder zwei magische Sekunden auf sie, ehe er mit einem lustvollen Stöhnen in sie eindrang. Sie war eine mehr als willige Partnerin, feucht und empfänglich. Ihr Schweiß vermengte sich, Lippen und Zungen verschmolzen, ihre Augen waren weit offen, lächelnd, herausfordernd, und er stieß zu und nahm sie mit sich im Rhythmus ihrer Leidenschaft. Sie spürte, wie sich in ihr sofort ein ihr unbekanntes Gefühl aufbaute und anstaute.

»Ich liebe dich«, raunte sie. »Ich liebe dich, Julian — ich liebe dich«, und sie meinte es ehrlich, als ihr diese Worte voller Wonne über die Lippen kamen.

Begleitet vom Dröhnen der Schnellboote aus der Ferne und dem leckenden Wellenschlag aus unmittelbarer Nähe erreichten die Liebenden mit Schreien, die in der ganzen Bucht zu widerhallen schienen, ihren Höhepunkt.

Der einzige Passagier eines kleinen Motorbootes stellte weit draußen auf dem Wasser sein Teleskopobjektiv ein und drückte immer wieder auf den Auslöser seiner Kamera.

Inès, deren Seidenkimono unangenehm an ihrer feuchten Haut klebte, lag unter Schmerzen auf dem Bett, wider Willen gezwungen, sich anzuhören, was der hassenswerte Scrofo zu sagen hatte. »Bitte, kommen Sie zur Sache, Mr. Croft«, sagte sie matt und zündete sich eine Zigarette an. »Ich brauche Ruhe. Mein Arzt hat es ausdrücklich angeordnet.«

»Dann sollten Sie auch nicht rauchen.« Sein Ton war aufreizend gönnerhaft. »Schon gar nicht, wenn Sie schwanger sind.«

»Woher wissen Sie, daß ich schwanger bin? Das weiß hier niemand. Außerdem geht es Sie nichts an.«

Seine Stimme war hart. »Ich weiß alles. Als Produzent dieses Films mache ich es mir zur Aufgabe, alles über alle zu wissen.« Insgeheim lächelte er. Er hatte mit seiner Vermutung ins Schwarze getroffen. »Vergessen Sie das niemals — und unterschätzen Sie mich nicht, Miß Juillard.«

»Also, was wollen Sie von mir? Ich habe mit Ihrem Film nichts zu tun, was wollen Sie also?«

»Sie haben sehr wohl mit dem Film zu tun. Sie sind die Verlobte des Stars — und es sieht so aus, als gefiele dem großen Star das ausgezeichnete Drehbuch nicht, das Mr. und Mrs. Frankovitch, Autoren von höchstem künstlerischem Rang und überragendem Können, geschrieben haben. Er und Bluey Regan haben mir heute bei der Besprechung große Schwierigkeiten bereitet.« Seine Schweinsäuglein sahen sie durchbohrend an. »Und dieser Grieche, dieser Nicholas Stone, der sogenannte Wunder-Regisseur, der auf seinem Konto nur zwei Filme aufzuweisen hat, dem gefällt das Skript ebensowenig.«

»Aber was hat das alles mit mir zu tun?« rief Inès aus. »Ich kenne doch Nick Stone oder die Frankovitchs kaum.«

Scrofos Körper quoll über den Sesselrand, während er sie verächtlich anstarrte. Angst durchfuhr sie wie ein Dolchstoß, obwohl es kein Wunder war, daß dieser Mann mit seinem bösen Lächeln, dem verdrehten Verstand und seinem grotesken, vulgär und aufdringlich gekleideten Körper angsteinflößend wirkte. Er sah unbeschreiblich lächerlich aus in seinem blauen Safarianzug, mit fetten, behaarten Armen, die aus kurzen Ärmeln quollen, mit militärischen Goldknöpfen, die über seinem Wanst fast aus den Knopflöchern sprangen. Abscheu zeichnete sich in ihrer Miene ab, als ihr Blick auf den lose um seinen hals geschlungenen Seidenschal fiel, auf die gräßliche Narbe, die sie verschuldet hatte. Doch damals hätte sie gar nicht anders handeln können. Inès schauderte eingedenk des Schmerzes und der Demütigung, die Scrofo ihr zugefügt hatte. Ihr Abscheu steigerte sich zu kalter Wut, als sie daran dachte, was für ein hilfloses junges Ding sie damals in Paris gewesen war. Wie würde sie je den Schmerz vergessen können? Dr. Langley ernste Worte kamen ihr plötzlich in den Sinn. »Sie sind eine gesunde Frau, Inès, und es gibt keinen Grund, weshalb Sie nicht ein Baby bekommen könnten, aber Ihnen ist von jemandem übel mitgespielt worden — das verrät das Narbengewebe, das von einer schweren Verletzung herrühren muß.«

»Kann es dem Baby schaden?« hatte Inès unter Tränen gefragt.

»Nicht, wenn Sie vorsichtig sind. Aber Uterus und Cervix haben stark gelitten. Ich behaupte ja nicht, daß es unbedingt sein muß, aber Ihre Schwangerschaft könnte beeinträchtigt werden, wenn Sie sich nicht äußerste Schonung auferlegen.«

Inès Abscheu wuchs, als ihr mit einem Schlag die Zusammenhänge aufgingen. Natürlich, dieser Mann war der eigentlich Schuldige daran, daß sie hier auf ihrem Schmerzenslager lag, blutend, unfähig, sich zu rühren, und alles nur wegen der monströsen Perversitäten, die er ihr vor Jahren aufgezwungen hatte.

Scrofo stand aus dem Korbsessel auf, um an das Fußende von Inès' Bett zu treten. Seine braunen Stiefel klappten über den Marmorboden, sein grauweißes Gesicht war mit einer Schweißschicht bedeckt. Vom Patio, auf dem der Lunch serviert wurde, klangen fröhliche mexikanische Weisen herauf. Inès sah hinaus — es war ein strahlender Tag, am Himmel trieben sonnenhelle Wattewolken. Wie sehr wünschte sie sich, draußen zu sein, irgendwo, nur nicht hier, allein mit diesem Angst und Schrecken verkörpernden Menschen.

»So, und jetzt wollen wir uns kein Blatt mehr vor den Mund nehmen, du Hure, du mörderische Hure du.« Sein Ton wurde zunehmend haßerfüllter und drohender. Unwillkürlich befingerte er seine Narbe, und seine Lippen verzogen sich auf jene allzu vertraute, widerwärtige Weise, die sie nie vergessen konnte. »Hier ahnt wohl niemand etwas von deiner Vergangenheit? Auch nicht dein geliebter Zukünftiger?« Er sah sie drohend an. »Na, Inès, Prostituierte, Hure, Dirne — von welchem Alter an hast du es getrieben? Wie alt warst du, als ich dich hatte? Fünfzehn? Sechzehn?«

Inès hatte das Gefühl, ein roter Nebel lege sich über ihr Denkvermögen. Sie erlebte den Alptraum von neuem — fast vermeinte sie, das Rasiermesser in jenem Augenblick in der Hand zu spüren, als sie ihm damit die Kehle durchgeschnitten hatte. Sie spürte, wie ihr Inneres sich unter Krämpfen zusammenzog. Ihre Schenkel waren feucht von warmem Blut. Mit Aufbietung aller Willenskraft zwang sie sich zur Ruhe.

»Scrofo, das geht sie nichts an! Sagen Sie, was Sie von mir wollen, um Himmels willen.« Sie drückte ihre Zigarette aus, nur um sich sofort die nächste anzustecken. In ihrem Kopf dröhnte es. Dieses Gespenst aus der Vergangenheit drohte, ihre Zukunft, ihre schöne Zukunft zu ruinieren.

»Ich werde nichts mehr sagen, was Sie aufregen könnte.« Er sah sie mit gespieltem Mitleid an. »Sie sind weiß wie das Laken, wirklich, Sie sehen gar nicht gut aus. Sie sollten sich wirklich pflegen, deshalb komme ich zur Sache und lasse Sie anschließend in Ruhe. Ich will Ihnen nur eines erklären: Wie schon gesagt, bin ich dahintergekommen, daß niemand, weder in Amerika noch bei diesem Film — und schon gar nicht Julian Brooks — etwas von Ihrer unerquicklichen Vergangenheit ahnt. Ich werde zu gewissen strategisch wichtigen Zeiten der Dreharbeiten Ihre Mithilfe brauchen. Schließlich weiß ich, daß Sie das Skript mit Ihrem Verlobten besprechen, und ich weiß auch, daß er viel auf Ihren Rat gibt. Wenn ich Ihnen nun sage« — er beugte sich drohend über sie — »ich wiederhole, wenn ich Ihnen sage, daß ich wünsche, Julian solle Szene A Szene B vorziehen, dann möchte ich, daß Sie ihn dazu bringen — daß Sie ihn mit allen Mitteln beeinflussen — meine Entscheidung mitzutragen. Verstehen Sie? Sollten Sie meinen Wünschen nicht entsprechen, nun, dann wird das, sagen wir mal, ernste Folgen nach sich ziehen.«

Sie nickte stumm. Um nicht mehr den Anblick dieses Menschen ertragen zu müssen, hätte sie sich mit allem einverstanden erklärt.

»Meinetwegen, einverstanden — ich verspreche es«, flüsterte sie, mühsam ihre Tränen zurückhaltend.

»Gut, dann ist Ihr Geheimnis bei mir sicher, wie es so schön heißt, Inès, meine Liebe.« Er watschelte zur Tür. »Heute Abend werden die ersten zwei Szenen vorgelegt. Sorgen Sie dafür, daß Mr. Brooks die erste Version vorzieht.« Damit schloß er die Tür hinter sich.

Mit einem Laut des Entsetzens taumelte Inès ins Bad, nur um zu ihrem Entsetzen zu sehen, daß ihr Blut die Marmorfliesen rötete.

»O nein!« schrie sie auf. »O nein, lieber Gott, bitte, nicht!«

12

Nach dem Auftritt mit Croft hatte Inès den ganzen Nachmittag versucht, sich davon zu erholen. Als Julian von seinem Nachmittag mit Dominique zurückkehrte, war sie sogar imstande, ihn einigermaßen normal zu begrüßen. In ihrem eigenen Trauma befangen, entging ihr völlig, daß Julian zerstreut war und es an seiner üblichen liebevollen Aufmerksamkeit fehlen ließ.

Trotzdem war er wegen ihres Zustandes überaus besorgt, obwohl sie ihn damit beruhigte, daß Dr. Langley eigentlich zuversichtlich sei und gesagt hätte, wenn sie sich schone, würde alles gut verlaufen. Insgeheim war Julian erleichtert, daß mindestens vierzehn Tage lang mit Inès an Liebe nicht zu denken war.

Damit gewann er Zeit zum Nachdenken, Zeit, dem verzauberten Nachmittag nachzusinnen, den er mit Dominique erlebt hatte und der ihn nachts als Traum heimsuchte. Er erwachte schweißgebadet und von Schuld- und Angstgefühlen geplagt, ihren Namen murmelnd. Aber Inès schlief fest. Eine Tablette hatte geholfen, die Erinnerung an Scrofos Drohungen auszulöschen.

Was zwischen ihm und Dominique geschehen war, erfüllte Julian mit Besorgnis und Scham. Er bemühte sich redlich, den Zauber zu analysieren, mit dem sie ihn in ihren Bann geschlagen hatte, brachte es aber nicht fertig. Ihr Liebesspiel war wundervoll anregend und ganz außergewöhnlich gewesen, doch der größte Reiz war wohl darin zu suchen, daß sie noch so jung war, eigentlich noch ein Schulmädchen, und daß die Liebe im Freien und die ständige Gefahr des Entdecktwerdens zusätzliche Würze bedeuteten.

Er stieß einen schweren Seufzer aus, als er im Badezimmer sein finsteres Gesicht sah. »Julian Brooks, du bist eine Ratte«, sagte er im Geiste zu sich. »Eine dreckige, verkommene Ratte. Worauf hast du dich da eingelassen?« Auch eine minutenlange Betrachtung seines Spiegelbildes brachte ihm keine Antwort. Da bespritzte er sein Gesicht mit kaltem Wasser, ging zurück ins Schlafzimmer und machte sich daran, seinen Dialog für die morgen bevorstehenden Szenen zu lernen.

Am nächsten Morgen plauderten Inès und Julian beim gemeinsamen Frühstück auf der Terrasse nur über Belanglosigkeiten. Es war der erste Drehtag, und Julian schien in Gedanken versunken. Inès spürte einen dumpfen Schmerz im Unterleib, ob durch Scrofos Drohungen oder durch eine bevorstehende Fehlgeburt ausgelöst, konnte sie nicht unterscheiden. Sie wußte nur, daß sie zum erstenmal seit Beginn ihrer Beziehung froh war, daß Julian sie alleinließ. Am vorangegangenen Abend hatte sie ihr möglichstes getan, ihn davon zu überzeugen, daß die Szene in Skript A ihm als Schauspieler viel mehr entgegenkäme als jene in Skript B. Der Appell an sein Ego war offenbar auf fruchtbaren Boden gefallen, denn sie hatte den Eindruck, ihn überzeugt zu haben, obwohl er beide Skripts mitnahm, als er ging.

Inès blieb mit ihren Gedanken und den Rufen der Seevögel allein.

Nick bemühte sich angestrengt, die Nervosität des ersten Drehtages zu überwinden, als er in der sandigen Bucht die erste Szene zu arrangieren begann, jene Szene, in der Cortez und Pisarro mit ihren Truppen erstmals mexikanischen Boden betraten. Cortez sollte von Kaiser Montezuma und seinen Kriegern begrüßt werden, während Montezumas schöne Tochter Isabella sich bescheiden im Hintergrund zu halten hatte.

Dominique war von der Kostümabteilung in schweres, besticktes Leinen verpackt worden. In dieser Szene brauchte sie wenig mehr zu tun, als die unberührte Jungfrau zu spielen, die züchtig den Blick senkt, als sie des kühnen Cortez ansichtig wurde.

Auf ihrem Klappstuhl unter einem großen, in den Sand gesteckten Sonnenschirm versuchte sie Julians Blick auf sich zu lenken. Obwohl es erst acht Uhr morgens war, litt sie schon sehr unter der Hitze, eingehüllt in kratzendes Leinen, unter dem tonnenschweren Kopfschmuck eine Unmenge von falschem Haar. Von der Make-up-Crew umschwirrt, fächelte sie sich mit einem Strohfächer Kühlung zu und schlürfte Eiswasser.

Plötzlich kam ein Botenjunge den Strand entlanggelaufen, der zwei Telegramme schwenkte, eines für Nick und eines für Croft. Nachdem Croft seines gelesen hatte, machte sich ein triumphierender Ausdruck auf seinem Gesicht breit. Der Sieg war sein, das stand jetzt fest.

Julian hatte ihn noch spätabends angerufen und ihm mitgeteilt, daß er die erste Version vorziehe. Croft hatte auch kurz mit Dominique telefoniert, die sich zu gern Julians Wünschen fügte, und auch Sir Crispin hatte sich einverstanden erklärt.

Jetzt würde es also mehr publikumswirksame Spektakel geben, mehr Pomp und Aufwand, mehr Massenszenen, mehr Schlachtengetümmel. Croft und die zwei Frankovitchs würden *Cortez* zu einem viel bedeutenderen Film machen — zu einem würdigen Nachfolger von *Das Gewand, Quo Vadis* und anderen historischen Schinken, die in den Fünfzigern zu Kassenschlagern geworden waren. Die Schauspieler sollten funkeln und glitzern wie Dreißigkaräter in einer Van-Cleef & Arpels Vitrine.

Nick starrte schweigend sein Telegramm an, ebenfalls von seinem Onkel. Er hatte verloren.

Spyros Makopolis ließ keinen Zweifel daran. Er und die Vizepräsidenten von MCCP hatten die Vor- und Nachteile der zwei Versionen sorgfältig abgewogen und dann einstimmig ihr Urteil gefällt. Das erfolgversprechendere Skript war zweifellos jenes der Frankovitchs. Es war dasjenige, nach dem er drehen sollte, dasjenige, nach dem er drehen mußte.

Das Studio wünschte Prunk, Effekthascherei, aufwendige Spektakel und grausame, blutige Schlachtenszenen. Die mexikanischen Komparsen kosteten so wenig, daß es das Budget unwesentlich belastete, ob nun sechzig oder sechshundert beschäftigt wurden. Ein Teil wurden als Krieger und Seeleute aus dem sechzehnten Jahrhundert ausstaffiert, während zweihundertfünfzig andere, bis zur Taille Nackte, sich schwarzes Haar an den Kopf kleben und spärtliche Lendenschurze um die Hüften drapieren lassen mußten.

»Sie haben gewonnen, Sie aussätziger Bastard«, zischte Nick haßerfüllt, als er den Arm des Italieners wutentbrannt packte und Scrofos Gesicht ihn hochrot und triumphierend anstarrte.

»Vielleicht können Sie diese Runde für sich verbuchen, Schweinsgesicht, aber wagen Sie es ja nicht, mir zu sagen, wo ich Komparsen oder Schauspieler einsetze oder wo ich eine verdammte Requisite hinstellen soll. Wagen Sie ja nicht mir vorzuschreiben, wie ich meine Darsteller führe — sie werden diesen Scheißtext so sprechen, wie ich es will, und wenn Sie Ihre fette Visage hier in der Nähe sehen lassen, dann werde ich sie gegen diesen Felsen knallen.«

Dominique spitzte die Ohren und sah mit allen übrigen erstaunt zu, wie Nick und Hubert Croft die Sache am Rand des Wassers ausfochten.

Neben ihr saß Sir Crispin Peake, auf dessen edler Stirn Schweißperlen glänzten, die aus seiner großen schwarzen

Perücke liefen. Jetzt legte er sein *Times*-Kreuzworträtsel beiseite, um die Auseinandersetzung zwischen den beiden zu beobachten. Er ließ sich nicht gern etwas entgehen und tauschte mit Julian wissende Blicke.

Sir Crispin himmelte Julian an, seit sie in einigen West End-Stücken zusammen auf der Bühne gestanden hatten. Zu der Mitwirkung in diesem Film hatte er sich nur entschlossen, weil die Gage nicht zu verachten war. Mit seinem *Lear* hatte er zwar bei den Londoner Kritikern Lorbeeren ernten können, das Publikum aber war leider nicht allzu zahlreich ins Theater geströmt.

Diese Filmrolle hatte er angenommen, teils um sein Gesicht zu wahren, aber auch um ›Tony den gewohnten goldenen Rahmen zu bieten‹, wie er gern sagte. Tony war sein hübscher junger Lebensgefährte, der ständig ihre zwei großen Villen neu einrichtete.

Wie es sich in dieser Position als geadelter britischer Mime ziemte, verfügte er über einen eigenen Garderobier, den allgegenwärtigen Alf, der eifrig damit beschäftigt war, ›Seine Hochnäsigkeit‹ mit allem zu versorgen, was es englischem Blut erleichterte, dem tropischen Klima Paroli zu bieten. Auch jetzt, bei vierzig Grad Hitze, schlürfte Sir Crispin chinesischen Tee aus einer edlen Porzellantasse, eine Friebourg Treyer Zigarette zwischen den eleganten Fingern. Nur der Papierfächer trug wenig dazu bei, ihm Kühlung zu verschaffen, wie seine ins Tiefrote spielenden Züge verrieten.

Scrofos weitaus plebejischeres Gesicht war ebenso gerötet, während er armeschwenkend über den Sand marschierte und Nick dabei ankrächzte. Sein blaues Voile-Hemd war zum Auswringen naß, die spärlichen Haarsträhnen klebten ihm am roten Skalp. Er war völlig fertig. Nach einer Nacht, in der er vor Hitze und Aufregung nicht hatte schlafen können, war er seit Tagesanbruch auf den Beinen, in Erwartung von Spyros Makopolis' Bestätigung, daß das Studio das Frankovitch-Skript endlich abgesegnet hätte. Und die Bestätigung war gekommen! Der Erfolg war sein.

Nick und Bluey mußten feststellen, daß sie übertölpelt, über den Tisch gezogen und überstimmt worden waren.

Umberto wollte etwas sagen, aber Nicks Finger, die ihn noch immer festhielten, gruben sich tiefer in seinen Arm.

»Sie kennen mich wohl nicht mehr, Gourouni? Aber ich kenne Sie umso besser — ich erkenne Sie verdammt gut, egal, wie Sie sich jetzt nennen! Und dieses verdammte Skript werde ich verfilmen, wie Sie und diese zwei Drecksäcke und das verfluchte Studio es wollen, samt den tausend verdammten Komparsen und den bescheuerten Schlachtenszenen, und samt allen heldenhaften Mätzchen!« Der ganze Strand lauschte gebannt dem Wutausbruch des ansonsten so ruhigen jungen Regisseurs. Er überragte den untersetzten Italiener beträchtlich, und obwohl die Worte nicht ganz verständlich waren, so erwies sich doch seine Körpersprache als unmißverständlich.

»Aber hüte dich, du pastafressender Wicht«, spie Nick zornbebend hervor. »Hüte deinen fetten Hintern. Ich halte mich an die Regeln, aber es wird *mein* Film, so wie ich ihn will, mit oder ohne eine Horde von Komparsen, die rumstehen und sich die Eier kratzen.« Mit einem verächtlichen Schnauben ließ er Scrofos Arm so unvermittelt los, daß der Italiener stolperte und fast hinfiel.

Nick, der seine abgegriffenen griechischen Kummerperlen aus der Tasche holte, ließ sie rasch durch die Finger gleiten, während er rief: »Okay, Bluey, es geht los! Das Team und die Komparsen sollen antreten — sofort!«

Der Pazifik umspülte Umbertos handgemachte Schuhe, während er, zwischen Hochstimmung und blinder Wut hin- und hergerissen, dastand. Ja, er hatte gewonnen. Er würde einen Film mit all dem Glanz produzieren, den er auch bei der *Verlorenen Stadt* aufgewendet hatte, doch der erbitterte junge Regisseur hatte ihn vor dem gesamten Filmteam beschimpft und gedemütigt, hatte ihn idiotisch aussehen lassen — schwach — vertrottelt. O Gott, wie er es haßte, als Idiot dazustehen, von den Leuten ausgelacht zu werden.

Stones Haß stand in gar keinem Verhältnis zu ihrer kurzen Arbeitsbeziehung. Sie kannten einander erst seit ein paar Tagen. Nicks griechische Herkunft und der Umstand, daß er ihn Gourouni genannt hatte, brachten Umberto auf den Gedanken, ob er vielleicht zur Zeit seines Kommandos auf Hydra gelebt hatte. Na wenn schon. Die Griechen waren alle strohdumm. Diese Bauern waren widerstandslos und ohne zu protestieren in den Tod gegangen, sei es durch Hunger, Folter oder ein Erschießungskommando, gleich stummen, gehorsamen Schafen. Er hatte für sie keinen Funken Achtung übrig. Dennoch mußte Scrofo widerstrebend zugeben, daß dieser Grieche Mumm hatte, obwohl er von ihm gedemütigt worden war.

»Gut gemacht«, sagte Ramona bewundernd. »Gut gemacht, mein lieber Hubert.« Ihr üppig besticktes Gewand glitzerte in der Sonne. »Ich bin ja so froh, daß nach dem Frankovitch-Skript gedreht wird. Ich ziehe es bei weitem vor.«

Umberto wußte, daß sie es nur vorzog, weil es ein paar zusätzliche Szenen für sie vorsah, doch er dankte ihr lächelnd, obgleich er innerlich kochte und spürte, daß das gesamte Team ihn verstohlen beobachtete — ihn vermutlich auslachte.

»Also, lieber Hubert, ich hätte da eine Idee.« Ramona schob einen armbandgeschmückten Arm durch seinen, als sie über den Strand auf das Set zuschlenderten. »Dieses elende Hotel, in dem Sie abgestiegen sind, hat keine Klimaanlage und einen so schlechten Service, daß ich sicher bin, Sie konnten letzte Nacht nicht viel schlafen. So war es doch, oder?«

Umberto nickte.

»Und ich bin in meinem riesigen Haus ganz allein«, fuhr sie kokett fort. »Dabei habe ich mehr Gästezimmer, als ich brauche. Sie können die gesamte zweite Ebene als Büroräume und für Ihre Sekretärin verwenden, dazu kommt, daß wir nur fünf Minuten von der Villa Vera entfernt sind. Nun, wie würde Ihnen das gefallen?«

»Das würde mir sogar sehr gut gefallen. Danke, Ramona, meine Liebe«, sagte er grinsend. »Sie sind wie immer sehr aufmerksam.«

»Wunderbar.« Ramona strahlte. »Ich habe auch die kleine Französin, diese Dominique, und ihre Begleiterin eingeladen.« Sie beugte sich vertraulich zu ihm hin. »Junge Frauen können sich heutzutage in Acapulco abends nicht mehr allein hinauswagen. Wie ich hörte, wurde die Anstandsdame vor kurzem am Strand belästigt und fast vergewaltigt.«

»Wirklich?« Umberto zog die Brauen hoch, als er zu der gespenstischen, verstört wirkenden Gestalt Agathes hinsah, die sich ständig in Dominiques Nähe aufhielt. Wer die wohl vergewaltigen wollte?

Da es bei Dreharbeiten keine Geheimnisse gab, schien das gesamte Team die Geschichte von Agathes knappem Entkommen zu kennen. Außerdem wetteten einige der Jungen bereits, wann Julian seine Inès nach Europa verfrachten würde, damit Dominique mit Sack und Pack und Eyeliner bei ihm einziehen konnte. Wer die Wette gewinnen würde, war leicht abzusehen.

13

Sir Crispins Blick lag unverwandt auf dem gebräunten Tänzerinnenkörper Dominiques, als sie ein Stück weiter am Ufer mit ein paar jüngeren männlichen Teammitgliedern herumspielte. Man drehte jetzt seit über einer Woche, und sie ging mit allen sehr kollegial um.

»Das Kind kann einen Mann hinter Gitter bringen, findest du nicht auch?« sagte er zu Ramona, die mit ihm im Schatten eines ausladenden gestreiften Sonnenschirms saß und Orange Pekoe Tea mit Eis schlürfte.

»Natürlich kann sie das«, meinte lächelnd Ramona, die für Dominique ziemlich mütterliche Gefühle entwickelt hatte. »Aber ich bin sicher, daß sie noch unschuldig ist, Crispin, schließlich ist sie erst sechzehn und kommt aus einer guten französischen Familie.«

Sir Crispin schüttelte langsam den Kopf, auf dem das steife geflochtene Haar eines Dutzends Chinesinnen lastete.

»Meine Liebe, das glaube ich keine Sekunde. Und was heißt hier schon französisch?« fragte er, während er beobachtete, wie die quiekende und kichernde Dominique von einem der besser aussehenden Stunt-Männer ins Wasser gejagt wurde. »Mit ihrem Sex-Appeal sieht sie aus, als hätte sie mehr als nur Küssen und Kuscheln im Sinn.«

Ramona nahm ihre Sonnenbrille ab, um die lachende Nymphe am Saum des Wassers besser beobachten zu können.

»Unsinn, Crispin. Agathe bewacht die Kleine mit Argusaugen. Sie *kann* nur Jungfrau sein. Und für mich besteht kein Zweifel, daß sie das Zeug zum Star hat. Mit diesem Gesicht und diesen unglaublichen Formen — wie könnte es anders sein?«

»Da bin ich überfragt, meine Liebe, sie ist eigentlich nicht mein Typ«, erwiderte Sir Crispin mit einem ironischen Gesicht. Sie war wirklich ein wandelnder kosmetischer Mythos.

»Meine Liebe, dein Stern war es, der am hellsten strahlte, als die Traumfabrik Hollywood in ihrem Zenit stand. Jetzt ist natürlich das Starsystem, wie wir beide schon lange wissen, in rascher Auflösung begriffen«, sagte er.

»Wie wahr«, pflichtete Ramona ihm bei. »Und die Studios stellen mit jedem Jahr immer weniger Vertragsschauspieler ein. Die großen Stars bemühen sich verzweifelt um Selbständigkeit.«

»Und was glaubst du, bei wie vielen von den Dutzenden,

die unter Vertrag genommen werden, nach dem ersten Anfangsruhm die Berühmtheit von Dauer ist?« fragte Sir Crispin trocken.

Ramona gab keine Antwort. Sie dachte an ihre eigene lange und ereignisreiche Karriere und sah sich selbst im Alter Dominiques.

»Möchte wissen, was ihr die Zukunft bringen wird«, spekulierte der alte Sir wie im Selbstgespräch. »Ist sie ein Aschenputtel-Typ, der in einigen Jahren, nach St.Tropez zurückgekehrt, eine *femme de ménage* wird wie alle anderen? Oder wird sie süchtig nach dem Rummel und der Vergötterung und wirft sich an eine Abfolge unwürdiger Männer weg?«

»Das wird sie kaum tun, Crispin«, lachte Ramona. »Sie ist so hinreißend, daß die Männer Schlange stehen werden, um sie begleiten zu dürfen. Sie ist nicht das Mädchen, das wegen eines Mannes den Kopf verliert.«

»Hm!« gab Sir Crispin rätselhaft von sich, als Julian zu ihnen trat, von der eben abgedrehten Szene erhitzt und in Schweiß gebadet.

»Herrgott, was für eine Hitze«, keuchte er, riß sein Samtwams auf und öffnete sein Hemd bis zur Mitte. »Wie du diese dumme Perücke auf dem Kopf aushältst, alter Junge, das werde ich nie verstehen. Warum nimmst du das Ding nicht ab?«

»Lieber Freund«, antwortete Sir Crispin spaßig, »dieses gräßliche Objekt ist mit mindestens einem Pfund eines absolut ekelhaft riechenden Kleisters an meinem armseligen haararmen Skalp befestigt. Laß dir versichern, lieber Junge, daß das Entfernen der Perücke jeden Abend eine fürchterliche Tortur bedeutet, schlimmer als alles, was sich Torquemada und seine schreckliche spanische Inquisition je ausgedacht haben mögen.«

Ramona und Julian lachten, als auch schon Julians Garderobier erschien und ihm ein kaltes Glas Bier brachte, das er an die Lippen führte, während er zu dem Gegenstand seiner neuen Leidenschaft blickte, der noch immer in den Wellen umhertollenden Dominique.

Sir Crispin wandte seine Knopfaugen nun Julian zu, mit besonderer Aufmerksamkeit für die harten Muskeln von dessen goldener Brust, die köstlich bebten, als er sein Bier trank. Sir Crispin fühlte sich wie immer von schönen Männerkörpern angezogen, und nur selten hatte er einen gesehen, der so prachtvoll war wie der von Looks Brooks. Julian hatte ihn oft genug an eine atemberaubende Apolloskulptur von Bernini erinnert, die er einmal in einem römischen Museum betrachtet hatte.

»Lieber Junge, eben sprachen wir von deiner vestalischen Jungfrau«, sagte er schalkhaft. »Ich sagte zu Ramona, daß ich der Meinung bin, sie sei in der Welt der Blas-Wettbewerbe keine Fremde. Was meinst du, Julian?«

Julian erstickte fast an seinem Bier und spürte zu seinem Entsetzen, daß er rot wurde.

»Aber Crispin, wie kannst du nur ...«, äußerte er spukkend, als sein Garderobier auch schon zur Stelle war, um seine Samthosen zu säubern.

»O Gott, Crispin, du bist schrecklich«, kicherte Ramona. »Dominique ist ein Baby. Wie kannst du so etwas sagen?«

»Mir scheint, je jünger sie sind, desto mehr Sex wollen sie haben«, erklärte Sir Crispin autoritär.

»Na, du mußt es ja wissen, alter Knabe«, meinte Julian augenzwinkernd und grinste Ramona an.

Plötzlich stieß Dominique einen ohrenbetäubenden schrillen Schrei aus, als einer der Männer, mit denen sie herumgetollt hatte, sich im Wasser auf sie stürzte.

»Unser Baby wird aber rasch erwachsen«, bemerkte Sir Crispin, dessen wäßrige braune Augen hinter seinen Brillengläsern amüsiert funkelten. »Meine Liebe, wenn die noch Jungfrau ist, dann bin ich Edith Evans.«

»Ach, übrigens, weil du davon sprichst ... du hast in letzter Zeit unheimliche Ähnlichkeit mit Edith entwickelt«, zog Julian ihn auf, bemüht, Dominique zu ignorieren, die nun völlig durchnäßt war. Ihr langes Haar wehte im Wind hinter ihr her, als sie von zwei Mitgliedern der Kameramannschaft wiederholt durch die Wellen gejagt wurde.

»Ja, das muß die Perücke machen«, lachte Ramona.

»Diese Haarflut, mein Alter, ist identisch mit jener, die Edith als Kleopatra tragen mußte«, hakte Julian süffisant lachend nach.

»Aber ich habe größere Brüste als sie«, stellte Sir Crispin mit einem Anflug von Triumph fest und genoß das Gelächter seiner Zuhörer. »Ich weiß noch, daß ich einmal in einer Matinéevorstellung Edith als Kleopatra sah«, schwelgte er in Erinnerungen. »Das Publikum setzte sich aus drei alten Damen und einem afghanischen Windhund zusammen, und der Afghane schien sich am tollsten zu amüsieren.

Alle lachten, als plötzlich Dominique, von ihren Anbetern verfolgt, wie ein kichernder Derwisch auf sie zuhielt.

»Julian, ach Julian, hilf mir, bitte!« quietschte sie in gespielter Angst und warf sich an seine Brust.

»Diese Männer, sie ärgern mich ständig«, sagte sie und drückte sich an ihn, wobei sie spürte, wie er erregt wurde. »Bitte, hilf mir, Julian«, flehte sie und sah ihn durch feuchte schwarze Wimpern an, die die geheime Botschaft ihrer Augen nur zum Teil verbargen. »Bitte!«

Julian schob sie spielerisch zurück, da ihm nicht geheuer war, was mit ihm vorging.

»Was bildest du dir eigentlich ein?« schalt er sie. »Nick sagte zu mir, in der nächsten Szene hätten wir alle, und du auch, einiges zu tun, und du treibst Unsinn im Wasser. Schlimmes Mädchen.«

Dominique sah ihn schmollend an.

»Sehr unprofessionell, liebes Kind«, sagte Sir Crispin mit mahnend erhobenem Zeigefinger. »Man soll Regisseure nie warten lassen — besser, du wartest auf sie, so wie wir leider seit Stunden.«

»OK, OK«, lachte Dominique, die nun keck nach Julians Bier griff und einen Schluck trank. »Ich gehe ja schon — in knapp zehn Minuten bin ich fertig, das verspreche ich, ihr wißt ja, wie schnell ich sein kann.«

»Wir nehmen dich beim Wort«, murmelte Sir Crispin, der mit einem Anflug von Wohlwollen bemerkte, daß Julian den prallen Schritt seiner Hose zurechtrückte. Er beglückwünschte sich, daß er in den Genuß des anregenden Anblicks von Julians jäher und eindrucksvoller Erektion gekommen war. »Ach ja«, sagte Sir Crispin dröhlich, »wo Jugend ist, da ist auch Frohsinn — habe ich recht, Julian, mein Lieber?«

»Absolut«, pflichtete Julian ihm bei und griff beiläufig nach dem Skript, um seinen Schoß zu bedecken.

»Ein kluges und äußerst lebendiges Mädel, unsere kleine *mademoiselle*«, meinte Sir Crispin lächelnd. »Ich wage die Behauptung, daß sie in kürzester Zeit viele Herzen brechen wird.«

Die kleine Hausgesellschaft speiste allabendlich meist in aller Stille auf der zweiten Terrasse. Nach Beendigung der Dreharbeiten bei Sonnenuntergang und nachdem Umberto in seinen Büroräumlichkeiten eine Reihe von Produktionsbesprechungen hinter sich gebracht, ein halbes Dutzend Anrufe mit Hollywood geführt und jeden angebrüllt hatte, der ihm im Laufe des Tages in die Quere gekommen war, wurde ein ruhiges Dinner serviert.

Dominique war außer sich vor Begeisterung, daß sie nun in Ramonas palastartiger Villa wohnen durfte; sie hatte das Gefühl, in ein großes, schönes Puppenhaus geraten zu sein. Agathe war insgeheim von einigen Gemälden und Skulpturen beeindruckt und lebte in ständiger nervöser Vorfreude, daß Julian einmal zum Dinner gebeten würde.

Als Ramona erstmals Nick einladen wollte, fragte der junge Grieche sie sofort rundheraus: »Wird Croft zugegen sein?«

»Aber ja — natürlich«, antwortete Ramona, ein wenig verwirrt von Nicks glühenden braunen Augen. »Er ist einer meiner Hausgäste.«

»Dann bedanke ich mich herzlich für die Einladung, Fürstin«, entgegnete er, »aber ich habe nicht die Absicht, mehr Zeit als unbedingt nötig in Gesellschaft dieses grotesken Kerls zu verbringen.«

»Ich verstehe«, sagte Ramona, die ihre nachgezogenen Brauen hochschob und überhaupt nichts verstand. »In diesem Fall ist es vermutlich besser, wenn ich Sie nicht mehr einlade.«

Sie schien so pikiert, daß Nick, der sich immer bemühte, diplomatisch zu sein und zudem ein aufrichtiger Bewunderer Ramonas war, noch hinzufügte: »Bitte, fassen Sie das nicht persönlich auf, Fürstin. Sie wissen ebensogut wie das gesamte Team, daß zwischen Croft und mir nicht viel Sympathie herrscht. Besser gesagt, wir verabscheuen einander. Sie haben sicher Verständnis für meine Ablehnung?«

»Aber natürlich«, gab Ramona huldvoll zurück. »Ich hoffe sehr, daß Sie eines Tages Ihre Meinung doch noch ändern werden.«

Er lächelte grimmig. »Wenn diese Kröte garantiert nicht anwesend ist, dann wäre ich entzückt, mit Ihnen zu dinieren, Fürstin.«

»Abgemacht«, sagte sie lächelnd und strich Nick von der Gästeliste, die sie ständig im Kopf hatte.

Sir Crispin Peake, dessen exzentrischer englischer Humor die zuweilen etwas trübsinnigen Abende belebte, gehörte zu Ramonas Lieblingsgästen. Attraktive junge Diplomaten von der amerikanischen Botschaft, auf Besuch weilende gesellschaftliche Prominenz, Filmstars und Politiker wurden von ihr ebenfalls oft eingeladen. Ramonas Tafel war berühmt, und ihre Einladungen sehr begehrt, zu Agathes großer Enttäuschung aber erschien Julian nie zum Dinner.

Inès war praktisch zu einer Gefangenen ihrer Hotelsuite geworden. Dr. Langley hatte darauf beharrt, sie müsse die nächsten sieben Monate im Bett verbringen, wenn sie dieses Kind wirklich bekommen wolle.

»Nur am Hochzeitstag ist Aufstehen erlaubt. Und kein Sex. Nicht einmal Schmusen«, ermahnte er sie wiederholt.

Trotz Julians verständnisvoller Haltung hinsichtlich ihres Zustandes wußte Inès, daß sexueller Altruismus bei einem Mann Grenzen hatte. Sie selbst war hin- und hergerissen zwischen ihrer Liebe zu ihm und dem Verlangen, sie zu zeigen, und ihrer Sehnsucht nach diesem Kind. An den Abenden waren sie zusammen, er studierte sein Drehbuch, während sie im Bett lag, bemüht, sich nicht selbst zu bemitleiden und gutgelaunt interessante Konversation zu machen. Doch war es schwierig, geistreich zu plaudern, wenn man jeden Tag auf dem Rücken liegend verbrachte und zur Decke starrte. Obwohl Inès sich sehr bemühte, wurde sie das ominöse Gefühl nicht los, daß Julian ihr entglitt und daß er in Gedanken anderswo war. Sie wußte, daß der Film ihm viel abverlangte und daß auf dem Set große Spannungen herrschten. Was Inès nicht wußte, war, daß sich Looks Brooks und Dominique in jeder Mittagspause und praktisch immer nach Drehschluß hinter den verschlossenen Türen und den mit Gardinen verhängten Fenstern von Dominiques Trailer heiß der Liebe hingaben.

14

Das Studio geriet über die ersten Rohkopien förmlich in Ekstase. Nick hatte meisterhafte Arbeit geleistet, indem er in das übertrieben melodramatische und blumige Skript der Frankovitchs eine intimere, realistischere Note eingebracht und damit einen brillanten Kontrast zu Pomp und Prachtentfaltung des sechzehnten Jahrhunderts geschaffen hatte. Im Studio war man der Meinung, hier würde ein neuer Stil geschaffen, und schon wurden weitere historische Epen für Nick in Aussicht genommen.

Agathe spielte auf dem Set tagtäglich ihre Rolle als stille, wortkarge Beobachterin. Vom Team wurde sie nur selten in ein Gespräch gezogen. Ihr merkwürdig abweisendes Aussehen und Gehabe und ihr steifes, korrektes Englisch erweckten den Eindruck, man hätte es mit einer Wachspuppe zu tun. Sie hörte Dominique ihren Text ab und wachte über sie, während sie sich in ihren Tagträumen unausgesetzt mit Julian beschäftigte.

Seit ihrem Erlebnis am nächtlichen Strand betrachtete Agathe mit Ausnahme Julians alle Männer mit großem Mißtrauen, war aber mit völliger Blindheit geschlagen, was die glühende Affäre betraf, die zwischen ihm und Dominique im Gange war. Für sie war Dominique nichts weiter als ein Schulmädchen. Zugegeben, sie war jetzt Schauspielerin und wirkte in einem bedeutenden Film mit, aber sie war noch immer ein Kind, ein Mädchen, das nichts vom Leben wußte. Agathes Bewußtsein war nichts weiter als ein Kaleidoskop voller Bilder von Julian. Wenn sie bei den Dreharbeiten dasaß und zusah, am Strand, an den Lagunen, in den Bergen, konnte sie den Blick nicht von ihm wenden. Hinter dunklen Gläsern, einen Hut tief in die Stirn gezogen, beobachtete sie jede seiner Gesten, jede seiner Bewegungen.

Die Tatsache, daß er freundlich zu Dominique war, ja sogar mit ihr flirtete, schrieb Agathe der Vertrautheit zu, die sich unter Filmleuten zwangsläufig entwickelte. Wie sie diese Menschen darum beneidete — um die zwanglosen Scherze, die spöttische, an Grobheit grenzende Kameradschaft, die alle zu einem echten Team zusammenschmiedete.

Von Dominique abgesehen, war Sir Crispin Peake der einzige Mensch, der sich mit Agathe ein wenig abgab. Oft saß er mit ihr unter einem großen gestreiften Schirm und unterhielt sie mit uralten englischen Bühnenanekdoten und -histörchen. Agathe, die ihn langweilig fand, da ihr sein Bühnenhumor nicht lag, redete trotzdem immer wieder mit ihm, weil Julian einen Narren an ihm gefressen hatte und zwischen den Einstellungen gern mit ihm plauderte. Ohne Wams, mit schweißglänzender Brust stand er dann da, schüttete sich aus vor Lachen über die Geschichten des alten Bühnenaristokraten und machte Agathe damit nur noch verliebter. Nach solchen auf goldenem Sand mit Sir Crispin und Julian verbrachten Tagen gestalteten sich Agathes Nächte herrlich erotisch, indem sie sich wie wild selbst befriedigte.

Eines Tages hatte sie es geschafft, sich noch eines von Julians Hemden aus seiner tragbaren Garderobe ungesehen anzueignen. Ein weißes Batisthemd, das er in einer Duellszene getragen hatte. Die Kostümabteilung hatte mehrere Exemplare, und dieses eine war aufgerissen. Da es nicht wieder verwendet werden konnte, stellte es in Agathes Augen keinen Diebstahl dar. Sie hatte sich von Julian nur etwas ausgeborgt, das ihn ihr noch näher bringen würde. Fast vermeinte sie, seinen Körper neben sich zu spüren, wenn sie damit im Bett lag.

Was diese Prostituierte, seine Verlobte Inès, betraf, so zeigte sie sich niemals. Man munkelte, daß sie schwanger wäre. Schwanger! Agathe fragte Julian nicht, ob es stimmte, sie wagte es ja kaum, das Wort an ihn zu richten, weil sie immer so heftig errötete, daß sie das Gefühl hatte, er könne ihre Gedanken lesen. Es erfüllte sie jedoch mit bitterem Zorn, daß dieser großartige Mann den Körper dieser Hure und Verräterin benutzt hatte.

15

Dominique bildete sich ein, Julian wahnsinnig zu lieben. Zwei Wochen zügelloser Leidenschaft hatten bewirkt, daß sie ihn nur noch mehr begehrte. Waren sie zusammen auf dem Set, dann schien es zwischen ihren Körpern elektrisch zu knistern. Ihre Augen strahlten wie Leuchtfeuer, wenn sie in seiner Nähe war, und ihre sexuelle Glut kam auf der Leinwand so stark herüber, daß Hollywood begeisterte Telegramme an Nick schickte und ihn beglückwünschte, weil es ihm gelungen war, im Film eine so magische Wirkung zu erzielen. Beim ersten Kuß von Julian und Dominique schmolz die Leinwand fast dahin. In den Vorführräumen wurde die Luft spürbar angehalten, als viele der sonst so abgebrühten Bosse sich in diese Szene unwillkürlich hineinversetzten.

»Mehr Liebesszenen! Die beiden sind ja heißer als Gable und Leigh, Clift und Taylor! Schreibt mehr«, war der Tenor der an Nick und Hubert Croft abgefeuerten Telegramme.

»Mehr Liebesszenen!« gackerte Shirley, tief über ihre uralte Schreibmaschine gebeugt, eine Zigarette zwischen den Lippen baumelnd. »Ein Jammer, daß wir nicht die heißen Szenen bringen können, die sich im Trailer dieser Göre abspielen. Meinetwegen, sollen sie ihre Liebesszenen haben — wir werden die Leinwand damit zum Glühen bringen.«

Irving war es keine Antwort wert. Er ignorierte Shirley, wenn sie sich biestig aufführte. Sie genoß die glühende Affäre, die sich unter ihren Augen abspielte, offensichtlich so stark, daß er ernsthaft erwog, sie die neuen romantischen Szenen zwischen Julian und Dominique, nach denen das Studio gierte, allein schreiben zu lassen. Er saß am anderen Ende ihres Wohnsalons in der Villa Vera, einen Schreibblock auf den Knien, da er das Filmende wieder einmal umschrieb.

Nick hatte nicht aufgegeben. Da MCCP sich auf das ursprüngliche Skript der Frankovitchs versteift hatte, kehrte Nick jetzt den Perfektionisten heraus und plagte die Autoren mit Details — hier galt es eine Textzeile zu ändern, dort eine Szene zu verbessern — feilen, feilen, feilen. Irving bewunderte und respektierte seine Beharrlichkeit und mußte grollend eingestehen, daß Nick fast immer recht hatte. Croft und Shirley hingegen waren sich in ihrer Kritik und Ablehnung sämtlicher Ideen Nicks einig, und der Kampf wogte noch immer heftig hin und her, mit dem Unterschied allerdings, daß Irving öfters Nicks Partei ergriff.

Shirley, auf die Tasten ihrer Schreibmaschine einhämmernd, spann die erotische Szene aus, in der die junge Prinzessin Isabella vor Cortez tanzte, ehe die Liebenden einander fanden.

Sie zermarterte sich den Kopf, wie sie es anstellen sollte, daß die Szene echt heiß wurde — so heiß, daß »den Zuschauern die Reißverschlüsse aufgehen«, wie sie sich ausdrückte. Sexgeladener sollte sie sein als alles, was man je auf der Leinwand gesehen hatte. Sie ließ einige der neueren Filme Revue passieren: *Das Gewand* war schon vom Inhalt her zu rein, ebenso *Die zehn Gebote,* ja sogar *Fegefeuer* mit Rita Hayworth. In Hollywood hatte man um Rita viel Aufhebens gemacht, doch der Film hatte sich dann als so zahm wie ein Hauspapagei entpuppt.

»*Gilda* — ja, da war Sex drin«, sagte Shirley laut vor sich hin.

»Wo denn, meine Liebe?« fragte Irving.

»Im Tanz, den die Hayworth in *Gilda* lieferte — du weißt schon, *Put the Blame on Mame, Boys* — war doch richtig sexy, oder nicht?«

»Sehr. Aber für uns vom Stil her ungeeignet. Wir wollen im sechzehnten Jahrhundert bleiben — *Gilda* spielte 1947.«

»Hmmm.« Shirley klopfte mit einem Bleistift an ihre Zähne. »Was wäre dann mit Ava in *Pandora und der Fliegende Holländer*?« rief sie ihm durch den Raum zu. »In der Szene, in der sie nackt zum Schoner des Holländers hinausschwimmt, bringt sie die Leinwand zum Leuchten.«

»Das war eine große Szene«, erinnerte Irving sich, »und sie wurde damals wirklich bei Mondschein gedreht — bei Außenaufnahmen im Mittelmeer, wenn mein Gedächtnis mich nicht trügt.«

»Ja, ja, ja — die werde ich benutzen«, sagte Shirley und hieb begeistert auf ihre Maschine ein. »Es wird großartig, einfach großartig. Isabella schwimmt nackt hinaus zu Cortez' Schiff«, frohlockte sie. »Sie klettert an Bord, auch nackt.«

Ihre Stimmung stieg. »Und dann führt sie Senor Cortez ihr Tänzchen vor, auch ...«

»Mach dich nicht lächerlich, Shirley, das geht nicht.« Die Dummheit seiner Frau brachte Irving auf die Palme. »Die Zensurbehörde wird unsere Köpfe fordern. Wir können Nacktheit auf der Leinwand nicht gebrauchen.«

»Doch, wir können.« Shirley griff zum Telefonhörer und schnarrte die Vermittlung an: »Ich möchte Hubert Croft.«

»Wir können und wir werden, Irv«, fuhr sie fort. »Das Studio wird begeistert sein — wir können zwei Versionen drehen — mit und ohne Schleier.« Dann gackerte und schrillte sie ins Telefon: »Hubert — hier Shirley — hören Sie, ich hätte da eine großartige Idee — könnten Sie sofort rüberkommen? Richtig — OK. Hubert, die Szene wird Ihnen gefallen — ja, ganz sicher.«

Julians erotische Spannung grenzte an Besessenheit. Er hätte nicht zu erklären vermocht, was in ihn gefahren war. Er betete Inès an, er verehrte sie. Seine Scheidung von Phoebe war so gut wie perfekt, die Heirat mit Inès hatte man für die kommende Woche festgesetzt. Es war das, was er in seinem Herzen noch immer wollte. Aber er wußte auch, daß er sich Dominique irgendwie aus dem Kopf schlagen mußte und hatte sich eingeredet, er würde ihrer am ehesten überdrüssig, wenn er es so intensiv und häufig wie möglich mit ihr treib. Aber je heftiger sie sich liebten, desto mehr wuchs seine Begierde. Von dieser blutjungen Versucherin, die ihn so stark an eine jüngere Version der Frau, die er wirklich liebte, erinnerte, konnte er einfach nicht genug bekommen.

Für ihn war der schonungsbedürftige Zustand von Inès ein Glück im Unglück, obwohl er mehr trank als sonst, um seine schlimmen Gewissensbisse zu besänftigen. Aber Dominiques verheißungsvolle Blicke, ihre sinnlichen Berührungen ließen ihn an nichts anderes als an seinen Hunger nach ihr denken. Eines Morgens reizte sie ihn während der Dreharbeiten absichtlich, indem sie wiederholt mit ihrer kleinen rosa Zunge über ihre Lippen fuhr. Dies führte bei ihm zu einer schmerzhaft peinlichen Erektion, die andauerte, bis sie ihm erlaubte, sie in einem glühenden Ausbruch der Leidenschaft in der Mittagspause in ihrer Garderobe zu nehmen. Beide waren sie in Kostüm und Maske, was ihn nicht hinderte, so entfesselt und zügellos in sie einzudringen, daß die dünnen Sperrholzwände wackelten und die Crew wissend grinste.

»Welch eine Romanze, daß ich nicht lache«, äußerte Tim. »Hab den Chef noch nie so erlebt — der ist ja völlig hinüber.«

Dominique war überwältigt von der Macht, die der Sex ihr verliehen hatte. Dieser berühmte, einmalige und mit einer anderen verlobte Star gehörte ihr, und sie konnte ihn um den Finger wickeln, so oft ihr Herz begehrte. Julian war absolut machtlos dagegen.

»Ganz unmöglich, Dominique. Diese Szene kann ich dir nicht erlauben — sie ist schändlich, widerwärtig. Skandalös!« Auf Agathes Wangen brannten zwei rote Flecken, als sie Dominique mit den neuen blauen Skriptseiten konfrontierte, die am Abend verteilt worden waren.

»Aber Agathe, sei nicht so spießig«, antwortete das Mädchen mit einem Gähnen. »Was ist denn schon groß dabei? Warum die Aufregung über ein bißchen Nacktheit? Das ist doch alles ganz natürlich — ein Körper ist nichts, dessen man sich schämen müßte.«

»Unmoralisch ist es«, zeterte Agathe. »Es ist — ist — eine Schande — entwürdigend und billig — splitternackt zu einem Mann hinauszuschwimmen« — ihre Stimme stieg fast um eine Oktave — »und dann an Bord zu klettern und nackt vor Julian Brooks zu tanzen.« Ihr hysterischer Ton und die nervöse Spannung, unter der sie offensichtlich stand, bewirkten, daß Dominique sie erstaunt ansah.

»Aber was stört dich daran so sehr, Agathe — wenn es mich nicht stört? Ich verstehe nicht, was da dran sein soll — ist deine Reaktion nicht übertrieben?«

»Ich bin deine Begleiterin und Anstandsdame, liebes Kind, falls du das vergessen haben solltest«, brauste Agathe auf. »Meine Aufgabe ist es, mich um dein Wohlergehen und um deine Moral zu kümmern und dir dabei zu helfen, die dir von deinen Eltern mitgegebenen Werte zu erhalten.«

»Mist«, gab Dominique rüde von sich. »Meine Eltern haben mir keine Werte mitgegeben.«

»Das ist eine Lüge, und du bist ein sehr schlimmes Mädchen, so etwas zu sagen!« rief Agathe schrill. »Ich kenne deinen Vater, einen der angesehnsten Männer von St.Tropez — *mon Dieu,* was er wohl sagen wird, wenn er dich nackt herumhüpfen sieht? *Quelle horreur.*« Sie bekreuzigte sich und faßte nach ihrem kleinen Kruzifix, das sie immer trug.

»Agathe, sei nicht so moralinsauer und vorgestrig«, entgegnete Dominique. »Hier, sieh doch — dieses Mädchen. Sie ist auch Französin, auch aus guter Familie.« Sie warf ihr eine Ausgabe von *Cinemonde* hin, dem Filmmagazin, in dem sie gelesen hatte.

Agathe, die danach griff, schnappte nach Luft. Eine schöne junge Blondine lag halb aufgestützt auf dem Bauch. Ihre Brüste wurden von ihren Haaren verdeckt, ihre Kehrseite aber war völlig bloß. Sie starrte mit lockend-provozierendem Lächeln in die Kamera.

»*Mais c'est porno* — wohin steuert diese Welt noch?« stieß Agathe hervor, bis in die Grundfesten erschüttert.

Dominique zog die Schultern hoch. »Das ist Brigitte Bardot«, sagte sie, als sei dies eine ausreichende Erklärung. »Sie ist ein paar Jahre älter als ich, achtzehn oder neunzehn vielleicht. So etwas wird heutzutage in Frankreich gedreht — Filme wie dieser. Er wird von einem jungen Regisseur inszeniert, von einem gewissen Roger Vadim, und heißt *Und Gott erschuf das Weib.*«

»Und wenn er heißt *Gott erschuf Mist,* dann ist es mir auch egal«, zischte Agathe in einem ungewöhnlichen Ausbruch von Gotteslästerung. »Ich werde auf der Stelle zu unserem Produzenten gehen und ihm sagen, daß ich die Erlaubnis zum Drehen dieser abstoßenden Szene nie geben werde. Niemals, hörst du?«

Hubert Croft war wenig erfolgreich bemüht, ein Nickerchen zu machen, als Agathe unangekündigt und nur nach einem flüchtigen Klopfen in sein Zimmer stürmte. Er hatte Hemd und Hose abgelegt und war nur mit seiner voluminösen Unterhose und einem nicht ganz sauberen Unterhemd bekleidet.

»Wie können Sie es wagen, Dominique diesen Schund zu schicken!« rief sie, das Skript vor seiner Nase schwenkend. »Ich kann nicht zulassen, daß meine Schutzbefohlene diese entwürdigende Szene spielt. Ich trage für sie die Verantwortung, und ich verbiete es.«

»Und was hat Ihre sogenannte Schutzbefohlene dazu zu sagen?« fragte Hubert sarkastisch, während er seine Fülle hastig in einen Frotteebademantel hüllte, auf dessen Brusttasche Ramonas fürstliches Wappen in Rot und Gold gestickt prangte. »Ich bin sicher, daß sie sich an der Szene nicht im geringsten stößt.«

»Darum geht es nicht — sie ist ein Kind und weiß es nicht besser«, erwiderte Agathe steif. »Ich bin erwachsen und für Dominique verantwortlich, und ich werde nicht — vielmehr ich kann nicht zulassen, daß sie sich auf diese erniedrigende und abstoßende Weise entblößt. Es ist abscheulich. Ich werde morgen ihre Eltern anrufen und ihnen berichten, was hier vorgeht. Da sie minderjährig ist, hätten Sie erst gar nicht mit Ihrem Vorschlag kommen dürfen.«

»Setzen Sie sich, *Mademoiselle*», gab Hubert seelenruhig zurück. Er deutete auf einen Rauhledersessel in Türkis, und Agathe versank in seinen Tiefen, atemlos, sich mit den anstößigen Seiten Kühlung zufächelnd.

Allein der Gedanke daran, daß Julian Dominique völlig nackt zu sehen bekommen sollte, erfüllte sie mit so widerstreitenden Gefühlen, daß sie ein Prickeln am ganzen Körper spürte. Ihr Julian — ihre Liebe — sollte der völlig unbekleideten Dominique bei diesem zügellosen Tanz zusehen …

Schlimm genug, daß Agathe hatte beobachten müssen, wie die beiden sich vor der Kamera umarmten. Sie hatte seitlich dagesessen, unsichtbar, den Mund vor Lust ausgedörrt, während die beiden einander mit so leidenschaftlicher Lust küßten und liebkosten, daß sie spürte, wie der geheimste und intimste Teil ihres Körpers feucht wurde. Unerträglich, mitansehen zu müssen, wie Julian dieses unreife Kind in seinen starken Armen hielt, wie seine vollen Lippen die ihren berührten, wie ihre Brüste sich an seine muskelbepackte Brust preßten, wie seine Arme sie fest umschlungen hielten.

Es war ein bittersüßes Gefühl gewesen, zumal Nick darauf bestanden hatte, die Liebesszenen aus verschiedenen Blickwinkeln zu filmen. Wie hatte sie gelitten, o wie hatte sie unter Eifersucht und ungestillter Begierde gelitten. Unfähig, sich länger zu beherrschen, war sie in Dominiques leeren Trailer geschlichen, um sich auf die einzige Weise Erleichterung zu verschaffen, die sie kannte. Julians Namen flüsternd, sich auf die Lippen beißend, bis sie fast bluteten, sich mit seinem Schal massierend — auch ein entwendeter Gegenstand — erreichte sie einen heftigen Orgasmus nach dem anderen.

»Also, Mademoiselle Guinzberg«, sagte Hubert, der sich eine Zigarre anzündete und sie aufmerksam aus zusammengekniffenen Augen beobachtete, »das ist alles großer Unsinn. Und das wissen Sie hoffentlich auch, oder?«

»Nein, keineswegs«, brauste sie zänkisch auf. »Dominique ist erst sechzehn, ich bin ihre Aufsichtsperson, und ...«

»Sie sollten den Mund halten, Mademoiselle Guinzberg«, fuhr Hubert sie an. »Setzen Sie sich und hören Sie endlich auf, sich wie ein doppelzüngiges Biest aufzuführen.«

»Was — wie haben Sie mich genannt?« Von seinem plötzlichen Befehlston verblüfft, spürte sie Verwirrung und Wut in sich kämpfen.

»Ich sagte, daß Sie sich wie eine doppelzüngige Heuchlerin aufführen«, fuhr er fort. »Glauben Sie, ich hätte es mir nicht zur Aufgabe gemacht, alles zu wissen, was auf dem Set vorgeht?«

»Ich weiß nicht, wovon Sie reden«, keuchte Agathe.

»Tun Sie nicht so, als wären Sie so dumm, wie Sie aussehen«, schnarrte Hubert. »Und schenken Sie mir eine Minute Gehör, ehe sie die Eltern des Mädchens, die Polizei oder die gottverdammte Küstenwache anrufen.« Er zog an seiner Zigarre und nagelte Agathe mit einem verächtlichen Blick im Sessel fest. Sie drehte und wand sich unbehaglich unter der Macht seines durchdringenden Blickes. Gott, wie war der Mann häßlich. Das Filmteam, das ihn durchweg nicht ausstehen konnte, riß ständig Witze über ihn und hatte ihn ›Kröte‹ getauft. Er sah tatsächlich wie eine große aufgeblähte Kröte aus, als er im dunkelgrünen Bademantel vor ihr saß. Sein Kahlkopf glänzte vor Schweiß, und die Stoppeln auf seinem vielfachen Kinn erweckten den Eindruck von schwarzem Sandpapier.

»Glauben Sie ja nicht, ich wüßte nicht alles, was bei diesen Dreharbeiten vor sich geht«, äußerte er gedehnt. »Und wenn ich sage alles, dann meine ich alles.«

»Und was soll das heißen?« Agathe war um einen resoluten Ton bemüht, obwohl Croft sie nicht nur anwiderte, sondern auch ängstigte. Ihr war jede Art Konfrontation zuwider, und jetzt bereute sie schon, daß sie gekommen war.

»Ich weiß, was Sie denken, Mademoiselle Guinzberg.« Er beugte sich vor und sah ihr so intensiv in die Augen, daß sie seinem Blick auswich. »Ich kenne jeden Ihrer Gedanken, wenn Sie auf dem Set Julian Brooks bei der Arbeit beobachten.«

»Was — was soll das heißen?«

»Sie lieben ihn, so ist es doch, Agathe!« höhnte er. »Sie sind leidenschaftlich in ihn verliebt, Sie gieren nach seinem Körper.«

»Nein — nein, das stimmt nicht, das ist eine Lüge, eine ungeheuerliche Lüge.«

»Unsinn, Sie Frauenzimmer. Ich habe Sie gesehen — mir

entgeht nämlich nichts.« Hubert zündete seine Zigarre, die erloschen war, mit einem kunstvollen goldenen Feuerzeug wieder an. »Ich hab Ihren Gesichtsausdruck gesehen, wenn sie unter dem Sonnenschirm sitzen und mit Sir Crispin und Julian plaudern — und ich weiß, was in Ihrem Bewußtsein und in Ihrem Körper vorgeht.«

»Nein — Sie können es nicht wissen«, murmelte Agathe angsterfüllt.

»Seien Sie doch nicht albern.« Er lächelte triumphierend, wohl wissend, daß seine nächste Enthüllung für sie praktisch den Todesstoß bedeuten würde. »Ich habe ihr Buch gesehen — Ihr kostbares Album. Glaubten Sie denn, Sie könnten vor mir etwas verbergen?«

»Nein!« schrie Agathe auf. »Das ist nicht möglich!«

»Es ist möglich, ich habe es gesehen. Ein reizendes Buch, Agathe, so hübsch und mit soviel Liebe zusammengestellt. Ich muß Sie zu dieser umfassenden Fotosammlung unseres lieben Mr. Brooks beglückwünschen.« Sein Lachen klang unangenehm. »Es ist ziemlich abgegriffen, Ihr Album.«

»Wie haben Sie es gefunden?« flüsterte Agathe, in der Scham und Haß wie Lava brodelten.

»Sie dumme Gans, ich habe Ihr Zimmer durchsucht.« Er lächelte wieder. »Ich hegte den Verdacht, daß Sie etwas in dieser Richtung besitzen könnten — und mußte es finden. Sehr gut versteckt haben Sie es nicht, Agathe. Unter der Matratze — ha! — sehr originell. Jedes dieser dummen Zimmermädchen hätte es finden können, obwohl es gut verpackt war — in eines von Julians Hemden, wenn ich nicht irre.« Seine Augen funkelten.

»Nein«, keuchte sie. »Nein. Es ist mein Eigentum — es ist privat — ganz privat. Sie haben gegen das Gesetz verstoßen.«

»Also, Mademoiselle Guinzberg, ich werde vergessen, daß unser kleines Gespräch je stattgefunden hat, aber nur, wenn sie ganz brav jetzt sofort gehen und Dominique erlauben, mit ihrer Arbeit weiterzumachen. Wenn Sie es vorziehen, eine Szene zu veranstalten, ihre Eltern anzurufen oder ähnliches, werde ich aber persönlich dafür sorgen, daß alle auf dem Set, einschließlich von Julian Brooks selbst, von Ihrer mitleiderregenden, jämmerlichen Besessenheit erfahren. Habe ich mich klar ausgedrückt?«

Sie nickte. In ihren Augen brannten Tränen.

»Sollten Dominiques Eltern jemals erfahren, daß die Person, der sie die Aufsicht über ihre kostbare Tochter anvertrauten, eine kranke, sexuell besessene Perverse ist, dann wird man Sie hier rauswerfen, schneller als man ›Achtung Aufnahme‹ ruft — habe ich mich klar ausgedrückt?«

Wieder nickte sie, unfähig, ein Wort herauszubringen, und stand auf, um zu gehen.

»Sie werden keiner Menschenseele ein Wort von unserem Gespräch verraten, Mademoiselle Guinzberg. Wir werden auch weiterhin eine große, glückliche Familie sein. Verstanden?«

Sein Blick verfolgte sie, als sie langsam zur Tür ging, mit hängenden Schultern, den Kopf wie nach einer Niederlage gesenkt. Jämmerliches Geschöpf, dachte er bei sich, von einem ungewohnten Gefühl erfüllt — Mitleid. Er wollte ihr nicht auch noch Dominiques Affäre mit Julian enthüllen — der Schock hätte sie womöglich getötet.

16

Es war eine klare Mondnacht, als Nick sich entschloß, Dominiques nackte Schwimmszene, gefolgt von ihrem Verführungstanz, zu drehen. Das Studio war in helle Aufregung geraten, da mit dieser Szene gegen zahlreiche der von der Zensurbehörde aufgestellten Vorschriften verstoßen wurde. Spyros Makopolis war bewußt, daß ein Präzedenzfall für künftige erotische Filmszenen geschaffen wurde, wenn man sich auf dieses heikle Gebiet vorwagte. Ließ die Zensur die

Szene in *Cortez* ohne Schnitte durchgehen, dann wurde damit anderen Produktionen mit Nacktszenen Tür und Tor geöffnet, und das Publikum würde nach mehr und vor allem nach noch prickelnderen Szenen verlangen.

Nach hitzigen Diskussionen mit der Zensurbehörde, mit Scrofo, den Frankovitchs und mit Dominique selbst hatte Nick sich schließlich eine Methode ausgedacht, wie man die Szene erotisch und sinnlich aufnehmen konnte, ohne jene Teile von Dominiques Körper zu zeigen, die der Zensur unterlagen. Ihr schöner Körper würde nur aus der Totalen oder als Silhouette zu sehen sein. Um ganz auf Nummer Sicher zu gehen, sollte in der Nacht darauf die ganze Sache noch einmal geschossen werden, diesmal mit Dominique, verhüllt von einer Art primitiven Bikini.

Agathe sagte nur wenig, als Dominique sich für die ersten Aufnahmen im Wasser vorbereitete. Sie stand völlig unbefangen splitternackt vor Agathe, die den Blick abwendete, während das Make-up-Mädchen wasserfeste Schminke auf die rosa Brustspitzen des Mädchens auftrug. Ihre Brüste waren fest und wiesen nach oben, die Brustwarzen schimmerten dunkelrosa. Das Make-up-Mädchen versuchte, ihre Farbe zu dämpfen, damit die Kamera sie von dem in der Lagune dümpelnden Schiff aus nicht zu scharf erfassen konnte.

Dominique genoß das Gefühl des weichen Schminkschwämmchens auf den Brüsten, in Gedanken aber war sie weit weg und malte sich aus, wie sie und Julian sich zwischen den Einstellungen die Zeit vertreiben würden. Beide hatten Kabinen auf dem Schiff, und sie wußte, daß er das Verlangen haben würde, sie zu nehmen, wenn er sie bei der ersten Einstellung hatte nackt aus dem Wasser steigen und die Bootswand erklimmen sah. Ein köstlicher Schauer der Vorfreude überlief sie. Allein der Gedanke daran, daß sie ihrer Leidenschaft in unmittelbarer Nähe des Filmteams nachgeben würden, versetzte sie in Erregung.

Sie bewunderte sich im hohen Spiegel. Ihr Bauch war flach und fest, über ihrem schwarzen Schamhaardreieck klebte ein kleines fleischfarbenes Stoffstück, von der Kostümbildnerin angebracht, nicht als Konzession an Dominiques Schamgefühl — das nicht vorhanden war —, sondern um den Film vor dem Zensorenzorn zu bewahren.

Einem Pochen an der Tür folgte Blueys dröhnende Frage: »Na, wie läuft's, Dominique?«

»Ich bin fertig!« rief sie glücklich. Sie warf ihr langes schwarzes Haar nach hinten und lächelte ihrem Spiegelbild zu. Agathe warf einen Blick auf ihre Schutzbefohlene. Das Mädchen war fabelhaft gebaut, kein Zweifel. In den wenigen Monaten, seitdem sie St.Tropez verlassen hatte, schien sie reifer geworden zu sein. Jetzt war sie kein Schulmädchen mehr, sondern eine vollerblühte junge Frau. Agathe wurde von Eifersucht erfaßt, als sie sich vorstellte, was Julian empfinden würde, wenn er das nackte Mädchen sah. Sie erschauerte. Daran wollte sie nicht denken.

Die Garderobiere wickelte einen großen bunten Sarong um Dominique, die den Strand entlang zu dem kleinen Zelt ging, das man auf dem Sand aufgestellt hatte.

Nick erwartete sie dort. »Alles klar, Dominique? Du siehst fabelhaft aus, Kleine — wie fühlt man sich?«

»Großartig, Nick, großartig — ich bin aufgeregt, aber zu allem bereit.«

»Bist du ganz sicher, daß dir die Nacktheit nichts ausmacht?«

»Natürlich nicht«, sagte sie lachend. »Ohne Kleider sehen wir alle gleich aus — es bedeutet mir gar nichts, Nick, weniger als gar nichts. Außerdem glaube ich, daß es für die Szene besser ist, es ist mehr — wie sagt man — *erotique, n'est — ce pas?*«

»Erotisch, richtig.« Er grinste. Die Offenheit und die erfrischende Lebensfreude dieses Mädchens gefielen ihm, ja er bewunderte sie. Mit Dominique hatten sie fraglos die richtige Wahl getroffen — sie war der geborene Star, und ihre erotische Ausstrahlung schien mit jedem Tag stärker spürbar zu werden. »OK, ich fahre jetzt hinaus zum Boot. Warte im

Zelt, bis ich ›Achtung, Aufnahme!‹ rufe. Dann trittst du langsam heraus — und siehst dich um — weil du dich vergewissern willst, daß der Posten dich nicht bemerkt. Am Wasser angekommen, läßt du das Tuch fallen und watest langsam, sehr langsam hinein. Die ganze Zeit über siehst du mit erwartungsvollem Ausdruck zum Boot hinüber. Du sehnst dich nach Cortez. Ich zeige dir, wie du es machst.«

Sie probte für ihn im Zelt, und als er mit allem zufrieden war, gab er ihr einen Kuß auf die Wange.

»Hals- und Beinbruch, Kleine, du wirst es großartig machen. Wenn du beim Schwimmen einen Krampf bekommst, dann schrei laut — wir haben überall Taucher verteilt — man wird dir zu Hilfe kommen.«

»Ich weiß.« Sie lächelte. »Ich bin eine ausdauernde Schwimmerin, Nick. Vergiß nicht, daß ich aus St.Tropez komme.«

Er lächelte vor sich hin, als er sich im Schnellboot zurücklehnte, das ihn hinaus zu der majestätischen Karavelle aus dem sechzehnten Jahrhundert bringen sollte, deren Masten zu imponierender Höhe aufragten. Wenn sein Instinkt ihn nicht trog, dann würde das eine Bombenszene werden.

Die Crew war an Deck emsig mit dem Aufbau der Technik beschäftigt, doch als er zu seinem Kamerabeleuchter gehen wollte, um mit ihm etwas zu besprechen, vertrat ihm Croft den Weg.

»Nick, ich muß mit Ihnen reden«, sagte der Italiener in unerwartet freundlichem Ton, die Hand auf Nicks Arm legend.

Nick entzog ihm seinen Arm, als sei er gestochen worden. »OK, gehen wir hinunter in meine Kabine.«

In seiner kleinen, engen Kabine bot Nick dem Produzenten mit einem Kopfnicken Platz an. Den Italiener ignorierend stand er da, die Hände in die Hüften gestützt, den Blick stirnrunzelnd auf sein Skript geheftet.

»Es geht um die Szene, die jetzt gedreht werden soll«, setzte Umberto an.

»Was ist damit?« Nicks Ton war scharf. »Das Studio ist mit

der Szene prinzipiell einverstanden, wo liegt also das Problem, Hubie Baby?« Er schaffte es nicht, sich den sarkastischen Ton zu verkneifen, ebensowenig wie er es schaffte, den widerwärtigen Menschen anzusehen, der dasaß und an seiner stinkenden Zigarre paffte.

»Ich möchte genau wissen, wie Sie die Szene zu drehen gedenken, ohne daß Dominiques Schamgefühl verletzt wird«, sagte Umberto. »Sie ist jung — und sie sollte vor der Crew ihre Reize nicht so unverhüllt zu Markte tragen. Ich möchte Gewißheit haben, daß ihr alle euch benehmen werdet wie Gentlemen.«

Nick zog die Brauen hoch. »Seit wann so hochmoralisch?« höhnte er. »Seit wann wissen Sie etwas von Gentlemen und deren Benehmen? Ich wußte nicht, daß Ihnen Dominiques Schamgefühl so am Herzen liegt — ich hätte eher gedacht, Sie würden sich andere Gedanken ihretwegen machen.«

»Was soll das heißen?« kläffte der Italiener.

»Ach, nichts, nichts«, sagte Nick und blätterte harmlos in den Seiten seines Skripts. »Sie haben doch ein Ding wie alle Männer, Hubie Baby — oder nicht?«

»Hören Sie«, Umberto wuchtete sich hoch. Seine von Zigarrenrauch umwallte Massigkeit schien den winzigen Raum auszufüllen. »Keine Witzeleien über mich — ich bin noch immer Produzent dieses verdammten Films, ob es Ihnen paßt oder nicht, Sie kleiner griechischer Drecksack. Hier.« Er warf ein zerknülltes Telegramm auf den Schreibtisch. »Lesen Sie das.«

Nick griff nach dem Papier und las: »Zensur höchst besorgt STOP Trotz Einverständnis mit Nacktszene ist es wichtig, daß alle Aufnahmen, wiederhole alle Aufnahmen, hinsichtlich Körperhaltung oder Präsentation des Mädchens keinesfalls obszön sein dürfen STOP Zensur ist nicht informiert, daß Dominique minderjährig ist STOP Höchste Vorsicht angebracht STOP Streifen bislang großartig, aber wir brauchen diese Szene, also bringt sie richtig in den Kasten STOP Grüße Makopolis.«

»Ich habe eine Kopie bekommen«, sagte Nick und warf das Telegramm Umberto zu. »Und ich habe den ganzen heutigen und den gestrigen Tag auf dem Schiff verbracht, mit Kameramann, Beleuchter, mit Dominique oder ihrem Double. Wir haben jede einzelne Einstellung besprochen. Wenn auch nur die kleinste Möglichkeit besteht, daß man etwas von ihren Titten oder etwas von ihren anderen Reizen sieht, ist immer ein Stück Tau oder sonst ein Kulissenteil da, der es verdeckt — ist damit Ihrer Prüderei Genüge getan, Hubie Baby?«

»Und was ist mit der Crew — werden die Leute ihren Körper sehen?« fragte Umberto.

»Natürlich werden sie!« explodierte Nick. »Aber sie sind Profis, und kein Haufen von Spannern.« So wie du, wäre es ihm fast herausgerutscht, aber er wollte die Kröte endlich loswerden. Der Anblick und der Ton des Mannes weckte in ihm unweigerlich blinde Wut, dazu kam, daß er sich sofort an die Arbeit machte. Es gab für ihn heute viel zu tun.

»Ich werde die ganze Zeit über hier sein und darauf achten, daß Sie genau das tun, was Sie tun sollen«, sagte Umberto, dessen Augen Nick wie glimmende Kohlestückchen anfunkelten. »Und wehe, jemand belästigt das Mädchen.«

Du hast es nötig, Arschloch, dachte Nick insgeheim, sagte aber nur: »Also, sind Sie fertig, Hubert? Zufrieden?«

»Nick, eines sollten Sie von mir wissen«, höhnte Umberto und näherte sein Gesicht dem Nicks. »Ich bin nie zufrieden.« Damit stolzierte er hinaus und knallte die Tür zu.

Nick hob die Schultern und machte sich daran, mit Rotstift Notizen in seinem Skript anzubringen. Wieder ein typischer Tag mit Hubert. Täglich versuchte er Ärger zu machen, und täglich schaffte er es, jemanden von Crew oder Besetzung gegen sich aufzubringen.

Nick warf einen Blick aus dem winzigen Bullauge des Kajütaufbaus und sah, wie Hubert aufgeregt auf eine von Dominiques Garderobieren einredete, die ihn mit geduldiger Gereiztheit ansah. Nick grinste. Diesen Ausdruck hatte er praktisch allen Gesichtern der Crew schon gesehen. Alle verabscheuten Scrofo. Doch dann verdrängte er den Italiener so gut es ging aus seinem Bewußtsein und konzentrierte sich auf die bevorstehende Szene, während er an Deck ging.

»Fertig, Jungs?« rief er den zwei Kamera-Crews zu, die die Szene aus verschiedenen Blickwinkeln aufnehmen sollten.

»OK — fertig, Nick!« riefen sie einstimmig zurück.

»Gut — dann los!«

Der Regieassistent ließ erst vor Kamera eins die Klappe fallen, dann vor Kamera zwei. Der Toningenieur rief: »Ton ab!« und dann brüllte Nick die magischen Worte durch sein Megaphon: »Uuund — Aufnahme!«

Umberto hatte an Deck unsichtbar Posten hinter den Kamerateams bezogen. Er drückte ein starkes Fernglas an seine Schweinsäuglein. Keine Sekunde dieses Spektakels sollte ihm entgehen. Natürlich hatte er vom ersten Blick an in Dominique ein sehr reizvolles junges Geschöpf gesehen, sie aber hatte ihn resolut und beharrlich ignoriert. Versuchte er sie anzusprechen, erntete er ausschließlich einsilbige Antworten, die mit kaum verhüllter Geringschätzung gegeben wurden.

Am Wasser innehaltend, blickte sie unverwandt zum ankernden Schiff hinüber. Es wirkte ungeheuer sinnlich, aber ganz natürlich, als sie ihren dünnen Sarong löste und ihn zu Boden fallen ließ. Der Vollmond beschien ihre makellosen Brüste und verlieh ihrem Körper ätherische Schönheit. Sie sah aus wie eine dunkle und weniger keusche Version der den Fluten entsteigenden Botticelli-Venus, ein Meisterwerk der Schöpfung, eine Köstlichkeit, die Verkörperung von Jugend und weiblicher Vollkommenheit.

»*Madonna mia*«, entfuhr es Scrofo, dem der Kloß in der Kehle ebenso Unbehagen bereitete wie die Spannung in der Hose. »*Che bellissima ragazza — bellissima.*«

Er stand mit seiner Bewunderung für die nackte Schönheit, die ihren großen Augenblick am Saum des Wassers aufs äußerste ausdehnte, nicht allein. Langsam und geschmeidig watete sie in das kalte schwarze Wasser. Momentan innehaltend, als der Ozean die Obergrenze ihrer Schenkel erreichte, warf sie wieder einen Blick unverhüllten Verlangens zum Schiffsdeck hinüber, auf dem Julian sie erwartete.

»Mein Gott, was für eine Frau«, flüsterte Bluey Nick zu, der wie angewurzelt dastand und den Blick nicht von ihr wandte. »Wenn das nicht der Körper eines Engels ist, dann weiß ich nicht, wie einer aussieht.«

Nick blieb ihm eine Antwort schuldig. Die Szene war in ihrer schlichten, zeitlosen Schönheit so exquisit, daß er am liebsten darin versunken wäre. Dominique machte noch ein, zwei Schritte, und als das Wasser dann ihre Taille erreichte, ließ sie sich mit einem kleinen Aufschrei hineinfallen, um sogleich wieder aufzutauchen. Ihr langes schwarzes Haar trieb wie schwarzer Seetang hinter ihr her, als sie mit energischen, kräftigen Stößen auf das Schiff zuschwamm. Die auf Großaufnahme eingestellte Kamera filmte Gesicht und Schultern, wobei der Kameramann sich besondere Mühe gab, auch nicht den kleinsten Schimmer ihrer Brüste ins Bild zu bringen.

»Phantastisch«, raunte er seinem Assistenten zu, der die Brennweite ständig veränderte, während Dominique sich dem Schiff näherte. »Phan-ta-stisch.«

Julian stand zwischen den zwei Kameras, so daß sie ihn, als sie näher herangekommen war, deutlich erkennen konnte. Sie schenkte ihm ein umwerfend unschuldiges Lächeln, das jedoch höchst verführerisch die Andeutung wollüstigen Verlangens einer reifen Frau enthielt. Sofort spürte er, wie sein Mund trocken wurde und wie sein Glied in ungezügelter Erwartung der ihm bevorstehenden Wonnen einen unaufhaltsamen Aufstieg begann.

Schließlich hatte sie die über die Bordwand hängende Strickleiter erreicht, griff entschlossen danach und kletterte an Bord. Einen Moment stand sie völlig reglos da, posierte, gestattete den Kameras die von ihr ausgehende elektrisierende Sinnlichkeit einzufangen. Dann murmelte sie mit leidenschaftlichem Aufseufzen: »Ach, Hernando, mein Liebster«, und warf sich in Julians geöffnete Arme.

»Schnitt!« rief Nick. »Wunderschön, Dominique — absolut Spitze — wir brauchen keine Wiederholung. Es war perfekt, Mädchen — einfach großartig. Und jetzt ruh dich ein Stündchen aus, während wir die Szene für deinen Tanz einrichten — trockne dich ab, trink was Heißes, du sollst dich nicht erkälten.«

Die Garderobiere hatte Dominique bereits Tücher und einen Frotteebademantel gereicht, in die sie sich nun hüllte. Ein zusätzliches Handtuch wickelte sie sich wie einen Turban um die nassen Haare. Während die Schar ihrer Helfer Dominique umschwirrte, stand Julian so nahe, daß sie glaubte, seine Härte durch den Stoff seiner Hose zu sehen. Sie verscheuchte ihr Gefolge und verharrte reglos, als er sich näherte.

»Darf ich dich auf einen Drink zu mir einladen?« flüsterte er.

»Kannst du«, hauchte sie. »Aber lieber ist mir die Liebe.«

In der Intimität seiner winzigen Kabine war keiner der beiden imstande, seine Ungeduld zu zügeln. Julian ließ sich voll angezogen auf der Koje nieder, und sie stand zitternd zwischen seinen Beinen — zitternd mehr aus Lust als vor Kälte —, während er sie langsam von ihren feuchten Tüchern befreite.

Sie hörten, wie die Crew an Deck die nächste Szene vorbereitete, und sie hörten den sanften Wellenschlag gegen den Schiffsrumpf. Eine matte gelbe Lampe brannte auf dem Tisch und tauchte ihre Brüste in warmen, goldenen Schein, nachdem die Tücher gefallen waren. Sein Mund widmete sich erst der einen, dann der anderen Brust, leckend und sanft zubeißend, bis Dominique den Kopf zurückwarf und ausrief, er solle aufhören — dann liebkosten seine Hände ihre Hüften, nachdem er das Tuch um ihre Taille gelöst und sie ganz entblößt hatte. Er streichelte die weiche Straffheit ihrer Hinterbacken, bis sich seine Lippen auf die seidige Wölbung senkten und seine Zunge die ersehnte Stelle fand.

Sie stöhnte leise auf, denn er wußte mittlerweile sehr gut, wie er ihr Wonne bereiten konnte. Schon nach wenigen Sekunden erreichte sie ihren Höhepunkt und faßte in sein dichtes Haar, während er nicht aufhörte, ihre Brustspitzen sanft zu massieren.

Dann stürzte sie sich wie eine Rasende auf ihn und ritt ihn, erst sanft, dann immer heftiger, bis sie gemeinsam aufschrien — zwei Körper, eine Woge der Leidenschaft.

Eine Stunde später kam Bluey und klopfte an Julians Tür.

»Ist zufällig Dominique bei dir?« rief er mit gespielter Unschuld.

»*J'arrive* — bin gleich da«, rief Dominique fröhlich und warf ihrem Geliebten einen Kuß zu, um ihn dann auf seiner Koje liegend beglückt und völlig befriedigt zurückzulassen.

Nick wollte die Tanzszene proben, deshalb zog Dominique ein Trikot an und tanzte, bis alles klappte und Nick nichts mehr auszusetzen hatte. Umberto hatte sich stillschweigend neben den Kameras postiert, aber allein seine Gegenwart genügte, daß allgemeines Unbehagen und Hektik herrschte.

Die Kameras waren so positioniert, daß jene Körperteile Dominiques, die unter die Zensurvorschriften fielen, ständig von Schiffsausrüstung und Takelung verdeckt wurden. Es war eine höchst komplizierte und schwierige Szene, für die sie fast die ganze Nacht benötigten, bis alles im Kasten war. Über fünfzehn Einstellungen mit drei Kameras waren nötig, um sicherzustellen, daß keine Fehler gemacht wurden.

Dominique war in ihrem Element. Sie fand die Vorstellung, von vierzig Männern, darunter ihrem Liebhaber, nackt zu tanzen, ungeheuer anregend. Jedesmal wenn Nick rief: »Schnitt — wird kopiert — nächste Einstellung!« schlichen sie und Julian sich in ihre oder seine Kabine. Niemand störte sie. Obwohl alle wußten, was vorging, und trotz der obszönen Witze und Bemerkungen, die unter der Crew die Runde machten, wurde davon in Hörweite der Beteiligten nichts laut.

»Vielleicht sollten wir sie U-Boot nennen«, sagte Bluey zum Kameramann.

»Warum denn?«

»Weil sie immer runtergeht«, erklärte Bluey lachend und mit einer Kopfbewegung zu Julians Kabine hin.

Nach der fünften Einstellung lag Julian auf seiner Koje. Die Dreharbeiten für Dominiques Tanz dauerten jetzt schon über sechs Stunden, und er war hundemüde. Nicht vom Tanzen, denn er hatte ja nichts zu tun als zuzusehen, sondern weil Dominique sexuell so anspruchsvoll war. Jedesmal wenn sie in die Kabine gingen, wollte sie wieder aktiv werden. Sie befand sich in einem Zustand so großer Erregung, daß es ansteckend wirkte. Die ganze Crew spürte diese Erregung. Fast alle Männer empfanden angenehmes Unbehagen in den Lenden, während sie ihr zusahen, und jeder gönnte sich dazu seine eigenen Phantasien.

Ihr Körper glitzerte feucht im Lampenlicht; sie lehnte an der Kabinentür und beobachtete Julian, der auf seiner Koje lag.

Mein Gott, sie hatten es heute schon viermal getrieben. Wollte sie etwa schon wieder? Das konnte doch nicht sein, dachte er — nicht nach dem vielen Tanzen und Schwimmen. Doch er sollte sich irren. Wieder glitt ihr Bademantel zu Boden, und er sah ihr fast an, wie ihr Verlangen sich regte.

»Dominique, glaubst du nicht, wir hätten für heute genug?« sagte er matt, wobei ihm nur zu deutlich bewußt war, daß sein Glied sich trotz seiner Abgespanntheit wieder erwartungsvoll reckte.

»Bestimmt nicht«, flötete sie, an die Mahagonitür gelehnt. Das Haar fiel ihr schimmernd und naß über die vollen Brüste und erhöhte den Ausdruck wilder Hemmungslosigkeit.

»Ich möchte, daß du mich wieder möchtest, Julian ... jetzt.« Sie berührte sich auf eine Weise, von der sie wußte, daß sie ihn halbverrückt vor Begierde machen würde — nahm ihre Brustspitzen sanft zwischen die Finger und massierte sie, ließ dann eine Hand zwischen ihre Schenkel gleiten ...

»Natürlich möchte ich dich«, sagte er heiser. »Ich begehre dich viel zu sehr — du bist eine Zauberin — eine kleine Hexe, und du treibst mich noch in den Wahnsinn.«

»Und ich begehre dich, Julian«, stöhnte sie, noch immer an die Tür gelehnt — er sah ihr an, daß sie kurz vor dem Höhepunkt stand, so schnell bewegten sich ihre Finger und so schwer kam ihr Atem.

Wie gebannt beobachtete er sie, als es soweit war und sie laut seinen Namen rief. »*Je t'aime, Julian, je t'aime, mon homme.*« Ihr ganzer Körper bebte ekstatisch.

»Komm her«, stieß er rauh hervor. »Mein Gott, was hast du mir angetan, Dominique — was hast du nur getan?«

»Nichts«, flüsterte sie, »gar nichts.« Ihre Augen waren groß vor Verzückung, als er wieder in sie eindrang.

»Ich habe dich eben dazu gebracht, mich zu lieben — *j'espère* — weil ich dich liebe, Julian, und weil ich dich immer lieben werde.«

Als Julian später aus seiner Kabine kam und aufs Oberdeck ging, wo gefilmt wurde, sah er, daß sich auf einem Stapel Takelzeug die Umrisse eines Mannes abzeichneten. Er verharrte sekundenlang, sein Schauspielerinstinkt witterte Ungewöhnliches.

Hubert Croft, der sich unbeobachtet glaubte, lehnte an einem festgemachten Segel, den Blick auf die in einiger Entfernung nackt tanzende Dominique gerichtet. Eine Hand vollführte in der Tasche seiner sackartigen Hose heftige, rasche Bewegungen, seine Augen waren halbgeschlossen, sein Atem kam stoßweise.

»Was treiben Sie da, Croft?« zischte Julian ihn an.

Der Italiener hielt abrupt inne und starrte Julian an.

»Sieh mal einer an, unser Mr. Brooks kontrolliert seine Lolita«, gab er höhnisch von sich. Daß er praktisch öffentlich beim Masturbieren ertappt worden war, schien ihm weder peinlich zu sein, noch schämte er sich dessen. Er zog die Hand langsam aus der Tasche und sah Julian mit spöttischem Lächeln an.

»Herrgott, Croft, Sie führen sich ja auf wie ein verdammter perverser Spanner«, äußerte Julian angewidert. »Wenn das jemand von der Crew gesehen hat, dann wird man sie auf dem Set nicht mehr dulden.«

»Sie sollten am allerwenigsten mit Steinen werfen, Julian, mein Guter«, entgegnete Croft, der mit seiner krächzenden Stimme Julians einwandfreies Englisch nachäffte. »Hätte einer der Männer mitangesehen, was *Sie* mit dem kleinen Luder treiben — das sich absichtlich vor den Leuten produziert —, dann würden Sie nicht mehr als Zweitausgabe Oliviers, sondern als mitleiderregender alternder Lothario gelten.«

»Croft, ich lasse mich mit Ihnen auf keinen Wortwechsel ein«, sagte Julian, dessen Gesicht brannte. Er wußte, was die Crew von ihm und Dominique dachte. Verübeln konnte er es den Leuten nicht. »Es geht Sie verdammt nichts an.«

»O doch, es geht mich etwas an ... Mein lieber Junge, so sehr ich, der Produzent des Films, Ihr Auftreten auf der Leinwand bewundere, so beweist doch Ihr Verhalten im Privatleben, daß Sie nicht mehr sind als ein eitler und oberflächlicher Mime, der sich durch dauernden Sex mit diesem unschuldigen Mädchen die Jugend erhalten möchte.«

Daß ich nicht lache, dachte Julian. Dominique ist so unschuldig wie ein Korb voller Schlangen. Wo sie sich ihre Sirenenkünste angeeignet haben mochte, wagte er nicht sich auszumalen.

»Croft, ich werde auf dem Set gebraucht«, sagte er verhalten. »Unser Gespräch ist damit beendet. Es macht mich sowieso krank.«

»Aber nicht so krank, wie Mademoiselle Inès sich fühlen

wird, wenn sie den *Herald Examiner* von gestern liest«, höhnte Scrofo.

»Ach? Und was steht Interessantes darin, bitte?«

»Lesen Sie es und vergießen Sie Tränen«, sagte Scrofo, »so wie Ihre Verlobte zweifellos weinen wird. Wie gesagt, Brooks, man soll nicht mit Steinen werfen — wann man im Glashaus sitzt.«

Er lachte heiser und watschelte zurück zum Set. Julian verharrte reglos. Was mochte in der Zeitung stehen, das Inès aufregen konnte? Er stöhnte, denn er glaubte es zu wissen! Klatsch über ihn und Dominique. Es wäre nicht das erstemal, daß er den Klatschspalten Stoff lieferte, aber, bei Gott, wenn es Inès schadete ...

Hastig lief er zurück in seine Kabine, wo sein Make-up-Mann eifrig Augenbrauenstifte spitzte.

»Du hast nicht zufällig die gestrige Ausgabe der Zeitung aus Los Angeles, mein Alter?« fragte er Tim beiläufig.

»Nö, Chef, ich lese doch nur die Comics«, gab Tom fröhlich zurück und tupfte Julians schweißglänzendes Gesicht mit Kleenex ab. »Aber einige von den Jungs haben die Zeitung. Ich besorg sie dir.«

»Danke, Tim, sehr freundlich«, sagte Julian seufzend. Wenn nur diese Nacht schon vorüber wäre. Das Gespräch mit Croft lag ihm schwer auf dem Magen.

Tim fragte unter der Crew nach der gestrigen Zeitung, während Kittens den anderen Frauen der Kostümabteilung erregt und indigniert anvertraute, sie hätte Croft dabei ertappt, wie er sich an Dominiques Nacktheit ergötzt und zugleich an sich herumgespielt hätte. Binnen einer Stunde wußte das gesamte Team, was der Produzent getrieben hatte; die allgemeine Abneigung, die ihm entgegengebracht wurde, erreichte neue Höhepunkte.

In der Nacht darauf wurde die ganze Szene noch einmal gedreht, diesmal mit einer in eine Vielzahl von Schleiern gehüllte Dominique. Das klappte auch wunderbar, solange sie im Wasser war, kaum aber kam sie heraus, haftete der durchsichtige Chiffon so verführerisch an ihren von einem winzigen Bikini kaum bedeckten Formen, daß Hubert nach der ersten Einstellung Nick in der Kabine zur Rede stellte. Das Team gelangte in den Genuß eines Wortduells zwischen den beiden, das noch im höchsten Turm von Ramonas Villa zu hören war. Schließlich kamen die zwei Streithähne wieder zum Vorschein, beide mit grimmigen Mienen, um sich mit Agathe, Kittens und der Garderobiere zu beraten.

Es stellte sich heraus, daß Hubert der Meinung war, Dominiques Brustspitzen seien durch das dünne, feuchte Material deutlich sichtbar, der Zensor würde seine scharfe Schere anwenden, und dann könne man die ganze Szene abschreiben.

Dominique wurde aus Julians Kabine geholt, wo die beiden wieder mitten in einer ihrer amourösen Sitzungen begriffen waren. Während die anderen an ihr herumfummelten, stand sie verdrossen und schmollend da, insgeheim schäumend, daß sie ihren Geliebten hatte verlassen müssen. Nick war zwar wütend, sah aber ein, daß Umberto irgendwie recht hatte. Bei Dominiques Tanz scheuerte der nasse Stoff an ihren Brüsten und stimulierte ihre ohnehin schon vorstehenden Brustspitzen, so daß sie auch aus einigen Metern Entfernung noch deutlich sichtbar waren. Man mußte sie also unbedingt irgendwie abdecken.

»Ich verstehe überhaupt nicht, was das soll«, äußerte Dominique mürrisch. Sie konnte es kaum erwarten, zu Julian zurückzukommen. »Alle Frauen haben Brüste. Warum scheut man sich in Amerika, sie zu zeigen?«

Keiner schenkte ihr Beachtung. Kittens und die Garderobiere berieten in gedämpftem Ton, und schließlich wurden die Männer aus dem Raum gescheucht, während die Frauen herumexperimentierten und versuchten, Dominiques vorwitzige Brustwarzen zu verbergen. Doch je mehr fleischfarbene Stofflecken sie darauf preßten und mit festen Klebstreifen befestigten, desto mehr schienen die Spitzen anzuschwellen und sich wie zwei Eicheln durch das Material zu drücken.

Dominique wurde immer ungeduldiger, ihre Abneigung gegen diese Prozedur wuchs. Da sie sich bereits im Zustand heftiger sexueller Erregung befand, steigerte sich diese durch das Herumhantieren an ihren Brüsten noch mehr. Sie wollte nichts wie zurück zu Julian, um ihn wieder in sich zu spüren.

Schließlich waren die Frauen mit ihrem Werk zufrieden, und Dominique wurde entlassen. Sie stürzte in Julians Kabine, wo ihr Geliebter wartete, dessen Erektion sich längst verflüchtigt hatte. Als er Dominiques Busen mit dem sonderbaren Netzwerk von Stoffstreifen, Klebstreifen und fleischfarbener Seide sah, warf er den Kopf zurück und lachte schallend.

»Was ist denn so komisch?«

»Mein Herzchen, es tut mir leid, aber sie sehen zu sonderbar aus — wie zwei perfekte kleine bandagierte Pfirsiche.«

»So klein auch wieder nicht, vielen Dank — du bist ein ungehobelter Kerl«, entgegnete Dominique mit ihrem verführerischsten Lächeln. »Und da du sie nicht anfassen darfst« — sie sprang munter auf die winzige Koje — »muß ich eben mit diesem weichen alten Ding spielen.« Damit nahm sie eine Creme vom Regal neben dem Bett und fing an, sein schlummerndes Glied hingebungsvoll einzureiben. In kürzester Zeit war Julian wieder in Form und stöhnte ekstatisch auf, als sie von neuem sanft ihren Körper auf ihn senkte.

Dominiques sinnlicher Tanz hatte alle männlichen Crew-Mitglieder in einem Maße erregt, daß in einigen Bordellen von Acapulco ein paar Nächte lang die Geschäfte blendend liefen.

Auch Hubert Corft war von dem erotischen Tanz des Mädchens ungeheuer erregt worden. Obwohl ihm niemand gleichgültiger sein konnte als Julian Brooks, den er für einen eingebildeten, aber gutaussehenden, vom Glück sehr begünstigten Schauspieler hielt, empfand Umberto Wut und Eifersucht, weil Dominique nach Julian verrückt war. Sein einziger Trost war es, daß Inès, dieses Luder, das bekam, was ihr gebührte. Er wußte, daß sie am Rand einer Fehlgeburt stand, und es freute ihn teuflisch, daß ihr Verlobter sie mit einem Mädchen, das seine Tochter hätte sein können, unverschämt betrog.

Am Abend nach Dominiques Tanzszene speiste Ramonas kleine Gesellschaft wie immer auf ihrer kerzenerhellten Terrasse. Dominique, die sehr müde wirkte, entschuldigte sich bald und zog sich auf ihr Zimmer zurück. Kein Wunder, dachte Scrofo.

Eine halbe Stunde später klopfte Hubert an ihre Tür.

»Gehen Sie — bitte!« rief das Mädchen verschlafen. »Ich schlafe schon.«

»Ich muß mit Ihnen reden, Dominique«, sagte der Produzent. »Es ist sehr dringend.«

»*Merde*«, hörte er sie halblaut vor sich hin schimpfen, als sie die undurchsichtigen Glasschiebetüren zu ihrem Schlafzimmer öffnete.

»Was wollen Sie?« fragte sie verdrossen und zog sich sofort wieder zu ihrem Bett zurück, um sich auf dessen Rand niederzulassen. Sie hatte sich nicht die Mühe gemacht, einen Bademantel überzuwerfen und saß in einem knappen weißen Baby-Doll-Nachthemd mit Stickerei und blauen Bändern am Ausschnitt da. Umberto konnte das passende Höschen sehen, als sie mit gelangweilter Resignation zu ihm aufblickte.

In ihrer Gegenwart fühlte er sich nie ganz wohl. Sie schien die Selbstsicherheit einer Erwachsenen zu besitzen und ließ sich, anders als manch andere des Filmteams, von ihm nicht einschüchtern.

»Ich bin der Meinung, daß Ihr Verhältnis mit Julian Brooks ein Ende haben muß«, sagte Hubert drohend. Schon meldete sich bei ihm das vertraute Gefühl in den Lenden.

Sie lachte verächtlich. »Das geht Sie gar nichts an, Mr. Croft. Was Julian und ich abseits des Sets machen, ist unsere Sache.«

»Sie irren sich, meine Liebe«, entgegnete er frostig. »Vergessen Sie bitte nicht, daß Sie noch immer minderjährig sind und daß ich als Produzent für Ihr Wohlergehen verantwortlich bin.«

»Dafür ist Agathe zuständig«, meinte Dominique gähnend, die sich nun mit untergeschlagenen Beinen an den zebragestreiften Kopfteil des Bettes lehnte. Ihre Miene war nicht mehr ungehalten, sondern herausfordernd.

»Und die hat nicht die geringste Ahnung von dieser schmutzigen kleinen Affäre, so ist es doch? Dominique, Sie waren sehr klug, wirklich sehr klug. Aber wenn Agathe gestern an Bord des Schiffes gewesen wäre, dann wüßte sie es. Alle anderen wissen es auch.«

»Na und? Ich tue nichts Unrechtes.«

Umbertos Atem ging schnell, und als sie den Blick senkte, sah Dominique zu ihrem Entsetzen eine kleine Auswölbung in seiner Hose. Rasch blickte sie wieder auf — *merde*, das Schwein geriet in Erregung. *Quelle horreur.* Sie veränderte die Stellung ihrer langen braunen Beine und versuchte erfolglos, ihr Nachthemd ein Stück herunterzuziehen.

»Wenn Sie es Agathe sagen sollten, dann würde Sie Ihnen ohnehin nicht glauben. Sie meint, ich wäre eine errötende Jungfrau — wie sie selbst.«

»Natürlich haben Sie nicht erlaubt, daß Sie auf dem Schiff bei Ihrem Tanz zuschaut«, sagte Umberto mit ominösem Unterton. »Damit sie Ihr abscheuliches Benehmen nicht mitansehen kann.«

»Nun, das war ihre Idee.« Dominique zog die Schultern hoch. »Sie hatte Migräne oder dergleichen — sie wollte einfach ins Bett.«

Natürlich, dachte Umberto. Agathe war offenbar nicht imstande, die Liebesszenen ihres Idols mit diesem Gör mitanzusehen. »Was stellt sie sich vor, wenn Sie in der Mittagspause in Mr. Brooks' Trailer verschwinden und die Tür versperrt wird?« Umberto fragte es aus echter Neugierde.

»Sie glaubt natürlich, daß wir unseren Text üben«, lachte Dominique. »Und daß wir probieren — und genau das passiert ja auch«, setzte sie trotzig hinzu, erschrocken, weil die Miene des Dicken noch angespannter wirkte.

Er trat einen Schritt näher.

»Also, was haben wir letzten Nacht gemacht, Hubie? Für alles andere fehlen Ihnen sowieso die Beweise.«

»Ach, meinen Sie?« stieß Umberto höhnisch hervor. »Und was ist damit?« Er zog hinter dem Rücken einen großen Briefumschlag hervor, den er aufs Bett warf. »Öffnen Sie.«

Langsam öffnete Dominique die Umschlagklappe und zog einige Schwarzweiß-Fotos heraus.

Entsetzt schlug sie die Hand vor den Mund. »Was ist das? Woher haben Sie die?«

»Sicher wissen Sie genau, was das ist. Das sind Fotos von Ihnen und Mr. Brooks, aufgenommen am Strand, als Sie vor den Augen aller Unzucht trieben, Sie Flittchen«, zischte er. »Französisches Flittchen!«

Dominiques angsterfüllter Blick weckte in ihm das Gefühl, allmächtig zu sein.

»Was werden Sie mit den Fotos machen?«

»Kommt drauf an.« Scrofo kam langsam näher. Seine Massigkeit wirkte im Halbdunkel des Raumes noch bedrohlicher. »Kommt drauf an, wie nett du zu mir bist.«

»Nett? *Mais, c'est une blague! Non — non!*« Dominique versuchte über das große Bett kriechend zu entkommen, doch Umberto war ungeachtet seiner Fülle zu schnell für sie. Er erwischte sie am Fußgelenk und zog die um Hilfe Rufende zu sich.

Sein fetter Körper drückte sie aufs Bett, und seine Hand hielt ihr den Mund zu. *Merde,* das Schwein ist aber stark, dachte sie mit wachsender Panik, während sie wild um sich schlug, verzweifelt bemüht, sich zu befreien. Ihr Abscheu wuchs, als sie merkte, daß er versuchte, mit einer Hand den

Reißverschluß seiner Hose aufzuziehen, während er ihr seine Litanei der Lust vorstöhnte.

»Nicht schreien, Dominique — schön brav sein, es wird dir gefallen, ich weiß es — es wird dir auch mit mir gefallen — ich bin nämlich gut — so gut wie Brooks.« Sie versuchte, ihm ihren geschmeidigen Körper zu entwinden, doch war er so schwer ...

»Schön brav sein«, krächzte er. »Sei ein braves kleines Mädchen, dann werde ich deiner Anstandsdame nicht die Bilder zeigen, auf denen Julian dich bumst — denn wenn ich es tue« — seine Hand auf ihrem Gesicht drückte sadistisch fester — »wird sie dafür sorgen, daß es deine Eltern erfahren, und dann wirst du schmählich nach St.Tropez zurückexpediert, schneller, als du Julians Hose aufbekommst.«

Dominique versuchte zu schreien, doch seine feuchte, auf ihren Mund gepreßte Hand verhindert es. Sie versuchte, ihre kräftigen Tänzerinnenbeine hochzubekommen, um ihn in den Leib zu treten, ehe er in sie eindringen konnte, aber seine Massigkeit machte auch das unmöglich.

Zu all dem lähmte sie die Erkenntnis dessen, was passieren konnte. Agathe. Würde sie Maman und Papa alles berichten? Gewiß nicht — Dominique war imstande, Agathe um den kleinen Finger zu wickeln, die Frau befand sich ja praktisch ständig in einem Dämmerzustand.

Umberto fuhr fort, mit seiner schauerlichen Krächzstimme auf sie einzureden. Sein kleiner, erigierter Penis drückte gegen ihren nackten Schenkel. »Sei ein braves Mädchen, Dominique — sei brav, meine Liebe, und wenn ich fertig bin, zerreiße ich auch alle Bilder, und du bist alle Sorgen los.«

»Nein, verschwinde!« schrie sie ihn mit einer jähen Kraftaufwallung an und setzte sich noch heftiger zur Wehr, als eine grobe Hand am Gummirand ihres Höschens zerrte und es herunterzuziehen versuchte. Der druchdringende Geruch seines aufdringlichen Rasierwassers drang ihr in die Nase, sie warf ihren Kopf hin und her, als seine wulstigen Lippen immer näherkamen.

In diesem Moment ertönte ein Klopfen an der Tür, und Agathes schrille Stimme rief: »Dominique, ist etwas?«

Dominique riß die Augen auf und sah Umberto triumphierend an. Ihre Erleichterung war gewaltig. Er erstarrte sekundenlang, dann ertönte erneut das Pochen.

»Dominique, ist etwas? Hast du gerufen? Antworte mir, Dominique, sonst rufe ich die Wachen.«

Den runden Kopf zur Seite neigend, flüsterte Umberto: »Ich nehme die Hand von deinem Mund — und du tust gut daran zu sagen, daß alles in Ordnung ist — andernfalls wirst du es bereuen — klar? Also, keine Tricks.«

Auf ihr Nicken hin gab er zögernd ihren Mund frei. Nach einem tiefen Atemzug rief sie zur Tür: »Agathe, ach, Agathe, Gott sei Dank, daß du da bist. Ich hatte einen so schrecklichen Traum — ich habe so große Angst.«

»Laß mich ein, *cherie*«, befahl Agathe, die an der versperrten Tür rüttelte. »Sofort.«

»Nein, nein, komm nicht herein«, rief Dominique. Sie sah Umberto frohlockend in sein vor Wut und Angst verzerrtes Gesicht. »Ich komme raus — ich möchte heute bei dir schlafen, Agathe. Ich hatte einen schrecklichen Alptraum.«

»Natürlich, *cherie, viens,* beeil dich. Ich gebe acht auf dich.«

Triumphierend rollte Dominique sich unter der Masse des Italieners hervor und lief an die Tür, nicht ohne nach einem Morgenmantel zu greifen und die Fotos in eine Tasche zu stopfen.

»Das letzte Wort ist noch nicht gesprochen«, flüsterte Umberto heiser, als sie ihm vor der Tür aus einen Blick zuwarf. »Mich übertölpelt niemand, du kleine Schlampe — niemand.«

Dominique gab keine Antwort. Sie schob die Glastür auf und ließ sich in die Sicherheit von Agathes Armen sinken.

»Ach, Agathe, was für ein schrecklicher Traum«, schluchzte sie, während ihr Tränen der Erleichterung über die geröteten Wangen liefen.

»Schon gut, schon gut, *cherie.* Ich kümmere mich um dich, *ma petite,* komm jetzt — komm mit mir.«

Agathe umfing das zitternde Mädchen, führte Dominique in ihr Zimmer und versperrte die Tür.

Umberto Scrofo hörte aufmerksam, was der Anrufer zu sagen hatte. Seine stoppelschwarzen Hängebacken falteten sich zu einem immer breiter werdenden Lächeln, als er eine Nachricht vernahm, die für ihn Grund zu großer Freude war.

»In Paris, sagen Sie — Sie haben ihn im Knast ausfindig gemacht?« Wieder hörte er zu, dann lachte er auf. »Französische Säufer — die kenne ich — die sind doch alle gleich. Für ein Glas Absinth würden die ihre Großmutter verkaufen. Wieviel möchte er?« Die Antwort veranlaßte ihn zu einem Stirnrunzeln. »Hunderttausend Francs? Das ist lächerlich — ich werde nicht annährend soviel zahlen. Bieten Sie ihm zehntausend.«

Der Anrufer sprach weiter, und Umberto geriet zunehmend in Fahrt. »Sagen Sie ihm, er soll mich selbst anrufen — nein, lieber nicht — das kann der arme Teufel sich vermutlich nicht leisten. Ich werde mich also mit ihm in Verbindung setzen. Wie sagten Sie, war sein Name?« Umberto kritzelte einen Namen und eine Pariser Telefonnummer hin und murmelte, als er auflegte, leise vor sich hin: »Yves Moray, hm, hochinteressant.«

Julian befand sich seit den zwei irren Sexnächten während der Dreharbeiten von Dominiques Nacktszene in einem Gefühlaufruhr, der von seinem schlechten Gewissen dominiert wurde. Er wußte nur zu gut, daß es durch und durch falsch war, was er mit Dominique trieb, in letzter Zeit aber schien sein Körper nur mehr aus empfindlichen, ausschließlich mit seiner Männlichkeit in Verbindung stehenden Nervenenden zu bestehen — und diese Männlichkeit schwoll noch immer erwartungsvoll an, sobald er in ihrer Nähe war.

Sie hatten sich in der Kabine stundenlang geliebt, und jetzt konnte er kaum gehen. Letzte Nacht war er erst im Hotel eingetroffen, als die grauen Finger der Dämmerung sich schon über die Hügel schoben.

Während er ins Bad tappte, dachte er wieder an die Liebe mit Dominique und wurde sofort erregt. Schockiert und angeekelt starrte er sein Spiegelbild an. Entweder war er Superman persönlich, oder er stand im Begriff, den Verstand zu verlieren. Obwohl er praktisch Sklave der von Dominique inspirierten erstaunlichen Manneskraft war, wußte er zugleich, daß er sich einer selbstsüchtigen Besessenheit hingab, die seine Beziehung zu Inès für immer zerstören konnte.

Er hatte versucht, die Zeitung zu bekommen, von der Croft gesprochen hatte, aber niemand besaß eine, und keiner schien sie gelesen zu haben. Grund für ihn, sie aus seinem Gedächtnis zu verbannen. Vermutlich handelte es sich um einen billigen Trick, um ihn zu ärgern. Croft war es nicht wert, daß man sich seinetwegen Sorgen machte. In Julians Augen war er ein Mensch von minderwertigster moralischer Qualität und höchst abstoßend. Er wußte, daß auch Inès den Italiener nicht ausstehen konnte. Sie hatte es ihm nach Ramonas Party gestanden. Gab es denn überhaupt jemand, der ein gutes Wort oder freundliche Gefühle für Scrofo übrig hatte? Offenbar nicht.

Inès, die nur mit Hilfe von Tabletten Schlaf gefunden hatte, erwachte, als sie Julian unter der Dusche hörte. Dr. Langley hatte ihr ein Beruhigungsmittel geschickt, weil ihr das Einschlafen nach den untätigen Tagen, an denen sie nur las oder die Aussicht bewunderte, zunehmend schwerer fiel.

»Liebling, ist bei dir alles in Ordndung?« murmelte sie, als Julian sich lautlos auf seiner Seite des Bettes hinlegte. »Ich mache mir Sorgen um dich ... du hast in letzter Zeit so schwer und so lange gearbeitet.«

»Mir geht es gut, ich bin nur müde«, flüsterte er. Eine Aufwallung von Schuldgefühl traf ihn wie ein Schlag. »Bitte, mach dir meinetwegen keine Sorgen, sorge dich lieber um dich und unser Baby. Gute Nacht, mein Liebling.« Nachdem er sie sanft auf die Stirn geküßt hatte, drehte er sich um und stellte sich schlafend.

Inès starrte vor sich hin in die Dunkelheit. Sie spürte instinktiv, daß etwas nicht stimmte. Da sie Julians sexuelle Vergangenheit kannte, wußte sie, daß er mit allen seinen Partnerinnen ein Verhältnis gehabt hatte. War es möglich, daß er eine Affäre mit dieser Sechzehnjährigen angefangen hatte? Doch nicht jetzt, da sie beide so harmonisch zusammen lebten und sie ihm endlich das Kind schenken würde, das er sich schon immer gewünscht hatte. Gewiß dachte er nicht im entferntesten daran — oder doch?

Obschon von Natur nicht analytisch veranlagt und auch nicht dazu neigend, sein Herz auszuschütten, hatte Julian das Gefühl, sich mit jemandem aussprechen zu müssen, wenn er nicht den Verstand verlieren wollte. Vielleicht konnte er sich mit seinem Problem an Nick Stone wenden, den er für diskret hielt, für einen Menschen, dem man vertrauen konnte. Am Tag, nachdem die Tanzszenen im Kasten waren, endeten die Dreharbeiten sehr früh. Zudem war Dominique nicht in der Nähe und konnte mit ihrem koketten Augenklimpern sein Glied nicht in erregten Dauerzustand versetzen, deshalb fragte er auf der Heimfahrt von den Aufnahmen Nick: »Wie wär's mit einem Drink, mein Lieber?«

»Gute Idee — vielleicht im La Perla? Wir könnten den Tauchern zusehen — ich weiß ja nicht, wie dir zumute ist, aber ich habe das Gefühl, daß ich sicher in etliche Margaritas eintauchen werde«, sagte Nick. Er befand sich hinsichtlich des Films in Hochstimmung, obgleich sein Haß gegen Scrofo unter der Oberfläche weiterschwelte. Noch bemühte er sich, ihn nicht ganz hochkommen zu lassen, aber Umberto brachte es immer wieder fertig, seine Wut auch mit minimalen Provokationen anzufachen.

Im La Perla setzten Julian und Nick sich an einen ruhigen Ecktisch, abseits der Touristen. Kaum hatten sie bestellt, als Julian auch bereits sein Herz ausschüttete.

»Nick, ich weiß nicht mehr ein noch aus«, klagte er. »Ich stecke ohne Schaufel mitten im sprichwörtlichen Dreck.«

Ein paar sportgestählte mexikanische Jungen erklommen die steilen Felsen hinter ihnen und bereiteten sich auf ihren berühmten todesmutigen Sprung in den weit unten rauschenden Ozean vor, doch die zwei Männer schenkten ihnen keine Beachtung.

»Ich nehme an, dir ist nicht entgangen, was vorgeht?« fuhr Julian fort.

Nick lächelte bekümmert. »Mein Lieber, du hättest dich ebenso aufs Empire State Building stellen und es laut hinausschreien können«, sagte er. »Du sprichst von dir und dem Mädchen?«

»Das läßt sich denken«, entgegnete Julian niedergeschlagen. »Diese Dominique — ich kann von ihr nicht genug kriegen, Nick. Ich möchte es nicht, aber ich kann mich nicht beherrschen. Herrgott, ich bin siebenunddreißig, ich könnte ihr Vater sein, und ich hasse mich deswegen, aber sie hat mich ganz einfach behext.«

Nick hörte ihm mitfühlend zu, froh, daß er diese Probleme nicht hatte — das kommt davon, wenn man zu gut aussieht, dachte er bei sich.

Julian hatte sich in dieser Hinsicht nie beherrschen können, aber so wie sich ihm die Frauen an den Hals warfen, konnte man ihm das auch nicht verübeln. »Liebst du Dominique?« fragte er.

»Verdammt, mein — natürlich nicht. Ich liebe Inès über alles — zumindest bilde ich es mir ein, und deswegen bin ich ja so verzweifelt Dominiques wegen. Wenn ich ihr nur nahe bin, dann muß ich sie schon haben. Ich glaube, ich werde noch verrückt — ich schnappe glatt über, Nick.«

»Wo denkst du hin«, sagte Nick. »Du bist nicht verrückt, Julian — du bist ein Mann wie alle anderen.«

»So benimmt sich kein Mann«, meinte Julian voller Bitterkeit. »Ein Mann ist der Frau, die er liebt, treu — besonders dann, wenn die Frau so wundervoll ist wie Inès und den ganzen Tag flach auf dem Rücken liegt, um unser Baby zu retten.«

»Und warum tust du es dann?«

»Die Kleine ist eine richtige Hexe — das habe ich ihr gesagt«, stieß Julian hervor. »Eine Sirene, eine Circe. Sie ist der Frühling — sie ist die Unschuld — und sie ist unbeschreiblich sexy. Der Sex mit ihr ist unfaßbar, unbeschreiblich, erstaunlich. Sie ist erst sechzehn, aber im Bett eine erfahrene Frau. Immer wenn ich in ihrer Nähe bin, begehre ich sie — sie ist wie eine Droge, nach der ich süchtig bin.«

Sie bestellten die nächste Runde Margaritas und sahen zu, als der erste der mexikanischen Taucher sich wie eine Schwalbe von der Felsspitze gleiten ließ und just in dem Moment auf dem Wasser auftraf, als die siebente Woge in die flache Rinne schwappte. Während der Kopf des Jungen triumphierend auftauchte und die versammelten Gäste laut jubelten und klatschten, beugte Julian sich vor.

»Nick, ich möchte der Sache ein Ende machen, aber immer wenn ich fest entschlossen dazu bin, dann sehe ich sie wieder, und dieses verdammte Ding« — er deutete erbittert auf seine Hose — »ändert meine Meinung.«

Nick lachte. »Dann hast du wirklich ein Problem, bei dem ich dir nicht helfen kann. Ich wünschte, ich könnte es. Abgesehen davon würde jeder Mann auf dem Set viel dafür geben, um Dominique bumsen zu können.«

»Auch Sir Crispin?« fragte Julian mit Galgenhumor.

Nick lächelte. »Er vielleicht nicht, aber von den Jungs weiß ich es — ich habe gehört, was über sie geredet wird. Es geht nicht allein dir so, Julian, keineswegs. Sie ist eine Männerfalle, ein wandelndes Aphrodisiakum. Im Team sind so gut wie alle scharf auf sie, und je mehr sie von Dominique zu sehen bekommen, desto schärfer werden sie — und wie sie dich beneiden! Sie ist der verkörperte Sex-Appeal ... auch ein Talent.«

»Das kann man laut sagen«, erwiderte Julian nachdenklich.

»Die Monroe, die Bardot, sie alle werden sich vorsehen müssen, wenn unsere Kleine auf der Leinwand erscheint. Ich glaube, sie wird der größte weibliche Star, den Hollywood seit Jahren hervorgebracht hat.«

»Ja, aber das löst mein Problem nicht, das darin besteht, daß die Frau, die ich liebe, bis zur Geburt unseres Kindes tabu ist — und daß ich mich einfach nicht beherrschen kann und dieses Nympchen haben muß.«

»Hör zu, Julian«, sagte Nick. »Ich bin kein Mann von Welt und darf mich nicht zu deiner Gilde zählen — ich bin nur ein einfacher Grieche, der zufällig glücklich verheiratet ist und es bleiben möchte. Aber einen Rat möchte ich dir geben.«

»Und der wäre? Ich würde alles tun, nur damit ich aus diesem Schlamassel herauskomme.«

»Es gibt nur eine Möglichkeit«, stellte Nick fest. »Wenn du Inès wirklich liebst, dann mußt du so tun, als existiere Dominique nicht. Du bist doch Schauspieler — du müßtest es schaffen, oder?«

Julians Miene drückte Zweifel aus.

»Es ist die einzige Möglichkeit — trotz unangenehmer Entzugserscheinungen«, meinte Nick.

Inès saß wie betäubt auf dem Hotelbalkon. Auf ihrem Frühstückstablett hatte sie einen schmalen, an sie adressierten Umschlag vorgefunden. Als sie ihn öffnete, war sie einer Ohnmacht nahe gewesen. Unscharfe Schwarzweiß-Fotos, mit einem Teleobjektiv aufgenommen, zeigten ein auf dem Strand ineinander verschlungenes Paar.

Julians Rücken war unverkennbar, ebenso unverkennbar die schlanken Beine und das lange schwarze Haar Dominiques, deren Körper durch Julian vor der Kamera verborgen wurde. Inès las entgeistert den beigefügten Zeitungsausschnitt aus der Klatschkolumne von Harrison Carroll:

»Mr. X, der blendend aussehende, aber noch nicht geschiedene Filmstar, kam der schönen, aber blutjungen Miß Y ach so nahe, während sie zusammen im tropischer Umgebung einen Film drehen. Der Schreiber dieser Zeilen fragt sich besorgt, wie die attraktive Miß Z, Verlobte des Erstgenannten, wohl auf diese Situation reagieren mag.«

Wer konnte Inès so hassen, daß er ihr diesen abscheulichen Klatsch zukommen ließ, und wer hatte diese perversen Aufnahmen gemacht? Sie kannte die Antwort nur zu gut. Es gab nur einen Menschen auf der Welt, der dermaßen haßerfüllt war und ihr auf diese Weise wehtun wollte. Umberto Scrofo.

Doch was stand Julian im Begriff zu tun? Ein glückliches gemeinsames Jahr, ein Baby unterwegs, ein wundervoll romantisches Leben, die größte Glückserfüllung, die sie je erlebt hatte — und Julian hatte angefangen, sie zu betrügen. Warum? Was bekam er von Dominique, das er nicht auch von ihr bekommen konnte? Niedergeschlagen starrte sie aus dem Fenster. Kannte man Männer, dann kannte man auch die Antwort. Er bekam Sex, und zwar jede Menge davon. Aber war es nur Sex, oder war es mehr?

Julian durfte nicht argwöhnen, daß sie von seiner Affäre wußte, sie durfte sich ihm gegenüber nichts anmerken lassen. Jede Änderung ihrer Haltung würde ihn zu Fragen veranlassen, die sie nicht beantworten wollte. In den vergangenen Tagen war er auch nicht weniger liebevoll und besorgt gewesen, obwohl ihnen die Liebe im Bett verboten war. Sprach er darüber mit Dominique, einem noch nicht siebzehnjährigen Mädchen? Vertraute er ihr die Wahrheit an, daß nämlich sein Liebesleben mit Inès plötzlich wegen ihrer Schwangerschaft nicht mehr existierte? Oder belog er sie und behauptete, Inès sei kalt, lieblos, frigid und gäbe ihm nicht, was er wollte? Inès kannte diese Tour. Ihre verflossenen Liebhaber hatten ihr oft vorgejammert, wie enttäuschend ihre Frauen im Bett wären.

Ihre Hände umfaßten ihren noch immer flachen Leib. Dominique — jung, französisch, schön. Vielleicht sollte sie sich ein wenig damit trösten, daß Dominique ihr so ähnlich war. Julian hatte eine Bemerkung über diese erstaunliche Ähnlichkeit fallenlassen.

Und alles nur, weil sie Scrofos wegen nicht genug Zeit für Julian hatte. Scrofo, der sie in seine Skript-Probleme hineingezogen hatte. Scrofo, der ihr Leben erneut jämmerlich und streßbeladen machte; Scrofo, der sie als Mädchen brutal mißbraucht hatte und schuld daran war, daß sie Gefahr lief, ihr Baby zu verlieren. Wenn sie es seinerzeit geschafft hätte, ihn zu töten, wäre das alles nicht passiert.

Inès befingerte ihr Glücksarmband aus Bernstein und Silber. Dieser Unhold stand im Begriff, ihr Leben endgültig zu ruinieren. Sie mußte etwas gegen ihn unternehmen. Aber was? Er war Produzent des Films, in dem ihr Verlobter die Hauptrolle spielte, er besaß Macht und Einfluß, und sie war nur die Freundin Julians. Aber sie hatte Scrofos ungeheure Demütigungen schon einmal überlebt. Sie würde sie auch jetzt überleben — sie mußte.

Daß er es war, der ihr die abstoßenden Fotos und den Zeitungsausschnitt geschickt hatte, stand fest. Hatte er sich am Ende an das gefürchtete Magazin *Confidential* gewandt und alles über ihre Vergangenheit ausgeplaudert? Da sie seinen pervertierten Verstand kannte, hielt sie es nicht für ausgeschlossen.

Zwei tropische Vögel zwitscherten vor ihrem Balkon und jagten einander im üppigen Gesträuch. Hinter den Palmen sah Inès den roten Belag des Tennisplatzes, hörte das Aufprallen der Bälle auf den Schlägern und die erregten Rufe der Spieler.

Das ist ein Krieg, aber keiner von euch wird gewinnen, dachte sie. Ich habe schon viele Kämpfe ausgefochten und bin unbeschadet aus ihnen hervorgegangen. Sie lächelte voller Ingrimm.

Sie, Mademoiselle Dominique, sind ganz leicht auszuschalten, auch wenn Sie mehr als ein Dutzend Jahre jünger sind und eine kleine Sexbombe wie sie im Buche steht, dachte sie. Scrofo jedoch war ein ganz anderes Problem. Ehe er nicht aus ihrem Leben verschwand, würde die ersehnte sichere Zukunft für sie nie Wirklichkeit werden.

17

Ramona Armandes Dinnerparty aus Anlaß von Dominiques siebzehntem Geburtstag war für alle Hauptdarsteller ein absolutes Muß. Da es mit den Dreharbeiten gut voranging, herrschte allgemein beste Stimmung, als man sich auf der sternenhellen Terrasse zusammenfand, um auf das Wohl des jungen Mädchens zu trinken. Nur um Dominiques Laune stand es nicht zum Besten. Für sie war es eine schockartige Ernüchterung, als Julian mit Inès erschien, die Dr. Langley angefleht hatte, ihr diesen Partybesuch zu erlauben. Inès hatte sich nämlich entschlossen, Feuer mit Feuer zu bekämpfen. Auch wenn es ein Risiko für das Baby bedeutete, so nahm sie es doch in Kauf, weil sie Julian nicht an diese verführerische Kindfrau verlieren wollte.

Julian hatte schuldbewußtes Erstaunen geäußert, als Inès ihm eröffnete, der Arzt hätte ihr erlaubt aufzustehen, doch war er entzückt, als er sie zurechtgemacht und ausgehbereit vor sich sah. Inès war hinreißender als je zuvor — und begehrenswerter. Sex war zwar noch immer tabu, doch wurde ihm klar, wie sehr er sie wirklich liebte.

»Ich liebe Sie, Mrs. Brooks«, flüsterte er, als sie Arm in Arm Ramonas Marmor- und Kristallpalast betraten. »Ich kann die Hochzeit kaum erwarten.«

Sie blickte strahlend zu ihm auf, ein perfektes Bild harmonischer Zweisamkeit: Inès, bleich, aber elegant in einem geradefallenden Balenciga-Modell aus aprikosenfarbigem Chiffon, einer Farbe, die zum Champagnerton ihres Haares die ideale Ergänzung bildete. Julian, wie immer blendend aussehend, in einem schwarzen Hemd mit weißer Leinenhose.

Dominique, die tief durchatmete, mußte es zähneknirschend hinnehmen. Ihre Fingernägel gruben sich tief in die Handflächen. Zornröte stieg ihr ins Gesicht. Wie konnte Julian nur mit *ihr* hier aufkreuzen? Warum hatte er nicht gesagt, daß er mit der angeblich bettlägerigen Inès zu ihrer Geburtstagsparty kommen würde? *Merde.* Damit war die Party für sie erledigt, zumal dieser gräßliche Hubert Croft, von dem sie sich in den letzten Tagen nach Möglichkeit ferngehalten hatte, sie ständig mit einem kleinen widerlichen Lächeln anstarrte. Sie schauderte. Diesen Mann haßte sie. Er war krank, ein Ungeheuer, dem sie den Tod wünschte.

Was Hubert Croft betraf, so war er der Meinung, daß er in seiner viel zu engen schwarzen Seidenhose und seinem weißen mexikanischen Rüschenhemd eine *bella figura* machte. Auch er war sehr erstaunt, Inès zu sehen. Erstaunt und wütend, obwohl sie sich genau an seine Anweisungen gehalten hatte. Die sechs oder sieben Male, die er sie angewiesen hatte, Julian zu überreden, sich für eine bestimmte Version einer Szene zu entscheiden, hatte sie das immer geschafft.

Hubert gönnte es ihr, daß sie krank war und eine Fehlgeburt fürchten mußte. Geschah ihr ganz recht, dieser Mörderin und Hure ... In letzter Zeit hatte er sie aus seinem Bewußtsein verdrängt und seine gesamte Aufmerksamkeit auf die Dreharbeiten sowie darauf konzentriert, das Studio in Hollywood über die Vorgänge auf dem laufenden zu halten.

Und jetzt war sie wieder da, die verkörperte Eleganz, wie einem Modejournal entsprungen, am Arm ihres Filmstar-Verlobten, lächelnd, als könne sie kein Wässerchen trüben. Seine Lippen verzogen sich grimmig, als er Inès' vollendete Haltung registrierte. Sie mußte doch die Fotos erhalten haben, die er ihr geschickt hatte? Es war als kleiner Scherz gedacht, nur um ihr für die Zeit ihrer Bettlägerigkeit noch mehr Leiden zu bereiten. Offenbar war sein Scherz danebengegangen, weil sie so strahlend und sorglos aussah und Julian anschaute, als sei er Romeo und sie seine Julia. Am liebsten hätte er ihr das reizende Lächeln eigenhändig aus dem Gesicht gewischt. Oh, wie er sich wünschte, diese Frau zu quälen, die es fast geschafft hätte, ihm den Garaus zu machen. Er befingerte seine Narbe, die wieder zu jucken anfing. Nun, es war noch nicht zu spät — ganz und gar nicht. Die Dreharbeiten würden noch eine Woche dauern, Zeit genug, um Mademoiselle Inès Juillard einen echten Vorgeschmack dessen zu verschaffen, was sie erwartete.

Auch Ramona befand sich in heller Aufregung. Abergläubisch, wie sie war, fürchtete sie nichts so sehr wie dreizehn Personen bei Tisch, und nun hatte Sir Crispin seinen Freund Tony mitgebracht, der überraschend aus London eingetroffen war. Ihr blieb nichts übrig, als die Daumen zu drücken, zur heiligen Jungfrau zu beten und nervös an ihrem kunstvollen Halsband aus Gold- und Bernsteinperlen herumzufingern. Sie hatte die Tischordnung mit der üblichen Sorgfalt erstellt, unterstützt von Agathe, die ihr in vielem hilfsbereit und freundlich zur Hand ging. Ramona tat sich auf ihre Fähigkeit, gehemmte Menschen aus ihrer Reserve zu lokken, viel zugute.

Ramona entschwebte in ihr Winter-Eßzimmer, in dem der für zwölf Personen gedeckte Tisch vor Kristall und Silber funkelte. Blanke Spiegel reflektierten die weißen Lilien und Treibhausrosen, die am Morgen mit ihrer Privatmaschine eigens aus Mexico City eingeflogen worden waren. Dreizehn bei Tisch. Verflixt und zugenäht. Sie wollte nicht unnötig Aufhebens machen, wurde aber das Gefühl nicht los, daß es ein schreckliches Omen war. Diskret wies sie den Butler an, noch ein Gedeck aufzulegen, und tröstete sich nach ein paar geschickten Umplazierungen damit, daß alles gut gehen und hoffentlich kein Mensch die Unglückszahl bemerken würde.

Das Dinner wurde ein großer Erfolg; Dominiques kaum verhüllter Mißlaunigkeit schenkte man wenig Beachtung. Die Austern Mornay schmeckten köstlich, einige Gäste bedienten sich ein zweites Mal davon, und die aus England eingeflogenen gebratenen Rebhühner erwiesen sich als echte Delikatessen.

»Ich möchte einen Trinkspruch ausbringen«, sagte Nick und hob sein Glas Champagner. »Auf unseren neuen jungen Star. Alles Gute zum Geburtstag, Dominique — wir alle lieben dich, Schätzchen.« Eine reizend schmollende Dominique hatte ihn überredet, diesmal zu Ramona mitzukommen, nur dieses eine Mal, und er hatte es nicht fertiggebracht, abzulehnen.

Inès zuckte unmerklich zusammen, als alle auf Dominiques Wohl ihre Gläser erhoben und eine riesige rosa Geburtstagstorte mit siebzehn langen brennenden Sprühkerzen hereingerollt wurde. Dominique schnitt die Torte geschickt an und posierte errötend und aufgeregt für Fotografen von *Look* und *Photoplay.* Als sie Julian einen Blick zuwarf, reagierte er aber nur mit einem kühlen Lächeln.

Hubert Croft hielt mit seiner Krächzstimme eine schwülstige Rede, dann sprach Sir Crispin ein paar amüsante, passende Sätze, und schließlich wurde Julian überredet, das Wort zu ergreifen. Als er sich erhob, war unter den Anwesenden keiner, dem die Ironie der Situation entgangen wäre: Julian und seine zwei Geliebten, von denen beide an jedem seiner Worte hingen. Nachdem er einen knappen, schlichten Trinkspruch ausgebracht hatte, bei dem es ihm schwerfiel, Dominiques fragendem Blick auszuweichen, trat plötzlich Stille ein. Um die Spannung zu lösen, entschloß Irving Frankovitch sich dazu, ins Rampenlicht zu treten.

»Auf eine junge Schauspielerin, die über ihre Jahre hinaus Charme, Talent und Anmut besitzt«, setzte er an. »Wir sind entzückt . . .« Plötzlich verzerrte sich sein Gesicht vor Schmerzen, er schwankte leicht und sank dann zurück auf seinen Stuhl, schweratmend, aschgrau.

»Es tut mir schrecklich leid, aber mir ist elend zumute«, keuchte er, als auch schon Shirley an seine Seite eilte.

Plötzlich wurde auch Inès von Übelkeit übermannt und litt unter dem schrecklichen Gefühl, in eine äußerst blamable Situation zu geraten, wenn sie nicht sofort die Tischrunde verließ.

Das Baby, um Himmels willen, das Baby, dachte sie, als sie die Schmerzen tief in ihrem Unterleib spürte. Sie warf Julian, der über ihre Blässe erschrak, einen flehenden Blick zu. Verdammt. Er hatte ihr abgeraten mitzukommen, sie aber hatte ihn damit beruhigt, daß der Arzt es ihr erlaubt hätte. Jetzt war sie kreidebleich und sah aus, als stünde sie knapp vor dem Kollaps. Er wollte sie hinausführen, als Shirley Frankovitch einen spitzen Schrei ausstieß. Ihr Mann war, vornüber auf den Tisch sinkend, mit dem kahlen braunen Schädel auf einen Limoges-Teller mit Geburtstagstorte geprallt. Die ganze Tafel geriet in Aufruhr, alle Gäste sprangen mit blassen Gesichtern auf, um zu den Badezimmern zu stürzen, wobei einige schmerzstöhnend kaum noch den Weg dorthin schafften.

Ramona geriet in Panik. »Was ist passiert, um Himmels willen?« rief sie ihrem wie erstarrt dastehenden Butler zu. Der Fluch der Dreizehn bei Tisch — er hatte sich auf schreckliche Weise bewahrheitet.

»Schnell, rufen Sie einen Arzt!« schrie Nick, unfähig, sich der Woge der Übelkeit zu widersetzen, die ihn erfaßte.

Butler und Diener standen reglos und wie angewurzelt da, als fürchteten sie, von dieser gräßlichen Szene angesteckt zu werden, wenn sie sich bewegten.

»Wir sind vergiftet worden . . .«

Inès hatte keine Erinnerung an ihren Zusammenbruch, sie hatte auch von ihrer Fahrt ins Krankenhaus nichts mitbekommen, nichts vom Flug nach Mexico City in Ramonas Privatmaschine oder von der langen, komplizierten und gefährlichen Operation, die ihr das Leben rettete.

Sie kam erst nach einigen Tagen wieder zu sich, in einem schmalen weißen Raum, mit Schläuchen und Nadeln an verschiedene Infusionsgeräte angeschlossen. Am Fuße des Bettes stand bleich und verzweifelt Julian.

»Liebling, o mein Liebling, Gott sei Dank«, flüsterte er, während er ihre Arme und Hände mit besorgten Küssen bedeckte. Dann nahm er ihr Gesicht zwischen seine warmen und tröstenden Hände und kniete neben ihrem Bett nieder. Aus seinem Blick sprachen Staunen, Kummer — und vor allem Liebe.

»Ich befürchtete schon, ich hätte dich verloren, mein Engel. Ich dachte, es wäre um dich geschehen.« In seinen müden Augen standen Tränen. Inès sah ihm seine Erschöpfung an.

»Was ist passiert?« hörte sie ihre eigene Stimme wie aus weiter Ferne. »Wir waren auf der Party — und weiter kann ich mich an nichts erinnern. Was war, Julian? Was ist geschehen?

»Eine Lebensmittelvergiftung. Uns alle hat es erwischt, alle, die am Dinner teilnahmen, manche ärger als andere. Du gehörst leider zu den ernsteren Fällen.«

»Wo bin ich?« Sie blickte aus dem Fenster, in der Erwartung, Palmen und üppiges Grün zu erblicken, konnte aber nur die Betonklötze einer Stadt sehen.

»In Mexico City, mein Schatz — in der besten Klinik des Landes. Ramona hat uns ihre Maschine zur Verfügung gestellt. Ach, Inès, du warst dem Tod nahe ... das hat mich zu der Einsicht gebracht, was für ein kompletter Idiot ich war, was für ein verdammter Vollidiot. Es tut mir ja so leid, Liebling.« Er weinte Tränen der Reue und Erleichterung.

»Bitte nicht, Liebling.« Liebevoll streichelte sie sein Haar und berührte seine tränenfeuchten Wangen. Weinen hatte sie ihn noch nie gesehen. Dann betastete sie ihren flachen Leib.

»Was ist mit dem Baby?« Sie sah in flehend an. Nun standen auch in ihren Augen Tränen. »Ich habe das Baby verloren ... ja?«

Er nickte bekümmert.

»Liebling, hör zu.« Er setzte sich aufs Bett und zog sie an sich. »Denk nicht an das Baby. Es ist tragisch, ich weiß, aber du bist jung, du wirst noch ein Kind bekommen, das hat der Arzt gesagt — noch viele Kinder.« Er führte eine Hand an ihre zuckenden Lippen und drückte Inès noch enger an sich, als sie zu schluchzen anfing.

»Nicht, Inès«, sagte er beschwörend. »Hör auf damit. Bitte — es hätte wirklich viel schlimmer kommen können.«

Sie versuchte, ihren Tränen Einhalt zu gebieten, schaffte es aber nicht. »Was hätte denn noch schlimmer kommen können?«

»Irving Frankovitch ist tot.«

»O Gott — nein!« Inès hielt sich betroffen die Hand vor den Mund. »Wie? Warum?«

»Die Autopsie hat ergeben, daß es die verdammten Austern Mornay waren, die wir alle gegessen haben. Sie wurden am Tag zuvor aus Mexico City eingeflogen, waren aber samt und sonders verdorben.« Er schüttelte den Kopf. »O Gott, du kannst dir ja nicht vorstellen, wie dreckig es uns allen ging. Ähnliches habe ich noch nie erlebt. Der arme alte Irving hatte keine Chance. Er wollte aufstehen, brach aber erneut zusammen und starb vor unseren Augen, ehe der Arzt eintraf. Auch Sir Crispin hat es schlimm erwischt, aber er ist ein zäher alter Knochen — inzwischen scheint er sich wieder erholt zu haben.«

»Und Dominique — wie geht es ihr?« Inès zwang sich zu einem ruhigen Ton, beobachtete aber Julians Reaktion genau.

»So wie den anderen, nehme ich an«, erwiderte Julian einfach. »Ich habe mit ihr nicht gesprochen.« Es war die Wahrheit. »Ramona ist die einzige, die verschont blieb.«

Er wollte das Thema Dominique lieber unberührt lassen. Seit der Dinnerparty hatten ihn Schuldgefühle und Scham noch mehr geplagt. Er hatte seine Schwäche als das gesehen, was sie war: die pure und simple Verlockung des Fleisches, die Lust eines geilen, selbstsüchtigen Lüstlings, der ohne Rücksicht auf andere nur an sich dachte. Ein gestandener Mann, der es mit einem Teenager trieb ... Er kam sich lächerlich und schwach vor und verachtete sich wegen seiner Affäre mit Dominique; dafür, daß ihm die Situation entglitten war und daß er die Dummheit begangen hatte, seinen Seitensprung zum Gegenstand allgemeinen Klatsches werden zu lassen. Jetzt erst war ihm klar, daß er sich ewig hassen würde, wenn er etwas täte, was Inès verletzte. Doch er hatte sie verletzt — er sah den Schmerz in ihrer Miene, den sie bemühte, zu verbergen.

»Warum Ramona nicht?« fragte sie matt. »Warum ist sie nicht krank geworden?«

»Sie haßt Austern — sie ißt nie welche«, antwortete Julian. »Ein wahrer Glücksfall — so konnte sie das in Panik geratene Personal zur Räson bringen, konnte telefonisch ärztliche Hilfe organisieren und die Maschine für dich bereitstellen. O Gott, es war schrecklich.«

»Ja, es muß schrecklich gewesen sein.« Inès fielen die Augen zu. Sie war unendlich müde, hielt aber noch immer Julians Hand fest umklammert. »Ich kann mich nicht erinnern … ich muß jetzt schlafen. Es macht dir doch nichts aus, Liebling?«

Er drückte einen Kuß auf ihre bleiche Stirn. »Natürlich nicht. Schlaf dich aus, mein Engel«, flüsterte er. »Ich liebe dich, Inès — über alles. Wenn du aufwachst, werde ich zur Stelle sein. Ich werde immer auf dich warten, meine Liebe. Immer.«

Dominique hatte ununterbrochen versucht, Julian zu erreichen. Wie die anderen war sie einer besonders gefährlichen Salmonellenvergiftung zum Opfer gefallen. Vierundzwanzig Stunden hatte sie gefiebert und erbrochen und tagelang an Schwäche und Mattigkeit gelitten.

Die Ärzte hatten Hubert Croft zu bedenken gegeben, daß es höchst unvernünftig wäre, in tropischer Hitze zu drehen, solange die Mitwirkenden noch geschwächt waren. Die Versicherungsgesellschaft in LA hatte Zeter und Mordio geschrien, die Ärzte aber hatten nicht nachgegeben. Die einzigen, denen sie Arbeit gestatteten, waren Ramona, die ganz verschont geblieben war, und Julian, der die Austern kaum angerührt und daher nahezu ungeschoren davongekommen war. Da jedoch in dem Film keine Szenen mit Ramona und Julian allein vorkamen, saßen die Filmleute, Techniker wie Darsteller, müßig in Cafés und am Strand herum, tranken Bier und Tequila-Punsch und spielten Karten, während die Versicherung schäumte, Umberto matt seine Anweisungen krächzte und von seinem Krankenlager aus lange Telegramme an das Studio in LA schickte.

Dominique, der es nicht gelang, Julian zu erreichen, hatte angenommen, er sei zu krank, um ans Telefon zu gehen. Doch als Agathe ihr berichtete, er wäre nach Mexico City geflogen, um mit Inès zusammenzusein, geriet Dominique außer sich.

Sie heulte stundenlang auf ihrem Zimmer, wollte nichts essen, spielte nur ihre Platten und ließ Edith Piaf von Liebe und Verrat singen, elend und unglücklich, weil Julian sich nicht bei ihr meldete, ihr nicht einmal ein paar Zeilen oder Blumen schickte, gar nichts. Das also war der Schmerz verschmähter Liebe, den die Piaf besang! Nun, jetzt erlebte sie ihn selbst und fand diesen Zustand scheußlich — ihr Herz war leer, nicht nur ihr Körper, auch ihre Seele krank.

Kamen Agathe oder Ramona nachsehen, wie es ihr ging, dann schickte sie sie weg, begrub ihr Gesicht im Kissen und weinte, bis sie das Gefühl hatte, die Tränen seien ihr ausgegangen. Sogar Scrofo kam einmal und klopfte bei ihr an, doch hatte ihr »Hau ab« so wütend und hysterisch geklungen, daß er es bei diesem einen Versuch bewenden ließ.

Von Ramona wußte sie, was Inès zugestoßen war, und der Gedanke, daß Julian nun seine Verlobte tröstete, machte sie krank vor Eifersucht. Kaum hatte sie den Namen der Klinik in Mexico City erfahren, als sie von Ramonas Telefonzentrale die Verbindung herstellen ließ.

Beim Klang von Julians Stimme über die knisternde Leitung drohten ihre Knie nachzugeben.

»Julian«, flüsterte sie. »O Julian, *mon amour,* bist du es?«

»Dominique?« Er sprach nur gedämpft, da er vom Flur vor Inès' Zimmer telefonierte. »Dominique — wie geht es dir?«

»Julian, wie wird es mir gehen? Schrecklich natürlich«, schluchzte sie ins Telefon. »Du hast mir so gefehlt, und ich habe nichts von dir gehört — nichts, nichts — o Julian, was ist mit dir geschehen, mit uns?«

Julian antwortete lange nicht.

»Dominique, was ich dir zu sagen habe, wird dir sehr wehtun, aber ich muß es sagen, und zwar jetzt, andernfalls wäre ich ein Feigling — und der bin ich ja wirklich. Dominique — ich habe mich schrecklich benommen und verachte mich deswegen.«

»Was meinst du damit?« Sie spürte aufsteigende Panik.

»Dominique, mit uns geht es so nicht weiter. Es geht einfach nicht, es muß ein Ende haben.»

»Nein«, stöhnte sie auf. »Nein, Julian, das kann nicht dein Ernst sein — ich sterbe — das schwöre ich — ich werde mich umbringen.«

»Unsinn, Kleine, nichts dergleichen wirst du tun.« Er sagte es im strengen Ton der Autorität — fast väterlich, dachte sie mit Bitterkeit.

»Ich hatte die Absicht, es dir zu sagen, sobald ich wieder in Acapulco bin, von Angesicht zu Angesicht — nicht nur per Telefon. Aber dein Anruf hat das Geständnis vorweggenommen.«

»Was für ein Geständnis?« flüsterte sie. »Was denn, Julian, *mon amour, l'amour de ma vie?«*

»Laß das, Dominique. Liebes Kind — und ein Kind bist du, Dominique —, ich wollte dir nicht wehtun, wollte es nie ... Ich habe dich geliebt, auf meine Weise.«

»Das weiß ich«, hauchte sie. »Das weiß ich — wenn du mit mir zusammen warst, da wußte ich, wie sehr du mich liebst.«

»Aber es geht nicht mehr«, sagte er mit Nachdruck. »Es kann nicht so weitergehen.«

»Warum nicht? Du liebst mich doch — das hast du mir oft genug gesagt. Warum kann es nicht weitergehen?«

»Weil ich Inès liebe«, sagte er schlicht, »und weil mein Leben und meine Zukunft bei ihr liegt. Ich weiß, daß es für dich schwer verständlich ist, Dominique — und ich fühle mich weiß Gott wie ein gemeiner Schuft, weil du es auf diese Weise erfährst, aber schon vor der Vergiftung hatte ich die Absicht, dir zu sagen, daß es aus ist. Unsere Affäre, liebes Kind, muß ein Ende haben.«

»Nein, Julian, das kann nicht wahr sein!« rief sie verzweifelt.

»Bitte, Dominique, bitte, versuche es zu verstehen. Denk doch daran — du bist jung, viel zu jung. Ich bin zwanzig Jahre älter. Du brauchst jemanden, der im Alter zu dir paßt. Mit uns würde es nie klappen. Ich will dir nicht wehtun, aber es muß ein Ende haben.« Trotz ihres unverminderten Schluchzens fuhr er fort: »Bitte, versteh mich doch, Liebling, bitte.«

»Nein, ich kann nicht — ich verstehe es nicht.«

»Du mußt«, flüsterte er. »Und du wirst es mit der Zeit, Kindchen. Ich weiß es. Und jetzt sei schön brav, geh zu Bett, bald schon wirst du mich vergessen haben — lebwohl, mein Schatz.«

»Niemals.« Dominique liefen die Tränen übers Gesicht. »Ich werde dich nie vergessen, Julian. Wie könnte ich?«

Aus Mexico City war nichts mehr zu hören. Die Leitung war tot. Schluchzend warf Dominique sich aufs Bett, drückte ihr Gesicht ins Kissen und weinte sich in den Schlaf.

Hunderte Kilometer weiter schloß Inès, die Julians Gespräch vom Anfang bis zum Ende belauscht hatte, in einem nüchternen Krankenhauszimmer mit der Andeutung eines Lächelns die Tür.

Dominique rang sich schließlich zu der Einsicht durch, daß Julian es nicht wert war. Ihr gesunder Menschenverstand mit seiner französischen Neigung zu pragmatischen Lösungen setzte sich durch, und schließlich entschied sie, daß es eine Dummheit gewesen wäre, sich in einen Mann zu verlieben, der so alt wie ihr Vater war. Ja, er hatte sich als wunderbarer und verständnisvoller Liebhaber erwiesen und hatte ihr viel über Sex beigebracht, aber das hatte Gaston auch. Vielleicht war es nun Zeit, das Gelernte anderswo in die Praxis umzusetzen ...

Zwei Tage nach dem Telefonat mit Julian hatte sie sich schon erholt, und ihre natürliche jugendliche Energie gewann wieder die Oberhand. Sie schlüpfte in ihre Strandsachen und klopfte an Agathes Tür, um ihr zu sagen, daß sie zur Caleta Beach wolle, Wasserski laufen. Ob Agathe Lust hätte mitzukommen? Die Tür stand einen Spalt offen, deshalb schob sie sie weiter auf und sah zu ihrer Verwunderung Agathe schlafend auf dem Bett liegen, gehüllt in ein schmutziges weißes Herrenhemd und unter dem Kinn einen alten, zusammengeknüllten Fetzen. Ein großes Album lag auf dem Boden neben dem Bett, offenbar voller Zeitungsausschnitte und Fotos.

»Agathe«, sagte Dominique leise. »Möchtest du mit zum Wasserskilaufen kommen?« Die Schlafende ließ nur ein Stöhnen hören. Dominique reagierte mit einem Achselzukken, schloß die Tür und lief aus dem Haus.

Sie war siebzehn, begehrenswert und ein aufgehender Stern am Filmhimmel. Die Welt gehörte ihr, sie brauchte nur zuzugreifen. Wo sie sich auch zeigte, die Männer pfiffen ihr nach, und sie lächelte ihnen zu. Es gab für sie keinen Grund, traurig oder gar niedergeschlagen zu sein, nichts, auch nicht Julian Brooks. Er war ein alter Mann, sie war dagegen jung — jung und frei und schön. Sie konnte sich die Männer aussuchen.

Mit einem von Ramonas Jeeps fuhr sie an den Strand. Die sanfte Brise wehte ihr die Haare ins Gesicht, sie roch den Ozean und den Duft der Tacos, die in den kleinen Strandkneipen angeboten wurden. Und als sie nähergekommen war, hörte sie die Mariachis spielen und sah junge Leute, die tanzten und den herrlichen Tag genossen. Von zahlreichen neugierigen Augen beobachtet, parkte sie den Jeep. Dominique genoß es immer sehr, wenn man ihr nachblickte, so auch jetzt, als sie in ihren knappen Shorts hüftschwenkend dahinschlenderte.

Sie beschleunigte ihre Schritte, als sie bemerkte, daß ein großer, braungebrannter Junge mit hellen Locken sie ansah und ihr einladend zulächelte; seine Augen waren blauer als das Meer.

»Hi. Möchtest du ein Coke?« fragte er, kaum daß sie die Bar betreten hatte. Sie nickte. Als er es ihr brachte, registrierte sie mit einigem Interesse seine jungen, muskelbepackten Arme und die kräftige Brust, fest und tiefbraun. Die goldenen Härchen auf seinen Armen bildeten einen auffallenden Kontrast dazu. Sehr hübsch, wirklich, dachte sie. Es muß aufregend sein, von diesen Armen umfangen zu werden. Er sah sehr gut aus. Nicht der schönste Mann der Welt, aber jung, sexy und sehr männlich.

»Vielleicht könnten wir beide nachher Wasserski laufen?« Er grinste sie an, und Dominique lächelte zurück.

»Möchtest du?« fragte er.

»Ich fahre gern Wasserski«, meinte sie lässig. »Und ich weiß auch genau wo.« Ihr Blick wanderte zu der Ausbuchtung in seinen Shorts.

Agathe erwachte, als Dominique die Tür schloß. Zuerst wußte sie nicht, wo sie war, dann kam die Erinnerung wieder. In der Woche seit der Salmonellenattacke hatte sie nur noch an eines gedacht.

Närrin. Sie war eine Närrin und Idiotin. Sie hatte ihren sorgfältig ausgeklügelten Plan verpatzt. Ihren praktisch unfehlbaren Plan — den perfekten Mord aus einem ihrer Bücher, die sie vor langer Zeit im Keller von Paris gelesen hatte, doch er war völlig danebengegangen. Ihrem Plan war der Falsche zum Opfer gefallen. Agathe hatte mit Irving Frankovitch kaum mehr als ein Dutzend Worte gewechselt — ein netter Mensch, der nun wegen ihrer Unfähigkeit ums Leben gekommen war.

Ein paar Tage vor Dominiques Geburtstagsparty hatte sie auf dem Markt der Stadt ein paar Austern gekauft und sie an einem geheimen Ort außerhalb ihres Zimmers versteckt. Am Tag der Party war sie Ramona beim Tischdecken behilflich gewesen und hatte das Personal beim Auftragen des ersten Gangs, der Austern, überwacht. Kein Mensch ahnte, daß sie von den verdorbenen Austern mit Hilfe einer Augentropfpipette Gift entnommen und je ein Tröpfchen davon auf die frischen Austern geträufelt hatte. Eine der verdorbenen und ein paar der leicht vergifteten Austern hatte sie auf den für Inès bestimmten Teller geschmuggelt und gehofft, daß die Soße Mornay den Geschmack der verdorbenen Auster übertönen und Inès nach deren Genuß rasch sterben würde.

Aber Sir Crispin hatte unerwartet einen Freund mitgebracht, und Ramona hatte Agathe nicht zu Rate gezogen, als sie die Gedecke auswechselte. So war es gekommen, daß Irving Frankovitch an die für Inès bestimmten Austern geriet. Agathes perfekter Mord hatte als Fehlschlag geendet.

Sie hatte alles verpatzt, sogar sehr schlimm verpatzt. Inès war es, die hätte sterben sollen ... Inès die Hure ... die Mörderin ... die Verräterin ... die Besatzerdirne. Agathes Haß war so gewaltig, daß er glühenden Kohlen gleich in ihrer Brust brannte. Aufstöhnend drückte sie Julians zerfetztes Hemd an ihre Lippen und roch am Baumwollstoff, bemüht, eine Andeutung von ihm zu entdecken, seinen Duft, seine Männlichkeit, seinen Schweiß.

Wo mag er jetzt sein? dachte sie. Mit *ihr* in Mexico City! Planten sie ihre Heirat, die Geburt ihres Kindes, ihr gemeinsames Leben in London? Nein!

Agathe fuhr kerzengerade in Ramonas seidigem, zitronengrünem Bettzeug auf und starrte ein riesiges Gemälde an, auf dem große Schmetterlinge in allen Farbschattierungen und Variationen zu sehen waren. Die Nachwirkungen der von ihr selbst verschuldeten Lebensmittelvergiftung und schierer Haß ließen sie heftig zittern. Sie blickte sich in dem Raum mit den Seidentapeten um, der mit allen nur vorstellbaren Schmetterlingsarten dekoriert war. Ihr Herz schlug zum Zerspringen, sie trommelte in unbeherrschter Wut mit den Fäusten auf die Matratze.

Zuerst hatte sich diese Frau Inès Dessault genannt. Dann Inès Juillard, und in den nächsten Wochen würde aus ihr Inès Brooks werden — Mrs. Julian Brooks. »Nein ... nein.« Leise vor sich hinwimmernd befingerte sie hastig wie in Fieberhitze den Bernsteinrosenkranz um ihren Hals. »Das kann nicht sein. Es darf nicht geschehen. Sie wird ihn *nicht* heiraten. Sie kann es nicht. *Sie darf es nicht.*«

Ihre Psyche schien von zwei Wesen in Besitz genommen worden zu sein, von denen jedes um die Vorherrschaft kämpfte. Da war Agathe Guinzberg, die strenge Anstandsdame, die altjüngferliche Ballettlehrerin — höflich, still, wohlerzogen und prüde. Aber daneben gab es auch Agathe die Teufelin, die Frau, die ihrer Lust nach Julian Brooks allnächtlich im Bett frönte, im grünen Onyxbad, auf dem Boden ... seinen Namen flüsterte, sich mit seinem Hemd wild rieb, seine Fotos küßte und wie wahnsinnig stöhnte.

Sie konnte sich nicht mehr zügeln. Allein der Gedanke an ihn genügte, daß sie erregt wurde und Schmerz empfand, bis allein das rauhe Gefühl seines Hemdes das Brennen zwischen ihre Schenkeln zu lindern vermochte.

Vergangene Woche, als sie neben Sir Crispin auf einem Faltstuhl sitzend den lachenden Julian beobachtet hatte, war das Verlangen beim Anblick der winzigen Schweißperlen auf seiner Brust in ihr hochgestiegen. Fast hatte sie zu spüren geglaubt, wie er in sie eindrang ... und sie preßte ihre Schenkel fest zusammen, bis sie eine Lustintensität erreicht hatte, wie sie ihr noch vor wenigen Wochen unbekannt gewesen war.

Es war, als sei in ihr ein Damm gebrochen. Sie konnte nicht mehr aufhören. Sechs-, sieben-, achtmal am Tag erreichte sie, den Namen ihres Geliebten flüsternd, immer wildere Orgasmen. Aber ein einziges Mal — o Gott, nur einmal — wollte sie, daß *er* sie liebte und seinen herrlichen Körper mit dem ihren verschmolz. Danach verzehrte sie sich.

Einunddreißig Jahre der Frigidität zerbarsten in Lust, während Agathe auf einem Karussell erotischer Hörigkeit rotierte, ohne einen Partner, der sie befriedigte. Julian gehörte ihr. Er war ihr Schicksal — ihr Mann — sie mußte ihn Inès abspenstig machen. Er mußte erfahren, wie sehr Agathe ihn liebte — mußte wissen, daß sie füreinander bestimmt waren.

In ihrer Verzweiflung tat sie es wieder, fast bösartig — sie rieb sich mit dem blauen Hemd, das nur mehr ein Fetzen war, bis es schmerzte. Danach versuchte sie, total erschöpft, zu überlegen. Sie mußte nachdenken, sie mußte versuchen, dieser Besessenheit ein Ende zu machen.

Was sie tat und was mit ihr vorging, war eine Sünde, wie ihr sehr wohl bewußt war, doch sie hatte die Beherrschung völlig verloren.

Sie ließ sich Kaffee und Papayas aufs Zimmer bringen, und während sie wenig erfolgreich versuchte, die *Acapulcan News* zu lesen, dachte sie wieder an ihren fehlgeschlagenen Plan. Es war ein guter Plan gewesen — ein ausgezeichneter Plan —, doch der nächste mußte absolut narrensicher sein.

18

Die Dreharbeiten würden nur mehr wenige Tage in Anspruch nehmen, und Inès erholte sich körperlich und seelisch zusehends. Ihr Kummer wegen der Fehlgeburt wurde durch die Gewißheit gemildert, daß sie laut Aussage ihres Arztes weitere Kinder bekommen konnte. Einen zusätzlichen Trost war der Umstand, daß dieses Erlebnis sie Julian wieder nahegebracht hatte. Seine Affäre mit Dominique hatte er ihr gestanden und sie so überschwenglich und überzeugend um Verzeihung gebeten, daß Inès ihm tatsächlich verzieh. Jetzt konnte sie ihn wieder auf dem Set besuchen und ihm bei der Arbeit zusehen, eine Chance, die sie täglich nutzte, wobei sie sich bemühte, sich von Scrofo und seinem kalten, tödlich starren Blick nicht einschüchtern zu lassen.

Sehr zu Scrofos Ärger war die sexuelle Anziehungskraft zwischen Julian und Dominique völlig verpufft. Er hatte versucht, zwischen Inès und Julian einen Keil zu treiben, indem er ihr die skandalösen Fotos schickte, die ein von ihm bestochener Fotograf am Tag des Inselausflugs von Julian und Dominique geschossen hatte. Die Fotos waren brillant, dennoch hatte sein Plan nicht geklappt, da Inès und Julian noch immer zusammen waren. Diese dumme Kuh, sie hatte ihm verziehen. Einen Mann wieder in ihr Bett zu lassen, von dem sie wußte, daß er eine andere gebumst hatte ... sie verdiente es nicht, glücklich zu sein.

Scrofo folgte Inès eines Abends, als sie einen einsamen Strandspaziergang unternahm, weit weg vom Set, und stellte sie.

»Du glaubst wohl, du wärest jetzt in Sicherheit, Hure«, bedrohte er sie. Seine Augen schimmerten schwefelgelb in der schwülen Dunkelheit, als er nach ihrem Arm faßte und sie festhielt.

»Lassen Sie mich los, Scrofo«, sagte Inès ruhig. Sie wußte, daß niemand in der Nähe war, der ihr zu Hilfe kommen konnte. Sein Griff wurde fest wie ein Schraubstock, als sie wiederholte: »Bitte, lassen Sie mich los!«

»Ich werde dich loslassen, wann es mir paßt, Hure«, zischte er. »Ich nehme an, Sie haben mein kleines Geschenk bekommen?«

»Wenn Sie die schmutzigen Fotos meinen — ja, ich habe sie bekommen, und ich habe sie zerrissen«, antwortete sie kühl.

»Natürlich — natürlich hast du sie zerrissen. Du wolltest keine Schnappschüsse sehen, auf denen es dein Verlobter mit seiner minderjährigen Geliebten treibt, so ist es doch, oder?«

»Scrofo, was soll das alles? Ich habe alles getan, was Sie von mir verlangten.«

Inès brannten heiße Tränen in den Augen. Noch immer geschwächt von der Operation, empfand sie so große Verachtung für diesen Mann, daß allein die Berührung seiner Hand sie mit Abscheu erfüllte.

»Ich habe Julian zu jeder Szene überredet, die Sie ihm schickten — seit Wochen schon. Das müßte doch reichen?«

»Nein — es wird nie reichen«, krächzte er. »Der Preis ist zu klein — *dafür.*«

Er zeigte ihr seinen dicken Hals und präsentierte ihr die wulstige Narbe in allen grausigen Einzelheiten. Fast konnte sie die Nahtstiche des Chirurgen in seinem Fleisch erkennen.

»Das hast *du* auf dem Gewissen, du Luder, und dafür mußt du bestraft werden. Ich muß dich mehr, viel mehr bestrafen — und das wird der Fall sein, wenn die Zeitschrift erscheint. Ganz sicher.« Er ließ ein triumphierendes Lachen hören. »Dann wirst du richtig zappeln.«

»Welche Zeitschrift?«

»Ach, das ist mein kleines Geheimnis«, brüstete er sich. »Aber ganz Amerika, nein, die ganze Welt wird die Bilder von Dominique und deinem Verlobten sehen — zensuriert, versteht sich«, höhnte er. »Und dann wird die ganze Welt von dir und deiner verhurten Vergangenheit erfahren.«

»Wie — was haben Sie getan?« rief Inès. »Was immer geschehen ist ... das alles liegt viele Jahre zurück. Können Sie es nicht vergessen, Scrofo, und mich in Frieden lassen? Warum müssen Sie es jetzt ausgraben? Warum?«

»Ich kann nicht vergessen, Schlampe — niemals«, stieß Scrofo haßerfüllt hervor. »Aber nicht ich allein trage zu deinem Sturz bei. Ich habe einen Zeugen deiner schmutzigen Vergangenheit zur Hand. Einen, der dich gut kennt. Besser als Julian — besser als jeder andere.«

»Wen?« fragte Inès gepreßt. »Wer ist dieser Mensch?«

»Yves Moray«, entgegnete Scrofo mit einem Auflachen. Er genoß den Augenblick des Sieges. »Dein Ex-Zuhälter. Dein Ex-Geliebter — derjenige, der dich entjungfert hat. Meine Leute haben ihn letzte Woche in Paris aufgespürt.«

»Nein, unmöglich«, flüsterte Inès. »Das ist ausgeschlossen.«

»Doch, es ist sehr gut möglich. Die Welt ist tatsächlich klein.« Scrofo grinste hämisch. »Nimm uns beide, Inès, meine Liebe — wer hätte je gedacht, daß du und ich, die wir uns in Paris unter so unglückseligen Umständen begegneten, daß wir uns hier im schönen Acapulco bei den Dreharbeiten zu einem Film wiedersehen würden?«

Seine brutale Hand hielt ihren Arm noch immer so fest, daß es sie heftig schmerzte.

»Wo haben Sie Yves getroffen?« fragte sie stockend und im Flüsterton.

»Ach, nirgends — ich habe den Mann nie gesehen. Alles war eigentlich ein Zufall, ein glückliches Zusammentreffen verschiedener Umstände. Yves wurde verhaftet, weil er gestohlenen Schmuck verhökern wollte. Auf der Polizeistation fing er im Rausch zu plappern an und behauptete, er sei unschuldig — völlig unschuldig am Diebstahl, aber keiner glaubte diesem mitleiderregenden Säufer, so daß er im Knast landete. Und weißt du was, Inès?« Er näherte ihr sein Gesicht und fuhr rachsüchtig und frohlockend fort: »In einer Zeitschrift, die ein Mithäftling bei sich hatte, war ein Foto von dir und Julian, und der arme Yves brüstete sich, dich zu kennen. Er hat dich sogar sehr gut gekannt — weil du schon mit sechzehn für ihn gearbeitet hast. Er sagte, er sei dein Zuhälter gewesen und du seine kleine Hure. Er hätte dir alles beigebracht, was er wüßte.«

»Nein . . .«, seufzte Inès. »Das ist gelogen.«

»Nein, meine Liebe — ist es nicht«, sagte Scrofo, der seine Macht ungemein genoß. »Der Zufall wollte es, daß sich unter den Häftlingen einer meiner alten Bekannten aus Armeezeiten befand, ein Signor Volpi, der wußte, daß ich mit Julian

Brooks einen Film produziere. Er setzte sich mit mir in Verbindung und berichtete mir die ganze faszinierende Geschichte. Und dann rief ich deinen alten Freund Yves an. Natürlich hat er mir alles gesagt. Erstaunlich, was ein Trinker für ein paar hundert Francs zu tun gewillt ist«, bemerkte er verächtlich. »Tja, und der Rest ist, wie es so schön heißt, Geschichte. Es ergibt eine wundervolle Story, Inès — vom Aschenputtel zur Prinzessin, von der Hure zur Gattin des Filmstars — und dann *fini.*« Er sah sie verächtlich an. »Genießen Sie die kurze Zeit, die Ihnen mit Ihrem Verlobten noch bleibt, Mademoiselle, denn wenn er die Wahrheit über Ihre Vergangenheit als Dirne erfährt, wird ihr Leben mit Julian Brooks zu Ende sein.«

Auf dem Weg von seinem Trailer hinunter an den Strand blieb Nick unvermittelt stehen, aufgehalten vom krächzenden Klang von Scrofos erhobener Stimme. Was stand Gourouni im Begriff zu tun? Wen versuchte er einzuschüchtern? Er schlich in der Finsternis näher und lauschte. Scrofo schien gegen Inès etwas sehr Schmutziges in der Hand zu haben, wie Nick den erpresserischen Drohungen entnahm. Er kniff die Lippen zusammen. Scrofo war ein Ungeziefer, nicht wert, dieselbe Luft zu atmen wie anständige Menschen.

Nick wollte Inès schon zu Hilfe eilen, als er Bluey durch das Megaphon rufen hörte: »Nick, wo steckst du? Wir sind fertig für die Probe, also setz dein Hinterteil pronto in Bewegung, Freundchen.«

Auch der Italiener hörte das, ließ Inès los und stieß sie so heftig von sich, daß sie stolperte und in den Sand fiel.

Für Nick verwandelte Inès sich plötzlich in seine Mutter, die auf dem Boden kauerte, während das Ungeheuer Gourouni vor ihr aufragte — im Begriff, sie zu töten. Die Szene wirkte so echt, so realistisch, daß Nick am liebsten lauthals geschrien hätte. Das Verlangen, diesen elenden Mörder umzubringen, war überwältigend. Er mußte es tun ...

Doch als er auf die beiden zurannte, hatte Inès sich bereits aufgerafft und lief den Strand entlang, während Scrofo lachend in die andere Richtung verschwand. Nicks Hand umklammerte das Messer in seiner Tasche. Er wollte Scrofo hinterher ...

»Nick? Wo bleibst du denn? Es wird rasch dunkel. Beeil dich.« Blueys Lautsprecherstimme versetzte Nick schlagartig in die Gegenwart. Er schüttelte den Kopf, mühsam um Beherrschung ringend. Dann lief er zur Probe, im Herzen mehr Haß auf Scrofo als je zuvor.

Am folgenden Abend versuchte Scrofo in seinem in der Villa Scheherezade eingerichteten Produktionsbüro Nick und Bluey beizubringen, daß Inès als Prostituierte gearbeitet hatte. Bluey sah ihn angewidert an.

»Was Sie da sagen, ist eine Gemeinheit«, stieß er hervor. »Sie haben eine dreckige Phantasie, Hubie Baby.«

Nick aber bekam einen Wutanfall. »Hör zu, du Talggesicht«, tobte er los, packte die fleischigen Schultern des Italieners und rüttelte ihn. »Laß dir nie wieder einfallen, vor mir oder vor anderen über eine Dame — ganz gleich wen — so zu reden, verstanden, du Wanze?«

Umberto bekam es mit der Angst zu tun, als Nicks Hände sich um seinen Hals legten und das fette, narbige Fleisch zusammendrückten.

»Du dreckiger Abschaum!« schrie er heiser vor Haß. »Du wagst es, jemanden Hure zu nennen? Du, der letzte Dreck! Was du den Menschen schon angetan hast — was du ihnen angetan hast ...« Seine Stimme kippte um, sein Griff wurde fester, und Scrofos Augen begannen hervorzuquellen, sein Gesicht rötete sich.

Nick sah das Bild seiner Mutter vor sich. Ihre stille Schönheit und ihre Güte waren von diesem Bastard ausgelöscht worden. Er würde ihn jetzt töten, endlich! Er würde die Welt von diesem Unrat befreien.

Nicks Augen waren geschlossen, seine um Scrofos Hals geklammerten Hände drückten noch fester zu.

Bluey sah, daß der Italiener knapp davorstand, das Bewußtsein zu verlieren.

»Um Himmels willen, Nick, laß das. Er ist es nicht wert!« rief Bluey und versuchte seinen Freund von dem zusehends schwächer werdenden Mann loszureißen. Diese jähe Verwandlung Nicks, der angesichts aller Schwierigkeiten auf dem Set immer Ruhe bewahrte, der auch in Notsituationen die Nerven behielt und kaum jemals seine Fassung verlor, war womöglich noch beängstigender als das, was er jetzt vorhatte.

»Hör auf, Nick, um Himmels willen! Du schadest dir nur selbst!« brüllte Bluey. »So reiß dich doch zusammen, Mensch — du mußt.«

Nick ließ Scrofos Hals los, als Blueys Stimme endlich in sein Bewußtsein drang. Er ließ sich auf den Stuhl fallen, flach atmend, mit wutverzerrtem Gesicht. Bluey war klar, daß Nick Umberto hätte töten können, wenn er nicht eingeschritten wäre — und der Italiener dachte das auch. Er massierte seinen vernarbten Hals, auf dem jetzt die Abdrücke von Nicks Fingern sichtbar wurden.

»Immer mit der Ruhe, Kleiner«, sagte Bluey und goß Nick rasch einen Scotch ein.

Nick stürzte ihn hinunter, ohne Scrofo aus den Augen zu lassen. »Raus hier, du Dreckschwein«, spie er heiser und mit bebender Stimme hervor. »Ich drehe hier einen verdammten Film, und ich werde tun, was das verdammte Studio mir auf dem Set abfordert, aber laß dir nicht einfallen über diese oder eine andere Frau jemals wieder vor mir so zu reden, oder ich drücke dir den fetten Hals zu, bis dir die Augen herausfallen. Das ist mein voller Ernst, Schweinsgesicht — mach, daß du mir aus den Augen kommst. *Auf der Stelle*!«

Bluey war dabei, den nächsten Whisky einzuschenken, als Umberto sich, zutiefst erschrocken und insgesamt das genaue Gegenteil der *bella figura*, für die er sich hielt, verdrückte. Ich werde mich dafür rächen, dachte er. Wenn diese Idioten sehen, was *Confidential* bringt, dann werden sie auch wissen, daß ich mit der französischen Nutte recht hatte. Sie werden wissen, daß sie eine Mörderin und Hure ist. Und damit fängt meine Rache erst an. Danach — wer weiß? Während in ihm die Ideen brodelten, wie er Inès noch mehr verletzen könne, schleppte er sich durch den dunklen Korridor zu seinem Zimmer.

»Wie ich dieses elende Schwein hasse«, stieß Nick schweratmend hervor. »Es ist nur eine Frage der Zeit, bis ich ihn erledige.«

»He, he, Kleiner, das laß lieber sein, ja?« versuchte Bluey Nick zu beruhigen. »Wir wissen, daß er ein komplettes Arschloch ist — ein Blender, der vom Filmgeschäft nichts versteht. Du dagegen machst dich großartig. Das Studio ist begeistert von den Rohkopien, du hast den Kopf über Wasser und den Film termingerecht im Kasten — und hältst sogar das Budget ein. Wir haben nur mehr wenige Drehtage. Du bist ein echter Könner, also ruhig Blut, ja?«

Nick gab nach. Der Whisky hatte seinen Kopf ein wenig geklärt. »Ich brauche dringend eine Runde Schlaf, Bluey.« Er zog seine Kummerperlen aus der Tasche und schwang sie finster im Kreis. Dabei blickte er aus seinem Fenster auf die Neumondsichel, die sich bleich im glatten, schwarzen Wasser spiegelte. »Tut mir leid, Bluey. Gut, daß du mich gestoppt hast. Ich hatte die Beherrschung verloren — ich war total außer mir, total.«

»Leg dich aufs Ohr, Kleiner«, sagte Bluey sehr besorgt. »Morgen haben wir eine große Szene. Die mußt du einwandfrei hinkriegen. Vergiß Hubert, Nick, um Himmels willen, vergiß ihn.«

»Ich kann ihn nicht vergessen, Bluey — ich habe diese Visage schon zu oft gesehen. Ich habe sie in meinen Träumen gesehen, vor allem in den Alpträumen, in allen, die ich hatte.«

»Wovon redest du da, Mann? Du hast doch diesen Drecksack erst vor ein paar Monaten kennengelernt.«

»Nein.« Nick sagte es barsch. »Er verfolgt mich seit über einem Jahrzehnt.«

»Allmächtiger ...« Bluey starrte wortlos in Nicks verbittertes Gesicht. »Was hat er dir angetan? Wie immer es war — es kann nicht so schlimm gewesen sein, oder?«

»Er hat meine Mutter getötet. Er hat sie getötet, und ich werde ihn töten.«

19

Inès schwankte, ob sie zusehen sollte, wenn die große, zärtlich-erotische Liebesszene zwischen Julian und Dominique gedreht wurde. Die beiden hatten seit Dominiques Geburtstagsparty nicht zusammengearbeitet, und als sie einander wiedersahen, hatte merkliche Kühle zwischen ihnen geherrscht. Der Klatsch hatte Inès zugetragen, daß Dominique zwar einen neuen Freund habe, daß sie aber Julian noch immer zürne, weil er Schluß gemacht hatte. Man konnte es ihr nicht verdenken. Er hatte sich nicht gut benommen.

»Soll ich heute bei den Nachtaufnahmen aufs Set kommen?« fragte sie beiläufig, als sie sich im Dämmerlicht des Abends aufs Bett zurücklegte und Julian im Begriff stand zu gehen.

»Das liegt bei dir, Liebling.« Er fand es schwierig, ihrem Blick standzuhalten. Julian steckte in einer Zwickmühle. Er hatte mit Dominique seit Beendigung ihrer Affäre nicht mehr gesprochen und kam sich wie ein schäbiger Feigling vor, weil er ihr die Situation nur per Telefon erklärt hatte, doch war auch nie Gelegenheit für eine direkte Aussprache gewesen. Die Dreharbeiten an den Schlachtenszenen hatten ihn ungemein beansprucht, und seine freie Zeit hatte er auf die Versöhnung mit Inès verwendet. Sie waren wieder unzertrennlich, und es war ihm geglückt, sie über den Verlust ihres Babys ein wenig hinwegzutrösten.

Seiner Liebeszene mit Dominique sah er insgeheim mit Bangen entgegen. Es war schon heikel genug, leidenschaftliche Liebe zu einem Mädchen zu spielen, mit dem ihn noch vor kurzem eine echte, heiße Affäre verbunden hatte; aber noch viel schlimmer war das Wissen, daß er sich ihr gegenüber nicht wie ein Gentleman benommen hatte. Er war wütend auf sich selbst.

Die Vorstellung, Inès würde womöglich Zeugin ihrer glühenden Küsse und Liebkosungen werden, war ihm sehr unangenehm.

Dank ihrer natürlichen Intuition begriff Inès sofort: »Keine Angst, Liebling«, sagte sie lächelnd. »Ich erwarte einen Anruf von meinem Arzt in Los Angeles. Die Ergebnisse der Bluttests müßten schon vorliegen. Ich glaube, ich werde hierbleiben, Margaritas trinken und den Sonnenuntergang beobachten.«

»Nein, ich glaube, du solltest mitkommen, Liebling. Ja, wirklich, ich möchte dich dabeihaben«, sagte Julian mit Bestimmtheit. Er setzte sich aufs Bett und sah ihr in die schönen Augen. »Bitte, komm, Liebling. Ich brauche dich. Du weißt, daß es zwischen Dominique und mir aus ist. Du glaubst mir doch, oder?«

»Natürlich glaube ich dir. Also gut, ich werde mitkommen.« Inès strich ihm eine Haarsträhne aus der Stirn und küßte ihn liebevoll. »Ich mache mir keine Sorgen deinetwegen oder wegen Dominique. Und ich werde mich im Hintergrund halten. Keine Angst, mein Liebling, ich mache mich schon nicht lächerlich, das verspreche ich.«

Julian bedachte sie mit einem bekümmerten Blick, als er sein Skript aufhob und ihr einen Kuß zuwarf.

»Ich liebe dich, Inès. Du bist großartig. Also, bis dann.«

Inès starrte minutenlang die geschlossene Tür an, während sie sich darüber klarzuwerden versuchte, ob ihr danach zumute war, Julian und Dominique bei einer Liebesszene zu beobachten. Machte es ihr etwas aus? Störte es sie, daß die ganze Crew ihre Reaktion beobachten konnte? Dieser abscheuliche Scrofo, der sich so große Mühe gegeben hatte, sie zu erpressen, würde er sie hämisch anglotzen, nach Zeichen der Schwäche suchen?

Achselzuckend schlenderte sie ins Bad. Es störte sie nicht mehr. Sie hatte den Eindruck, daß Julian sich aus seiner Verblendung befreit hatte. Seine Versicherungen und seine leidenschaftlichen Liebeserklärungen waren Beweis genug, wenngleich an Sex noch nicht zu denken war. Inès war sicher, daß er ihr und nur ihr allein gehörte. Und was die anderen betraf, so kümmerte es sie nicht, was die Leute dachten. Wenn man tratschen und lästern wollte, bitte sehr, sie war darüber erhaben. Der einzige Mensch, der ihr Gänsehaut verursachte, dessen Anwesenheit in ihr Ekel hervorreif, war der unförmige Scrofo. Sie mußte etwas unternehmen, damit diese schreckliche Geschichte nicht an die Öffentlichkeit drang. Am Tag, nachdem sie von ihm bedroht worden war, hatte sie eine Aussprache mit ihm gesucht und hatte ihn gebeten, den Artikel nicht erscheinen zu lassen, aber er hatte nur gelacht und gesagt: »Inès, Ihr gutes Leben dauert höchstens noch ein paar Monate. Das Magazin hält die Story zurück, bis *Cortez* anläuft. Der Artikel bedeutet große Publicity für den Film — ganz große. Damit wird er zum bombensicheren Kassenschlager, meinen Sie nicht auch? Die Bilder von Julian und Dominique bei der Liebe — so sexy — so wundervoll — alle werden sie hinlaufen und sich den Film ansehen. Es wird ein totaler Hit.«

Angeekelt, unfähig, etwas zu erwidern, war sie gegangen. Es blieb immer noch ein wenig Zeit, um die Veröffentlichung der Story zu verhindern, aber schon bevor sie in die Presse gelangte, konnte sie in Hollywood zum Fressen für die Klatschmäuler werden. Und wenn die Sache dann Julian zu Ohren kam, würde er sie dazu befragen. Natürlich konnte sie leugnen — aber sie wollte ihm die Wahrheit sagen, die ganze scheußliche Wahrheit. Inès schauderte.

Nächste Woche wollten sie gleich nach ihrer Ankunft in Los Angeles heiraten. Die Scheidung war nun rechtskräftig, sie konnte endlich Mrs. Julian Brooks werden. Aber nur, wenn es ihr gelang, Scrofo daran zu hindern, die Wahrheit über sie an die Öffentlichkeit zu bringen. Wie sollte ihr das gelingen?

Agathe saß neben Dominique in deren kleinem, stickigem Trailer dicht am Wasser. Sie ging den Dialog der bevorstehenden Szene mit ihr durch, war aber nicht mit allen Gedanken dabei. Auf dem Sofa lag eine Ausgabe des *Hollywood Reporter* von vergangener Woche. Der erste Absatz in der Klatschkolumne hatte Agathes Blick auf sich gezogen:

> Endlich läuten für Julian Brooks und die reizende Inès Juillard die Hochzeitsglocken. Das glückliche Paar wird nach anstrengenden drei Monaten in Acapulco, wo Julian *Cortez* drehte, seinen ersten amerikanischen Film, im Haus von Spyros Makopolis den Bund fürs Leben schließen. Herzlichen Glückwunsch.

Eine weißglühende Flamme loderte in Agathes Kopf auf. Sie konnte sich nicht mehr auf das konzentrieren, was Dominique sagte oder tat.

Make-up-Mädchen und Friseusen machten sich an dem jungen Star zu schaffen und deckten Brust und Schultern mit Compactpuder ab. Wie immer schien Dominique keine Scham zu kennen. Nackt bis zur Taille ließ sie sich seelenruhig schminken.

An Text gab es für sie außer »Ich liebe dich« und »Mein Vater wird es nie verstehen« nicht viel zu lernen. Küsse und glühende Leidenschaft waren die Hauptzutaten der nächtlichen Szene, in der Cortez und die Prinzessin sich im Mondlicht am Sandstrand tummeln würden. Dominique sollte aus Rücksicht der Zensur ein fleischfarbenes Trikot tragen. Ihre Nackttanzszene hatte zwar die Zensurbehörden genommen, doch gab es noch immer Grenzen für die auf der Leinwand gestattete Freizügigkeit.

Dominique überlegte, wie es wohl sein würde, wieder in Julians Armen zu liegen. Nach einer gemeinsamen Szene hatte er sie anschließend immer heiß begehrt, und ihrer beider Leidenschaft hatte die schwachen Wände des Trailers zum Beben gebracht. Aber damals war Inès nicht zugegen gewesen. Jetzt war sie da und sah zu, ohne ihren Verlobten aus den Augen zu lassen. Dominique seufzte. Ihr war klar, daß die Chancen für eine Versöhnung mit Julian gering waren. Sie hatte aufflammende Begierde in seinen Augen gesehen, als er sie bei der Probe küßte, doch war diese Aufwallung so schnell vergangen, wie sie gekommen war, und Julian war wieder ganz der Top-Profi — der Schauspieler — kühl und unbeteiligt, der mit der Crew scherzte und flachste und sich ihr gegenüber höflich und zuvorkommend benahm. Dominique wußte, daß sie ihn verloren hatte, aber immerhin hatte sie jetzt ja Frankie. Ihr neuer Freund gehörte zum Filmteam, ein junger, blonder Amerikaner, sehr aufmerksam und dazu ein guter Liebhaber. Nicht so gut wie Julian, aber viel jünger.

Agathe, in der die Leidenschaft für Julian noch immer tobte, hätte es gar nicht gleichgültiger sein können, daß ihre junge Schutzbefohlene eine Affäre hatte. Ihr war jetzt alles egal. In der Hoffnung, niemand würde bemerken, daß sie die ganze Zeit über nur an Julian dachte, war sie bestrebt, mit den Filmleuten möglichst normal umzugehen.

Ein Pochen an der Tür, und Frankie trat mit breitem Lächeln ein. »Ooohhh«, äußerte Dominique und spielte die Verschämte, indem sie ihre Brüste halb verhüllte. »*Méchant garcon.* Du hast mich überrumpelt — gib mir einen Kuß.«

Sie küßten sich anhaltend, so daß keiner bemerkte, wie Agathe sich gleich nach dem Eintreten des Jungen aus dem Trailer stahl — sie brauchte ihre tägliche Dosis. Ein Blick auf Julian, vielleicht ein Wort von ihm, das war es, wofür sie lebte.

Als der Neumond hinter eine dunkle Wolke glitt, lief eine einsame Gestalt die hundert oder mehr Stufen hinunter, die auf einer Seite der Villa Scheherezade zum Strand führten. Die Wachhunde schlugen nicht an. Die Gestalt, die genau wußte, wann die Wachen ihre Runde machten, hatte ihr Eintreffen beim Schrägaufzug zu geplant, daß Hunde und Hundeführer sie nicht bemerkten.

Hastig ging die Gestalt neben der hölzernen Kabine des Schrägaufzugs in die Hocke. Ein paar Werkzeuge wurden aus einer Tasche geholt, einige kleine Veränderungen am Zahnradgetriebe vorgenommen. Es nahm nur wenige Minuten in Anspruch. Dann verschwand die Gestalt nach einem verstohlenen Blick in die Runde im dichten tropischen Gebüsch, von dem das gesamte Anwesen gesäumt wurde.

Als der Mond sich wieder hinter der Wolke hervorwagte, fiel sein Licht auf das kleine Häufchen Bernsteinperlen, das hinter den gepolsterten Sitz der hölzernen Kabine gefallen war.

Man hatte sich entschlossen, die Liebesszene auf Ramonas Privatstrand, den neugierigen Augen der Touristen entzogen, zu drehen. Ein Teil des Strandes wurde von einem Dutzend Scheinwerfer hell angestrahlt, die um jenen Bereich gruppiert waren, auf dem die Doubles für Julian und Dominique, sich umarmend, auf dem Boden lagen.

Nick lief nervös auf und ab, eine Zigarette zwischen den Lippen, während er seinen Kameramann und Bluey unausgesetzt mit Anweisungen bombardierte. Hin und wieder warf er einen Blick zu Scrofo hinüber, der halb verborgen hinter einem Scheinwerfer Posten bezogen hatte und wie gewöhnlich mit niemandem ein Wort sprach. Auch sein haßerfüllter Blick suchte immer wieder Nick.

Nick erwiderte diese Blicke. Wie nur war dieser Mensch zu einem solchen Ungeheuer geworden? fragte er sich. Welches Kindheitstrauma hatte ihn zu einem sadistischen Monster gemacht? Es mußte einen Grund für seinen Haß geben, für das Böse, das er zu verkörpern schien. Als er wieder hinsah, war Scrofo verschwunden.

Nick reagierte mit einem Achselzucken und ging zu seinem Team, das die Szene vorbereitete und sich dabei halblaut unterhielt. Alle waren froh, daß die Kröte sich getrollt hatte und sie in Ruhe ließ. Das gesamte technische Team und die meisten Darsteller hatten in den letzten Monaten unter Crofts unflätigen Ausbrüchen zu leiden gehabt. Alle verachteten ihn, und nur wenige machten ein Hehl daraus.

Was Shirley Frankovitch von seinen Fähigkeiten als Produktionsleiter behauptet hatte, waren glatte Übertreibungen gewesen. Charme, Diplomatie und Umgangsformen, die sie so gerühmt hatte, waren nicht vorhanden. Seine Fachkenntnisse waren lückenhaft, sein Verhältnis zum Team verheerend. War der dicke Italiener nicht zugegen, dann herrschte auf dem Set viel mehr Ruhe, und auch Nick war dann umgänglicher.

Ein Stück weiter saß Julian, der über seiner fleischfarbenen Badehose einen leichten Bademantel trug. Er überflog noch einmal seinen Text und blickte auf, als Inès sich neben ihn setzte. Lächelnd legte er die Hand auf ihre Schulter.

Mondlicht schimmerte auf dem Ozean, eine leichte Brandung schlug ans Ufer. Inès legte ihre Hand auf seine, und beide blickten zum Mond auf.

Einer von Ramonas Hausburschen tauchte plötzlich auf, tippte Inès auf die Schulter und übergab ihr eine Nachricht.

»Entschuldige mich, Liebling«, sagte sie. »Ein Anruf aus Los Angeles ... mein Arzt. Ich muß hinauf und mit ihm sprechen.«

»Hoffentlich sind die Tests gut ausgefallen«, meinte Julian.

»Ganz sicher.« Inès lächelte. »Bin gleich wieder da.«

Julian warf ihr einen Kuß zu und sah ihr liebevoll nach, als sie quer über den Strand zum Schrägaufzug ging.

Der Aufzug, eine simple weiße Holzkonstruktion, die in dieser exotisch-üppigen Umgebung sonderbar fehl am Platz wirkte, befand sich direkt am Fuß der zerklüfteten Felswand.

Inès stieg ein und drückte auf den dritten Knopf. Unter heftigem Gerüttel und Gequietsche setzte das antiquare Ding zum Aufstieg an. Das geht heute ja noch langsamer als sonst, dachte Inès. Die Kabine hörte nicht auf zu rütteln und zu quietschen, und die Rollen der Zugvorrichtung gaben ein stetiges rasselndes Seufzen von sich, während sie den ächzenden Aufzug hinauf zur dritten Ebene beförderten.

Die dritte Etage lag in tiefer Finsternis da. Inès trat aus der Kabine auf den weißen Marmorboden. Ihre leichten Sandalen klapperten hohl auf dem Weg zum Produktionsbüro.

Im Raum war es stockfinster. Inès überlief trotz der Schwüle ein Frösteln. Sie machte Licht, ging ans Telefon und bat die Vermittlung, den Anruf aus Los Angeles durchzuschalten.

»*Senora,* da ist kein Anruf«, hörte sie eine Stimme sagen.

»Aber es muß jemand angerufen haben. Eben hat man mich verständigt, mein Arzt wolle mich sprechen«, entgegnete Inès verwundert.

»Nein, tut mir leid. Heute hat noch niemand für Sie angerufen, Madam. Es muß sich um einen Irrtum handeln.«

Verwirrt legte Inès auf und blieb einen Moment in Gedanken versunken sitzen, ehe sie zur Tür ging. Als sie öffnete, sah sie vom Flur aus den Schatten einer ihr verhaßten untersetzten Figur langsam zwischen den Marmorsäulen der Terrasse entlanggehen. Sie hielt inne. Der Allerletzte, den sie jetzt sehen oder sprechen wollte, war Umberto Scrofo. Vor allem nicht hier, nachts, in der leeren Dunkelheit der Villa.

Plötzlich blieb Scrofo stehen und drehte sich blitzschnell um, als hätte er etwas gehört. Wie ein Tier, dachte Inès. Er hat den Instinkt eines Tieres.

Sie roch sein Rasierwasser, einen süßlichen, billigen Duft, der wie eine giftige Schwade in der schwülen Nachtluft schwebte.

Nach wenigen Sekunden setzte Scrofo seinen Weg fort, allem Anschein nach zum Aufzug. Inès sah, daß er einen Knopf drückte, dann hörte man lautes Quietschen, als der Aufzug seinen mühseligen Abstieg begann.

Er hatte erst ein paar Meter zurückgelegt, da ertönte ein hartes Reißgeräusch, gefolgt von grellen Kreischtönen, als Seile und Rollen aus ihren Halterungen sprangen. Scrofo stieß einen gräßlichen, tierischen Schrei aus. Die weiße Holzkabine wurde aus ihren Verankerungen gerissen und stürzte über die steile Felswand ab.

Inès lief an den obersten Haltepunkt des Aufzugs und

sah zu ihrem Entsetzen, wie der Aufzug fiel, immer tiefer fiel, bis zum Fuß der Felsen. Und die ganze Zeit über schrie Scrofo vor Todesangst. Wie in Zeitlupe sah Inès den verhaßten Rundschädel, den Mund in der Agonie des unausweichlichen Todes fratzenhaft aufgerissen.

Scrofo versuchte sich bis zum endgültigen letzten Aufprall an etwas festzuhalten. Dann wurde sein Körper weit durch die Luft geschleudert und landete wie eine zerschmetterte Puppe auf den Felsen. Als einzigen Halt umklammerte er eine zerrissene Bernsteinperlenkette mit einem kleinen Kruzifix daran.

Epilog

Hollywood. Ein Jahr später

Seit über einem Jahr stand Amerika im Banne bombastischer Werbung für den neusten, größten und bald für den Kinostart freigegebenen MCCP-Film *Die Legende von Cortez.* Kaum eine Zeitung oder ein Magazin, die nicht zumindest eine Story oder ein Foto über den einen oder anderen der mitwirkenden Stars gebracht hätte. Eine wahre *Cortez*-Manie war ausgebrochen, und MCCP drückte sämtliche Firmendaumen in der Hoffnung, die Publicity-Maschinerie hätte so gute Arbeit geleistet, daß Rekordeinnahmen an den Kinokassen garantiert wären.

Die heiße kalifornische Nacht sorgte dafür, daß trotz einer hypermodernen Klimaanlage im dunklen, parfümgeschwängerten Inneren des nagelneuen überlangen Cadillacs drückende Schwüle herrschte. Sechs Personen saßen im Wagen — Nicholas und Elektra Stone, Dominique mit einem gutaussehenden Begleiter, sowie Julian und seine Frau.

Inès war sehr in Sorge, die übertriebene und kontroverse Berichterstattung über ihren Mann könnte die Kritik ungünstig beeinflussen. Julian wurde als der größte englische Darsteller seit Olivier gefeiert; sein Name war schon Allgemeingut, ehe das amerikanische Publikum sich ein Bild von seinem Talent hatte machen können. Der Tod Hubert S. Crofts und der Skandal, den die Enthüllung ihrer Vergangenheit verursacht hatte, lieferten noch Monate nach dem Zwischenfall Stoff für die Klatschspalten. Eine so saftige Sensation wie den Tod des italienischen Produzenten hatte es seit Jahren nicht gegeben.

Julian hielt mit beruhigendem Lächeln die Hand seiner Frau. Er hatte eine Rohfassung des Films gesehen und mußte trotz strenger Selbstkritik zugeben, daß seine Art der Darstellung geradezu elektrisierend wirkte. Seiner eher stereotypen Rolle hatte er mit abenteuerlustigem Esprit und jenem fein gezeichneten Naturalismus Profil verliehen, der auf den Londoner Bühnen gepflegt wurde und den er noch verfeinert hatte. In Hollywood wurde er bereits als Nachfolger von Clark Gable und als Superstar gehandelt. Die Flut von Angeboten, die über das Büro seines Agenten hereinbrach, sicherte ihm einen Platz in der Geschichte des Films, doch seine Gedanken galten weniger der bevorstehenden Premiere, als vielmehr der nächsten Herausforderung. Er wollte zurück zu seinen Wurzeln und im West End als *Coriolan* auf der Bühne stehen, da er das Gefühl nicht loswurde, es sei höchste Zeit, Hollywood den Rücken zu kehren. Zum Glück stand er bei MCCP nur mehr für zwei weitere Streifen unter Vertrag. Waren diese abgedreht, dann würde David, ihr Söhnchen, fast drei sein. Sie waren übereingekommen, sich dann für immer irgendwo häuslich niederzulassen, um dem Kind die Sicherheit eines geordneten Lebens bieten zu können.

»War David sehr ungehalten, weil du nicht bis zum Zubettgehen bei ihm bleiben konntest?« fragte Julian.

»Ach, ich glaube, irgendwo muß er gespürt haben, daß dieser Abend für seinen Daddy sehr wichtig ist.« Sie dachte voll inniger Liebe an das Lächeln des einen Monat alten David, als sie ihn nach seinem Fläschchen seiner Nanny übergeben hatte. Julian war ihr Leben, aber der Kleine war ihm dicht auf den Fersen. Sie liebte die beiden über alles.

Im Vollgefühl ihres Glücks stieß Inès einen tiefen Seufzer aus.

»Ach, seht doch.« Dominique deutete aufgeregt auf ein kleines Spezialitäten-Kino, das sie eben am Sunset Boulevard passierten. »*Die verlorene Stadt* — war das nicht Hubert Crofts italienischer Film?«

Alle blickten durch die getönten Scheiben der Limousine hinaus auf die flackernden Neonlettern, die die Namen der Schauspieler und jenen Umberto Scrofos als Produzenten anzeigten.

»Schätzchen, erinnere uns bloß nicht an *ihn* — das alles ist vorbei und vergessen«, sagte Dominiques Begleiter. »Schnee von gestern, mehr nicht.«

Nick starrte ausdruckslos zum Kino hinüber. Hubert S. Croft, Umberto Scrofo. Der Mann, dessen grausiges Bild ihn so lange verfolgt hatte. Er war tot, doch die Erinnerung an ihn würde weiterleben. Nie würde Nick die Schrecken der Kriegsjahre auf Hydra vergessen können, die zahllosen, mit dem Tod seiner Mutter ihren Gipfel erreichenden Grausamkeiten.

»Es war heute vor einem Jahr«, sagte Nick verhalten.

»Was?« fragte Dominique.

»Seit Scrofos Tod ist genau ein Jahr vergangen.« Nick sagte es so leise, daß die anderen ihn kaum hören konnten.

»Meine Güte, ja, du hast recht«, entfuhr es Julian. »O Gott, erst ein Jahr.«

»Was mich betrifft, so hat dieses Scheusal endlich sein verdientes Schicksal erlitten«, stieß Nick barsch hervor.

»Arme Agathe«, murmelte Dominique. »Möchte wissen, was sie jetzt macht?«

»Die verkümmert in irgendeinem mexikanischen Gefängnis.« Julian sagte es mit einem für ihn uncharakteristischen Mangel an Mitgefühl. »Sie war eine Geisteskranke, reif für die Anstalt. Wäre Croft oder Scrofo oder wie immer er sich nannte damals nicht umgekommen, hätte es mit Sicherheit Inès das Leben gekostet.«

»Und alles nur aus Liebe zu dir, Julian«, neckte Dominique ihn. »Nur aus Liebe zu dir.« An ihren Begleiter geschmiegt, schenkte sie ihm ihr sinnliches Lächeln.

Im vergangenen Jahr hatte es einige Männer in Dominiques Leben gegeben. Als achtzehnjähriger Star mit glänzender Zukunft verfügte sie über mehr Sex und Anziehungskraft als je zuvor und bediente sich ihrer Zauberkünste ganz ungeniert. Julian erwiderte ihr Lächeln voller Unbehagen. Sie gingen jetzt freundschaftlich miteinander um, doch Dominique wußte genau, daß sie über ihre leidenschaftliche Romanze mit ihm erst dann ganz hinwegkommen würde, wenn er wenigstens noch einmal ihr gehörte. Wie hätte sie ihn auch vergessen können? Für sie war es die höchste Vollendung der Liebe gewesen — und sie wollte, daß es wieder geschähe. Es war eine Affäre, wie es sie einmal im Leben gibt und wie man sie nie vergißt.

Etwas das alle nie vergessen würden, war jene Nacht — jene schreckliche Nacht vor einem Jahr in Acapulco.

Als die Polizei von Acapulco in Ramonas Villa eintraf, hatte Inspektor Gomez bereits angefangen, jeden einzelnen über Hubert Crofts ›Unfall‹ zu befragen. Überzeugt, es mit einem Mord zu tun zu haben, führte er die Verhöre mit äußerster Gründlichkeit. Als endlich Agathe an die Reihe kam, zitterte sie wie Espenlaub, ihr Gesicht glänzte vor Schweiß, und sie rang verzweifelt die Hände.

Noch ehe der Inspektor ihr eine Frage stellen konnte, wimmerte sie leise: »Es ist alles ihre Schuld. Sie hat mich dazu getrieben — so ist es doch, Inès?« Ihre Augen durchbohrten Inès, die plötzlich einen trockenen Mund bekam und kein Wort herausbrachte. »Ja, du bist schuld«, stieß Agathe hervor. »Du hast mich dazu gezwungen. Ich habe Hubert Croft getötet. Ich habe es getan«, zischte sie. »Aber es war nicht meine Absicht. Eigentlich hätte Inès sterben sollen. Sie — sie hätte die vergifteten Austern essen sollen und nicht Irving.« Sie machte einen Schritt auf Inès zu, die reglos und vom Schock wie gelähmt dastand. »Inès Dessault — Inès Juillard, die Hure. Sie hätte im Aufzug sitzen sollen.«

»Was? Was sagten Sie eben? Warum haben Sie ihn getötet?« fragte der Inspektor, der sich eifrig Notizen machte, während die anderen erschrocken und verwundert Agathes Verwandlung vom Mäuschen zur Wölfin registrierten. Wahrlich kein schöner Anblick.

»Ihretwegen!« schrie sie wutschäumend und mit weit aufgerissenen, rot unterlaufenen Augen. »Besatzerhure — warum bist du nicht verreckt? Warum nicht? Dich hätte es treffen sollen — ich hatte es so gut geplant — so perfekt.«

Trockene Schluchzer erschütterten ihren ausgemergelten Körper, und ihre Finger wurden zu Klauen, als sie sich plötzlich auf die wie gebannt dastehende Inès stürzte. Zwei stämmige Polizisten packten sie an den Armen und versuchten sie festzuhalten, während ihre Schluchzer sich zu Schreien voller aufgestauter Wut und Enttäuschung steigerten.

»Der Falsche ist gestorben. Hubert war kein Heiliger, aber diesen Tod hat er nicht verdient — dieses dreckige Luder hätte sterben sollen. Ich hatte alles so gut geplant. Warum lebt sie noch?«

Julian war wie vor den Kopf geschlagen. Hure — Inès? Besatzerhure? Was faselte diese Irre da? Seine Arme hielten Inès fester, die Agathe anstarrte, während eine Ahnung des Erkennens in ihrem Blick aufflammte.

O Gott, schoß es Inès durch den Kopf. Schon wieder — schon wieder ein Mensch aus der Vergangenheit, der gekommen ist, um mein Leben zu zerstören. Aber wer war sie? Inès zermarterte ihr Gedächtnis, ohne sich erinnern zu können, woher sie diese Frau kannte.

Da schrie Agathe hysterisch: »Julian, du hast wohl nicht geahnt, daß sie eine renommierte Pariser Prostituierte war, wie?« Ihr höhnisches Lachen entstellte ihr Gesicht zur haßverzerrten Maske.

Inès erbleichte. Sie spürte, wie Julian erstarrte und von ihr abrückte. Da fiel es ihr plötzlich ein ...

»O mein Gott«, kam es ihr über die Lippen. Das abgehärmte, sonderbare Mädchen, das sie während des Krieges nur ein-, zweimal an der Kasse des L'Éléphant Rose gesehen hatte. Das Gesicht des Mädchens war nie richtig zu erkennen gewesen, nun aber fielen ihr die Geschichten ein, die man sich über sie erzählt hatte: wie das jüdische Mädchen jahrelang versteckt im Keller gelebt hatte; wie ihr Haar ganz weiß geworden war; wie sie nicht nur den Feind, sondern auch alle Mädchen, die mit ihm zu tun hatten,aus tiefstem Herzen haßte, nachdem sie aus ihrem Kellerverlies herausgekommen war.

Inès ging auf die vor sich hinplappernde Frau zu, deren Gesicht sich immer mehr verzerrte. Es waren Züge, die kaum mehr menschlich zu nennen waren. »Bitte, laß das, Agathe«, flehte Inès sie an. »Nicht ... Ich bitte dich, hör auf. Warum sagst du diese Dinge? Es sind Lügen. Du darfst es nicht tun — du kannst nicht ...«

»Ich kann — und wie, und ich werde.« Agathes Lächeln wurde noch bösartiger. »Jetzt weiß er, was du warst — was du bist —, und wird dich nicht mehr heiraten wollen — so ist es doch, Julian?«

Plötzlich riß sie sich aus dem Griff der zwei Polizisten los, stürzte auf Julian zu und kreischte: *»Mon amour — mon amour.«* Ein knochiger Arm legte sich wie eine Klammer um seinen Hals, während die andere am Gürtel seines Bademantels zerrte.

»Agathe, was machen Sie da? Lassen Sie mich in Frieden!« Julian wehrte sie ab, entsetzt in ihre irren Augen starrend.

»Sagen Sie mir, wie Sie das mit Inès meinten«, forderte er ruhig und in drohendem Ton. »Los, reden Sie, Agathe.«

Inès sank auf eine Couch und schlug die Hände vors Gesicht. Vorbei. Nun würde die Wahrheit ans Licht kommen.

Ihr Geliebter würde alles erfahren, der Mann, dessen Kind sie getragen hatte — dessen Frau sie werden wollte. Alles war aus und vorbei. Ihr Leben lag in Scherben. Julian würde ihr ihre Vergangenheit und ihre Lügen nicht verzeihen. Wie auch?

»Ja, ja, Julian, natürlich werde ich es dir sagen — ich möchte dir *alles* sagen.« Agathe leckte an ihren trockenen Lippen, während ihr Blick genüßlich zwischen Julian und Inès hin und herglitt. Sie fühlte sich glücklich in der Aufmerksamkeit der ganzen Gruppe, die mit fasziniertem Entsetzen an jedem ihrer Worte hing. Endlich stand sie im Mittelpunkt. Man sah sie an, hörte ihr zu, und die Arme des Mannes, den sie anbetete, hielten sie fest.

»Paris. Es war in Paris — während des Krieges im Nachtclub L'Éléphant Rose — sie hat es mit allen getrieben — mit allen — mit den Boches, der Gestapo, der SS, den Italienerschweinen. Mit Soldaten, Offizieren, es war ihr einerlei. Sie tanzte mit ihnen — sie lachte mit ihnen, und sie ließ sich von allen bumsen. Ließ alles mit sich machen. Sie gaben ihr Geld, mit dem sie um sich warf und mit dem sie sich vor allen brüstete. Du hast das Hurenleben geliebt, so ist es doch, Inès?« Nach einem Blick zu Inès zusammengesunkener Gestalt fuhr sie mit einem verächtlichen Auflachen fort: »Aber eines Nachts ging sie zu weit. Sie tötete einen Mann mit seinem eigenen Rasiermesser. Sie schnitt ihm die Kehle durch. Wenigstens glaubte sie, sie hätte es getan — so war es doch, du Luder?« Wieder sah sie zu Inès hin, die die demütigende Enthüllung ihrer Vergangenheit stumm und reglos über sich ergehen ließ.

»Wen — wen hat Inès getötet?« Julians Stimme war heiser, kalt und müde. Sein Blick verriet Inès, daß er sie haßte. Ihr Traum hatte sich in einen Alptraum verwandelt.

»SCROFO!« schrie Agathe. »Umberto Scrofo — den italienischen General, den Dicken mit den vielen Orden. Den Mann, der sich hier Hubert Croft nannte. Sie war sein Mädchen — sein Liebchen. Er war oft, sehr oft mit ihr zusammen. Dann hat sie versucht, ihn zu töten — aber es ist dir nicht geglückt, wie?« Sie sah Inès höhnisch an. »Wie schade für dich, Hure. Du hast es nicht geschafft, ebensowenig, wie ich es schaffte, dich zu töten — aber vielleicht ist mir etwas viel Besseres geglückt. Ich habe dich ruiniert, dich und dein kostbares Leben mit Julian — weil er mir gehört — *mir*!« Mit knochiger Hand faßte sie nach ihrem Kleid und riß die Knöpfe auf, um kleine verschrumpelte Brüste zu enthüllen.

»Küß mich, Julian! *Mon amour* ...« Die Augen geschlossen drängelte sie sich an ihn, aber Julian stieß sie mit angeekelter Miene zurück.

»Ich habe auf dich gewartet, mein Julian!« rief sie verzweifelt. Sie hatte die Augen geöffnet und sah ihn mit flehendem Blick an. »Ich habe gewartet, Liebster. Ich weiß, daß auch du mich begehrst, wir sind füreinander bestimmt.«

Als Agathe wieder versuchte, sich an ihn zu schmiegen, gab der Inspektor den zwei Polizisten ein Zeichen, worauf sie sie packten und von Julian fortzerrten. Ramona bedeckte Agathes halbnackten Körper mit ihrem Schal. Ihr Blick spiegelte das Mitleid wider, das sie für diese arme Irre empfand; alle anderen wandten sich schockiert und peinlich berührt ab.

Julian blieb reglos stehen. Er war aschfahl geworden.

Nick ging zu ihm und legte tröstend die Hand auf seine Schulter, da ihm die Worte fehlten. Dominique rückte näher an die zwei Männer heran, ohne ihre fragenden Kinderaugen von Inès abzuwenden, die noch immer kein Wort gesagt hatte.

Ramona tröstete die leise weinende Shirley. »Irving, mein armer, armer Irving. Dieses irre Luder hat auch ihn auf dem Gewissen ... dieses Luder ... o Gott!«

Die übrigen Darsteller und Crew-Mitglieder standen im Hintergrund zusammengedrängt wie Komparsen in einer Massenszene und schauten Julian, Agathe und Inès fasziniert an. Alle spürten, daß sich in dieser wie erstarrt verharrenden Szene etwas noch Schrecklicheres abspielen würde.

Doch die Hauptakteure waren still, nur Shirleys ersticktes Schluchzen war zu hören, und als Hintergrundgeräusch von draußen her leiser Wellenschlag, der seufzend am Ufer leckte.

Dann hob Julian zu sprechen an, in düster drohendem Ton, der Inès Schauer über den Rücken jagte. »Inès, stimmt das alles? Hat Agathe die Wahrheit gesagt?«

Wie konnte er nur? Wie konnte Julian ihr vor allen diese Frage stellen? Konnte er ihr nicht wenigstens einen winzigen Fetzen Selbstachtung lassen? Inès hatte viele Jahre auf den Mann ihrer Träume gewartet. Jetzt stand er mit Dutzenden von Zeugen vor ihr, im Begriff, sie öffentlich bloßzustellen — als das, was sie gewesen war, für etwas, was sie in einem früheren Leben getan hatte.

Julian stellte die Frage erneut, noch eisiger als zuvor. Das spannungsgeladene Schweigen der Umstehenden steigerte sein theatralisches Auftreten. Er beherrschte die Bühne, war der Hauptdarsteller, und sämtliche Nebendarsteller warteten mit angehaltenem Atem darauf, daß sich das unvermeidliche Drama entfaltete.

»Inès, ich fragte, ob es wahr ist, was Agathe sagte?« fragte er zum dritten Mal mit lauter Stimme. Inès hörte die unterdrückte Wut heraus, konnte sie in seiner Haltung, in seinem Gesicht sehen. Seine Hände waren zu Fäusten geballt, die Augen zusammengekniffen, während er das königliche Haupt stolz reckte. Der König forderte Gehorsam von einem Untertan.

»Antworte, Inès!« brüllte er. »Sag etwas!«

Inès hob den Kopf und sah ihm unverwandt in die kalten Augen. Nur mit Mühe schaffte sie es, eine gelassene Miene zur Schau zu tragen. Ihr Stolz verbot ihr Tränen, obwohl sie ein schmerzhaftes Würgen spürte. Der Mann, den sie liebte, forderte eine öffentliche Beichte von ihr, forderte, daß sie ihre Vergangeheit enthüllte — und das vor diesen Leuten — weil er es als *sein* gottgegebenes Recht ansah.

Sie erhob sich gemessen, und die Zuschauer hielten erwartungsvoll den Atem an. Es herrschte Schweigen, als sie Julian trotzig in die Augen sah. Ein leichter Luftzug bewegte ihr Kleid. Nicks einhaltgebietende Hand wegstoßend, trat Julian aufgebracht einen Schritt auf sie zu.

»Du sollst mir antworten, Inès, ich möchte die Wahrheit hören. Jetzt.«

Inès Stimme war nur unmerklich lauter als das Wispern der Brise. »Julian, Julian — du stehst nicht vor der laufenden Kamera. Deine Vorstellung kannst du dir sparen.«

»Wie kannst du es wagen!« Seine Stimmgewalt weckte die schlafenden Papageien in den Bäumen. Ein mißtönendes Kreischkonzert hob an. »Bitte keine Predigten, Inès, antworte mir. Mehr will ich nicht.«

»Nicht hier — und nicht jetzt.« Ihr Blick ließ ihn nicht los. »Nein, Julian. Nein. Ich kann und will nicht.«

Damit drehte sie sich um und trat aus der großen Marmorhalle in die einladende Dunkelheit der Nacht.

Nick hielt Julian am Arm fest, als dieser ihr folgen wollte. »Nein, Julian. Laß sie gehen. Sie hat recht. Es ist nicht die Zeit und der Ort. Du mußt sie in Ruhe lassen.«

Inès, die Tränen der Verzweiflung weinte, warf ihre Sachen in die Koffer. Einer von Ramonas Fahrern wartete vor dem Hotel. Sie verließ Acapulco. Verließ Julian. Ließ ihre perfekte Zukunft zurück. Sie ging nach ... ja, wohin eigentlich? Das wußte sie nicht. Sie wußte nur, daß sie fliehen mußte. Hastig zog sie ihr Seidenkleid aus, schlüpfte in Rock und Jacke und ließ den Koffer zuschnappen, ohne darauf zu achten, daß seitlich Sachen eingeklemmt wurden. Dann telefonierte sie nach einem Träger.

Die Tür ging plötzlich auf, und Julian trat ein. Er hatte seinen Bademantel abgelegt und Hose und Hemd angezogen. Sein Gesicht war blaß, in seinen Augen lag Schmerz.

Sie starrten einander an. Er warf einen Blick auf die gepackten Koffer, auf ihre Reisekleidung, ihren trotzigen Gesichtsausdruck.

»Warum verläßt du mich?« fragte er.

»Warum?« Ihr Lächeln fiel matt aus. »Das weißt du, Julian. Was Agathe sagte, ist die Wahrheit — zwar nicht alles — sie hat in vielem übertrieben —, aber ich war tatsächlich Prostituierte in Paris, und ich habe tatsächlich versucht, Scrofo oder Croft oder wie immer er sich nannte zu töten.«

»Mein Gott ...« Er ließ sich kopfschüttelnd aufs Bett fallen. »Aber warum, Inès? Warum hast du es mir nie gesagt? Du mußtest doch wissen, daß ich es eines Tages erfahren würde!«

»Ich hatte gehofft, daß es nie dazu kommen würde. Weil ich wußte, daß du die Wahrheit nicht ertragen könntest. Ja, ich war eine Hure«, sagte sie halblaut, »aber daran waren die Umstände schuld. Du mußt wissen, daß auch meine Mutter eine war, und vor ihr vermutlich auch meine Großmutter.«

Sie blickte ihn an, ihre Miene blieb verschlossen. Dann begann sie seufzend zu reden:

»Für mich war es ein leichtes, fast ein normales Leben — ich war ja noch ganz jung, als ich anfing, eine Halbwüchsige, und ein anderes Leben kannte ich nicht. Vielleicht war ich auch zu gierig. Vielleicht hätte ich in London die Prostitution aufgeben und eine anständige Arbeit finden können, in einem Laden oder in einem Büro, und ich hätte mir einen Mann suchen sollen, irgendeinen, für die Ehe. Ich hätte nicht darauf achten sollen, ob ich ihn liebe oder nicht, sondern einfach nur deshalb heiraten, um versorgt zu sein.«

Ihre Augen füllten sich mit Tränen. »Das ist nun mal das Los der Frauen ... kein Mensch erwartet, daß man aus Liebe heiratet, aber für mich wäre die Ehe mit einem ungeliebten Mann eine noch schlimmere Form der Prostitution gewesen.«

Julian sagte nichts. Sein Gesicht blieb ausdruckslos, als Inès fortfuhr: »Ich habe dich so sehr geliebt — ich liebe dich noch immer so sehr, daß ich das Risiko, dich zu verlieren, nicht eingehen konnte. Ich kenne dich, Julian — vergiß das nicht. Ich weiß, wie du denkst, wie die meisten Männer denken. Du hast eine doppelte Moral, was Männer und Frauen betrifft. Du hättest mich verlassen, wenn du die Wahrheit erfahren hättest, das weiß ich. Du hättest das Gerede der Leute nicht ertragen, den boshaften Klatsch, den Skandal und das Geflüster hinter deinem Rücken.«

»Nein, Inès.« Er machte einen Schritt auf sie zu, und sie glaubte zu sehen, daß die Zärtlichkeit allmählich in sein Gesicht zurückkehrte. »Das stimmt nicht. Ich hätte Verständnis gehabt und ich hätte dir verziehen, weil ich dich liebe. Du bist … du warst immer und wirst immer die einzige Frau für mich sein, in meinem ganzen Leben. Weißt du das nicht?«

Sie starrte ihn zweifelnd an. »Und meine Vergangenheit? Stört sie dich nicht — das alles muß dir doch sehr viel ausmachen?«

»Ob es mir etwas ausmacht? Natürlich macht es mir etwas aus! Aber was soll ich tun? Nichts. Es ist passiert, es ist Teil dessen, was dich zu dem gemacht hat, was du bist, zu der Frau, die ich liebe, zu der Frau, die ich heiraten und mit der ich den Rest meines Lebens verbringen werde. Inès, du hast mir Dominique verziehen — das war viel schlimmer. Wie könnte ich dir nicht verzeihen, mein Liebling, wie könnte ich nicht?«

»Aber du warst vor den anderen so außer mir — es war so demütigend. Ich war zutiefst verletzt, Julian.«

»Das tut mir leid, Liebling. Es tut mir sehr, sehr leid. Was kann ich mehr sagen?«

Er kam noch näher, und sie las die vertraute, innige Liebe in seinem Blick.

»Ich hasse mich, weil ich dir wehgetan habe, Inès. Du bist schon viel zu oft verletzt worden.«

Jetzt streckte er die Arme nach ihr aus, und sie ertappte sich bei dem Wunsch, in der sicheren Zuflucht, die sie boten, dahinzuschmelzen.

»Ich habe mich weiß Gott wie ein Schuft benommen, schlimmer noch als ein Schuft.«

»Schon gut, Liebling«, murmelte sie. »Es ist vergessen.«

»Nichts von all dem kümmert uns noch«, flüsterte er und nahm sie in die Arme. Ihr Seufzer hätte nicht erleichterter sein können.

»Alles ist vergessen, mein Liebling. Alles ist überstanden.«

»Gott sei Dank«, hauchte Inès. »Gott sei Dank ist nun alles klar. Ich bin sehr froh, daß du die Wahrheit kennst, Julian. Ich glaube, unser gemeinsames Leben wäre unerträglich geworden, wenn ich mich ständig hätte verstellen müssen.

»Du hast ja so recht, mein Engel.« Julian lächelte liebevoll. »Du hast absolut recht, Verstellung tut nicht gut. Verstellen sollen sich nur Schauspieler.«

Lange ehe die Limousine vor dem Filmtheater vorfuhr, waren schon die Scheinwerfer zu sehen, welche die dichte Schwärze des Himmels durchkreuzten. Man hörte das aufgeregte Kreischen der begeisterten Fans, die sich vor dem Kino drängten, um jede eintreffende Berühmtheit mit lautem Beifall zu empfangen.

»Los geht's«, sagte Nick und rückte seine schwarze Fliege zurecht. »Das ist es, worauf wir gewartet haben. Jetzt heißt es schwimmen oder untergehen, Freunde!«

Die Frauen holten ihre Döschen hervor, um ihre perfekt zurechtgemachten Gesichter noch einmal zu überprüfen. Wortlos hing jeder seinen Gedanken nach und überlegte, was die heutige Premiere für ihn bedeutete.

Für Elektra bedeutete sie, daß Nikolas sich seinen lebenslangen Wunsch erfüllt hatte, ein geachteter Regisseur zu werden. Er hatte die Erinnerung an Gourouni im vergangenen Jahr aus seinem Gedächtnis getilgt und sah nun voller Optimismus in die Zukunft. Dominique wurde als der strahlendste unter den neuen Sternen am Firmament Hollywoods gefeiert, und das Studio erwog, ihr in Julians nächstem Film wieder die weibliche Hauptrolle zu übertragen.

Inès glättete die Falten ihrer eisig-weißen Samtrobe. Sie wandte ihr perfektes Profil von ihrem Mann ab, sah aus dem Fenster hinaus in die Nacht und dachte an die Vergangenheit. Wieviel Glück sie doch gehabt hatte. Glück hatte sie nach dem Zwischenfall mit Scrofo vor der Gestapo gerettet. Und hätte sie nicht so großes Glück gehabt, wer weiß, vielleicht wäre es ihr beschieden gewesen, ein jahrelanges qualvolles Leben wie Agathe erdulden zu müssen. Hätte sie in jenem Keller dahinvegetiert, wäre ihr Leben dann anders verlaufen als jenes von Agathe? Hätte sie es geschafft, normal zu bleiben?

Inès konnte Agathe ihre Tat nicht ganz verübeln. Die Verheerungen des Krieges und das Böse, das er hervorgebracht hatte, wirkten sich bei zu vielen Überlebenden wie eine Art Wahnsinn aus.

Als die weiße Limousine vor dem strahlend erhellten Kinopalast vorfuhr, steigerten sich die Rufe der Menge zu einem tumultartigen Crescendo.

»Bereit, Liebling?« Julian drückte sanft die weißbehandschuhte Hand seiner Frau.

»Bereit«, sagte sie mit strahlendem Lächel. »Für alles bereit, Liebling.«

Dominique, die ihnen gegenübersaß, beobachtete sie genau. Ein Lächeln huschte über ihr schönes Antlitz, heimlich und verstohlen. Eines Tages, dachte sie, eines Tages, der bald kommen wird, Julian, wirst du wieder mein sein. Das weiß ich. Ich fühle es ganz deutlich.